# 성인담론과 교육

## - 조선후기 교육사상사 시론

정순우

경북 출신. 서울대학교 사범대학을 졸업하고 한국정신문화연구원(현 한국학중앙연구원)
부설 한국학대학원에서 문학박사 학위를 취득하였다. 미국 버클리 대학교 및 캐나다
UBC 대학교 방문교수를 지냈으며, 파리 7대학 강의교수를 지냈다. 한국학중앙연구원
장서각 관장 및 대학원장을 역임하였다. 교육사학회, 한국서원학회, 한국실학학회 회장
등을 역임하였고, 퇴계학 학술상을 수상하였다. 현재는 한국학대학원 명예교수로 있다.
조선 후기 교육사와 지성사 분야에 관한 약 50여 권의 공저서, 120여 편의 논문이 있다.
조선조 선비들의 사유 방식과 삶의 태도를 다양한 시선으로 헤아려 보고, 그 현재적
의미를 찾고자 노력하고 있다. 대표적인 저서로는 『공부의 발견』(2007), 『도산서원』(공저,
2001), 『지식 변동의 사회사』(공저, 2003), 『東亞傳統敎育與學禮學規』(공저, 2005), 『서당의
사회사』(2013), 『서원의 사회사』(2013) 등이 있다.

성인담론과 교육
-조선후기 교육사상사 시론

초판 1쇄 인쇄 | 2019년 3월 1일
초판 1쇄 발행 | 2019년 3월 8일

지은이 | 정순우
펴낸이 | 지현구
펴낸곳 | 태학사
등   록 | 제406-2006-00008호
주   소 | 경기도 파주시 광인사길 223
전   화 | 마케팅부 (031)955-7580~82  편집부 (031)955-7585~89
전   송 | (031)955-0910
전자우편 | thaehak4@chol.com
홈페이지 | www.thaehaksa.com

이 책은 2005~2006년도 한국학중앙연구원의 단독저술과제로 수행된 연구 결과임.
(2005~2006년도 단독저술)

값은 뒤표지에 있습니다.

ISBN 979-11-6395-018-9  94810
ISBN 978-89-7626-500-5 (세트)

聖人

성인담론과 교육

조선후기 교육사상사 시론

정순우 지음

태학사

# 머리말

　필자가 학문의 길에 들어 선 이후, 가장 자주 접한 단어는 '성인(聖人)'이라는 말이었다. 조선조 유자들의 문집에는 성인에 관한 언설이 강물처럼 흘러넘친다. 교육도 성인을 중심축으로 하여 회전하고 있었다. 당시 선비들은 성인을 닮고자 하였고 성인을 그리워하였다. 그들에게는 성인들의 삶이 화인(火印)처럼 깊이 박혀 있었다.

　유학의 성인은 과연 누구인가? 유학의 성인은 기독교에서처럼 초월적인 신성(神性)을 지향하는 것도 아니고, 이 세상을 가유(假有)의 세계로 보고 훌쩍 초탈하려는 노불의 성인과도 거리가 멀다. 마치 성(聖)과 속(俗)의 경계에 있는 인물들과 같다.

　퇴계와 율곡은 공부를 통해 '인간의 마음에 있는 본성(本然之性)'을 되찾아 참된 나를 회복하고 마침내 성인의 세계에 다다를 수 있음을 생동감 있게 제시하였다. 이들은 '배움을 통해 성인의 경지에 도달 할 수 있다'라는 송대 이래의 성리학적 명제를 심학(心學) 공부를 통해 아름답게 완성시켰으며, 그들의 후학들이 성현을 향해 내달리도록 격동시켜 주었다. 성인의 원형을 인간의 무욕성(無欲性) 속에서 찾는 송명이학(宋明理學)을 계승하여, 우리의 두 철인은 그 무욕성을 찾는 공부론을 가장 정교하게 체계화하였다. 이 두 철인은 원시유학의 성인론이 띠고 있는 약간은 결정론적이고 정치적인 색채를 극복하는 이론적 토대를 제공하였다.

가령 『맹자』에서 "백이는 성인의 청자(淸者)이고, 이윤은 성인의 임자(任者)이며, 유하혜는 성인의 화자(和者)이고, 공자(孔子)는 성인의 시자(時者)이다."라고 언명하였을 때 이 구분은 다분히 제한적이고 결정론적 색채가 나타난다. 퇴계와 율곡은 이러한 원시유가의 성인론이 지닌 한계를 심학적 공부론을 통해 극복하는 방법을 소상하게 들려 준 것이다.

그러나 조선 후기의 실학자들은 퇴계와 율곡이 확립한 '도덕적 성자(moral saint)'의 성인상을 극복·지양하는 여러 모습들을 보여주고 있었다. 조선 후기에 이르자 사회경제적 불안정성이 증대하고 성리학적 해석체계에서도 여러 모순이 노정되자 삶의 지향성에 대한 새로운 각성이 나타나게 되었다. 성리학적 공부론을 통해 성인의 문정에 이르는 길은 지난(至難)하였고, 도학자의 가면을 쓴 썩은 선비들이 끊임없이 생산되었다. 사정이 이렇게 되자 당연히 성인은 과연 누구이며, 어떻게 거기에 도달할 것인가에 대한 깊은 고민이 새롭게 나타나게 되었다. 성인을 재규정함으로써 새로운 유학적 유토피아를 찾고자 한 작업이었다. 특히 인간의 감성과 정감에 근거한 새로운 성인담론은 중세적 교육론을 극복하는 새로운 논의처로 등장하였다. 이 책의 제목을 '성인담론과 교육'으로 정한 이유의 하나다.

연암 박지원은 시정에서 똥을 푸는 천한 일을 하면서도 불쌍한 이웃을 돕는 엄행수(嚴行首)를 예덕(穢德)선생이라 칭하면서, 그가 곧 성인이라는 파격적인 제안으로 새로운 성인 담론의 출현을 알려 준다. 선배 학자 우암 송시열이 '성인 주정(主靜)'의 심학적 성인론을 갈파하던 전대의 사상적 지형과는 근본적으로 다른 생각이다.

근엄한 선비 이규경(李圭景)의 '공장(工匠)도 성인의 무리이다'라는 주장 역시 변화된 세계관을 나타난 것이라 할 수 있다. 퇴계의 재전제자인 여헌 장현광은 성인의 원형을 태허(太虛) 속에서 구하면서 여느 퇴계문도의 생각과 차별을 두었으며, 계곡 장유(張維)는 '바보'

의 순진무구성에서 성스러움의 원형을 구하고, 다산 정약용은 '외천(外天)'의 종교성 속에서 성인을 재발견하고자 하였다. 특히 양명학(陽明學)과 서학(西學)의 유입으로 어쩔 수 없이 성인에 대한 재해석이 요청되던 시대적 분위기를 감안하면 새로운 성인담론의 출현은 자연스러운 현상으로 이해된다.

이런 몇 가지 가능성만을 가지고 십여 년 전 한국학중앙연구원에 『조선후기유학교육사상사』라는 큰 제목의 단독 저술과제를 신청하였다. 감사하게도 출판은 쉽게 허락받았으나 막상 출간하고자 하니 논리적으로 허점이 많았고, 나중에는 마치 미로 속을 헤매는 형국이었다. 처음에는 성인담론의 분석을 통해 조선유학의 새로운 범주 설정을 시도해 보고, 유학교육의 다양한 갈래를 소박하나마 필자 나름대로 계열화 할 수 있을지 탐색해 보았다. 그러나 이는 사실상 후기 유학사를 새로 쓰는 작업이고, 필자가 도저히 감당할 수 없는 일이라는 것이 점점 명확해졌다. 넘어진 김에 쉬어간다는 옛말대로, 파리에 강의교수로 파견된 일 년 동안은 서양문화에서의 성인담론과 비교해 보는 노력에 집중했으나 노다공소(勞多功少)의 쓴 맛만을 보았다. 책상에 앉아 어려운 서양철학과 씨름하는 것은 오랜 적공을 쌓은 전문연구자들의 몫이었다. 다만 수많은 미술관과 박물관에서 드러나는 그들의 '성성(成聖)의 세계'는 매혹적이었고 감동적이었다. 초월자로서의 신 앞에서 인간의 유한함과 변덕, 그리고 무능함을 통회하고 무릎 꿇고 사죄하는 자기 고백의 시간이 인간의 순결성을 지킬 수 있다는 가능성을 보았다. 인간이 자기 스스로의 힘에 의해 성인의 세계에 이른다는 유학적 구상이 진정 실현가능한 담론인가 하는 회의감이 들었다. 필자는 귀국 후 그 흥분된 감정을 여과 없이 교육철학회의 모임에서 술회한 적이 있고, 사람이 변했다는 후일담을 전해 받은 적이 있다. 그러나 서학의 전래시기에 만약 한국유학사가 한번이라도 초월적인 신성 앞에서 인간의 나약함을 통회하는 순간이 있었다면 한국의 교육사는 한층 성숙하고 풍요롭게 되었으리라.

이 책의 숨은 기획 의도는 성인이 사라진 근대 교육의 딜레마를 부각하고자 한 것에 있다. 하이데거의 말처럼, 현대는 '제신(諸神)이 도피(Flucht der Götter)'한 시대이다. 김형효의 말처럼, 제신(諸神)은 성스러운 세계를 상징한다. 오늘날 동서양의 문명은 공히 성스러운 것들을 폐기해 버리고 속물적인 것들을 옛날의 성전(聖殿)으로 옮기고자 시도한다. 식욕과 성욕을 인간의 자연성과 자유를 상징하는 부호로 삼고 이를 성전 속으로 들이고자 한다. 오늘날의 한국교육에는 이제 '성스러움'이란 문화가 없다. 입시가 정상적인 교육을 삼킨 지는 이미 오래되었고, '경쟁'이란 소용돌이는 학교문화의 모든 것들을 황폐화 시키고 있다. 조선조의 학교는 성과 속의 경계에 위치하면서 두 세계의 문화가 생활 속에서 함께 생명력을 발휘하도록 도움을 주었다.

그렇다고 하여 필자가 옛 유학의 도통론(道統論)에 근거한 성인담론과 교육론을 그대로 복원하자는 것은 결코 아니다. 한말의 유학자 김성희(金成喜)도 성인들의 거소인 서원의 제향공간은 훼철하더라도, 그 자리에 시민사회의 자유와 평등의 이념에 합당한 새로운 성인담론을 세울 필요성이 있음을 역설한 바 있다. 만약 조선시대의 성인담론이 수직적인 서열성을 갖고 인간의 자유의지를 억압하는 기재가 있다고 한다면, 그것을 수평적인 담론구조로 바꾸고자 하는 철학적인 탐색은 얼마든지 가능한 작업이다. 그러한 노력들이 이미 조선 후기에서 배태되고 있었음을 이 책을 통해 읽을 수 있었으면 한다. 한말의 곧은 선비 매천 황현(黃玹)조차도 그의 양웅론(揚雄論)에서 새로운 성인상은 창신(創新)에 있었음을 밝혀두지 않았던가.

필자는 이 책을 출간하면서 그 제목을 '성인에서 영웅으로'라고 다소 도발적인 것으로 정하고자 한 적도 있다. 이것은 도학적 성인의 시대에서 한말 진화론과 애국주의의 영향으로 영웅사관이 교육의 중요한 화두로 등장한 그 긴 과정을 서술하고자 하는 의도가 반영된 것이었다. 한말은 교과서에서 플루타크 영웅전이나 나폴레옹, 위대한 탐험가 등이 가파르게 성인의 자리를 함락하여 기존의 성인들과 동거하기 시작한 시기였다. 그러나 당대의 현채(玄采), 박은식(朴殷植), 곽종석(郭鍾錫) 등과 같은 인물들에 대한 연구가 부족한 상태에서 쉽게 논의를 전개하기 어렵다는 판단으로 후일을 기약하게 되었다.

이 책의 골격을 간단하게 소개하자면, 우선 도통론에 근거한 퇴계와 율곡의 도학적 도통론이 한국 성인 담론의 원형을 차지하고 있음을 간략하게 짚고 양 학맥의 차별성에 주목하였다. 다음으로 실학의 시기를 통해 조선의 성인담론이 결코 폐쇄적이거나 단일적인 흐름이 아니었음을 다양한 사상가들의 논의를 통해 살펴보았다. 이는 조선 후기 교육의 지형도 논의의 방식에 따라 얼마든지 확장될 수 있음을 말하는 것이다. 아쉬운 점은 중국의 명말청초와 같이 양명좌파, 양명우파, 사공학파, 절동학파 등과 같은 좀 더 선명한 구획이 나타날 수 있는 곳까지 논의를 확장하지 못하였다는 점이다.

다만, 필자는 이 책에서 18세기 이후 사상계에서 나타나는 순자(荀子)적 성인모형을 그려내 보고자 하였다. 필자의 생각에는 당시의 사회적 모순이나 정치적 딜레마를 극복하기 위해서는 어쩔 수 없이 도덕 형이상학에 근거한 심학적 성인론보다는 순자의 법치(法治)적 사유가 요구되지 않나 한다. 즉 순자 정치사상의 큰 특징인 '숭례중법(崇禮重法)의 치국 방략, 그의 유연한 '왕패론(王覇論)적 이념', '부국론(富國論) 및 분직론(分職論)' 등과 같은 법치적 요소가 농암 유수원(柳壽垣)이나 영·정조의 군사론(君師論)에 녹아 있는 것으로 파악하였다. 조선의 성인담론은 이후 혜강 최한기(崔漢綺)로 넘어가면서 그 근대성을 활짝 꽃 피우게 된 것으로 판단된다. 최한기는 성인보다는 운화(運化)를 일통(一統)의 준칙으로 삼아야 함을 갈파한다. 그는 과거에 표준을 둔 성인이 아니라 금세(今世)의 성인이 되어야 함을 강조하면서, 성인이란 '인문학과 자연학을 종합한 기학(氣

學)을 이해한 인물'이 되어야 함을 역설하였다. 최한기는 성인담론에 있어서도 실학과 근대의 훌륭한 가교 역할을 담당하고 있다. 그러나 불행하게도 근대로 이행하면서 성인담론은 앞서 말한 영웅담론으로 대체된 후 근대적 재해석의 기회를 확보하지 못하였고, 그 후 일제에 의해 성인론은 식민이론인 황도유학(皇道儒學)으로 둔갑되었던 것이다.

우리는 이제 교육의 본질과 교육의 본래적인 목표를 어디에 두어야 할지 진지하게 자문해 보아야 한다. 우리는 서구의 기계론적 세계관을 그대로 우리의 교육 모델 속에 옮겨 놓고 과학성과 효율성의 신화에 매몰되어 있다. 또한 교육은 무한 경쟁에 노출되어 있어 학생들은 무력감에 시달리고 증오에 찬 얼굴로 '헬(Hell) 조선'을 외친다. 이런 상황에서 우리의 선학(先學)들이 전개한 다양한 형식의 성인담론은 새로운 해법을 찾아 가는 좋은 길잡이가 되리라 확신한다. 그들 성인론의 핵심은 성인에 대한 논의를 통해 참된 '나'를 찾아 가는 것에 있다. 또한 성인론은 현대의 의무지향적(duty_oriented) 윤리의 한계성을 극복하고 그의 자유의지에 의해 성스러움의 세계로 진입하고자 하는 이들에게 좋은 마음의 선물이 되리라 본다.

끝으로 이 책에서 다루고 있는 장현광, 박지원, 유수원, 정약용 같은 인물들은 학회지 등에서 이미 논의한 내용들을 중심으로 개고(改稿)하고 확장한 것임을 밝혀 두고자 한다. 오랜 기간 늦어진 본서의 출간을 기다려 주고 불민한 필자를 보듬어 준 한국학중앙연구원 측에 다시금 감사의 인사를 드린다. 마지막으로 오랜 기간 벗 삼아 지내는 태학사의 지현구 사장님과 편집진의 우의에 깊은 감사의 인사를 드린다.

2019년 눈 내리는 창가에서
정 순 우

# 차례

머리말 / 5

서론, 성인(聖人)을 꿈꾸는 교육 ·········································· 13

1. 조선중, 후기 퇴계학파의 도통론과 성인담론 ······················· 29
  1) 경(敬)의 학습과 퇴계학단의 확산 ······························· 34
  2) 퇴계 경 공부의 전승과 분화 ··································· 42
    가) 월천(月川) 조목(趙穆) 학맥; 경 공부의 심학(心學)화 ·········· 43
    나) 학봉 김성일 학맥; '건극(建極)'과 '보극(保極)'의 길 ·········· 47
    다) 서애 류성룡 학맥; '천수(天數)'보다는 '인사(人事)' ·············· 58
  3) 강우(江右)학단의 새로운 성인론 ································· 64
    가) 한강 정구; 고학(古學)과 이학(理學) 속의 성인 ·············· 64
    나) 여헌 장현광; 성인은 태허(太虛)의 허(虛) ·················· 84

2. 기호학파의 성인 담론과 성의(誠意)의 공부론 ······················ 109
  1) 율곡의 공부론과 성인 담론 ···································· 109
  2) 17세기 기호학파의 분기와 성인담론 ·························· 120
    가) 계곡(谿谷) 장유(張維); 삼교회통의 성인담론 ·············· 120
    나) 서계 박세당; 고학과 노장학 속의 성인 ·················· 135
    다) 미호 김원행; 성인가학론(聖人可學論)의 재해석 ·············· 142

3. 18세기 실학과 성인담론 ·································· 149
　1) '교육'의 맥락에서 본 성리학과 실학의 관계 ············ 152
　2) 실학과 성인담론 ································· 157
　　가) 성호 이익; 서학과 '변통'의 성인 ·············· 157
　　나) 순암 안정복; 서학 앞의 상제(上帝) ············ 163
　　다) 담헌 홍대용; 편의(便宜)와 예 속의 성인 ········· 169
　　라) 연암 박지원; 천진(天眞)과 성인 ·············· 184
　　마) 다산 정약용; 행사(行事)속의 성인(聖人) ········ 194
　　바) 농암 유수원; 법치(法治)와 제도 속에 깃든 성인 ······· 214

4. 군사론(君師論)의 출현과 도학적 성인론의 갈등 ·········· 240
　1) 영조의 군사론과 성인론 ······················ 240
　2) 정조의 '군사(君師)'론; 치통(治統)과 도통(道統)의 결합 ·· 253

5. 서구 근대교육 수용과 성인담론 ····················· 283
　1) 동도서기론적 사유와 근대교육 ················· 284
　2) 진화론의 수용과 영웅사관; 성인에서 영웅으로 ········ 290
　3) 중일 양국의 진화론 수용과 근대교육 ············· 296
　4) 한말 진화론 수용과 성인담론의 해체 ············· 300
　5) 국민교육제도의 형성과정과 전통교육 ············· 314

보론 : 조선의 학교, 성과 속의 경계 ·················· 321
　1. 조선시대 제향공간의 성격과 도통문제 ············· 322
　2. 공부론의 관점에서 본 조선조의 교육공간 ··········· 343

참고문헌 ·································· 355
찾아보기 ·································· 362

12

# 서론, 성인(聖人)을 꿈꾸는 교육

## 조선후기 유학과 '성성(成聖)'의 길

성인(聖人)을 꿈꾸는 교육. 이것은 동양의 오랜 이상이었다. 성인의 길을 찾는 방법을 두고 유학과 불교, 그리고 도가들은 치열한 논쟁을 전개하였다. 이들은 성인을 향한 구도의 방법에서 근본적인 차이를 드러내었다. 그러나 내재적 초월(transcendental breakthrough)을 통하여 인간의 세속적 욕망을 벗어던지고, 성인의 문정(門庭)으로 들어가고자 한 꿈은 한가지였다. 조선조의 지식인은 유학의 길을 택했다. 안으로는 성인을 꿈꾸고 밖으로는 대동세계의 정치적 이상을 실현하는 것, 즉 내성외왕(內聖外王)이 그들의 이상이었다. 모든 교육의 목표와 내용은 성인을 표적으로 하고 있었다. 유자들은 교육과 학문이 도구적 수단으로 전락하는 것을 경계하였다. 교육이란 참된 '나'를 찾아 가는 길을 알려 주는 과정이고, 그 최후의 지향처가 성인이었다.

유자들은 공부를 통해 마음속에 있는 본성(本然之性)을 되찾아 참된 나를 회복하고, 마침내 성인(聖人)의 단계에 이르기를 열망하는 자들이다. 조선의 유자들인 선비도 예외가 아니다. 그러나 그 접근방법이 처음부터 학문적으로 체계화된 것은 아니었다. 드 베리(W. T. de Bary)에 따르면 원시유학에서는 '성인'의 개념보다는 보다 접근하기 쉬운 '군자'가 더욱 깊은 관심의 대상이었다.[1] 비록 맹자에 의해 성인 개념은 한 단계 진전을 이루었으나 정치적 색채를 탈색하지 못하였다. 그는 백이(伯夷), 이윤(伊尹), 유하혜(柳下惠) 세 사람의 명신과, 공자(孔子)의 행적을 통해 성인의 유형을 설정하였다. 은나라 때의 의인인 백이는 맑고 깨끗한 성인[聖之淸者]으로, 천하가 잘 다스려질 때도 나아가 벼슬하였고, 어지러워져도 나아가 벼슬한 이윤을 시대적 책임을 자임한 성인[聖之任者]으로, 노나라의 현자 유하혜는 화평함을 얻은 성인[聖之和者]으로, 그리고 공자야 말로 시중(時中)을 실천한 성인[聖之時者]으로 결론지었다.

한, 당대의 사람들에게도 성인이란 존재는 너무나 멀리 있는 신비스런 대상이었다. 당나라의 유자들은 불교의 '성불(成佛)' 사상에 촉발 받아 성인의 경지(sagehood)에 대한 감각을 지니기는 하였으나, 그 길은 소수의 뛰어난 현자들의 몫이라고 생각하였다. 당시 다수의 지식인들은 한유(韓愈)의 성삼품설(性三品說)을 지지하였다. 인간은 생득적으로 상, 중, 하의 세 가지 중 하나를 타고 났으며, 그 중에서 하우(下愚)는 도저히 성인에 이룰 수 없다고 보았다.

이러한 인식에 일대 변화를 가져 온 것이 송대의 성리학자들이었다. 그들은 인간이 학문을 통해 고귀한 도덕적 인간, 즉 성인의 단계에 이를 수 있다는 것을 신념을 공유하기 시작하였다. 특히 주렴계가 제시한 "성인은 배움을 통해서 도달할 수 있다는 이른바 '성가학론(聖可學論)'은 공부론의 새로운 지평을 열었고, 조선에서도 퇴계문도 사이에 주요한 논의처였고, 경 사상의 출발점이 되었다.[2] 그러한

---

1 W. T. de Bary, *Learning for One's Self: Essays on the Individual in Neo-Confucian Thought* (CUP, 1991).

뜨거운 열망에 불을 붙인 인물이 이정 형제와 주희였다. 이들 송대의 신유학자들은 '성인됨(成聖之道)'을 아예 공부의 목표로 못 박고, 그 구체적인 실행방안에 대한 전략을 제시하였다.

특히 송대의 학자들은 도통(道統)의 개념을 가다듬으면서 성인의 사상적인 계보도를 그리기 시작하였다. 즉 어떤 공부가 성인의 길로 올바르게 인도해 주고, 또 어떤 공부가 참다운 앎을 방해하는지 계보도를 작성하기 시작하였다. 이로 인해 맹자계열의 성선설은 성인의 길로 후학들을 인도하고, 순자와 같은 성악설은 학인들을 이단의 길로 끌고 간다는 지식의 계보도를 제시하였다. 즉 도통은 요순이하 공자, 맹자를 거친 유학의 정통이 과연 어디로 흘러가는지 그 흐름을 알려 주는 나침판의 역할을 하였다. 여영시(余英時)의 표현에 따르면 도통이란 '도'가 인간세계에 외재화(外在化)한 것이다. 도통의 개념을 체계적으로 정착한 송대의 이학자들에게 도, 혹은 도학이란 곧 내성외왕의 상태를 지향하는 것이다.[3] 송대 이후 유학자들은 이 내성과 외왕의 두 축을 과연 어떻게 이을까 하는 것이 가장 큰 관심사였고 격렬한 논쟁이 전개되기도 하였다.

처음 도학과 도통 개념에 대한 학문적 논쟁에 불을 붙인 것은 주자였다.[4] 처음 주자는 '도통'과 '도학'을 별개의 두 역사 단계로 나누었다. 즉 복희, 신농, 황제, 요, 순 까지 상고의 성인부터 주공(周公)에 이르기까지를 '도통(道統)'의 시대로 두었다. 이 시기의 두드러진

---

2 금계 황준량이 퇴계 이황에게 질의한 문목에는 주돈이의 『통서』〈聖學章〉과 주자의 『근사록』〈聖可學〉장에 대한 문답이 실려 있다.

3 余英時, 『朱熹的歷史世界』上, 允晨叢刊 96, 臺北, 민국 92년, 32-36쪽.

4 주자는 순희 8년(1181) 무렵에야 〈書濂溪光風霽月亭〉에서 처음으로 '도통'이라는 단어를 사용했다. 그러나 이때에는 아직 '도통'의 관념을 완전히 확립하지 못했다. 2년 후에 〈滄州精舍告先聖文〉에서 비로소 '도학'의 정의를 시도한다. 1185년 〈中庸序〉를 작성하면서 '도통'과 '도학'의 개념을 명확하게 정리했다.(余英時, 상게서, 「道學, 道統與 政治文化」)

특징은 내성(內聖)과 외왕(外王)이 합일된 상태였다. 즉 수양을 통하여 마음의 사심과 욕망을 걷어낸 '내성(內聖)'의 인간이 정치적 카리스마를 확보한 '외왕(外王)'의 역할을 겸한 시기이다. 플라톤의 철인정치(rule of philosophers, 哲人政治)에 비견되는 단계이다. 이 역사 단계에서는 성군(聖君)과 현상(賢相)이 이미 그들에게 합당한 정치적 위치를 점하고 '도'를 실천하고 있기 때문에 당연히 다른 사람들이 일부러 '도학'을 논할 필요가 없었다.

주자에 따르면, 주공 이후에는 내성과 외왕이 나뉘어 둘이 되었기 때문에 '도통'은 다른 역사단계에 진입하게 된다. 바로 공자가 창립했던 '도학(道學)'의 시대였다. 송대의 주렴계, 장재, 이정(二程)이 직접 이어받은 것은 옛 성왕(聖王)이 대대로 전해 내려오는 '도통'이 아니었고 공자 이하의 '도학'이었다. 주자 스스로 곧 공자 도학의 적전임을 암시하고 있는 것이다.

주자의 재자 황간(黃幹)은 주자를 중심으로 송대 도통의 개념을 완성하였다. 그는 주자의 '도통'과 '도학'의 기본 관점은 계승하면서, 이를 도통이라는 한 개념 속으로 버물어 버렸다. 그는 '도가 시행되던 시기[道始行]', '도가 밝아지는 시기[道始明]'로 범주를 설정하여, '도시행(道始行)'의 역사단계는 주자가 말하는 '도통'의 단계로, '도시명(道始明)'의 단계는 주자가 말하는 '도학'의 단계로 비정하면서 '도통'과 '도학'을 하나로 묶을 수 있었다. 이에 따라 '도통'은 '덕'은 있으나 그 '지위(位)'가 없는 성현의 소유가 되었다.[5] 도통이 공자와 맹자를 이어 주자로 정착되자, 순자와 그 후예인 법가뿐만 아니라 묵가와 형가 모두는 이단의 덫에 걸려 유학의 주류담론으로부터 사라지게 되었다.

이렇게 도통이 성공적으로 일단의 이학자들과 도학자들의 수중으

---

5 余英時, 상게서, 44쪽.

로 들어오긴 하였으나, 몇 가지 근본적인 딜레마는 해결되지 못하였다. 우선 내성외왕의 두 과녁을 동시에 겨냥해야 하는 도학자로서는 어떤 곳에 더욱 초점을 두어야 할 것인가 라는 현실적인 딜레마가 있었다. 즉 "내성(內聖)"과 "외왕(外王)"이라는 목표 사이에는 명백하게 어떤 긴장 관계가 존재하고 있었다. '내성'은 통상적으로 정신이 안쪽으로 수렴되는 상태(向內收斂)인 반면, "외왕"의 사업을 추진할 때에는 그 정신이 바깥쪽으로 확장(向外發舒)되는 심리적 반전을 경과해야 하는 것이다. 그러나 주자뿐만 아니라 그와 동시대의 이학 종사(宗師)들, 예를 들어 장식, 여조겸, 육구연 등도 모두 '외왕' 보다는 '내성'에 무게 중심을 두고 있었던 인물이다. 특히 신종(神宗) 대에 왕안석에 의해 시도된 희령변법(熙寧變法)이 실패로 돌아가자, '내성'이 결핍된 '외왕'의 한계가 집중적으로 문제시되었다.

주자와 황간에 의해 도통과 도학이 결합하자, 다음으로 제기되는 문제가 '치통(治統)'과 도통과의 관련성이다. 말하자면 도통과 통치의 합법성(legitimacy)과의 상관관계를 어떻게 설정하는가 하는 문제인 것이다. 송대의 이학자들에 따르면, 치통(治統)의 정당성은 오직 도통을 확보한 경우라야 안정적으로 유지할 수 있는 것이다. 한 국가 내부에 도통을 승계한 인물이나 학파가 존재하고 있는가의 여부가 그 국가의 정치적 정당성을 보장해 주는 척도가 되었다.[6] 이런 흐름 속에서, 치통의 정당성을 둘러싼 그 유명한 왕패(王覇) 논쟁이 순희 12년(1185) 주자와 진량(陳亮) 간에 제기되었다. 정호(程顥)를 포함한 송대의 도학자들은 도통과 치통이 하나로 합쳐졌던 삼대를 '왕도(王道)'가 실현된 시기로 보았다. 반면, 한, 당의 시기는 치통과 도

---

6 양유정(楊維楨)은 그의 《三史正統辯》에서 '道統者, 治統之所在'라는 정치사적으로 매우 의미 있는 발언을 남긴다. 치통(治統)의 정당성은 '도통'을 계승하고 있는가의 여부에서 판가름 나게 되었다.

통이 이미 분리된 상태로, 그 '세(勢)'는 있지만 '이(理)'가 없는 상태가 되었기 때문에 '패도(覇道)'의 시기로 보았다. 남송의 도학가들은 이 논점을 극단적으로 밀고 가서 삼대는 '천리행(天理行)'의 시기이고, 한, 당은 '인욕행(人欲行)'의 시대라고 생각하였다. 진량의 사공학파가 자칫 인욕을 긍정하는 논리로 전환될 수 있다고 하여 도통의 정맥에서 사라지게 된 것은 조선 유학사에도 엄청난 파급력을 행사하였다.

도통과 치통의 관계를 어떻게 설정해야 할 것인가의 문제는 유자들로서도 중요한 주제였다. 이것은 교육의 궁극적인 목표와 밀접한 관련성이 있었다. 주자의 경우, 양자 중에서 도통에 훨씬 큰 비중을 두고 있었다. 주자가 상고시대에서 '내성외왕'이 합일되는 이상적 모델을 찾고, 여기에 기반하여 통(統)의 개념을 형성하고자 한 이유는 이를 통해 후세의 전제적 군권(君權)을 비판하고자 한 의도가 개입되어 있었다. 주희는 군(君)은 여러 신하의 머리(群臣之首)일 뿐이라고 생각하였다. 그는 도강 이후 남송에서는 군신 사이의 세(勢)가 더욱 두드러지게 차이가 나는 것을 경계하였다. 그런 점에서 그는 진량의 왕패론이 자칫 임금의 권위를 지나치게 비대하게 하는 '교군(驕君)'의 상태로 악화시킬 수 있음을 우려하였다.

이렇게 주자가 정착시킨 도통의 개념은 조선사회에도 상당한 영향력을 발휘하였다. 특히 16세기에는 성장하던 사림세력들이 그 논의의 중심에 있었다. 이 시기에는 사림세력이 문묘(文廟) 종사(從祀) 논의를 중심으로 독자적인 도통론을 확립하여 가던 시기였다. 문묘 종사란 국가에서 한 인물의 학문적 정당성과 가치를 공증해 주는 매우 상징적인 의미를 담고 있는 의례이다. 이제 막 사림들에 의해 무엇이 교육의 궁극적 목표가 되어야 할 것인가 하는 점에 해답을 찾기 시작한 것을 의미한다. 이것은 과연 어떤 학문의 정당성을 갖춘 성학(聖學)을 하는가의 문제와 아울러, 부당한 왕권에 맞서는 신권

18

(臣權)의 정당성을 묻는 매우 복합적인 양상으로 전개되었다.

선조 초 김굉필, 정여창, 조광조, 이언적의 사현들을 도통의 계보에 합류시킬 것을 요청하였으나, 사화에 희생된 인물들을 문묘에 종사하라는 사림들의 주장은 사실상 왕실의 정당성을 훼손할 수 있는 것이기에 현실화되지 못하였다.7 그러나 이러한 논의를 계기로 하여 『국조유선록(國朝儒先錄)』의 편찬이 이루어지고, 정몽주로부터 시작되는 성리학적 도통론을 계보화 하는 전기가 되었다.8 특히 사림에서는 이단을 물리치기 위해서는 '문예'만으로는 한계가 있고, 사현과 같은 이학(理學)의 발전이 있어야 함을 강조하고 있다. 이는 이제 조선조 자체의 유학적 전통으로도 불가나 도가 사상을 극복할 수 있다는 자부심을 표시한 것으로 보인다. 이 책은 약간 앞선 시기에 유승조(柳崇祖, 1452-1512)가 제출한 『성리연원촬요(性理淵源撮要)』와 함께 조선조의 도통론이 학문적으로 정리되는 것에 아주 중요한 역할을 담당하였다.9 책에서는 불교와 도교, 그리고 양주와 묵적, 관중, 상앙, 신불해, 한비, 추연 등의 논의를 통해 형명(刑名)이나 공리적 사유가 안고 있는 사상적 위험성을 강조하고 있다. 이렇게 16세기의 조선은 『성리연원촬요』, 『국조유선록』 등의 간행을 통하여 이단 사상을 극복하고 성리학의 연원과 성현들의 도통연원을 밝히고자 하는 다양한 논의들이 전개되었다.

---

7 『宣祖實錄』 卷4, 宣祖 3年 4月 25日(壬戌).

8 유희춘(柳希春)이 편찬한 이 책은 『이학연원록(伊洛淵源錄)』의 체제를 본 따 사현의 저술과 문장, 행장이나 묘갈명 중에서 선별하여 수록하고 있다.(졸고, 「퇴계 도통론의 역사적 의미」, 『퇴계학보』 제111호, 퇴계학연구원, 2002)

9 이 『성리연원촬요』는 중국의 사상적 계보를 성리학의 관점에서 정리하여 조선조에 수용하고자 한 의도를 지니고 있다. 사단칠정편에서는 사단과 칠정을 리기와 연관시켜 논의하고 있는데 이는 후일 '사칠논쟁(四七論爭)'에서 퇴계 주장과 부합하는 모습을 보여 주고 있다.(김기현, 「柳崇祖의 道學과 思想史的 位相」, 『退溪學報』 109집, 2001.4.)

이러한 도통에 관한 논의를 '성성(成聖)'의 공부론으로 체계화한 인물들이 바로 퇴계 이황과 율곡 이이였다. 16세기 지성사를 아름답게 수놓은 두 사람은 성인에 이르는 길을 가장 체계적으로 그리고 가장 실천적으로 보여 주었다. 이 두 사람에 의해 '성성'의 길은 '심학(心學)'과 결합하였고, 가장 높은 단계의 도덕형이상학과 만나게 되었다. 이들이 제시한 '성성'의 길이 앞으로 우리가 다루게 될 조선후기 학인들의 학문적 표준이 되고, 또 극복 지양하게 될 높은 봉우리가 되었다.

퇴계 이황(李滉)은 우선 앞서의 도통논의를 한 단계 더 완숙된 학문적인 정리 작업으로 이어 갔다. 퇴계는 이 과정에서 누구보다도 엄혹하게 정학과 이단을 분변(分辨)하면서 기존의 도학연원에 대한 해석에 일대 쇄신을 도모하였다. 그는 이 과정에서 당시의 일반적인 사림들의 의도와는 뚜렷하게 구분되는 독자적인 도통의식을 선보였다. 그는 당시 사림세력들의 일반적 욕구와는 달리 사현을 포함한 선현들을 도통 연원에 포함시키는 것에 매우 유보적인 자세를 보여 주었다. 퇴계의 이러한 비판은 당시 사림들이 주도하던 유학사의 해석에 일대 반기를 드는 작업이다. 퇴계가 볼 때, 기존 유학은 노불(老佛)이나 사장학(詞章學), 그리고 기학(氣學) 등 이단 말류에 너무 많이 오염되어 있거나, 지나치게 공리적(功利的)인 경향성을 보이고 있었다. 또한 당시 이제 막 싹이 자라기 시작한 이학(理學) 연구도 이(理) 중심의 학설을 견고하게 조직하지 못한 체, 기(氣) 중심의 성리학적 견해에 매몰되어 있다고 보았다.[10] 퇴계가 볼 때, "성인(聖人)이란 인욕(人欲)의 사사로움이 없어서 순수 무잡(無雜)한 천리가 마음속에 환히 들어와 있는 상태"[11]인 것이다. 그가 화담(花潭) 서경덕의

---

10 권오영, 「退溪의 心性理氣論과 그 사상사적 위치」, 『퇴계학보』 109, 퇴계학연구원, 2001, 187쪽 참조.

학문을 매우 높이 평가하면서도, 화담이 기(氣)를 논하는 것은 극히 정밀하나 이(理)를 투철하게 이해하지 못한 것을 안타깝게 생각한 것도 그것이 성인을 향한 참다운 심학에 방해가 될 것으로 보았기 때문이다. 다시 말하자면 퇴계는 조선전기의 유학이 성인을 향한 참다운 마음공부, 즉 심학적 공부론에 상당한 이론적 허점을 지니고 있다고 본 것이다.[12]

퇴계가 앞장서서 주도한 조선의 도통론도 내부에서 새로운 분화 과정을 낳기 시작하였다. 우선 율곡 이이의 경우가 흥미롭다. 퇴계와 율곡도 조선의 현실에서 학문적인 차원의 도통과 통치권의 정당성을 알려 주는 치통(治統)의 관계를 어떻게 설정해야 할 것인가의 문제에 많은 관심을 기울였다. 특히 율곡은 도통을 치국(治國)과 치인(治人)의 문제와 더욱 긴밀하게 연결되어 사유하였다. 율곡도 도통이 왕권과 결합된 형태를 가장 이상적인 상태로 생각한다. 여기에서 율곡이 치통으로 대변되는 군권(君權)을 중시하였는지, 아니면 도통을 담지한 신권(臣權)을 더욱 중시하였는지의 여부는 불분명하다. 그러나 율곡이 "도통이 군상(君相)에게 있지 않은 것이 참으로 천하의 불행"이라는 표현을 쓰거나, "도통이 군상(君相)에게 있으면 도가 그 시대에 행해져서 혜택이 후세에게 흐른다."는 언명을 유의할 필요가 있다.[13] 율곡이 이렇게 도통과 '군상(君相)'을 상호 매개시키고 있는 것에서, 정이가 지향하던 군과 신의 "동치천하(同治天下)", 혹은 "공정국시(共定國是)"의 합법적인 권력을 이론적으로 획득하고자 한 것이 아닌가 한다.

---

11 『退溪先生全書』卷21, 〈屛銘發揮〉

12 퇴계는 심학적 공부론에 근거해서 경세학을 표방하는 여조겸(呂祖謙)과 사공학파(事功學派)를 이끌었던 진량(陳亮) 등에 대해 그 한계를 지적한다.(졸고, 「퇴계 도통론의 역사적 의미」, 『퇴계학보』 제111호, 퇴계학연구원, 2002)

13 상동.

이렇게 16세기의 조선사회는 퇴계와 율곡을 거치면서 '성인됨(To be a sage)'의 목표가 가능할 수 있다는 낙관론에 고무되어 있었다. 율곡은 "배우는 사람은 성인되기를 목표로 삼고서 한 터럭만큼도 스스로 포기하거나 물러서고 미루려는 생각을 가지지 말 것"[14]을 주문하고 있다. 퇴계와 율곡은 성인으로 가는 사상적 지형도를 각자 고유한 방식으로 완성하고자 하였다. 그들은 우선 올바른 학문의 역사적 흐름을 읽어내고 그 계보도를 그리고자 하였다. 진리의 숲은 깊고 험하여 미로를 헤매거나, 늪에 빠지면 성인의 경계에 이룰 수 없는 것이다. 이에 참된 교육을 하기 위해서는 올바른 학문의 역사적 줄기, 즉 도통(道統)을 읽어 내는 작업이 요청되었다.[15] 퇴계와 율곡이 제시한 궁리와 거경의 공부론은 평범한 학인들이 성인의 세계로 진입할 수 있는 가능성을 보여 주었다. 그들의 공부론은 소이연(所以然)으로서의 지식과 소당연(所當然)으로서의 덕성이 이(理)를 매개로 만나고 있다는 믿음에 근거한다. 퇴율의 문도들은 성인이라는 상달(上達)의 세계는 쇄소응대와 같은 소소한 일상생활에서의 하학 공부를 통해 도달할 수 있다는 사실을 의심하지 않았다.

그러나 임란을 경과하면서, 소수의 학자들은 주자학적 공부론을 통해 성인이 될 수 있다는 기존의 신념에 의문을 품기 시작하였다. 이들의 각성은 왕양명이 경험했던 용장의 깨우침처럼 극적인 것은 아니었으나, 변화의 바람은 명백하게 감지할 수 있었다. 소학류의 하학공부를 통하여 상달의 세계에 이른다는 성리학적 기획은 지나치게 관념적이고 지루하여 활기 없는 유자들만 양산하였다. 그들은 사소한 삶의 이치(理)를 깨우쳐 종국에는 세계에 대한 근원적 이해가 가

---

14 『율곡선생전서』 권27, 「격몽요결」, 입지장, "初學。先須立志。必以聖人自期。不可有一毫自小退託之念。蓋衆人與聖人。其本性則一也."

15 유학의 공부론에 관해서는 졸저, 『공부의 발견』, 현암사, 2007.

능하리라는 낙관론이 매우 비현실적이라는 사실을 감득하기 시작하였다. 17세기 이후 등장하는 탈주자학적 해석, 육경고학에 대한 새로운 관심 등은 성리학적 공부론이 지닌 한계를 돌파하고자 하는 학문적 노력이었다. 이러한 의문은 시기가 진전될수록 증폭되어, 다산에 이르면 성리학의 공부로는 절대 성인을 성취할 수 없다고 단언한다.

조선후기의 학교는 더 이상 '성인(聖人)'을 향한 교육기관으로서의 역할을 충실히 수행할 수 없었다. 교육에서의 성인(聖人)은 이제 하나의 이념형(idealtypus)으로만 존재할 뿐, 도달 할 수 없는 아득한 비현실적 꿈이었다. 경전에서는 날마다 성인을 만날 수 있지만, 조선후기의 교육현실은 냉혹하였다. 교육의 궁극적인 목적은 '성인'에 있기 보다는 현실적인 '과거(科擧)'에 있었다. 향교와 성균관에는 문묘와 대성전이 있어 공자를 위시한 성현들의 위패를 모시고 그들을 본받도록 독려하였으나, 이곳에서 시행되던 각종 제향기능은 현실의 다양한 욕망과 갈등을 은폐하는 역기능만 심화시키고 있었다.

왜 이런 모순적인 상황이 전개되고 있었을까? 이 모순은, 교육현실 내부에서, 변화를 거부하는 성리학적 이데올로기와 변화된 조선후기 사회현실간의 부조화에서 비롯된 것이다. 조선중기에는 성리학의 토착화가 일어나면서 우리사회에 적합한 '성인'의 모형을 창출할 수 있었다. 퇴계와 율곡에 의해 구안된 새로운 '성인' 담론은 매우 정교하게 심학(心學)화된 형식으로서, 그들의 공부론과 함께 유학의 새로운 모델을 창출하였다. 퇴계와 율곡은 〈성학십도〉와 〈성학집요〉를 엮어 내면서 '성인' 담론을 도학적인 군주상과 결합하고자 하였다. 한국교육사에서 가장 행복한 한 시기였다. 퇴계와 율곡은 그의 문도들과 함께 서원을 창설하면서, 그들의 도학적 이상과 꿈을 실현하고자 하였다. 교육을 통해 모두 함께 손을 잡고 성인의 처소로 들어가는 것이었다. 그러나 결론적으로 말해, 조선후기 사회에서 그 꿈은 만족할만한 결과를 얻지 못하였다. 서원의 제향공간을 통해, 성현으로 가는 도통의 가닥은 수없이 제시되었으나, 막상 퇴율을 넘어서는 참다운 성현이 조선후기에 출현하였다는 증거는 어디에도 없다. 이제 그 이유를 살펴보자. 조선 후기 유학교육은 조선 중기의 성리학적 도학주의를 극복하는 과정이었다.

## 조선유학의 '성인됨'과 성스러움의 문제

모종삼은 '성인의 자유(自由)' 문제가 유가 미학사상의 핵심이라고 정의한다. 그 중에서 공자가 삶의 마지막 지점에서 비로소 누렸다는 '종심소욕불유구(從心所欲不逾矩)'의 단계야 말로 중국미학의 최고 단계라고 말한다. 이 단계는 천도(天道)와 마음속의 '성명(性命)'이 합일하여 하나가 되고 이로서 완전한 자유의 상태가 되는 경지를 지시한다. 이 말은 '성인됨'의 단계란 곧 완전한 '자유'를 획득하는 단계라는 것이다. 이러한 '성성(成聖)'의 상태는 유가사상의 본질일 뿐만 아니라, 즉 도덕적 의의를 지니고 있음과 동시에 종교적 의의를 함유하는 것이라고 한다. 이러한 내성(內聖)의 정신이야말로 선진유학에서 멈추는 것이 아니라 송명이학에서 연속적으로 나타난다는 주장이다.[16]

여기에서 한번 자문해 보자. 유자들이 도달하고자 하는 '성인'의 경계가 과연 완전한 자유를 획득한 단계인가? '세계 내'의 도덕철학을 성립하고자 하는 유학의 교리 속에서 인간은 과연 완전한 자유를 회복할 수 있을까? 이 문제에 관해 매우 비판적인 견해들이 다수 존재한다. 이종영은 유학에서 추구하는 '신성함'은 자유가 아니라 오히려 억압과 통제로 귀결된다고 비판한다.[17]

레비나스에 따르면, 모든 보편철학은 기본적으로 '성스러움'을 추

---

16 唐聖, 『聖人的自由』, 學生書局, 2013, 142-192쪽.
17 이종영, 『마음과 세계』, 울력, 2016, 223-280쪽.

구하고 있다. 유학이나 불교, 혹은 기독교를 막론하고 지들이 지향하는 세계는 인간의 한계를 초월한 '성스러움'의 영역이다. 바람직한 사제관계란 이런 인간의 '성스러움'을 서로 확인하고, 주고 넘겨받는 관계라 할 수 있다. 그런데 레비나스는 여기에서 신성함(le sacré)과 성스러움(sainteté)의 의미를 분리시킨다. 신성함이란 욕망의 찌꺼기가 깃든 자아의 삶에 존재함으로써 성스러움과 대립한다. 자아가 삶 속에서 자아의 신들을 만들어 내고, 그것들에 신성함을 부여한다는 것이다. 그래서 자아의 삶의 한 범주인 신성함은 자아의 바깥에 있는 성스러움과 대립한다.[18] 신성함이란 불순한 성스러움이다. 레비나스는 신성함이란 '위세들 중의 위세'로 자신을 장식한다고 말한다. 즉 신성함은 권력들의 위계질서 속에서 가장 최상위의 자리를 차지하고 세상을 통제하고자 하는 것이다.

좀 더 의미를 밝게 알기 위하여 이종영의 진술을 따라가 보자. 신성함이란 기실 자아의 은밀한 속성을 구현하려는 것이다. 자아의 속성은 권력들의 위계질서 속에서 부단히 상승하려는 것에 다름 아니다. 따라서 신성함은 세계내의 법칙에 종속된 것으로 차이와 차별을 만들어 낸다. 반면 성스러움은 이 세계의 비교체제에서 완전히 빠져나와 있다. 존재 간에 초월적 동일상을 갖는다. 성스러움은 '세계로부터 빠져나옴'이라는 초월성을 근간으로 하고, 신성함은 '세계에 빠져 듬'이란 세속성을 내부에 간직한 것이다. 이에 레비나스는 신성함이 '마법이 번성하는 그늘'이라고 한다. 자아의 욕망들이 마법을 소비함으로써 신성함을 떠받들도록 한다는 것이다.

주자학자들도 사욕을 제거하고자 노력한다. 그러나 주자학자들에게 사욕은 단지 표면적인 욕망일 뿐이어서. '사욕을 제거한 마음은 자아의 심층을 내세우는 것을 뜻할 뿐이라는 것이다. 누군가를 '성인'

---

**18** 이종영, 상게서, 223쪽.

혹은 '성자'라고 칭하는 것은 대부분의 경우 외적 지표에 의한 것으로 신성함을 의미한다. 대단한 고행이나 비범한 능력 또는 외적인 근엄한 태도 등의 지표를 보여 주나 기실 성스러움과는 거리가 멀다. 신성함은 무늬만 성스러운 '짝퉁'에 지나지 않는다.[19]

이렇게 신성함과 성스로움의 차이에 대해 많은 시간을 인용한 이유는 간단하다. 신성함이란 바로 유학, 특히 주자학의 성인(聖人) 담론을 겨냥하고 있다는 사실이다. 유학의 성인담론은 실재적 초월성을 가져 오는 '성스로움'이 아니라 단지 상상적 초월성을 만들어 내는 '신성함'에 관한 것이라는 그들의 주장이다. 따라서 유학에 말하는 성인이란 세계내의 위계적 질서를 강화하는 교설을 만들어 내는 인물들에 불과하다. 그들이 볼 때 주자학에서 말하는 '성(性)' 즉 우리의 본성의 내용은 초월적 이(理), 즉 내면의 영성 보다는 당연지리(當然之理), 즉 당위적 사회적 규범에 가까운 것으로 보고 있다. 따라서 '성즉리'는 우리의 본성에 부합한다는 명목으로 사회질서를 신성화하는 이데올로기적 명제로 작용한다는 것이다.[20]

앞의 주장에는 동의할 수 없는 요소들이 많다. 그러나 주자학을 포함한 유학이 세계 내 질서를 중시한다는 점만은 움직일 수 없는 사실이다. 불교나 도가와 비교하여 유학은 이 세계안의 인륜적 가치를 중시한다. 인간이 구축해 놓은 이 구체의 세계를 벗어난 일체의 이론은 반인륜적으로 비판받는다. 유학에서 불가와 도가를 흔히 무부무군의 패륜적 집단으로 비판하는 것은 바로 이 세계 내 질서와 가치를 대수롭지 않게 여기기 때문이다. 가장 바람직한 스승과 제자의 관계는 '명륜(明倫)'이라는 유학적 이상을 잘 전해주고 넘겨받는 관계인 것이다. 앞에서 '신성함'의 닫힌 철학을 비판했던 인물들의

---

**19** 이종영, 상게서, 제3장 참조.
**20** 이종영, 상게서, 262쪽.

생각에는 이러한 '명륜'이라는 가치에는 위계질서를 강조하는 자아의 깊은 욕망이 깃들어 있다는 것이다. 그들의 논리에 따르면 유학에서의 스승은 제자에게 사실상 이 위계적 질서를 내면화 하도록 강제하는 존재인 것이다.

앞으로 이 책에서 본격적으로 다룰 이 책의 인물들은 바로 이 '관계'와 '자유'의 문제를 두고 치열하게 고민하고 그 해법을 모색했던 조선후기의 인물들이다. 즉 퇴계와 율곡, 그리고 그 후학들이 정교하게 구축해 놓았던 도덕형이상학의 높은 담벼락을 허물고 인간의 자연성과 왜곡되지 않는 정(情)의 발로를 승인하고자 하였다. 후기 인물들은 성인의 원형을 매허(太虛) 속에서 구하기도 하고, 천진한 '바보'의 무구성에서 오히려 성스러움을 찾기도 하였고, 또는 '외천(外天)'의 종교성 속에서 성인의 원형을 찾기도 하였다. 추사(秋史) 김정희(金正喜)는 성인은 '실사구시(實事求是)'를 실현하는 인물이라고 하여 현장성과 사실성을 강조하였다. 한말의 선비 매천(梅泉) 황현(黃玹, 1855-1910)은 "성인(聖人)은 배워서 같아질 수 있는가? 배울 수는 있어도 같아질 수는 없다. 만약에 배워서 모두 꼭 같아지려고 한다면 장차 그 가식(假飾)을 금할 길이 없을 것이다. 그래서 제대로 배우는 사람은 성인의 본뜻을 구하지 그 행적에는 얽매이지 않는데, 또 어찌 같아지기를 일삼겠는가."[21]라고 갈파한다. 그는 활 쏘는 사람이 예(羿)의 사법(射法)을 배우면서 그와 같아지기를 고집한다면 죽을 때까지 화살 한 발도 쏠 수 없으며, 말 모는 자가 조보(造父)의 마술(馬術)을 배우면서 그와 같아지기를 고집한다면 죽을 때까지 한 걸음도 뗄 수 없다."[22]고 하였다. 이렇게 성인에 대한 배움은 '법고(法

---

21 『梅泉集』 권6, 論, 〈揚雄論〉 "聖人可學而似乎。曰。可學也。不可似也。使學焉而皆取必乎似。則將不勝其僞矣。是以善學者。求其意而不拘其跡。亦安事乎似也哉。夫惟浮慕聖人。規規乎惟跡是拘。則子之可以似堯舜。曹操可以似文王。此大亂之道也。不止於相率以僞矣。故非徒衆人之不能似聖人。雖以聖人學聖人。亦不求其相似。"

古)'는 귀하게 여기되 새로운 '창신(創新)'의 열린 자세로 나아가야 한다는 의지를 조선 후기의 지성들은 공유하고 있었다. 이제 그들의 논의를 따라가 보자.

---

22 『梅泉集』권6, 論, 〈揚雄論〉"射者學羿而必其似羿。則終身不能發一矢。御者學造父而必其似造父。則終身不能馳一步。"

# 1. 조선중, 후기 퇴계학파의 도통론과 성인담론

　조선중기 사림의 출현은 한국의 이학사(理學史)와 맥을 같이한다. 이 시기는 조선 유학사의 성격을 규정짓는 도통(道統)의 계보가 확립되는 시기였다. 특히 교육사에서는 서원의 출현과 더불어 유학적 공부론이 체계화되던 시기였다. 유자들은 일체유심(一切唯心)의 내성적 공부가 근간을 이루는 불교의 수행법을 비판하면서 그들의 공부론을 역사의 중심으로 치켜 올렸다. 그 중심에 퇴계와 율곡의 철학이 있었다. 남송 이학을 수용하는 과정에서 형성된 퇴계의 도통론은 심학적 공부론에 근거하고 있었다면, 율곡의 도통론은 성덕군자이면서 동시에 국가 경영을 실현하는 군사(君師)의 출현에 있었다는 점에서 사공학적 성격이 짙다.

　퇴계가 수용한 남송 유학의 특징은 공부론과 수양론(moral self-cultivation), 그리고 聖人論(achievement of sagewood)이 본체론과 함께 결합하여 도(道)로 들어가는 길을 학문적으로 확실하게 제시했다는 점에 있다. 또한 남송의 뒤를 잇는 원(元)은 정권의 취약성을 보완하기 위하여 주자의 경전 해석에 정통성을 부여함으로써 정주학이 정전(正典, canonization)화 하는 결정적인 기여를 제공하였다.[1] 이렇게 움직일 수 없는 정전(正典)으로 자리한 주자학을 수용한 조선조

유학도 도통의 계보학적 연원(genealogy of the way)의 근거를 정주학의 내부에서 찾고자 노력하였다. 따라서 퇴계의 도통론도 넓은 범위에서 보면 이러한 주자학적 해석의 틀 안에 자리하고 있다.

퇴계는 조선 후기 학문의 방향을 정초하는 것에 결정적인 역할을 담당하였다. 퇴계가 깔아 놓은 공부의 길은 깊고도 선명하여 조선 후기 교육의 한 특징을 이루었다. 퇴계는 그의 일생을 이단과의 학문적 대결에 바쳤다. 그의 도통론은 조선사회에 가장 적합한 형식의 사상을 찾아 그 길을 후학들에게 넘겨주는 작업이었다. 퇴계는 유교 사상 속에 잠복되어 있는 불교와 도교적 요소에 대해서도 매우 예민한 반응을 보였다. 퇴계는 주자의 스승 유병산(劉屛山, 1101-1147)이 관료 시절 불교의 청정 적멸의 도에 빠졌던 사실에 대해 매우 곤혹스럽게 생각하였다. 그는 절동(浙東)에 자리했던 금화학파(金華學派)의 여조겸(呂祖謙)과 사공학파(事功學派)의 진량(陳亮)의 사상에 대해서도 다소 비판적이었다.

퇴계가 찬한 〈주자행장〉에는 주자가 절학(浙學)의 위험성을 극력 비판하였다고 적고 있다. 그 비판의 대상은 여조겸(呂祖謙) 등의 무리로서, 즉 "절학(浙學)은 육경과 논어, 맹자를 버리고 사마천을 존경하며, 이(理)를 탐구하고 본성에 대한 철저한 탐구를 하는 학문 태도를 버리고 세태의 변화를 담론하며, 마음 다스리고 몸 닦는 일을 버리고 일의 실효성을 즐기는 것인데, 이것은 학문을 크게 하는 사람의 심술(心術)에 해가 된다."[2]라고 하였다. 퇴계는 이어서 주자가 절동의 공리를 추구하는 사공파(事功派)의 인물인 진량(陳亮)에게 보낸 편지에 "의(義)와 이(利)가 함께 움직이고(雙行)하고 왕도와 패도가 병행한다는 설을 비판하였다."고 적고 있다.[3] 퇴계의 이 표현은 절동

---

1 Thomas A. Wilson, *Genelogy of the Way*, Stanford Univ Press, 1995, pp.1-29.
2 『宋季元明理學通錄』卷1, 〈宋季〉

30

학(浙東學)을 이미 도학의 중심에서 탈락시키고 있음을 의미한다.

퇴계의 이러한 선택은 조선 후기 유학사에 상당한 영향력을 미쳤다. 이것은 절동학(浙東學)이 지녔던 좀 더 자유스럽고 절충주의적인 지적 전통을 거부하는 것이기 때문이다.[4] 퇴계는『주자서절요』에서 주자가 여조겸에게 유교와 불교의 구분을 "마땅히 극론하여 분명히 가려야 할 곳에 대하여 조금이라도 모호함을 남기지 않을 것"을 당부한 것을 실어 여조겸 사상이 지닌 절충적인 성격을 지적하고 있다. 여조겸의 학문은 역사연구와 경세학을 중시하는 절동학(浙東學)의 특성을 가지고 있었다. 그는 주자처럼 철학적 문제를 연구하기 위해 많은 노력과 시간을 투자하지 않았다. 퇴계의『주자서절요』에서는 주자가 여조겸에게『논어』나『맹자』와 같은 경서를 읽히지 않고『춘추좌씨전』이나 제현들의 상소문만을 읽게 하는 것을 비판하면서, "사서(史書)는 혼잡하여 번거롭고 귀찮고, 경서는 맑고 담백한 것"[5]이라고 하여 경서 위주의 교육을 할 것을 권유하는 글을 옮겨와 싣고 있다. 주자는, "여씨 가학은 '어떤 한 문파만을 전문적으로 연구하지 마라. 어떤 한 이론만을 편파적으로 따르지 마라' 하는 것입니다. 그렇기에 그들의 학문은 넓지만 불순합니다."[6]라고 하며 여조겸의 학문이 잡박함을 비판하고 있다. 여조겸을 포함한 청대 절동 사학자들은 '육경(六經)이 모두 사서(史書)'라는 관점으로서 유가경전을 모두 역사서로서 간주한다. 여조겸에 따르면 역사는 단지 잡다한 사실들의 연대기 이상의 그 무엇이다. 역사는 변화와 발전의 기록이

---

3『宋季元明理學通錄』卷1,〈太師徽國文公朱先生〉

4 여조겸에 대한 자세한 논의는 졸고,「퇴계 도통론의 역사적 의미」,『퇴계학보』제111호, 2002.

5『朱子書節要』卷4,〈呂劉問答〉

6『朱文公文集』卷43, 21쪽, "呂公家傳深有警悟之處, 前輩涵養深厚乃如此. 但其論學殊有病, 如云'不主一門, 不私一說', 則博而雜矣."

기 때문이다. 그는 "더 이상 너의 머릿속에 잡다한 역사적 사실들을 쑤셔 넣지 마라. 대신에 어떻게 일들이 변화하고 발전하는지를 관찰하라"7고 말한다. 여조겸은 역사적인 변화와 발전은 피할 수 없는 사태라고 말한다. 즉 그는 "어떤 것이 극점에 도달하면, 이를 변화시키는 사람들이 틀림없이 있을 것이다. 만약 이를 어느 누구도 변화시키려 하지 않는다면, 그것은 내부 자체의 힘에 의해 변화될 것이다."8 라고 역사의 내재적 발전을 승인하고 있다. 여조겸의 이러한 경향은 명백하게 퇴계의 도덕 중심적 역사관과 충돌하는 모습을 보여 준다.

그러나 틸만(Tillman)이 잘 지적하고 있는 것처럼, 여조겸은 마음을 정의함에 맹자의 견해를 충실히 따르고 있다. 그는 '본심을 다시 회복하는 것'을 모든 학문과 도덕적 실천의 근간이라 주장한다. 그는 또한 맹자의 '본심'의 개념에 도학에서 언급하는 '이(理)'의 개념을 결부시킨다. 또한 여조겸은 맹자의 성선설을 추종했다. 여조겸이 보기에 악은 그 본성의 외부에서 온 것이다. 이러한 가정을 바탕으로 그는, 수양공부의 관건을 적절치 못한 욕망으로부터 그 본성을 존양(存養)하는 것으로 파악하였다. 욕망을 없애고 마음을 보존하는 여조겸의 수양 방식은 장식과 주희의 수양 방식과 매우 유사한 모습을 보여 주고 있다.9

그럼에도 불구하고 여조겸이 퇴계를 포함한 조선조의 유자들에게 호감을 주지 못하였던 이유의 하나는 그가 법치에 대해 긍정적으로 평가한 점이다.10 그는 법가의 사상과 법의 본질은 다르다고 확신하

---

7 『呂東萊文集』 권19, 431쪽, 〈史說〉, "陳營中嘗謂『通鑑』如藥山, 隨取隨得. 然雖是藥山, 又須是會采. 若不能采, 不過博聞强記而已. 壺丘子問於列子曰: '子好游乎?' 列子對曰: '人之所游, 觀其所見; 我之所游, 觀其所變.' 此可取以爲史之法."

8 『呂東萊文集』 卷19, 431쪽, 〈史說〉, "此事極, 則須有人變之, 無人變, 則其勢自變."

9 H. C. Tillman, 김병환 역, 『공리주의 유가』, 교육과학사, 2017.

10 潘富恩 · 徐餘慶: 『呂祖謙評傳』, 156-162쪽.

였다. 그는 "인간의 법이란 인간의 감정(人情)과 사물의 원리(物理)가 머무르는 곳이다."[11]라고 말하고 있다. 그는 물론 일반 유자들과 마찬가지로 덕이 통치의 기본이 된다고 생각하였다. 하지만 그가 법치와 사적 이익을 중시한다는 점은 사공학파인 진량(陳亮)과 입장을 같이하고 있다. 퇴계의 여조겸에 대한 이러한 부정적인 평가로 인해 그의 제자였던 노덕장(路德章), 진강(陳剛), 반경헌(潘景憲) 등이 육상산(陸象山)의 동료로 다루어지고, 퇴계가 그들을 『이학통록』의 외집에 분류하여 넣은 이유가 되었다는 주장은 설득력을 지니고 있다.[12]

퇴계의 도통론은 도학의 연원과 그 계보를 찾는다는 점에서 결국 그의 성인(聖人)을 향한 구도의 여정과 다름이 없다. 그는 「병명(屛銘)」, 「성현도학연원(聖賢道學淵源)」, 「이학통록(理學通錄)」 등에서 지속적으로 도학의 올바른 계보도를 작성하고자 하였다. 그는 주자를 표석으로 삼아 성인에 이르는 참된 공부론을 재정립하고자 하였다. 이러한 성학의 길에 들었던 인물들의 연원과 계보를 잇는 작업이 곧 퇴계의 도통론이다.

퇴계는 심학공부의 요체는 경(敬) 공부에 있다고 보았다. 그는 경공부를 위해서는 진서산(陳西山)의 『심경(心經)』과 정민정(程敏政)의 『심경부주(心經附註)』를 통할 것을 권고하였고, 이것이 조선 후기 교육에서 『심경』의 학습이 강조된 원인이 되었다. 퇴계는 심학적 공부론을 통해 그가 생각하는 가장 인간다운 인간 즉 성인(聖人)의

---

11 『呂東萊文集』 卷20, 457쪽, 〈雜說〉, 潘富恩·徐餘慶, 『呂祖謙思想初探』(杭州: 浙江人民出版社, 1984年), 39-47쪽. "人多言不可用法, 法是申·韓深刻之書, 此殊未然. 人之法, 便是人情物理所在, 若會看得仁義之氣, 謁然在其中, 但續隆者有時務快, 多過法耳."

12 柳存仁, 「退溪의 理學通錄에 나타난 朱熹의 弟子들」, 『퇴계학연구논총』 제9권, 1997, 132쪽.

세계로 진입할 수 있다는 확신을 지니고 있었고, 이러한 학문 전통이 남인학파의 이론적 토대가 되었다.

## 1) 경(敬)의 학습과 퇴계학단의 확산

퇴계가 구상한 마음공부의 핵심은 경(敬) 공부에 있었다. 마음을 항상 경건하고 공경한 상태에 두어 마음이 산란하게 여러 갈래로 흩어지지 않고 대상에 전일하게 집중하는 상태, 그것이 경 공부의 핵심이었다. 이것이 송대 이래 성리학자들이 강조한 경공부의 지결이었고, 이 경의 상태를 시종일관 파지하는 것이 성학(聖學)의 요체다. 그 경공부의 첫 출발을 연 것이 바로 주렴계이다. 『통서』에 실린 그의 말을 인용해 보자.

> 혹자가 묻기를 성(聖)은 배울 수 있는 것인가? 염계선생이 말하기를 그렇다. 그 요체가 있는가? 말하기를 있다. 청하여 물으니 대답하기를 하나를 요체로 삼아야 한다. 하나란 무욕인데, 무욕하면 정(靜)인즉 허(虛)하고, 동(動)하면 직(直)한 것이다. 정하여 허하면 밝고, 밝은 즉 통하게 된다. 움직여서 곧으면 공(公)한 것이니, 공한 즉 넓게 된다. 밝아서 환히 통하고, 공공(公共)하여 넓은 즉 거의 성(聖)에 가까운 것이다.[13]

이렇게 주렴계는 '하나'를 무욕으로 풀이하였다. 인간 존재의 궁극적 근원성이자 지선의 상태를 지칭하는 '하나'는 곧 인간의 무욕 상태에서 태동한다는 것이다. 또한 세계와 나의 완전한 합일을 의미하는 '하나'의 세계는 무욕의 공공성에서 비롯된다는 의미이다. 그러나

---

13 『通書』, 〈圣学〉 "第二十, 圣可学乎 曰可 曰有要乎 曰有 请闻焉 曰一为要 一者无欲也 无欲则静虚 动直 静虚则明 明则通 动直则公 公则溥 明通公溥 庶矣乎"

주렴계가 설정한 '하나'와 무욕의 상태는 매우 그 경계가 높고 추상적이었다. 이에 정이천은 일반인들이 쉽게 일상 속에서 접근할 수 있도록 경 공부와 연결하도록 하였다. 정이천은 위에서 "하나를 요체로 삼는다."라는 공부가 곧 경(敬)의 공부라는 사실을 명확하게 하였다. 마음을 무욕의 상태에 두고 한 가지(一事)를 주로 하여 마음이 이리저리 옮겨 다니지 않는 상태, 즉 주일무적(主一無適)하는 것, 그것이 곧 경의 상태라는 것이다.

그리고 주자는 정자의 경 철학을 이어 받아 경 공부가 지닌 주정(主靜)적 성격을 해소하는데 주력하였다. 그는 경을 동정을 일관하는 공부로 자리매김하였다.[14] 주자는 경 공부란 외물이 관여하기 전인 무사시(無事時)의 미발 상태와 임사시(臨事時)의 이발 상태를 관류하는 공부가 되어야 함을 강조하였다. 여기에서 주자가 말하는 '무사시'의 미발공부란 현상적 의식의 흐름을 쫓아 가면서 문득 드러나는 청정한 본래성품을 포착하려는 호상학(湖湘學) 계열의 이른바 찰식단예(察識端倪)의 공부법이 결코 아니다. 그는 평소에 알상의 쇄소응대와 같은 범상한 일들 속에서 경의 태도로 미리 '함양하는 것이 '성품기르기(養性)'를 위하여 효과적인 유학의 수양법이란 사실을 강조하였다.[15]

퇴계는 주자학의 경 공부론을 더 한층 심화시키고 체계화하였다. 퇴계는 "경은 성학의 시작과 끝"[16]이라고 말한다. 그는 인간됨의 완성은 경에 의해 이루어진다고 믿었다. 그는 인간이 불현 듯 솟아오르는 사욕을 막고 인의 세계로 들어가기 위해서는 경을 보존하는 것

---

**14** 『朱子語類』「學六: 持守」, "今說此話, 却似險, 難說. 故周先生只說, 一者, 無欲也. 然這話頭高, 卒急難湊泊. 尋常人如何便得無欲. 故伊川只說箇敬字, 教人只就這敬字上捱去, 庶幾執捉得定, 有箇下手處."

**15** 이승환, 「찰식에서 함양으로」, 『철학연구』 제37집, 2009, 50-57쪽.

**16** 『退溪全書』, 「聖學十圖」, "然則敬之一字 豈非聖學始終之要也哉"

이 가장 중요하다고 보았다.[17] 『성학십도』는 그의 경 철학을 압축적으로 구조화한 것이다. 특히 그는 경의 '일상성'을 강조하면서 관념 속에서 죽어 있는 '사경(死敬)'이 아니라 만물의 원초적 생명력을 북돋아 주는 '활경(活敬)'이 중요하다는 사실을 강조하였다. 특히 그의 〈숙흥야매잠도〉와 〈경재잠도〉는 일상의 시공간 속에서 경을 어떻게 간직할 것인가를 압축적으로 제시하고 있다.[18]

퇴계가 경의 일상성을 강조한 것은 〈숙흥야매잠도〉에서 소재(蘇齋) 노수신(盧守愼)의 해석방식을 비판하는 것에서 뚜렷하게 드러난다. 퇴계는 경(敬)을 '일(一)'로 풀이한 노소재를 비판한다. 퇴계는 나정암의 설에 경도된 소재의 본체론적 견해를 우려하였다.[19] 퇴계는 소재가 '경(敬)은 일(一)일 따름이다'라고 주장한 것에 대해, 이것은 소재가 능(能)으로서의 '경(敬)'과 소능(所能)으로서의 '일(一)'을 혼동한 것에서 온 병폐라고 주장하였다. 이러한 비판이 의미하는 바는 과연 무엇인가?

퇴계는 소재가 "경은 '一'일 뿐이다(敬者一而已矣)"라고 단언한 것에 비판을 가하고, 이를 "경의 공부가 주일(主一)에 있음을 알 수 있다."로 바꿀 것을 권한다.[20] 퇴계 비판의 요점은 경을 곧 일(一)로 파악하는 데 있었다. 경(敬)을 일(一)로 파악하게 되면, 경이 실천이나 행위 등 현상적 세계의 움직임과 분리되어 곧 바로 본체론적 세계를 의미하게 된다. 경이 외물 세계와의 교섭을 단절하고 곧 바로 일(一)의 세계, 즉 본질의 세계 혹은 진여의 세계로 이행하는 것은 유가의

---

17 『退溪全書』, 「聖學十圖」, 〈心學圖〉

18 자세한 논의는 졸저, 『공부의 발견』, 현암사, 2007.

19 노수신은 그의 「人心道心辨」에서 주자가 도심을 인심과 동일한 차원의 이발의 情用으로 풀이한 것에 반대하고, 미발을 性體로 풀이한 나정암의 해석이 정당함을 주장한다. 자세한 논의는 崔眞德, 「주자의 인심도심 해석」, 『철학논집』 제7집, 서강대학교출판부, 102쪽 참조.

20 『退溪集』卷10, 「答盧伊齋 庚申」, "敬之用工 在於主一可知"

종지를 뒤흔들 수 있는 매우 충격적인 발상이 될 수 있다는 것이다. 마치 선정을 통해 진여의 세계에 다다르고자 하는 불가의 수행법과 흐름을 같이 하게 되는 것이다. 또한 외물의 세계를 무시함으로써 육왕학적 이해 방식으로 쉽게 환원될 수 있는 소지를 안고 있는 것이다. 퇴계가 말한 바대로 "외물이 누(累)가 됨을 두려워하여" 객관 세계의 움직임과 현상들을 완전히 무시해 버리고 "모두 본심으로 들어가 뒤 섞어버리는" 위험성이 있음을 우려한 것이다. 이에 퇴계는 경을 운동의 개념이 함유된 '능(能)'으로 파악하였다. 이는 경을 지나치게 주정적(主靜的) 성격으로 파악하여 자칫 궁리(窮理)라고 하는 도문학적(道問學的) 공부와 분리될 위험성이 있음을 경계한 것으로 보인다. 또한 그가 '경의 공부는 주일(主一)에 있다'라고 하여 '주일(主一)'의 의미를 강조한 것도 같은 맥락에서 이해될 수 있다. 주일(主一)은 '전일(專一)하게 되고자 애씀'이다. 즉 주일(主一)의 주(主)는 하나가 '되고자 하는 노력'을 의미하게 되어, 현실세계 속에서의 실천적 노력을 중요시한다. 퇴계가 "일(一)자 위에 모름지기 '주(主)'자를 붙이거나, '일'자 아래에 모름지기 '지(之)'자를 붙여야만 능(能)이라고 할 수 있다."라고 주장하는 것은 그가 경(敬)을 철저히 일상의 생활과 연결시키고자 하는 의도에서 비롯된 것이다.[21]

그러나 여기에서 주의해야 할 일은 그의 경 공부가 일상성 속에만 매몰된 것이 아니라는 점이다. 일상에서 경 공부를 착실하게 수행하되, 그 지향점은 초월성을 지니고 있다는 사실이다. 퇴계에 따르면, 의식을 전일하게 하면 어느 순간 이(理)의 의미를 통투하게 되고, 이는 곧 가장 근원자인 태극의 세계를 체인하는 단계로 진입할 수 있음을 강조한다. 퇴계에 따르면, 주일 즉 사려를 전일하게 한다는 것은, "한 그림에 나아가 생각하면 마땅히 그 그림에 전일하여 다른 그

---

21 졸저, 상게서, 188-191쪽.

림이 있는 줄을 모르는 것 같이 하고, 한 일에 나아가 익히면 마땅히 그 일에 전일하여 다른 일이 있는 줄 모르는 것 같이 하여야 하는 것"[22]이다. 이렇게 경에 대한 공부를 물망(勿望)·물조(勿助)의 마음가짐으로 일상생활 속에서 꾸준히 경을 실천하면 어느 순간에 아름다운 근원적 진리에 가까이 이르게 된다는 것이다. 퇴계는 그 경지를 이렇게 노래하였다.

主敬還須集義功　경을 위주로 하고 의를 모으는 데 힘쓸지니
非忘非助漸融通　이 일은 잊거나 무리하지 않으면 점점 융통하리라.
洽臻太極濂溪妙　마침 태극에 이르니 주렴계의 이치가 묘하도다.
始信千年此樂同　비로소 믿겠네, 천년이 지나도 이 즐거움이 같음을.[23]

퇴계의 경 철학이 지닌 또 다른 위대함은 송대 이래 축적된 경론을 집대성하고 종합한 통합성을 지니고 있다는 점이다. 주자는 경 공부의 커다란 흐름을 정이(程頤)가 말한 '마음을 전일하게 하여 산만하게 흩어지지 않도록 하는 주일무적(主一無適)'과 '몸가짐을 가지런하게 하고 마음을 항상 엄숙한 상태에 두는 정제엄숙(整齊嚴肅)', 사량좌(謝良佐)가 제시한 '정신을 항상 또랑또랑 깨어 있는 상태로 두는 상성성법(常惺惺法)', 그리고 윤돈(尹焞)이 말한 '마음을 수렴하여 단 하나의 잡념도 용납하지 않는 심수렴불용일물(心收斂不容一物)'의 네 가지 공부법으로 압축한 바가 있다. 주자는 경은 이 네 가지 통로를 경유하여 다른 길로 진입할 수는 있으나 그 도달하는 지점은 동일한 곳임을 천명하였다. 그러나 주자의 이런 선언적인 언명

---

22 『退溪集』 卷7, 「進聖學十圖箚」, "就一圖而思 則當專一於此圖 而如不知有他圖 就一事而習 則當專一於此事 而如不知有他事"

23 『退溪集』 卷3, 「陶山雜詠」, 〈玩樂齋〉

에도 불구하고 후대의 학자들은 경의 일상성을 주장하느냐, 초월성을 강조하는가, 혹은 그것의 종교성을 중요시하는가에 따라서 그 입각처를 달리하였으나, 퇴계는 그의 삶 속에서 이 네 가지 학설의 종합을 시도한다.

앞에서 우리는 이미 '주일무적'에 대한 퇴계의 참신한 해석을 살펴본 바 있지만, 그는 경의 출발점을 몸과 마음을 경건한 상태에 두는 '정제엄숙'에 두고 있다. 퇴계는 간재(艮齋) 이덕홍(李德弘)과 다음과 같은 대화를 주고받는다.

월란대에 계시던 날 한밤중에 홀로 일어나심에 덕홍이 마침 자리에 있다가 경(敬)자의 뜻을 여쭈었더니 '의관을 바로 함이네.'라 말씀하시고 '사려를 전일(專一)하게 함이니, 어떠한 일에든 이에 의지하여 마음과 몸을 다하면 현인도 성인도 될 수 있다.'고 말씀하셨다."[24]

퇴계는 경(敬)자의 뜻을 질문하는 제자에게 "의관을 바로 함이네.", "사려를 전일하게 함이네."라고 간결하게 대답한다. 과연 의관을 바르게 하는 것이 어떻게 성인의 되는 길이라는 것인가? 우선 퇴계의 이 말은 경이란 현실의 세계에서 훌쩍 벗어나 독존의 세계에 홀로 또아리를 틀고 있는 것이 아니라, 일상적 세계에서 언제나 구현해야 할 삶의 방식임을 말해 주고 있는 것이다. 이러한 점에서 퇴계에 이르러 도의 형이상학적 무실성(無實性)이 극복되었다는 주장[25]은 정당하다.

'정제엄숙'을 경의 출발점으로 삼는 퇴계의 생각 속에는 유자들이

---

**24** 『退溪先生言行錄』卷6,「祭文」,〈又李德弘〉, "月瀾當日 中夜獨起 弘適在座 問敬字旨 曰正衣冠 曰一思慮 從事於斯 賢聖可做"

**25** 丁淳睦, 『退溪評傳』, 지식산업사, 1987, 170쪽.

일상적 삶을 왜 그토록 중요시했고, 하학(下學)에 대한 착실한 공부를 강조하였는가 하는 것의 해답이 실려 있다. 유자들은 경(敬)이란 어린 시절의 하학 공부를 통하여 체득된다고 보았다. 퇴계도 이러한 의미에서 소학을 매우 중시하였다. 그는 제자들에게 소학의 명륜편과 경신편, 그리고 명심술지요(明心術之要), 명위의지칙(明威儀之則) 같은 것들을 잠시라도 잊지 않는다면, 일상적인 생활을 하는 사이에 천리(天理)가 유행해서, 마디마디 부분 부분이 서로 일치해서 들어맞지 않는 것이 없을 것이라고 당부하고 있다.[26] 소학은 일상 속에서 무엇이 옳고, 무엇이 그른 것인가를 알려 주는 하나의 지표로 작용한다. 또한 외경(畏敬)의 태도가 육화되어 몸과 마음이 일치 되지 않을 때에는 일상속의 수행은 엄청난 괴로움으로 다가온다.

또한 퇴계에 있어서의 경 공부는 동정(動靜)의 상태 모두를 포괄한다. 사물이 마음에 이르기 전의 상태나 사물이 구체적으로 현전하는 상태에서나 항상 마음공부가 필요하다. 희로애락이 이미 발한 이발(已發)의 상태에서의 경 공부는 마음이 화(和)의 상태에 있도록 수렴하는 공부가 필요하다. 반면 정(靜)한 상태에서의 경 공부는 마음의 순수한 본원 상태인 미발(未發)을 체인하는 것이다. 이때의 경(敬)은 주객의 분별을 넘어서서, '마음에 아무것도 용납하지 않는(心中不容一物)' 상태를 의미한다. 퇴계는 이를 정문(程門)의 지결이라고 단정하였다.[27] 심지어는 선한 행위에조차 털끝만큼도 집착해서는 안 될 것임을 주장한다. 연평(延平)에 따르자면, "만약에 항상 가슴 속에 남겨 둔다면 이것이 도로 쌓여 한 덩이의 사사로운 생각을 불러일으키게 될 것"이기 때문이다.[28] 심지어는 도를 행하고자 한다든

---

26 『退溪先生言行錄』卷1,「讀書」, "如明倫篇 及敬身編 明心術之要 明威儀之則等處 頃刻不忘, 日用之間 天理流行 支支節節 無不照管"

27 『退溪集』卷28,「答金惇敍 癸丑」, "示喩心中 不可有一事 此乃持敬之法"

28 『退溪集』, 같은 곳, "延平先生 嘗擧此以訓 晦菴曰若常留在胸中 卻是積下一團私

가, 격물을 하고자 한다는 생각까지 가슴속에서 다 버려야 한다.[29] 다만 경의 상태가 불교의 무념무상의 상태와 구별되는 것은 "마음이 사물에 대해서, 오기 전에는 맞이하지 않고, 바야흐로 오게 되면 다 조응(照應)하고, 이미 조응하고는 남아 있지 않아, 그 본체의 맑음이 밝은 거울이나 고요한 물과 같아서 비록 매일 같이 일을 응접하더라도 마음속에는 한 물건도 남아 있지 않는"[30] 평정의 상태를 의미한다.

경을 명경(明鏡)으로 비유한 것은, 심이 '사물을 있는 그대로' 인식함을 의미한다. 이는 인식 주체인 심과 인식객체인 사물이 완전한 조응의 상태에 있음을 뜻한다. 그러나 경은 마음을 비우고 주정(主靜)의 상태에 두는 것만으로는 성립하지 않는다. 경은 언제나 일상을 염두에 두어야 한다. 퇴계는 객관적 경험세계를 기피하고 마음만을 문제시 삼는 것은 도가와 불가의 태도라고 비판하였다. 경은 심과 물을 소통시키는 매개자로서의 의미를 지닌다. 퇴계 공부론의 핵심은 인식객체로서의 대상을 중요시하면서, 동시에 인식 주체인 심의 상태를 '명경(明鏡)'의 상태로 유지할 수 있느냐에 있다. 경이란 사물의 본질이 왜곡되지 않고 환하게 읽어질 수 있도록 일체의 편견이나 선입관이 배제된 상태의 마음을 의미한다. 자연을 자연 그 자체로 이해하기 위해서는 경을 통해 고착된 자아를 벗어버릴 때 비로소 가능한 것이다. 이 때 비로소 대상과 나는 하나가 된다. 나의 주관적인 판단행위가 정지될 때 비로소 대상은 그 본질을 드러낸다. 이 때 경은 동정을 초월하고, 내외를 아우르게 된다.[31]

---

意也"

**29** 『退溪集』, 같은 곳, "然則來喩所云 欲行道欲格物之類 雖曰皆非惡念 而其不可有諸胸中 則一而已矣 且事未來而先有期待底心 事已應了 又卻常存在胸中 不能忘卻 此二者 與所謂胸中不可有一事者 同一心法也"

**30** 『退溪集』, 같은 곳, "則心之於事物 未來而不迎 方來而畢照 旣應而不留 本體湛然 如明鏡止水 雖日接萬事 而心中未嘗有一物 尙安有爲心害哉"

**31** 졸저, 상계서, 192-231쪽.

다만 문제는 모든 개개의 사사물물에서 언제나 경의 상태를 유지한다는 것은 대단히 어렵다. 따라서 경의 대상인 다양하고 복잡한 일상보다는, 경의 주체인 마음으로 그 관심이 차츰 옮겨지게 된다. 이에 필경에는 풀어진 마음을 거두고(求放心), 덕성을 기르는 공부를 가장 우선시 하게 된다. 즉 경에 대한 공부가 심학적 차원으로 옮겨갈 가능성이 농후한 것이다. 퇴계는 이 점을 매우 경계하였다. 퇴계는 '오직 심지(心地)의 공부만을 주로 삼는다면 석씨의 소견에 빠지지 않을 자 드물 것임'을 주장하였다.[32] 경은 현실 속에 뿌리박고 일상성을 가져야 한다. 경이 불가에서와 같이 의식계 속으로 함몰될 것이 아니라, 경은 현실(事物)의 몸체에 얹히어 일상생활에서 끝없이 유행하는 '이(理)'의 실존을 대면할 수 있어야 하는 것이다. 퇴계에 따르면 "일상생활에서 양양하게 흘러넘치는 이 이치는, 단지 움직이고 그치고 말하고 묵묵히 있는 사이와 이륜(彝倫)과 응접(應接)의 즈음" 어느 순간에도 있는 것이다.[33] 경은 언제나 일상의 세계에 머물며, 상성성(常惺惺)의 상태로 또랑또랑 깨어 있어 일상 속에서 유행하는 이(理)를 발견할 수 있어야 하는 것이다.

### 2) 퇴계 경 공부의 전승과 분화

주로 경상좌도를 주요 생활공간으로 한 퇴계학단은 퇴계의 사후에도 경 공부를 통해 성학(聖學)을 내면화한다. 이들 퇴계학단은 퇴계의 철학을 내면화하면서 거대한 학문공동체를 형성하기 시작하였다. 그러나 미시적으로 보면 학단 내부에서도 서로 다른 이념의 분

---

32 『退溪集』 卷16, 「答奇明彦」, "心之工夫爲主 則鮮不墮於釋氏之見矣"

33 『退溪集』 卷14, 書, 「答南時甫」, "蓋此理洋洋於日用者 只在作止語嘿之間 彝倫應接之際"

화가 나타나기 시작하였다. 우선 퇴계의 적전 제자라 할 수 있는 월
천 조목과 학봉 김성일, 서애 류성룡 사이에서도 그 학문의 지향처가
나눠지기 시작하였다. 월천 조목이 중심이 된 예안학파는 내성(內聖)
을 통해 성인의 길로 가고자 하는 심학화의 모습을 보여 주고 있다
면, 안동을 중심으로 한 서애와 학봉의 학맥은 내성과 외왕(外王)의
동시적 실현을 꿈꾸고 있었다.

### 가) 월천(月川) 조목(趙穆) 학맥 ; 경 공부의 심학(心學)화

퇴계의 사후 그의 학통은 몇 갈래로 분화된다. 우선 학단의 가장
연장자였던 월천(月川) 조목(趙穆, 1524-1606)의 학맥을 들 수 있다.
월천은 퇴계의 사후, 도산서원의 건립을 주도하고 퇴계문집의 편찬
을 주도하면서 이 시기 퇴계 문인들을 대표하는 종장이 될 수 있었
다. 학봉 김성일이 조목에게 "대업을 힘써 강구하여 선생의 의발이
끝내 찾아 들 곳이 있게 할 것"을 당부할 정도로 사림들의 신망이 두
터웠다.[34] 이러한 그의 사림내부에서의 입지는 광해군대에 이르러
도산서원의 상덕사(尙德祠)에 배향됨으로써 퇴계 적통의 위치를 차
지하는 계기가 되었다. 그러나 월천은 이미 퇴계문집을 간행하면서
서애 유성룡을 중심으로 하는 안동 사림과 상당한 알력을 겪고 있
었다.

월천은 가장 오랜 기간 퇴계의 가르침을 받은 인물이다. 퇴계도
"독실하기는 조 아무개만한 사람이 없다."라고 할 정도로 면학에 열
중한 인물이다. 월천은 평소 퇴계로부터 강한 기질을 억누르고 마음
을 다스리리라는 훈도를 자주 받았다. 월천이 퇴계로부터 받은 편지

---

**34** 『鶴峯文集』 권4, 書, 〈答趙月川 · 壬午〉, "願吾丈勉究大業 使先生衣鉢之傳 終有
所歸也"

를 정리한『사문수간(師門手簡)』중에는 제자에 대한 스승의 사랑과 관심이 녹아있다. 지극한 가난으로 인하여 자칫 호연지기를 상실할 것에 대한 걱정, 지나치게 강(剛)한 기질로 인하여 자칫 "사납고 난폭한 병통으로 발전하여 조금도 겸손하고 손순하게 자신을 비우고 남을 받아들이는 뜻이 없어질 것"을 경계하는 내용도 들어 있다. 또한 시작(詩作)이 과장하고 자부함이 커서 스스로를 천하 제 일류에 놓는 병폐가 생길 수 있음을 경계하기도 한다.

월천은 퇴계의 사상을 가장 철저하게 지킨 원리주의자다. 그는 퇴계의 심학을 본인의 철학으로 삼았다. 그는 마음공부가 퇴계학문의 요체라고 보았다. 그는 "퇴계가 한 말들은 성현의 가르침이지만 그 이치는 오직 마음속에서 얻을 수 있는 것이고, 그 쓰임새는 만사에 흩어져 있지만 그 본체는 모두 일시에 갖추어져 있는 것"[35]이라고 정의한다. 그는 경 공부를 통한 마음의 수렴을 중요시한다. 월천은 육상산이나 왕양명뿐만 아니라, 나정암의 학문에 대해서도 강한 비판을 하였다. 그는 스승인 퇴계보다도 더욱 엄격한 주자학적 원리주의자였다. 퇴계는 오히려『주자가례』를 기본으로 하면서도 시속을 인정하는 편이지만, 월천은 일체의 편의와 변법에 반대하는 원칙주의자의 모습을 보이고 있다.[36] 그는 소학을 인격완성을 위한 가장 중요한 책이며 성인됨의 바탕을 이룬다고 보았다.[37] 그의 성인론이 철저히 주자학적 맥락 속에서 구축된 것임을 알려 주는 단서의 하나라 하겠다.

---

**35**『月川先生文集』卷5, 雜著, 〈退溪先生言行總錄〉, "其言則聖賢之訓。而其理則得之於心。其用則散於萬事。而其體則具於一身。"

**36** 김종석, 「도산서원 자료를 통해서 본 퇴계와 월천」,『도산서원과 지식의 탄생』, 글항아리, 2012.

**37**『月川先生文集』, 부록, 〈행장〉, "常教學者曰 小學一書 此實做人底樣子 而作聖之根基"

그는 월천서당을 건립하여 많은 제자들을 양성하였다. 그는 교육에서도 주자의 학습법을 강조하였다. 자제에게도『소학』과『대학』을 가르치고, 다음으로 논어 맹자 및 삼경을 가르치면서, 공부는 순서를 건너뛰어서는 안 된다는 점을 강조하였다.[38] 그는 월천서당에서 제자들을 가르칠 때에도『소학』과『대학』을 중시하였다. 그는『소학』을 성인이 되는 바탕(根基)으로 삼고,『대학』을 통하여 수기치인의 능력을 기를 것을 당부하였다.[39] 그는 서당 강학은 물론 역동서원에서의『심경』강학과 도산서원에서의 강회(57세) 등을 통하여 후진들을 이끈 교육자였다.

그가 이끈 예안 사림은 퇴계학풍의 계승에서도 인접한 안동 사림과 비교하여 미묘한 차이를 드러낸다. 안동 지역이 거경과 궁리에 의한 수기는 물론 경세를 위해 출사에도 적극적인 것에 비해, 예안은 위기지학(爲己之學) 위주여서 은거하여 경을 논하고 학문을 이야기하는(談經說學) 등 향촌 단위의 사림에 의한 교화를 우선시 하는 성향을 보여준다.[40]

그가 가장 심혈을 기울였던 것은 경 공부를 중심으로 한 심학에 대한 엄밀한 해석이었다. 그는 정황돈(程篁墩)이 쓴『심경부주(心經附註)』에 대하여 스승인 퇴계와 다른 평가를 내리고 있었다. 그는 정황돈의 심경해석이 주자와 육상산의 학문을 절충하는 입장을 취하고 있는 점을 문제시삼아 퇴계에게 이 점을 주지시키고자 하였다. 퇴계의 입장은 정황돈이 비록 주자의 만년 사상이 육상산 학문과 같은 것으로 치부한 잘못은 저질렀으나, 그의『심경부주(心經附註)』자체는 그 학술사적 의미가 적지 않다는 점을 승인하는 것이었다. 반면

---

38 『月川先生文集』권1,〈月川先生年譜〉
39 상동, 56세조.
40 鄭萬祚,「月川 趙穆과 禮安地域의 退溪學派」,『韓國의 哲學』제28호, 2000, 26-27쪽.

조목은『심경부주(心經附註)』는 주자학의 근본 종지를 왜곡하고 있다고 보고,『심경품질(心經稟質)』을 지어 그 부당성을 비판하였다.

그는 이 책에서 주자학에서 '인심(人心)은 과연 사욕으로 보는가'라는 질문이나, '양심(良心)과 본심을 과연 구별할 수 있는가'라는 가장 근본적인 질문을 제기하고 이를 통해『심경부주(心經附註)』에 깃든 육왕학의 요소를 탈색하고자 한다. 또한 그는 임은(林隱)의『심학도(心學圖)』를 면밀히 분석하면서 마음공부의 순서에 대한 자신의 견해를 개진하였다. 그는 주자의 만년(晚年) 정론이 육왕학적 공부론과는 확연히 다르다는 점을 확인하고자 하였고, 이를 그의 공부론의 바탕으로 삼았다. 그의 이러한 태도는 퇴계보다 더욱 적극적으로 주자학의 입장을 고수하는 태도로, 육왕학의 심학이 담당하는 역할의 일정 정도를 정주학이 대신해 주는 학문적 소득을 가져 왔다.[41]

그러나 그는 임진왜란 중 강화론(講和論)에 대한 강한 비판을 하면서 유성룡 중심의 남인 정권을 공격하여 실각시키면서 퇴계학파내의 입지를 스스로 약화시켰다.[42] 월천의 문인들 중 일부는 광해군대 대북정권과 밀착하였다가 인조반정으로 인하여 결정적으로 몰락하게 된다. 특히 그의 생질이기도 하였던 금개, 금업 형제들이 처벌 받고, 월천의 도산서원 종향을 주장했던 영천 이씨의 이강(李茳) 4형제들이 대북 정권으로 몰려 처형당함으로써 월천의 학맥은 급문제자(及門弟子) 선에서 그치고 사실상 단절되게 된다.[43] 그의 문인들 중에서도 김택룡, 임흘, 김중청, 이산해 등과 같이 인조대 이후에도 계속 활동한 인물들이 다수 있었고 이들을 통하여 학맥이 일정하게 계승되었으나 이들이 퇴계학단에 미친 영향력은 미미한 수준이었다.

---

41 윤사순,「월천 조목의 주자학적 심학」,『韓國의 哲學』제24권, 1996, 48쪽.
42 정만조, 상게논문.
43 鄭萬祚, 上揭論文, 28쪽.

퇴계 경 철학의 가장 중요한 한 지류가 소멸의 길로 접어든 것이다.

## 나) 학봉 김성일 학맥 ; '건극(建極)'과 '보극(保極)'의 길

한편 이들과는 달리 학봉(鶴峯) 김성일(金誠一, 1538-1593)과 서애 (西厓) 류성룡(柳成龍, 1542-1607)은 퇴계 사후 사실상 퇴계 문도의 종장으로 자리 잡으면서 퇴계의 학통을 양분하게 된다. 학봉의 경우, 퇴계의 생전에 이미 가장 촉망받는 제자로 성장하고 있었고, 퇴계로 부터 직접 역경, 예학, 이학, 역사서 등 다양한 부분에 걸쳐 가르침을 받았다.[44] 그는 학자로서, 관료로서, 또한 임란시의 구국 활동을 통 하여 자연스럽게 유림의 종장으로 활동 할 수 있었다. 그의 가문은 가학을 통한 자제교육과 문중 단위 교육에서 볼 때 가장 주목되는 성과를 이루어냈다.[45] 그는 비록 당대에는 많은 제자들을 양성하지 못하였지만, 후일 그의 학맥은 장흥효, 이현일, 이상정, 유치명, 이진 상, 김흥락 등을 거치면서 사실상 영남 전 지역을 아우르는 가장 강 력한 학문집단으로 성장하였다. 특히 김성일을 배출한 의성 김씨 가 문은 안동 지역의 명족인 무실의 전주 유씨, 소호리의 한산 이씨, 예 안 하계의 진성 이씨 등과 함께 혼반과 사승 관계를 끊임없이 교환 하면서 김성일 학맥을 강고하게 유지하였다. 이 김성일 학맥은 다른 퇴계 제자들의 학맥에 비해 매우 강한 혈연적, 지역적, 학문적 동질 성을 갖고 있는 것으로 평가되고 있다.[46]

김성일 학맥은 이러한 강력한 결속력과 영향력을 바탕으로 자연

---

**44** 이에 관한 자세한 논의는 『鶴峯의 學問과 救國活動』, 鶴峯金先生記念事業會, 1993.

**45** 의성김씨의 서당교육에 관해서는 졸저, 『서당의 사회사』, 태학사, 2007; 서원운 영에 관해서는 졸저, 『서원의 사회사』, 태학사, 2013.

**46** 권오영, 상계논문, 19쪽.

스럽게, 퇴계학문의 도통이 그들 학파로 수렴된 것으로 처신하였다. 그 대표적인 예가 퇴계가 청년 학봉에게 물러 준 병명(屛銘)에 대한 해석이다. 이 병명은 요·순·우·탕·문·무·주공·공자 이래 주자에 이르기까지 심학의 도통을 읊은 것이다. 이러한 사실에 대해, 경당 장흥효로부터 김성일의 학맥을 이어 받은 이현일은 "그 은미한 뜻이 있는 바를 알 수 있다."[47]라고 하여 퇴계의 심법이 그에게 전해진 구체적 증거로 삼고 있다. 이러한 인식은 이현일의 외증손인 조선후기의 거유 이상정(李象靖)의 〈병명발휘(屛銘發揮)〉까지 계승되어 퇴계의 적전이 학봉에게 이어져 왔음을 주장하고 있다. 학봉 학맥에서의 이러한 일관된 주장은 유치명에게도 이어져 내려 왔고, 후일 유치명의 문인인 유치호는 김성일의 유허지에 '병명서원(屛銘書院)'을 세우고자 한 계획까지 수립하였다.[48]

학봉이 퇴계로부터 받은 심법의 요체 역시 경(敬) 공부에 있었다. 퇴계는 학봉에게 경 공부를 통하여 마음의 통일을 이루고 잡념이 가라앉는 수양을 할 것을 적극 권하였다.[49] 그는 퇴계에게 이론적인 담론보다는 실제적인 수양 방법에 대해 자주 질문을 하였다. 가령 주자와 그의 스승인 연평(延平) 이동(李侗)의 정좌(靜坐)의 설에 관해 상의하기도 하고, 생각이 번잡해지는 까닭은 무엇인지 등에 관한 의문 등을 질의하였다.[50] 이런 의문들은 모두 마음을 과연 어떻게 경의 상태로 유지할 수 있는가에 대한 실천적 고민으로부터 나타난 것이다.

그는 자제들에게도 군자학은 곧 심학이라는 사실을 주지시켰다. 그는 장남인 애경당(愛景堂) 김집(金集)에게 『상서』에 나오는 오복(五福)을 다음과 같이 풀어서 의미심장한 가르침을 전해 준다.[51] 유

---

47 『葛庵文集』卷21, 跋, 〈書外大夫敬堂張公遺集後〉
48 권오영, 상게논문, 21쪽.
49 『鶴峯先生文集』續集, 권5, 잡저, 〈퇴계선생언행록〉
50 『퇴계선생언행록』, 〈論持敬〉

48

학자로서 자제에게 줄 수 있는 가장 깊고도 명쾌한 가르침이다.

문충공께서 이르기를, "앉거라. 내가 너에게 황극(皇極), 건극(建極), 민이(民彛), 오복(五福)에 대해서 말해 주겠다. 상제(上帝)께서 하민(下民)들에게 충(衷)을 내려 주시니, 충은 곧 극(極)이다. 하늘이 이 백성을 낳아서 선지자(先知者)에게 후지자(後知者)를 깨우치게 하고, 선각자(先覺者)는 후각자(後覺者)를 깨우치게 하였다. 옛날의 성인은 이 백성들의 선각자이니, 곧 극을 세운 것'(建極)'이다. 임금과 스승이 되어 오륜(五倫)을 시행해서 서민(庶民)에게 주었으니, 오륜은 바로 민이(民彛)인 것이다. 서민들은 어버이를 사랑하고 어른을 공경할 줄 알아서 이 마음을 보존하였는바, 이는 곧 극을 보존한 것'(保極)'이다. 그러니 의당 수(壽), 부(富), 강녕(康寧), 유호덕(攸好德), 고종명(考終命)을 얻게 될 것이다. 이것을 일러 오복(五福)이라 한다. 몸은 혹 수(壽)하지 못하더라도 이 마음은 실제 수하고, 집은 혹 부(富)하지 못하더라도 이 마음은 실제 부하고, 비록 환난이 있더라도 이 마음은 강녕(康寧)하고, 낭패스럽고 황급한 사이에도 도를 떠나지 않으니 이것이 유호덕(攸好德)이 되고, 혹은 나라를 위하여 전쟁에 죽기도 하고 혹은 자신의 몸을 희생하여 인(仁)을 이루는 것도 고종명(考終命)인 것이다. 오복을 논하면서는 마땅히 사람의 한마음을 논해야 하니, 이 마음이 바르면 복되지 않음이 없고, 이 마음이 사특하면 화되지 않음이 없게 된다. 너는 그것을 잘 알라."[52]

---

51 『鶴峯先生文集』 부록, 권3, 언행록.

52 『鶴峯先生文集』 부록, 권3, 언행록, "公嘗受尙書於文忠公。一日旣受業。退而侍立。文忠公曰。坐。吾語汝以皇極建極民彛五福。惟皇上帝。降衷于下民。衷卽極也。天生斯民。使先知覺後知。使先覺覺後覺。古之聖人。是民之先覺者。卽建極也。作爲君師。用敷五倫。錫厥庶民。倫卽民彛也。庶民知愛親敬長。能保有是心。卽爲保極。宜得壽富康寧。攸好德。考終命。此謂五福也。身或不壽。此心實壽。家或不富。此心實富。縱有患難。此心康寧。顚沛造次。不離道。此爲攸好德。或爲國死事。或殺身

앞에서 학봉이 황극(皇極)의 주재자로서 상제(上帝)의 존재를 드러낸 것은 매우 흥미로운 사실이다. 그는 황극을 이법(理法)적인 실체인 태극과 연결하는 대신 인격신적 개념인 상제를 호출한다. 그는 상제(上帝)가 하민(下民)들에게 충(衷)을 내려 주니, 충이 곧 극(極)이라고 하였다. 인간의 순수한 도덕적 본성을 내려 주는 주재자가 곧 상제라는 존재인 것이다. 여기에서 우리는 그가 상제를 호출하는 형식이 퇴계의 그것과 강한 연계성이 있음을 발견할 수 있다. 퇴계도 마음이 가장 경건한 상태에서 비로소 상제(上帝)를 마주할 수 있다고 생각한다. 그러기 위해서는 생활 속에서 경(敬)의 상태를 유지하도록 언제나 몸과 마음이 중정(中正)의 상태가 되도록 잘 조섭하고 조절하는 것이 중요하다. 마음이 경(敬)의 상태를 유지할 때에만 사물과 객관세계에 스며 있는 진정한 이치가 드러나고, 상제의 임재를 경험하게 된다. 퇴계에게 있어 상제는 "높이 높이 따로 떨어져 있는(高高在上)" 대상이 아니라, "언제나 임재하여 오늘 이 곳을 살피는(日監在玆)" 두렵고도 존경스러운 종교적 대상으로 파악되고 있다.[53]

한편 학봉이 바라보는 성인은 저 멀리 떨어져 있는 비사실적이고 초월적인 존재가 아니다. 그에게 있어 성인이란 단지 먼저 깨우치고 먼저 앎을 이룬 선각자 혹은 선지자일 뿐이다. 그에 따르면 옛날의 성인은 백성들의 선각자로써, 그가 세운 도덕적 푯대를 따라 백성들은 삶의 방향을 잡아 갈 수 있는 것이다. 즉 성인이란 바로 궁극적 가치가 무엇인지 그 표준을 세워주는 '건극(建極)'의 소임을 하는 자다. 이로 볼 때 그의 성인론은 기존의 성리학적 해석에서 흔히 나타

---

成仁。亦爲考終命。論五福。當論人一心。此心正無不福。此心邪無不禍。爾其識之。公再拜以受。終身佩服云。出洗馬公漢家狀。"

**53** 졸저, 『공부의 발견』, 현암사, 2007, 168-184쪽.

나던 심학적 차원의 성인관과는 확연하게 구별된다. 그의 성인관은 매우 현실적이다. 성인은 임금으로 혹은 스승으로 그 모습을 드러내어 오륜의 덕목을 서민에게 주며, 백성들이 오륜이라는 중심 가치를 성실히 수행하는 것이 곧 극을 보존하는 이른바 '보극(保極)'이 되는 것이다. 이럴 때 비로소 하늘은 서민들에게 수(壽), 부(富), 강녕(康寧), 유호덕(攸好德), 고종명(考終命)이라는 오복을 내려 주게 된다.

그러나 현실세계에서는 이러한 인과관계가 지켜지지 않을 때가 많다. 서민들이 하늘의 뜻을 충실히 따라도 수와 부를 누리지 못하는 경우도 있고, 덕을 즐기고 보람을 느낄 수 없는 상황은 수시로 발생한다. 학봉은 이러한 부조리한 상황을 익히 알고 있었고, 여기에 대한 마음가짐을 자손들에게 알려주고자 한다. 그는 그러한 부조리한 현실에 맞설 수 있는 대안을 마음공부에서 찾고 있다. 즉 몸은 혹 수(壽)하지 못하더라도 이 마음은 실제 수하고, 집은 혹 부(富)하지 못하더라도 이 마음은 실제 부하고, 비록 환난이 있더라도 이 마음은 강녕(康寧)하고, 낭패스럽고 황급한 사이에도 도를 떠나지 않으니 이것이 유호덕(攸好德)이 되고, 혹은 나라를 위하여 전쟁에 죽기도 하고 혹은 자신의 몸을 희생하여 인(仁)을 이루는 것도 고종명(考終命)이 된다는 것이다. 즉 인간은 상제가 명한 황극(皇極)의 길을 성인이 제시한 '건극(建極)'을 지남삼아 성실하게 따라가면, 그것이 곧 참된 인간의 길인 '보극(保極)'의 실현인 것이다. 인간이 삶에서 보극(保極)을 실현할 수 있으면, 현실에서의 성패와는 관계없이 그 자체로 이미 오복을 누리고 있다는 것이다. 여기에서 우리는 그의 심학의 특징이 내면 속으로 파고드는 향내적인 형식이 아니라, 오히려 직극적으로 현실의 모순과 갈등을 넘어 서고자 하는 능동적인 형식을 취하고 있다는 사실을 발견할 수 있다.

학봉 김성일의 심학은 그의 학통을 이어 받은 갈암(葛庵) 이현일(李玄逸, 1627-1704)에 의해 논의가 확장된다. 김성일의 심학이 좀 더 실천 지향적인 성향을 지니고 있었다면, 이현일의 심학은 좀 더 이론적이고 내성적이다. 그는 퇴계의 이기론이나 심성론을 계승하고자 하였다. 이현일은 율곡의 혼륜설(渾淪說)에 맞서 퇴계의 분개설(分開說)이 지닌 의미를 드러내고자 노력하였다. 이현일은 사단과 칠정, 인심과 도심을 확연하게 구분하고자 하였다. 그는 사단은 리에서 발출하는 것이고, 칠정은 기에서 발출한다고 주장한다. 갈암은 칠정에도 리가 있고 사단에도 기가 들어 있다는 사실을 부정하지는 않는다. 그러나 칠정은 형기에 감촉되어 나타나는 것이고, 사단은 구체적인 현실태로 모습을 나타내지만 본성에서 직출하는 것으로 본다.54

그는 사단은 주리로, 칠정은 주기로 나누어 진 것으로 설명한다. 그는 호굉(胡宏)이 인욕과 천리를 섞어서 혼륜된 것으로 봄으로써 커다란 오류를 저질렀다고 주장한다. 율곡에 대해 에둘러 비판한 것이다. 율곡이 "사단을 '주리'라고 할 수는 있지만, 칠정은 리기를 합한 것이기 때문에 '주기'라 칭하는 것은 잘못되었다고 퇴계를 비판한 것을 환기하고 있는 것이다. 그는 성인들은 결코 인욕 속에서 천리를 찾으려 하지 않았다고 주장한다.

호굉(胡宏)은 사람들로 하여금 천리 속에서 인욕을 변별해 내고 또 인욕 속에서 천리를 보게 하려고 하였기 때문에 병통이 있음을 면치 못한 것입니다. 그러나 성인(聖人)은 일찍이 사람들로 하여금 인욕에 골몰한 속에서 천리를 구하여 알게 한 적이 없습니다. 지금 만약 사람들로 하여금 사단과 칠정을 둘로 나누어 말하지 않게 하려고 하여, "사단은 바로 칠정 중에 선한 면이다."라고 한다면, 어찌 이른바 인욕에 골몰한 속에서 천리를 구하여 알려고 하는 것이 아니겠습니까.55

---

54 『갈암집』 제18권, 잡저, 〈栗谷李氏論四端七情書辨〉
55 『갈암집』 제11권, 書, 〈答李粹彦〉, "又嘗斥五峯胡氏天理人欲同體異用之說曰。天

그는 칠정을 사단에 분배하는 율곡식의 견해를 거부한다. 그는 사단을 칠정이라는 정서 속에 담겨 있는 선적 요소, 즉 선일변(善一邊)이라는 율곡의 생각을 부정한다. 오히려 칠정이란 사단이라고 하는 선의지가 사적 의지로 인해 왜곡 혹은 굴절된 상태로 이해한다. 그는 성인(聖人)은 사람들로 하여금 인욕에 골몰한 속에서 천리를 구하여 알게 한 적이 없다고 단언한다. 인욕의 근거로서의 칠정과 천리의 발현체로서의 사단을 확연하게 구분한 것이다. 성인은 인욕을 극복한 사람을 뜻한다. 그러나 성인은 노력을 통해 도달할 수 있는 가능태이다. 그는 다음과 같이 말한다.

만약 성인(聖人)은 정말로 사람의 부류가 아니고 일반적인 수준을 훨씬 뛰어넘는다면 참으로 노력하여 미칠 수 없겠지만, 그 외모와 언어가 애당초 보통 사람과 다르지 않고, 행한 바가 또 모두 사람들이 일상생활에서 항상 하고 있는 것이니, 문제는 배우지 않는 데 있는 것이다. 진실로 배운다면 성인이 되는 데 무슨 어려움이 있겠는가.[56]

그의 경의 공부론은 바로 여기에 초점을 두고 있다. 그는 이기를 두 가지 상이한 층차로 파악하고자 하는 퇴계의 이른바 '이기불상잡(理氣不相雜)'의 이원론적 원칙을 묵수하려는 태도라 할 수 있다. 그는 또한 리도 동정이 있다는 사실을 강조한다. 그가 리도 운동성을 지니고 있다고 주장하는 것은 인간에게는 현실과 역사의 변화라는 기(氣)적 세계의 움직임을 넘어서는 선험적 가치와 도덕원칙이 스스

---

理則生而有之矣。人欲者梏於形氣而後有者也。今以天理人欲混爲一區。恐未允當。胡子蓋欲人於天理中揀别人欲。又於人欲中見得天理。故不免有病。聖人未嘗教人求識天理於人欲汩没之中也。今若不欲人將四端七情劈做兩片說。乃曰。四端是七情之善一邊。則豈非所謂求識天理於人欲汩没之中耶"

56 『갈암집』제27권, 〈先妣 贈貞夫人張氏行實記〉

로 운동하고 있다는 것을 말하는 것이다. 즉 인간의 선이란 인위적인 선택이 아니라, 주어진 것이며 불변한 것이란 점에서 그것은 유교 윤리를 강제하는 장치로 작동하는 것이다.[57] 퇴계의 이발설을 좀 더 확장시킨 그의 이러한 생각은 그 후 퇴계학단의 가장 중요한 정론이 되어 후학들에게 계승되었다.

대산 이상정(李象靖, 1710-1781)은 14세 때부터 외조부 밀암(密庵) 이재(李栽)의 문하에 나아가 수학함으로써, 학봉(鶴峯) 김성일(金誠一)에서 경당(敬堂) 장흥효(張興孝)를 거쳐 갈암(葛庵) 이현일(李玄逸)과 밀암 이재로 이어오는 퇴계학파의 정맥을 이어받았다. 그는 소퇴계로 불릴 정도로 퇴계학의 적전을 이은 인물로 평가되나, 사상적으로는 퇴계학과 율곡학의 종합을 시도하고자 하는 노력도 나타난다. 그는 퇴계의 사칠론에 대해서도 재해석을 시도한다. 퇴계는 사단은 이발(理發)로, 칠정은 기발(氣發) 이라는 분개설(分開說)의 입장을 취하고 있다. 그러나 대산은 사단과 칠정은, 분리되는 분개의 측면뿐만 아니라, 나눠지지 않는 혼륜(渾淪)의 측면도 있다고 보았다.

이상정은 퇴계 성리설에 대한 새로운 종합에도 많은 노력을 기울였지만, 특히 그러한 이론적 모색이 인격 수양의 단계로 진전되어야 할 것을 강조하였다. 그런 점에서 그가 유독 '군자(君子)'의 처신과 직분을 강조하고 있는 것은 눈여겨 볼만하다. 이상정의『제양록』을 관통하는 핵심어는 '군자(君子)'다. 이 책은 기본적으로 군자가 되기 위해서는 몸과 마음이 어떤 상태에 있어야 하는지를 여러 경전에서 추출하여 편집한 것이다. 참고로 일상에서의 경(敬)의 태도를 강조한 〈통언 通言〉제일 첫 문장을 예시하면 다음과 같다.

---

57 김낙진, 「갈암(葛庵) 이현일(李玄逸) 성리설과 경세론의 특색」,『퇴계학』 20권, 2011.

○ 공경하지 않는 것이 없고 깊이 생각하는 것처럼 엄숙하고 말을 안정하게 하라. 그렇게 하면 백성을 편안하게 할 수 있을 것이다.[58]

○ 군자가 씩씩하고 공경스러우면 덕업이 날로 강대해지고 안일하고 흩트려지면 덕업이 날로 경박하게 된다.[59]

○ 예가 아니면 보지 말고, 예가 아니면 듣지 말고, 예가 아니면 말하지 말고, 예가 아니면 움직이지 말라.[60]

○ 거처함에 언제나 공손하고, 일을 맡아서 할 때에는 정성을 다하며, 사람 사귈 때에는 충성을 다하라. 비록 오랑캐 나라에 가더라도 버릴 수 없는 것들이다.[61]

○ 말이 진실 되고 믿음이 있으며, 행동이 독실하고 공경스럽게 하라. 서 있을 때는 이러한 덕목이 늘어서 있는 것과 같이하고, 수레에 타고 있을 때는 그것들이 멍에에 의지하고 있는 것처럼 보아야 한다.[62]

○ 군자의 모습은 세 번 변한다. 멀리서 바라보면 당당하고 가까이 나아가면 온화하고 그 말을 들으면 엄숙하다.(논어)[63]

○ 군자는 간사한 소리와 어지러운 색을 귀와 눈에 남겨 놓지 않는다. 음란한 노래와 더럽혀진 예를 마음에 접촉시키지 않는다. 게으르고 방만하고 사특하며 편협한 기운을 몸에 놓아두지 않는다. 이목구비와 마음의 지려, 온 몸이 모두 올바름에 따라 합당한 의를 시행한다.(樂記)[64]

---

58 毋不敬, 儼若思, 安定辭, 安民哉(曲禮)

59 君子莊敬日强 安肆日偸(表記)

60 非禮勿視 非禮勿聽 非禮勿言 非禮勿動

61 居處恭 執事敬 與人忠 雖之夷狄 不可棄也

62 子曰 言忠信 行篤敬 立則見其參於前也 在輿則見其倚於衡也

63 君子有三變 望之儼然 卽之也溫 聽其言也厲(幷論語)

64 姦聲亂色 不留聽明 淫樂慝禮 不接心術 惰慢邪辟之氣 不設於身體, 使耳目鼻口心知百體 皆由順正 以行其義(樂記)

『제양록』에서는 이어서 상편에서 심술(心術), 안색(顏色)·의복, 음식, 부부 등 일상사 속에서 군자가 지녀야 할 행위규범에 관해 24개 항목에 걸쳐 서술한다. 대부분 금제(禁制)와 억제라는 긴장의 심리학이 주조를 이룬다. 왜 이렇게 심신을 스스로 구속하고 있는가? 그는 그 이유를 이렇게 설명한다.

　　공부를 잘하는 사람은 반드시 형체가 있어서 볼 수 있는 외면적인 것부터 통제하고 다스리는 공부를 시행하여, 마음을 함양하고 내면을 안정시키는 근본으로 삼는다. 이것이 마음을 잡아가는 가장 좋은 방법이요, 수양과 성찰의 중요한 길이다. 선천적으로 배우지 않고도 아는(生而知之) 대성(大聖)의 자질이 아니고서는, 이로 말미암아 들어가지 않을 수가 없다. 그러므로《주역》에서는 '사악함을 막아서 성심(誠心)을 보존할 것[閑邪存誠]'을 분명히 하였고, 공자는 '후중하지 않으면 위엄이 없음[不重則不威]'을 가르쳤으며, 안연(顏淵)이 공자에게 청한 일과 증자(曾子)의 착한 말도 모두 여기에 정성을 다한 것이니, 어찌 이것을 버리고 다른 데서 구하리오. 대저 마음은 은미(隱微)한데 그것을 침공하는 것은 많다. 무릇 내 몸에서 일어나는 시각이나 청각이나 언어 및 행동의 작용과 외부에서 일어나는 사물의 분규(紛糾)에 대한 감정이 사이를 비집고 틈을 엿보아 번갈아 침입하여 오래도록 반복하며 잡아끌면, 이치는 흐려지고 본성은 뚫려서 진실로 그 속마음이 함부로 표류하여 보전할 수 없게 된다. 이것이 군자가 마음을 통제하고 수양하는 공부를 한순간 잠시라도 늦추어서는 안 되는 까닭이다.[65]

---

　　**65** 〈制養錄序〉, "是以善學者。必自其外面有形可見者而施其制治之功。以爲養中安內之本。此操存之妙法。脩省之要道。自非生知大聖之資。未有不由此而入。故易著閑存。孔訓重威。顏淵之請事。曾氏之善言。亦莫不致謹於斯。則是豈可舍此而他求哉。夫以一心之微而攻之者衆矣。凡視聽言動之作於身與夫事物紛糾之感於外者。投間抵隙。更侵迭鑽。反復牽引之久。則理昏性鑿。其中固漂蕩而不存。此君子制養之工所以不可頃

이상정은 외면을 다스려 내면을 안정한다는 전략의 유용성을 신뢰한다. 퇴계가 말한 '정제엄숙'의 전략이다. 마음은 은미한데 그것을 침공하는 것은 내외로부터 무수히 많다. 본성은 뚫려서 그 속마음이 함부로 표류하지 않도록 검속할 필요가 있다. 이것이 군자 수양법의 요체를 이룬다. 그에 따르면, "군자의 학문은, 언제나 이 마음을 잘 보호하고 양육하는 것에 매진해야 하며, 이를 수신 근본으로, 일을 대응하는 벼리로 삼아야" 한다.[66] 이에 따라 그도 퇴계학파의 지결인 경(敬) 공부를 주목하였다. 그는 정자(程子)와 주자 이하 퇴계(退溪)의 경에 관한 논설들을 취사선택하여『경재잠집설』을 엮어내고, 경에 관한 여러 철인들의 말을 오랜 기간 완색하고 그 뜻을 깊이 음미하면서 주체화하는 것이 가장 좋은 공부 방법임을 역설한다.[67]

『제양록』의 하편에서는 요·순·우·탕·문왕·무왕·공자 등 도통 계보에 속한 인물들의 행적과 어록을 싣고 있다. 그는 여기에서 각 유형의 성인의 표준을 제시하고자 하였다. 예로 공자는 '시중(時中)의 성인[聖之時]'으로, 안자(顔子)는 '성인 기상에 근접[近聖人氣像]'한 인물로, 증자(曾子)는 '성인의 학을 전해 준[傳聖人學]' 인물로 소개한다. 그리고 그는 주자의 말을 인용하여 맹자는 '청천백일(靑天白日)'의 기상을 지녔다고 하였다. 그는 이어서 공자는 원기(元氣)며, 안자는 봄의 생동하는 기상인 춘생(春生)이며, 맹자는 가을의 숙살(肅殺) 기운까지 보인다는 정자의 말을 인용한다. 그는 이어서 도통의 중심인물인 장횡거, 이연평, 주자, 이정 형제, 장남헌, 여조겸의 언행과 평소의 삶에 대해 자세하게 기록하였다. 특히 마지막 부분에

---

刻而暫綴者。"

**66** 〈制養錄序〉, "是以君子之學。常急於保養此心。以爲脩身之本。應事之綱。"
**67** 『大山先生文集』卷43, 〈敬齋箴集說序〉

서 퇴계의 사상과 언행을 경을 중심으로 소개해 그가 성리학의 정맥을 이었음을 강조한다. 그는 이를 통해 군자가 본받아야 할 군자상의 계보도를 제시한 것이다.

다) 서애 류성룡 학맥 ; '천수(天數)'보다는 '인사(人事)'

한편 퇴계 경 사상의 또 하나의 흐름은 서애 류성룡으로 흘러 내렸다. 서애는 관찰사를 역임하였던 부친 류중영으로부터 탄탄한 가학교육을 받고, 약관인 21세에 퇴계를 찾아가 근사록을 배우면서 계문(溪門)과 관계를 맺었다. 그는 퇴계가 "이 사람은 하늘이 내린 사람이다."라고 할 정도로 넓은 국량을 지닌 인물이다. 그는 25세에 일찍 과거에 합격함으로써 도학 공부와는 일정한 거리를 두고 경세에 주력하였다.[68] 서애 류성룡은 퇴계가 제시한 공부법을 그의 학문의 종지로 삼았다. 그가 자제들에게 전하는 학습법은 퇴계학단 내부에서 어떻게 가학이 전수되고 있었는가를 잘 보여 준다.

요즘 서울의 젊은이들은 마치 시장에서 장사하는 사람과 같아서 다만 빨리 성공할 수 있는 방법만을 연구해서, 성현들의 글은 다락에 묶어 두고 날마다 영리하게 남의 비위에 맞게 하는 작은 문자를 찾아 그 말을 따서 글을 지어 시관의 눈에만 들게 하여 성공을 한 사람이 많다. 그러나 이는 바로 교묘한 방법으로 벼슬을 하는 사람들의 한 수단이지, 너희들같이 우둔하고 명예를 다투는 데 익숙하지 못한 사람이 쉽게 본받을 것이 못된다. 모모(嫫母)가 서시(西施)를 본받는 것도 뭇사람들의 웃음거리가 되었는데, 더군다나 제가 굳이 서시와 같지 않고 내가 모모

---

68 金昊鍾, 「西厓 柳成龍과 安東·尙州 지역의 退溪學派」, 『韓國의 哲學』 제28호, 2000, 51쪽.

도 아니면서 무엇 때문에 욕되이 이런 일을 하겠느냐? 대개 학문의 성취 여부는 나에게 달려 있고 얻고 얻지 못함은 하늘에 달려 있으니, 오직 내가 마땅히 해야 할 일만 힘쓰고 운명은 하늘에 맡길 뿐이다. 《통감(通鑑)》도 역사가들의 지남(指南)이니, 어찌 읽지 않아서야 되겠느냐? 통감을 읽는 것도 잘못은 아니다. 그러나, 너희들은 나이가 벌써 중년이 되었고 할 일이 많은데, 사서(四書)와 시서가 모두 너희들의 물건이 되지 않았다. 그런데 다시 또 몇 해를 더 보내면 끝내 아무런 실속도 없이 가난한 집에서 슬피 탄식하는 일부(一夫)의 꼴을 면할 수 없으니, 어찌 민망하지 않겠느냐? 그리고 경서는 내용과 의미가 깊고 정밀하기 때문에 반드시 노력을 기울인 뒤에야 터득할 수 있지만 역사서는 경서에 비할 것이 못 되니, 경서를 읽으면서 돌아가면서 훑어보아도 관통할 수가 있다. 이렇게 되면 두 가지는 모두 실속이 있으니 잘 생각해 보아라.[69]

서애도 기본적으로 주리론자였다. 그는 "성인은 이(理)만을 가지고 말하지 기는 말하지 않았으니 리를 보존하면 천덕(天德)이 되고 리를 운행하면 천도(天道)가 되니 성인이 일을 처리하고 타인과 교제하는 것도 한결같이 리에 따라 결정하게 된다[70]고 본다. 그러나 그는 뛰어난 경세가답게 추상적인 세계보다는 현실의 삶을 더욱 중시하였다. 그는 자연의 질서나 우주론적인 문제에 관한 논리적 이해보다는 먼저 인간의 구체적 삶의 문제에 관심을 기울여야 한다고 믿었다. 그는 자연의 법칙성을 뜻하는 '천수(天數)' 보다는 인간세상의 일 즉 '인사(人事)'가 중요하다고 보았다. 그는 다음과 같이 말한다.

---

69 『서애선생문집』 제12권, 書, 〈寄諸兒〉
70 『西厓文集』 권13, 잡저 讀史蠡測

천수는 춥고 더운 것이요, 인사는 털옷과 베옷입니다. 춥고 더운 것은 사람의 힘으로 옮기고 바꿀 수 없으나, 털옷과 베옷을 갖추면 춥고 더운 것을 막을 수 있어서 추위와 더위에 곤란을 당하지 않습니다. 그러므로 성인이 오로지 인사를 주로 하고 천수를 언급하지 않은 것은 진실로 까닭이 있습니다.[71]

서애는 하나의 원칙론으로 이 세계를 재단하려 하지 않았다. 그는 퇴계학단 내에서 가장 촉망받는 인물이었지만 그 관심이 결코 성리학에만 한정되지는 않았다. 그는 자득(自得)의 공부를 중시하였다. 그는 처음 경전을 공부할 때 주석을 읽지 말도록 하였다. 주석을 먼저 보게 되면 경전에 대한 독자적인 해석에 방해가 되기 때문이다. 그는 독서를 통하여 신의(新意)를 얻도록 할 것을 당부하였다.[72] 그는 이미 젊은 시절에 상산학(象山學)과 양명학뿐만 아니라 도교 불교에까지 폭넓게 섭렵할 정도로 개방적 자세를 보여 주었다. 이에 월천 조목은 류성룡 형제를 육구연의 형제에 비유하고 하회를 아호에 비유하여 류성룡의 학을 상산의 학으로 비판하였다.[73] 그는 이러한 비판에 대해, "무릇 강서(江西)의 학문(學問)이 노맥(路脈)은 비록 다르다 할지라도 몸과 마음으로 힘써 행한 공부는 역시 우연이 아니니, 한가롭게 세월이나 보내는 자들이 미칠 바가 아닙니다."라고 하여 육왕학도 치열한 학문적인 노력의 소산임을 강조하고 있다.[74]

---

**71**『서애선생문집』제15권, 雜著,〈天數人事相參〉, "天數。寒暑也。人事。裘葛也。寒暑雖不可以人力移易。然裘葛備則可以禦寒暑。而不爲寒暑所困。故聖人專主人事。而不及天數。良有以也。"

**72** 이우성,「서애 선생의 학문방법과「新意」론」,『서애 유성룡의 경세사상과 구국정책』상, 10쪽.

**73** 이수건,「서애 류성룡의 사회경제관」,『서애 류성용의 경세사상과 구국정책』, 2005.

**74**『서애선생문집』제10권, 書,〈答趙士敬〉

그가 육왕학에 관심을 기울인 이유는 아마도 경 공부에 대한 남다른 관심 때문인 것으로 이해된다. 그는 마음공부의 중요성을 누구보다도 강조하였다. 그는 옛사람의 학문도 특별한 묘법(妙法)이 없고, 근본은 다만 조존(操存)과 함양(涵養)으로써 흐트러진 마음을 수습하는 일 하나에 있다고 생각하였다. 학문은 마음을 다스리는 것이니, 흩어진 마음을 수습하는 것이 가장 중요하다는 것이다.[75] 그는, "주재(主宰) 두 글자는 곧 내 몸을 다스리고 본성을 함양하는 묘법이다. 예부터 학(學)을 논한 것은 비록 많으나, 곧바로 가리킨 착수처(着手處)를 찾아보면 주재라는 이 한마디에 불과할 뿐이다."라고 하여 마음을 장악하고 다스리는 공부를 가장 우선시할 것을 강조 하였다.[76]

그는 마음공부가 성학(聖學)의 가장 중요한 요체이기는 하나, 양명학이 범한 가장 큰 잘못은 이 세계에 대한 객관적인 이해, 즉 도문학에 대한 중요성을 인식하지 못한 다는 점에 있다고 보았다.

왕양명은 오로지 양지를 극진히 발휘하는 것을 학으로 삼고, 도리어 주자의 이론이 지리(支離)하고 밖으로 달린다고 반박하니, 이야말로 석씨(釋氏)의 설이다. 저 마음이란 허령하지만 이미 기(氣)에 속해 있으니, 그 청탁(淸濁)·수박(粹駁)·후박(厚薄)·혼명(昏明)의 타고난 자질이 만 가지로 같지 않다. 그런데, 이제 한 자도 모르는 평범한 사람들로 하여금 홀로 단정히 앉아 하는 일 없이 심신을 고요히 다잡아 '발(發)'하여 절(節)에 맞는 경지'가 성인과 같게 되기를 구하게 하니, 내가 알기로는 이는 반드시 될 수 없는 것이다. 가령 환해진 사이에 얻는 바가 있는 듯 하더라도, 이는 마음의 헛된 광경일 뿐이요, 3천 곡례(曲禮), 3백 경례(經禮)의 정미하고 온오(蘊奧)한 뜻에 대해서는 정말 막

<hr/>

75 『서애선생문집』 제15권, 雜著, 〈知行說〉
76 『서애선생문집』 제15권, 雜著, 〈主宰說〉, "主宰二字。乃治身養性之妙法。自古論學雖多。求其直指下手處。不過此一語而已。"

연하여 아는 것이 없어 요순의 정일집중(精一執中)의 학과는 바로 서로 배치되니, 어찌 이로써 주자를 이러쿵저러쿵할 수 있겠는가.[77]

서애는 주자학과 양명학이 어떤 지점에서 갈라서고 있는지를 명확하게 이해하고 있었다. 그는 양명학이 주자학에서 강조하는 격물치지의 공부법을 등한시하고 있다는 사실을 잘 알고 있었다. 그는 주자의 격물치지론이 사람으로 하여금 사물에 나아가 이치를 궁구하여 그 앎을 다하게 하는 공부법이라고 한다면, 양명은 "이치란 내 마음에 있으므로 다른 곳에서 찾을 것이 없다."고 주장하며, 학문을 논함에 있어서 한결같이 양지(良知)를 주로 삼는다고 비판한다. 그러나 만약 격물치지의 방법을 소홀히 하여, 서책을 치워 버리고 방에 눈을 감고 앉아 본심의 양지 사이만 일삼는다면 비록 한때의 응결된 힘은 다소 얻어지는 듯할 것이나, 이른바 위의(威儀) 3천 가지와 예의 3백 가지나, 광대함을 이룸(致廣大)과 정미를 다하는 것(盡精微)은 끝내 성인과 같을 수 없을 것임을 경고하고 있다.[78]

이런 사실들로 비추어 볼 때, 서애도 양명학의 공부가 편벽되어 있다는 점을 매우 비판적으로 보고 있었다. 이러한 맥락에서 서애도 퇴계의 벽이단 정신에 따라 도통론에 근거한 사유를 하고 있다는 지적도 있다. 그러나 그의 양명학 비판은 퇴계의 경우와는 구별할 필요가 있으리라 본다. 그는 여러 자리에서 양명학이 지닌 장점에 대해서도 허심탄회하게 그 가치를 인정하고 있다. 그가 제출한 과시의

---

**77** 『서애선생문집』 제15권, 雜著, 〈王陽明以良知爲學〉, "王陽明專以致良知爲學。而反詆朱子之論爲支離外馳。正釋氏之說也。夫心雖虛靈。而已屬於氣。其淸濁粹駁。厚薄昏明之裏。有萬不齊。今使不識一字之凡民。兀然無爲。靜攝心神。而求其發而中節如聖人。吾知其必不能也。假使恍然之間。似有所得。斯乃心之光景。其於三千三百精微蘊奧。固悃然莫知。與堯舜精一執中之學。正相背馳。何可以此而議朱子哉。"
**78** 『서애선생문집』 제2권 詩, 〈讀陽明集有感 二首〉

책문에서는 그의 이러한 생각이 잘 드러나 있다. 그는 "원·명(元明) 이후로 학술은 더욱 분열되니, 도문학(道問學)을 주장하는 학파를 주자학(朱子學)이라 말하고 존덕성(尊德性)을 주장하는 학파를 육왕학(陸王學)이라 하였다. 이 두 학파는 서로 대립하여 마치 뭇사람이 모여서 소송하는 것 같아서 세도(世道)는 날마다 떨어지고 인심은 날마다 무너지니, 알지 못하겠다. 어느 편이 옳고 어느 편이 그른가"라고 반문한 후, "요는 한 편에만 치우쳐 다른 편을 폐할 수 없는데 각각 한 편만 주장하면서 서로 이기려고 다투는 것은 무엇 때문인가"라고 물음을 던지고 있다.[79]

그의 이러한 질문은 명백하게 주자학과 양명학의 상호 보완적 관계를 제시하고자 하는 것이다. 이러한 태도는 퇴계에 있어 양명학은 가장 경계해야 할 이단적 학문이라는 인식에서 상당부분 벗어난 유연한 인식태도라 할 수 있을 것이다. 그의 이러한 개방적 모습은 임란을 진두지휘하는 원동력이 되었고, 명나라 사신들로부터 "산하를 재조(再造)하였다."는 평가를 받았다.

후학인 지산(芝山) 조호익(曺好益)이나 목재(木齋) 홍여하(洪汝河)는 서애가 학문과 사업 두 가지를 함께 겸전한 인물로 높게 평가하였다. 홍여하는 서애를 "군대를 통솔하는 능력과 주일(主一)하는 학문으로 세상이 진유들에게 명하니 도산문하의 정맥이로다."라고 하여 퇴계 경 철학을 잇는 중심에 그를 위치하였다. 한편 서애의 제자들은 당색과 지역적 연고에 따라 안동과 상주지역에 밀집해 있었다. 안동지역에서는 경당 장흥효, 학호 김봉조, 매창 정사신 등의 인물이 있었고, 상주지역에서는 우복 정경세, 창석 이준, 수암 유진, 월간 이전 등의 인물이 있었다. 특히 이들은 5현에 대한 문묘 종사 운동, 서애에 대한 대북 정권의 공격 등에 대하여 함께 그 힘을 결집하고 도

---

79 『서애선생문집』 제14권, 雜著, 〈策問三數〉

산급문록의 작성과정이나 병호시비가 가열될 때, 서애의 입장을 적극 변호하면서 영남 유림에서의 위치를 확고하게 하였다.

### 3) 강우(江右)학단의 새로운 성인론

#### 가) 한강 정구 ; 고학(古學)과 이학(理學) 속의 성인

한강 정구(1543-1620)는 17세기 퇴계학맥의 중심적인 역할을 담당했던 인물로서 근기남인의 연원을 이룬 사람이다. 그의 사상은 미수 허목, 성호 이익을 거쳐 다산으로 이어지는 것으로 평가 받고 있다. 정구는 인조반정 후 대북 세력이 몰락하고, 일단의 소북과 영남우도의 많은 선비들이 퇴계 문하로 기울게 될 때 그 중앙에 위치한 인물이다. 그의 사상은 좌도의 퇴계학파와 우도의 남명학파의 사상이 함께 공존하는 것으로 평가된다. 그는 퇴계의 이학적인 전통과, 실천과 실사(實事)를 강조하는 남명의 사상이 함께 어우르고 있다. 또한 뒤에서 언급할 것이나 그의 사상에는 율곡 사상과의 합의점도 발견 할 수 있다. 후일 율곡의 문인인 택당 이식이 "영남하도에서는 오직 한강 한 사람만이 유일한 완인(完人)"[80]이라고 칭송한 것도 이러한 사상적 연계성이 큰 역할을 한 것이다. 제자들은 그의 학적 계보를 이렇게 정리하고 있다.

> 선생은 이미 퇴도(退陶) 선생의 문하에 들어가서 『심경』을 질의하고 정밀하게 생각하고 실천에 힘썼다. 또 남명 선생을 배알하고 고상한 풍모에 경앙하였다. …(중략)… 그들과 종유하면서 질문하여 지혜와 견문이 광대하였으며 뜻을 돈독하게 하고 행하기에 힘써서 홀로 그 으뜸이

---

80 『澤堂別集』 권15, 〈示兒代筆〉

되었다.[81]

한강은 관직생활보다는 실제적으로 고향에 머물면서 천곡서원(川谷書院)과 한강정사(寒岡精舍) 등을 통해 성주지역의 많은 인재들을 길러냈다. 40대에 문하생들과 강회계(講會契)를 조직하는 등 교육활동에 적극적인 활동을 펼쳤다.[82] 그의 학문은 성리학에 매몰되지 않았다. 박학을 넘어 잡학에 가까웠다. 문인들이 평하는 것처럼 "읽지 않은 책이 없었다."[83] 의학, 천문, 지리, 역사서 뿐 아니라 잡학으로 분류되던 복서(卜筮), 풍수, 서법 등에도 관심을 기울였다. 그의 사유는 이미 변화되기 시작한 17세기의 사회적인 움직임에 깊이 연관되어 있었다. 한강의 학문은 이기론의 형이상학적 논의보다는 예학이나 심성론, 혹은 현실적인 학문에 더 많은 중심을 두었다. 그가 당대의 정신적 거목인 퇴계와 율곡, 그리고 남명을 함께 수렴할 수 있었던 것은 그의 고학에 대한 독자적인 해석이 그 밑바탕이 되었을 것으로 보인다. 우리는 그 구체적 증거를 그의 공부론과 성인 담론을 통하여 확인해 볼 수 있을 것이다.

과연 한강은 성인에 이르는 길을 어떻게 잡고 있었을까? 한강도 배움의 궁극적인 목적은 '성인(聖人)'을 지향하는데 있음을 자주 말하고 있다. 성인이란 스승으로 섬길 만하고 또 배워서 이룰 수 있는 것이라 생각하고서 손수 공자의 화상을 모사하여 수시로 가까이 받들어 모시면서 존경하고 사랑하여 예를 차렸다.[84] 그는 자기 초월의

81 『寒岡全書』「言行錄」, "先生 旣登退陶先生之門 叩質心經 精思力踐 又拜南冥先生 景仰高風 …… 從遊質問 知見廣大 篤志力行 獨得其宗"

82 『寒岡全書』「言行錄」, "先生移居檜淵 搆草堂 約諸友率門徒爲月朔講會"

83 『寒岡全書』「學問」, "先生志學以來 勤敏刻苦 於書無所不讀 於行無所不力 於事無所不習 於藝無所不求"

84 『한강언행록』 제4권, 〈實記〉

의지가 매우 강렬하였다. 이에 관한 다양한 예화들이 있다. 제자인 이서(李曙)에 따르면, "선생은 어릴 적에 선성의 유상을 그림으로 그려 중당(中堂)에 걸어 두고 매일 새벽에 일어나면 먼저 사당에 참배한 뒤에 물러나 선성의 화상을 향해 절을 하였으며, 배례를 마치면 화상을 말아 상자 속에 보관하였다. 병이 나거나 문밖을 출입하는 경우가 아니면 단 하루도 그러한 일과를 폐한 적이 없었다."고 한다.[85] 그에게 있어 '성인'이란 추상적이고 관념적인 대상이 아니라, 일상의 삶에 깊숙이 뿌리 내려 거의 종교화된 신념체계라 할 수 있다.

그는 성인에 이르는 길을 퇴계의 심학적인 공부법에 의지하였다. 그는 『심경발휘(心經發揮)』를 저술하면서 배움과 성인의 관계에 대한 학문적인 접근을 시도한다. 『심경발휘』는 당시 퇴계학파의 가장 중요한 교재인 정민정(程敏政)의 『심경부주(心經附註)』를 전면적으로 고쳐 쓴 책이다. 그는 성인도 학습을 통해 도달할 수 있는 존재라고 확신하였다.

통서에 말하기를 성인은 가히 배움의 대상입니까? 배워서 될 수 있다. 요점이 있습니까? 있다. 청해 듣고자 합니다. 한 가지로 함(主一)이다. 한 가지로 요점을 삼는다는 것은 무욕을 말한다. 욕심이 없으면 고요할 때에는 마음이 비게 되고 움직일 때에는 곧게 된다. 고요할 때 비운 상태가 되면 마음이 밝게 되고, 밝으면 통하게 된다. 움직일 때 곧으면 공평하게 되고, 공평하면 넓게 된다. (마음이) 밝고 통하고 공평하고 넓게 되면 거의 가깝게 된 것이다.[86]

그에게는 아직 공부를 통해서 성인이 될 수 있다는 낙관적 전망이

---

85 『한강언행록』 제1권, 〈類編〉
86 『心經發揮』, 〈周子養心說章〉, "通書曰聖可學乎 曰可 有要乎 曰有 請問焉 曰一爲要一者無欲也 無欲則靜虛動直 靜虛則明 明則通 動直則公 公則博 明通公博 庶乎矣"

남아 있다. 그것은 주일(主一)의 상태, 곧 경의 상태를 지향하는 것이고 이를 통해 마음의 무욕성을 확보하는 공부법이다. 퇴계의 공부법이다. 한강은『소학』의 중요성을 극력 주장한다. 특히 소학을 통해 하학과 상달처의 연결을 모색하고 있다는 점에서 퇴계와 견해를 같이 한다. 그는 "『소학』을 배우지 않고 단정치 못하면 장차 재주꾼에 불과할 것이라고 우려한다. 그리고 또한『소학』을 이해한 다음에야『사서』·『심경』·『근사록』·『주자대전』등을 차례대로 이해할 수 있다고 강조하였다.[87] 그는 성인의 경전을 읽음에 있어서 체인(體認)·체찰(體察)·체험(體驗)·체행(體行)하기를 강조하였다.[88] 모든 학문은 자신과 동떨어진 것이 아니라 몸으로 체득하는 상태가 될 때 진정한 배움이 될 수 있다는 퇴계학의 논지와 함께 하고 있다.

한강에게 진정한 공부는 역시 주자학적 방식이었다. 그는 내면적 성찰과 외면적 실행과 결합되어야 할 것을 강조한다. 그렇기에 공부는 단순한 앎에 머물려는 것이 아니라 반드시 원리적 탐구로써 이를 실천하려는 데 있었다. 참으로 안다는 일은 사물의 현상만을 아는 것이 아니라 사물의 '구조의 법칙성'이 무엇인가(所以然之則)를 아는 것이고, 이러한 원리적 구조의 법칙성을 알고 난 뒤, 삶의 현상 속에서 그것이 어떠한 당위적 명제로 정당화될 수 있는가(所當然之故)라는 진지의 지향성, 곧 윤리적 합목적성을 전제로 하지 않으면 안 된다는 것이다.[89] 따라서 육구연의 학문은 너무 지나친 내면적 성찰에 함몰되어 외면적 실행력이 약화되는 실책을 범하고 있다는 것이다.

---

**87**『寒岡全書』「敎人」, "爲學急務 當先致力於小學 然後四書 心經 近思錄 朱子大全 等書 可以次第理會"

**88**『寒岡全書』「言行錄」, '讀書' "讀聖賢經典 其法有四 一曰體認 二曰體察 三曰體驗 四曰體行 苟不用此四法 基義亦無以通曉 況吾心身有何益焉 古人鸚鵡之譏 可不懼哉"

**89** 정순목,「한강 정구의 교학사상」,『退溪門下의 인물과 사상』, 예문서원, 1999, 440쪽.

바로 한강은 지행병진(知行並進)을 강조하고 있는 것이다. 그의 독서법도 이러한 지행병진의 생각이 잘 드러난다.

그의 독서법도 주자학이나 퇴계학의 범주에 편입될 수 있다. 그는 독서법을 논하면서, "도서를 귀하게 여기는 것은 장구를 표절하여 문장이나 만들고 과거 시험에 급제하기만을 위해서가 아니다. 성현의 경전을 읽는 데에는 그 법이 네 가지가 있는데, 첫째는 체인(體認)이고, 둘째는 체찰(體察)이고, 셋째는 체험(體驗)이고, 넷째는 체행(體行)이다. 만일 이 네 가지 법을 따르지 않는다면 그 글의 의미도 완전하게 알 수 없는데 더구나 자기의 몸과 마음에 무슨 이익이 되겠는가. 앵무새처럼 입으로만 따라 한다는 옛 사람들의 비난이 어찌 두렵지 않겠는가."[90]라고 지행병진의 자세를 강조한다. 그리하여 이러한 지행병진을 위해 한강은 학문하는 사람이 지녀야 할 5가지의 학문방법론을 제시하였다.

○ 학문하는 사람은 발분(發憤)·입지(立志)·용맹(勇猛)·독실(篤實)·심체(深體)·역행(力行)하여야 비로소 얻을 수 있다.

○ 학문하는 사람은 스스로 깊이 자기의 재능을 감추고 숨기어(韜晦) 오직 남이 알까 두려워하여야만 유자의 기상을 잃지 않는다. 만약 조금이라도 이를 소홀히 하는 사람과는 더불어 학문을 논할 수 없다.

○ 학문하는 사람은 모름지기 그 몸가짐을 규중의 처녀와 같이하여 한 점 티끌을 묻혀서도 아니 된다.

○ 학문하는 사람은 차라리 백이(伯夷)와 같은 편벽한 마음을 지닐지언정 유하혜(柳下惠)와 같은 불공(不恭)을 지녀서는 아니 된다.

○ 학문하는 사람은 모름지기 검신(檢身)하기를 사소한 데까지 하여야 한다.[91]

---

90 상동.

이러한 한강의 주장은 퇴계학의 일관된 경 철학에 근거한다. 학문의 요체는 언제나 엄재정숙(嚴在整肅)의 마음가짐과 행동, 즉 몸과 마음이 경(敬)의 상태를 지속해야 함을 말하고 있다. 이렇기에 한강은 『심경발휘』에서 주자의 언설을 인용하면서 "경은 근본을 세우고 궁리의 근본이 된다."고 언급한 것이다.[92] 곧 "지경(持敬)은 궁리의 근본이 되고 궁리하여 이치가 밝아짐은 마음을 존양하는 것(養心)의 보조가 되는 것이다."[93] 이처럼 경은 한강에게 있어서 안과 밖, 수양과 실천을 연결시켜주는 매개체이며 학문의 요체인 것으로 퇴계사상의 핵심적 논지와 함께 하고 있는 것이다.

동시에 한강은 덕성을 함양하는 공부 존덕성의 공부와 사물의 이치를 탐구하는 도문학 공부, 그 어느 한쪽으로 편향되지 않도록 강조하였다. 그렇기에 그는 주자학에 비해 육구연의 학문이 너무나 지나치게 존덕성 쪽에만 치우쳐 공부하였기 때문에 폐해가 있다고 언급하였다.[94] 한강에게 있어서 "존덕성은 마음을 두어서 도체(道體)의 큰 것을 다하는 것이고 도문학은 사물의 도리를 연구하여 지식을 밝혀(致知) 도체의 자세한 것을 다하는 것이기 때문이며, 이 두 가지 모두가 덕을 닦고 도를 모으는 큰 단서가 되기 때문이었다. 또한 흐트러진 마음을 잘 수렴(存心) 하지 않으면 사물의 이치를 잘 탐구(致知)할 수 없고, 존심(存心)하는 데에는 또한 치지(致知)를 하지 않을 수 없었기 때문이었다."[95]

---

91 『寒岡全書』卷4, 「書」, '爲學之要五' "○學者須是發憤 立志 勇猛 篤實 深體 力行 始得 ○學者須是深自韜晦 惟恐人知 方是不失儒者氣味 若有些求 知底意思 便是爲人不可與共學也 ○學者自指其身 當如闇中處子 不可一點受汚於人 ○學者寧失於伯夷之隘 不可學柳下惠之不恭也 ○學者須是檢身 若不及無些子放過 始得"

92 『寒岡全書』 「心經發揮」, 又曰 主敬以立其本 窮理以進其知

93 『寒岡全書』 「心經發揮」, "持敬是窮理之本 窮得理明 又是養心之助"

94 『寒岡全書』 「言行錄」, "朱子尊德性道問學邊工夫 未嘗偏廢 象山之學 偏主尊德性一邊工夫"

그러나 한강은 성인의 길에 진입하기 위해서는 궁리(窮理) 공부와 양기(養氣) 공부라는 두 길을 함께 수행할 것을 주문한다. 퇴계가 본연지성의 회복을 강조하는데 반해, 이이는 기의 본연, 즉 '호연지기'를 강조 한다는 점에서 한강은 두 계열의 공부론을 종합한 것으로 평가된다.[96] 그가 작성한 〈양호첩(養浩帖)〉과 〈독서첩(讀書帖)〉은 궁리(窮理) 공부와 양기(養氣) 공부라는 두 길이 함께 가야 할 것임을 새삼 확인하는 글이다. 그의 〈독서첩〉은 경 공부에 관한 송대 이학자들의 학설을 모아 놓은 것이다. 한강은 이러한 이학 공부에 더해 양기 공부의 중요성을 강조한다.

호연지기는 천지의 정기로서 이것이 커지게 되면 존재하지 않은 것이 없고 강건해지면 그 무엇도 이것을 꺾지 못한다. 곧은 도로써 이(理)를 순응하여 기르면 온 천지에 충만하여 지는 것이다. 의에 짝하고 도와 함께 하니, 그 기는 모두 의의 근본을 이루고 도와 함께 하지 않음이 없다. 단 하나라도 사심이 개입되면 굶주리게 된다.[97]

한강은 호연지기가 사라진 상태를 마음에 장애가 생긴 상태로 이해한다. 그의 생각은 기본적으로는 맹자의 호연지기에 근거하고 있

**95** 『寒岡全書』『心經發揮』, "又曰尊德性所以存心 而極乎道體之大也 道問學所以致知 而盡乎道體之細也 二者修德凝道之大端也 …… 蓋非存心無以致知 而存心者又不可以不致知"

**96** 최영성, 「한강 정구의 학문방법과 유학사적 위치」, 『한국철학논집』 제5집, 1996, 105쪽.

**97** 『한강집속집』 제4권, 〈養浩帖〉, "浩然之氣。天地之正氣。大則無所不在。剛則無所屈。以直道順理而養。則充塞於天地之間。配義與道。氣皆主於義而無不在道。一置私意則餒矣。是集義所生。事事有理而在義也。非自外襲而取之也。告子外之者。蓋不知義也。壹。與一字同。一動氣則動志。一動志則動氣。爲養氣者而言也。若成德者。志已堅定。則氣不能動志。必有事者。主養氣而言。故必主於敬。勿正。勿作爲也。心勿忘。必有事也。助長。乃正也。只着一箇私意。便是餒。"

으나, 그의 주된 관심은 의(義)의 배양에 있다. 그에 따르면 기를 양성하지 못했을 때는 기는 기대로 따로 있고 의는 의대로 따로 있다가 호연지기를 양성하게 되면 기와 의가 합치하게 된다[98]는 것이다. 한강은 그가 강조하는 양기가 도가류의 양기와 차별이 있는 것을 드러내기 위하여 반드시 일상의 일 속에서 행사되어야 함(必有事焉)을 강조한다. 이것은 그의 공부가 원시유학의 양기와 송대 이학자들의 경론을 통합하고자 하는 욕구에 기반하고 있었음을 알려 주는 대목이다.

그는 호연지기를 기르는 것과 아울러 퇴계학의 근간을 이루는 경(敬) 공부를 강조한다. 이것은 그의 공부가 원시유학의 양기(養氣)와 송대 이학자들의 경론을 통합하고자 하는 욕구에 기반하고 있었음을 알려 주는 대목이다. 또 다른 측면에서는 그의 공부론은 퇴계와 율곡의 공부법을 절충 종합하고자 하는 의지로 읽을 수 있다. 잘 알려진 바와 같이 이황은 선악의 근원을 이(理)에 둔다. 그리하여 존양성찰의 공부는 리를 왕성하게 하여 언제 어디서라도 기를 지배하도록 함으로써 인간이 하늘로부터 받은 선한 본성이 제대로 발현되도록 하여야 한다는 것이다. 여기서 보다 중요한 수양방법이 격물치지이다. 비록 퇴계의 학문이 말년에 이르러 덕성의 함양 공부(尊德性)를 강조하는 모습을 보였지만, 격물치지를 통해 사물의 이치를 궁구하는 공부, 즉 도문학의 공부를 소홀히 한 것은 아니다. 그러나 율곡의 경우, 리는 무위 무조작한 것이며 기의 존재를 구명해 주는 소이연의 근거라 보는 만큼, 심의 작용에 선악이 발생하는 것은 리로 인한 것이 아니요, 리를 싣고 그것을 구체화 시키는 기에 의한 것이다. 따라서 기질을 변화 개선시켜 청명하고 순수한 본연의 기를 회복해야 한다는 것이다. 이황이 본연지성의 회복을 강조하는데 반해, 이이는 기

---

**98** 상동.

의 본연, 즉 '호연지기'를 강조한다. 한강의 경우, 두 차원을 모두 강조한다, 그의 〈독서첩〉과 〈양호첩〉이 이를 대변한다.

한강의 이기론은 퇴계보다는 이이에게 더욱 경사되어 있다는 주장은 눈여겨 볼만한 대목이다. 그는 이선기후(理先氣後)보다 이기무선후(理氣無先後)를 중시한다. 이렇게 "도의 선험성 보다는 경험성을 중시하는 것은 정구의 현실지향적 입각점을 보여 주는 것으로 근기학파의 실학적 성격 형성에 작용한 실학 연원이 될 수 있다."는 것이다.[99] 그의 심성론과 수양론도 단순한 이론적 작업이 아니라, 현실과의 밀접한 연계성 속에서 논의되고 있다. 한강이 물론 형이상학적인 측면보다는 실제적인 면을 강조했지만, 그렇다고 해서 형이상학적 측면을 완전히 거부한 것은 아니다. 이 대목은 그의 철학이 퇴계와 남명 양쪽에 균형 있게 기대고 있었음을 알려 주는 부분이다. 하겸진은 "퇴계는 도를 밝히는데 급하였고, 남명은 현실을 구제하는 것(救時)에 돈독하였으니, 그 마음 씀이 같고 도를 실천함이 하나같다. 이런 까닭에 당시 현자들이 두 분 선생의 문하에 출입하여 지의를 전수한 것을 지금에도 모두 칭송한다."고 한강이 양 사상을 균형적으로 흡수하였음을 말한다.[100]

한강은 성인의 도란 개인적인 수양의 차원에서 머물지 말고, 적극적인 사회적 실현으로 성취된다고 보았다. 그는 이 점에서 남명의 경의 정신을 매우 높게 평가하였다. 그는 퇴계의 적전으로 널리 인정된 이후에도 한강이 남명을 존경하는 마음은 근본적으로 변함이 없었다. 그는 "퇴계의 글은 도의의 본원과 윤리행위에 관해서만 공력을 들이고, 정사에 대해서는 언급하지 않았다. 당시로 말하자면 법

---

99 정순목, 「한강 정구의 교학사상」, 『한국의 철학』 13집, 1985.

100 河謙進, 『東儒學案』, 中篇, 제11, 「德山學案」 "退溪急於明道 南冥篤於救時 其爲心同而爲道一也 是以當時賢者 出入二先生之門 以傳授旨議者 至今皆可稱焉"

령이 문란해지고 폐단이 많아 장차 변통해야 할 형세였다. 시무의 대략만이라도 대강 말하여 5년, 7년의 성과를 기약 하였더라면 바야흐로 유감이 없었을 터이다."라고 퇴계의 소극적인 출처에 대해 다소간의 아쉬움을 말한다.[101] 내암 정인홍이 한강에게 남명을 배사(背師)하였다고 공격하자, 한강은 "선생님을 존경하는 것은 나보다 더한 사람이 없을 것이다."[102]라고 반박하였다. 한강은 실제로 학문의 방법이나 수양의 방법은 퇴계에게서 강한 영향을 받았으나, 학문에 대한 폭넓은 관심과 개방적 성향은 남명에게서 비롯되었다. 특히 한강이 '경의(敬義)'를 삶의 지표로 삼고 부단히 실천하려고 노력한 것은 남명의 가르침에서 연유된다.[103]

남명은 사서오경 그리고 성리학서적 뿐만 아니라 천문·지리·병법 등 매우 넓은 범위의 학문을 섭렵하였다. 이러한 특성이 한강에게도 그대로 연결된다. 한강 역시 문인들이 평하는 것처럼 "읽지 않은 책이 없고, 힘써 실행하지 않은 것이 없으며, 익히지 않은 사물이 없으며, 예에 탐구하지 않은 것이 없었다."[104] 실제로 의학·천문·지리·역사 등 거의 모든 부분에 손대지 않은 것이 없었다. 이러한 학문의 광범위한 접근은 실제적이고 실용적인 요청에 의해서였다. 그의 육경과 고학에 대한 높은 관심은 기존의 성리학으로부터 그의 사유가 조금씩 이탈되고 있음을 알려 준다. 한강은 심학과 예학뿐만 아니라 제자백가서에 관심을 기울였다. 연보에서는 그의 박학성을 말하면서, "학문에 뜻을 둔 이후 각고의 노력을 경주하여 서책에 대

---

**101** 최영성, 「한강 정구의 학문방법과 유학사적 위치」, 『한국철학논집』 5집.

**102** 『寒岡全書』 「年譜」, "至以背師目之 先生聞之曰 莫如我敬先生"

**103** 『寒岡全書』 「言行錄」, "先生束脩 往拜於南冥先生之門 佩服敬義之訓 益篤踐履之功"

**104** 『寒岡全書』 「學問」, "先生志學以來 勤敏刻苦 於書無所不讀 於行無所不力 於事無所不習 於藝無所不求"

하여 읽지 않은 것이 없고 행실에 대해 힘쓰지 않은 것이 없으며, 시무에 대해 익히지 않은 것이 없고 기예에 대해 탐구하지 않은 것이 없다. 심지어 천문, 지리, 의술까지도 모두 공부하여 통하였다. 관혼의 의식과 상제에 대해서도 모두 정밀히 탐구하고 의심스러운 부분을 강명하여 말하기를, "천지간의 도리를 강구하는 것은 우리 유자가 사업으로 삼지 않는다면 세상에 누가 그것을 담당할 것인가?"하였다고 기술하고 있다.[105]

그는 16세기 조선 유학의 성취를 내면화하였고, 그 가장 깊은 뿌리를 퇴계와 남명학에 내리고 있었던 것을 보인다. 그러나 그가 바라 본 17세기의 조선은 이미 16세기의 조선과 엄청난 차이를 드러내고 있었다. 임란으로 피폐한 조선사회를 구제하기 위해서는 좀 더 다양한 학문적 처방전이 필요로 하였다. 성리학에 매몰되지 않고 박학 속에서 새로운 대안을 찾고자 부심한 것이다. 그의 사유는 이미 변화된 17세기 사회사에 깊이 침잠해 있다. 한강의 학문은 이기론의 형이상학적 논의보다는 예학이나 심성론, 혹은 현실적인 학문에 더 많은 중심을 두었다. 그는 노장류의 탈사회적인 사상을 비판한다. 지식인은 모름지기 이윤과 주공처럼 권력을 잡고 나라를 도우며 마음을 세우고 도를 행하는 것을 소임으로 삼아야 할 것을 주장한다. 그는 상국이었던 병길(丙吉)의 고사를 들어 현실의 삶에 초연한 노장적 삶의 자세를 통박한다. 그는 말하기를, "어찌 풍속과 백성에 관한 일을 완전히 유사에게 넘기고 자기는 빠져나와 나 몰라라 하면서 매일 만금의 녹을 허비하며, 충신과 유능한 신하가 사형을 당하는 것을 방관하고 도적이 거리낌 없이 돌아다니는 것을 금하지 않은 체 달리 이른바 철이 조화롭고 기운이 고르게 되는 것을 구하면서 자질구레 헐떡거리는 한 마리 소의 숨결이 고르게 되기만을 기대하여 했

---

105 『한강언행록』 1권, 〈유편〉

단 말인가!"라고 무위(無爲)적인 자세를 비판한다.[106]

그의 예학은 이러한 징후를 가장 잘 드러내 준다. 한강은 언제나 현실적 밀접성 속에서의 사유를 펼치고 있었다. 그 정신의 발로는 예서인『오선생예설분류』를 작성케 한다. 총론, 천자제후의 예, 사대부의 예로 나뉘어 편집된『오선생예설분류』는 실제 생활에서 경험할 수 있는 상황을 분류별로 나누어 놓았다는 점에서 그의 실학적인 성향을 살펴 볼 수 있다. 그의 예학은 도학자의 예설과 경학의 의례를 양면적으로 접근하였다는 평가를 받고 있다. 예경을 통한 의례의 원형을 확인하며 송대 도학의 예설이 보여 주는 이론적 해석의 인식은 그의 예학이 내포하는 두 방향을 이루고 있다는 것이다.[107] 고학과 성리학을 통합하여 그의 독자적인 해석체계 속에 두고자 하는 학문적 열의가 그의 예론 속에서 모습을 드러내고 있다.

그 실용적 정신은『고금명환록』,『성천수신제명안』,『치란제요』,『역대기년』,『유선속록』등의 역사서 편찬에서도 나타난다. 그는 역사서를 통해 새로운 삶의 원리를 찾고자 하였다. 앞서 살펴본, 주자가 절동학의 역사주의를 강하게 부정했던 것과 상반된 인식태도를 드러내고 있는 것이다. 그는 성인의 모델이 반드시 경학 속에만 존재하는 것이 아니란 현실 인식을 지니기 시작한 것이다. 그는 관직 생활을 할 때『창산지』를 비롯한 많은 지방지를 만들고, 이외에도『영가지』등의 편찬에도 관여하였다. 이러한 지방지를 엮음은 자신이나 자신 이후의 관찰사들이 이 지역을 효과적이고 실제적으로 관리 지도하기 위한 의식에 의한 것이었다. 이러한 실용 정신이 미수 허목에게 전달되어 근기실학파의 시발점을 마련하게 되는 것이었다.

---

**106**『한강속집』권1, 논〈問牛喘〉
**107** 금장태,「한강 정구의 예학사상」,『유교사상연구』, 1992, 228쪽.

## 예학으로 학교의례의 표준을 세우다

그는 명백하게 당시의 이학 공부가 근본적인 결함이 있음을 인식하고 있었다. 그는 심학에 대한 올바른 접근은 이론적이고 원리적인 해석의 틀을 벗어나, 주체적 해석 속에서 덕을 내면화할 때 실현될 수 있다고 믿었다. 그는 성인과 도통의 표준을 다양한 예설 속에서 현실화 하려고 노력하였다. 그 한 예를 우리는 천곡서원(川谷書院)의 설립과정을 통해서 엿 볼 수 있다. 천곡서원의 설립과정에서 나타난 시비의 핵심은 퇴계와 한강이라는 도학파와 기존의 토착세력 사이의 이념적 충돌이다. 이 분쟁은 1558년 노경린(盧慶麟) 등이 지장사(智藏寺) 옛터에 공민왕 시기 성산후(星山候)에 봉해졌던 이조년(李兆年)과 그의 손자인 이인복(李仁復) 그리고 김굉필(金宏弼)을 배향하기 위하여 영봉서원(迎鳳書院)을 설립코자 하는 것에서 비롯되었다. 그러나 이 시도는 유자들의 반대에 의해 결국 무산되었다. 그 유자들의 논거는 이조년과 이인복의 영정에 염주가 들려 있기에 오직 김굉필만을 종향(從享)해야 한다는 것이었다. 그 실제적인 이유 중의 하나는 이인임 등 권귀화 된 토착세력에 대한 견제의 의미가 있었던 것으로 보인다. 그러나 더욱 본질적인 이유는 도학에 대한 퇴계학파 내부의 믿음에 있었다. 그들이 지향하는 서원의 설립목적은 김굉필에 대한 배향 논의에서도 나타난다. 퇴계는 당시 사림들 사이에서 문묘에 종사하고자 한 한훤당 김굉필에 대해서도 도학의 정맥으로 승인하는 것에 유보적인 자세를 보여 준다. 퇴계는 천곡서원에서 한훤당을 배향하는 문제에 대해서 한강에게 다음과 같은 의견을 피력한다.

한훤당 선생의 학문은 이미 저술이 없었고 또한 밝혀 볼 만한 문헌도 없어서 그 조예의 깊이를 알 수가 없네. 이제 천곡서원에서 정자,

주자의 제사를 받들면서 한훤당을 배향하는데, 짝지을 배(配)자의 뜻은 가볍게 쓸 수 있는 것이 아닌가 하네. 문선왕의 묘 안에는 단지 안자·증자·자사·맹자만을 배향하고 그 나머지는 비록 공문(孔門) 십철에 해당하는 사람일지라도 모두 대전 안에서 종사(從祀)한다고 칭하고 정자 주자 같은 대현도 문묘의 동쪽 열과 서쪽 열에 계시지만 종사한다고 칭하네. 이로써 살필 것 같으면, 짝지을 배(配)자와 따를 종(從)자 사이에는 거리가 있는 것이네. 한훤당의 학문이 비록 문묘에 들어가기에 부끄러움이 없다고 할지라도 그저 종사한다고 칭하지 배향하는 것이 옳지 않네.[108]

퇴계의 이러한 평가는 "한훤당의 학문이 실천에 비록 돈독하기는 하지만 도문학(道問學) 쪽 공부에는 미진함이 있다."[109]라는 인식에 기인한다. 결국 이 논의는 한강이 퇴계와 상의하여 이름을 천곡서원이라 개칭하고 정이와 주희를 주향으로, 그리고 한훤당을 종향하고 이조년과 이인복은 별당으로 밀려나는 것으로 귀결되었다. 이러한 조처에 대해 묵재(黙齋) 이문건(李文楗)은 '향현(鄕賢)은 무시하고 도학만을 숭상한다.'면서 퇴계에게 불만을 표출하고 있었다. 천곡서원의 설립 과정은 사실상 퇴계와 한강을 잇는 도학적 해석의 맥이 성주지역에 본격적으로 착근하는 한 계기로 작용하였다.

한강은 서원에서의 향사(享祀) 문제는 문중이나 사림의 판단에만 의지할 수 없는 공적 영역에 해당한다고 보았다. 한강은 그 주체를 국가로 보았다. 이 시기에는 아직 서원의 남설이 본격적으로 문제시되지는 않았으나, 서원 향사의 자격여부에 대한 기준에 혼선이 일어나고 있었다. 그는 서원은 반드시 향사의식을 필요로 하지 않는다는

---

108 『退溪先生言行錄』卷5, 〈論人物〉
109 상동.

파격적인 발언을 한다. 이러한 그의 생각은 서원의 향사가 정식화되었던 이 시기의 일반적 상식과는 크게 어긋나는 것이다. 그는 말하기를, "대체로 서원으로서 사당이 있는 것은 학도로 하여금 그곳에 모신 선현을 모범으로 삼도록 하기 위한 것으로 이는 진정 서원의 다행스런 일이네. 그러나 만일 받들어 모시기에 적합한 선현이 없을 경우에는 무리를 해 가면서 까지 굳이 사당을 세울 필요가 없으니, 사당이 없는 곳도 많은 편이네."[110]라고 하여 모든 서원이 일률적으로 향사처로 변해가고 있는 현상을 경계하고 있다. 자격 없는 인물을 학연이나 혈연관계에 의지해 향사함으로써 엄격해야 할 도통의 기준이 허물어지는 것을 막고자 한 것이다. 그는 또한 "서원은 사액을 받으면 국상(國庠)이다."라는 매우 파격적인 발언을 하기도 한다. 사학인 서원이 사액을 받으면 국학으로 변화한다고 하는 그의 생각은 남인예론의 왕권 강화론과 사실상 그 논의가 맞닿아 있는 것으로 보인다. 문생과의 문답을 살펴보자.

문) 월천 조모를 도산서원에 종향하였는데 어떤 자는 이 서원은 나라에서 편액을 내렸으므로 그 사실을 조정에 상달하지 않을 수 없다고 하고, 어떤 자는 제물을 관아에서 준비해 주지 않는 이상 비록 상달하지 않고 종향한다 하더라도 무방하다고 합니다. 어떻게 생각하십니까?

답) 주자가 백록동서원에 대해 조정에서 사액을 해 줄 것을 청하여 국가의 학당으로 만들었는데, 지금 도산서원도 이미 사액을 받았으니 당연히 국가의 학당이라 할 수 있습니다. 그러하면 다른 사람을 종사하는 중요한 일은 임금에게 계품하지 않을 수 없습니다. 그러니 곧장 독단으로 거행하는 일은 사유를 갖추어 상소하여 임금의

---

110 『한강집』 4권, 〈答李克休〉

윤허가 내려온 뒤에 하는 것보다 못할 것입니다.[111]

　그는 "도산서원도 이미 사액을 받았으니 당연히 국가의 학당이라 할 수 있다."고 말한다. 따라서 다른 사람을 종사하는 중요한 일은 임금에게 계품하지 않을 수 없다고 말한다. 서원이 사액을 통하여 관학적 상격을 획득한 것으로 본다. 따라서 종사(從祀)의 문제는 사림들 독단으로 거행할 수 없고, 사유를 갖추어 상소하여 임금의 윤허가 있은 연후에 시행되어야 하리라 주장한다. 그의 이러한 주장은 도학적 기준을 어떻게 예학적 해석 속에서 실현할 것인가를 고민하는 한 표본이 된다. 그의 고민은 사액의 의미와, 조선시대 사학의 성격을 이해하는데 매우 중요한 시사점을 준다. 그는 서원에 봉향할 사람은 엄격한 원칙을 지키되, 그 외의 인물을 대상으로 하여 향현사(鄕賢祀)를 세우자는 건의에 대해서는 유연한 입장을 취한다.

　서원이 나라의 사액을 받은 뒤에는 분명히 국가의 학당이 되는 것입니다. 그러므로 만일 어떤 인물을 새로 봉안해야 할 일이 있을 때 먼저 조정에 계품도 하지 않고 마음대로 지레 조정에 봉안할 수는 없을 듯합니다. 물의가 만일 조금이라도 흡족하게 여기지 않을 경우 도리어 미안한 일이 된다고 봅니다. 서원에 봉안한 인물 이외의 사람은 별도로 향현사를 세워 봉안하자는 것은 아마도 조정에 그 사유를 갖추어 계품한다는 것이 어렵기도 하고 또 마땅히 향사할 만한 선현을 두루 포함하지 못하는 것이 미안하기도 하여 이와 같이 부득이한 논의가 나왔을 것입니다.[112]

---

111 『한강집』 6권, 〈金施普問〉
112 상동, 〈金烏書院院生問〉

위의 주장에서 특기할 사실은 한강의 예학은 매우 엄격한 도학적 기준을 설정하되, 동시에 현실적인 시의성과 적실성을 적절하게 조화시키고 있다는 점이다. 예의 실행도 일률적인 잣대에 의해 시행할 것이 아니라, 현실적인 상황을 잘 고려하여야 한다는 주장이다. 그는 스승에 대한 상례도 일률적으로 시행되어야 할 성질이 아니라, 각각의 사제관계에 따라 그 적실성을 판단해야 할 문제라고 인식한다.

문) 스승이 죽었을 때 심상 삼년을 하는 것은 곧 성인이 만든 예법이긴 하나 이 예를 제대로 행하는 자는 드뭅니다. 무덤가에 여막을 짓고 지내는 일도 사실 쉽게 말할 수 없으며 어떤 사람은 백의와 백대로 기년복을 마치기도 하는데, 그렇게 하는 것이 정례로 볼 때 과연 어떻겠습니까?

답) 장자(張子)가 말하기를 "스승을 위한 복제를 만들지 않은 것은 그 복제를 만들 수 없기 때문이다. 마땅히 서로간의 정이 얼마나 두터우며 배운 일이 얼마나 큰 것인가에 따라 조치하여야 할 것이다.[113]

그는 성인이 만든 예법도 각각의 상황에 따라 변용되는 것이 올바른 태도라고 보았다. 경전에 실린 고례를 고식적으로 따라하는 것이 아니라 사제 간의 정의와 배움의 정도에 따라 그 경중을 달리 하는 것이 정당하다는 것이다. 그는 노장류의 탈사회적인 사상을 비판하면서, 지식인은 모름지기 이윤과 주공처럼 권력을 잡고 나라를 도우며 마음을 세우고 도를 행하는 것을 소임으로 삼아야 할 것을 주장한다.[114] 『오선생예설분류(五先生禮說分類)』에 담겨진 그의 예설과 예학도 고학(古學)적 요소를 함장하고 있는 것으로 평가된다. 송대

---

113 『한강집』 7권, 〈문답〉
114 『寒岡續集』 권1, 논 〈問牛喘〉

도학의 예설과 예경을 통한 의례의 원형을 확인하는 양면적인 작업이 동시에 이루어지고 있다는 평가를 받고 있다.[115] 고학(古學)과 성리학을 통합하여 새로운 세계를 열어 가고자 하는 새로운 사상적 흐름이 나타나고 있는 것이다.

한강의 평소 교학활동도 넓은 범위의 예치에 수렴된다. 그는 교육의 안정된 틀을 규약과 약속과 같은 예치적 모형 속에서 작동하고자 하였다. 그는 전란 후 향촌사회가 피폐하게 되자 교화활동에 가장 깊은 관심을 기울인다. 그는 만년에 관직을 버리고 고향으로 돌아왔는데, 고을 자제들이 난리 때문에 배우지 못한 것을 깊이 근심하여 마침내 고을 후생들을 모아서 '통독약(通讀約)'을 만들었다. 이에 70여 인이 모였는데, 강학하는 의식은 지난날 행하였던 월조(月條)의 예에 따르되 약간 증감을 가했다는 기록이 보인다.[116] 통독약의 규약은 다음과 같다.

- 모임에 들어오기를 원하는 자는 명함을 제출하고, 중론이 그 가입을 허락할 때까지 기다린다.
- 모이는 날에는 마땅히 이른 아침 식사 때 선성(先聖)의 유상을 알현한다. 미처 참석하지 못한 자는 문책한다.
- 다섯 차례 강회에서 연이어 불통을 맞은 자는 독회에서 축출하고 세 번을 강회에 불참한 자도 독회에서 축출한다.
- 불통을 맞은 자는 초(楚) 30대를 때리고 두 가지 책이 다 불통인 경우에는 갑(甲)을 사용한다. 심사를 통과하지 못하는 자는 경중을 구별하여 초벌(楚罰)을 행하되 갑벌(甲罰)은 많아도 30대를 넘어 가면 안 되고 초벌은 적어도 10대 이상이어야 한다. 벌을 가한 뒤에는 다음 강회

---

115 금장태, 「한강 정구의 예학사상」, 『유교사상연구』, 1992, 228쪽.
116 『한강언행록』 1권, 〈유편〉

때 소급해서 강하게 하되 그 달의 강을 행하기에 앞서 하도록 한다.
- 혹시 질환 등 연고가 있어 강회에 참석하지 못하는 자는 자기 명함을 갖추어 그 사유를 고한다. 병이 나았거나 문제된 일이 해소된 뒤에는 즉시 소급하여 강하되 반드시 강장과 유사가 함께 있는 자리에서 강한다.
- 통독하는 속에 불참한 사람은 늙거나 병이 든 자 이외에는 향교나 서원에서 다 그에 대한 조처를 하여야 한다. 회원 명부에 등록되지 않았거나 어떤 사람의 소송을 당한 사람에 대해서는 그를 구제하는 것을 허락하지 않는다.
- 읽은 글은 매월 그 교과를 정해 두되 마땅히 경서를 우선으로 하고 자서와 사서도 포함한다. 기타 문장에 관한 글이나 과거 공부에 관한 글은 여력이 있을 때 읽을 수는 있지만 교과 범위에 넣을 수는 없다.
- 모이는 날 「소학」 등의 글을 통독하고 각자 집에 돌아가 충분히 더 익힌 뒤, 다음 번 강회 때 다시 강한다.
- (별로) 명부에 누런 쪽지가 붙여진 사람은 선성(先聖)의 유상을 배알하는 것을 허용하지 않으며 좌석에 앉는 것도 허용하지 않는다. 다만 강이 끝난 뒤에 들어와 강하고 물러간다.
- 독회에서 축출한 사람은 그 이름을 써 벽에 붙이고 사우의 모임에 참여하는 것을 허락하지 않는다.[117]

그는 이러한 예치적 모형 속에서 백성들의 교화를 통해 성인으로 향하는 길을 함께 갈 수 있으리라는 낙관적인 믿음을 지녔던 것으로 보인다. 그가 안동 부사로 재직 시에도 통독회의 시행을 권하는 내리고 있다.[118] 그러나 그의 안동에서의 통독회 시행은 매우 실망스런

---

117 『한강집 속집』 제4권.
118 『한강집 속집』 제5권, 〈문〉

반응을 얻는데 그쳤다.

그가 지방 고을에 외직으로 부임할 때 가장 관심을 기울이는 것이 교육사업 이었고 예교 사업이었다. 그는 경진년(1580) 봄에 창녕 현감에 제수되자 가장 먼저 시행한 것이 가숙설립이었다. 연보에서는 "선생은 고을에 부임하자마자 마을에 가숙을 두었던 옛 제도를 따라 사방의 경내에 모두 서재를 설치하고 훈장을 선임하여 매일 글을 가르치도록 하였다. 초하루와 보름마다 망궐례를 행한 다음 향교에 나아가 알성하고 명륜당에 앉아 제생들을 데리고 강론하는 것으로 하루를 마쳤다."라고 기록하고 있다.[119] 그가 남긴 도동서원 원규에서 가장 엄격하고 중요하게 생각한 것이 향사(享祀)를 근엄하고 엄격하게 거행하라는 근향사(謹享祀) 조이다. 첫 번째 조항인 근향사(謹享祀) 조에서, 그는 "원임은 항상 정일(丁日)에 유생을 인솔하고 석전을 행한다. 향사에 일곱 번까지 불참한 자는 명단에서 축출한다."는 강력한 규칙을 통하여 그의 성인을 향한 열망을 드러내고 있다.

그러나 그는 이미 성인의 길로 후학을 이끄는 스승이 소임이 세태의 변화에 의해 난관에 봉착했음을 〈입설부(立雪賦)〉를 통해 토로하고 있다. 정이(程頤)의 문인인 양시(楊時)의 고사에 보면, 양시가 그의 나이 40세 때 유작(游婲)과 함께 정이를 찾아 감에, 정이가 눈을 감고 앉아 명상에 들어가자, 이들 두 사람은 자리를 뜨지 않고 그 곁에 모시고 서 있었다. 한참 후 문 밖에 나와 보니 그 사이에 눈이 한 자나 쌓여 있었다는 고사를 읽고 다음과 같이 그의 소회를 읊조린다.

| | |
|---|---|
| 내 이 심정 한때에 환히 밝혀서 | 曝是心於一時 |
| 사도의 존엄함을 추켜 세우리 | 揭斯道之尊嚴 |
| 아, 세상의 도리가 떨어진 뒤로 | 吁嗟乎世道之一降 |

---

119 『한강년보』 제2권.

| 스승 제자 도리가 모두 사라져 | 師與弟其俱亡 |
| 속수의 예 행하는 자 보지를 못했거니 | 旣未見束脩之行兮 |
| 더더구나 스승 존중 기대할 수 있으랴 | 矧皐比尊重之可望 |
| 내 일 찍 이 학문에 뜻을 뒀으나 | 夙余有志乎此學 |
| 후생이라 갈피를 잡질 못하니 | 慨生晩而倀倀 |
| 우두커니 한겨울 눈보라 속에 | 立歲寒之風雪 |
| 옛 경전 끌어안고 어디로 갈 꼬 | 抱遺經兮將安歸 |
| 고인이여 고인이여 서로 어울려 | 古之人古之人兮 |
| 큰 스승 못 모신 게 한스럽다오[120] | 恨不與同歸而摳衣 |

## 나) 여헌 장현광 ; 성인은 태허(太虛)의 허(虛)

여헌(旅軒) 장현광(張顯光, 1554-1637)은 광해조와 인조대에 영남
사림을 이끌었던 매우 독창적인 사상가이다.[121] 특히 교육자로서 그
가 지향하는 교육적 이상은 매우 명료하면서도 아름답다. 그는 어려
서 송당(松堂) 박영(朴英)의 문인인 노수성(盧守誠)에게 나아가 글을
배우기 시작하였고, 성장하여서는 한강 정구의 질서(姪壻)가 되었다.
후일 한강과 사제 관계를 둘러싸고 시비가 일어날 만큼 깊은 학문적
영향력을 행사하였다. 여헌의 생애의 중심점은 학문 활동과 후학에
대한 교육에 있었다. 비록 가끔씩 조정에 출사하거나 외직에 몸을
담기는 하였으나, 이는 결코 그가 즐겨한 바가 아님을 기록 속에서
쉽게 읽을 수 있다. 그가 부지암이나 입암정사의 생활을 통하여 가

---

120 『한강집 속집』 권1, 〈賦〉 "自聖學之失傳。久矣師道之未聞。紛紜指日而笑侮。夫
孰慕悅而親薰。(中略)　曝是心於一時。揭斯道之尊嚴。吁嗟乎世道之一降。師與弟其俱
亡。旣未見束脩之行兮。矧皐比尊重之可望。夙余有志乎此學。慨生晩而倀倀。立歲寒
之風雪。抱遺經兮將安歸。古之人古之人兮。恨不與同歸而摳衣。"

121 장현광이 학맥에 관해서는 김학수, 「17세기 영남학파 연구」, 한국학대학원,
2007.

장 심혈을 기울인 부분이 바로 문도들을 양성하고 깨우치는 일이었다. 지금 남아 있는 취정록(就正錄)이나 배문록(拜門錄) 등을 보면 스승과 제자의 관계가 한 인격의 완성에 얼마나 큰 영향을 주고 있는가 하는 점을 극명하게 알 수 있다. 우리는 사제 간에 이루어지는 대화를 통해 먼저 그들이 '자연'을 수용하고 이해하는 방식에 주목해 볼 필요가 있다.

## '자연'의 인간학

우리는 유학자들이 자연을 읽어 내는 방법에서 그들의 독특한 세계관과 추구하는 학문의 궁극적 목표를 어렵지 않게 읽어 볼 수 있다. 잠시 퇴계와 그의 문도, 그리고 여헌과 그의 문도들 간에 이루어지는 대화를 서로 비교하면서 살펴보도록 하자.

A) 선생이 하루는 정사(精舍)의 서쪽 마루에 앉아 계셨는데 문도(門徒) 10여 명이 나열하여 모셨다. 이 때 저녁비가 걷혀 강산이 맑게 개고 환하였다. 선생은 책상 위에 있는 한 권의 책을 펴시어 '운무가 활짝 개어 푸른 하늘을 본다[豁開雲霧見靑天]'는 시구(詩句)를 가리켜 보여주시며, "제군들은 이것이 어떠한 경지가 되는 줄 아는가?" 하시니, 여러 사람들은 모두 대답하지 못하였다. 이에 선생은 천천히 말씀하시기를, "이것은 지(知)와 행(行)이 나누어지는 부분이니, 구름이 걷혀 하늘을 봄은 진실로 인욕(人欲)이 깨끗이 다하고 천리(天理)가 유행하여 십분 통투(通透)한 경지인데 아직도 이러한 경지에 이르지 못하였다. 이미 이러한 것을 보아 알았으면 반드시 이러한 경지에 이르러야 가장 높은 부분을 다하는 것이다." 하였다[122]

---

122 『旅軒續集』 제9권, 〈景遠錄〉

B) 임인년(1602, 선조 35)에 선생은 이웃 고을의 선비인 친구 두세 명과 배를 띄우고 부지암(不知巖) 아래에서 노셨다. 술이 반쯤 돌자, 선생은 육언(六言)의 짧은 시(詩)를 짓기를,

| | |
|---|---|
| 위에는 하늘이 있고 아래에는 땅이 없으니 | 上有天下無地 |
| 이는 어느 경계인가 세상을 초월하였네 | 是何界超世間 |
| 세간에는 얼마나 많은 소식 있는가 | 世間幾般消息 |
| 구름 밖의 한 기러기 스스로 한가롭네 | 雲外一鴻自閒 |

하였다. 구름 밖의 한 기러기는 선생이 자신을 비유한 것인바, 이는 선생의 호걸스러운 기운이 드러난 부분이다.

C) 선생은 문생을 데리고 고개 마루를 넘었다. 이때 산에는 꽃이 만발하였고 안개가 감도는 숲은 맑고 고왔다. 선생은 두자미의 시 한 구절을 읊었다.

| | |
|---|---|
| 소용돌이에 백로는 마음고우라 미역 감고 | 盤渦鷺浴底心性 |
| 외로이 선 나무는 꽃 피어 절로 환하네 | 獨樹花發自分明 |

문인이 이를 듣고 "그 뜻은 무엇입니까?" 하였더니, "군자는 억지로 하고 함이 없이 저절로 그러하여야 한다.(君子無所爲而然)는 것이 이 시의 뜻에 꼭 맞는다. 배우는 사람은 모름지기 이를 체험하여 그 뜻을 바르게 하여 이익을 꾀하지 말 것이며, 도를 밝히고 공(功)을 헤아리지 말아야 한다. 만일 털끝만큼이라도 억지로 하려는 마음이 있다면 학문이라 할 수 없다." 하였다.[123]

---

123 『퇴계선생언행록』 권3, 〈交際〉

앞의 기록에서 A)와 B)는 여헌과 그의 제자들 간에 이루어진 대화이고, 뒤의 기록은 퇴계와 문생 간의 대화를 기록한 것이다. 우선 앞의 대화들에서 주목되는 점은 각각의 장면들이 매우 강한 공통점을 지니고 있다는 점이다. 우선 '자연(自然)'을 공부의 텍스트로 삼고 있다는 점을 들 수 있다. 모두 자연의 순결함 속에서 인욕의 추함이 소멸된 상태를 읽어 내고 있다. A)의 장면은 "저녁비가 걷혀 강산이 맑게 개고 환한" 시간에 정사(精舍)의 마루에서 바라 본 맑은 하늘이 공부의 대상이다. B)의 장면은 강물에 배를 띄우고 하늘과 땅의 경계가 사라진 순간의 자연이 텍스트로 등장한다. C)는 "산에는 꽃이 만발하였고 안개가 감도는 숲은 맑고 고왔던" 때에 두보의 시가 제자들에게 공부의 텍스트로 등장한다.

자연을 곧 바로 텍스트로 삼아 제자들과 함께 그 철리(哲理)를 깨우치고자 하는 이러한 공부법은 조선조 문화의 가장 정제된 형태이다. 앞의 두 스승들은 제자들에게 '자연의 아름다움'을 통해 과연 무엇을 가르치고자 하였을까? 스승은 눈앞에 펼쳐진 아름다운 풍광 속에 제자의 정신이 녹아들길 기대한다. 그러나 이렇게 자연을 자기화시키는 방법에 있어서는 서로 입장을 달리한다.

우선 퇴계의 경우를 보도록 하자. 퇴계의 공부법은 기본적으로 유위(有爲)와 무위(無爲)의 공부가 함께 어우러지는 패턴을 보이고 있다. 퇴계에 따르면 태극이 그대로 드러나는 조화 자연의 몫(地分)에 대해서는 수양과 노력(修爲)이 필요 없다. 그러나 인간이 함께 어우러져 살아가는 이 역사의 세계 속에서는 그 체(體)로서의 태극이 모습을 드러내기 위해서는 수양과 노력(修爲)이 필요하다고 본다. 자연 속에서는 이(理)의 현존이 약여하게 드러나나, 인간의 역사에서는 그 소당연(所當然)의 리를 찾기 위해서는 우선 스스로를 이겨내야 하는 힘겨운 싸움이 남아 있다는 것이다. 퇴계가 아름다운 숲 속의 외로이 핀 나무에서 찾아 낸 것은 자연의 무위성 속에 홀로 드러나는 아름다움이었다. 그는 여기에서 제자들에게 학인이 노력해야 하는 바는 '억지로 함이 없이 저절로 그러하여야 함(無所爲而然)'임을 강조한다. 여기에서 언뜻 보면 퇴계가 그의 공부론에서 인위적인 노력을 강조하는 수위(修爲)와 작위적인 노력을 경계하는 무소위(無所爲)를 함께 강조하는 것은 논리상 모순된 것으로 이해하기 쉽다.

그러나 이 무위(無爲)와 유위(有爲)의 공부법은 자연과의 합일을 위한 유학 내부에서의 두 갈래 길이다. 퇴계는 두 길을 종합하고자 노력하고 있다. 즉 인위적인 노력과 긴장이 수반되는 수위(修爲)가 격물(格物)의 과정이라면, 억지로 하고자 함이 없이 저절로 그러함(無所爲而然)은 언뜻 보면 노장적 사유와 함께 하고 있는 것처럼 보이지 마는 기실 유학의 궁극적 목표인 물격(物格)의 영역이다. 수위(修爲)가 일상생활에서 하루하루 힘들게 깨우쳐 가면서 비로소 찾아지는 분수(分殊)로서의 이(理)라고 한다면, 무소위이연(無所爲而然)은 털끝만큼의 사심이 없을 때 사물이 본질이 스스로 드러나는 이(理)의 자도(自到) 상태이다. 따라서 퇴계에게 있어 자연과의 합일을 위한 유위(有爲)의 노력과 무위의 실현은 서로 모순된 관계가 아니라, 합일의 아름다움을 창조한다.

그러면 이제 논의를 여헌에게로 돌려 보자. 그는 자연 속에서 무엇을 보고자 하였는가? 여헌도 자연의 순일성(純一性)을 배우는 것이 마음공부의 궁극적인 목표임을 말하고 있다. 그는 앞의 글에서 이미 읽었듯이, "구름이 걷혀 하늘을 봄은 진실로 인욕(人欲)이 깨끗이 다하고 천리(天理)가 유행하여 십분 통투(通透)한 경지"라고 진술한다. 그의 이러한 진술은 유학자들이 흔히 말하고 있는 알인욕(遏人欲)의 욕구와 크게 다르지 않다. 이 구절은 앞서 퇴계가 말한 "만일 털끝만큼이라도 억지로 하려는 마음이 있다면 학문이라 할 수 없다."라는 언명과 크게 벗어나지 않는다. 제자들에게 자연을 닮아 사욕을 제거한 구름 걷힌 하늘같은 상태를 유지하라는 부탁이다. 그러나 문제가 되는 것은 뒷부분 B)이다. 이 시는 호방하기는 하나 인간의 경계를 벗어나 자연 속으로 이입하고자 하는 열망이 숨겨져 있다. "이는 어느 경계인가 세상을 초월하였네. 세간에는 얼마나 많은 소식 있는가. 구름 밖의 한 기러기 스스로 한가롭네."라는 진술은 사실상 노장적 세계와 바짝 붙어 있는 모습을 보여준다.

오늘 우리가 여헌을 통하여 알고자 하는 것이 바로 이 지점에 있다. 그의 공부론에서 자연을 인간에게 끌어 들이는 방식과, 인간을 자연으로 옮겨 앉히는 형식이 여타의 유학자들과 어떻게 구별되는가를 좀 더 깊이 이해할 필요가 있다. 이 문제는 뒤에서 차츰 논의해 가겠지마는 여헌에게 있어 매우 불투명하게 남아 있는 부분이다. 그의 자연에 대한 태도는 매우 이중적이고 양가적인 입장이 함께 실려 있다. 그의 자연학에는 자연현상을 매우 도덕철학적이고 윤리적인 차원에서 재구성해 가고 있는 부분이 명백히 있고, 다른 측면에서는 자연으로부터 탈 세간적이고 무위적인 요소를 그의 공부론 속으로 끌어 들이고자 하는 열망을 숨기지 않고 있다. 우선 그가 말하는 무위(無爲)의 진정한 의미가 무엇이고, 그것이 왜 덕(德)의 문제와 관련이 있는지를 알기 위하여 부지암(不知巖)에 관한 시를 다시 살펴보도록 하자.

| | |
|---|---|
| 무심은 바로 나의 마음이요 | 無心是我心 |
| 무위는 바로 나의 일이라오 | 無爲是我爲 |
| 알아주든 알아주지 않든 내버려두니 | 一任知不知 |
| 타고난 본성 내 뉘를 속일 것인가[124] | 性性吾誰欺 |

여기에서 그가 바위에서부터 배우고자 하는 무위(無爲)의 본질은

---

124 『旅軒先生文集』 권1, 〈和題不知巖韻〉

과연 무엇일까? 그의 사유가 노장적 사유와는 어떻게 구별되는가? 노장의 도가적 사유에서 무위를 강조하는 것은 인문적 질서나 문화는 곧 속박이라고 생각하기 때문이다. 노자가 "배우기를 포기하면 걱정이 없다."(絶學無憂)라고 주장하는 것이나, "성(聖)을 끊고 지(智)를 버리면 백성들의 이익이 백배나 된다."(絶聖棄智 民利百倍)라는 반문명적 주장을 피력하는 것도 인간의 작위적 노력이 자연의 진정성을 훼손할 우려가 있다고 믿기 때문이다. 장자가 "생은 유한하고 지식은 무한하다. 유한한 생(生)으로 무한한 지(知)를 뒤따르고 찾아 나서면 위태로울 뿐(吾生也有涯 而知也無涯 以有涯隨無涯 殆已)이라고 주장한 것은 지식에 대한 그들의 태도를 드러내 주는 것이다. 그들에 따르면 사고가 만들어 내는 고정불변의 틀을 그들은 착심(着心)이라 하거니와, 틀에서 벗어나면 참 앎의 세계와 마주설 수 있다(學道則無着)는 것이요, 틀에 갇히면 온전함의 세계는 와해되어 버리고 만다(樸散則爲器)고 주장한다.[125]

그러면 과연 유가 내부에서는 삶의 본질을 무위(無爲)의 자연성에서 찾고자 한 노력은 없었을까? 유학사 안에서도 그러한 흐름은 명백하게 존재한다. 원시유학에서도 안연의 무위적 존재 양식을 뒤이어 맹자의 성선론 속에서도 이 무위유학의 흐름은 그 한 갈래를 차지하고 있는 것이다. 다만 맹자의 무위유학적 요소는 후대에 정주학의 치밀한 당위유학의 이론에 밀려 철학적으로 큰 진전을 보지 못하였다.[126]

비교를 위해 잠시 화담 서경덕의 생각을 정리해 보자. 화담(花潭) 서경덕(徐敬德)에 오면 이 무위적 경향은 한 결 깊은 철학적 성찰 속

125 송항룡, 「과학주의적 세계관과 도가사상」, 『문명의 전환과 한국문화』, 철학과 현실사, 1997, 225쪽.
126 이에 관한 자세한 논의는 김형효, 『물학 심학 실학』, 제2장, 청계, 2003.

에서 특유의 자연철학으로 자리 잡는다. 자연에서 삶의 원형을 찾고자 하는 화담의 생각의 근저에는 그의 독특한 기일원론적 세계관이 자리하고 있다. 그는 이 세계의 본질을 불생불멸하며 시공을 떠나 무한히 반복 순환하는 기(氣)의 흐름 속에서 찾고 있다. 그에 따르면 이 세계에 존재하는 "만물은 모두 이 일기(一氣)의 가운데에서 떴다 가라앉았다 하면서 잠시 깃들어 있는 존재"[127]일 뿐인 것이다. 따라서 그는 죽음조차도 "제집으로 돌아가듯 본원의 세계인 선천(先天)으로 돌아가는"[128] 과정인 것이다.

그의 이러한 자연관 속에서는 인륜적 가치나 질서를 존중하고자 하는 인간학이 형성되기 어렵다. 다만 자연의 흐름에 몸을 맡기고 소요(逍遙)하면서 마음의 안정을 유지할 수 있으면 행복한 삶이다. 그에게서는 현상세계를 통어하고 관리할 도덕적(理) 준거를 찾고자 하는 노력이 거의 나타나지 않는다. 따라서 그에게는 성리학자들에서 보이는 인성론이나 공부론이 자리할 공간이 거의 없다. 그에게는 성리학자와 같이 개별적인 물(物) 속에서 객관적인 법칙성(理)을 찾고자 하는 격물(格物) 공부가 요구되지 않는다. 다만 마음을 무사무위(無事無爲)의 상태에 둘 수 있는 무심(無心)의 공부를 하여야 하는 것이다.

명백한 사실은 화담은 이 우주의 궁극적 실체나 이 세계의 현상적 실체 모두를 '기'로 파악하고 있다는 점이다. 기의 항상성과 근원성을 이해하는 것이 곧 공부인 것이다. 그의 사상에는 자연의 영속성과 항상성에 대한 매우 뿌리 깊은 동경과 신뢰가 담겨 있다. 그의 자연철학에서는 선천기와 후천기가 체용의 관계망 속에서 통일성을 확보한다. 후천기로서의 자연은 선천기로서의 태허와 둘이면서 하나

---

127 『화담집』, 〈挽人〉
128 상동, "堪嗟弱喪人多少 爲指還家是先天"

요, 하나이면서 둘인 관계를 형성한다. 자연의 질서와 흐름의 규칙성을 이해하는 것이 가장 중요한 공부가 된다. 인간의 삶이나 가치도 이러한 자연적 흐름에서 벗어나지 말아야 한다. 이 자연적 흐름이란 곧 기의 영역이다. 자연의 질서, 자연의 순환은 화담의 기일원론적 세계관 속에서 그 영속성을 보장받는다. 화담에 따르면 텅 비고 고요한 것은 기의 체(體)이고, 모이고 흩어지는 것은 기의 용(用)이다.[129] 만물이 만들어지기 이전을 이름 하여 체(體)로서의 태허라 하고, 만물이 각각의 고유한 성격을 드러내기 시작한 이후를 용(用)으로서의 기로 파악한다. 구체적인 삶과 역사가 펼쳐지는 이 현상의 세계도 기의 작용과 취산(聚散) 작용의 결과일 뿐, 인간의 주체적 의지나 윤리서의 소산은 아닌 것이다.

화담에 따르면 무위, 무형의 세계를 이해하기 위해서는 먼저 마음을 비우는 노력이 필요하다고 말한다. 그에 따르면 광인이 성인과 다른 점은 물(物)과 다투어 세상을 부산하게 한다는 점에 있다.[130] 그러므로 하늘의 뜻을 따르고자 하는 자는 "때에 알맞게 물러 앉아 스스로를 길러 본성을 회복"하는 사람이다.[131] 마음을 비우는 행위란 다름이 아니라 마음을 고요하게 하여 만물의 머무름 바를 아는 것(知止)이다. 그에 따르면, "무릇 우주에 있는 만물과 만사는 각각 그 머물음이 있지 않음이 없음"을 자각하는 것이다.[132] 그러나 우리는 여기에서 경의 상태에서 이치를 궁구하는 것(窮理)이 아니라, 이치를 본다(觀理)고 한 점에 좀 더 세심한 주의를 기울일 필요가 있다. 화

129 〈太虛說〉, "虛靜卽氣之體 聚散其用也 知虛之不謂虛 則不得謂之無"

130 〈朴頤正字詞幷序〉, "彼狂罔念 囂與物競 惟聖克念 德與天倂"

131 上同, "盖顧於明命 宜時遵養 敦復初性"

132 "夫天下之萬物庶事 莫不各有其止 天吾知其止於上 地吾知其止於下 山川之流峙鳥獸之飛伏 吾知其各一其止而不亂其在 吾人尤不能無其止而止且非一端 當知各於其所而止之"

담에게 있어 이(理)는 기의 한 속성이자 조리(條理)로서의 의미를 지닌다. 이는 기가 지닌 일정한 규칙성과 법칙성을 의미할 뿐이다. 아는 결코 기를 초월한 선험적 질서나 규칙도 아니요, 인륜적 질서의 당위성을 보장해 주는 궁극적 실체도 될 수 없다. 따라서 화담이 경의 상태를 통하여 궁극적으로 이해하고자 했던 것은 기의 모이고 흩어짐에 의해 실현되는 우주적 존재질서의 여여(如如)한 흐름과 그 규칙성이었던 것으로 보인다. 또한 그의 경 공부는 "생각도 없고 허물도 없는(無思無過) 경지에" 이르는 것을 목표로 하고 있다는 점에서 그 무위(無爲)적 경향이 농후하다.

그럼 다시 이야기를 여헌의 무위(無爲)론으로 돌려보자. 여헌은 성인을 태허(太虛)의 허(虛)의 비유한다. 태허는 우주의 시원상태, 즉 막막하게 비어있고, 무인 상태를 의미한다. 즉 성인이란 완전히 비운 사람이다. 그래서 성인은 천지, 곧 자연이다. 그가 앉은 벽에 써 놓은 글귀 중 한 대목이다.

성인(聖人)으로 말하면 태허(太虛)의 허(虛)다. 일월처럼 밝고 사시처럼 순서가 맞고 귀신처럼 길흉을 아는 것이니, 곧 또한 천지일 뿐이다.[133]

성인은 완전히 비운 사람(虛), 그래서 '자연' 그 자체인 사람이다. 여헌은 그런 사람이 되고자 하였다. 그러기 위해서는 마음을 우주에 놀게 하고[遊心宇宙], 마음을 처하기를 허명하게 하고[處心虛明], 마음을 갖기를 정대하게 하며[持心正大], 마음을 담박함에 두고[棲心淡白], 마음을 고명하게 갖고[玩心高明], 본분에 마음을 편안히 하여[安心本分]야 한다고 스스로 다짐한다.

---

133 『여헌선생문집』 권6, 雜著, 〈座壁題省〉, "若夫聖人。則太虛之虛也。日月之明也。四時之序也。鬼神之吉凶也。卽亦天地而已。"

그럼 과연 그의 '비움'은 노장적 경계와 연결되어 있는가? 그러나 그는 유자였다. 제성(題省)의 첫머리에 그는 마음을 도덕에 두고[留心道德], 마음을 성경으로 세운다[立心敬誠]는 것을 강령(綱領)으로 한 도덕적이고 규범적인 인물이었다. 요컨대 그의 무위에 대한 개념은 노장적 사유나 화담적 사유와 구별되는 지점이 있다. 여헌은 기본적으로 철저히 유학의 인문적 사유에 물든 인물이다. 그는 "이단(異端)의 학문에 이르러서는 반드시 고원(高遠)하고 광절(曠絶)한 의논을 하지 않는 것은 아니나, 저들은 바로 이 도(道)의 밖에 한 가지의 뿌리와 맥(脈)을 거짓으로 만들어 내고 한 마당의 세계를 별도로 설정하여 말하니, 저들은 이치와 기운의 실제를 가지고 말하는 것이 아니요, 곧 이 도와 이 이치의 밖에 나아가서 그 허무하고 활원(闊遠)함을 가리켜 말하는 것이다. 그리하여 예법을 떠나고 윤리를 버리면서 스스로 이것을 도덕이라고 이르고 스스로 이것을 세계라 이르니, 그렇다면 이것은 바로 태극의 떳떳한 이치를 벗어난 것이다. 태극의 떳떳한 이치를 벗어나 과연 도와 이치가 있으며, 과연 세계가 있겠는가"[134]라고 하여 노장적 무위관을 부정하고 있다.

앞서의 말을 수용한다면, 여헌의 무위관은 인간세상의 윤리나 도덕률과 서로 충돌되지 않는 무위이다. 이 부분이 여헌 사상에서 매우 이해하기 어려운 부분이다. 일종의 유학적 무위론이라고 할 수 있는데, 어떻게 세상의 일상적 삶을 수용하면서 바위와 같은 무위의 경지를 획득할 수 있는가 라는 점이다. 서로 배반되는 듯한 두 세계를 결합하고자 하는 여헌의 노력이 신기하다. 우리는 이 부분에서 우선 여헌의 무위론이 화담(花潭) 서경덕(徐敬德)의 무위적 경향과 어떻게 구별되는지 살펴 볼 필요가 있다. 여헌은 자연에서 왜 무위와 무심의 자세를 배우고자 하였는가? 앞에서 이미 거론하였듯이 화

---

134 『여헌선생문집』, 「續集」 6권 〈究說〉

담은 이 세계의 본질을 불생불멸하며 시공을 떠나 무한히 모이고 흩어지는 기(氣)의 흐름 속에서 찾는다. 따라서 그의 이러한 기일원론적 세계관에서는 인륜적 가치나 질서는 부차적인 것일 수밖에 없다. 이에 인간의 작위적인 노력은 "만물은 모두 이 일기(一氣)의 가운데에서 떴다 가라앉았다 하면서 잠시 깃들어 있는 존재"[135]일 뿐인 사실을 망각한 부질없는 일인 것이다.

그러나 여헌은 화담의 이러한 기일원론적 자연관을 부정한다. 그는 화담과 같이 이 세계가 무한히 변환되는 기의 흐름이라는 것을 부정한다. 그에 따르면 이 세계는 변하는 것과 변하지 않는 것의 두 가지 요소로 구성되어 있다. 그의 유명한 경위설(經緯說)이 그 근거가 된다.

경(經)은 베 짜는 실의 세로로서 바디(柚)에 자리하는 것이고, 위는 베 짜는 실의 가로로서 북(杼)에 있는 것이다. 경은 처음부터 끝까지 통관재달(通貫在達)하며 변역됨이 없다. 위(緯)는 한번 왼쪽으로 가고 한번 오른쪽으로 가며 반복하여 왕래하니 모름지기 곡절을 갖춘다.[136]

그런데 여기에서 그가 말하는 경(經)은 여헌의 사상에서는 이(理)에 해당한다. 또한 변화를 지칭하는 위(緯)는 기에 해당한다. 경은 그의 철학에서 시공간에 걸쳐 항상성을 띠고 있는 체(體)로서의 이(理)이다. 반면 변화와 운동을 상징하는 위에 해당하는 것은 용(用)으로서의 기이다. 이것이 그의 '이경기위(理經氣緯)' 사상의 요체이다. 이때 리는 체(體)에 해당하고, 기는 용(用)에 해당한다. 따라서 그의 사상에는 결코 이 세계가 끝 없는 기의 변환이라는 화담류의

---

135 『화담집』, 〈挽人〉
136 『旅軒先生全書』 권4, 「性理說」, 〈經緯說〉

주기론이 자리하지 않는다.

여헌은 이기를 서로 분리하여 보는 것을 반대한다. 그런 점에서 그는 이기불상잡(理氣不相雜)을 주장하는 퇴계의 견해와 일정한 차이를 지니고 있다. 그는 "만약 이기를 구별하여 서로 나누어 놓고 기가 이와 더불어 서로 속하지 않는다고 말한다면 이것은 그렇지 않다. 이것이 내가 경위이 설을 만든 이유이다."[137]라고 말한다. 그는 이와 기를 분리하여 보면 마치 도(道)가 두 근본을 갖게 되는 폐단이 생긴다고 비판한다. 그는 "이는 기가 아니면 치용(致用)할 수 없고, 기는 이가 아니면 주재가 있을 수 없으니, 진실로 잠시라도 없을 수 없다." 라고 주장한다.[138]

그의 이러한 이기 경위설은 그가 자연을 인식하는 방식에서도 그대로 적용된다. 그는 이 우주와 자연이 결코 생성소멸을 거듭하는 기의 운동으로만 이루어진 것으로 파악하지는 않는다. 만유의 원인자로서의 태극의 의미를 더욱 중시한다. 그에 따르면 "태극은 만유(萬有)가 있기 이전에 있어서는 만유의 소이연(所以然) 소필연(所必然)이 되고, 만유가 바야흐로 있는 가운데에 있어서는 만유의 소고연(所固然), 소당연(所當然)이 되며, 만유가 이미 다한 뒤에는 소상연(所常然)이 되고 다시 소이연(所以然)이 된다."는 것이다. 즉 자연의 생성과 소멸, 그리고 존재의 전 과정에는 이 우주를 통어하는 움직일 수없는 원리가 자리하고 있다는 것이다.

그의 이러한 자연관을 고려해 볼 때, 그의 무위론은 결코 현세를 도피하거나 허무주의의 함정으로 빠져 들지는 않을 것임을 알 수 있다. 그가 말하는 무위는 오히려 이 세계를 관조하고 관물(觀物)하면

---

137 上同, 〈申論理氣經緯〉, "若以理氣判而別之 謂氣不與理相屬 則非也 此余所爲經緯之說也"

138 『여헌선생문집』 1권, 〈경위설 총론〉

96

서 '천리의 유행을 통투(通透)'하고자 하는 적극적인 의지가 숨겨져 있다. 그는 오히려 우주가 우주다움을 유지하기 위해서는 인간의 적극적인 개입이 있어야 함을 이야기 한다. 이것이 그가 주장하는 삼재론(三才論)의 요체이다. 그는 말하기를, "하늘은 하늘의 사업이 있고, 땅은 땅의 사업이 있고, 사람은 사람의 사업이 있으니, 삼재 중에 한 재가 없으면 우주가 우주다운 우주가 되지 못한다. 그러므로 하늘과 땅이 비록 하늘에 있고 땅에 있는 사업을 다한다 하더라도 반드시 우리 인간이 사람에게 있는 사업을 다한 뒤에야 하늘과 땅의 사업이 그 사업을 이루고 우주가 우주다운 우주가 될 수 있으니, 우리 인간의 사업이 크게 삼재(三才)에 참여되고 중하게 삼재를 꿰뚫고 있는 것이 어떠하겠는가."라고 한다. 또한 그에 따르면, "이른바 인간의 사업이란 곧 본성을 다하고 천명에 이르며, 천지의 마땅함을 재성(裁成)하고, 천지의 도를 보상(輔相)하며, 천지의 위육에 참여하여 돕는 것"이다.

그의 이러한 주장 속에서 우리는 그가 자연을 자연 내부의 법칙성 속에서 이해하는 것이 아니라, 당위론적 관점, 혹은 가치론적 관점으로 재구성하고 있다는 것을 알 수 있다. 따라서 그가 자연에서 무위(無爲)와 무심의 의미를 찾고자 하더라도, 그것은 인륜적인 가치나 덕성이 요소와 긴밀히 연결된 개념일 수밖에 없는 것이다. 즉 그가 찾은 자연 속의 무위(無爲)는 끝없이 떴다 가라앉았다 하는 기의 흐름 속에 잠시 몸을 맡긴 나그네로서의 자기 방기(放棄)가 아니라, 그 속에서 도를 실현하고자 하는 인간의 적극적인 자기초극의 의지라 할 수 있다. 이것이 그의 사상이 지닌 특색이자 동시에 한계라 할 것이다. 그의 이러한 정신이 그로 하여금 결코 유학의 인문적 가치를 벗어나지 않고 뛰어난 덕의 실현을 가능하게 하였으나, 동시에 좀 더 고양된 차원의 탈속한 시대정신을 온전하게 획득하지 못한 아쉬움도 있다. 우리는 그가 스스로의 호를 여헌(旅軒)이라고 이름하고, 그 이

유를 말한 다음의 글에서 '자연'과 '성인'의 표준 사이에서 '나그네'가
된 여헌을 만날 수 있다.

천지는 만물의 역려(逆旅)이다. 그 사이에 태어난 것들이 갑자기 왔
다가 갑자기 죽어 가서 가는 자가 지나가고 오는 자가 계속하여 일찍
이 한 사람도 천지와 더불어 종시(終始)를 함께하는 자가 없으니, 그렇
다면 나그네가 아니고 무엇이겠는가. 천지에 사는 자도 나그네라고 이
른다면 그 도리를 다할 것을 생각하여 일생 동안 천지간에 부끄럽지
않게 하는 것을 힘쓰지 않을 수 있겠는가. 사람이 인간에 나그네가 되
어 한세상을 지날 때에 도리를 지키고 의를 잃지 않아서 안으로는 자
신의 마음에 부끄럽지 않고 밖으로는 또한 여관 사람들에게 부끄럽지
않게 한다면 내 자신에 있어 마음에 만족 할 수 있으며 남들도 내가
나그네 노릇을 잘한다고 칭찬할 것이다.139

## 부지암과 만활당, 성(聖)과 속(俗)의 경계

모든 도학자들의 이상은 인간의 마음에 있는 본성(本然之性)을 되
찾아 참된 나를 회복하고, 마침내 성인(聖人)의 세계에 다다르게 되
는 것이다. 이것이 공부론의 핵심이다. 여헌도 이 점에서는 여느 유
학자와 크게 다르지 않다. 성인을 향한 구도적인 자세가 상당히 강
렬하였음이 문집의 곳곳에서 산견된다. 특히 문도들이 남긴 기록에
는 그의 평생에 걸친 수양과 도덕의지가 잘 담겨있다. 그가 청년기
에 만든 우주요괄첩(宇宙要括帖)에는 "능히 천하의 제일가는 사업을
하여야 비로소 천하의 제일가는 인물이 될 수 있다."140고 기록되어

---

139 상동, 제7권, 〈旅軒說〉
140 상동, 제9권, 〈부록〉

있다고 한다. 그는 제자들에게, "남자의 사업은 천지에 이르고 우주를 다하나, 그 근본은 이 마음일 뿐이다."고 하였다. 그가 말하는 제일 사업이란 '도덕사업'인 것이다. 여헌이 "남아가 이 세상에 태어났으면 스스로 천지 사이의 사업을 담당해야 한다."[141]고 한 것은 그가 성인의 세계를 지향하는 의지가 매우 강렬하였음을 말해준다. 심지어 그는 평소에 "나는 천지(天地)에 늦게 태어나서 몸소 성인(聖人)의 문하(門下)에 놀지 못하고 태어난 곳이 동쪽 궁벽한 나라여서 중국(中國)의 백성이 되지 못하였으니, 이는 늘 마음에 서글퍼하는 바이다."라고 술회하기도 한다. 그는 강개한 마음에 다음과 같은 글을 남겨 놓았다.

건곤을 집으로 해와 별을 창문으로 삼으며 乾坤爲屋日星牕
오악을 평상으로 사독을 술단지로 삼노라 五嶽其牀四瀆缸
그 가운데 크게 취한 한 남자 中間大醉一男子
깨어 있는 회포 쓰기 위해 큰 붓을 잡고 있네 欲寫醒懷用巨杠[142]

그러면 과연 그가 갈구하는 가장 이상적인 도의 구현 형태는 어떤 것이었을까? 그는 그 대답을 그가 만년에 기거한 만활당(萬活堂)의 의미 속에 압축적으로 실어 놓았다. 그는 '활(活)'의 의미를 "자사(子思)가 말한 활발발(活潑潑)"에서 가지고 왔음을 말하고 있다. 그는 이 뜻을 좀 더 친절하게 풀어서, "이른바 '활발발'이란 것은 바로 일본만수(一本萬殊)가 유동하고 충만하여 저절로 없을 수 없고 저절로 그칠 수 없어서 빈틈이 없고 정체함이 없는 것이다."[143]라고 부연하

---

141 상동.
142 상동, 권1, 〈無題〉
143 상동, 〈萬活堂賦〉

고 있다. 그의 이 말은 우주적인 생명력이 유기체적 질서 속에서 낱낱의 사물들까지 골고루 퍼질 수 있는 그러한 세계를 의미한다. 퇴계의 경우에도 '潑潑'을 풀이하여 "이(理)가 흩어져 사물 속으로 들어가서 정착하면서도, 각기 그마다의 구별이 있어서 위로는 하늘부터 아래로는 물속까지, 어디서나 밝게 드러나지 않음이 없다는 의미"[144]로 해석하였다. 즉 이(理)가 이일분수(理一分殊)의 형태로 모든 현상계의 사물 속으로 들어가, 어둡게 숨어 버리지 않고, 밝고 환하게 드러나 있다는 것이다. 이 말은 일상의 세계 도처에서 생명력의 약동을 느끼고 조장하는 것, 그것이 곧 도의 실현임을 말하고 있는 것이다.

이렇게 분수(分殊)의 상태로 각각의 물로 흩어진 이(理)는 각각의 사물과 사상(事象)에게 동일한 의미와 패턴을 부여하고 상호 소통하도록 한다. 이리하여 주객이 상호 호응한다. 여헌은 이러한 상태에 이르게 되면, "밖에 있는 사물의 활발한 이치를 인식하여 자신에게 있는 활발한 이치를 알고, 자신에게 있는 활발한 이치를 체행하여 밖에 있는 사물의 이치를 징험하여 정(靜)할 때에 동(動)의 이치를 간직하고, 동할 때에 정(靜)의 용(用)을 행하여, 정하더라도 허무에 빠지지 않고 동하더라도 정욕에 흐르지 않게 된다."고 말한다. 이에 주객의 사시에 대립이 소멸되고 간단없는 융섭이 일어나는 이른바 '만활(萬活)'의 상태에 이르게 되는 것이다. 여헌은 그러한 경지를 이렇게 부(賦)의 형식으로 읊고 있다.

| 만 가지를 꿰뚫는 도리 모아 | 會貫萬之道理 |
| 마음속에 홀로 즐거워하니 | 爲方寸之獨樂 |
| 궁벽한 산속 한 초가집에 앉고 누워서 | 夫孰知窮山裏一茅堂坐臥 |

---

144 『退溪先生言行錄』卷4, 「類編」, 〈論理氣〉, "潑潑蓋喩此理之分散着落 各有條別 上天下水 無不所著之義"

| | |
|---|---|
| 천지 만물과 서로 유통하여 | 有可以與天地萬物相爲流通 |
| 항상 너르고 충만함 알겠는가 | 恒浩浩而洋洋 |
| 이러한 경지에 이르면 | 到此地頭 |
| 나의 집이 천지인가 | 吾堂爲天地耶 |
| 천지가 나의 집인가 | 天地爲吾堂耶 |
| 만물이 나인가 | 萬物爲我耶 |
| 내가 만물인가 | 我爲萬物耶 |
| 금일이 태고인가 | 今日爲太古耶 |
| 태고가 금일인가 알 수 없네 | 太古爲今日耶 |

천지만물이 서로 유통하는 경계(天地萬物相爲流通), 이것이 여헌이 꿈꾸는 가장 이상적인 세계다. 그 경계에서는 나의 집이 천지인지 천지가 나의 집인지, 만물이 나인지 내가 만물인지가 구별되지 않는 완전한 주객일치를 실현 한다. 그러나 인간은 "스스로 형기(形氣)의 작은 것에 구애되어 이기(理氣)의 큰 것을 통하지 못하고, 그렇지 않으면 마음을 공적(空寂)에 두고 도(道)를 허무(虛無)한 것으로 여겨서 내 마음이 실로 천지 만물과 서로 유통하여 천지 만물의 이치가 모두 내 마음 속에 갖추어 있음을 알지 못한다."는 것이다. 또한 "마음이 이미 스스로 활물(活物)이 되지 못하니, 또 어찌 우주에 가득한 것이 모두 활발발한 이치임을 알겠는가."[145]라고 마음의 장애가 우주의 약동하는 생명력을 감득하지 못하게 한다는 것이다. 여헌이 강조하는 경위설이나 이기 분합론(分合論) 등은 기실 모두 그의 이일분수의 사상을 실현하기 위한 이론적 장치라 할 수 있다. 또한 그의 이 이일분수의 사상은 이 세계에 대한 유기체적 조화와 질서를 염원하는 그의 의지와도 밀접하게 연결되어 있다.

---

145 『여헌선생문집』권1, 〈萬活堂賦〉

따라서 여헌이 부지암과 입암정사, 그리고 만활당에서의 후학에 대한 교육활동은 모두 이 마음이 스스로 활물(活物)이 되고, 사람들로 하여금 천지만물이 서로 유통하는 데 기여할 수 있도록 마음을 닦도록 하는 것이었다. 여헌이 지향한 성(聖)의 공간이다. 그가 중년 이후에 강학한 입암정사의 기문에는 그가 지향한 공부의 목표가 잘 드러나 있다.

세속을 버려 인간의 일을 끊고 인륜을 버리며 공허(空虛)한 것을 말하고 현묘(玄妙)한 이치를 찾으며 숨은 것을 찾고 괴이한 짓을 행하여, 연하(煙霞)를 고향으로 삼고 바위와 골짝에 거하며 사슴과 멧돼지와 짝하고 도깨비와 벗 삼는 자들이 혹 이러한 곳에서 은둔하고 감추니, 이 또한 좌도(左道)라서 유자(儒者)의 사모하는 바가 아니다. 오직 한 가지 일이 있으니, 세상의 분화(紛華)함을 등지고 말로(末路)의 부귀영화에 치달림을 천하게 여겨, 책을 읽고 이치를 궁구하는 것이 우리의 급선무임을 알고 몸을 닦고 성(性)을 기르는 것이 우리의 본업(本業)임을 아는 자들이 여기에 머물며 학문을 닦는다면 바름을 길러 성인(聖人)이 되는 공부가 산 아래의 물에 형상할 수 있고, 옛 성인들의 훌륭한 말씀과 행실을 많이 쌓는 것이 산 가운데의 하늘에 법 받을 수 있을 것이다.[146]

위의 글은 조선조의 유자들이 왜 정사를 세우고자 했는지를 알려주는 가장 전형적인 문장의 하나이다. 깊은 산 속에 은거하고자 하는 것이 세속을 버리고자 하는 이단을 흉내 낸 것이 아니라 솔성(率性)하고 수덕(修德)하고자 하는 유학의 본령에 충실하고자 한 것임을 강조하고 있다. 윗글에서 '산 아래에 물'은 주역(周易)의 몽괘(蒙

---

146 『여헌선생문집』 제9권, 〈立巖精舍記〉

卦)를 의미한다. 산(山)을 상징하는 간(艮)과 물을 상징하는 감(坎)이 결합하여 사람이 아직 어려서 몽매한 단계에 있음을 말한다. 여헌은 아마도 이 괘의 단전(彖傳)에서 "성인(聖人)이 되는 공부이다."라고 한 의미를 살리고자 하였을 것이다. 또한 뒷부분의 '산 가운데의 하늘'이란 대축괘(大畜卦)를 의미하는 것으로 하늘을 상징하는 건(乾)과 산을 상징하는 간(艮)이 모인 것으로 학문을 많이 쌓는 상(象)을 의미한다.

그러면 여헌은 무엇을, 어떻게 왜 공부해야 한다고 생각하였는가? 그는 우선 보이지 않고 잡히지 않는 도가 형상화된 문(文)을 통하여 이 세상을 이해할 것을 주문한다. 이 문(文)이 가장 잘 드러난 것이 곧 경전(經典)이다 이제 '자연(自然)' 그 자체를 텍스트로 삼던 것에 서부터 '경전'이라는 문(文)으로 그 텍스트가 이동하고 있음을 볼 수 있다.

문(文)은 도(道)가 공용(功用)에 나타나고 모상(模象)에 드러난 것으로 등급이 이 때문에 질서가 잡히고 조리가 이 때문에 구별되는 것이다. 모든 운행이 우주 사이에 분포되어 있어서 귀로 들을 수 있고 눈으로 볼 수 있으며 마음으로 이해할 수 있는 것은 문(文)이 있기 때문이니, 만약 문이 없다면 도가 어떻게 도가 될 수 있겠는가? 그러므로 하늘에는 하늘의 문이 있고 땅에는 땅의 문이 있고 사람에게는 사람의 문이 있으니, 하늘과 땅의 문은 자연의 이치에 뿌리하고 스스로 나타난 기(氣)에 이루어지며, 사람의 문 또한 자연의 이치에 말미암고 스스로 나타난 기에 말미암지 않음이 없으나 이것을 품절(品節)하고 닦고 밝히는 것은 사람이 스스로 함에 달려 있을 뿐이다.[147]

---

147 상동, 권6, 〈文說〉

위에서 말하는 문(文)은 그 지시하는 바의 대상이 매우 넓고 포괄적이다. 도가 형상화되고 실현되는 모든 현상적 움직임을 포괄한다. 하늘의 문인 천문(天文)은 예컨대 별의 운행, 사시의 변화, 밤낮의 변화 등 모든 우주현상을 포괄하는 개념이다. 땅의 문으로서의 지문(地文)도 마찬가지로 산천의 변화, 대지의 기름, 만물의 생육 등을 지칭한다. 사람의 문인 인문(人文)은 사람이 만든 모든 인문적 가치나 문물제도, 윤리 등을 포괄하는 개념이다. 따라서 그는 일반 유자들이 이것을 왕왕 혼동하여 좁은 개념으로 한정하는 것을 반대한다. 그에 따르면, 후세에 유자라 이름 하는 자들은 반드시 붓을 잡고 저서를 남기고자 하는데 "다만 문이 문인 줄만 알고 문이 도에서 나온 줄을 알지 못한다."[148]는 것이다. 그리하여 심지어는 "문장을 지극한 도라고 여기고 널리 섭렵한 이를 진유(眞儒)라고 생각하여 과거에 급제한 이를 통달한 선비라고 여기기까지 하니, 그들이 말하는 문은 다만 입과 귀에서 주워 모은 것이요 마음에 터득하여 나온 것이 아니며, 다만 한묵(翰墨) 가운데의 꾸밈일 뿐이요 몸소 실천한 것을 기록한 것이 아니다."[149]라고 비판한다. 그에 따르면 "도는 문의 근본이 되는데, 덕행에 드러나는 것은 문의 실제이고 언사(言詞)에 발로되는 것은 문의 문이다. 그러므로 덕행의 실제가 있는 자만이 훌륭한 말을 토해 낼 수 있는 것이니, 성인이 말한 "덕이 있는 자만이 훌륭한 말이 있다."[150]고 말한다.

그런데 여헌에 따르면 천문(天文)과 지문(地文)이 제대로 성립하기 위해서는 인간이 동참이 반드시 요구된다는 것이다. 그에 따르면, "천문은 하늘에 문이 되고 지문이 땅의 문이 되는 것은 실로 모두 인

---

148 상동.
149 상동.
150 상동.

문이 올바른 문을 얻어서 문이 되기 때문"[151]이라는 것이다. 이 때 사람의 문(文)을 가장 잘 밝혀 놓은 것이 곧 경전(經典)이고, 그 이유는 인간이 인간으로서 반드시 갖추어야 할 덕(德)을 갖추고 있기 때문이다. 하늘과 땅의 이치를 올바르게 읽어 내는 길이 육경 밖에 없다는 그의 태도가 매우 단호하고 엄격하여, 자연에 대하여 유(遊)·식(息)하는 그의 기상과 약간의 부조화된 모습을 보여 준다. 말하자면 '자연(自然)과 성인(聖人)의 두 표준 사이에서 두 관계를 너무나 고식적이고 안이하게 일치 시키는 것은 아닌가 한다. 두 사례를 비교해 보자.

A) 혹 봄이 되어 산에 꽃이 만발하였는데 시원한 바람이 골짝에 가득하며, 여름이 되어 소나무 그늘에 저절로 바람이 불어와 뜨거운 햇볕을 두려워하지 않으며, 가을이 되어 단풍 숲에 비단 물결이 떠올라 옥같은 시냇물에 붉은 단풍이 비추며, 겨울이 되어 눈꽃이 휘날려 골짝의 하늘이 아득하니, 이는 모두 사람과 함께하는 아름다운 흥취이다. 그리고 앞들에 안개가 걷히고 동쪽 산에 달이 떠오르는 것은 아침저녁의 아름다운 경치이다. 마침내 꽃을 찾고 버들을 따라 마음 내키는 대로 발걸음을 옮기며 샘물로 양치질하고 돌 위에 앉으니, 어디든 적당하지 않은 곳이 없다. 작은 그물을 푸른 물결에 던지니 은빛의 생선이 쟁반에서 뛰며, 가느다란 연기가 바위틈에 떠오르니 산중의 막걸리가 잔에 가득하다. 약간 취하여 높이 읊조리자 우주가 아득한 것은 어떠한 시절에 있어야 하는가.[152]

B) 육경(六經)의 문은 성인의 조화이니 조화에 대하여 어찌 함부로 평론할 수 있겠는가? 삼과 실과 명주 베를 버릴 수 없는 것과 같고,

---

**151** 상동.

**152** 상동, 제9권, 〈입암정사기〉

콩과 곡식과 약물을 없앨 수 없는 것과 같으니, 높이기를 마땅히 부모와 스승처럼 하여야 할 것이요, 공경하기를 마땅히 신명처럼 하여야 할 것이다. 육경의 문에는 천지의 원기(元氣)가 부치고 있어서 천지와 더불어 존망을 같이 한다. 그러므로 진시왕이 불태워도 없어지지 못하였으니, 후세에 어찌 다시 진정(秦政)이 있겠는가. 설령 비록 백 명의 진정이 있은들 천지의 원기를 어찌 하겠는가[153]

물론 조선조의 유자들 중에서 삶의 본질을 무위(無爲)의 자연성에서 찾고자 한 모습은 얼마든지 발견된다. 특히 자연 속에서 드러나는 자연적 질서와 그 위에서 펼쳐지는 인간적 질서를 통합하고자 하는 노력은 유학의 가장 본질적인 욕구임은 명백하다. 무위유학적인 방외(方外)적 자세나 삶의 인륜적 질서를 더욱 중시하는 태도 모두가 농경적 삶에서는 공히 요구되는 것이다. 그러나 우리는 16세기의 조선은 과도한 경전주의(經典主義)나 유학 원리주의의 모습이 자칫 객관세계에 대한 올바른 이해에 이미 장애로 등장하고 있었음을 감안할 필요가 있다. 요컨대 유학과 경전에 대한 전면적인 재평가 작업이 요청되던 시대적 요구를 감안할 필요가 있는 것이다.

우리는 그런 점에서 여헌이 앞의 인용문에서, "문(文)은 도(道)가 공용(功用)에 나타나고 모상(模象)에 드러난 것으로 등급이 이 때문에 질서가 잡히고 조리가 이 때문에 구별되는 것이다."라고 한 언명을 중시할 필요가 있다. 그는 이 세계가 질서와 조리를 갖춘 이유가 각각의 사물이 분수(分殊)를 지니고 있기 때문이라고 주장한다. 이 우주가 조화와 균형을 유지하고 유기체적 질서를 지닌 이유가 바로 일본만수(一本萬殊)의 이치에서 비롯되었다는 것이다. 여헌은 "분수는 물건마다 각기 정해져 있어서 똑 같을 수가 없는 것이니, 이는 바

---

153 상동, 제6권, 〈文說〉

로 일본만수(本萬殊)의 떳떳한 이치이다. 만약 만수(萬殊)의 나뉨이 없다면 일리(一理)의 용(用)이 어찌 다 두루 갖추어질 수가 있겠는 가. 도가 함께 행해지고 서로 어그러지지 않으며, 만물이 함께 길러 지고 서로 해치지 않는 것이 바로 이 이치이다."[154]라고 주장한다. 그 러므로 인간을 포함한 모든 사물은 이 나눠진 직분과 분수를 성실히 수행하는 것이 무엇보다도 중요하다는 것이다. 이에 그는 "만일 다 하지 않을 수 없는 도리를 참으로 알았다면 죽은 뒤에야 그만두는 것이 그 분수이며, 지키지 않을 수 없는 도리를 실제로 보았다면 죽 음에 이르도록 어기지 않는 것이 그 분수인 것이다."라고 수분(守分) 의 중요성을 강조한다.

그런데 여기에서 여헌이 말하는 만수(萬殊)는 인간 세상을 대상으 로 할 때에는 각 개체간의 '다름'이 아니라 '차등'의 논리로 설명된다. 그는 존재의 차별적 등급을 인정한다. 여기에서 그의 철학은 양명이 나 서양의 스피노자와 구별된다. 그는 말하기를, "설령 땅이 허다한 형세가 없다면 반드시 만물을 용납하여 실어 주지 못할 것이며, 물건 이 허다한 품등이 없다면 반드시 만 가지 쓰임을 충분히 구비하지 못할 것이며, 지위가 허다한 계급이 없다면 어찌 만 가지 임무를 적 당하게 행할 것이며, 사람이 허다한 등급이 없다면 어찌 만 가지 일 에 대응할 수 있겠는가. 그런 즉 땅은 모름지기 형세의 구분이 있어 야 하고, 물건은 모름지기 품등의 구분이 있어야 하고, 지위는 모름 지기 계급의 다름이 있어야 하고, 사람은 모름지기 등급의 동이(同 異)가 있어야 하니, 이는 모두가 당연한 이치이다."[155]라고 주장한다.

그의 이러한 주장은 사실상 조선 중기의 계급적 구성을 있는 그대 로 인정하고, 그 위에서 안정적 사회구성을 실현하고자 하는 의지에

---

154 상동, 〈明分〉
155 상동.

서 비롯된 것으로 보인다. 이는 그의 이일분수(理一分殊)의 사상과 이경기위(理經氣緯)의 정신이 세속화되고 현실화 될 때 자칫 빠질 수 있는 논리적 딜레마이다. 여헌도 당시 유학의 종장으로서 양난 후 피폐한 시대적 환경을 극복할 철학적 대안을 제출할 필요성이 있었고, 그는 그 대안을 이일분수론에서 찾고자 한 것이다. 이것은 그가 "시대적 상황은 변할지라도 군주가 계천위극(繼天位極)하는 도리는 같다,"라고 하는 강한 건극론(建極論)을 제창한 것과 맥락을 함께 하는 것이다.156

이렇게 볼 때, 여헌은 분합(分合)하는 일원(一元)의 도를 주체화하는 것을 그의 시대적 사명으로 생각하였다. 그는 평생 '자연'의 도와 '성인(인간)'의 도를 합치시키고자 노력하였고, 그 결과 당대의 사림들로부터 가장 높은 도덕적 성취를 이룬 인물로 평가 받을 수 있었다. 그러나 이미 앞에서 살펴본 바와 같이, 그의 공부론 속에서는 아직 완전하게 주체화 하지 못한 무위의 사상이라든지, 시대적 한계를 노정하는 분수론 등이 남아 있어, 그의 사상을 새롭게 오늘날의 보편철학으로 자리하게 하는데 약간의 장애요소로 작용하고 있다.

---

156 『旅軒先生文集』 권6, 〈學部名目會通旨訣〉

# 2. 기호학파의 성인 담론과 성의(誠意)의 공부론

## 1) 율곡의 공부론과 성인 담론

율곡 이이(李珥)는 교육의 목표를 누구보다도 높게 잡고, 후학들에게 그 가능성에 대해 확신을 주고자 하였다. 그는 『격몽요결』 입지장의 첫 대목에서부터 초학자들에게 확신에 찬 논조로 반드시 성인(聖人)을 목표로 공부할 것을 권고한다. 그에게 성인이란 과연 어떤 사람인가? 그는 성인을 과연 어떻게 규정하고 있을까? 그는 성인을 하늘의 대행자로 본다. 〈절서책(節序策)〉에서 그는 성인을 다음과 같이 규정한다.

성인은 하늘의 도를 계승하여 인간의 표준을 세워, 사시의 차서(次序)를 정하고 한서(寒暑)의 절기를 나누었으니, 율력(律曆)의 서적과 명절의 호칭이 그래서 생겨나게 된 것입니다. 대저 봄은 만물을 화생시키는 공이 있으나, 저절로 봄이 되는 것이 아니라, 성인이 있은 연후에 봄의 명칭이 있게 되고, 가을이 만물을 성숙시키는 공이 있으나, 저절로 가을이 되는 것이 아니라, 성인이 있은 연후에 가을의 명칭이 있게 되며, 절서(節序)는 스스로 그 절서됨을 알지 못하고, 성인이 있은 연후에 절서의 명칭이 있게 되는 것이니, 진실로 성인이 없다면 천기(天機)의 운행이 인사(人事)에 관여됨이 없을 것입니다.[1]

율곡에 따르면 성인은 하늘의 뜻을 계승하여 인간세계에 표준을 세우는 이른바 계천입극(繼天立極)의 인물이다. 성인에 의해 사시사철의 순서가 정해지고, 춥고 더움의 절기가 구분된다. 율곡에 따르면, 봄은 저절로 봄이 되는 것이 아니라, 성인에 의해 봄의 명칭이 정해진 연후에 비로소 봄이 되는 것이다. 성인의 호명에 의해 비로소 자연의 질서가 인간의 세계로 스며들게 된다. 만약 성인이 없다면 우주의 조화와 순행이 인간에게 영향을 끼칠 통로를 상실하는 것이다. 그에 따르면, "성인의 도는 하늘을 본받은 것일 뿐이다." 하늘의 운행이 강건한 것은 자강불식(自彊不息)의 미덕에 있으므로 군자는 이 미덕을 본받도록 노력해야 하는 존재이다. 이것이 그의 성의(誠意)의 공부론이다. 그에 따르면, "천지는 성인이 본받을 대상이며, 성인은 중인(衆人)이 본받을 대상이라, 이른바 '닦고 수행하는 방법'이란 다만 성인이 이미 이루어 놓은 법칙을 따르는 데에 지나지 않는 것"[2]이다. 특히 하늘의 대행자인 임금은 누구보다도 더욱 성실하고 멈춤이 없는 내면의 수양이 요청된다.[3]

율곡에 따르면 이 성현을 공부하는 인간의 자세에는 세 가지 유형

---

1 『栗谷先生全書』 拾遺 卷5, 雜著 2, 〈節序策〉, "聖人繼天立極。定四時之序。分寒暑之節。律曆之書。名節之號所以作也。夫春有生物之功。不自以爲春。而有聖人。然後有春之名。秋有成物之功。不自以爲秋。而有聖人。然後有秋之名。節序不自知其爲節序。而有聖人。然後有節序之名。苟無聖人。則天機之運。無與於人事矣。"

2 『栗谷先生全書』 卷10 書 2 〈答成浩原壬申〉 "然則天地。聖人之準則。而聖人。衆人之準則也 其所謂修爲之術。不過按聖人已成之規矩而已。"

3 『栗谷先生全書』 拾遺 卷5, 雜著 2, 〈節序策〉, "愚聞聖人之道。法天而已。易曰。天行健。君子以。自强不息。天之所以能運二氣。能布四時。兩曜代明。萬物生遂者。不過一不息而已。人君苟能法天之不息。則政教自修。無爲而化矣。"

이 있다고 한다. 가장 낮은 단계의 남의 말만 믿고 이를 좇는 층에서부터 주체적으로 이해하여 자득(自得)의 상태까지 그 층위가 갈라진다. 즉, "성현(聖賢)의 글을 읽어서 그 명목(名目)을 아는 것이 한 층이고, 이미 성현의 글을 읽어서 그 명목을 알고도 깊이 생각하고 정밀하게 살펴 환하게 그 명목의 이치를 깨달음이 있어서 분명하게 심목(心目)의 사이에서 그 성현의 말이 과연 나를 속이지 않음을 아는 것이 또 한 층, 이미 명목의 이치를 깨달아서 분명하게 심목의 사이에 있는데, 또 실천하고 역행(力行)하여서 그 아는 바를 채우고, 그 지극한 데에 미쳐서는 친히 그 경지를 밟고, 몸소 그 일을 하는" 유형으로 나눠진다는 것이다. 이 단계에 이르러야 비로소 참으로 안다[眞知]고 할 수 있다.[4]

그럼 누가 어떤 방법으로 성인의 상태에 이를 수 있는가? 그는 모든 일반 사람들은 공부를 통해 성인의 경지에 이를 수 있다는 점을 강조한다. 인간이 스스로의 힘에 의해 자기완성의 길을 갈 수 있다고 믿었다는 점에서 그도 철저한 유학적 자력주의의 입장에 있다. 그 이유는 다음과 같다

처음 배우는 이는 먼저 뜻을 세우되 반드시 성인(聖人)이 될 것을 스스로 기약해야 하며, 조금이라도 자기 자신을 별 볼 일 없게 여겨 물러나려는 생각을 가져서는 안 된다. 일반 사람[衆人]도 그 본성은 성인과 똑같다. 비록 기질에는 맑고 흐림과 순수하고 뒤섞인 차이가 없을 수 없으나, 참답게 알고 실천하여 젖어 온 구습(舊習)을 버리고, 그 본성

---

**4** 『栗谷先生全書』 권10, 〈答成浩原〉 "人之所見有三層。有讀聖賢之書。曉其名目者。是一層也。有旣讀聖賢之書。曉其名目。而又能潛思精察。豁然有悟其名目之理瞭然在心目之間。知其聖賢之言。果不我欺者。是又一層也。(中略)有旣悟名目之理瞭然在心目之間。而又能眞踐力行。實其所知。及其至也。則親履其境。身親其事。不徒目見而已也。如此然後。方可謂之眞知也。"

(本性)을 되찾을 수 있다면, 털끝만큼도 더 보태지 않아도 온갖 선함을 다 갖출 수 있을 것이다. 그러니 일반 사람이라 해서 성인이 될 것을 스스로 기약하지 않을 수 있겠는가. 그러므로 맹자가 성선설(性善說)을 말하면서 요순(堯舜)을 들어 실증하기를, "사람이면 누구나 요순처럼 될 수 있다." 하였으니, 어찌 우리를 속인 것이겠는가.5

율곡은, 성인이나 평범한 사람들 모두 같은 본성을 지니고 있다는 사실을 커다란 교육적 축복으로 본다. 그는 사람들의 선한 본성을 덮고 있는 '탁기(濁氣)'를 걷어 낼 수만 있다면 모든 사람들이 성인이 될 수 있다고 믿었다. 교육이란, 사람들에게 남아 있는 이 거친 기운을 걷어내고 그 선한 본성을 회복시켜 주는 행위인 것이다. 그는 "옥은 쪼지 않으면 그릇을 이루지 못하고, 사람은 학문을 하지 않으면 도를 알지 못하니, 도를 알지 못하면 사람이 될 수 없다. 선비로서 학문을 하지 않는 이는 모두 금수가 되는 것을 꺼리지 않는 자이다."라며 교육의 중요성을 강조하고 있다.6 공부란 바로 인간의 기질 속에 포함된 혼돈스럽고 잡스러운 요소들을 적극적으로 바꾸고 교정하는 행위라고 본다. 그가 학문의 방법으로 제시한 입지, 궁리, 성찰, 함양 등은, 모두 사람의 마음 내부에 자리한 혼란스럽고 어두운 상태를 극복하고, 항상 본연의 상태인 맑고(虛) 깨끗한 상태(明)를 유지하기 위한 공부 방법인 것이다. 이것이 그가 강조하는 '기질을 교정(矯氣質)' 하는 마음의 훈련과정이다.

---

5 『栗谷先生全書』 권27, 『격몽요결』, 〈입지장〉, "初學. 先須立志. 必以聖人自期. 不可有一毫自小退託之念. 蓋衆人與聖人. 其本性則一也. 雖氣質不能無淸濁粹駁之異. 而苟能眞知實踐. 去其舊染. 而復其性初. 則不增毫末. 而萬善具足矣. 衆人豈可不以聖人自期乎. 故孟子道性善. 而必稱堯舜以實之曰. 人皆可以爲堯舜. 豈欺我哉."

6 『栗谷全書』 卷14, "說, 贈洪覫說. 玉不琢, 不成器, 人不學, 不知道, 不知道, 無以爲人 士而不學者, 是皆不憚爲禽獸者也."

율곡에 따르면 인간의 본성은 바로 이 우주의 근본적인 생명력인 이(理)에 다름 아니다. 이 리가 인간내면에서 가장 아름다운 기본 형식으로 자리 잡고 있는 것이 바로 인의예지신(仁義禮智信)의 다섯 가지 본성이다. 이 다섯 가지 본성을 회복시켜 성인의 길로 나아가게 하는 것이 교육의 가장 중요한 일이 된다. 그러나 이 선한 본성을 지닌 인간은 매 순간 그를 둘러싼 세계, 즉 타자와 대면하면서 갈등한다. 바깥의 외물과 대면하는 매 순간마다 마음속에서는 기쁨[喜], 분노[怒], 슬픔[哀], 두려움[懼], 사랑[愛], 미움[惡], 욕망[欲]이라는 정감(情)이 발동하게 된다. 그는 인간의 본성과 칠정이 다른 층위의 이원적 형식을 취하고 있는 것이 아니라고 본다. 선한 다섯 가지의 본성을 지닌 인간들은 세상과 대면하는 순간 자연스럽게 일곱 가지 형태의 정서적 반응을 드러내게 된다. 율곡은 이렇게 '성발위정(性發爲情)'이라고 하여 성과 정을 하나의 단일한 회로망으로 묶어 인간의 마음을 설명한다.

그럼 왜 선한 본성으로부터 선악이 공존하는 칠정이 발출되는 것일까? 그것은 바로 마음을 구성하고 있는 기(氣)의 영향이다. 즉 마음이 맑은 기[淸氣]를 머금고 있으면 마음속에 자리한 인의예지의 이(理)는 밝고 선한 모습 그대로 나타나나, 그 기가 탁하고 어두우면 마치 흐린 물에 잠긴 구슬과 같이 리를 온전하게 담지하지 못하고 엄폐하게 되고, 이로 인해 외부 사물을 대면하게 되면 리를 왜곡된 장소로 운반하게 된다는 것이다. 이 경우의 칠정은 인의예지의 본연지성으로부터 '횡생(橫生)'하여 외부 대상에 대한 반응이 '부중절(不中節)'하게 되고, 인의예지를 왜곡. 변질시켜 사단의 자격을 상실하고 악으로 이끌게 된다.[7] 즉 정이 선과 악이라는 두 길로 갈라지는

---

7 유연석, 「栗谷 李珥의 勸學論: 凡人에서 聖人으로」, 『율곡사상연구』 제21권, 2010, 333쪽.

것은 그것의 발출과정이 상황에 적중[中節]한 것인가, 혹은 부적절[不中節]한 것인가에 따른다. 즉 율곡에 따르면 인간은 바록 이(理)를 갖추어 성(性)으로 삼지만, 그러나 심(心)은 리와 반드시 합치하지는 않는 것이다. 정(情)의 발출에는 선도 있고 악도 있으므로 반드시 성의(誠意)의 공부를 통하여 심을 진실되게 리에 근거하여 행하도록 해야 하는 것이다.[8] 이것이 율곡의 성의의 공부론이다.

이런 점에서 그는 신안 진씨(陳氏))가 이른바 '중화위육(中和位育)'의 상태는 오로지 성인과 신만이 도달할 수 있는 상태이며 범인들은 배움을 통해서 획득하기 어려운 것이라고 주장한 것을 강하게 비판한다. 중화위육이란 모든 앎과 행동이 조화롭고 균형적인 상태이며, 만물이 안정적인 상태에서 충분히 그 생명력을 발휘할 수 있는 경지를 의미한다. 율곡은 퇴계가 이 부분을 해석하면서, 공자가 도달한 상태에 안자와 증자가 "갑자기 미칠 수 없다(不能遽及)"라고 한 부분에 대해 이견을 제시한다.[9] 율곡이 퇴계에게 보낸 문목은 다음과 같다.

중용 제1장의 혹문에서 진씨가 "도를 닦는 교(教)를 통해 들어가는 사람도 거의 천지가 자리 잡히고, 만물이 육성되는 경지의 위육(位育)에 가깝다."고 말하였습니다. 저는 그 "교를 통해 들어가는 이가 그 성공하는 데 이르러서는 한가지다."라고 의심을 했습니다. 이제 하교의 편지를 받으니, "공자의 '수래동화(綏來動和)[10]의 경지는 안자(顏子)와 증자(曾子)도 갑자기 미칠 수 없는 것이다."고 한 것은 진실로 그렇습

---

8 楊祖漢, 「이율곡의 心性情意에 대한 분석 및 誠意의 수양론」, 『율곡사상연구』 제1집, 154쪽.

9 문석윤, 「退溪集 所載 栗谷 李珥 問目 자료에 관하여」, 『퇴계학보』 122집, 2007, 142-144쪽.

10 『논어』〈자장〉편에 실린 말로서, "편안케 함에 이에 모여 들고, 고무시키매 이에 화기가 퍼져 잘 어울린다."라는 뜻이다.

니다. 다만 저는 생각하기를 '생이지지(生而知之)' 하는 것과 '학이지지(學而知之)' 하는 것은 자질은 비록 같지 않을지라도, 그 덕업이 충실하고 빛나서 조화롭게 되는 경지에 이르러서는 차별이 없다고 봅니다. 안자는 비록 배워서 알게 되는 '학이지지'라 하더라도 다만 성인과는 한 칸의 간격이 있을 뿐입니다. 만약 몇 살을 더 살아 화(化)하게 했더라면 역시 공자와 같아졌을 것입니다. 그런데 만약 진씨의 설과 같다면 '학이지지' 하는 이는 마침내 위육(位育)의 공효를 다할 수 없을 것입니다. 어찌 배우는 이의 성인(聖人)이 되려고 하는 뜻을 막는 일이 아니겠습니까. 또 하교하신 말씀에 이른바 "갑자기 미칠 수 없다."고 한 것은 진실로 옳으나 만약 나중에 가서도 미칠 수 없다고 한다면 옳지 못합니다. 이것이 제가 진씨의 설을 의심하는 이유입니다.[11]

여기에서 율곡은, 이른바 배워서 앎을 이루는 '학이지지'와 태어나면서 앎을 이룬다는 '생이지지' 사이에는 어쩔 수 없는 현실적 한계가 있지만, 배움을 통해 그 한계를 돌파할 수 있다는 입장을 강조한다. 율곡은 만약 진씨의 견해에 따르게 된다면 누구나 배움을 통해 성인이 될 수 있다는 가능성을 차단하게 된다는 것이다. 율곡은 유학의 원리적 차원에서, 그리고 하나의 가능태로서 성인이라는 표적은 모든 사람들에게 열려 있음을 강조한 것이다. 다만 일반 사람들은, 그 마음이 물욕과 기의 편차로 인해 어둡거나 부정함으로 인해 마음의 밝은 이(理)를 오롯이 실현하지 못하는 상태인 것이다. 따라

---

11 『栗谷全書』권9,〈書〉"首章或問, 陳氏以由教而入者, 庶幾乎位育云云. 珥疑其由教而入者, 及其成功, 一也. 今承下論, 以爲孔子之綏來動和, 顔曾不能遽及, 此固然矣. 但珥意以爲生知與學知, 資質雖不同, 及其大而化之, 則無有差別. 顔子雖曰學知, 而只去聖人一間, 若假之年而化之, 則其綏來動和, 亦同於孔子矣. 若如陳氏之說, 則學知者, 終不能盡位育之功矣, 豈不沮學者作聖之志乎. 且下論所謂不能遽及者, 誠是矣, 若曰終不能及, 則不可也. 此珥所以有疑於陳氏之說也."

서 마음의 기능이 저하된 어두움[昏]과 부정함[邪]의 현상을 타개한다면 이(理)를 완전하게 실현하는 밝음[明]과 바름[正]을 회복하게 되는데, 이것이 곧 성인(聖人)의 마음이라는 것이다.[12] 따라서 그에게 있어 교육은 이 가능태를 현실화 시키는 매우 중요한 수단이 된다.

반면 퇴계는 보통 사람들에게 성인의 단계란 "갑자기 미칠 수 없는"(不能遽及) 상태라고 본다. 퇴계는, 성인의 단계란 덕성의 함양을 위한 부단한 노력과 자기 회복의 과정이 전제되어야 한다는 사실을 강조한다. 성인의 덕은 단순한 인식의 차원이 아닌 오랜 마음공부와 실천적 노력 속에서 비로소 획득된다는 사실을 말하고자 하였다.[13]

퇴계와 율곡 두 사람이 성인관을 두고 이렇게 다른 입장을 취하는 이유는 어디에서 찾을 수 있을까? 아마도 율곡의 성인관이 강한 현실지향성을 지니고 있는 것에 비해. 퇴계의 성인관은 좀 더 본원적인 인간구원에 그 초점을 두었기 때문인 것으로 파악된다. 율곡이 교육을 통해 누구나 성인에 도달할 수 있는 가능성을 주장한 것은 현실 속에서 이상사회를 실현하고자 하는 그의 욕구와 맞물려 있다. 율곡이, "도통이 공자에 와서 집대성되어 만세의 스승이 되었는데, 공자 이후로는 도(道)가 한 개인에게서만 이루어지고 그 시대에는 행해지지 못했다."[14]라고 개탄한 것은 그의 강한 구세적 열망에서 온

---

12 유연석, 「栗谷 李珥의 勸學論: 凡人에서 聖人으로」, 『율곡사상연구』 제21집, 2010, 323-356쪽.

13 문석윤은 이러한 점에서, 율곡이 도덕 실천에서 인식모델을 취하고 있는 반면, 퇴계는 덕성모델을 취하고 있다고 본다. 즉 율곡의 인식 모델이 도덕적 선의 보편적 타당성과 실현 가능성을 확보하고자 하는 데 초점을 둔 것이라면, 퇴계의 덕성모델은 도덕적 선의 철저한 체인과 체화(體化)를 결과하고자 하는 데 의도가 있다는 것이다. (문석윤, 상게논문, 120쪽) 한편 황금중은 율곡이 경(敬) 이외에 굳이 성(誠)을 별도로 중요하게 제기한 이유는 인간본성을 위한 공부를 실현하고 끝맺는 근본 추동력으로서의, 리로 충만하고 진실된 마음의 바탕이 공부의 실천 상에서 요청된 것이라는 주장을 펴서 흥미롭다.(황금중, 「율곡의 경과 성의 공부론적 성격 및 관계」, 『동서철학연구』 제26호, 41쪽)

것이다. 율곡은 〈동호문답〉에서 진선진미한 왕도의 실현이 오늘날에도 가능한 것인가 라는 물음에 가능하다고 낙관적으로 대답한 바가 있다. 그는 뛰어난 제왕과 현신(賢臣)만 있으면 충분히 실현 가능한 꿈이라고 주장한다.15 이 점에서 율곡의 경장(更張)과 변법의 정책 건의는 한결같이 가치합리적인 왕도적 도학에 의거한 것이 아니라, 권도적 실학에 근거한 목적합리적인 사고방식이라는 지적은 음미할 만하다.16

## 율곡의 도통(道統)과 치통(治統)

퇴계와 비교할 때, 율곡의 도통론은 치국(治國)과 치인(治人)의 문제와 더욱 긴밀하게 연결되어 있다. 율곡은 도통이 왕권과 결합된 형태를 가장 이상적인 상태로 생각한다. 〈성현도통(聖賢道統)〉에서 "복희씨로부터 신농씨에 이르는 기간에는 성인의 덕으로 군사(君師)의 지위에 올라 수기치인"의 유학적 이상이 가장 아름답게 실현되었던 시기로 파악한다. 여기에서 '군사(君師)'란 도통(道統)과 치통(治統)이 결합된 인물을 뜻한다. 율곡은 후대에 이르러 "도통이 항간의 필부에게 돌아가고, 도통이 군상(君相)에게 있지 않은 것이 참으로 천하의 불행"17이 되었다고 말하고 있다. 도통이 반드시 임금에게 있지 않은 것이 천하가 어렵게 된 원인이라는 것이다. 도통이 필부에게 넘겨진 이유는 역사와 풍속이 변화면서 성군이 성군에게 대통(大

---

**14** 『栗谷先生全書』 권26, 〈聖賢道統〉, "道統至於孔子 而集大成 爲萬歲師 由孔子以下 道成於己 不能行於一時"

**15** 『栗谷先生全書』 권15, 雜著, 〈東湖問答〉

**16** 김형효, 「율곡적 사유의 이중성과 현상학적 비전」, 『율곡의 사상과 그 현대적 의미』, 한국정신문화연구원, 1995, 24쪽.

**17** 『栗谷全書』 卷26, 〈聖學輯要〉 8, 聖賢道統

統)을 선양하는 전통이 사라지고, 왕위를 아들에게 넘기게 된 때문이라고 지적한다. 도통의 핵심을, 인정을 절제하고 시무를 촌탁할 수 있는 능력에서 찾고 있다. 율곡의 다음 발언은 심법의 전수에 도통의 흐름을 두고 있는 퇴계의 사유와 뚜렷하게 구분된다.

또 시대가 같지 않기 때문에 제도를 (때에) 마땅히 하여야 하고, 현우(賢愚)가 같지 않기 때문에 교치(僑治)하는 방법을 고려하여 인정을 절제하고 시무를 촌탁해서 이에 더하고 줄이는 규범을 만들었습니다. 여기서 문질(文質)과 정령과 작상(爵賞)과 형벌이 각각 마땅하게 되었는데, 그 과한 것을 억제하고 그 미치지 않는 것은 끌어 올려서, 착한 이는 일으키고 악한 자는 징계하여 마침내 대동(大同)으로 돌아왔습니다. 성인이 하늘을 이어 준칙을 세워 일세를 다스린 것도 이에 불과 하였고 도통의 이름은 여기에서 생겼습니다.[18]

율곡의 도통론의 핵심은 성덕(成德) 군자이면서 동시에 국가 경영을 통하여 대동세계로 나아갈 수 있는 군사(君師)에 있다. 율곡은, "도통이 군상(君相)에게 있으면 도가 그 시대에 행해져서 혜택이 후세에게 흐르고, 도통이 필부에게 있으면 도가 그 세상에 행해질 수 없고 다만 후학들에게 전해질 뿐인데, 만약 도학의 흐름을 잃고 필부까지도 일어나지 않는다면 천하는 어두워 그 좇을 바를 모르게 된다."고 하였다.[19]

도통을 왕권과의 관련성 속에서 이해하고자 하는 율곡과 같은 태도는 이미 선초부터 조정의 집권세력을 중심으로 꾸준히 나타나고 있었다. 다만 율곡의 경우에는 도학과 왕권이 일원적으로 결합된 군

---

18 상동.
19 상동.

상(君相)의 형식을 도통의 이념형으로 간주한다. 반면, 선초의 집권층은 구체적 역사 속에서 도통과 왕권의 이원적 분립을 인정하되, 도통과 왕권이 상호 갈등을 일으키지 않고 언제나 상보적 관계가 되기를 희망하였다. 도통을 왕권과 연계시키고자 하는 선초의 노력은 성균관과 문묘에 관한 정비과정에서 여실히 드러난다. 선초에 이르러 국가와 왕실은 성균관에 대한 대대적인 정비작업과 함께, 문묘의례와 문묘종사에 관한 전면적인 개편작업을 시도한다. 조선 초기에 문묘향사(文廟享祀)에 관한 논의가 집중적으로 이루어진 이유는, 이 시기에 사상적으로는 고례에 대한 새로운 성리학적 해석의 욕구가 강하였고, 정치적으로는 중앙집권적인 권력의 집중화가 요구되었기 때문이다. 문묘의례를 왕권의 강화와 연결시키고자 하는 노력은 이색 등과 같은 성리학자 등에 의해 주도되었다.

이렇게 율곡의 도통론은 퇴계와 달리, 일종의 군사적(君師的) 도통론이면서 치국과 치민(治民)에 깊이 연관되어 있음을 볼 수 있다. 퇴계가 볼 때, 율곡의 이러한 도통론은 자칫 존덕성(尊德性)을 강조하는 그의 학문적 구도를 어긋나게 할 수 있는 것이다. 퇴계와 울곡은 이미 학(學)과 도(道)의 관계에 대한 치열한 논쟁을 통해 공부론에 대한 서로 상이한 생각을 피력한 바 있다. 율곡은 학과 도를 나눌 수 없는 불가분개(不可分開)로 보는 데 반하여 퇴계는 양자를 능(能)과 소능(所能)의 관계로 보아 사실상 서로 분리된 관계로 파악한다.[20] 율곡의 이러한 주장은 현실의 세계 그 속에서 도의 의미를 찾고자 하는 그의 일관된 주장에서 비롯되었다. 현실의 세계, 즉 기의 세계를 앎의 대상으로 다루는 학(學)의 영역과, 형이상학을 문제시하는 도(道)의 영역을 분리한다는 것은 리기의 불상리(不相離)를 강조하는 그의 입장으로서는 결코 용납할 수 없는 문제이다. 따라서

---

**20** 자세한 논의는 졸고, 상계논문, 제3장 참조.

그의 도통론에서는 필연적으로 '군사(君師)'의 개념이 등장하고 현실의 구체적 변화를 수반하는 치국(治國)의 도학이 우선 되는 것이다.

## 2) 17세기 기호학파의 분기와 성인담론

17세기 전반 정묘호란(1627)과 병자호란(1636)을 겪고 나서 율곡을 사상적 연원으로 하는 기호학파에는 몇 가지 뚜렷한 사상적 분기가 나타난다. 우선 김집(金集)·김장생(金長生)·송시열(宋時烈, 1607-1689)로 대표되는 정통 주자학적 흐름의 노론계열을 들 수 있다. 이들은 17세기 예론을 주도하였을 뿐만 아니라, 송시열 사후 수암(遂庵) 권상하(權尙夏, 1641-1721), 그의 제자인 외암(巍巖) 이간(李柬, 1677-1727)과 남당(南塘) 한원진(韓元震, 1682-1751) 등이 계승하면서 인물성 동이논쟁(人物性同異論爭)을 주도하였다. 본고에서는 우선 김장생의 문하로 조선 중기 4대 문장가의 한 사람인 계곡(谿谷) 장유(張維, 1588-1638)의 남다른 성인론을 살펴보고, 다음으로 노론계 인물 중 낙론(洛論)을 대표하는 김원행(金元行)을 중심으로 석실서원이 어떻게 운영되었고, 그들의 교육적인 특질이 무엇이었는지를 검토하고자 한다.

다음으로, 기호학파 중에서도 주자학적 세계로부터 이탈하고자 하였던 인물들을 통해 중세사회를 해체하고자 하였던 다양한 사상적 흐름들을 검토한다. 이에 소론계 인물을 대표하는 박세당과, 노론계열에 속하면서 호남유학을 대표하는 이재 황윤석의 교육사상을 살펴본다.

### 가) 계곡(谿谷) 장유(張維) ; 삼교회통의 성인담론

옛날 중국 오(吳) 나라에는, 제야(除夜)가 되면 어린아이들이 거리를 누비면서 "바보 사려" 하고 외치고 다니는 풍속이 있었다고 한다.[21] 장유는 이것을 염두에 두고 오언고시를 지었다. 주된 내용은 '바보'를 긍정하고, 인위적인 '지혜'의 한계를 조롱하는 것이다. '바보를 파는 아이(賣癡獃)'를 통해 유학자들의 인위적인 공부의 한계를 통박하고, 노장적 삶을 긍정하는 것이다. 그의 시 매치애(賣癡獃)에서 바보를 팔겠다는 소년을 향해 노인은 다음과 같이 말한다.[22]

| 인생살이 지혜는 필요치 않아 | 人生不願智 |
| 지혜란 원래 근심만 안기는 걸 | 智慧自愁殺 |
| 온갖 걱정 만들어 내 평화로움 깨뜨리고 | 百慮散冲和 |
| 별의별 재주 부려 책략을 꾸며내지 | 多才費機械 |
| 예로부터 꾀주머니 소문난 이들 | 古來智囊人 |
| 처세는 어찌 그리 궁박했던가 | 處世苦迫隘 |
| 환하게 빛나는 기름 등불 보게나 | 膏火有光明 |
| 자신을 태워서 없애지 않나 | 煎熬以自敗 |
| 짐승도 그럴 듯한 문채 있으면 | 鳥獸有文章 |
| 끝내 덫에 걸려 죽고야 말지 | 罔羅終見罣 |
| 그러니 지혜란 없는 게 낫고 | 有智不如無 |
| 바보가 된다면 더욱 좋은 일이로세 | 得癡彌可快 |

바보를 사겠다는 노인은 노장류의 인물이다. 노자는 "배우기를 포기하면 걱정이 없다(絶學無憂)"라고 주장한다. 또한 "성(聖)을 끊고 지(智)를 버리면 백성들의 이익이 백배나 된다.(絶聖棄智 民利百倍)"라는 반문명적 주장을 피력한다. 이것은 인간이 애써 구축한 문명과 문화가 자칫 인간의 참다운 자유를 구속하고, 외부 사물에 대한 참다

---

**21** 『范石湖集』, 〈臘月村田樂府 賣癡獃詞〉
**22** 『谿谷先生集』 제25권, 五言古詩, 〈賣癡獃〉

운 앎을 방해할 수 있음을 경계한 것이다. 노장의 도가적 사유에서 문화는 곧 속박이다. 그들에 따르면 인간이 인의적으로 만든 지식과 문화는 자연으로부터 인간을 고립시키는 장벽인 것이다. 노자는, "큰 지혜가 나타나니 큰 거짓도 있게 되었다(慧智出 有大僞)"라고 주장한다. 노장은 인간이 만든 지식에 대하여 그다지 신뢰하지 않는다. 학문은 오히려 구속이라고 생각하였다. 장자에 따르면 "생은 유한하고 지식은 무한하다. 유한한 생(生)으로 무한한 지(知)를 뒤따르고 찾아 나서면 위태로울 뿐(吾生也有涯 而知也無涯 以有涯隨無涯 殆已)"이다. 그들에 따르면, 사고가 만들어 내는 고정불변의 틀을 '착심(着心)'이라 하거니와, 틀에서 벗어나면 참 앎의 세계와 마주설 수 있으며(學道則無着), 틀에 갇히면 온전함의 세계는 와해되어 버리고 만다(樸散則爲器)는 것이다.23

노자의 공부론에서 말하는 덕(德)은 생성하지도 소유하지도 않는 텅 빈 상태의 현덕(玄德)일 뿐이다.24 도는 "만물이 저절로 그러함을 돕는 것(輔萬物之自然)"이고, "만물의 저절로 그러함에 맡기는 것(因任萬物之自然)"이다. 도는 "저절로 그러함을 본받는 것"(道法自然)이다.25 따라서 노자의 '도'에는 어떤 의지도 욕망도 없다. 도그마로서의 이데올로기, 고착된 설명체계는 사물에 대한 참다운 이해를 방해한다는 것이다. 교육과 교화는 학습자로 하여금 사물의 본질을 왜곡하여 받아들일 수 있는 위험성이 있음을 지적한다.26

앞의 시에서 장유는 이러한 노장의 지식관을 전면적으로 수용한

23 송항룡, 「과학주의적 세계관과 도가사상」, 『문명의 전환과 한국문화』, 철학과 현실사, 1997, 225쪽.

24 이에 관해서는 吳汝鈞, 『老莊哲學的現代析論』, 臺北, 文津, 1998이나, 劉笑敢, 김용섭 역, 『노자철학』, 청계, 2000 참조.

25 『道德經』, 제25장, "人法地 地法天, 天法道, 道法自然"

26 졸저, 『공부의 발견』, 현암사, 2007, 제1장.

다. 그는 "인생살이 지혜는 필요치 않고, 지혜란 원래 근심만 안기는 것이며, 온갖 걱정 만들어 내 평화로움을 깨뜨리는 것일 따름"이라고 본다. 따라서 지식을 추구하지 않는 '바보'의 길을 가는 것이 옳은 삶이라는 주장을 편다. 일반 유학자들로서는 선뜻 수용하기 어려운 언설이다. 그의 이러한 지식관에서는 종래의 성리학 일변도에서 벗어나고자 하는 뚜렷한 자각이 있다. "짐승도 그럴 듯한 문채 있으면 끝내 덫에 걸려 죽고야 말듯이", 사람도 문장의 덫에 걸리면 스스로의 삶을 망가뜨리게 된다는 것이다. 이 지식과 이념의 질곡에서 벗어나기 위해서 우선 해석의 다양성을 확보할 필요성을 느꼈던 것 같다. 장유가 꿈꾸는 '바보'상은 온갖 세상의 영욕이나 득실에도 마음이 흔들리지 않는 달인(達人)의 모습이다. 그는 이렇게 말한다.

천지는 끝이 없고 고금(古今)은 다함이 없으니, 그 속에서 만물이 일어났다 사라지는 것이야말로 있는 듯 없는 듯하다고나 해야 할 것이다. 그런데 하찮은 내 몸으로 말할 것 같으면 또 겨우 만물 중의 하나에 속하고 있으니, 티끌이나 터럭으로도 그 작은 것을 비유하기에 부족하고 부싯돌 불꽃이나 번갯불로도 그 빠름을 비유하기에 부족하다 하겠다. 요(堯)·순(舜)의 지혜나 중니(仲尼)의 학문이나 팽조(彭祖)의 수명이나 우(禹)·직(稷)의 공적이나 주공의 예문(禮文)이나 백이의 의리나 맹분(孟賁)·하육(夏育)의 용맹스러움 등에 대해 사람들이 대단하게 여기고 있지만 모두 이러한 차원을 벗어나지는 못하고 있는 것이다. 홀연히 있게 되었다가 눈 깜짝할 사이에 없어지고 마니, 있는 것은 잠시일 뿐이요 없는 것이야말로 정상적인 상태라 하겠다. 그런데도 세상 사람들을 보면 바야흐로 허명(虛名)을 바라고 이익을 추구하며 귀하게 되기를 기대하고 오래 살려고 안달하면서 흐릿한 정신 상태로 득실(得失)과 영욕(榮辱) 때문에 마음속을 괴롭히고 있으니, 이 점을 달인(達人)은 애달프게 여기는 것이다.[27]

장유는 여느 유자들처럼 일상의 삶에 커다란 무게 중심을 두지 않는다. 그에게 일상은 매우 왜소하고 사소한 것이다. 사람의 일생은 부싯돌 불꽃이나 번갯불 같은 미미한 것이다. 요순의 지혜나 공자의 학문, 주공의 예문(禮文)도 모두 대단한 것이 아닌 일시적인 것일 따름이다. 그런데도 불구하고 사람들은 허명을 바라고 이익을 추구하며, 귀하게 되기를 기대한다. 그는 "있는 것은 잠시일 뿐이고, 무(無)의 상태가 항상적인 것(有者其暫 無者其常)"이라는 것을 아는 사람을 달사(達士)라고 생각한다. 매우 반유교적인 발상이고, 오히려 불교나 도가류의 사상과 친연성이 높다.

그는 삶보다 죽음을 더욱 본질적인 것으로 생각한다. 옛날의 지인(至人)은 죽음의 상태를 진짜로 알고 삶을 가짜로 여겼다고 말한다. 죽게 되면 함께 일자(一者)로 되돌아가 나도 없고 그도 없어지는 무분별의 상태가 된다는 것이다. 그에 따르면, 일자(一者)에서 만물이 파생됨에 만물은 각각 자아의식을 형성하게 되고 분리를 경험하게 된다. 다른 사람들이 아프고 가려워할 때에 나는 그것을 알지 못하고 내가 그러할 때에도 사람들은 그것을 알지 못한다. 육신을 가진 인간은 서로 간의 심각한 관계 단절을 겪게 된다. 살아 있을 때는 각자 개인 위주가 되어 나는 나고 그는 그라는 식으로 생활하다가, 죽게 되면 함께 일자(一者)로 되돌아가 비로소 주객분별이 사라지게 된다는 것이다.[28] 그는 이어서 다음과 같은 득의의 철학을 말한다.

---

**27** 『谿谷先生集』제3권, 雜著,〈放言〉, "天地無窮。古今無盡。萬物之生滅於其間者。若存若亡。而吾身之微。則又僅處乎萬之一焉。微塵毫末。不足以諭其小也。石火電光。不足以諭其速也。堯舜之智。仲尼之學。彭祖之壽。禹稷之功。周公之文。伯夷之義。賁育之勇。彼人類之所大。皆不能出乎此耳。忽焉而有。倏焉而無。有者其暫。無者其常。而世之人。方且夸名營利。慕貴樂壽。惛惛然以得喪榮辱勞其中者。此達人之所悲也。"

**28** 상동, "自一而萬。萬各我我。我之我我。亦猶人之我已。疾痛痾痒在人。我不之知。在我。人不之知。何形骸之間隔。一至此哉。生則各一。我我彼彼。死則共歸于

만물은 본래 하나였는데 형체가 나눠지면서 서로 막히게 되었다. 형체가 밖에서 가로막고 인식작용이 자기 내부에 국한이 되고 보면 주관과 객관 세계가 서로 통하지 않게 되어 마침내 사사로운 이기주의가 성립하고 만다. 그리하여 호오에 따라 서로 빼앗고 이해(利害)에 따라 상호 공격하여, 싸움이 이 때문에 번져 가고 혼란이 이로 인해 야기되니, 이 점을 인인(仁人)이 측은하게 여기는 것이다. 사사로움을 극복하면 형체가 장애의 요소로 작용하지 않고, 이치대로 따르면 깨달음에 걸림이 없게 될 것이니, 그러면 외물(外物)도 나와 동일시되고 나도 외물과 동일시되어 만물이 하나의 곳간 안에 들어오고 삶과 죽음도 같이 포용하게끔 될 것이다.29

그에 따르면, 육체란 타자와의 소통을 방해하는 장애요소이다. 또한 정신(覺)도 육신의 그물에 갇혀 타자와 분리된다. 이렇게 되면 주관과 객관세계가 서로 분리되어 사사로움이 불쑥 자리 잡게 된다. 그가 사사로움의 발생을 인간 의식의 중절(中節)과 부중절에서 찾는 것이 아니라, 육신에 매몰된 인간정신의 한계에서 구하고 있는 점은 다른 유자들과 구별된다. 일반적인 유학자들은 리와 기의 패러다임 속에서 각 개체를 뛰어 넘는 상호 소통과 통합의 질서를 찾고자 하는 반면, 그는 현실 속에서 사사로움으로 출구가 막힌 인간 사이의 단절을 주목한다. 이 장애를 극복하는 유일한 길이 사사로움을 이기는 '승사(勝私)'에 있다. 그는 욕망을 해체하는 방법으로 특히 노자와 장자를 주목하였다. 그리고 불교를 포함한 다양한 사상을 용인하고 그 다원성을 인정하는 중국의 경우를 주목한다. 그는, "중국의 학술

---

一。無我無彼。古之至人。以死爲眞生爲假者。其亦有見乎此哉。"

**29** 상동, "萬物本一。形分故礙。形礙於外。覺局於內。則物我不相通而私遂立焉。好惡相奪。利害相攻。爭以是滋。亂以是起。此仁人之所惻也。勝私則形不爲礙。循理則覺無所局。物猶我也。我猶物也。萬物一府。死生同狀。"

에는 갈래가 많아서 정학, 선학(禪學), 단학(丹學)이 있고, 또 정주학을 배우는 자가 있으며, 육상산을 배우는 자도 있어, 길이 한 가지가아니다. 그런데 우리나라는 유식, 무식을 논할 것 없이 책을 끼고 글을 읽는 사람이라면 모두 정주를 욀 뿐이고 다른 학문이 있다는 것을 듣지 못했다."라고 조선 학계의 편협성을 나무란다.[30] 그는 학설의 상대성을 이렇게 서술한다.

| | |
|---|---|
| 유교는 의리 밝히고 | 儒明義理 |
| 노자(老子)는 말 없는 현묘함 숭상하고 | 老尙玄默 |
| 서쪽의 불교는 | 西方之敎 |
| 허무와 적멸 내세우네 | 泯然空寂 |
| 어째서 대도는 하나인데 | 何大道之一 |
| 말들 서로 대립되나 | 而群言相角 |
| 어느 것이 진짜이고 어느 것이 가짜이며 | 孰眞孰僞 |
| 무엇이 순리(順理)이고 무엇이 역리인가 | 誰順誰逆 |

육상산의 학문을 무조건 배척하던 당시의 학풍에 대해서도 의문을 제기한다. 그는, 주자와 육상산은 모두 공맹을 스승으로 삼았는데, 주자는 학문방법으로 널리 배우고 익히는 박약(博約) 공부를, 양명학자인 육상산은 마음으로 간명하고 쉽게 체득하는 공부법을 좋아하는 서로 다른 흐름을 지니고 있다는 사실을 지적하고, 양인 중 그누가 진정한 공자의 문하인가를 질문하고 있다.[31] 주자와의 왕패(王霸)논쟁을 통해 주자학의 도학 중심적 사유의 한계를 맹렬하게 공격하고, 현실적인 시무능력과 경세론을 강조하던 사공학파의 진량(陳

30 『계곡만필』 권1, "中國學術多岐, 有正學焉…"
31 상동, "朱宗博約 陸慕簡易 何同師孔孟 而旨歸殊致 源同流異 孰眞洙泗"

亮)에 대해서도 최대의 찬사를 아끼지 않았다. 진량이 송나라의 기사(奇士)로서 경세제민(經世濟民)의 웅략을 갖고 있었는데 불우하게 죽었던 사실에 안타까움을 표하였다.[32] 그는 조선의 학문도 주자학 일변도에 빠져 '말의 그물(言筌)'에 갇혀 있다고 하면서 그 경직성을 나무란다.

신은 듣건대, 학문은 너무 형식에 치우치는 것을 피하고 도(道)는 상황에 따라 원만하게 해결하는 것을 중히 여겨야 합니다. 병세에 알맞게 약을 지을 수 있으면 아무리 위중한 증세라도 처방이 막히지 않고, 악보(樂譜)대로만 연주하면 법식은 다 구비되었어도 묘한 경지는 전할 수가 없다고 하였습니다. 그렇기 때문에 수사(洙泗)에서 사람을 가르칠 때에는 각각 덕의 그릇을 만들게 하였었는데 최근에 학문을 논하는 것을 보면 그저 언전(言筌)만 소모하고 있을 따름입니다.[33]

장유가 유교를 이렇게 상대주의적인 시각으로 바라볼 수 있었던 것은 그가 이 세계의 생성과 변화, 생과 사, 그리고 그 위에서 펼쳐지는 인간의 장대한 문명의 역사를 스스로의 눈으로 재해석하고자 하는 열망이 남달랐기 때문이다. 그는 굴원(屈原)이 방황 중에 쓴 천문(天問)을 본떠 속천문(續天問)을 지으면서, 이 속에서 자연의 오묘한 조화(造化), 만물의 이치, 유학의 흥망, 도술의 사정(邪正), 역사에서의 유명(幽明)과 화복의 발생원인, 세도(世道)와 인심의 변화 등 얽히고 설켜 있는 세계의 모습을 그대로 그려내고자 하는 열망을 드러내었다. 그는 우선 세계의 시원에 대해 이렇게 자문한다.

---

32 『谿谷先生集』 제1권, 〈懷同甫賦〉
33 『谿谷先生集』 제3권, 雜著, 〈擬演連珠〉, "臣聞學忌文勝。道貴機圓。因病發藥。證雖繁而不窮。按譜調絃。法則具而妙莫傳。是以洙泗教人。各就德器。輓近論學。徒費言筌。"

| 묻노라 보이지 않는 자연의 조화 | 問冥冥元化 |
|---|---|
| 주관하는 자 그 누구인가 | 孰尸其功 |
| 우주의 변화는 | 宇宙之變 |
| 언제 시작되고 어느 때 끝나는가 | 焉始焉終 |

그는 우선 "신비로운 자연의 변화와 생명의 생멸, 그 배후에는 반드시 보이지 않는 주재자가 있으리라고 생각한다.[34] 해와 달의 변함없는 움직임, 온갖 생명체들이 그들의 천성대로 함께 어울려 살아가는 모습, 불가해한 자연의 질서 그 너머에는 이것을 움직이는 근원자로서의 주재자가 있으리라는 것이다. 반면, 이러한 질서와 조화의 세계 이면에는 또한 선뜻 이해할 수 없는 부조리와 불합리가 함께 자리하고 있다는 사실을 직시한다. 이 세상에 사특함은 많은 반면 착함은 적으며(多慝寡淑), 어찌하여 도적을 후하게 대접해서 도척(盜跖)과 장각(莊蹻)은 호강을 하고, 어떻게 인자(仁者)는 원수로 여겨 안연과 염백우(冉伯牛)는 일찍 죽게 하였는가"라고 반문한다.[35] 일견 신비로우면서도, 또 다른 면에서는 부조리와 불합리가 횡행하는 이 세계를 바라보면서, 그는 앞 시대의 유자들에 의해 완강하게 유지되어 오던 주자학 일변도의 세계관에서 이탈한다.

그는 과감하게 장자의 신 혼돈(混沌)과 노자의 만물을 길러 내는 현빈(玄牝)을 그의 철학 속으로 불러들인다.[36] 풀로 묶어 만든 개인 추구(芻狗)를 노래하면서 인간 중심의 유학적 세계관을 풍자한다.[37]

---

34 상동, "無爲之功 必有其宰 厥狀何肖 厥居何在"
35 상동, "何厚於盜 蹻跖寵樂 何仇於仁 顔冉夭厄"
36 『谿谷先生集』 제1권, 〈吊混沌氏詞〉
37 『谿谷先生集』, 「雜著」, 〈芻狗贊〉 오여조(吳汝鈞) 교수의 해석에 따르면 '추구(芻狗)'는 제사용으로 쓰이는 '풀로 묶어 만든 개'를 뜻한다. 노자는 만물에 대하여 주관적으로 사랑하거나 미워하는 감정 없이 만물에 대해 평등하게 보아 한결같이 인(仁)으로 동일시 한다는 의미로 해석한다.(吳汝鈞, 『老莊哲學的現代析論』, 臺北, 文津, 1998)

그는 맹자와 장자를 한 자리에 초대해 성인에 관해 서로 대등한 위치에서 논변하도록 한다.[38] 그의 성인관에도 의미 있는 변화가 오고 있었다.

## 유·불·도 성인의 동거

장유가 마음으로 사숙하고 닮고자 한 성인상은 공자에 한정되지 않는다. 그가 생각하는 바람직한 인간상은 유불도 삼교에 모두 존재한다. 그는 공자가 행단(杏壇)에서 삼천 명의 제자와 함께 한 가운데, 안회는 오현금을 타고 증점은 거문고를 뜯는 광경과, 남곽자기(南郭子綦)가 궤안(几案)에 기대어 앉아 마른 나무와 싸늘한 재처럼 하고 있는 모습, 비로자나(毗盧遮那)가 천광대(天光臺)에 걸터앉아 있는 가운데 일천 불(佛)이 그를 둘러싸고 있는 광경을 그리워한다.[39] 그는 이 광경을 세 폭 병풍으로 만들고 싶은 열망을 잠재우는 대신, 세 개의 찬을 짓는다. 우선 그는 공자에 대해 다음과 같은 헌사를 바친다.

| 봄바람 불고 해맑은 날씨 | 條風淑景 |
| 살구꽃 뜰에 가득한데 | 杏花滿庭 |
| 제자는 줄 퉁기고 | 弟子拊絃 |
| 선생은 가만히 듣고 있네 | 先生默聽 |
| 화기애애한 분위기 | 一團和氣 |
| 간격 없이 녹아 흐르는데 | 冲融無間 |
| 그 정경을 묘사할 수는 있어도 | 其形可描 |
| 속뜻만은 어떻게 기릴 수가 없고녀 | 意不容讚 |

---

38 『谿谷先生集』,「雜著」,〈設孟莊論辯〉
39 『谿谷先生集』 제2권,〈三畫贊〉

장유가 공자의 여러 제자 중에서 유독 안회와 증점을 등장시킨 것은 주목할 만하다. 공자 학단의 활동 중에서도 기수에서 목욕하던 그 쇄락하고 초탈한 분위기를 사랑한 것이다. 딱딱한 지식의 틀로 주형화된 인간이 아니라, 원시고학 녹아 있는 감성과 정감이 스며 있는 인간형을 희구하였다. 그의 양명학에 대한 호감은 결코 이러한 성향과 무관하지 않다. 그는 양명(陽明)의 시 가운데, "봄바람 속에 쟁그렁 비파 내려놓는 소리, 증점(曾點)이 비록 광이라도 나의 마음에 쏙 드는걸.[鏗然舍瑟春風裏 點也雖狂得我情]"라는 구절이나, "잠긴 물고기 물 밑에서 마음의 요결 전해 주고, 둥지 튼 새 가지 위에서 도의 참 모습 설해 주네.[潛魚水底傳心訣 棲鳥枝頭說道眞]"라는 대목에 대해 극찬을 아끼지 않는다. 그는, 이 구절에 대해 여러 선비들이 지나치게 높기만 하고 선(禪) 냄새가 풍긴다고 비판을 하지만, 워낙 그 학문의 경지가 깊고 초절(趙絶)하여 사람의 마음을 움직이는 데야 어찌하겠는가 하고 반문한다.[40] 이어서 장자가 묘사한 남곽자기(南郭子綦) 상태를 도달해야 할 경지로 제시한다.

| | |
|---|---|
| 예전에 궤안에 기댄 자는 팔팔한 용과 범 같더니 | 昔之隱几者生龍活虎 |
| 지금은 싸늘한 재, 마른 나무 같소 그려 | 今之隱几者死灰槁木 |
| 팔팔한 용과 범일 때도 발동된 적 한 번 없고 | 生龍活虎未嘗動 |
| 마른 재, 고목 같은 때도 가만히 있는 건 아니라오 | 死灰槁木未嘗寂 |
| 그대여 귀뿌리를 떼어 내 버려 보소 | 請君割却耳根 |
| 그러면 하늘 피리 소리를 들을지니 | 然後天籟可聞 |

장자가 지향하는 경지란, 가장 왕성한 생명력을 자랑하는 생룡(生龍) 활호(活虎)와 같은 상태에게서도 어떤 움직임이나 떨림을 느끼

---

40 『谿谷漫筆』 제1권, 「漫筆」, 〈諸儒詆陽明詩句以爲過高近禪〉

지 않고 식은 재와 마른나무 같은 상태에서도 결코 적막을 느끼지 않는 경지가 바로 남곽자기의 상태로 본다. 또한 그는 하늘의 소리(天籟)를 듣기 위해서는 인간의 감각을 벗어버리라고 말한다. 그는 "성인과 단절하고 지식을 버려야만 큰 도적이 없어지고(絶聖棄智), 말(斗)을 쪼개 버리고 저울대를 부러뜨려야만 백성이 다투지 않는다(掊斗折衡)."는 장자의 생각을 맹자가 반박하는 형식의 글을 통해 양자의 성인관이 서로 달라지는 모습을 그리고 있다.[41] 맹자는 만약 장자처럼, 생·사와 가·불가를 동일시한다면 사람의 되[人道]가 문란해질 수밖에 없음을 들어 유학의 성인론을 설파한다.

인류가 처음 나왔을 때에는 정말 금수(禽獸)와 다름이 없었습니다. 그러다가 성인께서 출현하신 뒤에야 백성의 생활이 풍족해지고[厚生], 백성이 도구를 이용할 줄 알게 되고[利用], 백성의 덕이 바르게 된 것.[正德]이었습니다. 이렇게 해서 교화가 행해지자 사람들이 따를 바를 알게 되고 법도가 확립되자 사람들이 지킬 바를 알게 되었으며 기계(器械)가 갖추어지자 사람들이 쓸 줄을 알게 되었으니, 이 세 가지가 없어진다면 사람이 사람답게 되지를 못할 것입니다. 그러므로 성인이야말로 인류가 표준으로 삼아야 할 분으로서 인류를 금수의 경지로부터 사람답게 살게끔 이끌어 준 분이라고 해야 할 것입니다. 따라서 지금 만약 성인의 가르침을 끊어 버린다면 이는 금수가 되지 않도록 하는 일과 반대되는 것으로서 날로 금수의 지경으로 전락하고 말 것입니다.[42]

맹자의 말을 빌러 그는 성인이란 정덕(正德), 이용(利用), 후생(厚生)을 백성들에게 베푸는 인물로 정의한다. 이 세 가지 틀로 짠 문화

---

41 『豁谷先生集』,「雜著」,〈設孟莊論辯〉
42 『豁谷先生集』,「雜著」,〈設孟莊論辯〉

와 문명으로 인해 인간이 다른 동물과 구별된다는 것이다. 맹자의 이러한 주장에 대해, 장자는 도(道)라고 하는 것도 역시 자연(自然) 그것일 따름이라고 반박한다. 즉 하늘도 자연의 원리에 입각하지 않고서는 하늘이 되지 못하고 땅도 자연의 원리에 입각하지 않고서는 땅이 되지 못하며, 사람도 자연의 이치를 따르지 않고서는 사람이 될 수가 없고 만물도 자연의 이치를 따르지 않고서는 만물이 될 수가 없다고 주장한다. 장자는 인위적인 인의예지를 만든 유학의 성자들이 세상의 혼란을 더욱 부채질하고, 허위의식을 더욱 조장하였다고 본다. 즉 성인이 나와 예악을 일으키자 거짓 행동이 갈수록 나타나고, 법도(法度)로 제지하자 간사한 행위가 날로 불어나며, 형벌로 엄금하자 사악한 풍조가 더더욱 기승을 부리게 되고, 먹고 사는 것이 풍족해지면서 끝없이 욕심을 부리고 교묘한 꾀가 나오면서 온갖 사기술이 더욱 등장하게 되며, 문명의 이기가 출현하면서 걱정거리가 줄을 잇게 되니, 이 모두는 바른 정치를 해치고 백성을 병들게 하는 것들인데 이것들은 바로 유학의 성인들에 의해 발생한 것이라는 주장이다.

앞의 논변을 통해 볼 때, 장유는 유학적 세계관이 지닌 한계와 모순을 직시하고 있었다. 그는 유학적 이상이 구체적 삶 속에서는 왜곡되고 비틀어지는 현상을 목도하였다. 이 세상에서 "향초는 왜 병들고 잡풀은 왜 잘 크며, 봉황은 왜 떠나고 올빼미만 기승부리는지"[43] 그 이유를 알고자 하였다. "뜻있는 선비가 시대에 가슴이 아파 근심하고 슬퍼하며 하늘 향해 묻는데 하늘은 어찌하여 들어주지 않는가"라며 천도의 무상함을 한탄한다.[44] 그는 비루한 자들이 조정에 천거되고, 현인들은 궁핍해져 초야에 숨는 현실을 보고, 천도를 구한들

---

43 『谿谷先生集』 제1권, 〈續天問〉
44 『谿谷先生集』 제1권, 〈續天問〉, "志士傷時 憂心惛惛 有問乎天 天胡無聞"

어떻게 얻을 수 있을 것인가 절망한다.[45]

| | |
|---|---|
| 기필코 나를 미뤄 타인에 미침이여 | 期推己以周物兮 |
| 시종일관 성인의 공업(功業) 온전히 하리로다 | 全聖功之終始 |
| 그런데 험한 세상 편벽됨이여 | 世幽險以側僻兮 |
| 악인은 잘 살고 선인은 죽는도다 | 紛否榮而臧戮 |
| 이상한 옷 입은 자만 뜻 얻음이여 | 服奇衺而志得兮 |
| 법도 지켜 사는 자는 위축되도다 | 循矩度而身蹙 |
| 비루한 자 조정에 천거됨이여 | 薦闒茸於廊廟兮 |
| 현인들 궁해져 초야에 숨는도다 | 賢哲窮而野伏 |
| 올빼미 들보에 둥지 틀고 기승을 부림이여 | 鴞巢梁而恣睢兮 |
| 봉황은 새장에 갇혀 핍박을 받는도다 | 鳳在笯而畏逼 |
| 사람들 수준이 이렇게도 저질이니 | 民好惡其孔舛兮 |
| 천도를 구한들 어떻게 얻으리오 | 求天道而焉得 |

장유에서는 기존의 유학적 질서관이 조금씩 부서지고 있는 모습이 명확하게 드러난다. 그는 한(漢) 나라 시절, 노자를 공부하며 복서(卜筮)로 생활하던 엄준(嚴遵), 위(魏) 나라의 은사이며 역시 노장 자류인 손등(孫登), 당(唐) 나라 시기 의술과 백가에 능통하였던 손사막(孫思邈), 당(唐)나라 때의 선인(仙人)인 장지화(張志和) 등 방외의 인물에 대해 매우 높은 평가를 내리고 있다. "이 사람들로 말하면 세상에 염증을 느끼고 외물에 초연했던 만큼 성인의 척도를 가지고 논할 수는 없다 하더라도, 홍진(紅塵)을 멀리 벗어나 숨어 살면서 세속의 오염을 받지 않았을 뿐더러 미묘하고 현묘하고 달통한 식견을 소유하였으니, 하나만 아는 유자나 향곡의 선비가 엿볼 수 있는 인물

---

45 『谿谷先生集』 제1권, 〈次韻幽通賦〉

들이 아니라 할 것이다."라고 하여 유학적 성인의 모형만으로는 이 세상을 제대로 읽을 수 없다는 사실을 말한다.[46] 그는 조선 시대 방외 인물인 북창(北窓) 정렴(鄭磏)과 그의 동생이자 역시 방외의 길을 걸었던 고옥(古玉) 정작(鄭碏)에 대해 높은 평가를 내린다. 그는 더 나아가 부처에게서도 법신의 현전을 느낀다.[47] 그는 도가와 불가를 지엽은 달라도 근본은 똑같은 것으로 본다.[48]

| | |
|---|---|
| 저 자리 앉은 이 | 彼當座者 |
| 부처라 할지 악마라 할지 | 是佛是魔 |
| 둘러싸고 있는 저들 | 彼圍遶者 |
| 하나라 할지 다라 할지 | 是一是多 |
| 악마든 부처든 본래가 공하거니 | 魔佛本空 |
| 하나든 다이든 무슨 상관 있으리요 | 一多何知 |
| 비로자나 | 毗盧遮那 |
| 그 진신이 여기에 있는 것을 | 眞身在玆 |

그는 어떻게 서로 다른 세 사상을 마찰 없이 넘나들며 삼교 회통적인 자세를 취할 수 있었을까? 주자학적 마음공부만으로는 그 한계가 명확했다. 그리하여 그는 새로운 가능성을 노장과 불교 등에서 찾고자 하였다. 그가 마지막으로 도달하고자 하는 세계는, 마음을 비우고 욕망을 잠재운 담담한 자연의 경지, 마치 '바보'와 같은 '승사(勝私)'의 상태에 있었다. 그는 이러한 삼교회통의 이상을 현실 속에서 이룬 인물로 공업(功業)을 이루고 난 뒤에 스스로 물러나 세상 밖에

---

46 『谿谷先生集』 제6권, 序, 〈北窓古玉兩先生詩集序〉
47 『谿谷先生集』 제2권, 〈三畫贊〉
48 『谿谷先生集』 제26권, 七言古詩, 〈夜坐放言〉, "二家末分本則幷"

서 초연(超然)하게 노닌 역사 속 호걸들을 든다.[49] 그는 국가의 융성도 각 개인이 욕망에 휘둘리지 않고 질박한 상태에 도달할 때 가능한 것으로 보았다. 그 실현태를 은나라로 보았다. 은나라는 질박함을 숭상[尙質]한 백성들의 나라였기 때문이다.[50]

### 나) 서계 박세당 ; 고학과 노장학 속의 성인

서계(西溪) 박세당(朴世堂, 1629-1703)이 생장한 시기도 대내외적으로 격동의 시기였다. 그의 유년 시절은 정묘호란(1625)과 병자호란(1636)이라는 엄청난 국가적 위기의 사이에 놓여 있었다. 전쟁이 끝난 이후에 조선은 명과 청의 양 왕조 사이에서 국가적 정체성을 두고 이념적 혼란을 경험하고 있었다. 이어진 효종대(1649-1659)에는 우암 송시열을 중심으로 하는 노론세력들이 이른바 '북벌(北伐)'이라는 명분론으로 지식인 사회를 압도하고 있었다. 이 시기의 사상사는 예학이 학문의 중심을 이루고 있었다. 주자학적 성리철학을 현실 사회의 구체적인 삶에 접목시키고자 한 예학은 차츰 행위의 조밀한 준칙으로 등장하였고, 교육도 예학과 결합하여 '예교(禮敎)'라는 형태로 작동하기 시작하였다. 예학은 차츰 정치권력을 움직이는 담론으로 작동하기 시작하고 급기야 17세기 후반에는 정치지형을 뒤흔드는 두 차례의 예송논쟁으로 발전하였다.

서계는 예학에는 별다른 관심이 없었던 것으로 보인다. 당시 성리학자들이 예를 '인사(人事)의 의칙(儀則)', 혹은 '천리(天理)의 절문(節

---

**49**『谿谷漫筆』제1권, 漫筆,〈功成身退之豪傑〉

**50**『谿谷先生漫筆』卷1, 漫筆,〈三代興亡〉, "余嘗謂三代殷最盛。以其尙質也。質則事簡。事簡則費寡而民不困。國之所以久強而不衰者。其以此乎" 그는 이러한 질박한 삶의 모습을 농가의 호미씻이[洗鋤] 행사에서 발견한다.(『谿谷先生集』제26권, 七言古詩,〈洗鋤〉)

文)'이라고 하여 불변적이고 절대적인 규범이라고 생각하였던 반면에, 그는 예란 가변적이고 상대적인 것이라고 이해하였다.[51] 당시의 예송 논쟁도 각 당파가 각기 상대적인 정당성을 지닌 채 무익한 논변만을 일방적으로 전개하고 있는 것으로 보았다. 지식의 분절적 해석보다는, 당대의 지식체계 그 자체를 근본적으로 성찰하고 개혁하기를 갈망하였다. 그 구체적 작업이 곧 육경에 대한 새로운 해석이다. 육경이 포함하고 있는 뜻과 생각의 풍부함은 다양한 철학적 해석을 가능하게 하는 무궁무진한 고전의 바다라는 사실을 강조하고 있다. 그러나 진한(秦漢) 이래 유학자들의 경전 해석은 파편화되거나 이단적인 해석으로 치우치거나 혹은 기존의 해석을 무비판적으로 추종하는 등, 후대를 위한 진정한 경학이 되지 못하고 있음을 비판한다.[52] 우회적으로 당시의 성리학적 해석에 대한 불만을 드러낸다. 그는 새로운 경학 해석을 위한 텍스트 분석에 노장철학까지도 함께 포괄하여 논의의 장에 올려놓고자 하였다.

이러한 시도는 지성사의 흐름에서뿐만 아니라, 교육사의 맥락에서도 매우 중요한 의미를 지니고 있다. 단일한 해석만이 허락되는 정전(正典)화 된 육경을 고학(古學) 본래의 생명력 있는 텍스트로 되살리고, 노장의 텍스트들도 고학의 정신 속에서 재해석하려고 한 것은 교육의 전체적인 범주를 한 단계 확장시킨 작업이다. 그는 노장 철학이 지닌 긍정적인 요소에 대해 새롭게 이해할 필요가 있음을 명확히 하였다. 유학과 노장학이 함께 할 공분모가 있다고 보았다. 성인의 대법을 밝혀 줄 만한 내용들이 노장철학에 함유되어 있다고 보았다.[53]

---

51 윤사순, 「서계 유학의 일반적 특성」, 『서계 박세당 연구』, 집문당, 2006, 26쪽.
52 『思辨錄』 序.
53 『西溪集』 卷之七, 書 七首, 〈答尹子仁書〉, "蓋謂古人之著書也。莫不勤渠用力。欲後人明其意。如老莊之說。雖舛聖人大法。又不至都無可採。乃爲說者所亂。使其意不明。旣不得其所以舛於聖法者。又倂與其可採而泯之。在二子則醇疵俱掩。在後人則

136

그는 특히 장자에 대하여 상당한 호의를 표명하였다. 성(性)을 안
것으로 말하면 역시 장자만한 이가 없을 정도라고 평가한다. 장자의
공부론을 중용의 솔성과 맹자의 성선의 뜻에 깊이 부합한 것으로 감
히 순자와 양웅이 미칠 바가 아니라고 높이 평가한다. 또한 "노자는
패술(覇術)의 으뜸이고 장자는 왕도의 나머지"이며, "노자는 사(私)
이고 장자는 공(公)"54이라고 하면서, 인간 본성에 대한 장자의 통찰
을 눈여겨보았다. 노자에 대한 유학적 해석에도 적극적이었다. "노자
의 이른바 무(無)란 공허하다는 뜻이 아니라 겸허하다는 뜻이며, 이
른바 '무위'란 일을 일삼지 않는다는 뜻이 아니라 조급하고 어지럽게
함부로 작위하지 말라는 뜻이다."라고 하여 노자와 유학의 본지가
함께 할 수 있음을 주장한다.55

그의 이런 태도는 기존의 교조적인 성인(聖人)론과 상당한 차이를
드러낸다. 당시의 교육론에서는 성인으로 향하는 노정이 매우 경직
되고 제한되어 있었다. 공부의 바른 길이 도통론에 근거해 이미 획
정되어 있었다. 도통론에 근거해 원시유학은 주자학을 근간으로 한
송명이학으로 계승되고 그것이 퇴계와 율곡을 두 정점으로 하는 조
선 성리학의 계보로 전승되었다. 학문의 계보도에서 벗어나 있다는
것은 곧 이단의 길이다. 이런 도통론에 근거해 볼 때 노장학은 참다
운 성학(聖學)을 가장 심각하게 왜곡하는 주범이었다. 그러나 서계
는 이 제한을 풀어 버리고, 노장학도 새롭게 해석하면 성인의 길로
나아가는 한 방편이 될 수 있음을 지적한다. 『노자』『장자』에서 유
학의 근간인 '수기'와 '치인'에 해당하는 것을 두루 지적할 뿐만 아니
라, 도, 덕, 유명(有名), 무명(無名) 및 재물론(齊物論) 등을 자신이

---

去取皆迷。有足悼嘆。所以不揆淺陋。"

**54** 『西溪集』 제21권, 부록, 〈년보〉 "隨其成心而師之 誰獨且無師者"

**55** 『西溪集』 제21권, 부록, 〈년보〉

몸담았던 성리학의 식견으로 쉽게 풀이한다.[56]

이러한 개방적인 사유는 조선의 인물을 바라보는 시각에서도 나타난다. 그는 특히 김시습을 존모하였다. 그가 김시습을 서원에 배향하고자 할 때, 평생의 지우인 남구만조차도 김시습이 승복을 입은 방외인이요 "머리털을 자르고 몸에 문신한 일민(逸民)"[57]일 뿐이라고 강렬히 반대하였다. 그러나 그는, "청한자(淸寒子)야말로 이른바 백이의 마음을 가지고 우중의 행동을 한 분이 아니겠는가."라고 하면서 김시습의 행적을 적극 옹호하고 있다.[58] 그의 이러한 인물평은 종래의 폐쇄적인 도통론적 사유 속에서는 쉽게 볼 수 없는 파격이었다.

그의 사유의 변화폭은 생각보다 훨씬 넓다. 특히 서계의 사유 속에서 천(天)에 대한 재해석의 의지가 읽혀진다는 점이다. 그는 당시의 성리학적인 이법천(理法天)관에 대해 회의하는 기미가 있다. 정주성리학의 핵심 개념인 '천'에 대한 이(理)의 의미 첨가를 부정하고, 정주에 의하여 퇴색된 상재천(上宰天)을 복권시키는 기회를 제공한다.[59] 그는 이와 함께 주자의 공부론인 격물설(格物說)과 함양공부의 근간인 미발설(未發說)에 대하여 그 맹점을 지적하고 새로운 해석을 시도한다. 그는 나날이 마주하는 사물을 개별적으로 정확하게 이해하고 또한 실천해 가는 분수지(分殊知)의 과정이 중요하지, 이것을 통관하는 원리를 탐색하는 것은 격물(格物)의 대상이 아니라고 보았다. 즉 그는 공부의 방법인 격물치지란, "일사일물(一事一物)을 가리켜서 하는 말이지, 결코 만물의 이(理)를 궁구하고자 일심(一心)의 지(知)를 다하는 것이 아닐 것이다."[60]라고 말한다.

56 윤사순, 앞의 논문, 31쪽
57 『藥川集』제30권, 書
58 『서계집』제8권, 雜著, 〈梅月堂影堂(勸緣文)〉
59 상동.
60 『思辨錄』, 大學, 傳六章, "似指一物一事而言 恐非謂窮萬物之理而盡一心之知者也"

서계는, 이 세계를 이해하고 앎을 획득해 가는 과정에서 격물치지에 대한 해석을 놓고 주자학과는 이미 구별되는 길을 가고 있다. 그는 주자의 격물치지 보망장에 대하여 의문을 제기한다. 격치장에 대해, "전문이 결락되었기 때문에 격치의 설에 대해 고증을 할 수 없다."[61]고 근본적인 문제를 제기하고 있다. 이 말은 사실상 주자의 격치설을 신뢰할 수 없다는 것으로, 성리학적 인식론에 대한 근본적인 회의를 지니고 있음을 뜻한다. 그는 성의장(誠意章)을 중심으로 격물설을 읽을 것을 제안하고 있다.[62]

그에 따르면, 성의(誠意)의 공부 내용도 '자기를 속이지 말라', '혼자서 있을 때를 삼가라'처럼 그 뜻이 일상의 비근한 것을 대상으로 논하고 있는데, 하물며 그 전 단계인 격물설이 공부의 가장 깊은 단계인 진성진물(盡性盡物)의 경지에 이르렀다고 한다면 이것은 논리적인 모순이라고 보았다. 즉 격물치지를 이루어 물격(物格)의 상태에 다다른 사람이 다시 비근한 차원의 마음공부를 하도록 구성된 것은 논리적 모순이라는 것이다. 격물을 통해 이미 공부의 가장 높은 단계에 다다른 사람이 다시 공부의 첫 출발지로 되돌아와 성의-정심-수신-제가-치국-평천하의 공부의 확장 과정에 참여한다는 것은 논리적 오류라는 설명이다.

이는 주자의 활연관통(豁然貫通)설의 비현실성을 비판한 것이다. 활연관통의 상태란 사실상 상달(上達) 공부의 마지막 귀결처이자 도의 세계에 다다른 상태인데, 〈대학〉은 어디까지나 초학자의 입문서임을 감안할 때, 물격설(物格說)에서 이 상태를 거론하는 것은 논리상 무리가 따른다는 것이다.[63] 서계의 이러한 비판은 활연관통의 경

---

61 『思辨錄』, 大學, 經一章, "今傳文缺落 其所以格致之說者 固已無所可考矣"

62 졸고, 「서계 박세당 공부론의 양명학적 연구」, 『서계 박세당 연구』, 집문당, 2006.

63 상동.

지가 보통의 사람들에게는 현실적으로 사실상 불가능하므로 그러한 것을 논하기보다는 명백하고 필요 불가결한 일상적 지식부터 더욱 확실히 구해야 한다는 것이다. 또한 주자학의 공부법에 따라 만물의 이(理)를 일일이 추적하는 방식으로 성인의 경지에 다다른다는 것은 애초에 논리적으로 허약하다고 지적하였다. 그는 사실상 격물(格物) 과 치지(致知)의 상태가 이원화될 수 없음을 주장한다.[64]

격물과 치지는 사실상 한 가지라고 하는 그의 주장은 경청할 필요 가 있다. 주자는 격물을 '사물의 이치를 궁구하기를 지극히 하여 그 극처(極處)에 나아가 이르지 않음이 없는 것'이라 하고, 지지(知至)는 '나의 마음의 아는 바가 다하지 않음이 없는 것'(吾心之所知無不盡) 이라고 하였다. 이때 비로소 사물은 그 전존재의 온전한 모습을 드 러내고 물격(物格)의 순간이 찾아온다. 그리고 지식의 정도가 이 경 지에 다다라야 비로소 의(意)'가 실(實)할 수 있다고 주장하였다.[65] 그러나 서계로 볼 때, 이러한 기존의 공부론으로는 현실에 대한 적극 적인 개입을 하는 것이 사실상 불가능하게 되었다. 개별적인 사물과 현상에 내재한 법칙성을 찾는 것에 매몰되어 학문은 추상적이고 개 념적인 유희로 전락하게 되었다. 이 시기에는 이미 이학(理學)의 말 폐가 드러나기 시작하였다. 17세기 이후 주자학의 공부론에 대한 회 의가 점차 깊어지면서 유자들은 상달에 관한 성리학적 해석에 강한 의구심을 지니게 되었다. 그 요체는 상달에 관한 성리학의 무실성(無 實性)에 있었다. 이성적으로는 이 세계의 근원적인 진실을 통투(通 透)한 것으로 보이나, 현실적인 실천성과 효용성은 전혀 없는 허학 (虛學)으로 전락한 것이다. 이 부분은 서계의 공부론의 성격을 이해

---

64 『思辨錄』, "蓋言欲使吾之知, 能至乎是事之所當而處之無不盡則, 其要唯在乎尋索 是物之則而得其正也, 不言欲致知先格物, 而曰致知在格物者, 格物, 所以致知, 其事 一故也"

65 〈大學章句大全〉, 經一章(朱子註)

하는 데 매우 중요한 분기점이 된다.

서계에게 있어서는, 일상생활 속에서의 앎들이 바로 치지(致知)의 상태로 인식되는 것이다. 이것은 격물(格物)과 물격(物格)을 사실상 동일한 층위에서 이해하는 것으로 성리학의 공부론을 근저에서부터 문제시하는 것이다. 이러한 그의 태도는 명백하게 지와 행의 간격을 허물고, 실천 지향적인 공부를 하고자 하는 욕구에서 비롯되었다. 그는 격물의 격(格)을 법칙(則), 올바름(正)의 의미로 읽을 것을 제안한다.[66] 격물은 '사물의 올바른 법칙성을 구하여 그 바름을 얻은 것'(求物之則而得其正)이며, 지지(知至)는 '나의 지식이 사(事)의 의심할 바 없이 당연한 점에까지 이른 것'(吾之知至乎事之所當而可以無所疑)이라 규정한다.[67] 그에 따르면 주자와 같이 외부의 객관대상으로서의 물(物)과 행위와 운동의 개념인 사(事)를 동일한 원리로 설명해서는 안 된다. 또한 격(格)을 지(至)로, 즉 인식 주체의 이(理)가 객체로서의 물에 내재한 이(理)와 조응하는 것으로 해석해서도 안 된다고 주장한다. 서계가 외물의 존재를 인정하고, 그 사물의 법칙성(物則)을 찾는다는 점에서는 주자와 크게 다르지 않다. 그러나 그는 결코 사물의 근저에 놓여 있는 이(理)를 찾고 있지는 않다는 점에서 양자의 사이를 구별할 필요가 있다. 서계의 격물에서는 각각의 개체성이 결코 보편성 속에 매몰되지 않는다. 서계는 격물공부를 통해 외물에 대한 명확하고 확실한 지식을 찾고자 할 뿐, 각각의 사물들이 공유한 내적원리까지를 문제시할 필요성은 느끼지 않은 것으로 보인다.

서계는 과연 어떠한 구도에서 주자 공부론의 근간을 이루는 격물설을 폐기하고자 하였는가? 아마 그는, 격물설에 근거한 궁리 공부

---

66 격물의 격을 정(正)으로 해석하는 방식은 외견상으로는 양명의 발상과 유사하다. 이에 관한 자세한 논의는 졸고, 「서계 박세당 공부론의 양명학적 연구」, 『서계 박세당 연구』, 집문당, 2006.

67 〈中庸思辨錄〉, 經一章註.

로서는 앎의 궁극적인 상태인 활연관통의 경지에 다다른다는 것이 논리적으로 불가능하다고 파악하고, 새로운 공부법의 대안을 모색한 것으로 보인다. 내 마음에 내재한 이(理)가 아니라, 마음의 밝은 빛(心之所明), 즉 영명성을 회복하여 사물의 본질을 파악하겠다는 의지를 가진 것으로 보인다. 선험적인 이(理)를 폐기하고, 격물의 주자학적 해석을 부정하며, 활연관통설의 허구성을 지적하며 상달처에서 획득되는 이(理)의 무실성을 극복하는 태도는 다산이 지향하는 공부론의 세계와 너무나 가까운 거리에 있다.

### 다) 미호 김원행 ; 성인가학론(聖人可學論)의 재해석

미호(渼湖) 김원행(1702-1772)은 우암 송시열, 농암 김창협, 도암 이재(李縡)의 학맥을 계승하는 낙론의 종지를 잇는 인물이다. 잘 알려진 바와 같이 인물성동이론(人物性同異論)을 둘러싸고 벌어진 호락(湖洛)논쟁은 수암 권상하와 남당 한원진을 잇는 호론계열과 농암 김창협과 도암 이재, 그리고 미호 김원행으로 연결되는 낙론 계열과의 사상적인 투쟁과정이었다.

특히 김원행은 개인적으로는 노론계의 정신적인 지주 역할을 담당하였던 청음 김상헌의 현손이며 농암 김창협의 양손이라는 가문적 배경을 통하여 낙론을 넘어선 노론계의 가장 중요한 인물이었다. 그는 스스로 우암 송시열의 도맥을 이은 인물임을 자임하였다. "학자가 공맹의 도리를 배우고자 한다면 주자를 배우지 않고 어찌 되겠는가? 주자의 도리를 배우고자 한다면 우암을 배우지 않고 어찌 되겠는가?"[68]라고 할 정도로 우암의 존주대의론을 중시하였다. 따라서 그

---

68 『渼湖先生言行錄』 권1, "凡學者欲學孔孟之道 則不學朱子而何 欲學朱子之道 則不學尤翁而何"

의 교육관은 우암의 철학을 크게 벗어나지 않는다. 다만 그가 화양동서원의 원장을 맡고, 병계(屛溪) 윤봉구(尹鳳九)가 쓴 우암의 묘정비를 끝내 건립하지 않을 정도로 호론에 대해서는 적극적인 반감을 드러내었다.

김원행의 수양론은 기본적으로 성즉리(性卽理)라는 성리학의 핵심명제에 근거해 있다. 즉 우리의 마음속에는 근원적인 도덕근거로서의 천명이 이(理)의 형식으로 본유되어 있다는 것이다. 그러나 본질적으로 아무런 형태나 운동성이 없는 무형무위(無形無爲)한 이(理)는 현상적 세계에서는 유형유위한 기와 함께 존재할 수밖에 없는 것이다. 이러한 인식은 이(理)와 기의 관계가 서로 섞이지도 않는 '불상잡(不相雜)'의 관계이지만, 동시에 서로 분리하여 존재할 수도 없는 '불상리(不相離)'라는 성리철학의 핵심명제에 근거한 것이다. 이런 맥락에서 도덕적 근거로서의 성도 '본연지성(本然之性)'과 '기질지성(氣質之性)'으로 나누어 파악할 것을 주장한다. 그는 이를 바탕으로 인성과 물성의 동이에 관한 낙론의 견해를 개진한다. 본연지성에 근거한다면 사람과 물은 모두 도덕적 품성을 공유하였으나, 기질지성의 차원에서는 인성과 물성이 차등을 보일 수 없다는 점에는 동의를 한다. 그러나 비록 막히고 어두운 상태의 기라고 하더라도 그 바탕에는 맑고 깨끗한 성이 온존하게 자리하고 있음을 주목하라고 당부한다.[69] 그런 측면에서 호론은 인성과 물성이 지닌 기질의 다른 점만을 주목하여 본연의 같음을 놓치고 있다고 비판한다.

그에 따르면 성 뿐만 아니라 심도 본연과 기질로 나누어 이해할 수 있다. 그가 이렇게 성과 심의 본연에 주목하는 것은 현상세계에 자재하는 도덕 실천의 근거로서 성뿐만 아니라 그 주체인 심도 원리적으로 선하다는 것을 제시함으로써 사람은 누구나 도덕 실천의 가

---

69 박학래, 「미호 김원행의 성리설 연구」, 『민족문화연구』 71호, 2016, 409-438쪽.

능성을 갖추고 있음을 드러내고자 한 것이다. 이런 맥락에서 미발심체를 일반적인 기로 파악하여 선악이 있다고 주장하는 호론의 견해를 반박한다.[70] 모든 사람은 교육을 통해 성인의 길로 갈 수 있다는 평소 그의 신념에 근거한 것이다.[71]

이러한 생각은, 인간이 동물과 구별되는 점은 인간 스스로가 그의 도덕적 의지를 끊임없이 실현해 가는 '과정' 그 자체에 있다고 하는 낙론의 생각을 대변한 것이다. 그는 기의 편차에 따라 달라지는 현상계의 다양성을 이렇게 설명한다.

기에는 偏正通塞의 구분이 있다. 사람은 그 正하고 通한 기운을 품부 받았으므로 그 마음은 능히 虛靈洞徹하고 가히 모든 이치를 구비하여 만사에 응할 수 있다. …(중략)… 衆人들은 성인에 비하여 그 기의 淸濁粹駁이 비록 懸絶하게 차이가 나지만 모두 기의 精英한 것에서 취한 것이다. 그러므로 스스로 靈明活化하고 神妙不測하니 탁한 사람은 가히 맑게 할 수 있고, 잡박한 사람도 가히 순수한 사람으로 만들 수 있으니 그 다다르는 바는 한가지이다. 이른바 사람들은 모두 다 요순이 될 수 있다는 것은 유독 본성만이 그러한 것이 아니라, 여기에 실려 발용되는 모든 것들은 또한 여기에 기대지 않을 수 없다.[72]

이러한 주장은 교육에 대한 매우 중요한 시사점을 함의하고 있다. 그는 성인의 길로 인도할 수 없는 공부는 진실된 공부가 아니라고 보았다.[73] 인간의 본성은 원래 동일한 것이나, 기품의 차이가 편전(偏全)의 차이로 나타난다고 보았다. 즉 기의 편전 자체가 본연지성

---

70 박학래, 상게논문, 433쪽.
71 『渼湖集』권12, 「答趙綱溫」, "以聖人爲必可學"
72 『渼湖集』권8.
73 『渼湖集』권14, 「雜記」, "學不至於聖人 非學也"

144

을 규정하지는 않는다는 것이다. 이는 각 기질지성의 한계를 극복하려는 각 개인의 노력과 교육을 중시하는 것으로, 객관적인 규범이나 법의 집행을 강조하는 호론과는 구별되는 모습을 보여 주는 것이다.

김원행의 성인관은 석실서원의 제자인 이재 황윤석(黃胤錫)에게도 흘러 내렸다. 황윤석은 낙학의 경학 해석을 승계하고 있다. 이른바 '성범동일론'이다. 황윤석은 성인이나 범인의 차이는 물욕의 엄폐 여하에 있으나, 그들에게 지닌 명덕의 밝음은 같은 것으로 파악한다. 성인도 사람이라는 범주 안에서 보면 범인과 같은 것이고,[74] 또한 '범인의 기가 흐리고 질이 잡박한 것이라도 진실로 변화의 공부를 다한다면' 기가 청명(淸明)하고 질이 순수(純粹)하기 때문에 심도 청명하고 순수하게 되어[75] 모든 사람은 항상 성인이 될 수 있다는 것이다. 그렇다면 그 기질 변화적 가능성에서 보면, 분명 성인이나 범인은 모두 동일성을 갖는다는 것이다.[76] 때문에 황윤석은 "성인이나 범인의 본심이 동일하지 않다면 어떻게 기질을 변화시킬 수 있겠는가"라고 하면서, 명덕은 사람의 본심이니 성인이나 범인의 본심이 각각 다르지 않다고 보았다.[77] 이는 사실상 율곡의 견해를 그대로 조술한 것으로 이념상 거의 멀어지지 않았다.

이러한 낙론은 이미 그 자체 내에 담헌 홍대용이나 연암 박지원 등에서 나타나는 개체성과 개아성의 중시 경향을 함유하고 있다고 할 수 있다. 성인이란 인류의 지극한 상태를 의미하므로, 따라서 성

---

**74**『孟子』卷8,「離婁(下)」〈제32장〉627쪽. 儲子曰: "王, 使人瞷夫子, 果有以異於人乎?" 孟子曰: "何以異於人哉? 堯舜, 與人同耳."

**75**『頤齋亂藁』(第1冊) 卷4,「起甲申三月 止乙酉三月 · (七月)二十六日丙子」〈別雙雙樓〉311쪽. 氣淸明, 故心亦淸明; 質純粹, 故心亦純粹耳.

**76**『孟子』卷12,「告子(下)」〈제2장〉688쪽. 曹交問曰: "人皆可以爲堯舜, 有諸?" 孟子曰: "然."

**77** 이형성,「이재 황윤석의 낙학 계승적 성리설 일고」,『이재 황윤석 학문과 박학의 세계』, 신성출판사, 2013, 39-64쪽.

인이 되기 위해서는 본성론이나 우주론과 같은 이론적 공부만을 중요하게 생각하고, 인륜이라는 도덕적 실천을 무시해서 이를 소홀히 해서는 안 된다는 점을 강조하였다.[78]

김원행의 교육에 대한 관심은 그가 원장으로 재임하였던 석실서원의 운영에서 드러난다.[79] 석실서원에서 처음으로 강회를 개최한 사람은 김창협이다. 그는 숙종대의 환국으로 인해 관직을 버리고 은거하다가 갑술환국을 즈음하여 강학활동을 본격화하였다. 이때 그의 동생인 김창흡도 강회에 자주 참여하였다. 석실서원의 강회는 이들의 학풍이 서울 학계로 확산되는 데 중심적 역할을 하였다. 이 강회는 근기 문인들을 낙론으로 이끌고, 진경문화를 이루는 기틀로 작용하였다. 이후 김원행은 서원의 강회를 재개하고 강규(講規)와 학규(學規)를 작성하면서 본격적으로 후학들을 양성하였다. 이재난고에 의하면 강회는 매달 16일 개최되었다. 강회는 강서(講書)의 배정, 임강(臨講) 및 배강(背講), 의심나는 절목에 대한 문의(疑目上達) 및 토론, 백록동규와 학교 모범 낭독, 파강(罷講)이라는 규칙에 근거하였고, 매 강회 후 강회록을 만들어 원장에게 보냈다. 강회에 참여한 문인들은 서울, 경기는 물론 영남과 호남 등 전국에 걸쳐 광범위하게 분포하여 서원의 위세를 보여 주었다.[80]

석실서원의 운영에 대해 가장 사실적으로 알려 주는 인물은 이재

---

**78** 『渼湖集』 권14, 「雜記」, "學聖人而不求之人倫 唯性命之疊疊 可謂智乎 性命其果外於人倫乎 人倫其果小 而性命其果大乎"

**79** 석실서원에 관한 기존연구는 오항녕, 「석실서원의 미호 김원행과 그의 사상」(『북한강유역의 유학사상』, 1998); 조준호, 「조선후기 석실서원의 위상과 학풍」(『조선시대사학보』 11, 1999); 이경구, 「김원행의 실심 강조와 석실서원에서의 교육활동」(『진단학보』 88, 1999) 석실서원에 관한 기존연구는 대부분 조선 후기 노소간 정치적 대립이나 사화와 관련한 정치사적 관심, 혹은 호락논쟁이나 북학사상의 전개와 관련한 사상사적 관심에 그 초점이 놓여 있어 석실서원의 강학활동에 대해서는 상대적으로 소략하다

**80** 조준호, 상게논문.

(頤齋) 황윤석(黃胤錫, 1729-1791)이다. 그는 진사시에 입격한 후 김원행을 찾았다. 미호는 '입지(立志)'의 중요성을 강조하였다. 이것은 율곡의 적통을 계승한 노론의 영수로서의 입장을 대변한 것이다. 미호는 문장과 다른 학문에 뜻을 둔 사람은 결코 성현을 기약하는 사람들과 함께 할 수 없음을 강조하였다. 다음으로 소학 공부의 중요성을 극구 강조한다. 소학 중에서도 특히 경신편(敬身篇)을 강조한다. 하학과 인륜의 실천을 강조하고, 경 공부의 중요성을 중요시하던[81] 석실서원의 강학전통을 보여 주고 있다. 황윤석이 작성하였던 강록의 한 구절을 통해 평소 석실서원에서의 강회의 모습을 엿 볼 수 있다.

강물이 크게 불어서 세 모래톱을 다 덮어버렸으니 장관을 이루었다. 공부를 청해 배우기 시작하였다. 스승이 가로되 대학공부가 학문의 근기가 되니, 선현 독서의 순서는 의당 대학을 먼저 읽는 것이다. 대학장구와 혹문을 여쭈어 보았다. 미호가 가로되, "이 책의 대체를 그리는 것은 그렇게 어렵지 않다. 그러나 그 의리의 정밀한 곳을 궁구하는 것에서는 반드시 체험하는 것이 중요하다. 독서를 많이 하더라도 대강 심구적구(尋句摘句)하는 것에 일삼고 화려하게 꾸미고 사조(詞藻)하는 것을 일삼는데 이는 말이 안 된다. 또한 문비(文備)에 의지하여 자주 문답만을 우선시 하는 것은(亦有只要依文備 數最序問答者) 그보다 조금 나으나 역시 위기지학(爲己之學)이 아니다. 모름지기 일일이 체험하여 그것이 신심에 실익이 있는가를 구한 연후에 진실로 한 사람의 독서인이 되는 것이다. 이 책으로 말하면 반드시 다독을 할 것이 아니라 종용풍영(諷詠)하여 의사(意思)가 스스로 나타나게 한 이후에야 이를 선독(善讀)이라 할 수 있다. 이것은 모든 책에 해당된다. 책을 열기 전에

---

81 『渼湖集』 권8, 〈答金大來必泰〉, "操守之法 (中略) 又不出於一箇敬字"

이를 먼저 알아야 한다.[82]

이렇게 위기지학을 강조하였던 김원행은 당시의 치열한 과거시험이 학문을 공리(功利)로 흐르게 하는 가장 큰 해독이라고 보았다. 그는 과거의 해악이 이단의 폐해보다 더 크다고 단언한다. 과거학이 가장 최하층의 학문이고, 그 다음이 사장학(詞章學)이며, 그 다음이 경서에 대한 장구학(章句學)이라고 단언한다.[83] 그는 학문을 통해 성인이 될 수 있다는 율곡의 가르침을 묵수하면서 새로운 낙학의 흐름을 이어가고자 하였다.

---

82 『頤齋亂藁』, 〈石室書院 講綠〉, 8월 14일(辛卯).
83 『頤齋亂藁』 권4, "而儒者之事 顧不專在於區區章句之間 今有科擧之學 是最下第一層 又有詞章之學 是次上第二層 又有經書章句之學 是又次上第三層 其視下 二層 固有間矣"

# 3. 18세기 실학과 성인담론

실학시대에 관한 교육사 분야의 선행연구는 대체로 몇 가지 공통되는 전제들을 그 바탕에 두고 있다. 우선 실학은 성리학과 엄격하게 구분되는 사상체계를 가지고 있다는 가설을 공유하고 있다. 요컨대 실학은 모름지기 성리학적 사유를 완전히 이탈하여 탈(脫) 성리학 혹은 반(反) 성리학적 사유를 함유하고 있어야 하며, 그 내부에 '근대성'의 징후를 함장하고 있어야 한다는 암묵적 전제 위에 자리하고 있다. 이러한 가설들을 통해 학계는 실학의 개념을 명료화하고, 실학사상 내부에는 한국 사회의 자생적 근대화를 이끌어 갈 자본주의의 맹아가 자리 잡고 있음을 확인하려고 하였다. 그리고 그 주요 대상으로, 조선 후기 근기지역을 근거로 활동하였던 남인들, 예컨대 반계 유형원, 성호 이익, 순암 안정복, 다산 정약용 등과 18세기에 청조 문물의 왕성한 수용을 주장한 북학파들, 예로 연암 박지원, 담헌 홍대용, 초정 박제가 등에 논의를 집중하였다.

그러나 최근의 실학 연구는 기존의 담론이 지닌 몇 가지 문제점을 지적하고 새로운 접근방식을 강하게 요청하고 있다. 우선 성리학과 실학 사이를 갈라놓은 단순한 이분법적인 도식은 한 사상가의 실체적 진실과 상당한 거리가 있다는 반론이 제기되고 있다. 예로 근대

적 모형에 가장 가까운 다산의 경우에만 하더라도 그의 사상의 층위
는 매우 넓고 복잡하다. 과학사의 연구에서는 다산과 주자의 과학사
상에서 사실상 본질적인 차이를 발견할 수 없다고 주장한다.[1] 또 다
른 연구자는 다산이 서로 다른 두 세계를 지향하고 있다고 말해 준
다. 즉 다산은 그의『심경밀험』에서는 정주 성리학의 윤리적 계몽성
을 넘어서는 사상적 이탈을 감행하고, 또 다른 책인『소학지언』에서
는 일률적으로 반주자학 내지는 탈성리학적 테제로 규정할 수 없는
모습을 보여 주고 있다는 것이다.[2] 실학에 대한 논의는 어차피 한국
사회가 과연 어떤 방식으로 성리학적 체계를 극복·지양하고 근대
로 이행해 갔는가를 문제시할 수밖에 없다는 점에서 이러한 반론은
지나치기 어렵다. 실학 담론에 과도하게 집중된 밝은 조명은 상대적
으로 성리학의 세계를 온통 중세적 어둠의 세계로 인식하게 함을 지
적한 바 있거니와, 이 문제는 어차피 한국 사회에서 중세와 근대사회
에 대한 성격논쟁으로 귀결될 가능성이 높다.

　그런 의미에서 실학연구에서 '중세'와 '근대'의 이분법을 극복하자
는 제안은 주목할 필요가 있다.[3] 즉, 기존의 시대구분론에 대한 새로
운 해석으로, 조선후기를 '근세적 유교사회'라는 독자의 용어로 개념
화하여, 그 속에 서구적 의미의 '중세적 요소'와 '근대적 요소'가 혼재
되어 있음을 말하고자 하는 것이다. 이 개념의 외연과 내포가 확연
하지 않으므로 논의가 좀 더 진전될 필요성은 있다. 그러나 지금까
지의 실학에 관한 논의가 매우 협소하고 제한된 차원의 '근대성'의
개념에 매몰되고 있음은 사실이다. 실학자의 사유 속에서도 성리학
적 세계관이 공존하고 있음을 인정할 필요가 있다.

1 김영식,『정약용 사상속의 과학기술』, 서울대출판부, 2006.
2 정일균,『다산 사서경학 연구』, 일지사, 2000; 「다산 정약용의 '소학'론」,『다산학』
7호, 2005.
3 한영우, 「실학 연구의 어제와 오늘」,『다시, 실학이란 무엇인가』, 푸른역사, 2007.

실학자의 사유에서는 성리학적 세계에서 발견할 수 없었던 '변화'와 '운동'의 개념을 읽어 낼 수 있다. 또한 과도하게 심학화 되었던 앞 시대의 사상을 '치용(致用)'과 '사업'의 영역으로 관심을 환기시키는 중대한 진전도 보여준다. 그러나 가장 선진적인 실학파들의 일상 속에서도 전대의 삶의 방식이 아직 강고한 형태로 온존되어 있거나, 사실상 이기론적 패러다임에 결박되어 있는 모습이 보이는 것도 엄연한 사실이다. 실학자의 사유 속에서도 성리학적 세계관이 공존할 수 있고, 중첩될 수 있다는 사실을 인정하고 그 전제 위에서 새로운 시대구분론의 가능성을 발견하여야 할 것이다.

실학을 새롭게 규정하고자 하는 노력으로 종래와는 다른 새로운 범주설정을 시도하기도 한다. 육경고학(六經古學)이 실학의 선구라는 주장이다. 즉 한백겸, 이수광, 유몽인, 허균, 신흠 등 북인과 북인계 남인들이 들고 나온 육경고학이 실학의 선하라는 것이다. 육경고학으로 불린 신 학풍은 윤휴, 허목, 이익, 정약용 등을 통해 경기남인의 학풍으로 이어졌고, 정조도 남인의 육경고학을 높이 평가하고 왕권강화론을 주장하였으며, 급기야 17, 8세기 노론계로 흘러 진경문화를 일구어 내었다는 주장이다. 이러한 주장에는 일단 실학을 근기남인, 노론 등 당파적 흐름 속에서 갈래짓고자 하던 기존연구의 한계를 극복하려는 신선함이 담겨 있다.[4] 그러나 이들 모두의 사상적 기반이 성리학과는 구별되는 육경고학에 근거하고 있는가에 대해서는 많은 논란이 예상된다. 지금 육경고학의 흐름 속에 편입한 인물들은 대체로 정통적인 성리학자들과 비교하여 사공학적인 성향이 강하고, 삼교회통적인 요소도 강하며, 이른바 선기후도적인 사유체계를 가지고 있는 인물들이 많다. 그런 점에서 실학적 모티브가 강한 인물들

---

4 정호훈, 「17세기 실학의 형성과 정치사상」, 『다시, 실학이란 무엇인가』, 푸른역사, 2007.

이라고 할 수 있다. 그러나 이들이 성리학에 대한 대항의식을 근저로 한 새로운 학문적 테제를 확보하고 있었는가 하는 점은 숙제로 남는다. 그러면 이제 실학연구를 둘러싼 새로운 담론들이 교육사의 영역 속에서는 어떻게 관철되고 있는지를 살펴보자.

### 1) '교육'의 맥락에서 본 성리학과 실학의 관계

실학에 관한 기왕의 연구들은 18세기를 전후한 이 시기에 성리학을 해체 혹은 극복하고자 하는 다양한 지적 노력이 있었음을 알려주고 있다. 그러나 한 사상가를 세밀히 분석해 보면, 양 사상의 경계선이 매우 모호해지는 것을 볼 수 있다. 예로 17세기 중엽 이후 성리학의 한계를 절감하고 새로운 대안을 모색하고자 한 세 사람, 즉 미수 허목(1595-1682), 백호 윤휴(1617-1680), 서계 박세당(1629-1703) 등은 좀 더 깊은 이해를 요구한다. 이들은 원시유학과 육경 고학, 그리고 상제천 등에 대한 새로운 해석을 통해 종래 성리학의 좁은 해석틀을 벗어나고자 하였다는 평가를 받고 있다. 특히 서계는 정주학의 '천즉리(天卽理)' 사상을 부정하고, 성리학의 기본명제인 성즉리(性卽理)와 이일분수(理一分殊)의 논리를 거부한다는 점에서 반주자학자로 규정되고 있다. 서계의 학문은 다카하시 도오루 등이 주장한 것처럼 실학적인 성향이 없는 것이 아니라, 오히려 그의 탈정주학 성향은 정약용 등 뒤에 오는 실학자들에게 탈정주철학을 형성할 기틀을 제공하였다는 것이다.[5] 그러나 다른 일각에서는 서계의 재해석이 송대 성리학의 큰 틀에서 벗어나지 않았다는 주장도 제기된다.

백호나 서계 양인에게서는 공통적으로 탈주자학적인 요소가 흠씬 묻어난다. 그들은 주자의 격물설을 거부하고 새로운 대안을 제시한

---

5 윤사순, 「서계 유학의 철학적 특성」, 『서계 박세당 연구』, 집문당, 2006.

다. 주자학에서 제시한 앎의 방법에 대하여 의문을 제기하였다는 것은 공부의 방식을 달리 하겠다는 의지의 표현이다. 백호도 '격(格)'을 지(至)로 해석하는 주자의 궁리법을 거부하고, '격'을 '감통(感通)'으로 이해하고자 한다. 격(格)에서 인식 주관과 객관 대상의 조화를 통하여 이원화를 극복하고자 하는 의도가 실려 있다.6 주자의 인식론으로부터 중대한 사상적 전회가 나타난 것이다. 이러한 사정은 격물설 해석에 대한 서계의 생각에서도 나타난다. 그는 '격'을 '정(正)'으로 해석하고, 백호와 같이 격물에서의 성의(誠意)를 강조한다. 격물과 앎의 궁극적 단계인 물격(物格)을 이원적으로 구분하는 것을 거부한다. 나날이 마주하는 사물을 개별적으로 궁구하고 알아 가는 분수(分殊)의 과정이 중요하지, 이것을 통관하는 원리를 탐색하는 것은 격물의 대상이 아니라고 보았다.7 즉 격물치지란, "일사일물을 가리켜서 하는 말이지, 결코 만물의 이를 궁구하고자 일심의 지를 다하는 것이 아닐 것이다."8라고 말한다.

서계의 이러한 주장은 격물치지가 현상계에 대한 경험적 차원에 머물러야지, 만수지리(萬殊之理)나 태극의 통체(統體)를 문제시하는 형이상학적 차원으로 전개되어서는 안 된다는 언명으로 보인다. 특히 그가 하학(下學)을 강조하면서, 격물과 치지를 동일한 차원으로 이해한 것은 주목할 만하다. 이 세계를 하나의 이기론적 패러다임 속에서 설명하고자 하는 주자학적 시도는 현실의 개체성을 소홀히 할 위험성이 있음을 경고한 것이다. 그가 설정하는 물이 객관적으로 외재하는 것은 사실이나, 심의 영명성과 활동성이 매우 강조된다는 점을 주목할 필요가 있다. 이 문제는 내 마음의 본체에서 이(理)를

---

6 장승희, 「백호 윤휴 철학의 인간학적 이해」, 『동양철학연구』 48집, 2006, 93쪽.
7 졸고, 「서계 박세당 공부론의 양명학적 성격」, 『서계 박세당 연구』, 집문당, 2006.
8 『思辨錄』, 大學, 傳六章, "似指一物一事而言 恐非謂窮萬物之理而盡一心之知者也"

추구하는 것을 지행합일의 근본적인 내용으로 삼는 양명학과 상당한 근친성을 지니고 있다.9 그러나 아직 심즉리라고 하는 양명의 근본적 테제가 들어 있지 않다. 즉 그에게는 양명학의 특징인 무대(無對)의 본체를 돈오하는 본체상의 공부가 사실상 결여되어 있다.

한편 서계는 미발설을 근본적으로 부인하면서 자연스럽게 미발에서의 함양공부도 부인한다. 함양공부도 이발의 과정으로 이해한다. 천리란 내 마음속에 환히 밝게 드러나 있어, 이를 따르는 순천리(循天理)가 필요한 것이지, 그 이법을 보존하는 존천리(存天理)는 필요하지 않다는 주장이다. 서계는 미발시 함양설을 비판하면서 종래의 경론(敬論)에 대해서는 비판한다. 즉 경(敬)을 주일무적으로 정의하여 주정적인 성격으로 변질시키는 것에 반대하고, '일'(事)과 관련되어서만 경이 성립될 수 있다고 주장한다. 이것은 '경'을 공부론의 핵심적인 고리로 파악하고 동정을 관통하는 수행법으로 중시하던 성리학의 논의를 무력화하는 것이다. 또한 이것은 미발시 심체의 본체를 부정하고, 경을 구체적 일(事) 속에서 실현되는 수도의 일종으로 파악하고 있는 것으로, 중용의 실천적 가치를 중시하던 태도와 비견된다. 서계의 공부론은 주자학의 공부론이 지니고 있는 관념성을 극복해 가는 과정에서 양명의 공부론을 선택적으로 수용한 것으로 이해할 수 있다.10

그러나 서계의 이러한 재해석에 대해서도 그 범위가 결코 송대 성리학의 큰 틀을 벗어나지 않았다는 주장도 제기된다. 즉 그 역시 정호·정이와 주희의 주석을 비판하면서도 송대 주자학의 큰 구도 속에서 자기의 주장을 펴고 있다는 것이다. 왜냐하면 중국 유학사의 전개과정에서 송대에 이르러 천리를 새롭게 발견하고 해석을 시도한

---

9 졸고, 상동.
10 졸고, 상동.

것이야 말로 성리학의 큰 특징인데 서계는 이 천리를 결코 부인하고 있지 않다는 것이다. 요컨대 서계의 천리에 대한 해석이나 '성즉리'에 대한 비판적인 해석은 장자에 근거한 것이되 결코 주자학적인 성리개념에서 벗어난 것이 아니라는 주장이다. 따라서 서계는 조선 성리학의 새로운 발전 가능성을 모색하고자 하였던 진보적이고 독보적인 성리학자의 한 사람이라는 평가가 제기되기도 한다.[11]

이렇게 서계 한 사람에 대해서도, 그가 과연 성리학자인가 반성리학자 인가에 관해서는 통일된 담론을 확보하기 어려울 정도로 그 사상이 매우 중층적으로 구성되어 있다. 오히려 이 시기 인물들을 미세하게 분석하면 할수록 그 구분이 더욱 모호해지는 경험을 종종 갖게 된다. 특히 연구자가 어떤 시각으로 인물의 어떤 주제를 분석대상으로 삼느냐에 따라 그 해석의 편차는 크게 확대될 수 있다. 성리학과 실학이 완전히 다른 학문의 줄기에서 발원된 것이 아니라, 기실 유학이라는 하나의 뿌리에서 생장한 사유체계이기 때문이다. 특히 '실학'이라는 용어 자체가 이미 식민사학의 극복이라는 상황에서 도출된 '요청적' 성격이 짙은 개념인 것이다. 이제 이러한 사실을 염두에 두면서 성리학과 실학의 '사상적 동거'가 가능한지를 순암 안정복 (1712-1791)의 경우를 통해 살펴볼 필요가 있다. 안정복에게서는 실학적 사유와 성리학적 세계관과의 중첩 혹은 공존현상이 매우 자연스럽게 나타난다. 다른 장에서 순암의 사유를 다시 상론하겠지만, 그의 중첩적 세계관에 대해 잠시 일별해 보자.

논자에 따라서는 순암을 아예 실학자의 범주에서 제외할 것을 제안하기도 한다. 즉 순암의 저작은 도학 계열의 저작이 다수를 차지하고, 그의 제자들은 순암을 도학자로 인식하고 있다는 것이다. 순암은, 도학과 실학 논리가 내재적인 연계 없이 무매개적으로, 우연히

---

11 권오영, 「박세당의 삶과 그 사상의 신의」, 『서계 박세당 연구』, 집문당, 2006.

한 실체 위에, 도학 논리의 우세 속에 병존하고 있는, 말하자면 도학과 실학의 완충지대에 있다는 것이다.[12] 일리 있는 분석이다. 그러나 순암을 실학자의 계열 속에 편입한다고 하여 조선 사상사가 왜곡되고 실학의 정체성마저 무너질지는 의문이다.

순암은 과연 실학의 경계 바깥쪽에 선 도학자의 모습만을 지니고 있었을까? 그러나 그의 성리학 비판을 보면 문제가 단순하지 않다. 순암에 따르면 추상화되고 허문화된 성리학적 공부론은 마치 기생이 예경(禮經)을 외우는 것과 같다. 퇴계의 시대에는 도의 근원이 밝혀지지 않았기 때문에 형이상학에 대한 논의가 필요하였으나, 그의 시대에는 오히려 조남명(曹南冥)이 주장한 하학이 필요한 시대라는 것이다.[13] 그의 사상의 요체는 하학(下學)에 있다. 하학의 실천성 속에서만 명덕과 신민의 참다운 실현을 이루어 낼 수 있다고 보았다. 그런데 당시의 유자들은 상달에만 집착할 뿐, 일상에서는 도덕적인 삶과 거리가 멀어 결국 학문과 덕성이 분리되는 모습을 보인다고 질책한다.

여기에서 순암이 이야기하고 있는 하학과 상달이 과연 어떤 의미인지를 좀 더 주목할 필요가 있다. 그는 〈논어〉를 '하학(下學)'을 위한 기본서로 간주한다. 수사학(洙泗學)이 지닌 가장 큰 특징을 '형상(形象)'이 있는 세계를 대상으로 학문을 한다는 것에서 찾고 있다. 형상이 있다는 것은 곧 구체적인 삶이 있는 일상과 역사를 말한다. 그는 〈논어〉야 말로 모두 형상이 있는 것을 대상으로 가르침을 세운 책으로서, 하학의 가장 중요한 교재가 된다고 보았다.[14] 이렇게 형(形)은 도(道)와 기(器) 사이에 존재한다고, 보았고, 사람에 있어서는

---

12 이동환, 「도학과 실학, 그 이분법의 극복」, 『한국실학연구』 8집, 2004.
13 상동.
14 『順庵先生文集』 卷2, 〈上星湖先生序〉, "學貴上達 莫要於下學 論語一部 皆就有形象處立教"

156

몸이 곧 '형(形)'에 해당한다고 보았다. 몸이 도와 기의 돌쩌귀 역할을 한다는 순암의 생각은 퇴계의 심학적 공부론을 벗어나는 단초가 된다. 보기에 따라서는 미세한 차이라고 할 수 있으나, 몸을 사유의 주치로 파악한다는 점에서는 엄청난 변화를 예고하는 것이다.[15] 이와 함께 순암의 상제(上帝)론 또한 이미 퇴계의 상제론에서 벗어나 서학의 상제론과 마주하고 있다는 점에서 향후 다산을 포함한 신서파(信西派)들과의 대응논리로 주목할 필요가 있다. 그의 상제론은 서학의 상제가 지니고 있는 인격적 주재자의 권능을 탈색시키고자 나온 이론적 대안으로 이해된다. 순암에 있어 상제는 종교적인 초월자의 의미보다는 오히려, 수양론이나 공부론의 대상으로 이해할 수 있다. 순암에게 있어서의 상제는, 비록 외피는 퇴계의 상제와 방불한 모습을 지니고 있지만, 종교적인 차원을 벗어나 하학의 세계에 합리성과 도덕성을 제공해 주는 근거로 자리했던 것이다. 즉 순암은 종교가 아니라 이성(理性)의 힘이 조선조 사회를 구제할 것이라고 믿었던 것으로 보인다. 이로 볼 때 우리는 순암을 통하여 도학적 사유 속에 이미 실학의 요소를 함께 함유할 수 있는 가능성을 찾아 볼 수 있다.

## 2) 실학과 성인담론

### 가) 성호 이익 ; 서학과 '변통'의 성인

조선후기 청국을 통해 수용한 서학은 조선의 지성계에도 엄청난 지적 충격을 주었다. 특히 마테오리치(Matteo Ricci, 1552-1610)를 위시한 예수회 선교사들의 저작물은 당시 지식인 사회에 굉장한 논란을 불러 일으켰다. 서학은 조선의 선비들이 간직하고 있던 도학적

---

15 졸고, 「순암 안정복의 공부론과 그 의미」, 『한국실학연구』 6호, 2003.

성인관과 지식체계에 일대 변화의 바람을 몰고 왔다. 서학은 서구 중세의 스콜라철학을 기반으로 한 신학이었다. 그들의 저작물은 불교를 배척하고 유교의 정통성을 보호한다는 이른바 보유론(補儒論)적 접근으로 한중 양국의 지식인 사회를 파고들었다. 이미 이수광(李睟光, 1563-1628)이 『천주실의(天主實義)』와 『교우론(交友論)을 접하였고, 성호(星湖) 이익(李瀷, 1681-1763)에 의해 본격적인 논의가 촉발되었다. 이익은 1724년에 이미 『천주실의』, 『천학정종(天學正宗)』, 『영언여작(靈言蠡勺)』, 『칠극(七克)』 등을 섭렵했던 것으로 보인다. 특히 그는 마테오리치와 그의 저술인 『천주실의』에 대해 상당한 관심과 호감을 표명한다.

그 학문은 오로지 천주(天主)를 지존(至尊)으로 삼는데, 천주란 곧 유가의 상제(上帝)와 같지만 공경히 섬기고 두려워하며 믿는 것으로 말하자면 불가(佛家)의 석가(釋迦)와 같다. 천당과 지옥으로 권선징악을 삼고 널리 인도하여 구제하는 것으로 야소(耶蘇)라 하니, 야소는 서방 나라의 세상을 구원하는 자의 칭호이다. 스스로 야소라는 이름을 말한 것은 또한 중고(中古) 때부터이다. 순박한 이들이 점차 물들고 성현(聖賢)이 죽고 떠나자 욕심을 따르는 이는 날로 많아지고 이치를 따르는 이는 날로 적어졌다. …… 그들이 저술한 책이 수십 종(種)이나 되었는데, 천문(天文)과 지리(地理)를 관찰하고 역법(曆法)을 계산해 내는 오묘함은 중국에 일찍이 없던 것이다. 저가 머나먼 지역의 외신(外臣)으로서 먼 바다를 건너와 중국의 학사 대부들과 교유하였는데, 학사 대부들이 모두 옷깃을 여미고 높여 받들며 선생이라고 칭하고 감히 맞서지 않았으니, 그 또한 호걸스런 인물이다. 그러나 그가 불교의 가르침을 극도로 배척하면서 자신들도 결국은 똑같이 황당무계한 데로 귀결된다는 것을 도리어 깨닫지 못하였다. …… 생각건대, 서양의 풍속도 차츰 투박하게 변해서 그 길흉의 인과응보에 대해 점차 믿지 않게 되었을 것이다. 이에 천주경(天主經)의 가르침이 생겨났는데, 그 처음엔 중국의 《시경》과 《서경》의 말씀 같은 데 불과하였으나 사람들이 오히려 따르지 않을까 염려하였으므로 곧 천당과 지옥의 설을 보익하였다가 지금까지 전해진 것이다. 그 후의 여러 가지 신령한 기적은 바로 저들이 말한 대로 마귀가 사람을 속인 소치에 불과하다.[16]

성호 이익의 경우 상제에 대한 인식에 상당한 변화가 일어남을 볼 수 있다. 그는 우선 천과 상제의 관계를 재설정하고, 상제를 인격적인 존재로 다시 자리매김한다. 그는, 후직과 문왕의 사례를 분석하면서, "하늘은 자연에 속하므로 교외에서 제사를 지내고, 상제는 인격적(帝以人)인 존재이므로 사당에서 제사 지낸다."고 하여 상제의 인격신적인 의미를 드러낸다. 또한 천과 상제의 관계에 대해 "하늘은 배나 수레와 같으며 상제는 배를 저으며 수레를 끄는 주재자과 같은 존재이다."[17]라고 상제의 주재자로서의 권능을 승인한다. 한 걸음 나아가서 그는 상제를 충신(忠信)과 독경(篤敬)과 같은 도덕적 행위에 대한 주재적 권능까지 부여한다. 즉, "충신과 독경이란, 성(性) 가운데에 있는 것에 지나지 않는 것이다. 성은 하늘에서 나오고 하늘의 주재(主宰)는 상제(上帝)가 된다."는 것이다. 비유한다면 신하가 임금의 명을 받아 일을 행할 때, 생각마다 임금을 잊지 않아야만 행할 수 있는 것과 같은 이치라는 것이다.[18] 성호는 이렇게 천주교의 천주를 유학의 상제와 같은 의미로 받아들인다. 그러나 그는 천주를 초월적 창조주라는 신학적 의미보다는 하늘의 인격적 주재자라는 도덕철학적 맥락에서 이해하고 있었다.

---

16 『성호전집』 제55권 / 제발(題跋).
17 『성호사설』 제1권, 〈天地門〉, 配天配帝.
18 『성호사설』 제14권, 〈人事門〉, 心體.

그러나 성호는 상제가 주재하는 이 세계에 어떻게 착한 사람은 고
통을 받고, 악한 사람이 오히려 더 복록을 받는 전도된 역사가 되풀
이 되는 것인가에 의문을 제기한다. 상제와 성인 간에 일어나는 역
할의 불안정성에서 그 이유를 찾고 있다.[19] 상제는, 비록 주재의 권
능은 있으나 생성(生成)하기를 좋아하는 이치가 있을 뿐(好生之理),
실제적인 복선화음(福善禍淫)의 일은 그를 보좌하는 성인들의 몫이
라는 것이다. 그는 우선, "하늘이 늙어서 신령스럽지 않다."는 것은
자못 우물 속의 개구리와 같은 편협된 소견일 뿐이라고 일갈한다.
그는 성인이라도 그 수(數)가 낮고 높음이 있어서 이들이 "상제의 좌
우에 올라 하늘과 함께 복을 짓기도 하고 위엄을 짓기도 하여 인간
세계를 경동하는" 역할을 담당하여야 하나, 후세 사람으로선 상제의
좌우에 오르고 내리는 이가 없게 된 것이 혼란한 역사를 만들었다는
것이다.

그는『칠극』에 대해서도 마치 유학의 극기(克己)론과 같다고 하면
서, 간혹 유학에서 밝히지 못한 점도 있어 복례(復禮)공부에 도움이
된다고 높이 평가하였다. 그는 마테오리치를 중국 사상에 정통한 호
걸선비로 지칭한다. 서학도 만약 잡스러운 부분만을 버린다면 유학
의 한 유파일 뿐이라고 긍정적으로 평가하였다.[20] 다만 유가적 합리
성으로는 천당지옥설이나 부활설 등은 논리적으로 수용하기 어려운
대목이었다. 그는 천주교의 삼혼설(三魂說), 영신불사설(靈神不死說),
천당지옥설에 대해서는 이단이며 불교의 별파(別派)로 간주한다.[21]
"서양은 무슨 이치든 궁구하지 않은 것이 없고 깊은 이치도 통달하

19 『성호사설』제27권,〈經史門〉, 神理在上.
20 『星湖僿說』권11, 人事門,〈七克〉
21 『順菴先生文集』卷17, 雜著,〈天學問答〉, "余因問洋學有可以學術言之者乎。先生
曰。有之矣。因言三魂之說及靈神不死天堂地獄之語曰。此決是異端。專是佛氏之別派
也。"

지 않은 것이 없는데 오히려 고착된 관념에 빠져 벗어나지 못하니 안타깝다."[22]고 술회한다.

특히 『직방외기』나 『곤여지도』와 같은 지리서를 통해 중국 중심의 세계인식을 벗어나고 있음을 술회하였다. 그는 "중국은 다만 한 조각의 땅에 불과하며", "한국은 단지 동북 모퉁이에 있는 한 점 검은 점"에 불과하다는 사실을 깨닫고 그의 소견이 협소하였다는 사실을 자탄하였다.[23] 그는 또한 서양의 교육제도에 대해서도 상당한 관심을 피력하였다. 성호는 서양의 교육제도는 소학, 중학, 대학의 3단계로 구성되어 있다는 사실과, 소학과정에서는 옛 명현들의 교훈, 각종 시문, 문장강론, 그리고 각국의 역사서 등을 가르친다는 점을 알려주고 있다.[24] 그는 서양에서 천문(天文)과 지리(地理)를 관찰하고 역법(曆法)을 계산해 내는 오묘함은 중국에 일찍이 없던 것이라는 점을 인정한다. 그는 '추산(推算)'하는 능력이나 '기수계기(器數械機)'의 묘함은 일찍이 중국에서도 없던 것으로 무소부지라던 고대 중국의 성인이 되살아온다고 하더라도 그것에 승복할 수밖에 없을 것이라고 경탄하였다. 이것은 새로운 성인의 출현을 의미하고 종래의 전통적인 회이관이나 성인관에서 탈피하고 있음을 보인 것이다.[25] 성호는 성인(聖人)이란 때를 알아 변동하는 사람이라고 정의한다. 때는 적당한 때가 있고 불가한 시절도 있으니 서업은 거기에 맞추어 변해야 한다는 것이다.[26] 그는 불운한 개혁가 가의(賈誼)의 삶을 이렇게 평가한다.

---

22 『星湖僿說』권11, 人事門, 〈七克〉, "彼西士之無理不窮。無幽不通。而尙不離於膠漆盆。惜哉。"

23 『星湖先生全集』권24, 〈答安百順別紙〉

24 『星湖僿說類選』, 3上, 〈學而後臣之〉

25 한우근, 『성호이익연구』, 서울대출판부, 1980, 59쪽.

26 『星湖僿說』권22, 經史門, 〈蜀漢似果魯〉, "聖人知時變通者也 時有可不可 事隨而遷 聖人之志 本欲擧天下 而尊王道 使文武周公之道 行於天下"

가의(賈誼)는 성인의 무리다. 정삭(正朔)을 고치고 복색을 바꾸며, 휘호(徽號)를 분별하고 기계(器械)를 달리할 것을 문제(文帝)에게 건의 했으나, 문제는 이 말에 따르지 않았다. 이것은 공자가 안연에게 말했던 것으로서, 나라를 다스림에 있어 반드시 행하여 의심할 것 없는 것이다. 가의의 생각은 먼저 대체를 바로잡으면 선왕의 정치를 차례로 시행할 수 있다는 것이다. …… 진실로 문제로 하여금 그 말을 받아들이게 했다면 삼대의 정치를 다시 볼 수 있었을는지도 모른다. 하물며 진나라에서 시월을 정삭(正朔)으로 하였으니, 반드시 고쳐야 될 것은 의심할 여지도 없다. 이것을 버리고 도모하지 않았으니, 그 신하는 있었어도 그 임금이 없었던 것이 천고의 한이다.[27]

성호에 따르면 성인이란 '때에 맞게 변통을 할 수 있는 인물' 즉 '지시변통(知時變通)'의 인물이다. 그런 점에서 가의나 서한(西漢) 말년에 고도(古道)를 회복하려 했던 왕망(王莽)은 변통을 꿈꾼 위대한 개혁가였다. 그에 따르면 "성인은 천하를 한 집안처럼 여기고 온 나라를 한 몸처럼 여기는 인물.", "성인은 만물과 더불어 형기(形氣)를 함께하여 그 마음과 천하의 사사로움이 함께 유행"하는 인물이다.[28] 그런 점에서 가의는 시대를 잘못 태어났고, 왕망은 사의(私意)에 의해 공의(公義)를 망친 인물에 지나지 않았다. 여기에서 성호가 새로운 성인론을 통해 강조하고자 한 것은 당시의 암울한 시대 상황을 돌파할 수 있는 성인의 두 가지 조건은 다름 아닌 '변통'과 '지시(知

---

27 『星湖僿說』 권17, 人事門, 〈賈誼聖人之徒〉, "賈誼聖人之徒也 以改正朔 易服色 殊徽號 異器械 說文帝 帝不能從 此孔子語顏淵者 即為邦之必可行而無疑 賈之意 先正大體 先王之政次第可擧也…苟使文帝一聽其言 三代之治 或庶幾復見況欒以十月為正朔 則必改無疑者也 失此不圖 有臣無君 千古之恨也"

28 『星湖先生全集』 권17, 書, 〈答李汝謙〉 庚申, "故曰聖人能以天下爲一家。中國爲一身。至於萬物屬己則氣已相貫。視萬物猶一身。人之喜怒。卽吾之喜怒。聖人與萬物同一形氣。其心與天下之私。同流共行。此聖人爲天下伸其私也。"

時)'였다. 또한 그는 "『시경』삼 백편을 줄줄 외면서도 정사(政事)를 맡겼을 때 제대로 수행하지 못한다면, 아무리 많은 것을 알고 있더라도 또한 어디에 쓰겠는가."[29]라는 공자의 말을 인용하면서 현실의 정사를 처리할 수 있는 실학이 성인의 조건임을 명확하게 하였다. 성인에 관한 성호의 이러한 생각은 서학의 유입을 통해 현실에 대한 새로운 이해지평을 확보한 바탕에서 출현한 것이다.

### 나) 순암 안정복 ; 서학 앞의 상제(上帝)

순암(順庵) 안정복(安鼎福, 1712-1791)의 학문도 앞선 시대의 학문에 대한 비판에서부터 출발한다. 순암은 성호에 이어 퇴계 학통을 이어 받은 근기 남인의 적전이다. 또한 그는 이상정(李象靖)을 포함한 영남 남인과의 사상적 연대를 통하여 이른바 성호 좌파의 서학운동에 강하게 저항한 성호 우파의 핵심적 인물이다. 순암 자신은 그가 가장 조술한 인물이 퇴계와 성호였음을 누누이 밝히고 있고 근기 남인을 학문적으로 영도하려는 적극적 의지를 자주 엿볼 수 있다. 또한 순암은 서학연구로 비롯된 남인 세력의 위기를 보수적인 척서(斥西)의 논리로 극복하고자 하였다. 순암은 성리학과 서학이 공히 조선후기의 모순을 극복할 적합한 대안이 되지 못한다고 판단하고, 이를 극복할 새로운 사상적 대안을 모색하고 있었다.

서학을 적극 수용한 신서파와 이를 배척한 척서파는 유학의 기본적인 명제에 대한 서로 다른 해석을 제출하고 있었다. 유학의 미발론과 상제론은 이들 두 세력이 서로 다른 견해를 제출한 대표적인 논쟁처였다. 순암은 기본적으로 미발에 대한 주자학적 해석을 사실

---

**29** 『星湖先生全集』24, 書, 〈答安百順 癸酉〉, "子日誦詩三百。授之以政不達。雖多亦奚以爲。"

상 묵수하고 있었다. 순암은 미발시의 존양(存養) 공부를 인정하고, 동정을 아우르는 경 공부의 필요성을 인정하였다. 순암이 보기에 신서파들이 미발의 상태를 지각활동도 없는 깜깜한 암흑의 상태로 이해하는 것은 미발설을 선학(禪學)으로 몰아가고자 하는 종교적 이유에 기인한 것이었다. 반면 이기양(李基讓)과 권철신(權哲身) 등이 미발의 상태에서 사려를 인정한 것은, 계구(戒懼)의 마음가짐에서 상제를 마중할 수 있는 터전을 열고자 한 의도로 이해된다. 그들은 영혼 저 깊은 곳에서 두려운 마음으로 상제의 임재를 고대할 수 있는 이론적 근거를 확보한 것이다. 이렇게 성호좌파를 중심으로 유학의 공부론이 신앙적이고 종교적인 차원으로 옮겨가고 있었다.

순암은 서학의 도전에 직면하여 유학의 상제론에 대해 깊이 고민하였다. 상제라는 개념은 어쩔 수 없이 성리학적 근원자, 혹은 궁극자와 대면할 수밖에 없기 때문이다. 성리학에서의 상제는 천명 혹은 천리와 조응하는 개념이고, 태극이라는 근원자와 짝을 이루는 개념이다. 이때 성리학적 구도에서는 상제는 의지나 인격적인 주제성이 없는 이법천(理法天)의 의미와 동가를 이룬다. 설령 인격천의 양상을 띠는 원시유학의 구도하에서도 상제는 초월적이며 창조주로서의 권능을 가지고 있지 않다. 이런 점에서 신적 의지를 지닌 신앙의 대상으로서의 서학의 상제와는 구별된다. 그런데 순암의 상제론에서는 이 점에서 매우 미세한 변화가 나타난다. 우선 서학의 상제에 대한 순암의 비판부터 살펴보자.

우리 유가에서 말하기로는, 상제가 내려주신 성품과 하늘이 명하신 성품은 모두 하늘에서 품부 받은 것이다. 『시경』에 '상제가 네 곁에 계시니[上帝臨汝]'라고 하였고, 또 '상제를 대한 듯이 하라.[對越上帝]'고 하였고, 또 '천명을 두려워하라.[畏天命]'고 하였는바, 이 모두는 계구(戒懼)와 근독(謹獨)의 공부가 아닌 것이 없고, 상제를 높이 떠받드는 도가 아닌 것이 없다. 서양 사람들이 상제를 자기들의 사주(私主)로 생각하여 밤낮으로 기도하면서 지은 죄를 용서받기를 구하는데, 이것은 불가에서 참회하는 일과 뭐가 다른가.[30]

순암은 『서경』에서 "위대한 상제께서 아랫사람들에게 치우침 없는 덕을 내려 주어 그 떳떳한 성품을 따르게 하였다.[惟皇上帝 降衷 于下民 若有恒性]"는 구절에 근거해 상제를 덕의 근거로서 자리매김 한다. 또한 '상제가 네 곁에 계시듯이(上帝臨汝)'라 하여 상제의 인격 성을 명확하게 부여하였다. 즉 상제는 마음공부를 위한 계구(戒懼) 와 신독(愼獨)의 대상으로서 존재한다고 믿었다. 그런데 순암은 여 기에서, 상제는 이의 근원으로서(理之原) 이 천지 만물을 만들었다는 매우 의미심장한 진술을 한다. 이(理)를 창조하는 상위자로서 상제 가 따로 존재하는 것으로 보고 있다.

상제는 이의 근원으로서 이 천지 만물을 만들었다. 천지 만물은 저 절로 생겨날 수 없고 반드시 천지 만물의 이치가 있기 때문에 이 천지 만물이 생겨난 것이다. 어찌 그 이치가 없으면서 저절로 생겨날 수가 있겠는가. 이것이 바로 후유(後儒)들이 주장하는 기(氣)가 이에 앞선다 는 설이 따질 거리가 못 되는 까닭이다. 공자가 말하기를, '태극이 양의 (兩儀)를 낳는다.' 하였으며, 또 말하기를, '한 번 음(陰)이 되고 한 번 양(陽)이 되는 것을 일러 도(道)라 한다.' 하였으니, 도는 곧 이인 것이 다. 만일 서사가 말하는 대로라면 공자까지도 아울러 배척하는 것이 된 다. 그러므로 우리 유자(儒者)는 응당 눈을 밝게 뜨고 정신을 가다듬어

---

**30** 『順庵先生文集』 第28卷, 〈順庵先生行狀〉 "吾儒言上帝降衷天命之性 皆稟於天者 也 曰上帝臨汝 曰對越上帝 曰畏天命 無非戒愼謹獨之工而尊事上帝之道也 彼以上帝爲私 主 晝夜祈懇 求免罪過 何異於佛家之懺悔乎"

곧장 배척하여 물리치기에 겨를이 없어야 할 것이다."³¹

상제가 이(理)의 근원이라는 순암의 발언이 담고 있는 진의는 무
엇인가? 그의 상제론이 창조주의 의미를 담고 있다는 말인가? 연구
자 중에서는 이 대목이 상제의 초월적 위상을 부각한다는 점에서 천
주교에 대한 유교적 대응의 의미가 내포된 것으로 이해한다. 즉 순
암은 비록 이(理)와 상제의 존재론적 간극은 인정하지 않았지만 천
지만물 → 이(理) → 상제로 소급되는 과정을 통해 유교의 궁극실제
로서 인격적 주재자인 상제의 초월성을 부각시켰다는 것이다.³²

이러한 주장이 타당하다면 순암의 상제관은 서학의 상제관과 매
우 밀착되어 있다. 즉 상제가 궁극적 실제이며 인격성을 파지하고
있고, 동시에 초월성을 지니고 있다는 점에서 그러하다. 그러나 다른
곳에서, 그가 말하는 상제는 결코 서학에서 말하는 상제와 동일한 것
이 아님을 적극 주장하였다. 그럼 다시 순암의 상제론으로 논의를
돌아가 보자. 순암은 상제의 개념을 경(敬)공부를 통해 만나게 되는
존재자로 이해한다. 〈자경(自警)〉이라는 시에는 그의 상제관이 나타
난다.

가난을 편안히 여겨 약도 먹지 않고　　安貧抛藥餌
옛것이 좋아 산을 사랑한다네　　好古愛山林
뜰에 난 풀에서 생명의 의미를 찾고　　庭草看生意

---

31 『順菴先生文集』 권17, 雜著, 〈天學問答〉, "上帝爲理之原。而造此天地萬物。天地
萬物不能自生。必有天地萬物之理。故生此天地萬物。安有無其理而自生之理乎。此卽
後儒氣先於理之說。不足卞矣。孔子曰。太極生兩儀。又曰。一陰一陽之謂道。道卽理
也。若如西士之言。則是幷與孔子而斥之也。爲吾儒者。當明目張膽。排擯之不暇也。"

32 임부연, 「성호학파의 천주교 인식과 유교적 대응」, 『한국사상사학』 46집, 2014,
265쪽.

| 시냇가 소나무는 마음이 곧아 좋지 | 澗松許直心 |
| 나이 늙으면 함부로 굴기 쉬워 | 年衰易放曠 |
| 뜻을 세움에 항상 잠언(箴言)으로 경계삼지 | 志立常規箴 |
| 공경을 위주하는 공부가 있으니 | 主敬工夫在 |
| 날로 상제를 대하듯 삼간다네 | 日監上帝臨[33] |

순암의 상제관은 퇴계의 공부론에서 나타나는 상재의 모습과 유사하다. 퇴계의 공부론에서는 일상적 세계를 '경(敬)'의 차원으로 유지시키고자 하는 끊임없는 노력이 나타난다. 퇴계는 심신이 항상 경(敬)의 상태를 유지할 때만 사물들의 진정한 모습을 볼 수 있다고 한다. 퇴계는 경의 상태에서 상제(上帝)를 마주한다. 상제는 "높이높이 따로 떨어져 있는"(高高在上) 멀찍이 자리한 대상이 아니라, "언제나 마주 자리하여 오늘 이 곳을 살피는"(日監在玆) 섬김의 대상이다. 퇴계는 본연지성을 회복하는 것이 하늘을 섬기는 가장 올바른 길임을 강조한다.

앞의 시에서 순암이 뜰에 난 풀에서 생명의 의미를 찾고, 시냇가 소나무의 곧은 마음을 좋아하는 것은 그것이 바로 본연지성을 회복하는 공부의 한 방법이며, 곧 상제를 섬기는 사천(事天)의 태도와 맞닿은 것으로 본 것이다. 순암이 보기에 천(天)은 상제로서의 천과 태극으로서 천이 함께 하고 있는 것이다.

상제는 주재(主宰)에 대한 호칭으로서 만물의 총체적인 주재자(總主)라는 말인데, 우리 유자가 이미 말한 것이다. 사람들이 하늘을 일컫는 데는 두 가지가 있다. 그 하나는 주재하는 하늘로서, '하늘이 명한 성(性)'이라고 하거나 '천명을 두려워한다.'고 하는 것들인데, 이 하늘은

---

[33] 『順庵先生文集』 卷1, 詩, 〈自警〉

곧 이(理)이다. 하나는 형기(形氣)의 하늘로서, 이 하늘은 곧 물(物)이다. 주렴계의 그림은 '태극(太極)이 양의(兩儀)를 낳는다.'는 공자의 말에서 근본 한 것으로, 주재한다는 관점에서 말하면 상제이지만, 무성무취(無聲無臭)의 측면에서 말하면 태극이며 이(理)이니, 상제와 태극의 이를 둘로 나누어 말할 수 있겠는가. 그들이 말하기를, '옛날의 군자가 천지의 상제를 공경했다는 말은 들었지만 태극을 받들어 모셨다는 말은 듣지 못하였다.' 하고, 또 말하기를, '이(理)는 의뢰하는 것(依賴者)으로서, 사물이 있으면 그 사물의 이치가 있고 사물이 없으면 그 사물의 이치도 없으며, 임금이 있으면 신하가 있고 임금이 없으면 신하도 없다. 이와 같이 공허한 이(理)를 가지고 사물의 근원이라고 한다면 이것은 불로(佛老)와 다를 것이 없다.'고 하는데, 이와 같은 말들이 과연 말이 되는 것인가?[34]

순암은 여기에서 상제와 태극은 사실상 동일한 것이라 주장한다. 그러나 이는 여러 면에서 논리적 결함을 안고 있다. 우선 태극에는 인격적 요소가 없다. 그러나 그는 여러 방식으로 상제가 지닌 인격성을 논한 바 있다. 이로 볼 때 순암의 상제론은 서학의 상제가 지니고 있는 인격적 주재자의 권능에 대항하고자 한 이론적 대안으로 파악한다. 즉 논리적 모순에도 불구하고, 태극에게 인격적 주재성과 초월성을 부여한 것이라 이해된다. 이런 의미에서 순암에서의 상제는 종교적인 초월자의 의미보다는 오히려, 수양론이나 공부론의 대상으로 이해할 필요가 있다. 순암에 있어서의 상제는, 초월적이고 절대적인 그 무엇이 아니라, 뜰 앞의 풀에서도 발견할 수 있고 미발체인의 수양과정에서도 만날 수 있는 '생의(生意)'의 인격적 발현이 아닌가 한다.

---

34 『국역순암집 Ⅲ』, 244쪽, 순암선생문집 제17권, 〈천학초함〉

다) 담헌 홍대용 ; 편의(便宜)와 예 속의 성인


담헌(湛軒) 홍대용(洪大容, 1731-1783)은 지적 감수성이 뛰어 났던 인물이다, 당시 조선에서는 생소했던 지전설(地轉說)과 우주무한론 (宇宙無限論)을 주장해서 충격을 주었던 인물이다. 그는 18세기 조선에서 누릴 수 있었던 최고의 교육을 경험하였다. 그는 노론명문가에서 성장한 후 석실서원에서 당대의 학자 미호 김원행의 가르침을 받았다. 낙론계열의 청년학자였던 그는 중국방문을 계기로 엄청난 사상적 전회를 경험한다. 연행사(燕行使)의 일원으로 60여 일 동안 북경에 머물면서 중국의 학자와 혹은 서양 선교사들과의 만남을 통해 신문물을 수용해야 할 필요성을 절감한다. 홍대용과 박지원은 이러한 시대적 요청을 북학(北學)에 대한 새로운 접근을 통해 해소하고자 하였다.

이들 두 사람은, 조선의 교육 문제 해결을, 유형원이나 유수원, 혹은 박제가 등이 시도하였던 제도나 형식과 같은 기적(器的) 측면에서의 보완보다는, 당대 교육의 이념과 목적에 대한 비판적 성찰 속에서 구하고자 하였다. 연암은 "옛 것에 안주하고 어려운 문제가 생기면 그때그때 미봉해서 해결하는(因循姑息. 苟且彌縫)"[35] 태도가 조선 후기 사회를 병들게 하는 주범이라고 하였다. 그들은 당시 조선의 교육환경을 둘러싸고 있던 낡은 시대의 시·공간개념을 허물어 버리고, 새로운 질서 축을 형성하고자 하였다. 그들은 반복되고 순환되는 것으로의 성리 교육의 패턴을 동적인 패턴으로 바꾸고자 하였다.

담헌의 교육관은 파격적이다. 그는 먼저 교육의 표준을 중국이 아닌 조선내부에서 찾고자 하였다, 즉 중국의 성인이 아닌 조선의 성인을 구하고자 하였다. 그의 역외 춘추론이다. "공자가 바다에 떠서 구

---

35 『역주 과정록』(김윤조 역주), 권4, 260쪽.

이(九夷)로 들어와 살았다면 중국 법을 써서 구이의 풍속을 변화시키고 주나라 도(道)를 역외(域外)에 일으켰을 것이다. 그런즉 안과 밖이라는 구별과 높이고 물리치는 의리가 스스로 딴 역외 춘추(域外春秋)가 있었을 것이다. 이것이 공자가 성인(聖人)된 까닭이다."[36]라는 파격적인 주장을 한다.

그는 새로 학습한 서양 지리학을 통해 중국 중심의 문화인식에 대항한다. 그에 따르면, "중국은 서양에 대해서 경도의 차이가 180도에 이르는데, 중국 사람은 중국을 정계(正界)로 삼고 서양으로써 도계(倒界)를 삼으며, 서양 사람은 서양을 정계로 삼고 중국으로써 도계를 삼는다. 그러나 실에 있어서는 하늘을 이고 땅을 밟는 사람으로서 지역에 따라 다 그러하니, 횡(橫)이나 도(倒)할 것 없이 다 정계다."라고 말한다.[37] 말하자면 조선도 변경이 아니라 세계의 중심선인 정계가 될 수 있는 것이다. 그는 변화된 성인을 갈망한다.

시대를 따르고 풍속에 순응함은 성인의 방편이요 다스림의 기술이다. 대저 가장 화락하게 잘 지내는 것은 성인이 원하지 않는 것이 아니건만, 시대가 바뀌고 풍속이 변해져서 법이 행해지지 않는데 만약 거스려 막는다면 그 혼란이 더욱 심해지게 된다. 이렇게 되면 성인의 힘으로도 어쩔 수 없는 것이다. 까닭에 이르기를 '지금 세상에 살면서 옛 도(道)를 회복시키려고 하면 재앙이 반드시 자신에게 미친다.'고 하였다. 정욕에 대한 느낌을 이미 금할 수 없게 되자, 혼인하는 예절로 부부(夫婦)로 짝지었으니 그 음탕함만 금했을 뿐이요, 좋은 집에 거처함을 금할 수 없게 되자 초가집을 짓되 갈고 깎지 못하게 하였으니 그 화려함만 금했을 뿐이며, 고기 먹는 습관을 이미 금할 수 없게 되자,

36 『湛軒書』, 內集 卷四, 補遺, 〈毉山問答〉
37 『湛軒書』, 內集 卷四, 補遺, 〈毉山問答〉

낚시만 하고 그 물질을 못하도록 산과 못을 금하였으니 함부로 잡는 것만 금했을 뿐이요, 좋은 옷 입는 것을 이미 금할 수 없게 되자 노소와 상하의 제도를 구별하였으니 그 사치함만 금했을 뿐이었다. 그러므로 예악(禮樂)과 제도로서 성인이 인도해 주고 보충도 해주어 한 시대를 제어하는 방편으로 하였는데, 그것은 정욕의 뿌리가 뽑히지 않고 이욕의 근원이 막히지 아니하면 마치 방천처럼 끝내는 무너지리라는 것을 성인이 이미 알았기 때문이다.[38]

그는 오랜 기간 동안 "예악(禮樂)과 제도로서 성인이 인도해 주고 보충도 해주어 한 시대를 제어하는 방편으로 하였는데, 그것은 정욕의 뿌리가 뽑히지 않고 이욕의 근원이 막히지 않았음"을 들어 전대의 엄격한 도학주의 교육이 사실상 실패로 끝났음을 말한다. 예는 단지 인간의 기장 절실한 욕망과 정욕을 살짝 덮어놓은 외피일 뿐이라는 것이다. 세상은 변하고 있는데 지나간 시대의 예제로 오늘 인간들의 절실한 욕구를 틀어막는 것은 허구적이며 임시방편에 지나지 않는다는 것이다. 기존의 도학적 성인론으로는 인간의 온전한 욕구를 제대로 담아 낼 수 없다는 선언이다.

그는 아동들이 지나치게 예나 형식에 구속받는 것을 달가워하지 않았다. 아동들이 학령에 너무 구애되고, 스승의 방침이 엄해서 아이들의 자유스러움과 정의(情誼)를 구속하는 것은 바람직하지 않다는 입장을 피력한다. 예란 편의에 따르고 융통성이 있어야 할 것이라고 한다. 그는 "주공(周公)의 제도는 주(周) 나라의 편의(便宜)에 따른 것이고, 주자(朱子)의 예(禮)는 송(宋) 나라의 풍속에 따른 것이오. 그러므로 편의를 따르고 풍속에 맞추어서 줄이기도 하고 보태기도 하는 것이니, 정한 법이 없는 것이오. 이런 때문에 행해도 무방하고,

---

38 상동.

행하지 않더라도 무방한 것이 열에 두세 가지는 있을 것이오. 그런
데 이제 그 두세 가지의 가볍고 또 작은 것을 가지고 변역(變易)할
수 없는 대전(大典)을 만든 다음 악착스럽게 조금도 어김없이 이것
으로써 예(禮)를 삼는다면 그 융통성 없이 얽매인 것이 혹 임방(林
放)에게 비웃음을 면하지 못할까 두렵다."[39]라고 말한다. 그는 스스
로의 삶이 이미 전대의 유학자들과 구분되고 있음을 말한다.

'추호(秋毫)가 크고 태산이 작다.' 한 것은 장주(莊周)의 과격한 이론
인데 내가 지금 천지를 하나의 초집 정자로 여기니, 내가 장차 장주의
학문을 하려는 것일까? 30년을 성인의 글을 읽었는데 내가 어찌 유학
(儒學)을 버리고 묵자(墨子)의 학으로 들어갈 것인가? 쇠퇴한 세상에
살면서 상실된 위신을 보자니, 눈이 찌푸려지고 마음을 상함이 극도에
달한 것이다. 아아! 만물이나 내 자신이 있다가도 없어지는 것인 줄을
모른다면 어찌 귀천과 영욕(榮辱)을 논할 수 있을 것인가? 갑자기 생겨
났다가 갑자기 죽어가 마치 하루살이가 잠시 생겼다가 사라지는 것과
같을 뿐만이 아닌 것이다. 그만 두어라, 한가로이 이 정자에서 누웠다
가 자다가 하다가 앞으로 이 몸을 조물주에게 돌려보내리라.[40]

담헌은 천지를 하나의 띠 집으로 여기는 그의 생각이 장자의 이론
으로 비쳐질 것을 두려워한다. 귀천과 영욕과 같은 자잘한 인간사의
일은 여여한 생사의 흐름에서 보면 매우 하잘것없는 것으로 비친다.
그는 천지가 집이고, 집이 곧 천지인 세계를 동경한다. 그에게는 명
백히 삶을 구속하고 속박하는 일체의 사상에 대한 회의가 깃들어 있
다. 그가 그의 정자의 당호를 '건곤일초정(乾坤一草亭)'이라고 이름

39 『湛軒書』, 內集 卷三. 書, 〈與人書二首〉
40 상동, 〈乾坤一草亭題詠〉, 小引.

한 것은 생활 속에서의 번다한 예와 권위가 삶의 생의(生意)를 구속하지 않기를 바랐기 때문이리라. 초정 박제가는 그의 이러한 삶의 모습을 보면서, "멀리 놀아 세속 더러운 것을 잊어버리고(遠遊忘俗 贈)", "몸에는 망령된 훼예가 없다네(身無妄毀譽)"[41]라고 하면서 그의 탈속된 모습을 상찬한다. 담헌은 그의 가장 강력한 사상적 동지인 연암에게 보낸 시에서, "자질구레하고 미천한 자도 붓을 팽개치고 밭갈기를 부끄러워"[42] 하는 현실을 개탄하면서 그 스스로 "허유·무광과 같은 은자의 자취를 따라서 마침내 일민(逸民)의 이름을 차지하려 하오"[43]라고 소회를 피력하고 있다. 그의 이러한 탈속적인 자세는 종래의 딱딱하고 굳어진 예에 대한 반감으로 곧잘 나타난다.

그의 이러한 생각은 어디에서 비롯된 것일까? 그의 사유의 밑바탕에는 기일원론적 이해가 자리하고 있다.[44] 만약 그가 진정한 기일원론자라고 한다면 일상에 대한 태도나 교육의 방식은 앞서 말한 경의 공부론과는 상당한 차이를 보일 수밖에 없을 것이다. 우선 그의 사상적 특질을 잘 보여 주는 이기론에 관한 한편의 글을 살펴보도록 하자.

무릇 이(理)를 말하는 자는 반드시 '형(形)이 없고 이(理)가 있다.'고 한다. 이미 형이 없다고 하면서 이(理)가 있다는 것은 무엇인가? 이미 이(理)가 있다고 하면 어찌 형이 없는데, 있다고 할 수가 있겠는가? 대개 소리가 있으면 있다고 하고, 빛이 있으면 있다고 하고, 냄새와 맛이 있으면 있다고 하니, 이미 이 네 가지가 없으면 이는 형체가 없고 방소

---

41 상동, 〈乾坤一草亭題詠〉, 題詩原韻.
42 『湛軒書』, 內集 卷三, 詩 〈與申念齋賦贈朴燕巖趾源〉, "瑣瑣側陋子 慚愧停筆耕"
43 상동, "長從由光蹟 終儉逸民名"
44 조동일, 「18세기 인성론 혁신과 문학의 사명」, 『문학사와 철학사의 관련 양상』, 한샘, 1992.

(方所)가 없음이니, 이른바 있다는 것은 무엇이냐? 또 이르되 소리가 없고 내음이 없으면서 조화(造化)의 추뉴(樞紐)가 되고 품류(品類)의 근저(根柢)가 된다고 하면 이미 작위(作爲)하는 바가 없는데, 무엇으로 그 추뉴와 근저가 되는 줄 아는가? 또 이른바 이(理)라는 것은 기(氣)가 선(善)하면 선하고 기가 악하면 악하니, 이는 이(理)가 주재하는 바가 없고 기의 하는 데에 따를 뿐이다. 만일 이(理)는 본래 선하고 그 악한 것은 기질(氣質)에 구애된 바요, 그 본체(本體)가 아니라고 하면 이 이(理)는 이미 만화(萬化)의 근본으로 되어 있는데, 어째서 기(氣)로 하여금 순선(純善)하게 하지 않고 이 박탁(駁濁)하고 어그러진 기(氣)를 나아서 천하를 어지럽게 하는가? 이미 선의 근본이 되고 또 악의 근본도 된다면 이(理)는 물에 따라 변천하는 것이요, 전혀 주재(主宰)함이 없는 것이니, 예부터 성현이 무엇 때문에 하나의 이(理)자를 극구(極口) 말하였겠는가?[45]

위의 인용문에서 특히 주목되는 부분은 "이(理)라는 것은 기가 선하면 선하고 기가 악하면 악하니, 이(理)는 이가 주재하는 바가 없고 기의 하는 대로 따를 뿐이다."라는 문장이다. 담헌이 주기론자임을 보여 주는 단적인 예다. 그는 또한 "천지의 가득 찬 것은 다만 기일 따름이고, 이(理)는 그 가운데 있고, 기의 근본을 논하면, 고요하며 하나이고, 조화롭고 비어 있으며, 맑고 흐린 것은 없다."[46]고 한다. 그의 철학에는 이렇게 화담 서경덕이나 녹문 임성주와 같은 주기론적 태도가 매우 강렬하게 스며들어 있다. 이들의 생각을 비교하기 위해 그 기준점이 되는 화담의 생각을 다시 환기해 보자.

45 『湛軒書』, 內集 卷一, 〈心性問〉
46 『湛軒書』, 內集 卷一, 〈答徐成之論心說〉, "充塞于天地者 只是氣而已 而理在其中 論氣之本 則澹一冲虛 無有淸濁之可言"

우선, 기일원론자로서의 화담은 이 세계의 본질을 불생불멸하며 시공을 떠나 무한히 반복 순환하는 기의 흐름 속에서 찾고 있음을 볼 수 있다. 그에 따르면 이 세계에 존재하는 "만물은 모두 이 일기(一氣)의 가운데에서 떴다 가라앉았다 하면서 잠시 깃들어 있는 존재"[47]일 뿐인 것이다. 따라서 그는 죽음조차도 "제집으로 돌아가듯 본원의 세계인 선천(先天)으로 돌아가는"[48] 과정인 것이다. 피상적인 모습에서는 아까 보았던 담헌의 〈건곤일초정제영〉에서의 자세와 흡사하다. 사실 이러한 자연관 속에서는 인륜적 가치나 질서를 존중하고자 하는 인간학이 형성되기 어렵다. 다만 자연의 흐름에 몸을 맡기고 소요(逍遙)하면서 마음의 안정을 유지할 수 있으면 행복한 삶이다. 따라서 이학자들에게서 보이는 인성론이나 공부론이 자리할 공간이 거의 없다.

화담과 같은 주기론자에게서는 기의 항상성과 근원성을 이해하는 것이 곧 공부인 것이다. 그에게는 개별적인 물(物) 속에서 객관적인 법칙성[理]을 찾고자 하는 격물공부가 그다지 요구되지 않는다. 다만 마음을 무사무위(無事無爲)의 상태에 둘 수 있는 '무심'의 공부를 하여야 하는 것이다. 화담의 자연철학에서는 선천기와 후천기가 체용의 관계망 속에서 통일성을 확보한다. 후천기로서의 자연은 선천기로서의 태허와 둘이면서 하나요, 하나이면서 둘인 관계를 형성한다. 화담에 따르면 텅 비고 고요한 것은 기의 체(體)이고, 모이고 흩어지는 것은 기의 용(用)이다.[49] 만물이 만들어지기 이전을 이름 하여 체(體)로서의 태허라 하고, 만물이 각각의 고유한 성격을 드러내기 시작한 이후를 용(用)으로서의 기로 파악한다. 구체적인 삶과 역사가

---

47 『花潭集』,〈挽人〉
48 상동, "堪嗟弱喪人多少 爲指還家是先天"
49 『花潭集』,〈太虛說〉, "虛靜卽氣之體 聚散其用也 知虛之不謂虛 則不得謂之無"

펼쳐지는 이 현상의 세계도 기의 작용과 취산(聚散) 작용의 결과일 뿐, 인간의 주체적 의지나 윤리의 소산은 아닌 것이다.

이 세계의 본질을 기의 흐름으로 파악하는 것은 녹문(鹿門) 임성주(任聖周, 1711-1788)의 경우에도 예외가 아니다. 담헌과 같은 낙론 계열에 속하면서 주기론적 관점에서 인물성동론(人物性同論)의 타당성을 주장하였던 녹문의 견해도 눈여겨 볼 필요가 있다. 그는 인물성동론에 근거해 "성인과 중인(衆人)의 미발(未發)은 그 경계는 같지만 사활은 각기 다른 점이 있다."[50]라고 하여 평범한 사람들의 도덕적 성취의 가능성을 열어 두었다. 그러나 주기론자로서의 그에게 우주의 본질은 기고, 이는 기의 한 속성이자 조리(條理)일 뿐이다. 즉,

우주 사이에서 직상과 직하로, 안도 없이 밖도 없이, 처음도 없고 마지막도 없이, 가득차서 넘치고 허다한 조화를 만들어 내며, 허다한 인과 물을 만들어 내는 것이 다만 한 개의 기일 뿐이다. 조그만 빈 구석도 없으니 어찌 이(理)자를 따로 안배하겠는가? 오직 기가 이렇게 성대하게 작용하는 것은 누가 시켰겠는가? 자연이연(自然而然)한 것이라 말할 수밖에 없다. 이 자연인 것을 두고 성인은 이름하여 도라고도 하고, 이(理)라고도 한다. 또 한 그 기는 원래 텅 빈 그 무엇이 아니다. 전체가 소융(昭融)하며 안팎으로 통철(洞徹)할 것이 오직 생의(生意)이다.[51]

그러므로 하늘의 뜻을 따르고자 하는 자는 "때에 알맞게 물러 앉

---

50 『鹿門集』 권9, 書, 〈答或人 丁亥〉

51 『鹿門集』 제19권, 〈鹿廬雜識〉 "宇宙之間。直上直下。無內無外。無始無終。充塞彌漫。做出許多造化。生得許多人物者。只是一箇氣耳。更無些子空隙可安排理字。特其氣之能如是盛大如是作用者。是孰使之哉。不過曰自然而然耳。卽此自然處。聖人名之曰道曰理。且其氣也。元非空虛底物事。全體昭融。表裏洞徹者。都是生意。"

아 스스로를 길러 본성을 회복"하는 사람에 다름 아니다.52 마음을 비우는 행위란 다름이 아니라 마음을 고요하게 하여 만물의 머무를 바를 아는 것(知止)이다. "마음을 스승 삼아 성인이라는 대업을 면려(以心爲師 勉勵大業)"53 할 것을 주문한다. 그는 주기론자임에도 화담과 달리 경(敬) 공부의 중요성을 강조한다. "가장 중요한 것은 본원상(本原上)의 하나의 경(敬) 자라고 할 것이다. 성인(聖人)이 되는 관건이 전적으로 여기에 달려 있다."54라고 본원공부의 중요성을 갈파한다.

그러나 화담에 따르면, "무릇 우주에 있는 만물과 만사는 각각 그 머묾이 있지 않음이 없음"을 자각하는 것이다.55 그러므로 경의 상태에서는 이치를 궁구하는 것(窮理)이 아니라, 이치를 본다(觀理)고 한 점에 좀 더 세심한 주의를 기울일 필요가 있다. 화담이나 녹문에게 있어 이(理)는 기의 한 속성이자 조리(條理)로서의 의미를 지닌다. 이(理)는 기가 지닌 일정한 규칙성과 법칙성을 의미할 뿐이다. 이는 결코 기를 초월한 선험적 질서나 규칙도 아니요, 인륜적 질서의 당위성을 보장해 주는 궁극적 실체도 될 수 없다. 따라서 화담이 경의 상태를 통하여 궁극적으로 이해하고자 했던 것은 기의 모이고 흩어짐에 의해 실현되는 우주적 존재질서의 여여한 흐름과 그 규칙성이었던 것으로 보인다. 그리고 녹문에게 있어서는 기의 생명력(生意)를 체득하는 것이 공부의 요체인 것이다.

기호학파의 심즉기설은 율곡의 심시기(心是氣)설에 근거한 것으

---

52 上同, "盖顯於明命 宜時遵養 敦復初性"

53 『鹿門集』 권10, 書, 〈上三兄〉

54 『鹿門集』 권10, 書, 〈答舍弟稗共 戊子八月〉

55 『花潭集』, "夫天下之萬物庶事 莫不各有其止 天吾知其止於上 地吾知其止於下 山川之流峙 鳥獸之飛伏 吾知其各一其止而不亂其在 吾人尤不能無其止而止且非一端 當知各於其所而止之"

로, 우암과 이간, 남당 한원진 등을 거치면서 퇴계학설에 대항하는 가장 강력한 학설로 등장하였다. 마음이 기라는 이들의 주장은 주자학의 근본 명제인 '심통성정(心統性情)'의 근본 교설을 위협하는 것이었고, 본성의 도덕적 우위를 강조하는 퇴계학파에게는 쉽게 동의할 수 없는 이론적 간극을 남겨 주었다. 율곡은 '본성이란 이와 기의 결합(性者理氣之合也)'이라고 주장한다. 이것은 성은 순선(純善)한 것이며 사단이며 곧 이(理)일 뿐이며, 정(情)은 선악을 겸하고 기라고 하는 퇴계학파의 견해를 사실상 부정하는 것이다. 퇴계학파에서는 사단은 이발(理發)로 칠정은 기발(氣發)이라는 호발(互發)의 입장을 지니고 있었으나 율곡의 문도들은 사단도 칠정에 포함된 기발로 이해한다. 그들의 이러한 견해는 공부론에서도 엄청난 차이를 나타내게 된다. 퇴계의 문도들은 정이 아직 드러나기 전의 순선한 상태인 미발의 공부를 강조한다. 그들은 이 미발의 상태에서 성의 본체를 체인함으로써 마음에서 발출되는 정을 주재할 수 있는 능력을 가질 함양공부를 강조한다. 그것이 곧 거경(居敬)공부이다. 따라서 그들의 공부론은 분수(分殊)로서의 현실 세계에 관심을 가지기 보다는 '이일(理一)'로서의 본원의 세계에 더욱 주목하는 경향이 있다.

반면 율곡학파의 경우, 인간의 마음은 기본적으로 외부 사물과의 접촉에 의해 발한다는 믿음을 가지고 있다. 오히려 분수(分殊)의 세계에 더욱 강조점을 두고 있다. 그들은 본성이든 혹은 선한 정의로서의 사단(四端)이든 모두 외부 사물의 자각에 의해 발한다는 믿음을 가지고 있다. 따라서 이들은 미발의 상태보다는 이발 상태에서의 공부를 중시하였고, 지각설에 근거한 공부론을 발전시켰다.[56] 그러나 퇴계 계열은 이러한 율곡학파의 공부론에 대하여 지나치게 분수(分殊)의 세계에 매몰되어 이 세계의 본질을 제대로 이해하지 못하

---

56 정원재, 「지각설에 입각한 이이 철학의 해석」, 서울대 박사학위논문, 2001.

는 한계를 노정한다고 보았다. 이에 대해 담헌은, "대저 도가 한결같으면 전일해지고, 전일하면 고요하고, 고요하면, 밝음이 생기고, 밝음이 생기면 물건이 비친다. 그친 물 밝은 거울(止水明鑑)은 체(體)의 섬(立)이요, 물을 깨우치고 업무를 이룸(開物成務)은 용(用)의 달통함이다. '체'에만 전념하는 것은 불씨(佛氏)의 공적(空寂)에 달아나는 일이요, '용'에만 전념하는 것은 속유(俗儒)의 명리를 뒤따르는 일이다."[57]라고 하여 절충적인 자세를 보여 주고 있다.

그러나 명백한 사실은 주기론자로서의 담헌의 공부론에서는 사실상 본성을 회복하고자 하는 '복기성(復其性)'의 여지가 사라진다. 전술한 바와 같이 그는 "기가 선하면 이(理) 역시 선하고, 기가 악하면 이(理) 역시 악하다."는 입장을 견지한다. 본연지성과 기질지성의 이원적인 나눔을 부정하고, 선과 악의 근거를 모두 기에 두고 있다는 특이성을 보여 주고 있다. 이것은 담헌에 이르러 인간을 바라보는 관점과 공부의 태도에 중대한 변화가 일어났음을 말한다. 조선후기 유학에서 공부의 초점은 언제나 마음으로 모아졌다.

변화하는 이 세계 속에서 어떻게 하면 마음의 고요한 본체를 회복하는가 하는 점이 가장 큰 관심사의 하나이다. 마음공부의 최종 목적은 개인의 사욕과 사정(私情)이 개입된 인심(人心)의 세계로부터 하늘로부터 품부된 온전한 본성을 회복한 도심(道心)의 세계로 옮겨 가는 것이다. 사욕을 걷어 내고 마음속에 내재한 도덕적 본체, 즉 이(理)를 찾고자 하는 부단한 노력은 곧 마음의 본성을 회복하는 것에 다름 아니다. 아이반호(Philip Ivanhoe)는 성리학의 마음공부란 본래적으로 있는 인간의 자연성을 '정화' 혹은 '회복'해 간다는 의미에서 이를 '회복의 모델'(recovery model)이라고 칭한다.[58]

---

57 『湛軒書』, 外集 卷三, 杭傳尺牘, 〈乾淨衕筆談續〉
58 그는 덕성을 가꾸어 가는 패턴이 크게 내재된 본래적인 선의지를 회복해 가는

그러나 담헌은 인물성동론의 입장을 취하면서, 본연지성이니 인의예지니 하는 것은 삶의 자연스러운 욕구를 억압하는 구속일 뿐임을 내세운다. 인의예지는 물(物)에서도 널리 인정되는 삶의 의지에 지나지 않는다고 보았다.[59] 그는 심지어, "사람으로써 물을 보면 사람이 귀하고 물이 천하다. 물로써 사람을 보면 물이 귀하고 사람이 천하다, 하늘에서 보면 사람과 물이 한 가지이다."[60]라고 하여 도덕도 상대적인 것일 뿐임을 내세운다.

그의 이러한 생각은 종래 조선 사회를 지배하여 왔던 예에 대한 생각도 바꿔놓는다. 교육사에서 중대한 변화다. 그에게 상경(常經)으로서의 예란 의미가 없다. "주공(周公)의 제도는 주(周) 나라의 편의(便宜)에 따른 것이고, 주자(朱子)의 예(禮)는 송(宋) 나라의 풍속에 따른 것이오. 그러므로 편의를 따르고 풍속에 맞추어서 줄이기도 하고 보태기도 하는 것이니, 정한 법이 없는 것이오. 이런 때문에 행해도 무방하고, 행하지 않더라도 무방한 것이 열에 두세 가지는 있을 것이오. 그런데 이제 그 두세 가지의 가볍고 또 작은 것을 가지고 변역(變易)할 수 없는 대전(大典)을 만든 다음 악착스럽게 조금도 어김없이 이것으로써 예(禮)를 삼는다면 그 융통성 없이 얽매인 것이 혹 임방(林放)에게 비웃음을 면하지 못할까 두렵다."[61]라고 주장한다.

그는 간혹 유불을 넘나드는 파격을 보이기도 한다. 학문은 도를 깨우치는 방편이라는 입장이다. 그의 시 한 부분을 감상해 보자.

---

'회복형'(recovery model)과 일상과 사회적 삶 속에서 도덕성을 '형성'시켜 나가는 '발전형'(development model)으로 대비된다고 보았다.(Philip Ivanhoe, Confucian Moral Self Cultivation, Peter Lang, 1993)

59 조동일, 상게논문, 203쪽.

60 『湛軒書』, 內集 卷四, 補遺, (毉山問答), "以人視物 人貴而物賤 以物視人 物貴而人賤 自天而視之 人與物均也"

61 『湛軒書』, 內集 卷三, 書, 〈與人書二首〉

| | |
|---|---|
| 능엄경은 마음 수양함에 필요하고 | 楞嚴妙心相 |
| 황정경은 원기 보호하는 데 적절하다 | 黃庭固眞元 |
| 공경을 주로 하고 호기를 기르는 것은 | 主敬與養浩 |
| 우리 도의 본원이네 | 吾道有本源 |
| 뜻있는 선비도 명예에 쏠리어서 | 志士或外慕 |
| 빨리 이루고자 번뇌 싫어한다 | 速成乃厭煩 |
| 성인의 교훈 지극한 요령 있으니 | 聖訓有至要 |
| 수만 갈래 길 결국 하나의 문이라네 | 萬徑終一門62 |

그는 〈항전척독〉에서 좀 더 개방적인 의견을 개진한다. 그는 유교와 불교의 선택은 종국적으로 개인적인 차원의 것임을 말하면서, 유석(儒釋)을 가릴 것 없이 모두 현군자 됨에 해로울 것이 없다."라고 주장한다. 그의 자세한 이야기를 들어 보자.

마음을 맑게 하여, 세상을 구제하는 데로 돌아감을 목적으로 하는 것인즉, 유·석(儒釋)을 가릴 것 없이 모두 현군자 됨에 해로울 것이 없고, 다만 인륜을 끊어 버리고 공적(空寂)으로 도피하는 데 이르지만 않으면 역시 성인(聖人)의 무리가 되는 것입니다. 그러나 심(心)을 말하고 성(性)을 말하는 석씨(釋氏)의 묘오(妙悟)는 유가(儒家)의 서적에 있어서도 부족한 것이 본디 없으니, 충분히 궁구하고 완미하여, 캐내서 체험하고 실행하면 그 속에 쌓여 있는 정밀한 의미가 한이 없는데, 이것을 버리고 다른 것에 구하여 높은 것을 좋아하고 새로운 것을 즐기는 폐단을 면치 못할 터이니, 그렇게 되면 마음의 병듦이 적지 않으니, 다만 유문(儒門)의 이단이 될 뿐만이 아니라 또한 선가(禪家)의 외마(外魔)가 되고 마는 것입니다. 구봉은 스스로 돌아보아 어떻게 생각하

---

62 『담헌집』, 內集 卷三, 詩, 〈寄嚴鐵橋誠〉

그는 이어서 손용주에게 주는 글에서, "노씨(老氏)의 조박(糟粕)이 문(文)·경(景)의 치세를 이루었고, 선가(禪家)의 상승(上乘)이 왕양명, 육상산의 고원(高遠)함을 해롭게 하지 않았으니, 다스림이 문·경과 같으면 쇠란(衰亂)과 상거됨이 멀고, 고원함이 왕·육과 같으면 유속(流俗)과의 상거됨이 멀다 하겠는데, 이단의 학문이 행해진다고 해서 세상에 손해 될 것이 무엇입니까? 강서(江西)의 돈오(頓悟)와 영강(永康)의 사공(事功)은 이단임에는 틀림없으나 다만 의리의 분변을 밝힌 것은 세상을 맑게 할 만하고, 토복(討復)할 계책을 품고 있었던 것은 난국을 바로잡을 만하였으니, 세유(世儒)들이 자칭 정학이라고 소리치면서 그저 옛 자취만을 고식적으로 의방(依倣)하고, 마침내 아무런 실용이 없는 것에 비교하면 익지 않은 오곡(五穀)이 돌피[稊稗]만도 못한 것과 무엇이 다르겠습니까?"[64]라고 하면서 고식적인 주자학 일변도의 조선의 지성계를 비판한다.

그러나 전반적으로 보아서 실제 생활에서 표출되는 그의 교육론은 그렇게 급진적이거나 진보적인 모습을 보여 준 것 같지 않다. 〈역외춘추론〉을 주장할 정도로 예의 상대성을 강하게 주장한 담헌이지만, 실제 생활에서 그가 보여 주는 예와 가정에 대한 관념은 오히려 보수적이라고 할 정도로 조심스러운 모습을 보여 준다. 〈건정동필담〉에서 드러나는 그의 예법은 매우 고답적이고 신중해서 청국의 지식인들로부터 '시중지인(時中之人)'이라는 평을 듣기도 하였다. 또한 그가 쓴 〈자경설(自警說)〉에서는 "도(道)로써 욕(慾)을 잊으면 즐기되 미혹하지 않고, 욕으로써 도를 잊으면 미혹하되 즐겁지 않다."[65]

---

63 『담헌집』, 外集 卷一, 〈杭傳尺牘〉, 與嚴九峰書.
64 『湛軒書』, 外集 卷一, 〈杭傳尺牘〉, 與孫蓉洲書.

라는 다분히 도학자적인 모습을 보여 주기도 한다. 그럼에도 종래의 마치 수도원 같은 분위기의 가정교육을 좀 더 실질적이고 실용적인 차원으로 옮겨 놓고자 하였다. 그는 소학이 실제적인 육예(六藝)를 중심으로 읽어져야 할 것을 주문한다.

나는 생각건대, 마음의 얻음[得]으로써 말하면 덕(德)이라 하고, 일의 이룸[成]으로써 말하면 업(業)이라 하지만 그 실은 한 가지다. 반드시 안배(安排)하고 분석하여 도리어 병폐를 이루게 할 필요가 없다고 생각한다. 옛 가르침은 그 어릴 때에 이미 육예(六藝)로써 가르쳤으므로 그 사람에 이르러 위로 비록 도를 아는 데까지 미치지 못했더라도 아래로 적용함에 어긋나지 않았다. 지금 사람은 오로지 장구(章句)만을 힘써 그 근본은 얻었으나 그 말예에는 맞지 않아 전폐(專廢)해 버린다. 이러므로 도를 아는 사람을 이미 얻기 어려울 것인즉, 장구 송설(誦說)만은 비록 그 어긋남이 없다 하더라도 일상의 놓칠 수 없는 것에 도리어 어두워 살피지 못하여, 왕왕 사정을 소탈(疎脫)함으로써 높은 운치(韻致)로 삼고, 서무(庶務)를 종핵(綜核)함으로써 비속(鄙俗)한 것으로 여긴다. 옛 군자는 비록 불기(不器)라 하지만, 일재일예(一才一藝)에 어찌 일찍 무능한 군자가 있었던가? 이것이 세(世)에 도움이 없고, 속배(俗輩)에게 웃음거리 되는 까닭이다. 그러므로 육예(六藝)의 가르침은 진실로 마땅히 쇄소(灑掃)의 절(節)과 병행해야 하며 잠시라도 폐해서는 안 된다.[66]

집안교육은 소학을 중심으로 이루어진다. 그는 소학이 공리공담의 도덕론보다는 실생활에 필요한 일재일예(一才一藝)를 가르치는

---

65 『湛軒書』, 內集 卷三, 〈自警說〉
66 『湛軒書』, 內集 卷一, 〈小學問疑〉

과정이 되어야 함을 말한다. 그 구체적인 것이 바로 육예(六藝)이다. 그는 당시의 풍조가 실사적인 것을 유치하게 생각하고, '군자불기'라는 이름으로 일용의 사무를 대수롭게 생각하는 통폐가 있음을 비판하고, 「소학」에 대한 새로운 해석이 있어야 할 것을 주장한다. 이것은 그가 청조의 문물을 보고 귀국하면서 산해관에서 약속했던 "다만 실심으로 실사를 행하면서, 도의의 안에서 한평생 지내야지.(但將實心做實事 道義門中度此身)"[67]라는 결심을 현실화한 것이라 할 수 있다. 역사의 변화와 삶의 편의(便宜)에 합당한 성인상을 찾고자 한 담헌의 의지가 소학교육에 나타난 것이라 하겠다.

라) 연암 박지원 ; 천진(天眞)과 성인

한 시대의 위대한 학인이었던 연암(燕巖) 박지원(朴趾源, 1737-1805)과 평생을 함께 생활하였던 그의 처남 이재성(李在誠)은 연암의 제문 중에서 다음과 같은 문장으로 연암의 일상을 기리고 있다.

| 아하! 우리 박공이시어! | 嗚呼我公 |
| 학문은 구차히 기이하지 않으시고 | 學不苟奇 |
| 문장은 구차히 새롭지 않으셨네 | 文不苟新 |
| | |
| 사실에 절실히 들어맞아서 기이하고 | 切事故奇 |
| 실제의 정경에 나아가서 새로웠네 | 造境故新 |
| | |
| 집안의 일상과 다반사들이 | 家常茶飯 |
| 모두 지극한 문(文)을 이루셨고 | 皆爲至文 |

67 『湛軒書』, 內集 卷三, 詩, 〈回到山海關登望海亭有懷錢塘諸人〉

기쁘고 웃고 성내고 꾸짖는 것이 　　　嬉笑怒罵

또한 천진(天眞)을 드러내었습니다. 　　亦見天眞[68]


위의 글은 연암의 일생을 잘 드러내고 있다. 즉 연암의 글과 행동이 기이하고 새로운 것으로 비쳐지는 이유는 인위적이고 작위적인 노력에 있는 것이 아니다. 다만 감춰진 사실의 실체적 진실을 찾고자 하고 또 항상 사물의 본질을 정확하게 이해하고자 한 것에서 그의 미덕을 찾고 있다. 집안 일상생활도 고아함이 있었음을 알려 준다. 특히 주목되는 점은 그가 기쁘고 웃고 성내고 꾸짖는 등의 정을 드러낼 때에도 언제나 '천진(天眞)'의 상태를 보여 주었다는 점이다. 그의 천진론은 예덕선생전(穢德先生傳)에 더욱 잘 드러난다. 예덕선생은 날마다 마을 안의 똥을 치는 일을 생업으로 삼고 지내는 마을의 엄행수(嚴行首)를 일컫는다. 엄행수는 곤궁해도 탈속한 인물이다. 그는 밥을 먹을 때는 끼니마다 착실히 먹고 길을 걸을 때는 조심스레 걷고 졸음이 오면 쿨쿨 자고 웃을 때는 껄껄 웃고 그냥 가만히 있을 때는 마치 바보처럼 보이는 인물이다. 그는 엄행수를 성인이라고 말한다.


　나는 깨끗한 가운데서도 깨끗하지 않은 것이 있고 더러운 가운데서도 더럽지 않은 것이 있음을 알게 되었네. 나는 먹고사는 일에 아주 어려운 처지를 당하면 언제나 나보다 못한 사람을 떠올리게 되는데, 엄행수를 생각하면 견디지 못할 일이 없었지. 진실로 마음속에 좀도둑질할 뜻이 없는 사람이라면 언제나 엄행수를 생각하지 않을 수 없겠지. 이를 더 확대시켜 나간다면 성인(聖人)의 경지에도 이를 것일세.[69]

---

**68** 『과정록』 권3.

**69** 『연암집』 권8, 별집, 放璚閣外傳, 〈穢德先生傳〉

그가 엄행수를 예덕선생이라 높이고, 예덕선생은 성인의 경지라고
상찬한다. 그 이유는 엄행수의 처신이 '천진'하기 때문이다. 무욕과
'천진'은 신분이나 직업, 교육과 아무런 관련이 없는 마음의 상태다.
만약 이 부분만을 떼어서 보면 양명의 성정론과 유사하다. 양명학에
있어서는. 마음의 본래면목이자 솔성지도(率性之道)로서의 도심은
다양한 의미내용을 함축한다. 즉 사단만이 아니라 희로애락 등 칠정
의 자연스런 발로, 나아가서는 '주리면 먹고 목마르면 마시는' 형기의
자연스런 욕구까지도 모두 솔성지도이자 양지(良知)의 발용인 도심
으로 간주된다. 양명은 칠정도 자연의 유행에 순응한 것이라고 한다
면, 그것은 바로 양지의 용(用)이라고 주장한다. 희로애락의 정에서
본성의 가장 밑바탕인 '천진(天眞)'을 찾는 것은 매우 주목할 만한 변
화이다.

그는 "진실로 문장의 이치를 터득하면 집안 식구끼리의 일상적인
이야기도 학교 교과 과정에 끼일 수도 있고, 아이들 노래와 속담도
「이아(爾雅)」에 들 수가 있다."[70]고 이야기 한다. 이것은 진솔한 생활
의 모습이 교육 속으로 들어오고, 여항의 노래와 속담이 교재가 될
수 있는 계기가 됨을 의미한다. 그의 이러한 발언은 한국의 교육사
에서 주목할 만한 논의이다. 그러면 여기에서 그가 말하는 문장의
이치란 무엇일까? 그가 말하는 문장론은 단순히 문장에 관한 견해에
한정된 것이 아니라 그의 독특한 세계관이 녹아 있다는 점에서 주목
된다. 그는, "문장이란 고문(古文)과 금문(今文)이 없다. 오로지 스스
로 자기 자신의 문장을 쓰면 그만이다. 눈과 귀가 듣는 바를 잘 드러
내어서 그 형태며 그 소리를 곡진하게 그려내고 그 내용이며 그 상
황을 남김없이 모두 따져서 드러내지 못함이 없다면 문장을 짓는 법
도는 극진한 것이다."[71]라고 말한다.

---

70 『과정록』 권4, "苟得其理 則家人常談 猶列學官 童謳里諺 亦屬爾雅"

문장은 이 세계에 대한 자기 진술이라 할 때, 연암이 "오로지 스스로 자기의 문장을 쓸 것"을 주문하는 것은 '인순고식(因循姑息)'을 배격하는 연암의 주체적 사고와 맞물려 있다. 그는 인습적인 예법과 격식에 얽매이는 생활태도를 배격한다. 그에게 있어 "천지는 비록 오래된 것이나 끊임없이 무한한 창조력(生生之理)을 보여 주고, 해와 달은 비록 오래 되었으나 그 빛을 발함은 날로 새로운 것"[72]이다. 이런 점에서 볼 때, 연암 사유의 가장 큰 특징이 '사물을 항상 운동·변화하는 것으로 보는 것'이라고 한 지적은 탁견이다. 동시에 이 변화하는 세계는 무목적적인 것이 아니라 끊임없는 생명력으로서의 생생지리(生生之理)를 발현한다는 사실이다. 또한 시간과 역사는 날마다 새로워지는 창조적 과정으로 이해된다.

만물은 다 같이 기화(氣化) 속에 있으니 어느 것인들 천명이 아니겠느냐? 무릇 성(性)이란 심(心)자와 생(生)자의 뜻을 따른 것이니, 심에 갖추어진 것이요 생(生)과 같은 족속이다. 기(氣)가 없으면 생명이 끊어지는데 성(性)이 어찌 생(生)을 따르겠으며, 생이 아니면 성이 그치는데 선이 어디에 붙겠는가? 진실로 천명이 본연을 궁구하면 어찌 성만이 선하리오? 기 역시 선하며, 어찌 기(氣)만이 선하리오? 생이 아니면 성이 그치는데 선이 어디에 붙겠는가? 만물 중에 생을 누리는 것은 선하지 않는 것이 없다. 그러니 그 천명을 즐거이 여기고 그 천명을 순순히 따르면 물과 내가 같지 않은 것이 없으니, 이것이 바로 하늘이 명한 성이라네.[73]

---

**71** 상동, "先君之論文章也 常以爲文無古無今 不必模楷韓歐 步趨馬班 矜壯自大 低視今人也 惟自爲吾文而已 擧耳目之所睹聞 而無不能曲盡其形聲 學九其情狀 則文之道 極矣"

**72** 『연암집』 제1권, 〈楚亭集序〉, "天地雖久 不斷生生 日月雖久 光輝日新"

**73** 『연암집』 제2권, 〈答任亨五論原道書〉, "萬物同在氣化之中 何莫非天命 夫性者 從心從生 心之具而生之族也 無氣則命絶矣 性安從生 非生則性息矣 善安所係也 苟究天命

이에 따르면 "만물의 삶은 기(氣)가 아님이 없는 것이다. 천지는 큰 그릇(器)이고 가득 찬 것은 기(氣)인 것이다."[74] 그런데 이렇게 가득 찬 기 속에 마치 복숭아의 씨처럼 안이 들어 있는 이(理)란 다름이 아니라 생(生)과 같은 족이라고 하였다. 이(理)란 곧 생명인 것이다. 성이 선한 것도 생이 있으므로 가능한 것임을 강조한다. 마침내, "만물 중에 생을 누리는 것은 선하지 않는 것이 없다."라는 득의의 생명 철학을 드러낸다. "참다운 이(理)란 보존된 씨와 같고, 씨를 일러 인(仁)이라 자(子)라 하는 건 바로 생생지리(生生之理)이기 때문이다."[75]라고 말한다. 그는 하늘의 뜻을 즐기고 모든 생명의 가치를 소중하게 여길 때 물아일체의 경지가 열린다고 말하고 있다. 그는 실제 생활 속에서도 이러한 삶을 그리워하였다. 「과정록」에는 이러한 대목이 나온다.

　　못가에서 노닐 때마다 불초와 지산으로 하여금 각건에 단선(團扇)을 들고 배를 띄워 떠돌게 하고 책상위에 벼루·향로·다구를 갖추어 두고 선군께서 난간에 기대어 바라보시고는, "나는 그림 속에서 바라본다." 하셨다.

과정록이 나타난 그의 일상에는 예의 두터운 옷에 짓눌린 선비의 모습이 거의 보이지 않는다. 그의 주위에는 언제나 웃음과 날카로운 해학이 함께 하였다. 낙천(樂天)의 자세로 삶을 긍정하고 있다. 그러나 그가 도달하고자 하는 마지막 경계, 즉 물아일체의 세계는 사실상

之本然 則奚獨性善 氣亦善也 奚獨氣善 萬物之含生者莫不善也 樂其天而順其命 物與我無不同也 是則天命之性也"

　74 상동, "萬物之生 何莫非氣也 天地大器也 所盈者氣 則所以充之者理也 陰陽相盪 理在其中 氣而包之"
　75 『연암집』 제2권, 〈塵公塔銘〉

전대의 도학자들이 꿈꾸던 이상향과 그렇게 다르지 않다. 자연 속에서 생생지리를 느끼고 그것을 통해 천인합일의 경지를 실현하고자 하는 것은 대부분의 유학자들의 공통된 바램이다. 퇴계가 녹음이 우거진 여름철에 매미 소리를 사랑하고, 마당가의 한 포기 풀에도 경외심을 느끼는 것은 그 풀과 매미의 울음 속에서 무한한 생의(生意)를 느낄 수 있었기 때문이다. 뜰 앞의 풀 한 포기가 나타내는 생명의 미묘한 움직임은 천지의 유행을 그대로 밝게 드러내 주는 것이고, 이러한 흐름은 본질적으로 인간에게도 동일하게 관여하는 것이라 믿었던 것이다.[76]

그러면 연암은 과연 어떤 인식과정과 노력을 통해 물(物)이 지닌 생의(生意)를 감득하고, 그것의 생생지리를 확인하고자 하였는가? 성리학에서는, 이러한 도의 실현이 어느 날 느닷없이 이루어지는 것이 아니라고 보았다. 즉 오랜 세월의 거경과 궁리 공부가 온축되어야 가능하다고 보았다 매 순간 불시에 찾아오는 사사로운 욕심을 털어내고, 존재의 각성을 깨우치는 경(敬)한 마음의 상태를 유지하면서, 오랜 세월 그 사물의 성격과 이치를 탐구하며 우유함영(優遊涵泳)하면, 마침내 사물의 본질이 환하게 드러나게 된다는 것이다. 즉 객관세계로서의 대상은 어느 날 갑자기 그의 존재의 본질을 드러내고 인간과 함께 하기를 허락하지는 않는다는 것이다. 끊임없는 마음의 수양을 통해서만 비로소 객관세계의 진정한 본질을 대면할 수 있다는 것이 유학의 공부론이다.

이러한 성리학의 공부론과 비교할 때, 연암에게서는, 일상을 살아가면서 과연 어떻게 자연과 조응하고, 여하히 합일의 상태에 도달할 것인가에 대한 해답이 선명하게 드러나지 않고 있다. 연암에게서는

---

76 졸고, 「퇴계철학에 있어서의 '일상'의 의미와 그 교육학적 해석」, 『퇴계사상과 그 현대적 의미』, 한국정신문화연구원, 1997.

매 순간 개개 사물의 생생한 본질에 다가서고, 그 속에서 생명의 의지를 확인하고자 하는 지성의 힘은 강렬하나, 그것을 항상적으로 유지하게 하는 수양론이 상대적으로 약화되어 있다. 물아일체의 상태를 지속적으로 실현하기 위해서, 성리학에서의 경 사상에 비견되는, 어떤 형태로든 안정된 공부론이 요청될 것인데, 그 대안을, '명심(冥心)'에 관한 그의 독특한 사유에서 찾아 볼 수 있지 않을까 한다.[77]

나는 이제야 도(道)를 알았도다. 명심(冥心)한 자는 귀와 눈이 누(累)가 되지 않고, 귀와 눈만을 믿는 자는 보고 듣는 것이 더욱 밝혀져서 병이 되는 것이다. 이제 내 마부가 발을 말굽에 밟혀서 뒷 차에 실리었으므로, 나는 드디어 혼자 고삐를 늦추어 강에 띄우고 무릎을 구부려 발을 모으고 안장 위에 앉았으니, 한 번 떨어지면 곧 강이다. (그러나) 물로 땅을 삼고, 물로 옷을 삼으며, 물로 몸을 삼고, 물로 성정(性情)을 삼아, 이제 내 마음은 한 번 떨어질 것을 결정하니, 내 귓속에 강물소리가 없어지고 무릇 아홉 번 건너는데도 걱정이 없어 의자 위에서 좌와(坐臥)하고 기거(起居)하는 것 같았다. …(중략)… 소리와 빛은 외물(外物)이니 외물이 항상 이목에 누가 되어 사람으로 하여금 똑바로 보고 듣는 것을 잃게 하는 것이 이 같거늘, 하물며 인생이 세상을 지나는데 그 험하고 위태로운 것이 강물보다 심하고, 보고 듣는 것이 문득 병이 되는 것임에랴.[78]

"명심(冥心)이란 어떤 상태일까? 논자에 따라서는 명심을 노장의

---

**77** '冥心'에 관해서는 이미 임형택 교수와 박희병 교수에 의해 문학적으로 깊이 거론되었다. 이 개념이 과연 노장적인가 등의 문제를 포함하여 철학적으로 논의를 좀 더 확장할 필요가 있다.(임형택, 「박연암의 인식론과 미의식」, 『한국한문학연구』 11집, 1988, 28쪽; 박희병, 『한국의 생태사상』, 돌베개, 1999)

**78** 『열하일기』, 山莊雜記, 〈一夜九渡河記〉

좌망(坐忘)과 같은 개념으로 풀이하기도 한다. 또한 명심을 도가적 개념으로 이해하고, 대상과 나를 동시에 잊음으로써 이해·득실·시비 등의 사려 분별을 초월해 물아일체에 이르는 '심리적 혼동상태'를 가리킨다."로 풀이한다. 따라서 명심은 인간의 분별지 혹은 감각적 인식을 매개한 개념적 파악을 초월하는 마음의 경지"로 설명하고 있다.[79] 명심이 이러한 상태라고 한다면, 연암은 이미 유학의 경계를 벗어난 것이 된다. 유학에서는 객관세계의 외물을 있는 그대로 맞이하되, 이른바 〈간기배(艮其背)〉의 태도를 견지하라고 주문한다. 물을 일부러 외면하거나 일상의 상태를 벗어나 버리면 일에 구애되어 각각의 물에 있는 그 물의 고유한 이치를 모른다는 것이다. 즉 물마다 물에는 고유한 법칙이 있어(物各付物) 그대로 따른다면 오히려 물을 부리는 일이 되지만, 그러나 물에 구애되면 물에 사역 당하게 [役於物] 되는 것이다.

연암은 과연 어떻게 '명심'의 상태에 도달할 수 있는지에 대해서는 소상하게 밝히지 않았다. 그가 홍대용에게 준 '극(克)'이라는 단어는 살펴 볼 필요가 있다.

성인(聖人)의 수천 마디 말씀은 사람으로 하여금 객기(客氣)를 없애게 하려는 것입니다. 객기와 정기(正氣)는 마치 음(陰)과 양(陽)이 서로 반대로 줄었다 늘었다 하는 것과 같지요. 비유하자면 큰 풀무에서 쇠를 녹여 두들기는 것과 같아서, 객기가 겨우 조금만 없어져도 정기가 저절로 서지요. 그러나 정기란 더듬어 볼 수 있는 형체가 없으며, 오직 하늘을 우러러보고 땅을 굽어보매 부끄럼이 없는 경지에서만 찾을 수 있지요. 성인이 제 한 몸을 다스릴 뿐인데, 얼마나 힘들었으면 큰 도적이나 큰 악당처럼 여겨서, 성급히 하나의 이길 '극(克)' 자를 썼겠습니까?

**79** 박희병, 상게서, 319쪽.

'극'이라는 말은, 백방으로 성을 공격하여 날짜를 다그쳐서 기필코 이기려는 것과 같습니다.[80]

연암이 말하는 객기(客氣)를 소제(消除)한다는 수양법은 경의 공부법과는 근본적으로 다르다. 객기와 정기는 음양의 소장과 같이 한 쪽이 늘어나면 한 쪽이 줄어드는 일종의 기라고 할 수 있다. 따라서 이(理)를 탐색하는 경의 공부론과는 구별된다. 연암이 말하는 '명심'이 과연 '경'의 상태와 어떻게 구별되는가 하는 점은 앞의 내용만으로는 쉽게 구분할 수 없다. 그러나 유학자들이 '좌망'에 대하여 두려워하는 것은, 이러한 상태가 자칫 이 우리가 사는 '일상'을 가볍게 생각한다거나 혹은 가유(假有)의 세계로 이해한다는 점에 있다. 강물은 변함없이 세차게 흘러가는데도 불구하고, '명심'의 상태가 되면 그 강물이 실제로 존재하지 않는 것처럼 이해될 수 있다는 것이다. 즉 바깥 외물에도 그 나름의 고유한 존재법, 즉 분수지리(分殊之理)가 있다는 사실을 인정하고 이것이 내 마음의 이(理)와 조응하도록 하는 것이 궁리를 통한 공부인 것이다. 흐르는 강물의 속도를 정확히 살펴보고, 그 물의 흐름을 어떻게 헤쳐 나아갈 것인가를 궁리하는 것이 중요한 것이다. 이렇게 되면, "물이 와서 응하나(物來而應) 물의 고유한 법칙을 벗어나지 않고, 물이 감에 평화로움을 느끼나(物往而和) 결코 그 자취를 남기지 않는 것"[81]이다.

그러나 연암 사상의 특장은 '명심'의 상태가 객관적인 물의 본질을 왜곡하는 것이 아니라, 오히려 성리학적인 인식론의 한계를 돌파하

---

**80** 『연암집』 권3, 孔雀館文稿, 答洪德保 "聖人千語。使人消除客氣。客氣與正氣。如陰陽消長。譬如大冶鎔鍛。客氣纔除一分。則正氣自立。而正氣無形可摸。惟俯仰無怍處。可以尋覓。聖人治其一已。何苦如大盜巨姦。而猛下一克字。克之爲言。如百道攻城。刻日必勝。"

**81** 陳榮捷, 『近思錄詳註集評』, 學生書局, 266쪽.

여 객관세계의 실체적 진실에 더욱 가까이 나아가고 있다는 점이다. 말하자면 이 실체적 진실에 도달하는 수단과 방법이 새로워진 것이다. 필자는 다른 자리에서 수양을 통해 도의 세계에 다다르고자 하는 성리학적 모형을 인격적 지식(Personal Knowledge)의 개념으로 범주화할 수 있다면, 연암과 같이 감성과 직관에 의해 도의 세계에 이르고 하는 지식체계를 '미학적 지식(Aesthetic Knowledge)'이라는 개념으로 정리할 것을 제안하였다.

연암이 아이들의 교육에 임하는 자세에도 이러한 기미가 엿 보인다. 그는 창애에게 보낸 편지에서 다음과 같은 일화를 소개하고 있다.

마을 아이에게 「천자문」을 가르쳤더니 읽는 데 싫증을 내었습니다, 그래서 꾸짖었더니 이렇게 말하더군요. "하늘을 보니 푸르고 푸른데 하늘 '천'이란 글자는 왜 푸르지 않습니까? 이 때문에 글을 읽기 싫어요.[82]

이 경우, 문자는 물(物)의 본질을 이해하는 데 방해가 되는 것으로 설명된다. 내 마음과 하늘이 직접적으로 대면할 때, 하늘은 푸른 모습을 드러낸다. 이것이 감성과 직관에 의해 도의 세계에 이르고 하는 '미학적 지식처계(Aesthetic Knowledge)'의 한 모습을 보여준다. 반면 성리학에서의 '하늘'은 좀 더 이학적이고 도덕적인 설명 속에서 그 의미가 명확하게 드러나는 일종의 형이상학을 함께 포지한 개념물인 것이다. 말하자면 연암은 '일상'에서 성리학적 해석체계를 걷어내고, 그 대신 감성적이고 직관적인 통로를 통하여 '천'의 본질에 한 걸음 더 다가서는 것에서는 성공하였으나, 새로운 세계를 구성할 통합적인 원리나 질서율을 구성하는 데에는 미치지 못하였던 것으로

---

82 『연암집』 제5권, 〈答蒼厓〉, "里中孺子 爲授千字文 呵其厭讀 曰 視天蒼蒼 千字不碧 是以厭耳 此兒聰明 餒煞蒼崖"

보인다.

마) 다산 정약용 ; 행사(行事)속의 성인(聖人)

실학을 집대성한 다산(茶山) 정약용(丁若鏞, 1762-1836)은 성리학
적 성인관도 전면적으로 지양, 극복하였다. 이미 살펴보았듯이, 임란
을 경과하면서 소수의 학자들은 주자학적 공부론을 통해 성인이 될
수 있다는 기존의 신념에 의문을 품기 시작하였다. 이들의 각성은
양명이 경험했던 용장의 깨우침처럼 극적인 것은 아니었으나, 변화
의 바람은 명백하게 감지할 수 있었다. 소학류의 하학공부를 통하여
상달의 세계에 이른다는 성리학적 기획은 지나치게 관념적이고 지루
하여 활기 없는 유자들만 양산하였다. 그들은 사소한 삶의 이치(理)
를 깨우쳐 종국에는 세계에 대한 근원적 이해가 가능하리라는 낙관
론이 매우 비현실적이라는 사실을 감득하기 시작하였다. '성인'이라
는 외부적 준거가 삶의 구석구석을 통어하고 인간의 소소한 욕망을
금제하는 것을 회의하게 되었다. 성리학의 세례를 받은 수많은 선비
들이 명멸하고, 사후 그들은 서원 향사의 영광을 누렸지만 성인의 문
정에 들어간 인물은 거의 없었다. 17세기 이후 등장하는 탈주자학적
해석, 육경고학에 대한 새로운 관심 등은 성리학적 공부론이 지닌 한
계를 돌파하고자 하는 학문적 노력이었다.

다산은 성리학의 공부로는 성인을 성취할 수 없다고 단언한다. 그
는 그 이유를 우선, 천(天)을 이(理)라 하고, 인(仁)을 만물을 살리는
이(理)라 하고, 중용의 용(庸)을 평상(平常)이라고 하는 세 가지 점으
로 지적한다.[83] 그의 이러한 주장은 사실상 기존의 성리학의 공부론

---

83 『全書』2-2, 〈心經密驗〉, "今人欲聖不能者 厥有三端 一認天爲理 一認仁爲生物之
理 一認庸爲平常 若愼獨以事天 强恕以求仁 又能恒久而不息, 斯聖人矣"

이 한계에 다달았음을 선언한 것이다. 더욱 흥미로운 사실은, 다산의 사유에서는 성리학에서 주변부에 머물러 있던 상제 개념이 가장 중핵적인 자리를 차지하기 시작한다는 것이다. 그는 도처에서 성인과 상제가 그의 선의지를 확인시켜 주는 주요한 동인임을 밝히고 있다. 이제 우리는 그의 교육론에서 성인과 상제는 과연 어떤 의미를 지니고 있는지 밝혀 보아야 할 때이다. 우리는 곧잘 이동설(理動說)에 근거한 퇴계의 '상제(上帝)'개념과, 신독(愼獨)에 기초한 다산의 종교적 상제론 사이에서 강한 사상적 연대성을 발견하고자 하나, 이는 다산의 고유한 사상적 특질에 대한 이해를 어렵게 할 수 있으리라 본다.

## 이(理)를 궁구하면 성인이 될까?

성리학자들은 궁리를 통해 성인의 세계에 도달할 수 있다는 낙관적 견해를 지니고 있었다. 그들은 인간의 행위나 인간관계의 질서, 혹은 주위에 편만한 사물들의 이치를 하나하나 철저하게 궁구하여 그 극처에 도달하게 되면 활연관통에 이르고, 마음의 지혜(心知)를 밝힐 수 있다고 믿었다. 주자가 격물(格物)에서의 '격'을 '이르다(至)'라고 풀이한 것은 단순히 우리의 인식작용이 외부 사물에 '이르다(至)'라는 것에 그치는 것이 아니라, 외부 사물의 이치를 궁구하고(窮), 마침내는 그 사물의 존재이유와 본질까지도 완전하게 이해하는 활연관통의 상태에 이를 수 있음을 의미한다. 유학의 격물론은 외부 사물에 대한 단순한 인식론적 관심에 한정되는 것이 아니다. 주자가 격물에서의 '물(物)'을 단순히 외부사물이 아닌 인간의 구체적인 행위와 활동을 포괄하는 '사(事)'의 의미까지 확장하자, 그 앎의 최종 단계인 활연관통의 상태에서는 마침내 완인인 성인(聖人)에 도달하게 된다.

그들은 이(理)를 매개로 하여 소이연(所以然)과 소당연(所當然)의 두 차원을 하나의 통일된 의미 체계 속에 함께 담을 수 있었다. 세계에 대한 객관적인 지식이 증가하는 것과 마음의 수양을 통해 덕성을 함양하는 것은 동일한 이(理)의 작용이다. 그들에 따르면 이 세계는 본질적으로 조화와 생성의 원리를 담고 있다. 이 선험적 원리를 깊이 이해할 때 비로소 천명을 이해할 수 있고, 그 결과 덕성을 충분히 기를 수 있고 마침내는 성인의 경지에 이르게 된다. 객관적 지식과 덕(德)의 결합이 본체론적인 차원에서 가능한 것이다.

성리학에 있어 무릇 '배움'이라고 하는 것은 이 거대한 계기적 순환의 흐름을 해석자의 주체적이고 능동적인 개입과 해석행위를 통하여 마음으로부터 환히 깨우치는 것이다. 쉽게 말해, 인간과 우주의 미묘한 관련성을 스스로 체인하는 것이 배움의 요체라는 것이다. 학습의 과정은 현실의 나(我)와 우주적 대아(大我)로서의 '성인'과의 간극을 어떻게 메울 것인가 하는 실존적인 고민을 경험하는 기간이다.

그런데 문제는 마음이 외부세계와 접하게 되면 자연스레 활동성을 지니게 되고, 마음이 이미 본체의 상태를 벗어난 이발(已發)의 상태가 된다는 것이다. 마음이 외부세계와 관계를 맺으면서 기뻐하고 분노하고, 혹은 사랑하고 혹은 미워하면서 자칫 마음의 균형 상태를 잊어버리고 외물에 대한 참다운 인식에 장애를 가져 올 수 있다. 따라서 사람의 마음은 언제나 본래적이고 선천적으로 주어진 마음의 이(理)에 의해 통제되어야 한다. 이를 위해서 우선적으로 가장 요구되는 것이 궁리(窮理)의 공부를 선행해야 한다는 것이다. 궁리의 공부 이후에는 자신의 다양한 행위가 과연 이(理)에 부합하는지를 부단히 살피는 성찰(省察)의 공부가 필요한 것이다.

이러한 메커니즘으로 인해 공부의 초점은 언제나 마음으로 모아진다. 성리학에서 말하는 마음은 이기(理氣)의 결합물로서 바깥세상과 부단한 관련을 맺으면서 서로 교호하고 감응하는 가운데 끊임없는 변화를 되풀이 한다. 그런데 이들은 마음이 이미 바깥 외물(外物)

과 접한 때의 상태의 이발(已發) 보다는, 아직 마음이 외물과 접촉하지 아니한 상태, 마음의 고요한 본체를 의미하는 미발(未發)의 상태를 더욱 본질적인 것으로 생각한다. 물론 미발시의 공부뿐만 아니라 이발시의 공부도 중요시하고. 동과 정 어느 순간에도 천리에 맞게 행동할 것을 요구한다. 그러나 마음공부의 최종 목적은 개인의 사욕과 사정(私情)이 개입된 인심(人心)의 세계로부터 하늘로부터 품부된 온전한 본성을 회복한 도심(道心)의 세계로 옮겨 가는 것이다. 사욕을 걷어 내고 마음속에 내재한 도덕적 본체, 즉 이(理)를 찾고자 하는 부단한 노력은 곧 마음의 본성을 회복하는 것에 다름 아니다.[84]

그러나 17세기에 이르면 이러한 성리학적 이해에 균열이 나타나기 시작한다. 그들은 거경과 궁리를 통해 소이연과 소당연의 이(理)를 찾는 작업으로 과연 성인의 세계로 진입할 수 있을까에 대해 회의하기 시작한다. 그들의 새로운 해석 작업은 다양한 각도에서 이루어 졌다. 이기론 체계에 대한 재해석 작업을 시도하기도 하고, 소학을 근간으로 하는 하학 공부의 맹점을 추궁하기도 하였다. 또 다른 측면에서는 하학과 상달 사이의 연결점에 대한 논의를 통하여 과연 소소한 일상의 세계에서의 궁리 공부가 범인들을 성인의 세계로 인도하는지 검토하기 시작하였다. 우리는 앞에서 몇몇 인물들을 통하여 성리학적 공부론이 해체되어 가는 과정을 살펴보았고, 이제 다산의 지적 성찰을 살펴보도록 하자.

## 다산의 탈주자학적 성인론

다산의 문집에서 '성인'은 가장 빈번하게 등장하는 단어 중의 하나이다. '성인'은 그의 교육관에서도 궁극적인 목표요 이상이다. 그러

---

**84** 졸저, 『공부의 발견』, 현암사, 2007.

나 그의 성인론은 당대 성리학자들의 견해와는 상당한 차이를 드러
낸다. 앞질러 말하자면 성리학자들의 성인론과 공부론이 추상성과
관념성 속에서 비실체적인 일종의 이념형으로 기능하였다면, 다산이
생각하는 성인은 구체적인 역사성을 지닌, 욕망과 분노까지도 함께
하는 능위적인 인물이었다. 다산은 오학론에서, 성리학자들과는 끝
내 같이 손잡고 요순(堯舜)과 주공(周公)·공자(孔子)와 같은 성인의
문하로 들어가지 못할 것이라고 주장한다. 그는 성리학자들이 공리
학이나 형명(刑名)학은 이단으로 몰고, 산림처사로 자처하면서 공소
한 학문만을 하고 있음을 비판한다. 그는 주자학에서 성인을 성취할
수 없는 이유는 첫째) 천(天)을 이(理)라 하고, 둘째) 인(仁)을 만물을
살리는 이(理)라 하고, 셋째) 중용의 용(庸)을 평상(平常)이라고 하는
세 가지 점을 들었다. 이에 대해서 성인이 될 수 있는 방법은 첫째,
신독으로 하여 하늘을 섬기고, 둘째, 서(恕)에 힘써서 인을 구하며,
셋째, 항구하여 중단됨이 없음을 제시하였다.[85]

　다산은 우선 성인이란 인격과 덕성을 완성한 자라는 점을 명확히
하였다. 그는 성리학에서 천을 이(理)로 해석함으로써 천의 선악에
대한 주재적 권능이 사라졌음을 지적한다. 다산에 따르면, 이(理)는
"사랑도 없고, 미움도 없는, 즐거움도 없고 분노도 없는, 이름과 예도
들어 있지 않은 텅 비고 막막한 것"[86]이다. 그는 이(理)의 무실성(無
實性)을 들어 성리학의 공부론을 공격한다. 다산은, "이(理)를 가지
고 만물을 꿰뚫는다지만, 자기 행실의 선악과는 조금도 관련이 없
음"[87]을 말한다. 하늘을 실체 없는 이(理)로 추상화시킴으로써 인간
의 선악을 감독할 인격천이 사라졌다는 것이다.

---

　**85**『與猶堂全書』2, 권2. 40 〈心經密驗〉, "今人欲聖而不能者 厥有三端 一認天爲理
一認仁爲生物之理 一認庸爲平常 若愼獨以事天 强恕以求仁 又能恒久而不息 斯聖人矣"
　**86**『與猶堂全書』2, 권6, 〈맹자요의〉, "夫理字何物 理無愛憎 理無喜怒 空空漠漠"
　**87**『論語古今註』, "以一理貫萬物 於自己善惡 毫無所涉"

그는 신독을 통한 사천(事天)의 공부론을 주장한다. 상제가 주관하는 하늘, 그 하늘을 종교적인 믿음의 대상으로 복귀시키고자 하였다. 그에게 성인은 추상의 그림자 속에 숨어 있는 인물이 아니었다. 성인이란, "어렵고 고된 일은 남보다 먼저하고, 소득이 되는 어려운 일은 남보다 뒤에 하는 서(恕)"[88]를 실천하는 인물일 뿐이다. 그는 심학화한 경의 공부를 통해서는 성인에 이르는 길이 없다고 보았다. 이(理)의 체인을 전제로 한 도문학과 존덕성 공부로는 인(仁)의 본질에 가까이 할 수 없고, 성인됨의 길도 불가능하다는 것이다.

다산은 주자 공부론의 근간을 이루는 격물치지론을 근본적으로 부인한다. 그는 주자가 격물론을 통하여 궁리(窮理)의 인식론적 근거를 마련했던 것을 근본적으로 허물어 버린다. 그는 주자의 소위 대학 8조목설을 부인하고 이를 격치(格致) 6조로 불러야 할 것을 제안한다. 그는 대학의 8조목에서 격물과 치지를 제외시키고, 격치를 성의, 정심, 수신, 제가, 치국, 평천하 6조의 선후관계와 본말관계를 이해하는 것이라고 설명한다. 그는 격물에서 이(理)의 존재를 부정하고, 활연관통의 상태도 또한 없는 것이라고 말한다. 그는 공자 같은 성인이라도, 경험하지 않았다면 "도의 지극한 부분에 이르러서는 모르는 대목이 있다."고 보았다.[89] 격물은 '헤아리고 재는 것(量度)'이라고 말한다. 따라서 격물이란 "물에 본말이 있음을 헤아리고 재는 것"이며, 치지란 일에 관해 "먼저하고 뒤에 할 바를 지극히 아는 것"[90] 이상이 아닌 것이다. 예를 들자면, 나라를 다스리는 것에 일의 본말과 선후를 명백하게 아는 것이 격치의 요체이며, 제가의 선후와 본말을 이해하는 행위가 격치의 근본이라는 것이다.

---

88 「論語古今註」, 雍也, "艱苦之事先於人 得利之事後於人 則恕也"
89 「論語古今註」, "特道體至大 造端乎夫婦 而及其至也 雖聖人亦有所不知焉"
90 「論語古今註」, "格量度也 極知其所先後則致知也 度物之本末則格物也"

다산은 성인의 본질을 미발 심체의 명경지수에 두고자 하는 성리학자들의 이해태도를 거부한다. 그는 성인도 역시 두려움과 같은 칠정이 있고, 욕망이 있는 인간임을 강조한다.[91] 그는 공자가 광(匡)의 창끝 앞에서도 두려워하지 않았다는 형병의 말을 단호하게 부정한다. 또한 성인도 뉘우침과 욕심이 있는 인간임을 확인한다. 그는 "만약 성인이라고 해서 뉘우침이 없다면 성인이라는 자들은 우리와 같은 부류가 아니니, 무엇 때문에 흠모할 것인가."라고 반문한다. 그에 따르면, 뉘우침이 마음을 길러주는[養心] 것은 마치 분뇨(糞尿)가 곡식의 싹을 키워주는 것과 같다. 그는 여기에서 성인을 교육의 영역으로 바짝 끌어 들인다.

후세에 성인을 말하는 사람들은 모두 그를 추존해서 신이하고 황홀한 사람으로 여기기만 하고 그가 성취한 것이 어떤 일인지는 까마득하게 알아보지 못한다. 그리고 성인은 본래 높고 신성한 존재라서 나에게는 그렇게 될 분수가 아예 없으니 성인을 흠모한들 무엇 하겠는가 하고 여긴다. 이것이 성인이 나오지 않는 까닭이며, 도가 마침내 어두워진 까닭이니, 아! 슬픈 일이다.[92]

다산은 성인은 지고의 존재이고, 내가 도저히 도달하지 못할 존재라는 사실을 부정한다. 성인은 멀리 추상 속에 머무는 대상이 아니라, 교육을 통해 우리가 본받을 수 있는 대상임을 재차 환기시킨다. 성인 자신도 본바탕은 많은 약점과 단점을 지닌 인간일 뿐이다. 기예에 있어서는 "아무리 성인(聖人)이라 하더라도 천 명이나 만 명의 사람이 함께 의논한 것을 당해낼 수 없고, 아무리 성인이라 하더라도

---

**91** 「다산시문집」권13, 記, 〈每心齋記〉
**92** 「論語古今註」, 〈爲政〉 제2

하루아침에 그 아름다운 덕(德)을 모조리 갖출 수는 없는 것"93이다. 이와 같은 맥락에서 다산은 순 임금이 성인이 된 까닭은 그의 효심에서 비롯되었지, 선기옥형과 같은 기물을 잘 만드는 것에 있지 않았다고 보았다.94 그에 따르면 모든 사람사람이 성인이 될 수 있는가의 여부는 그가 어리석거나 노둔한가의 여부에 있는 것이 아니라, 얼마나 순과 같은 효유를 행하는가에 달렸다.95 그렇지 않고 만약 총명하고 지혜로운 사람만이 성인될 수 있다고 한다면, 우둔한 사람은 스스로 자포자기하게 되고, 마침내 성인을 하늘처럼 치부하여 스스로 한계를 짓고 상승의 의지를 가지지 않는 화근으로 작용한다는 것이다.96

다산은 성인을 인간과 격절하여 멀리 천상 속에 머물거나, 관념 속에서 찾을 수 있는 가상의 인물로 상정하는 것에 격렬하게 반대하였다. 성인의 모형을 조선 후기의 모순을 극복하고 대안을 제출할 수 있는 구체성 속에서 구하고자 하였다. 성인의 뜻은 당시의 피폐한 백성의 삶을 구제하는 데 있음을 명확히 하였다. 그는 말하기를, "적당한 사람을 얻어서 전지를 맡겨, 그가 힘을 다해서 농사하면 곡식 소출이 많아질 것이다. 곡식 소출이 많아지면 백성의 먹을 것이 풍족해지고, 백성의 먹을 것이 풍족하면, 피폐한 자, 병자, 쇠약한 자, 어린이, 공인, 장사꾼, 우자(虞者), 형자(衡者), 목자(牧者), 포자(圃者), 빈자(嬪者 : 織婦)들도 모두 그 중에서 먹을 것을 얻게 된다. 이것이 바로 성인(聖人)의 뜻이다."라고 갈파한다.97

---

**93** 「다산시문집」 권11, 論, 〈技藝論〉

**94** 『詩經講義』 권3, 〈大雅〉, "臣嘗以爲舜之孝友, 人皆有可以爲之理. 舜之璿璣玉衡, 凡人不能造. 然有巧曆焉, 能作璿璣玉衡, 不可以此謂可以爲舜. 有孝子焉."

**95** 『論語古今註』, 〈陽貨〉, "今使天下之人. 人人皆孝friend如舜. 則雖至鈍甚濁之氣質. 未可曰行不得而力不足. 特自畫而不肯爲耳. 則孟子謂人皆可以爲堯舜. 豈一毫過情之言哉."

**96** 『孟子要義』, 〈告子 第六〉, "上智生而善, 下愚生而惡, 此其說有足以毒天下而禍萬世, 不但爲洪水猛獸而已. 生而聰慧者, 將自傲自聖, 不懼其陷於罪惡. 生而魯鈍者, 將自暴自棄, 不思其勉於遷改. 今之學者, 以聖爲天, 決意自畫, 皆此說禍之也."

다산은 성인의 표준을 조선의 현실에서 구하고자 하였다. 그는 연경에 사행을 가는 친구가 이를 뽐내자 성인의 학문은 이미 우리나라에 와 있음을 주장한다. 그는, "이른바 '중국'이란 무엇을 두고 일컫는 것인가. 요·순·우·탕(堯舜禹湯)의 정치가 있는 곳을 중국이라 하고, 공자·안자(顔子)·자사(子思)·맹자의 학문이 있는 곳을 중국이라 하는데 오늘날 중국이라고 말할 만한 것이 무엇이 있는가. 성인의 정치와 성인의 학문 같은 것은 동국이 이미 얻어서 옮겨왔는데, 다시 멀리에서 구할 필요가 뭐 있겠는가."[98]라고 반문한다. "성인(聖人)의 법은, 중국이면서도 오랑캐와 같은 행동을 하면 오랑캐로 대우하고, 오랑캐이면서도 중국과 같은 행동을 하면 중국으로 대우한다. 중국과 오랑캐의 구분은 도리와 정치의 여하에 달려 있는 것이지 지역의 여하에 달려 있는 것은 아니다."[99]라는 사실을 환기시킨다.

그의 이러한 성인에 대한 새로운 접근이 그의 구체적인 교육활동에서 어떤 모습으로 구현되고 있었을까? 앞서 언급한대로, 다산은 성인이 될 수 있는 방법으로, 신독으로 하여 하늘을 섬기고, 강서(強恕)로써 인을 구하면서, 또 오래토록 쉬지 않고 중(中)의 자세를 취하는 세 가지 태도를 지적하였다. 그의 이러한 지론은 다산가의 가학 속에서도 꾸준하게 드러난다. 그가 자제들과 문족들에게 가장 빈번하게 강조한 덕목이 효제(孝弟)의 정신이다. 그는 자손들에게 효제는 인(仁)을 행하는 근본이라는 사실을 강조한다. 효제는 인의 근본일 뿐만 아니라, 인덕을 확장하고 교육시키기 위한 가장 기본적이고 중핵적인 대상이다. 그는 사람들이 평소에 측은, 박애 등의 감정을 마음속에 지니고 있지만, 실제로는 어디로부터 시작해야 하는지

97 『經世遺表』 권6, 〈地官修制〉, 田制 4.
98 「다산시문집」 권13, 〈序〉.
99 「다산시문집」 권12, 〈論〉, 拓跋魏論.

또 어떻게 해야 인을 행하는지 모른다고 비판한다.[100] 그 이유는 사람들이 인이란 실천을 통해 비로소 획득되는 가치덕목이라는 사실을 간과하고, 마음의 이치라고 파악하는 것에서 비롯된 잘못이라는 것이다.

다산은, 보편적 선의지는 삶의 구체성 속에서 발현되는 것이지, 단지 마음속에 격절된 상태로 있는 선에 대한 지향성이 아니라고 보았다. 그는 "인의예지는 행사(行事)로 얻어진 이름이지 심에 있는 이치라고 할 수 없는 것이다."라고[101] 단언한다. 그는 자손들에게 인의예지란 생활 속에서 사람으로서의 할 바를 다 하는 가운데 형성되는 것임을 알려준다.

다산은 "인(仁)이란 두 사람이 서로 함께 하는 것"임을 강조한다. 사랑이란 공중에 떠 있는 추상적인 것이 아니라 구체적인 '관계' 속에서 발생하는 것이라고 보았다. 부모와 자식은 두 사람이니 어버이를 효성스럽게 섬기는 것이 인(仁)이고, 백성을 자애롭게 다스리는 것이 인이니, 목민관과 백성은 두 사람이기 때문이라는 것이다.[102] 그는 어린 선비들에게 주는 글에서 "친친(親親)은 인이요, 존존(尊尊)은 의(義)이며, 장장(長長)은 예(禮)요, 현현(賢賢)은 지(智)이다."[103]라고 하여, 인의예지도 인간관계 가운데에서 형성되는 덕목임을 알려준다. 인의예지는 본래 행사(行事) 이후에 붙여진 이름인 것이다.[104]

---

100 『茶山詩文集, 書』, 〈答李汝弘〉, "至於仁字, 並其平日之所識認, 亦確然以爲在內之理, 而孝於親, 忠於君, 篤於友, 慈於民, 凡人與人之相與者, 別自爲德, 不似爲人. 其平居想念, 惟惻隱博愛等數句, 往來心上, 冲融慈諤, 恍惚髣髴, 若見有愛人生物之象, 而實不知如何八頭, 可以居仁, 如何下手, 可以行仁."

101 「茶山詩文集, 書」, 〈答李汝弘〉, "智者 謂能辨別黑白 可云有知耳 老子曰 知其白守其黑 知其白者 智也 由是觀之 仁義禮智 皆以行事得名 不可曰在心之理"

102 『論語古今註』, 〈學而第一〉 "仁者, 二人相與也. 事親孝爲仁, 父與子二人也 事兄悌爲仁, 兄與弟二人也 事君忠爲仁, 君與臣二人也 牧民慈爲仁 牧與民二人也."

103 『茶山詩文集』 권12, (箴), 敬己齋箴.

104 『孟子要義』, 「盡心」, "仁義禮智, 本以行事得名"

다산이 보는 참다운 성인은 질(質), 즉 덕행만을 근본으로 삼는 도학자에 머물러서는 안 된다. 그가 기다리는 성인은 문(文), 즉 예악으로써 꾸밀 수 있는 인물이다. 그는, 주나라 이후, 그 "문(文)이 멸망하였기 때문에 덕교, 예악, 전장, 법도가 다시 흥성할 수 없어, 임금은 임금답지 못하고, 자식은 자식답지 못하고, 신하는 신하답지 못하고, 아비는 아비답지 못하고, 자식은 자식답지 못하고, 교체(郊締)는 교체(郊締)답지 못하고, 조종(祖宗)의 종통은 조종답지 못하게 되어, 질서가 무너지고 도리가 어두워져 다시 회복할 수 없게 된 것"105으로 보았다. 문이 망하면 질 또한 소멸하는 것이다. 그에 따르면, "옛날에는 그 문을 이루고자 하면 마땅히 먼저 그 질에 힘써야 하나 오늘날에는 그렇지 않아, 그 질을 돌이키고자 하면 마땅히 먼저 그 문을 닦아야 하는 것"이다.106 그는 질만 있고 문이 없는 자는 야인(野人)이 됨을 면하지 못하고, 질만 있고 문이 없는 나라는 인이(仁夷)가 됨을 면하지 못할 것이라고 경고한다. 그의 시대에는 아학(雅學)만 아니라 속학(俗學)도 함께 공부할 것을 요구한다.107 그는 자식들에게 비록 폐족의 신세가 되었으나, 서울에 의탁해 살 자리를 정하여 문화(文華)의 안목(眼目)을 떨어뜨리지 않도록 당부한다.108 그는 전대의 성리학자들이 질만을 숭상하여 국가가 쇠락하고, 교육이 무너져 내란 것으로 판단하였던 것으로 보인다. 그가 교육의 개혁을 법제와 전장의 개선을 통해 이루고자 했던 것도 이러한 인식의 소산이었다. 그는 명백하게 새로운 시대, 새로운 교육에 적합한 성인(聖人)상을 유교적 전통 속에서 새롭게 창출하고자 하였다. 우리는 전대의 성리학에서의 성인이 심학적 모형이라고 한다면, 다산의 성인

---

105 『論語古今註』, 〈雍也 下〉
106 『論語古今註』 〈雍也 下〉
107 『다산시문집』 권20, (書), 上仲氏.
108 『다산시문집』 권18, 〈家誡〉

관은 행사(行事)적 모형이라고 말할 수 있을 것이다.

## 상제(上帝)와 성인, 신독(愼獨)의 공부론

다산은 둔세잠(遯世箴)에서 그가 경복하고 따르는 두 대상을 거론하고 있다. 성인과 천(天)이다. 여기서 천은 자연천(蒼蒼有形之天)이 아니라, 영(靈)이 깃든 인격적인 천(靈明主宰之天)을 의미하는 것이 명백하다. 즉 상제가 주재하는 천이다. 성인과 상제는 다산의 삶을 이끄는 두 가지 근원적인 힘이며, 교육의 내용과 목표를 결정하는 두 기둥이다.

| 천 년 위의 사람과 벗하려면 | 尙友千載 |
| 오직 앞서 가신 성인뿐이다 | 曰惟前聖 |
| 오직 성인만을 믿으며 | 惟聖是信 |
| 오직 하늘만을 공경하라 | 惟天是敬 |

다산이 공경하는 상제의 의미는 원시유가에서의 상제와 어떤 차이점을 지니고 있을까? 또한 그가 말하는 상제는 퇴계를 비롯한 성리학자들의 상제와는 어떻게 구별되는가? 그것을 알기 위해서 우선 다산의 상제론을 잠시 일별할 필요가 있다. 다산에 따르면 상제는 다른 신들과는 구별되는 유일무이한 신이다. 그는, "호천상제는 유일무이한 것인데, 정현 등이 오제(五帝)의 사설을 끌어 들여"[109] 상제에 대한 해석에 혼란을 불러 왔다고 보았다. 천지 사이에 존재하는 모

---

109 『全書』第二集 經集 第三十三卷, 春秋考徵一, "鏞案昊天上帝。唯一無二。鄭玄襲亡秦五帝之邪說。信緯書感生之妖言。乃以啓蟄之郊。歸之於蒼帝。別叛多至之祭。以祀上帝。而自立祝號曰天皇大帝。不亦悖乎。"

든 영(靈)은 모두 상제의 신좌(臣佐)들일 뿐이다. 천신(天神)도 상제의 명을 받아 위쪽을 관장하고 다스리는 존재일 뿐이다.110 다산에 따르면 상제는 "하늘, 땅, 귀신, 사람의 바깥에서 하늘, 땅, 사람, 만물의 등속을 '조화(造化)'하고 재제(宰制)하고 안양(安養)하는 존재이다.111 이렇게 인격적 유일신인 상제를 인간은 이(理)가 아닌 영성(靈性)을 통해 서로 만나야 한다고 보았다.

그는 아동들에게 생활 속에서 항상 상제의 현존을 느낄 것을 당부하면서 주자의 경재잠(敬齋箴)을 이렇게 바꾸어 놓았다.

| 하늘의 보심이 심히도 가까우니 | 天監孔邇 |
| 희롱과 권태를 부리지 말고 | 無然戲怠 |
| 급하게 벌을 내리지는 않지마는 | 郵不降罰 |
| 그래도 너그럽게 네 허물을 고쳐야지 | 尙饒汝改 |
| 옥루는 깊은 곳이나 밝고도 삼엄하니 | 屋漏昭森 |
| 아무도 보지 않는다 말하지 말고 | 毋曰弗睹 |
| 벌벌 떨며 두려워하기를 | 栗栗瞿瞿 |
| 직접 그 노여움을 받는 듯이 할지어다 | 如承厥怒112 |

그는 이 잠의 발문에서, 몸을 공경하는 요점은 처음에는 주일(主一)에 있고 끝으로 하늘을 공경하는 실상은 신독(愼獨)에 있다는 사실을 강조한다. 사실상 주자의 경 공부법과 커다란 차이가 없다. 그러나 다산의 상제론을 눈여겨보면, 기존의 여러 상제론과는 구별되는 전혀 새로운 형식을 보여 준다. 그는 조선조에 널리 퍼져 있던 정

---

110 졸고, 「다산에 있어서의 천과 상제」, 『다산학』 9호, 2006, 23쪽.

111 『全書』, 第二集 經集 第三十六卷, 春秋考徵四, 凶禮, "上帝者何。是於天地神人之外。造化天地神人萬物之類。而宰制安養之者也。"

112 『다산시문집』 권12, (箴), 敬己齋箴 並引.

현(鄭玄)류의 감응설이나 도가류의 상제론, 혹은 기화우주관이나 성리학에서의 상제론 등을 거부한다. 우선 그의 신독의 공부론과 주자의 경 공부론에서 나타나는 '상제'의 의미는 매우 커다란 간극이 있음을 우리는 최립(崔岦, 1539-1612)의 다음과 같은 말에서도 살펴 볼 수 있다.

예컨대 "위대한 상제께서 아래 백성들에게 치우침이 없는 바른 덕과 진심을 내려 주셨다(惟皇上帝 降衷于下民)"라는 글이 나오는데, 여기에 나오는 상제(上帝)라는 것은 바로 주재자(主宰者)를 가리키는 이름이라고 할 것이다. 그렇다면 하늘이 주재하는 것이 이 이(理) 외에 다른 어떤 것이 될 수 있겠는가. 또 "하늘이 명(命)한 것을 성(性)이라 한다." 하였고, "도(道)의 큰 근원은 하늘에서 나온다."고 하였는데, 이것도 모두 '천'을 가지고 '이(理)'의 주재(主宰)로 삼은 것이니, 그렇다면 이즉천(理則天)이요, 천즉리(天則理)라고 할 수 있다. …(중략)… 이(理)는 하늘과 땅 사이에 가득 차 있으니, 진정 공간을 차지하고 있는 곳이면 어디에나 이 '이(理)'가 깃들여 있다고 할 것이다. 따라서 우리의 마음속에서만 이 '이(理)'를 얻어 어둡게 되지 않을 뿐 아니라, 우리 육신의 밖이나 방구석 어디이고 간에 있지 않은 곳이 없다고 해야 할 것이다. 전현(前賢)이 뜻을 독실하게 지니고서 "혼자 걸을 때에도 그림자에 부끄러움이 없게 하고, 혼자 잘 때에도 이부자리에 부끄러움이 없게 하라(獨行不愧影 獨寢不愧衾)"고 한 것도 바로 이 때문이라고 하겠다. 이를 닦아 나가는 길은 바로 네 가지 절목(節目)을 통하는 것으로부터 시작이 되니, 제생은 부디 노력하도록 하라.[113]

---

113 『簡易文集』卷一, 評, 評諸生說理書李純馨柳符簀 "如曰惟皇上帝。降衷于下民。上帝者。主宰之名。天之主宰。非理而何。曰天命之謂性。曰道之大原出於天。復皆以天主理。然則理卽天也。天卽理也(中略)理盈於天地之間。苟虛處則皆是。非獨我腔子裏得之以爲不昧者。雖我軀殼之外。房闥之內。無不在也。前修刻志以獨行不愧影。獨寢不

원시유가에서 상제가 인격신적 요소를 지니고 있었다면, 성리학에서의 상제는 선험적 원리로서의 이(理)일 뿐이다. 그런데 이 이(理)는 추상적이고 관념적인 이해의 대상이기에 파악하는데 상당한 어려움을 가진다. 이(理)는 천지간 어디에나 있고, 우리 육신의 밖이나 방구석 어디에나 존재하나 외경과 두려움의 감성적 대상으로 삼기에는 비실체적이다. 아무런 운동성도 없고, 능동성도 없는 이(理)인 상제에 대해 두려움과 외경감을 느낀다는 것은 논리적으로 상당한 모순을 내포하고 있다. 최립은 이(理)인 상제를 이해하기 위해서는 존양(存養), 성찰(省察), 치지(致知), 역행(力行)의 네 가지 공부가 필요하다고 말한다. 그러나 상제에 대한 이러한 방식의 접근은 지나치게 추상적이고 관념적이기 때문에 최립 자신도 제자들에게 "스스로 직접 몸으로 체득하여 깨닫도록 노력해야만 할 것"을 당부한다. 앞서 살펴본 순암도 상제와 태극은 사실상 동일한 것이며, 이(理)의 근원이라고 주장한다.114 순암의 상제론은 서학의 상제론에 대한 대항논리의 성격을 지니고 있다는 점에서는 앞서의 성리학자들의 견해와 구별된다. 그러나 그는 상제를 인격신적 개념으로 바라보는 입장에 대해서는 단호하게 거부하고 있다는 점에서 다산의 태도와 구별된다.

반면 성호 이익의 경우에도 상제에 대한 인식에 상당한 변화가 일어났음을 볼 수 있었다. 그는 천과 상제의 관계를 재설정하고, 상제를 인격적인 존재로 다시 자리매김한다. 또한 천과 상제의 관계에 대해 "하늘은 배나 수레와 같으며 상제는 배를 저으며 수레를 끄는 주재자과 같은 존재이다."115라고 상제의 주재자로서의 권능을 승인한다. 또한 그는 상제에게 도덕적 행위에 대한 주재적 권능까지 부

---

愧衾者。爲是故也 修乎此則出乎此四達耳矣。勉乎哉.”
114 『順庵先生文集』第28卷, 〈順庵先生行狀〉
115 『성호사설』제1권, 〈天地門〉, 配天配帝.

여한다. 마치 신하가 임금의 명을 받아 일을 행할 때, 생각마다 임금을 잊지 않아야만 행할 수 있는 것과 같은 이치로 파악하여 상제의 주재성을 부각시켰다.[116]

다산은 상제에 대해 지나치게 정치적으로 해석하는 경향을 경계하였다. 그는 조선조에서 나타나는 정현(鄭玄)이나 왕필(王弼) 류의 과도한 정치적 해석이나 도가적 해석을 거부하였다. 조선조에서는 상제와 왕권의 밀접한 관련성을 강조하는 논설들이 가장 빈번하게 등장한다. 예를 들어 보자.

가. 신이 듣건대, 하늘과 사람이 서로 관계하는 것이 매우 경외롭다고 하였습니다. 그것은 인사(人事)가 아래에서 실책을 범하면, 천변(天變)이 위에서 반응을 보이기 때문입니다. …(중략)… 하늘에 계시는 선왕의 혼령이 어찌 상제의 좌우에 오르내리면서 그 원통함을 호소하여 재앙을 내리지 않겠습니까. 천둥이 진동하는 것은 상제의 노기(怒氣)이며, 태묘(太廟)의 나무에 벼락을 때린 것은 선왕의 성낸 모습입니다. 상제와 선왕이 전하에게 경고하여 훌륭한 임금으로 만들려 하는 것이, 귀에다 대고 들려 주고 직접 대면하여 일러 준 것처럼 할 뿐만이 아닙니다. 만약 서둘러 고쳐서 상제와 선왕의 노여움을 풀어 드리지 않는다면 재이(災異)는 없을 때가 없고 나라도 나라답게 되지 못할 것입니다.[117] (동계 정온)

나. 신은 상제(上帝)의 마음이 우리에게서 어떠한 일이 만족스럽지 못

---

**116** 『성호사설』 제14권, 〈人事門〉, 心體.

**117** 桐溪先生文集 卷三 〈求言疏〉 庚午 "臣聞天人相與之際. 甚可畏也. 人事失於下. 則天變應於上(中略)先王在天之靈. 豈不陟降於上帝之左右. 訴其冤而降之災乎. 夫雷震者. 上帝之怒氣也. 震太廟之木者. 先王之怒色也. 帝與先王所以示警於殿下. 以爲玉成之地者. 不啻若耳提而面命矣. 若不急急改圖. 求以解夫帝與先王之譴怒. 則災異無時無而國不得爲國矣."

하기에 이러한 괴이의 형상을 나타낸 것인지 알 수 없고, 또한 오늘날 재이(災異)가 어떠한 일로 인하여 발생한 것인지 알 수 없습니다. 그러나 신은 옛 서적(書籍)을 살펴보건대, 이러한 재이가 임금의 도가 강하지 못했거나, 간사한 소인이 조정에 있거나, 후비(后妃)의 친척이 권병(權柄)을 독단하거나, 큰 병난이 일어나려고 할 때에 발생하였는데, 신은 이 몇 가지 일들이 오늘날에 꼭 일어날 것인지는 알 수 없습니다.[118] (백호 윤휴)

다. 근래에 국운이 불행하여 저주(詛呪)가 안에서 일어나고 역절(逆節)이 밖에서 싹텄습니다. 그러나 다행히도 상제(上帝)께서 보우하시어 원흉은 주륙되고 위협에 못 이겨 추종한 자는 사면을 받는 등, 음기(陰氣)는 걷히고 양기(陽氣)가 신장되어 지극한 인(仁)이 흘러 퍼지게 되었으므로 국내의 민생들이 모두 성덕(聖德)을 칭송하고 있으니, 이는 참으로 전하께서 전화위복을 하신 거룩한 때라 하겠습니다.[119] (우암 송시열)

이 인용문에서는 모두 송대의 동중서(董仲舒) 등에 의해 확립된 천견론(天譴論)의 영향이 두드러지게 나타난다. 천인상관(天人相關)의 사상에 근거해 '천재(天災)'는 '인사(人事)'에 의해 발생 한다는 것이 천견론의 요체이다.[120] 정치의 영역에서 임금은 하늘을 본받거나(法天) 형상(象天)하여 그 뜻을 백성들에게 알려 주는 역할을 담당한다. 물론, 조선의 국왕이 과연 천제(天帝)의 대한 교사례의 설행 주

---

118 『白湖全書』제10권, 〈疏箚〉 謝衣帶辭月廩因陳所懷疏.

119 『宋子大全』卷七, 疏, 壬辰二月, "比者。國運不幸。詛呪起於內。逆節萌於外。幸而上帝臨佑。元惡就戮。而脅從在宥。陰慘陽舒。至仁流布。宇內含生。咸頌聖德。此誠殿下因禍膺福之盛時也。"

120 小島毅, 신현승 역, 『송학의 형성과 전개』, 논형, 2004, 23-38쪽.

체가 될 수 있는가의 문제는 조선사회에서 예민한 국가적 사안이었다. 그 문제를 둘러싸고 선초에는 지속적인 논쟁이 제기되었고, 세조 이후 이러한 천제 의식은 사실상 소멸되었다. 성종조에도 가뭄에 대우제(大雩祭) 행사를 치루면서 상제에게 제사를 지내는 것에 그쳤고,[121] 차츰 상제는 도교의 제사 대상으로 정착되고 있었다.

조선에서 천(天)의 의미는, 황제권과의 마찰 때문에, 독자적인 해석을 거치치 못하고 왕실 내부의 안녕을 비는 도교적인 기복의 대상으로 한정되고 있었다.[122] 앞의 예시문에서도 모두 천변(天變), 재이(災異), 역절(逆節) 등의 국가적 혼란 상태가 왕과 상제 사이의 불통이나 불화에 기인된 것으로 보고, 상제의 보우를 기원하는 내용을 담고 있다. 이들 인물들은 당시의 불안정한 사회상황이나 정치 상황이 모두 상제와 왕권과의 불화나 불통에서 기인된 것으로 해석하면서 왕권에 대한 견제를 시도하고 있다.[123] 그러나 다산은 우주인간 동형론의 모태가 되는 이러한 '기화우주관'적인 천관을 거부한다. 그는 아무런 영(靈)도 없고 정(情)도 없는 물리적인 하늘은 섬김의 대상이 될 수 없다고 본다. 아무런 감정도 없고 아무런 영혼도 없이 다만 기로 인해 생성된 덩어리들일 따름인 천지나 일월성신이나 산천초목은 인간이 경배할 대상이 아닌 것이다. 그는 자연현상의 변화를 인간의 도덕률과 연결하고자 하는 시도를 거부한다.

다산이 상제에 관한 기존의 다양한 학설들을 논파해 가면서 끝까지 확보하고자 한 것은 초월적인 영명성을 지닌 종교적 대상으로서

---

121 『朝鮮王朝實錄』, 成宗 卷143, 13年 7月 17日(甲申).

122 졸고, 상게논문.

123 다만 윤휴의 경우, "상제(上帝)가 항상 위에서 보고 계시고 곁에서 지켜보고 있는 것처럼 느꼈기 때문에 첫 번째도 상제요 두 번째도 상제였으며, 일 하나만 해도 상제가 명하신 것으로 알았고 불선을 하려다가도 상제가 금하는 것이라 여겨 하지 않았다."라고 하여 도덕성에 관한 상제의 감독자적 기능을 인정하고 있다.

의 '천'이었다. 다산은 그 작업을 교사례에 대한 치밀한 경학 해석을 통하여, 천제(天祭) 의식을 둘러싸고 과도하게 표출되었던 기왕의 정치적인 해석이나 심학적 해석의 폐해를 걷어내고자 하였다.[124] 다산은 인간이 감독자로서의 상제와 상호 교감이 이루어지기 위해서는 언제나 두려워하고 삼가는 '신독(愼獨)'의 수양공부가 요청된다고 보았다. 언제나 삼가고 두려워하는 정감 속에서 그는 영명한 상제의 현존을 느낄 수 있다는 것이다. 천이 만물의 조화자로서의 권능을 회복하게 위해서는, 인간은 언제나 삼가고 두려워하는 마음으로 보이지 않는 초월적 영성(靈性)을 섬기는 태도를 지녀야 한다고 보았다.[125] 그는, "계신공구하면서 상제를 소사하면 인(仁)을 행할 수 있지만 태극을 헛되이 높여 이를 천으로 여기면 인을 행할 수 없다. 사천으로 돌아갈 뿐이다."[126]라고 갈파한다.[127] 이(理)를 매개로 한 천과 인간의 교섭은 추상화의 위험성을 면치 못할 것임을 경계한 것이다.

그러면 다산의 신독의 공부론이 지닌 교육사적 의미는 어디에서 찾을 수 있을까? 우선 '상제'에 대한 재해석을 통해 덕의 존재근원을 새롭게 확인받을 수 있는 이론적 장치를 마련했다는 점을 들 수 있다. 그는 앞에서 본 바데로, '상제를 소사하면 인을 행할 수 있지만 태극을 헛되이 높여 이를 천으로 여기면 인을 행할 수 없다.'고 하여 인간과 우주간의 새로운 상관적 관계를 회복하고자 하였다. 또한 그

---

124 졸고, 상게논문.

125 『全書』第二集 經集第二卷, "心經密驗" "今人欲聖而不能者 厥有三端 一認天爲理 一認仁爲生物之理 一認庸爲平常 若愼獨以事天 强恕以求仁 又能恒久而不息 斯聖人矣"

126 『詩文集』권16, 「自撰墓誌銘(集中本)」, "戒愼恐懼 昭事上帝 則可以爲仁 虛尊太極 以理爲天 則不可以爲仁 歸事天而已"

127 『全書』, 第二集 經集第三卷 中庸自箴, "夜行山林者. 不期懼而自懼. 知其有虎豹也. 君子處暗室之中. 戰戰栗栗. 不敢爲惡. 知其有上帝臨女也. 今以命性道敎. 悉歸之於一理. 則理本無知. 亦無威能. 何所戒而愼之. 何所恐而懼之乎"

의 '신독으로 하늘을 섬기고 힘껏 서(恕)를 행하여 인(仁)을 구하면서 또한 오래토록 쉬지 않는다면 이것이 성인이다'라는 언명은 명백하게 조선조 교육에 새로운 테제를 제공하였다. 즉 가장 이상적인 교육이란 상제를 향한 신독의 공부를 통하여, 즉 상제와 인간이 이(理)가 아닌 영성(靈性)을 통해 서로 만나서 그 힘으로 타자를 향한 사랑의 실현을 지속적으로 발현하는 삶의 과정이라는 사실이다.

그러나 다산의 이러한 신독의 공부론에는 몇 가지 논리적 딜레마가 있다. 우선 신독의 주체인 개별 인간의 도덕적 의지가 그렇게 확고하지 못하다는 사실이다. 다산은 성인에게도 이목구비와 육신의 기본 욕구가 있고, 악으로 흐르기 쉬운 인욕도 있다고 보았다. 이러한 불안정한 인간에게 가장 체계적이고 안정적인 공부법을 제공하고자 한 것이 성리학의 공부론이다. 그러나 다산의 '신독' 개념에는 성리학에서의 수행법과 공부론에서와 같은 정교한 논리체계가 결여되어 있다. 대신 그의 '신독'의 공부론에는 강한 종교적 지향성이 느껴진다.

또 앞으로 좀 더 살펴보아야 할 점으로는 그의 '신독'의 공부론이 과연 어떻게 그의 정교한 경세론과 결합하고 있는가의 문제이다. 즉 신독의 대상으로서의 상제와 국가를 경영하는 군왕과의 관계설정에 대한 좀 더 체계적인 패러다임이 요청된다. 다산은 종래 천견론 등으로 결합되어 있던 상제와 군왕과의 연결고리를 해체하는 것에는 성공하였으나, 그 두 축을 연결하는 그의 독자적인 논리는 선명하게 보여주지 않고 있다. 그럼에도 불구하고 다산의 성인론은 성리학에서의 내향성을 벗어던지고 근대에 적합한 새로운 성인상을 뚜렷하게 제시하였다. 즉 성리학에서의 성인은 심학적 존재라고 한다면, 다산의 성인관은 행사(行事)적 모형에 가깝다는 사실과, 인격적 유일신인 상제를 인간은 이(理)가 아닌 영성(靈性)을 통해 서로 만나야 한다는 그의 주장은 분명 새로운 문명기획의 한 동력으로 작용할 수 있었으리라 본다.

## 바) 농암 유수원 ; 법치(法治)와 제도 속에 깃든 성인

농암(聾巖) 유수원(柳壽垣, 1694-1755)은 "성인이란 백성을 위하여 염려한 바가 지극한 사람"을 지칭한다고 정의한다. 즉『주례』에 태재(太宰)는 아홉 가지 직업을 가지고 만민을 살게 하였으며, 심지어 거지인 한민(閑民)에게도 적절한 역할을 부여 하였다는 것이다.[128] 이 짧은 글이 유수원의 생각을 압축적으로 보여 준다. 그는 모든 사람들이 직분을 가지고 잘 살 수 있는 국가, 사민(四民)이 각자의 능력에 따라 삶을 살 수 있는 방안만을 찾고자 한 인물이다. 그는 조선조의 학인 중에서 가장 완비된 교육제도 개혁안을 제출한 인물이다.[129] 유수원은 국가경영이라는 큰 틀에서 학교의 문제를 다룬다. 그리고 그 방법은 정심(正心), 성의(誠意)와 같은 주자학적 예치모형이 아니었다. 철저히 법제나 제도의 개혁으로 교육의 모순을 극복하고자 한다. 다른 성리학자들의 예치론(禮治論)이나 덕치론(德治論)적 접근과는 구별된다. 그는 국초 이래 법제가 미비 되었기 때문에 사민의 직임이 분별되지 못하였다고 본다. 따라서 과거 시험에 반드시 법률학을 시험과목에 넣도록 하였다.

그는 학교제도와 과거제도의 개혁을 통하여 문벌들에 의해 왜곡된 관료체제를 정비하고자 한다. 그의 개혁의 지향점은 다수 양인층을 관료체제 내부로 흡수하고자 한다는 점에서 기존의 양반 중심의 관료체제와는 구별된다. 그런 점에서 그의 개혁론은 '근대'의 징후를

---

**128**『우서』권9, 論閑民 "聖人之爲民慮也至矣。周禮太宰。以九職任萬民"

**129** 자세한 논의는 졸고,「유수원의 과거제 및 학교제도 개혁론」,『농암 유수원 연구』, 실시학사, 2014.

안고 있다. 그는 문벌들에 의해 장악된 비변사 체제를 허물고, 전문화된 육조체제로 국가가 운영되기를 바랐고, 과거제와 학교제도의 개혁도 이러한 구상과 함께 연동되고 있었다. '입법정제(立法定制)'라고 하는 유수원의 이러한 법치적 사고의 뿌리는 맹자를 모태로 하는 주자의 의리론적 덕치론과는 구별된다. 그의 구상에는 성왕론이나 덕치론과 같은 도덕적 잣대가 중심이 아니다. 오히려 순자의 법치적 〈부국론(富國論)〉과 연결되어 있다고 본다.

유수원(1694-1755)의 학제와 과거제 개혁안은 기본적으로 『대명회전(大明會典)』과 같은 명청대의 법제를 근간으로 하고 있다. 중국은 명대 이래 학교제와 과거제가 합일되어 있었다. 따라서 학생, 즉 생원의 신분적 위상이 매우 중요한 문제였다. 유수원은 사농공상의 직업적 분화를 학교와 과거를 통하여 이루고자 하였다. 그는 모든 양인에게 교육의 기회를 제공한 다음, 시험을 통하여 학교에 입학하는 학생, 즉 생원만을 사족으로 인정함으로써 사족의 정원을 제한하고자 하는 획기적인 정책을 시행하고자 하였다. 또한 향시에서 3번 떨어진 '고퇴생원(考退生員)'을 학교에서 축출하여 백성이 되게 하는, 당시로서는 사족 지배체제의 근간을 흔드는 혁명적 발상을 전개하였다. 유수원이 학교제와 과거제의 개혁을 통하여 이룩하고자 하는 사회상은 과연 무엇이었는가? 그의 개혁론의 이념은 어디에서 발원하였으며, 그가 꿈꾸는 세계는 어디고, 어떤 방식으로 도달하고자 하였는가?

## 유수원 부국론의 사상적 연원

유수원 개혁론의 궁극적인 목표는 국허민빈(國虛民貧)의 상태를 극복하여 경제적인 부국을 이루는 데 있다. 그의 학교제도나 과거제 개혁의 목표도 유식자(遊食者)가 없는 사민평등의 부국을 이루는 데 있었다. 그는 그 길을 어디에서 찾았을까? 우리나라 선비들이 전적으로 주자를 스승으로 삼았으니, 만약 그들로 하여금 국가의 정치를 맡도록 한다면, 어찌 정치의 효과가 없겠는가라는 질문에 그는 다음과 같은 의미심장한 대답을 한다.

주자의 학문은 통달하지 않은 곳이 없고 경세(經世)하는 지식도 더욱 정밀하고 심오하였다. 그가 평소에 논의한 것들을 보면, 고원한 데에 집착하지도 않고 반면에 비근한 데에 빠지지도 않아서 자상 주밀하고 명백 간절하니, 참으로 정치를 아는 훌륭한 인재이며 세상을 구제할 수 있는 큰 계책이었다고 하겠다. 그런데 우리나라 선비들에게 과연 이러한 본령이나 식견이 있었는가. …… 그런데 우리나라 선비들은 이러한 지식이나 수단도 없이, 다만 정심성의(正心誠意) 네 글자만을 주워 모아 임금에게 아뢰는 것을 힘쓰면서 스스로 주자를 배웠다고 말하지만 한번 그들로 하여금 국사를 맡도록 하면 망연하게 조처하는 것이 없어서 일반 재상으로서 정무에 숙달한 사람보다 못하고 있고, 조금이라도 시행하는 일이 있으면 그때마다 꼭 삼대 때의 일을 이끌어 시의에 맞지 않고 있다. 오직 소학계(小學楔)·현량과·향약 등의 일만을 급선무로 삼으니, 위로는 선왕들이 나라를 다스리는 법도를 제정하였던 유의(遺意)를 충분히 터득하지 못하고, 아래로는 노련한 간신들의 교활하고 허위적인 작태를 다스리지도 못하여, 유속(流俗)의 무리로 하여금 유자가 실용이 없다고 항상 비방하게 하고 있다. 슬프다! 이들이 과연 주자를 잘 배운 사람이라고 할 수 있겠는가.[130]

---

**130**『迂書』권10, 〈論變通規制利害〉, "朱子之學。無所不通。經世之識。尤極精邃。觀其平日所論。不泥高遠。不墮卑近。周詳縝密。明白墾到。眞所謂識治之良才。濟世之鴻猷也。東儒果有此本領見識乎(中略)東儒無此識無此具。只以掇拾正心誠意四箇字。陳達爲務。自以爲學朱子。一使之當國事。則茫然無施措。反不及於俗下宰相之練達政務者。小有猷爲。則又必動引三代。不切時宜。惟以小學禊賢良科鄕約等事爲先務。上不

위 인용문을 문면 그대로 읽으면 주자에 대한 일방적인 칭송으로 해석할 수 있다. 그러나 앞의 글에서 강조하고자 하는 것은 경세(經世)의 지식과 다스림의 방법(識治), 그리고 제세(濟世)의 식견이다. 그는 이러한 재능이 비록 주자 자신에게는 있었으나, 우리나라의 주자학자들은 오직 정심(正心), 성의(誠意) 네 글자만을 임금에게 진달하는 것으로 그의 소임으로 삼는 병폐가 있다고 비판한다. 이들 유자들에게 국사를 맡기면 아무런 실무 능력도 없이 삼대의 일만 거론하거나, 오직 소학계(小學稧), 현량과, 향약 등의 일만을 급선무로 삼고 있는 오활한 선비일 뿐이라는 것이다.

유수원이 여기에서 성의, 정심만을 읊조리는 부류로 타매한 대상들은 직접적으로는 의리명분론에 사로잡힌 노론계 주자 정통론자들로 봐야 할 것이다. 그러나 그의 비판은 단순히 이러한 당파적 차원에 머물러 있었던 것은 아닌 것으로 판단된다. 국가의 실무와 실사를 담당할 수 없는 인재를 양산하는 조선 유학 자체의 구조적인 문제점을 지적한 것으로 봐야 할 것이다. 즉 도통연원을 중심으로 하는 도학적 지식체계가 '정학(正學)'으로 자리매김한 후, 인의의 심학이 주류가 되고 현실의 모순을 극복할 수 있는 실용성과 공리성의 이용후생의 학문은 배제되고 있었던 것이다. 앞의 글에서 유수원이 지적하고자 한 것은 바로 이러한 과도한 선도후기(先道後器)적 학문풍토라고 봐야 할 것이다.

여기에서 우리는 유수원의 부국론이 실은 조선유학에서 이단적 사유로 배제되었던 순자의 부국론과 그 형식과 내용에서 상당부분 접점을 유지하고 있음을 주목할 필요가 있다. 이 말은 유수원의 개혁론은 조선조 유학의 근간을 이루던 맹자 계열의 정치사상이 아니

---

足以得先王經邦制治之遺意。下不足以服老奸巨猾功僞之情態。徒使流俗之輩。每詆儒者之無實用。噫。此果可謂善學朱子者乎。"

라, 오히려 그 반대의 축을 형성하던 순자계열의 정치사상을 전폭적으로 수용하였다는 것을 의미한다. 흔히 맹자의 사상이 내면성을 중시하는 인의의 심학이라고 한다면, 순자의 사상은 현실주의에 근거한 예법의 사회학이라고 표현된다. 맹자의 정치사상이 성의, 정심에 근거한 왕도주의를 표방한다면, 순자는 현실적인 실용성과 공리성을 우선시하면서 국가의 사회 관리능력을 중시한다.[131] 앞의 글에서 보듯 유수원은 현실문제의 해결을 심학적 차원이 아니라, 철저히 제도개혁론 혹은 법제적 차원에서 다루고자 한다는 점에서 기본적으로 순자의 현실주의에 가깝다.

순자가 조선조에서 이단적 사유로 평가 절하된 이유는 그의 지론인 성악설과 더불어 인간의 욕망과 공리적 태도를 용인하는 자세를 보였기 때문이다. 그는 "이익을 좋아하고 해로운 것을 싫어하는 것은 군자나 소인이나 다 같은 바다."[132]라고 하여 공리적인 속성이 인간의 보편적 욕구임을 드러내고 있었다. 인간이 지닌 공리적 성향을 인정한다는 점에서는 유수원의 생각도 동일하다. 그는 말하기를, "공상(工商)은 참으로 말업(末業)이라 하겠으나 원래 정당하고 비루한 일은 아니다. 자신이 재주와 덕행이 없어 조정에서 녹(祿)을 받지도 못하고, 남에게서 받아먹지도 못할 것을 안 까닭에 몸소 수고하여, 있고 없는 것을 유통하고 교역함으로써 남에게 의뢰하지 않고 스스로의 힘으로 생활하는 일인 것이다. 예부터 오늘에 이르도록 이 백성이 한가지로 이리하여 온 것인데, 무엇이 천하고 무엇이 더러워서 여기에 종사해서는 안 된다는 것인가."[133]라고 하여 생활을 위한 이

---

131 김형효, 『맹자와 순자의 철학사상』, 삼지원, 1990.
132 『荀子』, 〈榮辱篇 4〉 "好利惡害 是君子小人之所同也"
133 『迂書』 권1, 〈論麗制〉, "工商固可謂末業, 而元非不正鄙陋之事也. 人自知其無才無德, 不可以祿於朝, 而食於人. 故躬服其勞, 通有無而濟懋遷, 無求於人而自食其力. 從古及今, 斯民之所共由, 則此果何賤何汚而不可爲也."

윤창출은 당연한 노동행위로 보았다.

이와 함께 이 두 사람은 공통적으로 사민의 분업과 전문화를 통해 부국을 실현하고자 하는 의지를 지니고 있었다. 유수원은 국가재정이 궁핍하게 되고 민산(民産)이 고갈된 것은 사민(四民)이 분별되지 못했고, 이로 인해 각자가 제 직업에 힘을 다할 수가 없었던 것에 그 이유가 있다고 보았다.[134] 그는 일인 일직(一職)의 직업적 전문화와 한민(閑民)의 활용을 강조한다.[135] 이에 유수원의 신분제 개혁론의 특징은 사민에 대한 인식에 있어서 신분주의를 탈피하고, 직분주의로의 전환에 있었다는 주장은 타당하다.[136]

그런데 이와 같은 직분주의의 사상적 단초는 이미 순자에게서 나타나고 있었다. 순자는 인간이 사시의 변화를 관장하고, 만물을 다스리며, 천하를 이롭게 할 수 있는 것은 '직분의 떳떳함(分義)'이 있기 때문으로 보았다. 순자는 인간을 도덕적 존재로 보지 않고 직분의 등급 속에 있는 객관적 존재로 보았다. 또한 인간 사회를 조화롭게 일치시키는 도 역시 선왕이 제정한 예의 법도의 등급 속에서 나온 것이라고 하였다. 그러므로 귀천, 장유, 지혜로움과 어리석음, 능함과 무능함을 구분하여 각각의 사람들에게 각각의 능력에 맞는 일을 맡도록 하였다.[137] 순자는 이렇게 말한다.

온 천하가 다 함께 풍족하게 되는 길은 직분을 명확하게 하는 데 있다. 땅을 가꾸어 북돋우고 잡초를 잘라내고 곡식을 뿌린 후 거름을 충분히 주어 밭을 비옥하게 하는 것은 농부나 일반 백성들의 일이다. 때

---

**134** 『迂書』권1, 〈總論四民〉
**135** 『迂書』권9, 〈論閑民〉, "一人有一人之職 一人失其職 則一事缺"
**136** 한영우, 「유수원의 신분개혁사상」, 『한국사연구』 8.
**137** 蔡仁厚, 『순자의 철학』, 예문서원, 2009, 267쪽. 채인후는 순자의 이러한 관점은 오늘날의 '공민(公民)' 개념과 관련이 있다고 본다.

에 맞추어 백성들을 일하도록 하고, 하는 일이 크게 성과를 거두도록 하여 백성들을 모두 화평하게 하고 삶을 구차하게 살지 않도록 하는 것은 바로 사람을 다스리는 장솔(將率)들이 해야 할 일이다. …… 천하의 모든 사람들을 함께 감싸고 모든 사람들을 함께 사랑하고 똑 같이 다스려, 비록 흉작이나 가뭄이 든 해라고 하더라도, 백성들이 굶주리고 걱정이 없도록 하는 것은 바로 성군과 현명한 재상들이 할 일이다.[138]

순자는 이렇게 온 천하가 다 풍족하게 되는 길은 직분을 명확하게 구분하는 것에 있음을 뚜렷하게 밝힌다. 순자의 제자인 한비자는 "현명한 군주란 실사(實事)를 높이고, 무용(無用)한 것을 버리고 인의를 말하지 않는다."라고 논한다.[139] 그는 농민들은 밭을 나누어 농사를 짓고, 상인들은 재물을 나누어 장사를 하고, 여러 공인들은 할 일을 나누어 힘써 일하며, 사대부들은 직무를 나누어 정령을 따라 일을 하는 것을 가장 이상적인 상태로 이해한다.[140] 순자는 사농공상의 분공(分工) 분직(分職)의 원리에 따라 서로의 영역을 침해함이 없이 서로 긴밀한 관계를 형성해야 생산이 증대되고 국가의 부가 창출된다고 보았다.[141] 순자는 "백성이 가난해지면 곧 임금도 가난해진다. 백성이 부유하면 곧 임금도 부유해진다."라고 하여 국가의 부는 개개인의 부가 축적된 결과라는 사실을 환기시킨다.[142] 순자의 이러한

---

138 『荀子』, 〈富國〉 "兼足天下之道在明分 掩地表畝, 刺屮殖穀, 多糞肥田, 是農夫眾庶之事也. 守時力民, 進事長功, 和齊百姓, 使人不偷, 是將率之事也 …(중략)… 若夫兼而覆之, 兼而愛之, 兼而制之, 歲雖凶敗水旱, 使百姓無凍餧之患, 則是圣君賢相之事也."

139 『韓非子』, 〈顯學〉 第50, "故明主舉實事, 去無用, 不道仁義者故, 不聽學者之言"

140 『荀子』, 〈王霸〉, "農分田而耕, 賈分貨而販, 百工分事而勸, 士大夫分職而聽, 建國諸侯之君分土而守, 三公總方而議, 則天子共己而止矣"

141 안용진, 「순자의 부국론과 조세관 연구」, 『유교사상연구』 35집, 161쪽.

142 『荀子』, 〈富國〉, "下貧則上貧 下富則上富"

사회적 협업론은 유수원의 생각 속에서도 공통적으로 드러난다.[143] 유수원의 희망은 사민이 다함께 같이 사는 '일양행사(一樣行事)' 하는 사회였다. 그는 사민이 신분의 차별이 아닌, 직분의 차이 속에서 공생하는 세계를 희망하였다. 그는 말한다.

"사농공상은 다 같은 사민이다. 만일 사민의 아들이 한 모양으로 행사하게 된다면 높고 낮을 것도 없고 저편이나 이편의 차이가 없어서, 고기는 강호에서 서로를 잊고 사람은 도술에서 서로를 잊듯이 결코 허다한 다툼이 없게 될 것이다.[144]

그는 먼저 조선사회의 독특한 문화 환경이 사농공상의 정상적인 발전을 방해한다고 보았다. 농암은 사농공상이 그 직분을 온전하게 유지하기 위해서는 그에 합당한 법이 완비되어야 한다고 보았다. 그래서 "사농공상은 각기 그 법이 있다. 지금 그 법이 없어져서 인민이 모두 그 직을 잃고 있다. 그러니 인민이 가난해지고, 그 결과 국가재정이 허약해진다(民貧故國虛). 법을 세우고 제도를 정착하여 사민을 그 본업에 종사하게 해야 한다."라고 갈파하였다.[145] 국부를 창출하기 위해서는 먼저 사민들이 그 직을 정당하게 수행할 수 있는 법과

---

143 물론 순자와 유수원의 국부론에도 적지 않은 차이점이 있다. 예로 순자는 전형적인 중농주의적 태도를 취하나, 유수원은 중상주의적인 모습을 보인다. 예로 순자는 '개원절류(開源節流)'라고 하여 근원이 되는 농업생산은 늘리고 소비는 줄인다는 정책을 펴고자 한다. 순자는 상공업의 발전을 승인하였다. 예로 "재물과 곡식을 유통시켜 한 곳에 쌓아 두는 일이 없게 하고, 필요에 따라 수송, 교류한다면 넓은 세상이 한 집안같이 될 것이다⟨王制⟩, "通流財物粟米 無有滯留使相歸移也 四海之內若一家")"라는 견해가 나타나지만 기본적으로 중농주의자다. 반면 유수원은 상업을 장려하고 유통을 중요시한다.

144 『迂書』 권2, ⟨論門閥之弊⟩

145 『迂書』 권8, 「論魚鹽征稅」, "士農工商各有其法. 今無其法, 故民失其職. 失職故民貧. 民貧故國虛. 立法定制, 乃所以毆四民於本業也."

제도를 완비해야 한다는 것이다.

이들 두 사람은, 신분은 귀속적인 것이 아니라 능력과 덕성에 의해 결정되어야 하며, 이에 따라 가변적이어야 한다는 신념을 공유하고 있었다. 순자는, "비록 왕공 사대부의 자손이라도 예의를 따르지 않는다면 서인으로 귀속시킨다. 비록 서인의 자손이라도 문학과 행실을 쌓아서 예의를 따른다면 경상 사대부로 귀속시킨다."라는 입장을 견지한다.[146] 그의 이러한 생각은 후일 그의 제자인 한비자 등에 의해 계승되어 법가의 지론으로 자리 잡았다. 법가들이 이러한 제안을 지지한 이유는 바로 봉건제를 폐지하고, 군현제를 건립하여 군주전제의 정체를 마련하고자 한 것이다.[147] 법가의 이러한 작업은 귀족계급을 억누르고 사 계급을 정치에 참여하게 하기 위한 것이다 법가들은 존군(尊君)이라는 정책을 통하여 귀족계층에 결정적인 타격을 준 것이다.

유수원의 『우서』가 제도 중심적이고 법치적인 모습을 보이고 있는 것도 '존왕'을 통한 왕권강화의 의도가 내포된 것으로 파악된다. 유수원도 대간의 권한을 축소시켜 벌열들의 영향력을 약화시키고, 왕권을 강화하는 방향으로 그의 개혁론을 밀고 나갔다. 그는 "우리나라 대간의 말을 믿기 어려움은 자못 저 지사(地師)들의 풍수설과 같다."라고 통박한다. 이런 까닭에 풍수설만을 혹신하는 자들은 반드시 화패(禍敗)를 부르고, 한갓 대간의 논박만 믿으면 끝내는 세도에 재앙을 끼치게 된다고 예견한다.[148] 그는 문벌의 폐해를 비판하면서,

---

**146** 『荀子』, 〈王制 9〉, "雖王公士大夫之子孫也, 不能屬於禮義, 則歸之庶人。雖庶人之子孫也, 積文學, 正身行, 能屬於禮義, 則歸之卿相士大夫."

**147** 牟宗三, 『중국철학특강』, 형설출판사, 1983, 200쪽.

**148** 『迂書』, 권5, 〈論彈劾〉, "我國臺言之難信。殆同於地師之風水矣。地師看山。雖有褒貶。地中吉凶。終難的知。臺官論人過惡雖衆。不據實迹。虛實難卜。以此酷信風水者。必致禍敗。徒恃臺論者。終禍世道矣."

"직위와 대우가 높이 되고 뛰어나는 것이 자신들의 분수에 맞는 것으로 여겨서 조금이라도 물리침을 받게 되면, 이들 흉악한 무리는 감히 나라를 원망하는 마음을 가져서 경외하며 공손할 의리는 모르고 모질고 사나운 버릇을 부려, 공의(公議)도 그 기세를 꺾지 못하고 위벌(威罰)도 그 포악함을 징계하지 못하여, 나라를 위태롭게 하고 집안을 망치는 자가 많은 것이니 어찌 이 나라의 커다란 근심거리가 아니랴."라고 개탄한다. 이어서 "국가를 통치하는 방법은 체통(體統)을 존엄하게 하고 정령(政令)을 정대하게 하는 데 있다. 그리고 그로써 크고 작은 신하들을 통솔하면, 자연히 불안하고 의구스러울 염려는 없게 된다. 어째서 당당한 국가가 도리어 거실(巨室)의 옹호에 의지한다는 말인가"라며 당시 왕권의 정당한 행사를 방해하는 노론 벌열가 들의 발호를 개탄하고 있다.[149] 유수원은 왕권의 이러한 비정상적인 작동을 제도와 법치에 의해 정상화하고자 하였다. 이러한 유수원의 법치적 사고의 사상적 원형을 우리는 순자의 사유 속에서 읽을 수 있다. 말하자면 순자적 사유가 조선 후기 실학의 한 원류로 자리잡고 있다는 것이다.

## 예치와 덕치를 넘어 법치로

『우서』가 국가경영에 관한 대안을 기본적으로 제도와 법제에 대한 새로운 구상에만 초지일관하고 있었다는 것은 이 책을 읽은 영조의 반응에서 극명하게 나타난다. 영조는 "정군심(正君心)"으로 대표되는 군덕(君德)의 수기(修己)를 포함한 통치형태의 구체적 내용이 없는 것을 괴이하게 여기고 아쉬움을 표시하였다.[150] 이것은 앞서 유

---

149 『迂書』 권2, 〈論門閥之弊〉
150 정만조 외, 『농암 유수원 연구』, 실시학사, 2014.

수원 자신이 당시의 관료들이 오직 성의, 정심이라는 심학적 대안만을 재출할 뿐 실사와 실정에 무능한 인물들이라고 혹평한 것과 궤를 같이한다. 그의 이러한 접근법은 맹자류의 왕도론적 혹은 심학적 해석 방식을 버리고, 좀 더 사회공학적인 방식으로 현실 문제를 해결하겠다는 것을 의미한다.

그는 국초 이래 법제의 미비로 인해 사민의 직임이 분별되지 못하고 있다고 보았다. 즉 국초에 경국대전 체제를 입안할 때, 양반을 우대한다는 헛된 명분(名分)이 작용하여 사민들의 직임에 대한 불평등이 나타나게 되었다는 것이다. 그 한 가지로 그는 백성에 대한 신역(身役) 부과의 불공정을 지적한다. 즉 양반에게서는 신용(身庸)을 징수하지 못하고 오직 만만한 양민에게만 각종 역을 부과하고 커다란 고통스러운 부담을 지게 하는 국가 정책의 불합리성이 사민에 대한 차별을 강화시키고 있다는 것이다. 또 문벌에 따라 사람을 기용하므로, 모든 사람이 양반이나 중인이 되려고 하지 양인으로 살기를 부끄러워 한다는 것이다. 이에 결론적으로, 만약 사농공상의 직임이 정상적으로 역할분담을 하지 못한다면, 백성들은 일정한 직업이 없고 시전에도 정액이 없어 생활의 곤궁함이 이미 극도에 달해 이 백성은 모두 녹아 소멸되고야 말 것이라는 우울한 전망을 하고 있다.[151]

유수원의 법치적 사고는 다양한 모습으로 나타난다. 그는 각 아문의 공공격식(公共格式)과 공무(公務), 직장(職掌)의 체통, 교제(交際)하는 의례의 등급과 절차, 치사(治事)의 조례, 아문에 들어가는 차제(次第), 직숙(直宿)의 일정과 기한, 발락(發落), 휴가의 기간 등을 편성할 때 반드시 객관성과 시의성을 감안하도록 하였다. 즉 모든 아문의 행정을 합리적인 규정과 절차 속에서 움직이도록 하여, 안정적인 법체계가 작동되도록 하였다.[152] 그는 "옛 성왕(聖王)의 나라를 다

---

151 『迂書』 권1, 〈總論四民〉

스리는 방도는 먼저 법(法)으로써 백성을 통솔함을 요체로 삼는다."
고 하여 법치(法治)가 국가경영의 요체임을 강조하였다.

그는 과거 시험에 반드시 율학을 시험과목에 넣도록 하였다. 한,
송대에는 명법시(明法試)가 있어서 법서 공부를 중요시 하였던 사실
을 환기하였다. 그는 향시의 제이장(第二場)에 판어(判語) 5조(條)를
시험보이도록 하였다. 당(唐) 나라 때부터 서(書)·판(判)이 있어 왔
는데, 서결(署決)을 의미하는 것으로, 율가(律家)에서 말하는 단안(斷
案)이라는 것이다. 시험문제는 어떤 문제 사안에 대해 어떤 법조문
을 적용하는 것이 타당한지를 서술하도록 하였다.[153] 그는 고인(古
人)의 말에 '만권의 책은 읽어도 법률의 책은 읽지 않는다.' 하였는데,
어찌 법률로써 선비를 시험 하겠는가 라는 질문에 이렇게 대답한다.

율학(律學)은 육학(六學 국자학(國子學)·대학(大學)·사문학(四門
學)·율학(律學)·서학(書學)·산학(算學))의 하나이다. 벼슬하면서 사
건을 결단하는 데에 지극히 중요한 것인데, 어찌 완전히 폐지하고 공부
하지 않을 수 있겠는가. 한(漢)나라 때는 명법과(明法科)가, 송(宋) 나
라 때는 명법시(明法試)가 있었다. 소동파(蘇東坡)의 시에, 공부하는
사람이 법률책 읽는 것을 비웃었지만, 법률을 공부하는 것은 본시 《주
례(周禮)》에서 나온 것으로 정이천(程伊川)도 폐지할 수 없다고 하였
으니, 고인(古人)인들 어찌 법률을 공부하지 않았겠는가. 지금 제이 장
에서 법률 몇 조목을 질문하여 그 학문과 행정능력을 시험해 보는 것

---

**152** 『迂書』권3, 〈論久任職官事例〉 "宜編成各衙門公格公務。職掌體統。交際禮數。
治事條例。赴衙次第。直宿程限。發落事務。日期休暇。須資事宜。酌量公法私故。人
情事勢。務令適中完密。竝各證成一書。刊刻以頒。使各衙門官員。曉然通解奉行。敢
有違越推諉之道。按格論罪。使之同寅協恭。恪修職務可矣"

**153** 『迂書』권2, 〈論科擧條例〉, "第二場。有所謂判語五條。此是何等文字耶。答
曰。自唐有書判。卽今日署決之辭。而律家所謂斷案是也。今就某律某犯某事某爭。拈
問如何決遣。則擧子引本律條對可矣"

이 뭐 불가하겠는가.[154]

그는 공부하는 사람이 법률책 읽는 것을 비웃었지만, 법률을 공부하는 것은 본시 『주례』에 나온 것이라는 사실을 들어 과거시험에 편입할 것을 주장한다. 유수원의 법치적 사고는 관료들에 대한 고과와 사정 기준에서도 잘 드러난다. 관료에 대한 고과도 가능한 한 주관적인 판단을 멀리하고, 객관적이고 합리적인 기준을 마련하고자 하였다. 유수원은 공의(公議)라고 하는 불안정한 여론에 근거해 인물을 평가하고 판단할 것이 아니라 오직 출근한 날수만 계산하는 순자격(循資格)의 제도를 채택할 것을 제안하였다. 순자격의 방법을 채택하되, 고적(考績)을 엄격히 시행하고 분명하게 출척(黜陟)을 한다면, 모든 관리들이 승복할 것으로 보았다.[155]

그는 관원의 전문성을 높이려면 구임법(久任法)을 시행할 필요가 있다고 보았다. 구임법을 통해 한 관직을 장기간 맡겨 책임행정을 할 수 있도록 하자는 것이다. 관원이 수시로 교체되어 그 직책에 대한 전문성과 책임감이 떨어지는 것을 방지하고자 하는 것에 그 목적이 있다. 관직이란 구체적이고 실천적인 사업을 하는 직책이라는 점을 다음과 같이 강조한다.

천하만사가 실(實) 자 한 글자를 벗어나지 않는 법인데, 우리나라는 모든 일이 다 실(實)이 없으니, 그대는 그 폐단의 근본을 아는가. 대저 관직이란 하늘을 대신하여 사물을 다스리기 위해 설치된 것이다. 그리

---

154 『迂書』 권2, 〈論科擧條例〉, "或曰。古人有讀書萬卷。不讀律之語。豈可以此試士耶。答曰。律學居六學之一。當官斷事。關係至重。豈可專廢不講耶。漢有明法科。宋有明法試。東坡之詩。乃譏課人讀法也。然讀法。本出周禮。伊川以爲。不可廢。古人何嘗不講法律耶。今於中場。暑問若干條。以觀其學問政事之才。有何不可。"
155 『迂書』 권5, 〈論官制年格得失〉

226

고 사물을 다스리려면 반드시 실사(實事)가 있어야 한다. 그런 연후에야 사사물물이 제각기 그 직(職)을 얻을 수 있을 것이다. 이 때문에 성인이 말하기를 '하늘의 조화를 사람이 대신한다[天工人其代之]' 하였고, 또한 천작(天爵)이니 천직(天職)이니 일컬었으니, 이것이 어찌 한갓 그 이름만 설치해 두고서 그 실제를 책임지우지 않을 수 있는 것이며, 또한 아침저녁으로 바꾸어서 한갓 명류들이 거쳐 가는 허명만의 장소이겠는가.156

삼사(三司)와 육조(六曹)는 그 직책이 중차대한 것이지마는 잦은 교체로 인해 본인의 소임을 파악하지도 못하고 물러나는 것이 항례가 되었다. 또한 외관이 직책을 버리고 가는 것이 마치 여관(旅館)을 들렀다 가는 것과도 같다고 비판한다. 조선후기 지방행정은 잦은 교체로 인해 정상적인 고적(考績)과 출척의 법을 시행할 수조차 없는 상황이었다. 관직이 실제적인 사업을 하는 기관이 아니라, 단지 관료들의 잠시 거쳐 가는 허명만의 기관으로 전락하였다. 그는 법제의 미비에 따른 행정의 공동화를 지적한 것이다.

그는 국가 행정의 전문화를 방해하는 주범으로 비변사를 지목하였다. 모든 군국기무(軍國機務)가 전문적인 식견이 없는 몇 사람에 의해 좌지우지 된다는 것이다. 이것은 마치 청나라에서 군기처가 설치되자 최고 정무 기능인 내각은 형식적인 기구로 전락되고 군기처가 그 역할을 대신하였던 현상과 유사한 모습을 보여 주는 것이었

---

156 『迂書』 권3, 〈論久任職官事例〉, "或曰. 聞子所論. 大抵爲久任責成之計也. 官員數遞. 果爲痼弊. 久任之議. 行之已久. 而終無其效. 何以則可祛此弊乎. 答曰. 天下萬事. 不出於實之一字. 而我國百事無實. 子知其弊之根本乎. 大凡官職. 所以代天理物而設也. 旣欲理物. 則必有實事. 然後事事物物. 方可以各得其職矣. 是以聖人曰天工. 人其代之. 亦曰. 天爵天職. 此豈可以徒設其名. 不責其實者耶. 亦可以朝改夕換. 徒爲名流. 履歷虛名之地者耶."

다.[157] 그는 국가행정도 전문성을 지닌 사람들에 의해 분업화 할 필요성이 있다고 보았다. 예컨대, "병사(兵事)를 주관하는 사람은 병사만을 다스리고, 재부(財賦)를 주관하는 사람은 재부만을 다스리듯이, 한 사람이 한 가지 일만을 전적으로 관장(管掌)해야 하는 것"으로 보았다. 그의 이러한 주장은 당시 비변사를 통해 정부의 모든 기구를 장악하고 있던 노론 벌열 세력에 대한 견제의 의미도 함께 가진 것으로 판단된다. 국가가 할 일은 사민들에게 부과할 일을 분업화하여 '실사(實事)'를 추구하게 하고, 이를 통해 의식과 같은 경제적인 문제를 해결하게 하는 것임을 명확하게 하였다. 이렇게 되면, "유생(儒生)이 반드시 학문을 일으키는 실리가 있었을 것이고 국가가 인재를 얻는 효험이 있었을 것이며, 온 나라에 선비를 가칭(假稱)하면서 공공연히 놀고먹는 사람들이 없을 것"[158]이라는 것이다.

'입법정제(立法定制)'라고 하는 유수원의 이러한 법치적 사고는 순자에게서도 공통적으로 나타난다. 순자는 예와 형(刑)을 치국의 두 기둥으로 본다.[159] 우리는 흔히 순자를 예치론자로만 이해한다. 순자가 인간 욕구의 조절을 예를 통해서 실현하고자 한 것은 틀림없는 사실이다. 순자는 인간의 욕망이나 욕구를 너무 인정하지 않고 예로써 조절하는 것이 중요하다고 생각하였다. 예로써 조정하여 경제생활의 물질이익을 조절하므로 부국 또는 유민(裕民)의 실현이 가능하다고 보았다.[160] 그도 공자의 덕치의 개념을 계승하여 '위정이덕(爲政以德)'의 정신을 귀하게 여긴다.[161] 그러나 그의 예론은 심학이나 도

---

157 김두현, 「청조 정권의 성립과 발전」, 『강좌 중국사 Ⅳ』, 지식산업사, 1989.
158 『迂書』 권1, 〈論備局〉, "分四民之業. 使之各趨實事. 以求衣食. 則儒生必有作興之實. 國家必有得人之效. 四境之內. 必無假稱士夫. 公然游食之民矣."
159 『荀子』, 〈成相〉, "治之經 禮與刑 君子以脩百姓寧 明德愼罰, 國家旣治 四海平"
160 安涌鎭, 「순자의 부국론과 조세관 연구」, 『유교사상연구』 35집, 164쪽.
161 논어, 〈爲政〉

학과 결부한 예학이 아니라, 다분히 법치에 가까운 예학이다.[162] 순자는 인간 존재의 본질을 예와 '사회성(能群)'에서 찾는다. 요컨대 맹자는 인간을 도덕적인 존재로 보는데 비해, 순자는 상대적으로 사회적 존재로 파악한다. 순자는 예와 법을 연계하고자 하였다.[163] 순자는 제도를 분명히 하고, 사물을 잘 저울질 하여 쓰는데 알맞도록 하는 것은 모든 일이 정체되지 않도록 하기 위한 것임을 알아야 한다고 주장한다.[164] 그는 사(士) 이상의 직급은 반드시 예악으로서 조절하고, 중서의 백성들은 법과 규칙으로 다스릴 것을 제안하였다.[165] 그런 점에서 순자는 한쪽 발은 유가 쪽에, 다른 한 발은 법가 쪽에, 각각 딛고 서 있는 이중적 사유체계의 소유자라고 할 수 있다.[166]

이런 맥락에서 본다면 유수원은 기본적으로 전기 법가에 가까운 경향성을 드러내고 있다. 즉 전기 법가는 사회의 객관사업에 부응하여 법을 제출하였던 반면에, 신불해와 한비자 같은 후기 법가는, 신불해의 술(術) 개념처럼, 법을 이데올로기화 하고 있었던 것이다.[167] 한비자는 유가와 묵가에서 주장하는 개인적인 덕들은 주관적인 것이며, 객관적 규범의 근거를 상실한 것으로 보았다. 한비자에서는 인의의 도덕률보다는 예라는 차등률 속에서 왕권 강화의 이데올로기를 찾고자 하였던 것이다.[168] 그러나 유수원은 법치와 함께 퇴계로 대표

---

162 모종삼은 이런 점에서 주자는 오히려 순자의 계승자라고 주장한다. 즉 주자에 있어 인은 단지 이치일 뿐 마음을 지시하지 않는다는 것이다. 그에게 있어 마음은 형이하학적이고 기운에 속하는 그 무엇이기 때문이다. 이런 점에서 그는 이치와 법식의 의미를 강조하는 순자적 사유를 계승하고 있다는 것이다.(모종삼,『중국철학특강』, 형설출판사, 1983, 437-442쪽)

163 윤무학,「순자와 법가」,『동양철학연구』제15집, 149쪽.

164 『荀子』,〈君道〉"知明制度權物稱用之爲不泥也"

165 『荀子』,〈富國〉"由士以上 則必以禮樂節之 衆庶百姓 則必以法數制之"

166 김형효,『맹자와 순자의 철학사상』, 삼지원, 147쪽.

167 牟宗三, 상게서, 191쪽.

168 양순자,「한비자의 존군사상」,『동양철학연구』66집, 2011, 208쪽.

되는 인의의 정치 그 자체의 의미는 높이 평가하고 있다는 점에서 순자적인 해석 그 이상을 결코 벗어나지 않고 있다. 그는 순자가 시도한 예치와 법치의 결합 방식을 통해 조선 후기의 제반 모순을 극복하고자 한 것으로 이해된다.

## 유수원 교육개혁안의 근거, '순리(順理)'와 '자연(自然)'

그렇다면 농암의 학제개혁안이 지니는 의미는 과연 어디에서 찾을 수 있을까? 농암은 그의 개혁론이 '순리(順理)'와 '자연(自然)'에 근거해 있음을 강조하고 있다.[169] 이 말은 그의 교육개혁이 인위적인 개입 없이 자연스럽게 순리대로 시행하겠다는 것이 결코 아니다. 오히려 그가 설계하고자 하는 관료제는 인치(人治)가 아닌, 법제와 시스템으로 작동되는 체제라는 것을 말한 것이다. 그의 개혁론에는 도학적 설계가 없다. 전대의 학자들이 이념적 차원에서 교육문제를 개혁하고자 하였다면 그는 철저히 제도적이고 구조적인 차원에서 개혁안을 구상하고 있다. 그의 구상은 공적 권력에 의해 합리적으로 운영되는 국가교육체제의 성립이다. 즉 농암은 사실상 양반층 특히 벌열가에 의해 독점되던 교육체제를 허물고, 국가에 의해 관리되는 '국가교육체제'의 성립을 기대하였다. 그는 "관리의 전형이 공정하지 못하면 민심(民心)이 신복하지 않는다."[170]고 말한다. 학제 개혁안은 국가경영이라는 큰 틀을 완성하기 위한 '선사(選士)' 기능에 초점을 둔 개혁안이었다고 할 수 있다. 이러한 그의 학제 개혁안은 다수의 성리학자들의 개혁안이 학교의 도덕적인 역할을 증대하고자 하는 '양사(養士)'의 기능에 더욱 주목하였던 사실과 구별된다.

---

169 『迂書』, 권2, 〈論救門閥之弊〉, "雖然天下萬事。不出於順理而已。自然而已。"
170 『迂書』, 권5, 〈論官制年格得失〉

유수원이 기획하고 있던 '국가교육체제'는 근대국가에서 나타나는 '국민교육체제'라는 공교육체제와는 구별된다. 물론 농암이 제안하는 교육 개혁안에는 이전에는 볼 수 없었던 사민분업, 나아가서는 사민 평등의 정신이 스며들어 있다. 양민의 자제가 당당하게 교육을 받고 과거를 치를 수 있는 사회적 기반을 마련하고자 하였다. 유수원의 교육론 속에서 가장 주목되는 그가 교육 수혜층의 범위를 크게 확대하고자 하였다는 점이다.[171] 이 점은 그의 교육론이 지니고 있는 근대성의 한 징표라 할 수 있다. 유수원은 물론 천인가의 자제들에게는 사(士)로의 진입을 허락하지 않고 있다. 그러나 그는 사가 될 수 있는 자격은 "공경자제와 양인자제를 가리지 않고 신명에 흠이 없는 사람이면 누구나 사로 선발될 수 있는 자격이 있다."[172]고 하였다. 따라서 당연히 농·공·상의 자제도 여기에 포함되는 것이다. 농암은 15세 이전까지는 누구나 사숙에서 초등교육을 받아야 한다고 믿었다. 그 다음 자질을 평가하여 능력이 되는 사람은 관학에 진학하도록 하였다. 그에 따르면, 성인(聖人)은 만민을 교육시켜 양성하고자 하였지만, 국가의 힘이 미치지 못하므로 부득이 백성가운데 일부를 선발하여 사(士)로 키울 수밖에 없다고 하였다.[173]

그의 이러한 교육관은 후기 실학자들의 생각 속에서도 가장 선진적인 것이다.[174] 초기에 실학적 기풍을 선도한 지봉(芝峰)은 아직 양반 계층의 완고한 교육관을 지니고 있었다. 그는, "부인이 시를 지을 줄 알면 곧 물의를 일으키게 되고, 또 종놈이 글자를 알게 되면 반드

---

**171** 1803년에 작성된 광산김씨 고문서에서는 이미 이 시기에 천인가의 자제들 중에서도 능문능필의 인물들이 많이 나타난다고 하여 놀라움을 표시하고 있는 대목이 나타난다.

**172** 『迂書』, 권2, 〈論學校選補之題〉

**173** 『迂書』, 권2, 〈論救門閥之弊〉

**174** 조선 후기 평민 교육에 관해서는 졸저, 『서당의 사회사』, 태학사, 2013 참조.

시 잘못을 저지르게 되는 것이니 차라리 알지 못하는 것만 못하다."175고 하며 노비교육의 유해론을 주장하고 있다. 그는 허노재(許魯齋)의 말을 빌어, 하층민에게 교육이 불필요한 이유를 우민들은 다스리기가 용이하기 때문이라고 하였다.176 지봉은 난후에 군공(軍功), 납속 등으로 면천한 사람이 많고, 노비 중에 과거에 합격하는 자도 상당수 있으며, 이들은 사족을 멸시하고 주인을 능멸하며 심지어 살해하는 사례까지 나타남을 우려하였다.177 그의 시대에는 아직 신분제의 장애를 극복할 수 있는 적극적인 전망을 내 놓기에는 아직 이른 감이 있었으나, 학교제도를 신분적 차별을 강화하는 적극적 수단으로 인식하고 있었다는 점에서 중세적 틀을 벗어나지 못하고 있었다.

그러나 반계에 오면, 하층민의 교육을 제한적으로 검토하고 있다. 그는 문벌, 족벌의 혁파를 주장하고, 귀천은 타고 난 것이 아니라고 (天下無生而貴者) 강조한다. 학제 개혁안에서 향촌에 서당을 세우는 것은 오로지 사족만을 위한 것이 아니라, 천하의 모든 백성에게 교육의 혜택을 주고자 한 것임을 밝히고 있다.178 다만 반계도 상급학교로 제시한 읍학(邑學)과 사학(四學)은 "공장(工匠), 상인, 시정의 아들 및 무격(巫覡) 잡류의 아들과 공사 노비의 아들은 입학을 허락하지 않을 것"이라고 하여 교육의 수혜 대상에 일정한 차등을 둘 것을

175 「芝峰類說」, 권16, 語言部, 俗諺, "李義山雜纂曰 措大解音聲 則廢業 婦人解詩 則犯物議 劣奴解字則過 不如不解也此言政是"
176 「芝峰類說」, 권16, 語言部, 雜說, "許魯齋言 馬騎上等馬 牛用中等牛 人使下等人 馬上等 能致遠 牛中等 則馴善了 人下等易訓使 若聰明過我 則我反爲所使 此語誠然 可爲使僕役之法也"
177 「芝峰類說」, 권3 君道部 制度. "亂後 或以軍功 或以納粟 輒許免賤 冒僞滋多 以至登科 頂玉者比 故蔑視士族 凌侮其主 至有叛弑之變 日後之了 恐有不可言者"
178 「磻溪隨錄」, 권9, 敎選之制上, "夫旣設閭塾党庠 則非獨爲士者有敎 天下之民 無不敎之人矣"

제안하고 있다. 이 점에서 반계의 시대와 농암의 시대는 이미 구별된다. 이러한 태도는 그가 조선시대의 노비제에 대해 "어찌 사람이 사람을 재산으로 할 수 있겠는가"[179] 하고 그 폐해를 통박하면서도, 노비 종모역법을 그대로 시행할 것을 주장하는 것과 같은 맥락에서 이해될 수 있을 것이다.[180]

하층민 교육에 대한 생각은 성호(星湖)에 이르면 상당한 변화가 나타난다. 그는, 비록 천인이라고 하더라도 발군의 재능이 있으면 뽑아 쓸 것을 주장한다.[181] 그의 과거제 개혁안에는 시권(試卷)에 사조(四祖)와 그들의 관직명을 밝혀 온 것을 폐지할 것과, 천인이라고 하더라도 과거응시를 허가하도록 하는 혁신적인 구상을 제안하고 있다.[182] 천인에게도 과거의 문호를 개방하겠다는 구상은 곧 하천 신분에게도 교육의 기회를 가능한 한 확대하고자 한 것이다. 성호의 이러한 구상은 "우리나라의 노비제는 천하고금에 없었던"[183] 악법임을 통감한 데에서 비롯된 것으로 이해된다.

반계와 성호의 이와 같은 선진적인 신분관은 교육을 바라보는 관점에도 상당한 변화를 가져온 것이었고, 당색을 뛰어 넘어 농암에게도 영향을 주었으리라 짐작된다. 또한 그의 독특한 사민론은 같은 당색인 하곡이나 심대윤의 생각과도 상당한 교감이 있었으리라 보인다. 사민은 모두 자기의 생업에 종사하여야 하고 양반 계급의 특권을 인정하지 않았던 하곡의 사민론이나, 사농공상은 각기 직분을 먹고 살아가야 하는데 "사는 자기 직분을 비워 놓고 먹을 것을 훔치며

**179** 「磻溪隨錄」, 권26, 續篇下 奴婢條.

**180** 「磻溪隨錄」, 권26, 續篇下 奴婢條. "母若良女 則又使從夫爲賤 是法不爲法, 而唯驅人入賤矣 非法中 又非法矣"

**181** 「星湖先生文集」, 권30, 論奴婢.

**182** 「星湖僿說類選」, 권10, 薦拔町畝.

**183** "我國奴婢之法 天下古今之無所有也 一爲臧獲 百世受苦 猶爲可傷 況法必從母役"(上揭書, 人事篇 卷三, 親屬門 奴婢條)

명예까지 훔치고 있으니 이는 천하의 대적이다."라고 질타한 심대윤의 사민론은 기본적으로 유수원의 발상과 맥을 같이 하는 것으로 보인다.

그런데 여기에서 간과하지 말아야 할 것은 유수원이 비록 교육에 대한 수혜층은 공, 상인층까지 확대하였으나, 이러한 교육의 확대가 국가의 인력수급에 급격한 혼란을 주지 않도록 제도적 구상을 하고 있다는 사실이다.[184] 즉 그는 학교의 입학 정원수를 엄격하게 제안하여, 통제할 수 없는 다수의 인원들이 과거에 응시하는 폐해를 극복하고자 하였다. 그는 국가가 하여야 할 매우 중요한 임무는 선비의 선택·보충에 정원을 정하는 일이라고 확언한다.[185] 조선사회를 이끌고 갈 관료후보군의 정액은 언제나 국가가 엄격하게 관리하여야 한다는 것이다. 넘치는 '가칭유학(假稱幼學)'과 '공사(空士)', 그리고 관직을 독점하는 문벌들이 나라를 혼란에 빠트리고 과거제를 문란하게 한다고 보았다. 그는 "제학이 순회하며 시험을 보일 때 세 번 떨어진 사람은 고퇴 생원(考退生員)이라 불러 학교에서 내쫓아 백성이 되도록" 할 것을 제안하였다. 조선시대의 사족 지배체제의 근간을 흔들 수 있는 놀라운 발상이다. 늠선 생원과 증광 생원으로 이루어진 액생(額生)은 국가가 엄격하게 관리하고, 공부에 뜻을 둔 부학생(附學生)은 "다만 평민으로 대우하여 늠선(廩饍)을 주지 않고 요역(徭役)도 면제하지 않으며 오직 다음 시험에 응시할 수 있는 자격만 줄 뿐" 사실상 국가의 직접적인 관리대상에서 벗어나 있는 예비인력들이다. 부학생(附學生) 제도는 농암이 과거에 대한 현실에서의 광범위한 요청을 신축적으로 수용하면서도, 국가 관료제 운영의 큰 틀은 훼손하

---

184 유수원은 양인과 천인의 구분은 엄격하게 지키고자 하였다. 노비나 하천이 벼슬길에 나아가는 것은 엄격하게 통제하였다.

185 『迂書』, 권2, 〈論救門閥之弊〉

지 않으려고 한 차선책이었던 것으로 보인다.[186]

필자가 다른 논문에서 자세히 다룬 바 있지만, 유수원의 사민분업, 나아가서는 사민평등의 정신은 명말청초 양명학자들이 제기한 이른바 '신사민론(新四民論)'의 영향을 받았을 개연성이 높다. 그는 국허민빈(國虛民貧)의 상태를 극복하기 위해서는 사민에 대한 직업의 전문화가 절실하다는 인식을 갖고 있었고, 그러한 생각의 외인(外因)으로는 왕양명의 '분(分)'에 관한 새로운 논의, 태주학파의 왕간(王艮)의 '사민공학(四民共學)'론, 하심은(何心隱)의 인간사이의 수평적 신뢰 관계를 정치의 토대로 하는 교우론 등이 주목된다. 물론『우서』에서는 유수원이 주자학을 존숭하는 다양한 언술들이 나타난다. 특히, 과거제의 시험 과목등은 그의 경학론이 오히려 주자학적 인식 틀에 묶여 있는 것으로 보인다. 그러나 그는 양명학자들의 경세학적 측면, 이를테면 신분제, 학교제도를 포함한 제도 개혁론 등은 만은 적극적으로 수용하여, 이를 조선 사회에 적합한 형태로 변화시키고자 했다. 그의 이러한 인식태도는 초기의 양명우파가 시도한 주자학과 양명학의 사상적 융합 노력과 맥을 같이 한다고 이해된다.

그의 이러한 사상적 특질이 정제두와 같은 노론계 양명학파들의 주왕(朱王) 융합의 철학과 어떤 사상적 차이를 나타내고 있는지는 앞으로 좀 더 다루어야 할 과제다. 그의 철학은 선험적인 주자학적 천리론에 갇혀 있지 않고, 그가 말하는 바의 '실사(實事)'와 '실정(實政)'이라는 철저한 현실 인식에 터해 조선후기를 '있는 그대로' 바라보는 양명학적 인식태도를 함께 섭취한 것으로 보인다. 그가 파악한 부조리한 현실의 제 모순을 덕치와 인치가 아닌 시스템과 법치에 의해 개혁하고자 한 것이 바로『우서』의 기본정신이었다고 파악된다.

---

186 졸고, 「유수원의 과거제 및 학교제도 개혁론」,『농암 유수원 연구』, 실시학사, 2014 참조.

유형원과 유수원의 개혁안에는 상충되는 지점이 자주 나타난다.[187] 유형원은 관료선발의 원칙적인 방법은 추천제였다. 심지어 수령과 교관으로서 선비를 추천하지 않는 자는 면직토록 하였다. 추천 자체를 의무사항으로 만들고 그 결과에 따라서 시상과 처벌을 마련하여 권장하고 강제하였다.[188] 반면 유수원은 중국이 학교를 통해 방대한 생원 집단을 비교적 성공적으로 통제하고 있다고 보았다. 그에 따르면 후세의 법으로서 삼대의 유의(遺意)를 체득한 것으로는 과거만한 것이 없으며, 천하에서 가장 공명한 것도 역시 과거가 제일이라는 것이다. 그는 국가의 통제력을 벗어난 선비 계층에 대한 통제책을 학교제도와 과거제를 유기적으로 연결하는 것에서 찾으려 하였다. 조선 후기 인재선발 시스템의 근본적인 문제는 바로 이 양자가 분리되어 따로 움직이기 때문이라는 것이다.[189] 그런데 문제는 유수원의 주장처럼 17세기말, 18세기 초의 조선사회가 과거제와 학교제의 유기적 결합을 가능하게 하는 사회 경제적 조건을 과연 가지고 있었는가 하는 것이다. 이러한 점에서 영조가 그의 개혁론이 '오활하다'라고 그 현실적 부적합성을 지적한 것이 아닌가 한다. 또 다른 점으로는 그가 전폭적으로 수용하고자 한 명청대의 학교제도나 과거제도의 모델이 막상 청대의 지식인으로부터는 혹독한 비판의 대상이 되었다는 사실이다.

명말청초의 거유 고염무(顧炎武, 1613-1682)에 따르면, 명말에는

---

187 서원에 대한 부정적 인식에서는 두 사람이 유사한 반응을 나타낸다. 반계는 교육기구인 서원이 지닌 제향기능을 배제시키고 기존의 교육기능은 신설한 기구에 흡수시켜서, 서원이 존치되더라도 특정인물을 제향하여 당파의 온상이 되는 일은 없도록 하였다.(김무진, 「반계의 지방통치 개혁론」, 『반계 유형원 연구』, 2013, 275쪽) 유수원도 선비의 양성 방법은 철저히 관학을 중심으로 해야 하며, 서원은 스스로 사라질 것으로 전망한다.

188 김무진, 상게논문, 2013, 268-272쪽.

189 졸고, 상게논문.

생원의 폭발적인 증가로 인해 그 사회적 폐해가 다양한 형태로 나타나고 있었다. 이들 중에서 사서나 육서를 제대로 이해하는 자는 백분의 일이나 천분의 일도 되지 않을 정도로 심각한 질적 하락을 보여 주고 있었다.[190] 또한 이들 생원들은 국가에서 인정한 특권을 이용하여 사리 추구, 보신에 탐닉하여 명나라 멸망의 원인을 제공하는 주범으로 보고 있다. 이에 그는 "천하의 생원을 없애야 관부의 정치가 맑아지고, 천하의 생원을 없애야 백성의 곤고함이 사라지고, 천하의 생원이 없어져야 문호의 폐습이 제거된다."라고 극언을 하였다.[191] 물론 전국적으로 생원의 수를 대폭 줄이고, 그 선발 기준도 엄격하게 하여 무망(無望) 관직자가 없도록 한 점 등은 유수원의 개혁안과 같다. 그러나 생원 제도가 혁파되어야 할 대상이라고 본다는 점에서는 이를 기본적인 모델로 바라 본 유수원의 시각과는 큰 차이가 있다. 또한 고염무는 과거제도가 본래의 기능을 상실하여 유능한 관리의 확보에 실패하고 있으므로 잠시 과거제를 정지하고 교육진흥에 전념한 후 과거제를 통해 인재를 구할 것을 주문하고 있었다. 그는 오히려 인재의 천거는 생원여부 불문하고 한나라 향선제인 향학리선제(鄕學里選制)를 모방하고. 인물에 대한 평가는 당대에 예부의 과거시험에 합격한 사람을 관리 임명 시에 이부에서 실시했던 신언서판법을 채택하자고 할 정도로 과거제도의 한계에 대하여 심각하게 생각하였다.[192]

거유 황종희(黃宗義, 1610-1695)도 과거제도에 대하여 신랄한 비판을 가하고 있었다. 그는 '과거제도 때문에 온 세상의 인재를 망치니

---

**190** 『日知錄』, 〈經文字型〉 "生員冒濫之弊, 至今日而極。求其省記四書本經全文, 百中無一。更求通曉六書, 字合正體者, 千中無一也。"

**191** 『日知錄』, 〈生員論〉, "廢天下之生員而官府之政清, 廢天下之生員而百姓之困蘇, 廢天下之生員而門戶之習除。"

**192** 오금성, 「顧炎武의 敎育改革論」, 『公州師範大學論文集』 제9집, 1971, 163쪽.

오직 역량을 발휘하지 못할까 염려스럽다'고 지적한다. 그는 과거제도가 국가경영을 위한 도구가 아니라 개인의 공명을 위한 도구로 전락하였다고 본다. 원래 과거제도가 가졌던 합리성은 상실하였다는 것이다.193

오늘날 과거제도 때문에 온 세상의 인재를 망치니 오직 역량을 발휘하지 못할까 염려스럽다. 경전과 역사서는 인재들의 집결처인데 한 조각의 말도 삽입될 수 없는 것은 한 선생의 말로써 제한시켜서이니 이것이 아니면 경전도 저버리고 도리도 배반하여 고금의 서적이 쓰일 수 없게 되었다. 말이 도에 합치만 된다면 한 마디 말이라도 부족하지가 않고 천 마디 말에 남음이 있지 않다. 일곱 개의 뜻으로만 제한다면 다만 황급히 재촉하여 곤욕스럽게 할 뿐, 그 재능을 볼 수 없다. 두 번째 시험장과 세 번째 시험장을 높은 누각에 방치해 둔다면 취사선택은 단지 첫 시험장에 치러진 내용에 있을 뿐이다. 첫 시험장의 여섯 개의 뜻도 모두 연문(衍文)이라면 취사선택은 분명 첫째 뜻에 있을 뿐이다. 선비들을 새장에 가두어 놓고서 고사를 따르게 하여 그 권수가 이미 번다한데 글자나 한 획의 오자를 들춰내어서 벽에 걸어놓고는 눈에서 벗어나지 않도록 하니 어쩌면 선비들을 증오하는 것이 돌과 모래보다 더 심하다. …… 선비를 선발하는 것으로써 선비를 억압하는 것이 오늘날보다 더 심한 적이 없었다.194

이런 점을 감안할 때 유수원의 개혁안이 과연 현실적인 적응력이

---

193 황종희의 개혁안이 신사(紳士)층의 권위를 강조하고 왕권의 전제화를 막고자 하는 분권적 성향이 강했다고 한다면, 고염무는 교육제도와 학교제도가 왕권의 강화를 위해 구성되어야 한다고 보고 있다. 이 점에서 유수원의 개혁안은 고염무의 견해에 가깝다.

194 황종희, 《蔣萬爲墓誌銘》, 《황종희전집》 제10책, 절강고적출판사, 1993년판.

있는가 하는 점은 또 다른 논의 사항이다. 유수원의 개혁안대로, 평민들을 대거 생원 신분으로 유입하고, 사족들을 시험을 통하여 퇴출한다는 것이 얼마나 현실적인 가능성을 갖고 있었는가 하는 점도 미지수이다. 그러나 그의 개혁론의 초점이 억눌리고 소외된 평민들의 삶을 회복시키고, 당대의 지식인들이 관념이 아닌, 실사와 실정에 근거한 학문을 하도록 주문하였다는 점에서, 그리고 그 이론적 대안을 일국사를 넘어서는 넓은 범주에서 찾고자 한 점에서는 진정 위대한 지적 실험이었다고 할 수 있다. 유수원의 개혁안에서 성인담론은 제도와 법치 속으로 숨고 국부(國富)와 상공층의 증대라는 현실적 구제책이 논의의 중심을 이루고 있었다.

## 4. 군사론(君師論)의 출현과 도학적 성인론의 갈등

### 1) 영조의 군사론과 성인론

　조선왕조의 특징에 대해 기왕의 연구에서는 중앙집권적인 양반관료 국가(李成茂),[1] 관료적 군주제 국가(James B. Palais),[2] 그리고 군주제인 동시에 관료제를 통해 통치하는 중앙집권화 된 국가체제(柳美林)[3] 등 다양하게 규정하고 있다. 정치의 안정성은 왕권과 신권의 상호견제가 균형을 이룬 상태라고 할 때, 이들 주장들은 조선왕조의 왕권과 신권에 있어서 그 무게중심을 왕권보다는 신권에 두고 있다. 그러나 이러한 주장들은 조선왕조 전체의 특징으로 규정하기엔 무리가 있다.

　조선초기에는 강력한 왕권을 지향함으로써 그 무게중심이 왕권에 있었으나, 두 번의 반정으로 인해 신하가 군주를 선택하게 되는 택

---

1 李成茂, 「朝鮮時代의 王權」, 『東洋 三國의 王權과 官僚制』, 國學資料院, 1999.

2 James B. Palais, 「朝鮮王朝의 官僚的 君主制」, 『東洋 三國의 王權과 官僚制』, 國學資料院, 1999.

3 柳美林, 「조선후기 王權에 대한 연구-영조 연간의 군신간 義理논쟁을 중심으로-」, 『정신문화연구』 제25권 제1호, 한국정신문화연구원, 2002.

240

군(擇君)의 지경에 이르게 되자 그 무게중심은 점점 신권으로 옮겨졌던 것이다. 특히 인조반정 이후 정권의 기반확보와 왕위계승의 정당성을 확보하기 위한 제정책의 일환으로 이루어졌던 산림등용은 정권의 안정과 유지를 위한 명분과 실리를 제공해주기는 하였지만, 종국에는 조선후기 왕실의 권위가 약화되는 계기를 초래하게 되었다.

더욱이 중기 이후 대두된 '주자의리론(朱子義理論)'과 '군신공치론(君臣共治論)'은 군주의 정치적 역할을 축소시키는 방향으로 작용했기 때문에 왕권을 제약하는 이념적 도구가 되었다. 왕권을 견제한 주자의리론과 군신공치론은 산림세력의 중앙 진출의 연장선상에서 이루어진 것이다. 산림은 국가의 전례((典禮)문제와 각종 정치적 사안에 대한 시비와 가부여부를 판단하는데 있어 결정적인 역할을 하였다. 산림의 유권적 해석은 항상 유교의 교의(敎義)와 결부되어 그것이 그대로 '의리'가 되고, 나아가 부동의 명분으로 정립되었기 때문에 사안에 따라서는 매우 정치적인 의미를 지니기도 하였다. 이러한 성격은 왕통의 계승과 관련한 문제에 있어서는 더욱 그러하였다.[4] 이에 강력한 군주제를 표방하여 신권에서 다시 왕권으로 그 무게중심을 옮기려한 정책들이 숙종과 영·정조대에 나타난다.

숙종대는 산림세력의 영향력이 지대해지자 갑인환국(1674), 경신환국(1680), 기사환국(1689), 갑술환국(1694), 병신환국(1716) 등 수차례의 환국을 통해 정국을 조정하였다. 숙종은 환국을 강력한 왕권회복을 위한 수단으로 활용하였으나. 이는 종전의 견제와 균형의 정치적 형태가 와해되고 일당 독재체제에 의한 권력의 독점으로 정치적 후퇴를 가져왔을 뿐만 아니라, 도리어 노론에게 발목이 잡히는 결과를 초래하게 됨으로써 왕실은 왕위계승 문제의 소용돌이 속에 휩싸

---

4 李佑成,「李朝 儒教政治와 '山林'의 存在」,『韓國의 歷史像』, 創作과批評社, 1982, 255쪽.

이게 되었다.

왕위계승과 관련한 정치적 파행이라는 우여곡절 끝에 등극한 영조는 경종독살설과 함께 그의 출신성분이 평생에 발목을 잡고 있었던 터라, 왕실의 위상제고에 남다른 노력을 기울여 왔다. 그는 정치적으로는 견제와 균형의 탕평정치를 펼쳐갔고, 학문적으로는 신하들을 능가하는 학식으로 경연을 주도함으로써 정치를 장악해 나갔다. 그리고 서연을 강화하고, 강서원을 격상시켰고, 왕손들을 위한 교육기관을 신설하였으며, 자신의 학문적 역량과 정치적 경험을 토대로 한 다양한 저술들을 남겼다. 또한 하, 은, 주 삼대의 정치이상을 표방하여 군사(君師)로서 강력한 왕권을 꿈꾸었다. 그의 교육사상 이면에는 강력한 왕권 강화책의 의도도 함께 자리하고 있다.

## 영조의 군사(君師)론과 교육정책

정교일치를 표방한 유교사회에서 왕은 내성외왕(內聖外王)을 구현하는 유교의 이상적인 모델이자, 백성들의 모범이 되어야만 했다. 조선전기에 비해 조선후기 왕위계승자들은 종통(宗統)에 있어서 상대적으로 미약했다. 이에 지적능력과 도덕성을 확보함으로써 군주로서의 리더십을 발휘하고자 하였다. 그런 요청에서 영조는 역대 어느 왕보다도 경연에 적극적이었다. 통상 경연은 신하들에 의해 주관되었던데 반해, 재위 20년경부터 경연을 본격적으로 주도해 나갔으며, 경연의 방식 또한 기존방식에서 벗어나, 유신들로 하여금 책을 읽게 하고, 자신이 강(講)을 하거나 문답하는 형식으로 바꿈으로서 군사(君師)로서의 면모를 구축해 나갔다. 뿐만 아니라 정치현안이나 인재등용 등 많은 부분이 경연을 통해 이루어짐으로써 경연정치가 이루어졌다.

그는 왕실의 위상을 제고하기 위하여 왕실교육기관의 격상과 신설을 도모하였다. 의소세손(懿昭世孫, 1750-1752)을 위해 강서원이 설치되었을 때, 처음으로 세손사(世孫師)와 세손부(世孫傅)를 만들었다. 그리고 당시 강서원의 관원이었던 좌우 익선과 좌우 찬독(贊讀)은 모두 겸관이었기 때문에 세손을 교육시키는데 전념할 수 없게 되자, 영조는 이들 중에서 좌익선과 좌찬독은 실관(實官)으로 만들게 하여 교육에 만전을 기하게 하였다.5 모두 왕실의 권위를 강화하고자 한 영조의 의지에서 비롯된 것이다.

또한 1759년 정조를 위해 강서원을 다시 설치하였을 때에는 강서원의 관원으로 좌유선(左諭善)과 우유선(右諭善), 좌권독(左勸讀)과 우권독(右勸讀) 등을 추가로 설치하였으며,6 이후 영조 35년(1759) 3월 좌유선과 우유선을 정3품에서 종2품까지 차정함으로써 당상관직으로 승격시켰다.7 그리고 그해 8월 왕세자의 자식들인 왕손의 교육을 위해 왕손교부를 두고, 교학청이라는 별도의 교육기관을 신설하였다. 이처럼 영조대에 강서원의 확대와 격상 그리고 왕손교육기관의 신설 등은 왕실의 위상을 제고하여 강력한 왕권을 구축하려한 영조의 정책이 왕실교육에도 투영되었기 때문이다.

이러한 그의 왕실교육에 대한 식을 줄 모르는 열정은 왕세자나 왕세손의 교육에 있어서 진강 책자의 선택뿐만이 아니라 구체적인 교육방법까지 일일이 지정하는 데까지 이르렀다.

강서원에서 계품하기를 "왕세손이 『소학』의 강독을 이미 마쳤으므

---

5 『英祖實錄』卷74, 27년 6월 甲寅條. "又曰 講書院官四人 皆是兼官 故多有苟艱 其中左翊善 左贊讀 作爲實官之寔"

6 『英祖實錄』卷93, 35년 2월 庚午條. "上御恭默閣 引見大臣備堂 上曰 世孫册封後 勸講最急 加設左右諭善及左右勸讀 諭善以大提學金陽澤 副提學 徐志修爲之 勸讀以前執義金元行 前掌令宋明欽爲之 而無相見禮 雖册封前 使之察任"

7 『英祖實錄』卷93, 35년 3월 丁亥條. "上命諭善以正三品定限 止於從二品"

로 『대학』을 이어서 강독하되, 『사략』 책자도 가져다가 그 줄 수를 헤아려서 고적을 토론하겠습니다." 하니, 상이 이르기를, "『대학』은 주석을 빼놓고 하되, 많이 하려고 애쓰지 말고 쉬는 날이나 임강 전에는 혹 『소학』도 읽도록 하라." 하였다.[8]

　진강 책자를 선정하는 과정에서 임금이 특교를 내리거나 계품하여 사부빈객에게 문의한 것은 당연한 절차이기는 했지만,[9] 영조의 세자와 세손에 대한 교육적 관심과 열정은 타의 추종을 불허했다. 이러한 영조의 교육열은 교육자체의 중요성에 기인한 것이기도 하지만, 국운이 바로 왕위계승자들에게 달려있었기 때문이었다. 이처럼 교육과 정치가 톱니바퀴처럼 맞물려던 왕실교육이 비단 영조대의 상황만은 아니었다. 그러나 영조의 탕평책에도 불구하고 종내는 왕권을 강력히 견제하며, 심지어 '삼불필지설(三不必知說)'[10]까지 거론되었다. 이것은 왕위계승까지 위협하리만큼 막강했던 신권 앞에서 영조의 왕실교육에 대한 몰입은 절대 절명의 방안이었다.

　영조의 군사(君師) 관념은 이러한 맥락에서 상당한 의미를 지닌다. 이 군사론은 영·정조대에 이르러 부쩍 정치적 의미를 확대해 갔다. 물론 이 군사 개념이 영·정조의 전유물은 아니다. 이미 세종조부터 이 '군사'라는 개념은 왕의 정치적이며 도덕적인 리더쉽을 지시하는 중요한 용례로 동원되었다. 예컨대 세종 즉위년에는 상왕에게 헌수할 악장(樂章)에서 "상제(上帝)의 명을 받아 군사(君師)가 되었으니, 다사(多士)가 도와 모든 공적이 빛나네."[11]라고 하여 천명을 받은 왕

---

8 『英祖實錄』 卷95, 36년 6월 21일 癸巳條, "講書院啓稟 王世孫 小學之講已畢 以大學繼之 而取史略冊子 量其行數 討論古蹟 上曰 大學除釋除註不無多 休日臨講前 或讀小學"

9 『六典條例』 권6, 「禮典」, 〈世子侍講院〉 "進講之書垂畢 繼講冊子 或因特教 或啓稟問議師傅賓客"

10 『英祖實錄』 권125, 51년, 11월 癸巳條.

244

실의 권능을 찬미하고 있다. 숙종대에도 붕당이 치열해지자 교서를 내리면서, "대개 하늘이 민생을 낼 적에 군사(君師)를 세웠으니, 신자(臣子)가 된 사람은 망령되이 스스로 괴리된 짓을 하여 한 배를 타고 있으면서 딴마음을 가지고 환란을 만들지 말 것"을[12] 주문하였다. 모두 왕권의 절대성과 신성성을 내세울 필요가 있을 때 동원되는 개념이었다.

그러나 영·정조대에 이르면 이 '군사'라는 용례는 좀 더 강력하고 중요한 문화적 의미를 내포하게 된다. 영조대에 발아하기 시작하고 정조대에 활짝 개화한 통치이념이었다. 이들은 호학군주였으며, 붕당으로 인한 정치적 혼란기를 경험하였으며, 도학정치를 표방한 공통적인 경험이 있다. 영조 18년 그는 석채례를 행하고 하유하기를 "내가 군사(君師)의 지위에 있으면서 이제 2백 년 동안의 성대한 전례(典禮)를 수거(修舉)했는데, 이는 겉치레가 아닌 것이다."[13]라고 스스로의 입장을 자리매김하고 있다. 영조 25년 기사에서도 권학문(勸學文)을 지어 중외에 포고하면서 스스로를 군사(君師)로 자임[14]하는 등 여러 기록에서 자주 목도된다.

영조와 정조는 이 '군사(君師)'라는 용례에 어떤 의미를 부여하고 있었을까? 영, 정조에 있어 '군사' 개념은 그들의 정치철학을 드러내 줄 뿐만 아니라, 그들의 역사의식의 일단을 드러내 주기도 한다. 이 개념이 지니는 유학사적 의미를 좀 더 명료하게 하기 위해서는 이 용례의 역사성을 이해할 필요가 있다. 일반적으로 '군사(君師)'의 개

---

**11** 『세종실록』 2권, 세종 즉위년, 11월 3일 기유 7, "受帝命作君師, 多士輔庶績熙, 偉萬壽無疆"

**12** 『숙종실록』 27권, 숙종 20년 7월 20일 병술.

**13** 『영조실록』 52권, 영조 16년 8월 9일 정미, "上行釋菜禮. 召諭太學掌議曰: 予在君師之位, 今修二百年曠典, 此非文具也."

**14** 『영조실록』, 70권, 영조 25년 12월 5일 기묘, "爲其君者, 雖無君師之德, 大夫多士, 莫曰無敎, 深體眷眷之意, 其須勤學."

넘은 상서에서 나온 것으로 설명하고 있으나, 사실상 그 용례는 주자의 제자인 채침(蔡沈)의 『서집전(書集傳)』 주에서 보인다.[15] '군사' 개념에 대한 최근의 고증에 따르면,[16] 이 개념이 처음 학술적인 차원에서 다루어 진 것은 순자로부터 시작되었다. 처음 이 군사 개념은 "천지군친사(天地君親師)"라는 중국 고대의 주요한 5가지 명제와 함께 출현하였다.[17] 이 다섯 가지 주요관념은 중국 사회에서 점차 무형적인 차원에서는 정신적인 신앙 활동의 대상으로, 유형적인 차원에서는 상징적 의의와 문화적 부호의 기능을 담당하게 되고 제사의 대상으로 정착되었다.

『순자』에서는 '군사(君師)'에 관한 서술이 산견된다. 그의 〈왕제〉편에는 "禮義無統 上無君師 下無父子"라는 표현이나,[18] 〈예론〉에서 "禮有三本 天地者 生之本也 先祖者 類之本也 君師者 治之本也" 등의 발언들이 나타난다.[19] 서재(徐梓)는 이 구절에 대한 해석에서 '군사(君師)'라는 단어를 군(君)과 사(師)로 갈라 병렬적인 순서로 해석하고, 『사기(史記)』와 『대대례기(大戴禮記)』에 나타나는 동일한 구절

---

**15** 天佑下民 作之君 作之師 惟其克相上帝 寵綏四方 有罪無罪 予曷敢有越厥志 佑助寵愛也 天助下民 爲之君以長之 爲之師以敎之 君師者 惟其能左右上帝 以寵安天下(『書集傳』, 권4)

**16** 徐梓,「天地君親師源流考」,『北京師範大學學報』, 2006年, 第2期.

**17** 錢穆과 李澤厚에 따르면 "天地君親師"의 관념이 학술적인 상태로 제출된 것은 순자로부터 비롯되었다.(상게논문, "天地君親師"的觀念起源很早, 學者們一般把它追溯到戰國時期的《荀子》。錢穆先生曾指出: "天地君親師五字, 始見荀子書中。此下兩千年, 五字深入人心, 常掛口頭。其在中國文化, 中國人生中之意義價值之重大, 自可想像。"李澤厚先生也說: "天地君親師 從內容和文字上可一直追溯到荀子。")

**18** 『荀子』, 〈王制〉, "天地者, 生之始也; 禮義者, 治之始也; 君子者, 禮義之始也。爲之, 貫之, 積重之, 致好之者, 君子(之始)也。故天地生君子, 君子理天地。君子者, 天地之參也, 萬物之總也, 民之父母也。無君子, 則天地不理, 禮義無統, 上無君師, 下無父子, 夫婦, 是之謂至亂"

**19** 『荀子』, 〈禮論〉, "禮有三本: 天地者, 生之本也; 先祖者, 類之本也; 君師者, 治之本也。無天地惡生? 無先祖惡出? 無君師惡治? 三者偏亡焉, 無安人。故禮上事天, 下事地, 尊先祖而隆君師, 是禮之三本也。"

도 중국문화에 깊이 스며 있는 '천지군친사(天地君親師)'의 5대 관념을 지칭하는 것으로 설명하고 있다. 그러나 순자에 있어서의 '군사' 개념은 군(君)을 중심으로 설명하는 것이 합당하다고 본다.[20] 통상적으로 '군사'의 용례는 천자의 개념을 지칭[21]하고, 주자의 「대학장구서」에서도 군사는 천자를 지시한다.[22] 순자 역시 바르게 획정할 예와 법, 그리고 제도의 정착이 무엇보다도 중요하다고 생각하였고, 그 마지막 답은 '성왕을 스승으로 삼는 것(聖王爲師)'에 있다는 것을 뚜렷이 하였다. 즉,

모든 이론은 반드시 표준이 되는 원칙을 세운 다음에야 이루어질 수가 있는 것이다. 표준이 되는 원칙이 없다면 곧 옳고 그름을 분별할 수 없고 소송의 판결도 할 수 없게 될 것이다. 그러므로 들은 바에 의하면 "천하의 위대한 표준은 옳고 그름이 나누어지는 경계이며, 분수와 직책과 명분과 법칙이 생겨나는 근본이어서, 왕자의 제도가 바로 그것이다."라고 한다. 그러므로 모든 이론과 명물은 성왕을 스승으로 삼지 않는 것이 없다.[23]

---

**20** 王春瑜는 "天地君親師"에서 君이 가장 핵심적이고 근본적인 것으로 본다. 이 개념이 봉건전제주의를 강화하고자 하는 목적에서 출현하였음을 밝히고 있다. 상게서, "在"天地君親師"的序列中, "君"最為根本, 是五者的核心. 王春瑜先生 《說"天地君親師"》的主旨, 就是要說明: "'天地君親師'聯成一體, 而'君'字是中心. 這就清楚表明, 由這五個大字組成的特種牌位, 是封建專制主義強化的產物, 又是鞏固封建專制主義的利器. 供奉這塊牌位, 就是供奉皇帝; 向這塊牌位叩頭作揖, 就是向皇帝俯首稱臣." 순자의 본의를 이해하는데 상당한 시사점을 준다고 보여 진다.

**21** 『荀子』, "古代君, 師皆尊, 故常以君師称天子"

**22** 「大学章句」序, "则天必命之以为亿兆之君师, 使之治而教之." 명나라의 唐順之도 군사는 천명을 받은 자를 지칭한다. 唐順之, 《祭祖庙文》, "顺之 钦承敕命, 视师 浙直, 顾生杀诛宥, 有天命君师在, 顺之 不敢专."《冷眼观》第二一回 : "无奈他此时业已骑虎不能自下, 久不有君师在眼里了."

**23** 『荀子』, 「正論」, "凡議必先立隆正, 然後可也. 無隆正則是非不分, 而辨訟不决, 故所聞曰: 天下之大隆, 是非之封界, 分職名象之所起, 王制是也. 故凡言議期命是非, 以聖王為師"

순자의 이 '성왕위사(聖王爲師)'의 정신이 영, 정조 군사론의 한 축을 담당한 것으로 보인다. '성왕위사'의 논리 속에는 이미 도통(道統)과 치통(治統)의 합일이 가장 이상적인 정치형태라는 순자의 생각이 녹아있다. 또한 순자는 강력한 천하일통의 치통을 확보하는 것이 더욱 중요하다고 판단하였다. 그래야 국가의 각 구성원들에게 각각의 직분을 부여하는 "경국정분(經國定分)의 원리를 제공할 수 있다고 보았다. 이 점은 황극론(皇極論)이 바탕을 이룬 영, 정조의 '군사'론과 논리적으로 연결되어 있다. 즉 영, 정조의 '군사'론은 숙종대에 남계(南溪) 박세채(朴世采) 등에 의해 제기된 황극탕평론(皇極蕩平論)과 불가분의 관계를 갖고 있다. '군사'론에는 이 시기 난마처럼 얽히고 설킨 상태의 당쟁을 억제하고, 정국의 주도권을 왕권으로 귀속시키고자 하는 정치적 의도가 담겨있었다. 사실상 왕권 위에 도통의 정당성을 갖춘 '성인' 모형을 덧붙인 것이다. 이른바 치통(治統)과 도통(道統)의 결합이다.

## 영조의 『자성편』과 성왕론

영조의 어제류 중에서도 『어제자성편(御製自省編)』과 『어제경세문답(御製警世問答)』은 영조의 사상이 고스란히 온축되어 있다. 이는 말년에 왕세손에게 전선의 의도를 비친 영조가 정조에게 자신의 심법을 전수하기 위해 소대할 때에는 이 두 책을 반드시 가지고 들어오게 하였던 사실에서 짐작할 수 있다. 1746년(영조 22) 2월 자성편이 완성되자 이를 경연의 교재로써 활용하였다. 내편은 유교경전을 인용하여 개인의 수양과 관련한 것(自修之事)을 담고 있다. 외편은 역사서를 인용하여 국가의 정치에 관한 일들(爲治之事)을 기록하고 있다. 이것은 내성외왕의 유교적 이상을 실현하겠다는 의지의 표현이다. 그는 정조에게 "『자성편』과 『경세문답』을 읽어서 구절구절을 깊이 유념한다면, 이것이 곧 뜻을 계승하는 효도이다."라고 한데서 나타난다. 이 중 『자성편』은, 사도세자의 교육을 위해 경전과 사서에서 개인의 수양과 국가의 정치에 유익한 항목을 발췌하여 편집한 것이다. 경연과 서연교육에까지 적극적이었던 그의 군사적 면모를 여실히 드러낸 것이라 하겠다.

내편과 외편 앞에는 영조가 지은 7언 절구가 각각 수록되어 있는데, 각 편에 해당하는 내용의 핵심을 이룬다. 내편의 시 앞에는 '심(心)'을 전서체로 쓰고, 좌우에 "한 몸의 주인이요. 온갖 교화의 근본이다. 이치를 따르면 공(公)이 되고, 인욕을 따르면 사(私)가 된다(一身之主萬化之本 順理則公縱欲則私)"라는 대련을 두었다. 내편의 본문은 주로 경전과 사서에서 성군이 되기 위한 내용을 112조목으로 편찬하였다. 그 내용은 다음과 같다.

| | |
|---|---|
| 본연의 착한 성품은 하늘로부터 받은 것이니 | 本然性善稟於天 |
| 이를 확충하고 기르면 성현도 될 수 있네. | 充養可能爲聖賢 |
| 공부에 만약 인욕을 막는 방법을 묻는다면 | 做工若問遏人欲 |
| 성찰과 절제된 다스림이 우선이라네. | 省察克治必也先 |

영조는 몸이란 마음의 그릇에 불과한 것이기 때문에 수행과 치도의 근본은 마음 다스림에 있다고 본다. 치자는 천리와 도심에 근본한 공심(公心)을 지향해야 하며, 인욕이나 인심에 근본한 사심은 지양해야 한다는 것이다. 그는 이 구절을 경연에서 여러 신하들에게 명하여 읽게 하고 장구(章句)마다 동궁에게 다음과 같이 훈계하였다.

"천리(天理)는 멀리 있지 않고 다만 내 마음에 있는 것이다. 천리가 비록 높고 멀리 있는 것 같으나 힘써 실천하면 합치할 수 있을 것이요, 힘써 실천하지 않으면 물욕(物欲)에 가리는 것이다. 용군(庸君)과 명주

(明主)의 판별은 오로지 천리냐 물욕이냐, 공(公)이냐 사(私)냐로 구분되는 것을 너 역시 어찌 모르겠느냐?"하고, 또 말하기를, "'생각 없이 미친 짓을 한다.[罔念作狂]'의 '광(狂)' 자는 광분하여 질주(疾走)하는 것만을 이르는 것이 아니다. 천리에 위배되면 그 모두가 광(狂)이다. 또 마땅히 해야 할 것을 하지 않거나 마땅히 하지 말아야 할 것을 하는 것이 광이 아니겠느냐?"[24]

영조는 천리에 위배되면 모두 '광(狂)'이라고 단정한다. 매우 도학적인 성군상을 제시하고 있다. 영조는 또한 동궁에게 "방벽 사치(放僻奢侈)는 모두 쾌심(快心)에서 연유한 것으로 임금이 착한 일을 하면 백성들이 칭송하고 착한 일을 하지 않으면 모두 비웃으니, 이른바 '종로거리의 사람이 그 임금을 꾸짖는다.'는 말이 그것이다. '쾌(快)' 자 한 자가 너에게는 병통이니 경계하고 경계하라."라고 충고한다. 그러므로 늘 마음을 성찰하고 다스려 인욕을 막는 것이 치국의 선결과제라는 것이다.

외편의 시 앞에는 '機[기미]'를 전서로 쓰고, 좌우에 "선악이 나눠지고 치란이 판별되는 곳이다. 처음을 삼가야만 끝을 아름답게 할 수 있을 것이다(善惡之分治亂之判 克愼乎始允臧乎終)"라는 대련을 두었다. 외편의 내용은 주로 정사에 모범이 되거나 경계할 만한 역사적인 내용들을 110조목으로 편찬하였다. 문단의 배치방식은 내편과 동일하다

덕교와 정치는 오직 사람에게 달려있으니　　德教政謨惟在人
우리 백성들의 고락이 곧 내 몸에 달려있네.　吾民苦樂卽汝身
나라 다스림을 알려면 무엇을 잘해야 하는가　治國欲知何以善

---

24 『영조실록』 69권, 25년(1749 기사) 2월 17일.

기미를 깊이 살피고 어진 신하를 등용함이네.  幾微深察任賢臣

영조는 덕교가 가장 중요하다는 사실을 강조한다. 그는 동궁에게 "나는 개미가 줄지어 가는 것을 보면 차마 밟지 못하고 파리나 모기가 장 단지에 빠져 있으면 모두 건져 날려 보냈다. 비록 땅강아지나 개미 같은 미물도 그러할진대 하물며 사람이랴? 만약 형옥(刑獄)을 경솔하고 안이하게 처리한다면 반드시 잘못을 저지를 것이니 신중히 하고 신중히 하라."[25]고 덕치의 중요성을 강조한다. 그는 또 말하기를, "나는 불나방이 날아와 등불에 부딪치는 것을 보면 도랑과 골짜기에서 이리저리 뒹구는 백성을 생각하여 구휼하는 정사를 베풀었다. 너는 비록 한참 즐겁게 놀 때라도 항상 오막살이의 미천한 백성과 더불어 그 즐거움을 함께할 마음을 가져라. 사람이 자식 하나를 남에게 맡겨도 사랑하기를 힘써 당부하거늘 하물며 억만 백성을 너에게 맡김이겠느냐?"고 민본의 중요성을 강조한다.

또한 외편에서는 인군으로서 갖춰야 할 요건에서 가장 중요한 것의 하나는 용인의 안목이라고 강조한다. 인재를 적재적소에 배치하는 것이야 말로 한 가지 일로써 만단을 처리할 수 있는 지름길로 치자가 갖춰야할 지혜인 것이며, 여민동락하는 마음은 치자가 갖춰야 할 덕목인 것이다. 영조 32년에는 신하들을 불러 『자성편』을 강론하면서 인재 선발의 중요성을 강조하고 있다.

유신을 불러 《자성편(自省編)》을 강(講)하였다. 임금이 경화(京華)의 자제들이 책을 읽지 않고 벼슬을 조경(躁競)하는 습관을 통렬히 말하고 이어서 묘당과 전조(銓曹)에 신칙하여, '무릇 사람을 씀에는 문벌을 보지 말고 오직 독서에 능한 자와 활쏘는 데 능한 자를 쓰도록 할 것이며,

---

25 『영조실록』 69권, 25년(1749 기사) 2월 17일.

만약 잘못 천거하면 비록 대신이라도 중법을 시행하라.'고 하였다.[26]

영조가 말년에 굳이 정조를 위한 별도의 자성편 발문을 짓게 된 것은 당시의 정치적 상황과 관계된 것으로 판단된다. 영조는 춘방관에게 발문을 쓰도록 명한 뒤에, 당시 시상을 보니 대신들은 믿을 수 없다며, 자신의 심법을 손자에게 직접 전하고 싶어서『자성편』을 진강하게 하였다고 말하고 있다.[27] 이는 영조 말년 정조의 등극을 둘러싼 정치적인 암투가 자행된 가운데, 홍인한이 정조에 대한 '삼불필지설'을 말한 직후였다.

강력한 왕권을 회복하고자 한 영·정조대의 사상은 서적정책에도 나타난다. 18세기 영·정조대에 들어와서는 국왕의 적극적인 주도 아래 그 어느 때보다 활발한 서적정책들이 추진된다. 이러한 현상은 붕당정치의 파탄에서 비롯된 갈등과 모순을 극복하기 위한 제도적 토대를 마련하기 위함이었다. 한 연구에 따르면, 1차(1724-1729)에는 왕실과 관련한 서적 비율이 전체의 27.9%를 차지하고, 2차(1730-1739)에는 28.1%, 3차(1740-1744)에는 21.6%를 차지하고 있다. 각 차수별로 살펴보자면, 1차의 경우 의궤(儀軌)와 등록류(謄錄類)가 상당부분이고, 2차의 경우에는 왕실관련 서적도 여전히 많지만, 정치운영과 관련된 정서류(政書類)의 간행이 활발하다. 아울러 교육관련 서적은 1차에 4.75%를 차지하던 것이 2차에는 28.1%를 차지할 만큼 더 많이 간행된다. 이는 안정된 정치적 환경 속에서 탕평론에 대한 이론적 모색을 통해 새로운 통치이념의 확립에 힘을 기울이던 당시의 시대적 분위기를 반영한다. 3차의 서적편찬 간행에 있어서 가장 두드러진 특징은 역대 왕실에 대한 재평가 작업이 조선왕조 전 시기를 걸

---

26 『英祖實錄』 권87, 32년 1월 16일.
27 『英祖實錄』 권125, 51년 11월 20일 癸巳條.

쳐 비중 있게 추진되었다는 점이다. 이는 1차에도 당시의 서적정책은 영조의 정통성 확립과 직접적으로 결부된 사안들과 관련되어 전개되고 있었다.[28]

즉 영조 전반기 활발한 서적 간행은, 적극적으로 서적정책에 개입하여 당파간의 갈등을 해소시키며 강력한 왕권을 확립하려는 영조의 의도에서 진행되었던 것이다. 이것은 영조가 군사(君師)를 자임한 것과 밀접한 관련이 있는 것으로 이해된다. 그의 '군사'론에도 탕평정치를 통해 강력한 왕권을 회복하려는 의도가 함께 담겨있는 순자류의 정치 공학적 발상이 내재되어 있다.

## 2) 정조의 '군사(君師)'론 ; 치통(治統)과 도통(道統)의 결합

탕평군주 정조(正祖, 1776-1800)는 호학의 군주였다. 그는 운명적으로는 정치가였으나 천성은 학자였다. 그는 내성(內聖)과 외왕(外王)이라는 유가의 두 바퀴를 함께 굴려가야 했다. 그는 맹자와 주자의 도통을 계승한 적통임을 자임한다. '정학(正學)'으로서의 주자학에 반하는 이른바 '속학(俗學)'에 대해 강하게 비판하였다. 인간 본성의 자연성과 정(情)의 측면을 강조했던 인물들에 대해서는 매우 비판적인 입장을 취했다. 그가 직접적으로 언급한 인물들, 왕간(王艮)을 포함한 태주학파의 인물들, 왕기(王畿), 전덕홍(錢德洪) 등 절강학파의 인물들, 나홍선(羅洪先)과 같은 강우학파들은 모두 속학의 범주에 속한다. 그 밖에 공안파들과 경릉파 등과 같은 양명학자들도 예외 없이 비판의 표적으로 등장하였다. 모두 인간 감성의 자연적인 발로를 승인했던 인물들이다. 그는 공맹이하 주자까지 도통을 승계

---

**28** 우경섭, 「英祖 前半期(1724-1744)의 서적정책」, 『奎章閣』 24, 서울대학교 규장각, 2001.

한 인물 이외의 대부분의 학설들에 대하여 부정적인 평가를 내리고 있다.

정조는 맹자가 제시한 왕도정치 이념의 충실한 계승자라는 사실을 누차 천명하였다. 그리고 순자의 인성론이 고자의 '생지위성(生之謂性)'처럼 자연적인 욕구를 성으로 볼 위험성이 있음을 경계하였다. 순자의 사상을 이단의 한 유형으로 간주한 것이다. 그럼 과연 정조는 도학적 세계관만을 절대화하고, 왕도정치라는 이념적 주형만을 고집하였는가? 많은 선행연구에서 지적하고 있는 것처럼, 정조의 사상은 매우 중층적이고, 일견 모순적인 양태를 띠고 있다.

그러나 우리는 현실 정치인으로서의 정조는 패도론적이고 형정론적인 측면에서 정국을 운영하고, 법치 속에서 대안을 찾고자 하는 다양한 지적 노력이 있었음을 주목하였다. 정조의 통치론에 관한 선행연구들에서는 그의 군사론(君師論)이 출현한 배경에는 왕통이 신료들에 의해 규정되는 것을 막고자 하는 정치 공학적 의도 등이 개입되어 있었음을 다루고 있다.[29] 그러나 우리는 이제 실학시기를 단순히 탈주자학이냐 반주자학이냐는 이분법적 도식에서 바라보는 관점에서 벗어나서, 제자백가 사상의 광범위한 유입이라는 좀 더 넓은 차원에서 조망할 수 있는 계기를 정조를 통해 찾을 수 있으리라 본다.

## '군사(君師)'론을 통해서 본 정조의 도통의식

우리는 앞서 영조를 통해 군'사'론이 등장한 역사적 배경을 살펴보았다. 그럼 정조의 도통관은 어떤 모습이었을까? 그도 송대의 이학자처럼 치통(治統)과 도통(道統)의 합일 속에서 그의 자리를 찾고 있다. 우선 그의 견해를 살펴보도록 하자.

---

29 윤정, 「정조의 세자 책례 시행에 나타난 君師 이념」, 『인문논총』 제57호, 2007.

삼대(三代, 6581) 이전에는 총명과 예지를 소유한 성인들이 임금이 되고 스승이 되었는데, 삼대 이후로는 사도(師道)가 땅에 떨어져 임금과 스승의 책임을 제대로 다한 자가 있다는 말을 듣지 못하였다. 그러나 인(仁)을 행함에 있어서는 스승에게도 사양하지 않는다고 성인께서 가르쳐 주셨으니, 오늘날의 세상에서 내가 어떻게 사도(師道)를 자임하지 않을 수 있겠는가. 그리고 일단 사도를 펼치는 책무를 자기의 직분으로 삼지 않을 수 없게 되었다면 사도가 있는 곳이 바로 도(道)가 있는 곳인데 도의 밖에 이치가 없고 이치의 밖에 의리가 없다면 이치가 있는 곳이 바로 의리가 있는 곳이라 할 것이다. 내가 임금과 스승의 위치에 있으면서 이미 이 의리에 대해 분명히 가려 깊이 살피고 확고하게 지키며 독실하게 믿고 있는 만큼 지금 조정에 있는 신하의 입장으로서는 다만 가르침을 따르기에 겨를이 없어야 마땅한데 세상 풍조는 갈수록 투박해져 태반이 여기저기 옮겨 다니거나 겉만 번드르르하게 꾸미는 무리들뿐이니 어찌 너무도 기괴한 일이 아니겠는가.[30]

앞의 인용문에서 드러나고 있듯이, 정조도 치통과 도통이 결합된 상태를 가장 이상적인 국가 형식으로 보고 있다. 치통과 도통이 결합된 형식이 곧 그가 말하는 '군사' 개념의 핵심이라고 할 수 있다. 그런데 여기에서 좀 더 깊이 있게 논의되어야 할 점은 정조의 군사론이 치통에 더욱 강조점을 두었느냐, 아니면 도통에 방점을 두었는가의 문제다. 주지하다시피, 주자의 경우, 양자 중에서 도통에 훨씬

---

**30** 『正祖實錄』 22년 7月 20日, "三代以上, 聰明睿智之聖, 作之君作之師, 三代以下, 則師道在下, 未聞有能盡君師之責者. 當仁不讓於師, 聖人有訓, 於今之世, 予安得不以師道自任乎? 旣不得不以師道之責爲己任, 則師之所存, 道之所在, 道外[爲][無]理, 理外無義理之所在, 卽義之所在也. 予居君師之位, 已於此義理, 明辨而深察, 固守而篤信, 凡今在廷之臣, 但當率敎之不暇, 而俗習去益渝薄, 太半是朝東暮西, 改頭換面之徒, 寧不奇怪之甚乎."

큰 비중을 두고 있었다. 즉 왕권과 정치의 정당성을 드러내는 현실적인 삶의 국면에서 드러내는 치통[君]과, 유학적 세계관의 고유한 도덕적 정당성을 알려 주는 도통[師] 사이에서 어느 쪽에 더욱 의미를 두고 있었느냐 하는 점이다. 참고로 주자가 상고시대에서 '내성외왕' 합일의 정신을 찾고, 통(統)의 개념을 형성한 것은 이를 통해 후세의 전제적 군권(君權)을 비판하고자 한 것에 기인한다. 주희는 임금은 여러 신하의 머리(群臣之首)일 뿐이라고 생각하였다. 그는 도강 이래 남송에서는 군신 사이의 세(勢)가 더욱 두드러지게 다르게 됨을 경계하였다. 그런 점에서 그는 진량(陳亮)의 왕패론이 자칫 '교군(驕君)'의 상태를 더욱 악화시킬 수 있음을 우려하였다.

영조의 '군사' 개념을 물려받은 정조는 사실상 주자 이후의 도통을 승계한 것으로 자부한 사람이다. "비록 도통의 전수에는 갑자기 견줄 수 없지만, 경서(經書)와 사서(史書)로 씨줄과 날줄을 삼은 것은, 생각건대 자연히 복희, 신농, 요순우탕, 문무, 공자, 맹자, 정자, 주자의 단서를 터득한 것임을, 묻지 않아도 만천 명월 주인옹이라는 것을 알 수 있으리라."[31]라고 하여, 스스로 도통을 승계한 인물임을 자임하고, 동시에 만천명월 주인옹(萬川明月主人翁)으로서 절대적인 군권을 확보하고 있음을 명확하게 하였다.

그는 '군사(君師)'의 명령을 수행하지 않을 경우에는 엄격한 형정을 시행하여 다스릴 것임을 천명한다. 그의 군사의 개념에는 도학과 아울러 형정과 법치의 의지가 동시에 함장되어 있다. 그는 "군사(君師)의 가르침을 따르지 않고 요순 공자에게 축출 당하지 않은 사람을 보지 못하였다."고 말한다. 즉 요임금이 홍수를 잘 못 다스린 곤을 처벌하고, 순 임금이 자신에게 복종하지 않는 삼묘(三苗)를 삼위

---

31 『弘齋全書』제53권 銘,〈弘于一人齋全書欌銘〉, "雖不敢遽擬於道統之傳 若其經經緯史 竊自有得乎羲農堯舜禹湯文武孔孟程朱之緖餘者 尙亦不問可知爲萬川明月主人翁"

로 축출하고, 공자가 정치를 어지럽히는 소정묘(少正卯)를 처형하였
듯이, 자신도 분수를 모르고 정령을 어기는 자는 단호하게 처리하고
자 한다는 것이다.[32]

이러한 논의를 통하여 우리는 정조의 '군사' 개념의 한 축에는 맹
자 이래의 도학적이고 의리론적인 차원에서의 도통론이 명백하게 자
리하고 있음을 알 수 있다. 그러나 정조의 군사 개념에는 도학적인
의미망으로는 해결할 수 없는 패도론적이고 형정론적인 측면이 명백
하게 도사리고 있다. 그가 학자로서는 도학의 도통을 잇고자하였다
면, 정치가인 군주로서는 자주 패도론적인 접근을 하고 있었다.

## 정조의 인성론, 새로운 길

정조의 맹자 해석에 관해서는 이미 몇 편의 잘 정리된 논문들이
제출되었다.[33] 정조의 직접적인 언술을 보면, 그는 충실한 맹자의 후
계자이자, 순자에 대해서는 상당한 비판의식을 지니고 있었다. 정조
는 친시(親試)에서 낸 책문을 통하여 맹자의 정신이 왜 현실화되지
못하는지 그 이유를 밝히라고 요구하였다. 그는 "천리를 확장하고
인욕을 막아서 걸출하게 성인의 무리가 될 수 있는 자가 수천 년을
지나오면서 무릇 몇 사람이나 되느냐?"[34]라고 맹자 사상이 위축된 세

---

**32** 『弘齋全書』 제77권, 〈日得錄17, 訓語 4, "不率君師之教。而不見黜於堯舜孔子
者。予未之聞。大小臣庶。尚可以審所擇也。"

**33** 대표적으로는 백민정, 「『孟子』 해석에 나타난 正祖의 사유 경향 분석」, 『철학사
상』 34, 2009; 김성윤, 「정조철학사상의 정치적 조명」, 『부산사학』 25 · 26 합집.

**34** 『弘齋全書』 제50권, 策問 3, 孟子, "奈之何此費愈明。斯文愈晦。良知之學。傳法
於告子。塗聽之說。太半是鄉愿。其能不捨己田。毋揠宋苗。擴天理而遏人欲。杰然爲
聖人之徒者。歷數千載。凡幾人。予憫世道之波淫。懼人心之茅塞。冑筵經筵。講是書
者近五六次。又命抄啓講製文臣。每旬課講。其意豈徒然哉。第其論說。特資一時之口
耳。則抑恐其徒爲應文之歸。難期擴善之效。今欲使眞知立言之旨。見諸行事之間。得
免讀了無事之譏。而爲居安宅行正路之階梯。則其道何由。須各悉著于篇。予將親覽焉。"

태를 한탄하였다. 그는 맹자를 서연과 경연에서만 강론한 회수가 5, 6차에 이르고, 초계문신에게 명하여 열흘마다 과제로 삼아 강론하게 할 정도로 애착을 지니고 있었다.

그런데 앞에서 정조가 양지, 양능의 정신이 오히려 고자 쪽으로 그 법통이 넘어가고 있다는 점을 개탄하고 있음을 주목할 필요가 있다. 특히 인간 내부의 자연스러운 생명력과 활력의 소산인 양지와 양능에 대한 정조의 관심은 여러 가지 형태로 자주 나타난다. 맹자의 호연지기를 확대하여 왕도를 실현하도록 주문한 것도 같은 맥락에서 비롯되었다. 정조는 동궁 시절에 호연지기를 기르기 위한 '집의양기(集義養氣)'의 올바른 방법에 대해 상당한 관심을 표하였다. 다만 이 시기 그의 호연지기에 대한 해석은 철저히 주자 학설에 근거하였다. 그는 혈기에 흔들리는 호연지기가 아니라 도덕적 의로움에 근거한 호연지기를 추구하였다.[35]

반면, 정조는 순자에 대해서는 부정적인 인식을 숨기지 않았다. 그는 한유의 성품을 논한 설은 순자나 양웅에 비하여 차이가 없고 이고(李翱)의 복성설(復性說)과 비교해도 훨씬 미치지 못한다고 폄하한다.[36] 정조는 '생(生)이 곧 성이다'라는 말이 순자의 사상과 유사하다고 하면서 자칫 유자들이 이 부분을 둘러싸고 오해를 일으킬 수 있음을 우려하였다.

'본능적인 생이 성이다'라는 말은 실로 순경(荀卿), 양웅(揚雄), 불가(佛家)의 말에 가까운 것이지만, 공자가 "성은 서로 가깝다."고 말씀하신 대목에서 백정자(伯程子)가 또한 기질의 성에다 고자의 말을 인용하였으니, 이는 성인이 그 단점은 두고 장점을 사용하신 바로서, 사람

---

35 『弘齋全書』 제3권, 〈春邸錄〉 3, 〈書〉, 答宮僚.
36 『弘齋全書』 제50권, 〈策問〉 3.

에게서 취하지 않음이 없는 성덕(聖德)과 지선(至善)인 것이다. 맹자는 자사(子思)가 발휘한 대본(大本)의 중(中)을 계승하여 처음으로 성선(性善)을 말씀하되 반드시 본연(本然)에 귀속시켰으니, 이 또한 전인(前人)의 사업을 계승하여 후학(後學)들에게 앞길을 열어 줌으로써 때 맞추어 적절히 쓰게 하려는 성인의 지성(至誠)과 고심(苦心)이었다. 뭇 성인들이 후학을 위하여 부지런히 노력하며 가르침을 게을리 하지 않은 은미한 뜻이 담긴 곳을 매번 깊은 밤중에 생각하노라면 나도 모르게 감격하고 기뻐하게 된다.[37]

정조는 이렇게 고자의 '생지위성(生之爲性)'의 발언은 순자의 성론과 유사한 것으로 이해한다. 그리고 순자의 성론은 고자가 성은 기류(杞柳)와 같다고 본 관점과 유사하다는 신하의 주장에 동조한다. 그리고 정호가 '생지위성'을 기질지성과 동일한 것으로 본 것에 대해 상당한 의미를 부여한다. 동시에 정조는 그의 성론은 기본적으로 맹자의 성선론을 근거로 하고 있다는 사실을 명확하게 드러낸다. 이런 사실들을 감안할 때, 정조는 인성론과 수양론 문제에서는 맹자와 기본 관점을 거의 공유하면서, 다만 주희의 해석 경향에 대해 비판하거나 때로는 옹호하는 입장을 피력했다는 지적은 수긍이 간다.[38]
그러나 우리는 여기에서 정조의 인성론에는 순자와 접점을 이루는 부분이 있음을 주목할 필요가 있다. 이 점은 정조가 인간을 해석하는 시선이 본연지성보다는 기질지성에 더욱 중점을 두고 있다는

---

**37** 『弘齋全書』 제120권, 〈鄒書春記〉, 告子篇 "若曰生之爲性。固近於荀揚與佛家說。而孔夫子則言性相近。伯程子亦引用告子之言於氣質之性。此聖人所以捨其短用其長。無非取於人之盛德至善也。孟子則承思聖發揮大本之中。倡說道性善。必屬之本然。此亦聖人繼往開來。隨時適用之至誠苦心也。羣聖人爲後學孜孜惓惓。教詔不倦之微意在處。"
**38** 백민정, 「『孟子』해석에 나타난 正祖의 사유 경향 분석」, 『철학사상』 34, 2009, 209쪽.

사실과 연관된다. 우선 순자의 성론을 살펴보자.[39] 순자의 성(性)은 '본래부터 그러하다(自然義)' 라는 의미로서의 성과 그리고 선천적으로 지니고 있다(生就義)는 의미의 성의 개념을 포가하고 있는 것으로 설명된다. 순자에 따르면 모든 인간의 본성 속에는 자연스럽게 유로되는 '욕망'이 똬리를 틀고 있다. 그가 생각하는 '성'은 생존을 위해 필요한 원초적이고 자연발생적인 욕망과 연계되어 있다. 순자는 이것이 곧 인간 본성의 본질이라고 생각한다. 따라서 만약 생물의 생리적 생명만을 따르고 절제하지 않는다면 성악에 이르는 길은 자연스러운 귀결로 보았다. 사실상 순자는 성(性), 감정(情), 욕구(欲)를 모두 동일한 것으로 간주한 것이다.[40] 순자는 말한다.

성은 선천적인 것이다. 감정은 성의 본질이다. 욕구는 감정이 반응한 것이다. 사람의 욕망으로 얻어질 수 있는 것이라 여겨지면, 감정으로 그것을 추구하게 되는 것은 절대로 면할 수 없는 일이다. 욕망을 추구하는 것이 가하다고 여겨 이를 이끌어 가게 되면 반드시 꾀가 생기게 된다. 그러므로 비록 문을 지킨다고 할지라도 욕망을 다 버릴 수가 없으며, 비록 천자라고 하더라도 욕망을 다 얻을 수가 없는 것이다.[41]

순자가 말하는 성론의 가장 뚜렷한 특징은 '욕구를 성으로 본 것

---

39 순자의 성론에 관해서는 蔡仁厚, 천병돈 역,『순자의 철학』, 예문서원, 2009; 牟宗三,『名家與荀子』, 臺北, 學生書局, 1990; 김형효,『맹자와 순자의 철학사상』, 삼지원, 1990; 조원일,「荀子의 예론사상연구」,『퇴계학논총』 22권, 2013; 이승률,「荀子「天論」편의 天人分離論 연구」,『東方學志』제156집, 2011; 정세근,「순자의 이단화와 권학론」,『범한철학』 제72집, 2014년 봄; 김상래,「맹자와 순자의 인간이해, 그 윤리적 변별성」,『온지논총』 37권, 2013 등을 참고하였다.

40 채인후, 상게서, 67-88쪽.

41 『荀子』,〈正名〉, "性者 天之就也 情者, 性之质也 欲者, 情之应也。以所欲为可得而求之, 情之所必不免也 以所欲为可得而求之, 情之所必不免也。以为可而道之, 知所必出也。故虽为守门故雖爲守門, 欲不可去; 雖爲天子, 欲不可盡"

(以欲爲性)'이며, 그렇기 때문에 성은 악한 것이 되었다.[42] 여기에서 인간의 본성을 적절히 다룰 예가 필요한 것이다. 인간의 본성은 악한 것이고. 선한 것은 인위적으로 된 것이다.(其善者僞也)[43] 따라서 그는 본성을 변화시켜 인위를 일으키는 것(化性起僞)을 제일 큰 목표로 삼게 되었다. 인간의 본성은 태어나면서 부터 이익을 좋아하는 성질을 가지고 있고, 이를 방치하면 쟁탈이 생겨나고, 사양하는 것이 없게 되고 사회의 질서와 이치가 혼란된다는 지론이다.[44] 그에 의하면, 인간은 태어나면서부터 욕구를 지니고 있다. 인간은 욕구가 채워지지 않으면 이를 끝없이 추구하려는 속성을 지니고 있다. 따라서 이를 제어할 적절한 '조절작업[度量分界]'이 반드시 필요하다. 만약 자연 상태로 방치하면 극도의 혼란 상태가 나타나기에 선왕이 예를 제정하여 한도(分)를 정한 것이다.[45]

충실한 주자학도를 자임한 정조로서는 이러한 순자의 과격한 성론을 적극적으로 수용하기는 어려움이 있었을 것이다. 그러나 정조의 발언 속에서는 명백하게 맹자로부터 차츰 벗어나서 순자적 사유를 수용하기 시작하는 모습이 드러난다. 그의 이른바 '성즉기[性氣也]'설과 '사덕설(四德說)'은 이 문제를 푸는 중요한 단서가 된다.

---

**42** 徐復觀,『中國人性論史先秦篇』, 臺灣, 商務印書館, 2014.

**43**『荀子』,〈性惡〉, "今人之性 生而有好而焉 順是故爭奪生 而辭讓亡焉 生而有迭惡焉 順是故殘賊生/而忠信亡焉 生而有耳目之欲 有好性色焉 順是故淫亂生 而禮儀文理亡焉 然則從人之性 順人之情 必出於爭奪 合於犯文亂理 而歸於暴 故必將有師法之化 禮儀之道 然後出於辭讓 合於文理 而歸於治 用此觀之 然則人之性惡 明矣 其善者僞也"

**44**『荀子』「性惡」, "人之性惡, 其善者僞也. 今人之性生而有好利焉, 順是故爭奪生而辭讓亡焉.,生而有疾惡焉, 順是故殘賊生而忠信亡焉. 生而有耳目之欲, 有好聲色焉, 順是故淫亂生而禮義文理亡焉. 然則從人之性, 順人之情, 必出於爭奪, 合於犯分亂理而歸於暴."

**45** 荀子,〈禮論〉, "禮起於何也. 曰, 人生而有欲. 欲而不得, 則不能無求. 求而無度量分界, 則不能不爭. 爭則亂, 亂則窮. 先王惡其亂. 故制禮義以分之, 以養人之欲, 給人之求, 使欲必不窮乎物, 物必不屈於欲, 兩者相持而長. 是禮之所起也."

성은 기이다. 이천(伊川)이 처음으로 '성은 곧 이(理)이다'라는 말을 하였는데, 이는 맹자가 말한 성선(性善)과 표리가 되는 것으로 볼 수 있다. 지금 만약 성(性)의 글자 뜻에 대해서 정밀하게 요약해서 말하고자 한다면 기(氣)가 아니고 무엇이겠는가. 억지로 끼워 맞추어서 "성은 단지 이(理)이다."라고 한다면, 하늘이 부여하고 사람이 받은 것 위에 다시 별도의 이(理) 하나가 이(理) 이전에 있다는 것인가? 공자는 《주역》과 《논어》에서 기질 쪽만을 따라서 가르침을 게시하였으니, 위대한 부자가 어찌 후학을 속이겠는가. 성인과 시대가 멀어지면서 이단(異端)이 봉기하여, '성은 선한 것이다'라고 말하지 않을 뿐만 아니라 '성은 악하다'고도 하고 '선하기도 하고 악하기도 하다'고도 하니, 본연(本然)의 뜻과 대중(大中)의 체(體)를 천명하고 발휘할 방법이 없게 될 지경이 되었다. 그렇다면 맹자가 가장 먼저 성선을 말한 것이 어찌 천고(千古)에 탁월한 식견으로서 공자를 빛내는 공을 세운 것이 아니겠는가. 게다가 또 이천(伊川)이 이를 계승하여 밝혔으니, 이 이후로 사람은 누구나 다 본연의 성을 가지고 있으며 본연은 모두 순수하게 선하다는 것을 어느 누가 몰랐겠는가. 그렇지만 세상의 유자(儒者)들이 본연의 성이 순수하게 선하다는 것만 알고 기질의 성이 생(生)의 두뇌(頭腦)가 된다는 것에는 도리어 소홀하여, 저서와 입론(立論)이 말할 수 없을 만큼 분분하게 되었다. 그러니 공자가 맹자의 시대에 있었다면 본연의 설을 내지 않을 수 없었을 것이고, 맹자가 지금 세상에 있었다면 또한 도리어 기질의 설을 말하지 않을 수 없었을 것이다.[46]

---

46 『弘齋全書』 권126, 〈曾傳秋錄〉, "性氣也。而伊川始有性卽理也之語。可與孟子言性善表裏看。而今欲精約說性之字義。則非氣而何。強力湊附而曰性只是理云爾。則天所賦人所受以上。當更別有一理在於理前耶。孔夫子於易於論語。只從氣質邊揭訓者。大哉夫子。豈欺後學。聖人遠而異端蠭起。不惟不言性善。或曰惡或曰善惡。而本然之旨。大中之體。將無以闡揮。則孟夫子之首言性善。豈不誠卓越千古。功光孔夫子也。又況伊川繼而明之。自是厥後。孰不知人皆有本然之性。而本然則皆純善乎。然而世儒徒知本然之爲純善。而反忽於氣質之性。爲有生之頭腦。著書立論。不勝其紛紜。故曰孔

262

정조도 물론 성즉리의 명제를 부정하는 것은 아니다. 정조도 인간 내부에 깃들어 있는 천리로서의 본연지성을 가장 중요시하고 있다. 그럼에도 불구하고 그가 '성즉기'라고 강조한 것은 각 인간의 개체성을 드러내줄 기질지성의 존재 자체를 뚜렷하게 각인시키고자 한다. 정조는 세상의 유자(儒者)들이 본연의 성이 순수하게 선하다는 것만 알고 기질의 성이 생(生)의 두뇌(頭腦)가 된다는 것에는 도리어 소홀하다는 점을 통박한다. 그에 따르면, 맹자가 지금 세상에 있었다면 도리어 기질의 설을 강조하였을 것이다. 정조는 주자가 개별 인간의 기질지성을 강조한 이유를 정확하게 파지하고 있었고, 이에 근거해 맹자 성선론의 한계를 지적하고 있는 것이다.

주자학에서 기질지성의 문제를 새삼 중요시하는 이유는, 순자가 제기한 문제, 즉 각 개체들에서 발생하는 악의 출현 문제, 개체간의 차별성, 생득적이고 원초적인 욕구와 같은 난제들을 해결하기 위한 것에서 찾을 수 있다. 이는 정조의 경우에도 예외가 아니었다고 본다. 물론 정조 이기론이 과연 기를 중심으로 하고, 리는 그 내적 원리로 파악하였나 하는 점은 앞으로 더 논의가 있어야 하리라 본다. 그러나 정조가 본연지성보다 기질지성을 강조한 것은 각 사물마다 보편성은 내재하고 있지만 이것에만 매몰되어 그 사물마다 가지는 특유한 존재형식을 소홀히 해서는 안 된다는 것과, 살아 있는 개체물의 독립성과 독자적 가치의 존중 그리고 생득적 욕구에 대한 인정, 이것이 정조의 기질지성에 대한 강조라고 한 주장은 충분한 설득력이 있다.[47] 정조의 이러한 태도는 인간이 가진 생득적 욕구를 승인하

夫子在孟子時則不可不說出本然。孟夫子在今之世則亦不可不還說出氣質。譬若思傳言大本之中。而朱夫子。只將人心道心之不雜不離之義。特言於思傳之序以是益知孔孟之訓。易地則必各不同。自非孔子子思孟子朱子之地位。後人何敢輕易說道。來說下款儘好。"

**47** 김성윤, 「정조 철학사상의 정치적 조명」, 『부산사학』 25·26합집, 59쪽.

고, 이를 토대로 그의 철학의 탑을 쌓았던 순자와 상당한 친연성을 가졌다고 생각한다. 말하자면 정조는 맹자 철학의 자장 안에 있었으나, 이미 상당한 정도로 순자적 사유를 함께 나누고 있었던 것이 아닌가 한다. 이와 함께 정조의 〈사덕설〉도 깊은 논의가 필요하다. 그는 성선과 사단과의 관계를 이렇게 말한다.

그대가 '성선과 사단'이라고 말을 했는데, 대저 성은 본디 선한 것이지만 사단을 어찌 혼동하여 성이라고 말할 수 있겠는가. 사단을 사덕(四德)으로 바꾸는 것이 나을 듯하다. …(중략)… 그 내가 듣기로 정자가 말하기를, "맹자의 이른바 성선을 이어가는 것이 선이다."라 하였고, 또 "성을 논하면서 기를 논하지 않는다면 갖추어지지 않은 것이다." 하였으니, 참으로 의미 심장한 말이다. 원래 이 성(性) 자는 기를 완전히 배제할 수는 없는 것이니, 대개 기가 없으면 이(理)를 걸쳐 둘 곳이 없다. 이것이 주자가 '기로써 형체를 이루고 이 또한 부여하였다'는 것으로 영원불변의 가르침을 삼은 까닭이다. 맹자가 선(善)이라는 한 글자를 드러내어 인물이 생겨나기 이전의 조화의 근원을 보여 주었는데, 이것이 《주역》 계사(繫辭)와 표리가 되니, '맹자는 《주역》을 말하지 않았으나 《주역》을 잘 이용하였다'는 말이 바로 이러한 곳을 가리킨 것이다.[48]

정조는 사단을 성이라고 하는 것을 거부하고, 사덕이라고 할 것을 주장한다. 선이란 밖으로 드러난 구체적 덕성으로 이해할 것을 주장

---

**48** 『弘齋全書』, 「鄒書春記」, 〈滕文公篇〉, 道性善章, "子云性善也四端也。大抵性固善也。四端豈可混謂之性耶。恐不若四端換却四德之爲愈。吾聞之。程子曰孟子所謂性善。說繼之者善也。又曰論性不論氣不備。旨哉言乎。原來這性字。捨却氣一邊不得。蓋無氣則理無所掛搭處。此朱夫子所以氣以成形。理亦賦焉。爲萬世不祧之訓也。孟子撥出善一字。以示人物未生之前。造化源頭。與易繫相爲表裏。孟子不言易而善用易云者。政在此等處矣。"

한 것으로 보인다. 이 점은 순자의 인성론이, 맹자와 같이 내적인 도덕적 본성에 중점을 두는 것이 아니라, 인의와 같은 도덕적 표준에 근거하되 심의 사려 능력을 통하여 구성되는 구체적 외적 규범과 제도에 중점을 두는 것과 상당한 연관성을 드러내고 있다.[49] 다시 말하면 그에 있어서 도덕적 진리의 표준은 내부의 본성에 있는 것이 아니라 외부의 제도와 규범에 달려 있다. 이는 후일 다산의 단시설(端始說)과 유사한 모습이다. 정조는 한유(韓愈)가 인을 박애로 설명한 것이 '널리 대중을 사랑하되 어진 사람을 친히 한다[汎愛衆而親仁]'는 성인의 가르침에 어긋난다고 보았다. 또한 정자가 세속의 학자가 사랑(愛) 그 자체만을 인으로 생각하는 것을 꾸짖었음을 환기하였다.

그런데 흥미로운 논쟁점의 하나는 과연 이 사덕을 인의예지가 아닌 원형이정의 속성을 지닌 천지자연의 사덕으로 볼 수 있는가 하는 점이다. 이 주장의 근거는 인용문의 마지막 부분에 있는 선과 주역 계사전과의 관련성이다. 원형이정이란 천지의 마음 혹은 덕으로 표현되지만 실은 이 자체는 구체적 도덕이 아닌 단지 기능일 뿐이다. 즉 정조가 맹자의 성선의 의미를 이렇게 재해석한 것은 오상(五常)이란 당위 법칙이 실은 인위적으로 부과된 도덕적 의무 법칙일 뿐이라는 것이다. 말하자면 정조의 윤리관은 이미 인간이 하나의 당위에 규정된 존재라기보다는 생득적 요구를 추구할 자유를 지닌 살아 있는 생명체라는 사실에 기초하고 있다는 것이다.[50] 다소 과도한 해석의 혐의는 있으나, 정조의 인성론에 담겨 있는 순자적 요소를 살펴보는 데에는 매우 유용한 주장으로 보인다. 순자의 인성론은 내적인 도덕적 본성에 중점을 두는 것이 아니라, 인의와 같은 도덕적 표준에

---

**49** 엄연석, 「맹자와 순자 왕패론의 相對的 논리와 相補的 논리」, 『동아시아문화연구』 제56집, 406쪽.

**50** 김성윤, 상게논문, 62쪽. 정조가 말한 사덕이 인의예지를 지칭한 것인지, 아니면 천지자연의 순행을 드러내는 원형이정을 뜻하는지는 좀 더 논의할 필요가 있다.

근거하되 심의 사려 능력을 통하여 구성되는 구체적 외적 규범과 제도에 중점이 있다. 다시 말하면 그에 있어서 도덕적 진리의 표준은 내부의 본성에 있는 것이 아니라 외부의 제도와 규범에 달려 있다.

## 정조의 예치론과 법치론

정조는 예악과 형정(刑政)을 나라를 다스리는 두 기둥으로 생각하였다. 그는 예악과 형정의 관계를 마치 음식과 약이 병을 치료하기 위해 상보적 역할을 하는 것에 비유하였다. 음식을 통하여 봄을 보하고 활기를 불어 넣는 치료를 한 이후에 그래도 낳지 않을 경우 약을 투여하라고 하였다.[51] 이것이 예악과 형정을 이용한 치국의 방략이라는 것이다. 주자학자들에게 익숙하게 나타나는 예선법후(禮先法後)론이다.

그러나 정조시기에 이르러 예가 부쩍 치국의 수단으로 강조되기 시작한 사실을 주목할 필요가 있다. 정조 시대에는 전례분야, 의례분야에서는 국가를 향한 집중 현상이 나타나고, 동시에 법전의 보완 등 예치보다는 법치 위주로 정리하려는 현상이 나타나고 있다. 탕평에 짝하여 국가적으로 추진된 법전의 체제를 정비한 일은 왕정체제의 강화와 국가의 영역을 확인한다는 의미를 지니고 있는 것이었다.[52] 예가 개인적 수신이나 사회적 관계망을 형성하는 담론에서 벗어나서 치국의 의미를 가장 중심에 두기 시작한 것은 의미가 크다. 흔히 맹자의 사상이 내면성을 중시하는 인의의 심학이라고 한다면,

---

51 『弘齋全書』 卷167, 日得錄 7, 政事2, "禮樂刑政。爲輔治之具。不可廢一。如食藥療病。蓋安身須食。救疾須藥。故醫家書。不知食宜。不足以全生。不明藥性。不能以除病。食以療之。不愈然後命藥。此言足可以喩治法。"

52 정호훈, 「18세기 국가운영체제의 재정비」, 『정조와 정조시대』, 서울대 출판문화원, 2011, 212-214쪽.

순자의 사상은 현실주의에 근거한 예법의 사회학이라고 표현된다. 맹자의 정치사상이 성의, 정심에 근거한 왕도주의를 표방한다면, 순자는 현실적인 실용성과 공리성을 우선시하면서 국가의 사회 관리능력을 중시한다.[53] 예를 다분히 심학적 차원에서 접근하는 것이 맹자적 형식이라 한다면, 예를 일종의 사회 제도론 혹은 법제적 차원에서 다루고자 하는 태도가 순자의 현실주의적 태도이다.

흔히 순자 정치사상의 큰 특징은 "숭례중법(崇禮重法)"의 치국 방략, "상현임능(尙賢任能)"의 통치방식, "중민존군(重民尊君)"의 왕패론(王覇論)적 이념과 "천하일통(天下一統)"의 정치목표에 있다. 순자는 공자의 숭례(崇禮) 사상을 이어받아 이를 사회질서의 확립과 유지를 목표로 하는 '예치'의 개념으로 확대하였다. 예를 국가경영과 사회통제라는 경세학적 목표와 일치시킨 것이다. 그는 "사람이 예가 없으면 살 수가 없고, 일하는 바에 예가 없으면 이루어질 수 없고 국가에서 예가 없으면 편안함이 없다."[54]라고 한다. 이는 그가 이미 예가 수신의 차원에 한정된 것이 아니라 치국의 수단으로 바라보고 있음을 의미한다. 그는 예의 정치화에 깊은 관심을 기울였다.[55]

순자는 또한 예가 지니고 있는 외재적 가치를 주목하였다. 그의 예론이 정치적 강제력과 공능(功能)쪽으로 기울어지고 있다는 주장은 옳다. 순자는 예를 국가 관리와 운용에 동원하고자 하였다. 그의 예론은 국가제도론적 함의를 담고 있다. 그는 "나라에 예의가 없으면 바르게 다스려지지 않으니. 예라는 것은 나라를 바르게 다스리는 근본이다. 그것은 마치 저울이 무겁고 가벼운 것을 가늠하는 근본이 되고, 먹줄이 곧고 굽은 것을 가늠하는 근본이 되며, 그림쇠와 굽은

---

53 김형효, 『맹자와 순자의 철학사상』, 삼지원, 1990.

54 『荀子』, 〈修身〉, "人无礼则不生, 事无礼则不成, 国家无礼则不宁。"

55 化濤, 「崇禮重法」與王覇兼用, 荀子政治思想研讀」, 『臨沂師範學院學報』 第29卷, 2007, 91쪽.

자가 네모와 동그라미를 가늠하는 근본이 되는 것과 같다."라고 주
장한다.56 순자는 예의 규범성을 확보함으로써 이것을 국가경영의
수단으로 활용하고자 하였다. 그는 "국가의 운명은 예에 달려있다."57
라고 단언한다. 예를 내성(內聖)으로 향하는 문이라기보다는 외왕
(外王)의 수단으로 더욱 중요하게 생각한 것이다.

순자는 예를 통하여 "정리평치(正理平治)" 하고 국가의 각 구성원
들에게 각각의 직분을 부여하는 "경국정분(經國定分)"의 원리를 제
공하고자 하였다. 그에 따르면 사람으로서의 도에는 어디에나 분별
이 있고, 분별에는 분수보다 더 큰 것이 없고, 분수에는 예의보다 더
큰 것이 없다.58 여기에서 순자의 직분주의가 나타난다. 순자에 의하
면 인간이 사시의 변화를 관장하고, 만물을 다스리며, 천하를 이롭게
할 수 있는 것은 '직분과 떳떳함(分義)'이 있기 때문이다. 순자는 인
간 사회를 조화롭게 일치 시키는 도 역시 선왕이 제정한 예의와 법
도의 등급 속에서 나온 것이라고 하였다. 그러므로 귀천, 장유, 지혜
로움과 어리석음, 능함과 무능함을 구분하여 각각의 사람들에게 각
각의 능력에 맞는 일을 맡도록 하였다.59 예와 법제의 실행을 통해
백성의 직분을 구획한다는 순자의 이러한 직분주의는 정조에게서
도 발견된다.

상이 이르기를, "삼대(三代) 이후로 사도(師道)가 비록 땅에 떨어졌

---

56 『荀子』, 〈王覇〉, "国无礼则不正。礼之所以正国也, 譬之犹衡之於轻重也, 犹绳墨
之於曲直也, 犹规矩之於方圆也, 既错之而人莫之能诬也。"

57 『荀子』, 〈天論〉, "国之命在礼"

58 『荀子』, 「非相」, "故人道莫不有辨. 辨莫大於分, 分莫大於禮."

59 『荀子』, 〈富國〉, "兼足天下之道在明分 掩地表畝, 刺中殖谷, 多糞肥田, 是農夫
眾庶之事也。守時力民, 進事長功, 和齊百姓, 使人不偷, 是將率之事也 …(중략)… 若
夫兼而覆之, 兼而愛之, 兼而制之, 歲雖凶敗水旱, 使百姓無凍餒之患, 則是圣君賢相
之事也。"

으나 예악(禮樂)과 형정(刑政)은 군도(君道)가 이로부터 비롯되는 바로
서 다스리고 가르치는 것은 뜻이 실로 같은 것이다. 그러니 오늘날 군
사(君師)의 책임을 내가 감히 자임(自任)하지 않을 수 있겠는가." 하였
다. …… 상이 이르기를, "임금의 직분은 하늘과 하는 일이 같아 사물을
각기 사물이 지닌 합당한 위치에 자리하게 하고(物各付物), 그 본성을
거스르지 않아야 하는 것(勿拂其性)에 있다."[60]

정조의 명분(名分)론은 순자의 견해와 매우 자연스럽게 연결된다.
그는 "예는 분(分)보다 큰 것이 없으며 분수는 이름보다 큰 것이 없
다. 이것은 국가를 유지하는 것이며 사람을 절제하는 규범이다."[61]라
고 강조한다. 우리나라는 명분을 가장 숭상하여 각 계층에 엄격한
분별이 존재하고 있다는 것이다. 위로는 조정 관리로부터 아래로는
시정(市井)의 액속(掖屬)·조리(曹吏)·전민(廛民) 등에 이르기까지
모두 이름과 명분이 존재한다는 것이다. 이 밖에 하등 천민과 같이
힘과 노동으로 복역하는 자들도 그 종류가 만여 가지에 달하고, 군례
·노복·상인·공인·고용살이 등의 미천한 자들도 역시 피차간 우
월함과 졸렬함의 차등이 있어서 명분이 절연하니, 그 명분을 엄격하
게 하는 것이 무엇보다도 중요하다는 것이다.[62]

---

**60** 『弘齋全書』 卷170, 日得錄 10, 政事(5) "三代以降。師道雖在於下。然禮樂刑政。
君道之所自出。而治而敎之。義實均焉。今日君師之責。予敢不自任乎…人君之職。與
天同工。物各付物。勿拂其性。此聖人所以嘉善而矜不能也。"

**61** 『弘齋全書』 제49권, 策問 2, 〈名分 抄啓文臣講義比較〉 "王若曰。禮莫大於分。分
莫大於名。國所維持。人爲防範。"

**62** 『弘齋全書』 제49권, 策問 2, 〈名分 抄啓文臣講義比較〉 "況在我朝。最尙名分。如
可歷指。殆難更僕。而朝官則有大臣重臣宰臣侍從百執事之別。此文蔭武之名分也。館
學則有東上南上幼學業儒之號。此嫡庶之名分也。中人而有神校。計士。醫員。譯官。日
官。律官。唱才。賞歧。寫字官。畵員。錄事之稱。市井而有掖屬。曹吏。廛民之名。此
中人市井之名分也。外此下賤之服事力役者。有萬其數。而軍隷奴僕工商傭雇之微。亦
有彼優此劣之差。名分之截然。顧不重歟。然而朝廷之上。閭巷之間。全昧正名之義。

이렇게 예의 외재적 가치를 중요시하는 순자와 정조의 사상은 자연스럽게 법에 대한 관심으로 이전한다. 모종삼이 순자의 사상적 지형도가 예치론자와 법가 사이에 있다고 주장하는 것은 충분히 일리가 있다. 순자는 "다스림의 요체는 예와 형(刑)에 있다."63라고 말한다. 이때 형은 곧 법의 다른 이름이다. 순자가 법을 중시한 것은 명백하나, 예치를 체로 법치적인 요소는 용으로 인식하고 있었다는 점에서 후대의 법가와는 구별된다. 순자는 '숭례존현(崇禮尊賢)'은 왕도로, '중법애민(重法愛民)'은 패도적인 자세로 구분한다.64 순자의 이러한 입장은 오직 의리론적 입장에서 왕도와 패도를 구분하는 맹자의 태도와도 구별된다. 그는 법치적인 통치방식일지라도 애민의 정신이 있으면 이를 패도의 한 형식으로 용인한다.65 순자의 '중법' 사상이 지향하는 세계도 그의 예론이 지향하는 곳과 일치한다.66 강력한 군주권을 중심으로 국가를 안정적으로 운영하는 것이다. 즉 인간관계에서 명분과 분별이 확연하게 드러나는 부국의 실현이다. 그는, "사람으로서의 도에는 어디에나 분별이 있다. 분별에는 분수보다 더 큰 것이 없고, 분수에는 예의보다 더 큰 것이 없다."라는 지론을

率多犯分之讖。名分二字。掃地久矣"

63 『荀子』, 〈成相〉.

64 『荀子』, 〈天論〉, "隆礼尊贤而王, 重法爱民而霸, 好利多诈而危"

65 순자는 입법적 정신과 원칙을 의미하는 '法義', 그리고 법률의 운용과 조작, 그리고 법률적 기교를 의미하는 '法數'등의 법치의 중요개념을 제시하였다. 그는 "法義를 알지 못하고 '法數'민을 지키는 사람은 비록 널리 안다고 하더라도 일을 당하면 반드시 혼란을 일으킬 것이다."라고 하여 입법 정신을 중요시 하였다.(〈君道〉, "不知法之义而正法之数者, 虽博, 临事必乱.")

66 순자는 "예의를 닦음으로써 조정을 바로잡고, 법을 바로잡음으로써 관직을 바로 잡으며, 정치를 공평히 함으로써 백성들을 바로잡는다. 그리고 나면 예절이 조정에 바르게 되고, 모든 일들이 관직을 통하여 바르게 되며, 여러 백성들이 아래에서 바르게 되는 것이다."라고 하여 예와 법을 국가 경영의 두 축으로 삼아야 할 것을 강조한다.(〈富國〉, "脩禮以齊朝, 正法以齊官, 平政以齊民, 然後節奏齊於朝, 百事齊於官, 眾庶齊於下.")

270

가지고 있었다.[67] 그는 예와 법의 역할을 이렇게 설명한다.

사람의 본성은 악하다. 그러므로 옛날의 성왕께서는 사람들의 본성
이 악해 음험하고 편벽되어 바르지 못하며, 패란하여 다스려지지 않는
다고 생각하였기 때문에 그들을 위해 임금의 권위를 잡아 군림하게 하
였으며, 예의를 밝혀 그들을 교화하고, 올바른 법을 세워 이들을 다스
렸으며, 중형으로써 벌하고 금하게 하였다. 이렇게 함으로써 천하가 모
두 잘 다스려지게 하였고, 선으로 모이도록 하였다. 이것이 성왕의 다
스림이며 예의의 교화이다.[68]

순자는 예가 체(體)요 근본이며, 법은 용(用)이고 말이라는 사실
자체는 결코 부정하지 않는다. 다만 국가의 경영을 위해서는 오로지
덕치론적이고 심성론적 접근만으로는 현실적인 한계가 있다는 사실
을 너무나 잘 알고 있었다. 그는 법치의 현실적 요청을 너무나도 잘
알고 있었다. 그는 공정한 법의 집행이 국가 운영의 요체라고 보았
다. 순자는 "모든 벼슬자리와 관직과 시상과 형벌은 어떤 일에 대한
응보로서, 같은 종류의 일을 한 사람들에게 똑같이 주어져야 한다."[69]
고 보았다. 그는 "형벌이 죄에 적합하면 잘 다스려지고, 죄에 적합하
지 않으면 혼란해진다."[70]는 평범한 사실을 새롭게 환기시킨다.

---

**67** 『荀子』,〈非相〉, "故人道莫不有辨. 辨莫大於分, 分莫大於禮."

**68** 『荀子』,〈性惡〉, "故古者圣人以人之性恶, 以为偏险而不正, 悖乱而不治, 故为之
立君上之執以临之, 明礼义以化之, 起法正以治之, 重刑罚以禁之, 使天下皆出于治, 合
于善也."

**69** 『荀子』,〈正論〉, "凡爵列官職賞慶刑罰, 皆報也, 以類相從者也." 서기준은 순자가
통치론에서 상벌을 주장하고 형정을 중심으로 함으로써 유가의 정통으로부터 멀어지
게 되었다고 설명한다.(서기준,「東洋政治思想에 있어서의 政治原理 比較考察-孔子・
孟子・荀子의 사상을 중심으로」,『통일문제연구』 10, 1992, 88-90쪽.

**70** 『荀子』,〈正論〉, "刑稱罪則治, 不稱罪則亂."

통치자로서의 정조는, 법치에 대한 필요성을 순자보다도 더 강하게 느끼고 있었다. 정조는 "나라에 중요한 것으로는 법보다 엄한 것이 없다."[71]고 말한다. 또한 "법(法)은 상경(常經)이니, 일을 맡은 신하는 오직 마땅히 상경을 준수할 뿐 감히 조금이라도 변통해서는 안 되는 것"[72]이라고 못을 박는다. 그는 선대왕인 영조가 황극(皇極)을 세우는 형정(刑政)이 큰 역할을 하였던 사실을 강조한다. 즉, 황극의 세우기 위해 "처음에는 덕으로 대했다가 되지 않아 예로 인도하고, 예로 인도해도 되지 않는 자는 형정(刑政)을 총동원하여 깊게 감화를 시키도록 지속적으로 추진한 끝에 50년이 걸려서야 비로소 대성(大成)을 보았을 정도"라고 형정의 현실적인 필요성을 인정한다.[73] 그는 『흠휼전칙(欽恤典則)』의 서문에서 "형벌이란 정치의 보조 수단"이며, 옛날에는 정월 초하루에 사구(司寇)가 형(刑)을 선포하면서 그 법의 도해를 대궐 문에 게시하여 만민이 다 보게 하였던 사실"을 환기시킨다.[74] 정조는 "법이란 사사로움이 없이 천하에 공평하게 작용되어야 하고 표준이라는 사실"을 강조한다.[75] 그는 법을 지키지 않는 백성은 난민으로 규정하고, 이들을 엄하게 처단할 것을 팔강(八江)의 선유어사(宣諭御史)에게 명한다.[76] 정조는 대학 〈평천하장〉에는 왜 형정에 관한 글이 없는지를 반문한다. 즉,

예악형정은 다스림에 사용되는 도구이며 천하를 평치하는 큰 법이

---

71 『弘齋全書』 제40권 〈封書 2〉, "有國所重。莫嚴於三尺"

72 『弘齋全書』 제46권, 批答 5, "法者。常經也。有司之臣。惟當守經遵常。不敢錙銖闊狹。"

73 『弘齋全書』 제8권, 序引1, 〈皇極編序〉

74 『弘齋全書』 제8권, 〈欽恤典則序〉

75 『弘齋全書』 제26권, 綸音 1, 〈刑具釐正綸音〉, "法者。天下平也。雖以人主操其柄而御其權。猶且不敢以一毫偏私干於其間。況乎命吏哉。"

76 『弘齋全書』 제38권, 〈諭書〉

요 원칙이다. 그러므로 공자가 왕도를 논할 적엔 하 나라의 시력(時曆)과 은 나라의 수레와 주 나라의 면류관과 소무(韶舞)를 우선하셨으니 이는 예악이요, 맹자가 왕도를 논할 적엔 경지 구획과 학교 상서의 제도를 우선하셨으니 이는 형정이다. 그런데 지금 이 평천하장에서는 예악형정에 대한 약간의 개요도 보이지 않는 것은 어째서인가?[77]

이에 성종인은 대학은 기본적으로 심학서임을 밝힌다. 그에 의하면, "『대학』은 마음을 다스리는 책이다. 그러므로 비록 평천하장(平天下章)에서라도 모두 이 마음 상에서 말한 것이다. 예악형정이란 나라를 다스리는 도구이니, 진실로 편벽되지 않고 기울지 않게 이 마음을 보존할 수 있다면 허다한 절목은 저절로 기존의 법을 살펴서 행할 수 있는 것이요, 만일 본원을 바로잡고 맑게 하여 그것으로 다스림을 내는 바탕을 삼지 않는다면 비록 예악형정이 있더라도 모두 쓸 데가 없는 것이다. 이것이 예악형정에 대해 한마디도 언급이 없는 이유일 것이다."[78]라고 정조에게 응대하였다. 『대학』의 성격을 두고, 신료는 이를 치심서(治心書)로 파악하고 군주인 정조는 예악형정을 다룬 치국서로 다루고 있는 것이다.

정조의 이러한 생각은 엄격한 법 집행을 통한 왕권의 강화, 전제적 왕권의 확보, 그리고 어사 파견을 통한 직할체제의 구축이라는 그의 국가 경영의 목표와 맞닿아 있다. 이것은 법을 패도적인 수단으로 보았던 맹자류의 도학적이고 심성론적인 방식에서 벗어나, 예학

---

**77** 『弘齋全書』제69권,〈經史講義〉60, 大學3, "禮樂刑政。所以措治之具。而平天下之大經大法也。故孔子論王道。則以夏時殷輅周冕韶舞爲先。此禮樂也。孟子論王道。則以井地經界庠序學校爲先。此刑政也。而今此平天下一章。無少槩見於禮樂刑政者何歟。"

**78** 상동, "種仁對。大學。治心之書。故雖於平天下章。亦皆從此心上說。夫禮樂刑政。爲國之具。誠能不偏不倚。存得此心。則許多節目。自可按成法而行之。如不端本淸源。以資出治。則雖有禮樂刑政。都無所用處。此所以無一言及於禮樂刑政也歟。"

을 '부국'을 실현하기 위한 한 방편으로 인식하였던 순자적 사유로 정조 자신이 옮겨 가고 있었음을 반증하는 것이다. 정조 자신 "유도를 행하면 부대(富大)하여 진다는 것이 순자의 학설"임을 잘 알고 있었고, 이에 유자가 국가에 관계됨이 엄중하다는 사실을 깊이 헤아리고 있었다.[79]

## 정조의 왕패론과 사공론(事功論)

정조에 따르면 왕도는 천리이고 패술은 사의(私意)다.[80] 따라서 당연히 패도를 멀리하고 왕도정치를 추구해야 할 것을 천명한다. 규장각 각신이었던 김근순(金近淳)은 정조에게 현실 정치에서 패도의 채택은 불가피한 것이라고 지적한다. 이에 대해 정조는 다시 그 엄격한 의리론을 피력한다.[81] 정조는 왕도와 패도를 함께 사용한다든지, 의리와 이욕을 동시에 추구할 수는 없다고 보았다.[82] 매우 엄격한 도학자의 모습을 보여 준다. 이런 점을 들어 기존의 연구자들 대다수

---

**79** 『弘齋全書』 제50권, 策問 3, 儒 人日製, "以儒道而得民。周禮著說。行儒道則富大。苟卿立言。儒者之有關於國家。若是之重歟。"

**80** 『弘齋全書』 卷121, 鄒書春記 2, 〈盡心篇〉, "程子之論。固是天下至正至當底道理。而苟欲做陳同父所謂事功之學。自不免與霸同歸。王道之難。有如是矣。何以則行王而王乎。所謂王霸雜用之說出。而其害甚於洪水猛獸。王道是天理。霸術是私意。天理九千九百九十九分。有一分私意則便可謂私意。王霸之別亦然。欲雜之則此心欲萌之際。已非王道也。"

**81** 『弘齋全書』 卷121, 鄒書春記 2, 〈盡心篇〉, "程子之論。固是天下至正至當底道理。而苟欲做陳同父所謂事功之學。自不免與霸同歸。王道之難。有如是矣。何以則行王而王乎。所謂王霸雜用之說出。而其害甚於洪水猛獸。王道是天理。霸術是私意。天理九千九百九十九分。有一分私意則便可謂私意。王霸之別亦然。欲雜之則此心欲萌之際。已非王道也"

**82** 『弘齋全書』 卷178, 日得錄 18, 訓語 5, "假令十分之中。九分是公。一分是私。當以私邊看。九分是王。一分是霸。當以霸邊論。公私王霸之分。顧不嚴歟。推之百千萬事。無不皆然。雖以十分爲準。猶懼一分之未盡。況不以十分爲準。則何望其純不已"

는 정조를 맹자와 주자의 정신을 계승한 인물로만 평가한다. 그가 만년에 꿈꾸었던 '정학'이란 기실 정주학의 본연적 학문론에 충실한 구현83일 뿐이라는 것이다.

그러나 정조의 사상과 학문관은 매우 중첩적이고 복합적인 양태를 띤다. 그는 내성을 강조하는 것 같으면서도 외왕적이고, 주자학에 경도된 모습을 보여 주면서도 탈주자학적인 경향성을 숨기지 않는다. 그는 주자학을 깊이 존숭하면서도 그 경계를 넘어서는 것을 두려워하지 않았다. 주자를 제대로 읽는 것은 주자의 뜻을 의심하는 것에서 비롯된다는 생각을 피력한 적이 있었다.84 정조는 진량의 패도론은 부정하면서도 사공의 필요성은 적극적으로 인정한다.85 그는, "학문(學問)과 사공(事功)은 두 가지 일이 아니다. 사공으로 자임(自任)했던 옛사람이 어찌 일찍이 궁리(窮理)와 격물(格物) 공부를 버려두고 잡히지도 않는 막연한 일에 힘을 쓴 적이 있었던가."라고 반문한다.86 사공은 자칫 이익을 추구하는 사술로 변질될 수 있고, 의를 추구하는 왕도정치의 이상을 흔들 염려가 있다는 앞선 시기 도학자들의 우려로부터 이탈하고 있다.

그럼 과연 정조의 진의는 무엇이고, 그가 지향한 세계관은 어디에 근거하고 있는가? 그의 모든 사유는 과연 온전히 맹자류의 왕도론적 세계관에 함몰되어 있을까? 주지하듯이, 유가철학에서 말하는 왕도

---

83 정일균, 「정조의 맹자론」, 『한국실학연구』 제23집, 한국실학학회, 2012, 83쪽.

84 정조는 "경전을 존중하려면 먼저 주자를 존중할 줄 알아야 한다. 주자를 존중하는 요령은 또한 의심이 없는데 의심을 가지고, 의심이 있는데 의심하지 않는 데에 달려 있으니, 비단 장식(張栻)이 호안국(胡安國)에게 유착하듯이 한 연후에 참으로 주자를 존중하는 것이 될 수 있다."고 말한다.(『弘齋全書』권50, 策問 3, 大學, "常謂欲尊經者。當先知尊朱。而尊朱之要。又在於無疑而有疑。有疑而無疑。不但如張宣公之留著胡文定。然後儣庶幾乎眞箇尊朱"

85 졸고, 「18세기 속학론의 추이와 다산」, 『다산학』 21호, 다산학술문화재단, 2012.

86 『弘齋全書』 제163권, 日得錄, 文學 3.

와 패도는 의(義)와 리(利), 공(公)과 사(私), 천리(天理)와 인욕(人欲), 군자(君子)와 소인(小人) 등과 같은 여러 개념 쌍과 연관하여 이해할 수 있다. 이 때, 맹자는 도덕성에 의거하여 이상적 정치질서를 지향하는 '왕도'정치를 역설하면서 무력에 따른 패도정치를 비판하였다. 반면 순자는 왕도정치를 이상적인 정치원리로 간주하면서도 패도정치 또한 왕도정치를 보완하는 긍정적인 의미를 가지는 것으로 보았다. 이것은 맹자가 왕도와 패도를 상호 대립적 의미를 가지는 통치방법이라고 보았다면, 순자는 왕도와 패도가 병행하거나 상호 보완적 의미를 가지는 것으로 인식했음을 뜻한다. 그 이유는 순자에 있어서 도덕적 진리의 표준은 내부의 본성에 있는 것이 아니라 외부의 제도와 규범에 있기 때문이다. 순자에서 있어 왕도와 패도는 모두 인의 실현이나 혹은 외적 제도들을 믿음직하게 시행하는 것과 결합된다는 점에서 상호 대립이 아닌 연속적 의미를 가진다.[87]

맹자와 순자를 구획하는 이 분기점에서 우리는 정조를 다시 바라볼 필요가 있다. 그는 인간의 내면속에는 죽음조차도 불사하는 욕망이 꿈틀거리고 있다는 사실을 인정한다. 그는 "잇속이 생기는 곳에는 죽음도 오히려 피하지 않는 법이다(利之所趨。死猶不避)"라고 인간의 본성 안에는 이익을 탐하는 절실한 마음이 잠복되어 있음을 적극 인정한다.[88] 맹자의 성선적 사유와 멀어지고 있다. 정조는 또한 학문에서 기존의 해석과 권위에 매몰되지 말 것을 주장한다. 그는 학문에도 활법(活法)이 있고 사법(死法)이 있다고 보았다. 그는 "우리나라의 성리학자들은 대부분 모방하거나 구속되는 병통이 있어서 진정한 대영웅의 기상이 없다."고 보았다.[89] 성리학자들이 기존의 권

---

87 엄연석, 「맹자와 순자 왕패론의 相對的 논리와 相補的 논리」, 『동아시아문화연구』 제56집, 379-386쪽.
88 『弘齋全書』 제42권, 〈備邊司論關西薪島搜討啓批 丙午〉, "利之所趨。死猶不避。"
89 『弘齋全書』 제165권, 문학 5.

위에만 매몰되지 말고 적극적으로 본인의 의견을 개진할 필요가 있다는 것이다.[90] 정조는 학자가 시속과 풍습을 따르는 풍조를 가장 경계하였다. 그는 진정한 사류란 유행하는 풍속을 이기는 사람이라고 본다.[91] 그는 현실 정치에서 의와 이(利), 왕도와 패도는 그렇게 선명하게 구별되지 않는다는 사실도 잘 알고 있었다. 그는 이렇게 말한다.

> 한대(漢代)에는 패도를 섞어 사용하였으나 400년의 역년을 누렸고 당대에는 순수한 왕도가 아니었으나 역시 천재일우의 운세를 열었다. 왕도와 패도를 병용하고 의리와 이익을 겸행하여도 진실로 국가를 경영하는 도리에 해로움이 없는 것이냐? 송나라에는 인후한 가법이 있었고 명나라에는 제도가 훌륭하여 삼대의 유풍이 있었으니, 의리를 앞세우고 이익을 뒤로하였다고 할 수 있다. 그러나 국가의 전성과 역년의 면원(綿遠)은 도리어 한당 시대에 따르지 못했음은 무엇 때문이냐?[92]

정조의 고민은 나라의 흥망성쇠가 왕도와 패도의 실행 여부에 직접적인 관계가 없다는 사실에 있었다. 그는 왕도와 패도를 함께 쓴 한당 시대가 오히려 왕도정치를 구현하고자 하였던 송명시대 보다 국가가 융성하였고, 국가경영에서 앞서 있었다는 사실에 의문을 표한다. 그는 천리는 항상 못 이기고 인욕이 항상 승리하며, 따라서 치세는 늘 상 적고 난세는 늘 상 많다는 사실을 환기한다. 천하는 이익을 좇아 모여 들고 흩어진다. 또한 명예도, 학문도, 벼슬살이도 모두

---

**90** 상동, "古人講學。欲得之於心。行之於事。今人只是臨文說義而已。求諸身心事爲。了無交涉。若曰太極與理同乎。誠字之義與仁字異乎。彼此論難。便成一場閒話而止。似此講學。有何一半分所補。諸臣宜念此意。全以平日所疑於心者。反復討辨。要以今日所講。見諸他時行事。勿爲空言之歸。"

**91**『弘齋全書』제177권, 日得錄 17, 訓語, "予所扶植者士類也。今之世。誰果眞正士類。所謂士類。未必事事合人心。而旣云士類。則畢竟勝於流俗。"

**92**『弘齋全書』제48권, 策問, 義利.

그 밑바탕에는 이익에 대한 열망이 있다. 따라서 비록 그 취지에는 청탁이 있으나, 천리의 공도(公道)에서 나와 모조리 일신의 사사로움으로 돌아가기는 매일반인 현실을 개탄한다.[93] 그는 "예에 구애받는 사람은 일에 대해서 말하기에 부족하고, 법에 제약받는 사람은 정치를 논하기에 부족한 사람이다."라고 말할 정도로 사공과 실무를 위주로 한 현실 정치인이었다.[94]

다만 정조는 공리성을 일정 정도 인정하는 대신 오히려 왕도 정치를 강화하는 것이 국가경영에 도움을 줄 것으로 판단한 것 같다.[95] 정조는 선비와 평민을 막론하고 모든 사람들이 이욕에 빠진 조선사회를 구제하는 방법은 주자 성리학을 다시 강화하는 것이 첩경이라고 생각하였다. 정조가 각종 주자서에 대한 대대적인 편찬사업을 펼친 이유다. 정조는 당시에 속학의 폐단이 심해 이탁오와 같은 미친소리가 나타남으로 그 폐단을 원상태로 되돌릴 필요가 있다고 보았다. 특히 그는 육상산과 진량의 글에 대해 그 문답의 경위와 핵심적인 내용을 밝히도록 하였다. 진량의 사공학을 속학의 원류로 지목한 것이다.[96] 정조는 진량의 패도론은 부정하면서도 진량사상의 핵심인 사공(事功)의 필요성은 적극적으로 인정한다.

"지금 사람들은 경학(經學)이라고 하면 그저 성리(性理)에 관한 설이 경학인 줄만 알지 모든 사사물물도 경학을 배제한 상태에서는 언

93 『弘齋全書』 卷48, 策問一, 義利, "大抵義是天理之公。而利乃人欲之私也。公私咫尺。舜跖天壤。而天理常負。人欲常勝。故治日常少。亂日常多。天下熙熙。皆爲利來。天下穰穰。皆爲利往。有以財賄而爲利者。有以名譽而爲利者。學本欲爲己。而有以學爲利者。仕所以行道。而有以仕爲利者 雖其所圖有優劣。所趣有淸濁。而出於天理之公。而都歸於一身之私則一也。"

94 『正祖實錄』, 정조 23년 3월 24일 條, "拘禮之人。不足以言事。制法之士。不足以論治。"

95 졸고, 상게논문, 156-157쪽.

96 『홍재전서』 제182권, 〈群書標記〉, "御定, 朱子書節約。"

을 수 없다는 것을 모른다. …(중략)… 만약 경전의 가르침을 마음으로 터득한 바가 있다면 성(城)이나 수레[車]의 제도도 여기에서부터 미루어 갈 수 있을 것이다."[97]라고 하여 경학과 사공학은 불가분리의 한 몸체임을 강조한다. 그는 "후세의 유자들은 심과 성에 대해서 능숙하게 말을 하는 사람은 간혹 있어도 실질 사공(事功)에 이르면 무엇인지 전혀 모르니, 이것이 바로 체는 있되 용은 없는 학문이다."[98]라고 하여 사공의 중요성을 환기시킨다.

이러한 '사공' 중시의 관점에서 역사적인 인물에 대한 평가도 새롭게 제기한다. 그는 순자와 마찬가지로 관중(管仲)에 대해 적극적으로 평가한다. 순자는 관중이 예(禮)의 실천에는 부족함이 있었으나 패업(霸業)에 대해서는 상당한 성과를 이루었음을 높이 평가하였다.[99] 정조는 공자도 부분적으로 인정한 관중의 공적을 맹자는 전적으로 부정한 것에 대한[100] 그의 견해를 묻는 질문에 대해, "공자는 관중에 대해서 공은 인정하였는데, 맹자는 비하하였다. 대개 세상 사람들이 추구하는 것이라고는 오직 공리(功利)뿐이었으니, 준엄히 거절하고 깊이 배척한 것은 맹자의 시대에서는 그렇게 하지 않을 수 없었던 일이다."라고 하여 맹자의 시대적 제약을 거론하면서 한편으로는 관중의 사공을 인정하고 있다.

동시에 왕안석의 신법을 무조건 반대한 사마광의 태도를 비판한

---

**97** 상동, "今人言經學。但知談性說理之爲經學。而不知事事物物。無非舍經學不得。試以近日華城築城言之。凡臨事而不知措處之方者。皆昧於經學而見識不明故耳。苟能於經訓上。有所心得。城制車制。亦可從這箇上推去。"

**98**『弘齋全書』제165권, 문학 4, "學問之道無他。在於日用事物上。講求其至當處。做將去而已。後世儒者。有或能言於洽心說性。而至於實地事功。昧然不知爲何物。這便是有體無用之學。"

**99** 尹武學, 「荀子와 法家-禮・法관계의 變化를 중심으로-」,『동양철학연구』제15집, 1996, 151-153쪽.

**100**『弘齋全書』제122권 「魯論夏箋」1, 〈子曰管仲之器章〉

다. 그리고 왕안석을 등용한 신종에 대해 "그 뜻으로 보면 큰일을 할 수 있는 임금(有爲之主)"이라고 적극적으로 평가하기도 하였다.[101] 그는 "만약 군자가 재주와 덕이 없어 시의(時宜)에 어둡다면 나라에 병폐를 끼치는 것이 쉽게 알 수 있는 소인의 병폐보다 심하다."고 사공적인 능력이 결여된 도학자를 경계한다. 왕양명(王陽明)에 대해서도 비록 이단이지만 그의 기상과 문장과 공로는 마땅히 명나라 제일의 인물로 꼽아야 한다고 적극적인 평가를 내린다.[102]

특히 현실 정치인으로서의 정조는 의리론이 무색할 정도의 정치술을 발휘하였다. 『정조어찰첩』에 담긴 밀찰들은 그가 매우 노회하고 현실적인 정치가였다는 사실을 잘 드러낸다. 노론 벽파인 심환지, 남인의 영수인 채제공 등과 사적으로 소통하면서 탕평정국의 균형추를 맞추어 갔다.[103] 정조의 이러한 정치술은 왕도와 패도의 구별을 넘어서, 목적 달성을 위해서는 도덕적인 기준마저도 버리는 권도에 충실한 모습을 보여 준다. 그 스스로 "내성외왕을 이루기 위해서 권도를 원리원칙과 합치시키는 것"[104]이라고 자부한다. 특히 권도 사용의 주체를 국왕으로 제한함으로써 군신과의 차별성을 부각시키고 금령을 설치하여 신하들의 개입을 원천적으로 차단하는 등 군주권을 강화시키고자 하는 적극적인 의지를 드러내고 있다.[105] 이것은 그의 황극(皇極)사상과도 맞닿아 있는 것으로서 순자가 지향하는 천하일통의 이념과도 맥을 같이한다.[106] 순자는 "임금이란 나라의 최고 지

---

**101** 『정조실록』, 정조 15년, 4월 30일.

**102** 『弘齋全書』 제165권, 문학 5.

**103** 『정조어찰첩』에 관해서는 『대동문화연구』 제66집, 2009에 다수의 논문이 실려 있다.

**104** 『正祖實錄』 42권, 정조 19년 3월 25일, "自以爲 內聖外王, 權而合經事。"

**105** 박현모, 『정치가 정조』, 푸른역사, 2001, 76쪽.

**106** 密札을 통한 정조의 통치방식에서는 군주의 절대권을 확보하기 위해서라면 術治도 용납하는 한비자의 모습도 나타난다.

위이고, 아버지는 집안의 최고 지위이다. 최고 지위자가 한 사람이면 다스려지고, 두 사람이면 어지러워진다. 옛날부터 지금까지 두 사람의 최고지위자가 권력을 다투면서 오래 갈 수 있었던 경우는 없었다."[107]고 임금만이 오로지 극(極)을 이룰 수 있음을 천명한다. 또한 순자는 임금이란 백성의 근원으로써,[108] 백성들의 직분과 위계를 관장하는 중심적인 지도리의 역할[109]을 담당하고 있음을 강조한다. 이러한 순자의 태도로부터 천하일통적인 중앙집권의 정치이념이 배태되었으며, 정조도 그러한 사상의 한 축을 충실하게 물려받은 것으로 이해된다. 요컨대 정조는 신권(臣權) 속에서 주자가 구축한 대일통의 의리를 찾고자 하는 당대 사림들의 요구를 거부하고 왕권 내부에서 절대적인 대일통의 권능을 찾고자 하는 순자적 군주론 쪽으로 이행해 가고 있었던 것이다.

모종삼(牟宗三)은 주자는 맹자보다 순자에 가깝다고 진술하였다.[110] 맹자는 인간 본성의 성선만을 이야기 하였는데 주자는 마음속에 내재하는 선악을 함께 논하였음으로 순자에 오히려 가깝다는 지론이다. 이와 함께, 주자의 예학이 조선사회에서 널리 퍼졌다는 사실은, 집의(集義)의 방법으로 도덕적 심성을 배양코자 하는 맹자보다는 화성기위(化性起僞)의 기준으로 예를 제시하는 순자의 사상이 표면상으로라도 더욱 가까웠을 가능성을 배제하지 못한다는 주장도 제기된다.[111] 그럼에도 불구하고 조선의 현실에서는 맹자의 담론이 언제나 정통의 위치에 있었고, 순자는 철저히 이단의 굴레 속에 머물러

---

**107** 『荀子』, 〈致士〉, "君者, 国之隆也, 父者, 家之隆也。隆一而治, 二而乱。自古及今, 未有二隆争重, 而能长久者。"

**108** 『荀子』〈君道〉, "君者, 民之原也。"

**109** 『荀子』, 〈富國〉, "人君者, 管分之枢要也。"

**110** 蔡仁厚撰述, 『宋明理學-心體與性體義旨述引』, 臺北: 學生書局, 1980.

**111** 정세근, 「순자의 이단화와 권학론」, 『범한철학』 제72집, 2014, 37-38쪽.

있었다. 인간 존재에 대한 깊은 철학적 믿음을 갖고 있는 맹자 철학이 성인을 지향하는 도학자들의 이상과 공감대를 이루었기 때문이다.

그러나 맹자류의 이러한 선도후기(先道後器)적인 사유만으로는 더 이상 당대의 모순을 극복하지 못한다는 자각이 17세기 이래 지식인 사이에서 넓게 퍼져 있었고, 소론 계열과 남인 지식 속에서는 순자류의 개혁론이 점차 확산되고 있었던 것으로 보인다. 특히 정치가로서의 정조는 순자가 지닌 "숭례중법(崇禮重法)"의 치국 방략, "중민존군(重民尊君)"의 왕패론적 이념과 '천하일통'의 정치목표 등을 상당 부분 공유하였던 것으로 이해된다. 또한 그의 특유의 '군사'론이나 인성론 등에서도 상당부분 순자적 요소가 간취되고 있다. 이것은 맹자와 주자학의 적통임을 스스로 자부하였던 정치가 정조의 또 다른 모습이라 할 것이다. 임금인 정조 스스로 맹자계열의 도통론과 의리론에서 일정 부분 이탈하여 순자계열의 부국론과 사공론을 실제적으로 수용하고 있었던 것이다. 이로써 조선후기의 성인담론이 커다란 변화 과정에 있었음을 알 수 있다.

# 5. 서구 근대교육 수용과 성인담론

구한말의 교육개혁에 대한 의지나 구상은 단선적인 흐름으로 이해할 수 없다. 교육개혁은 서구문화가 물밀듯이 밀어닥치는 격변기에서 이를 어떻게 수용하고, 어떠한 방식으로 사회를 재구성 할 것인가의 관점의 차이에 따라 그 방향을 달리 하였다. 개화를 통해 신교육을 도입하고 정착시키겠다는 의지는 기존의 전통적인 교육에 대한 전면적인 재해석을 시도한다는 것을 의미 한다. 개화론자들은 기존의 전통적인 교육제도로는 새로운 사회체제에 적합한 교육개혁이 부적절 하다고 판단하고 그 새로운 개혁의 모델을 일본을 통한 서구식 학제의 수용에서 찾고자 하였다.

개화파의 경우에도 동도서기론적 입장을 취하는 온건개화세력과, 좀 더 근본적인 개혁을 추구하는 진화론적 성향을 지닌 세력 간에는 교육개혁에 대한 구상에서 차이를 가져 올 수밖에 없었다. 또 전통이념을 서양의 교육사상과 교육이념으로 대체시키고 근대화는 곧 서구화로 이해하는 극단적인 반전통주의 경향의 움직임도 나타나고, 민족 주체성에 터하여 서구문화와 교육을 해석하고자 하는 흐름도 나타나고 있었다.

한편 의리 정신에 뿌리를 둔 위정척사파는 전통적인 교육에 대한 사상적인 편향성을 크게 벗어나지 못하였다. 그들은 외세에 대항하여 민족의 자주성을 내세우고, 물질적 부강을 추구하는 서양의 자본주의적 질서를 비판하였다. 유교문화가 지닌 교육적 가치가 서구교육의 그것보다는 우월하다는 입장을 갖고 있었다.[1] 그러나 국제사회의 변동과 서양 문화에 대한 이해 부족으로 인해 시간이 경과함에 따라 그 타당성은 쇠퇴하게 된다. 이에 따라 그들은 자연스럽게 교육개혁을 실행할 주도 집단에서 멀어지게 되고, 그 자리를 일군의 개화세력들이 차지하게 되는 것이다.

그 후 개화파의 교육 개혁은 크게 두 가지 흐름으로 나뉘어져 전개되었다. 그 첫 흐름으로는 민족주의적 성격의 교육구국운동을 들 수 있다. 이러한 구국운동의 맥락에서 민족 계몽과 독립투쟁의 성격을 띠는 일련의 자주적인 사립학교가 세워졌다. 또 다른 교육개혁의 흐름은 갑오개혁을 주도하였던 관료층의 흐름 속에서 찾아 볼 수 있다. 갑오개혁에 따른 교육운동은 초기와는 달리 점점 일제에 의해 타율적인 교육체제로 바뀌어 갔다. 이제 이러한 다양한 흐름 속에서 조선조의 성인담론이 어떻게 변모, 혹은 해체되었는지 살펴보도록 하자.

### 1) 동도서기론적 사유와 근대교육

개화기에 발표된 교육관계 논설을 검토하여 보면 그 다수가 신학(新學)과 구학(舊學)의 관계를 어떻게 처리할 것인가에 관한 내용이다. 이때 신학이란 물론 새롭게 유입되기 시작한 서구학문을 의미하고, 구학이란 전통적인 유학을 말하고 있는 것이다. 〈新舊學問이 同乎아 異乎아〉, 〈新舊同義〉, 〈新學과 舊學의 關係〉, 〈學無新舊〉 등의

---

1 丁淳睦, 「韓國開化敎育의 理想과 展開」, 『韓國敎育硏究』 제1집, 精文硏, 1980.

제명으로 실린 이들 논설등은 모두 구본신참(舊本新參) 혹은 구주신보(舊主新輔)의 이념에 주로 근거하는 것으로 동도서기론의 한 전형을 이룬다. 유학의 본말론과 도기론(道器論)에서 그 이념적 정당성을 찾고 있는 동도서기(東道西器)론은 일본의 화혼양재(和魂洋才)론이나 중국의 중체서용(中體西用)론과 함께 동양사회가 어떤 방식으로 서구문화를 수용하는지를 극명하게 드러낸다.

서양문화에 대한 이러한 동도서기론적 접근방식은 단순한 사유체계나 이념체계의 영역에 머물지 않고 구체적인 교육정책이나 교육제도의 모습으로 나타나고 있다. 고종의 교육입국조서는 기본적으로 위로부터의 점진적인 교육근대화를 추구한 것으로서 그 이념적 바탕에는 동도서기론적인 요소가 함께 한다. 1890년 전후의 광무개혁은 기본적으로 동도서기론을 사상내재적으로 계승 답습한 구본신참 내지 구주신보의 사상적 기반 위에 정치, 경제, 사회제도에 있어 부분적으로 구미의 근대적 제도를 수용하려고 한 개혁정책으로 평가되고 있고,[2] 동문학(同文學), 육영공원(育英公院), 원산학사(元山學舍) 등의 설립이념이나 교육내용도 역시 서구문화에 대한 동도서기론적 수용방식이 드러난 것으로 이해되고 있다.[3] 그리고 동도서기론적 개혁논의를 주도했던 담당층은 위로부터의 개량적인 근대화 정책을 추진했던, 집권층을 중심으로 한 온건 개화세력으로 설명되어 지고 있다.

이에 반하여 동도서기론의 근대성을 부인하는 견해도 있다. 동도서기론은 역사적 실체가 없는 허구적 논리라는 주장이나,[4] "동양적 전제 군주 체제를 유지하고 인민 주권체제를 부정하는 반역사적 논리[5]라는 비판이 그것이다. 이러한 비판은 동도서기론적 입장을 취하

---

2 金敬泰, 「한국근대화의 전개와 담당주체」, 『이화사학연구』 17 · 18합집, 1988, 527쪽.
3 金敬泰, 「한국근대교육형성의 사상적 배경」, 『이대사학연구』 제10집, 1978, 3-7쪽.
4 하원호, 「개화운동의 역사적 변화」, 『한국근대의 개화사상과 개화운동』, 신서원, 1998.

고 있던 당시의 집권관료층이 반제, 반봉건이라고 하는 근대화의 목표를 제대로 관철시키지 못하였다는 역사적 평가에서 비롯된다. 즉 초기 개화를 주도했던 집권관료층은 동도의 개념을 단순히 도덕과 윤리 등의 가치론적 범주에 한정하지 않고 전통적인 왕조지배체제라는 정치적 범주까지 포괄하여 논의하고 있었고, 이는 결과적으로 입헌군주제나 혹은 공화제로의 이행을 통한 민권의 확대를 어렵게 한다는 것이다.

동도서기론의 절충적 입장이 지닌 봉건적 요소는 개화기 교과서의 여러 곳에서 목도된다. 예로 학부 편찬의 수신 교과서에서는 "我等은 皇室을 尊奉ㅎ야 鴻恩의 萬一을 報答홈이 가하도다. 皇帝皇后兩陛下는 臣民의 父母이신즉 우리 臣民된 ㅈ는 皇帝皇后兩陛下를 父母와 같이 依仰할지로다."라고[6] 하여 전근대사회의 군신관계가 존속되어 지기를 기대하고 있다. 또한 당시의 집권층이 서구 제국과의 통상관계와 문화 수용을 위해 설립한 육영공원의 교과과정에서도 기존의 문화체제를 그대로 유지한 체, 서구문화의 부분적인 수용만을 시도하고자 하는 노력이 쉽게 발견된다. 좌원(左院)을 관리나 고관 자제를 중심으로 선발하여 보수적 성격을 강하게 한 것이나, 과거와 한문 경사를 강조한 것은 모두 동도서기론적 접근방식이 지닌 시대적 한계를 잘 드러내 주고 있다.

이렇게 동도서기론은 기본적으로 유가적인 사회체제를 이상적인 모델로 하고 있다. 김윤식(金允植), 신기선(申箕善), 유길준(兪吉濬) 등 대표적인 동도서기론자들이 참여하고 있던 대동학회의 경우 그 설립취지는 '입체달용(立體達用)', '감작신구(勘酌新舊)'에 입각하여 공맹의 종지를 지키는 것에 있음을 밝혀두고 있다. 전통사회에 대한

---

5 하원호, 앞의 책.

6 강만길, 「동도서기론이란 무엇인가」, 『마당』 1982년 5월호.

강한 집착은 문화운동의 대표적 단체였던 대한자강회나 대한협회, 혹은 교남흥학회나 호남학회에서도 예외가 아니었다.7 그러나 그러한 보수성이 우리사회가 근대사회로 진행하는데 결정적인 장애를 준 것은 결코 아니다. 일본의 경우에도 초기 근대화의 과정에서는 '화혼양재'라는 동일한 문화 수용방식을 지닌 경험이 있음에도 불구하고 나름대로 성공적인 자본주의 사회로의 이행을 경험하였던 것이다.

또한 동도서기론의 주창자들을 '온건개화파', '개량적개화파' 등으로 분류하고, 그 이념적 지향성을 봉건관료의 계급적 특성 속에서 찾는 이해태도도 지나치게 도식적인 태도가 아닌가 한다. 기실 급진적인 개화론자라고 하더라도 그들의 사상 속에는 역시 동도서기론적인 사고의 형태가 남아 있음을 볼 수 있다. 따라서 이 시기에는 온건개화파가 체용론(體用論), 도기론(道器論)에 입각하여 서양의 기술문명만 수용하자고 하였고, 급진개화파는 유교를 부정하고 서양의 정치체제를 이루려 하였다고 분류하는 것은 별 의미가 없다. 갑신정변을 주도했던 김옥균, 박영효 등에서도 동도서기론적인 요소가 드러날 뿐만 아니라 온건개화파로 분류하기 어려운 박은식, 장지연 등에게서도 동도서기론적인 사유체계가 보이고 있다. 이 시기의 도기론(道器論)에서 중요시 하는 것은 '서(西)'의 내용이며 어떻게 '서'를 수용할 것인가 하는 방법이었지, 체용의 논리관계가 아닌 것이다.8 동도서기론과 동일한 논리구조를 갖고 있는 중체서용론의 경우에도, 양무론(洋務論)을 주장한 온건개화파는 중체서용론에 의존하고 있고 양무론과 대립되는 변법론은 중체서용론을 극복한 것으로 이해하는 것은 재고를 요하는 것이다

한국 근대교육 도입기에서 동도서기론이 지니는 시대적 제약성은

---

7 학부, 『수신서』 卷4, 第6科, 皇室.
8 閔斗基, 「中體西用論考」, 『中國近代改革運動의 研究』, 일조각, 1985, 53쪽.

오히려 그 논의를 심화시킬 담당주체가 미약하였고, 이에 따라 그 대응세력도 제대로 형성되지 못한 것에서 찾을 수 있지 않을까 한다. 요컨데 '동도(東道)'에 대한 새로운 의미해석을 통해 그 속에서 시민사회로의 전환을 담보하는 근대적 가치를 창출하고, 이를 교육내용상에 반영하는 등의 노력이 부재하였던 것이다. 朴殷植 등이 〈유교구신론(儒敎求新論)〉9 등을 통하여 유학의 근대적 재해석을 시도하였으나, 유학에 대한 일제의 의도적인 어용화 정책 등으로 인하여 끝내 현실화되지 못하였다.

그러나 중국이나 일본의 경우, 중체서용론이나 화혼양재론을 둘러싼 찬반논쟁은 치열하여, 이것이 그들 사회 내부에서 근대개념을 형성하는 데에 적지 않은 공헌을 하였다. 풍계분(馮桂芬)에 의해 서학의 수용을 중국의 전통적인 가치체계와 관련시켜 논의한 이후 그 전통은 설복성(薛福成), 마건충(馬建忠) 등으로 이어 지면서 민족주의적 요소를 가미하게 되고, 장지동(張之洞)의 권학편은 중체서용설의 전국적 논쟁에 불을 지폈다. 중국학을 체로하고, 서학을 용으로 하자는 논리에 근거한 그의 권학편은 광서 황제의 비준을 거쳐 전국적 규모의 교육지침으로 공포되었고,10 이로부터 양무파와 변법파들로부터 격렬한 논쟁이 전개되었다.

이러한 중체서용설은 그들의 전통적인 중화사상과 그들 고유의 문화 해석방식인 '격의(格義)'의 태도와 불가분의 관계를 갖고 있다. 그들의 문화가 세계의 중심이며, 모든 외래의 문화는 중국의 현실과 요구에 맞게 변형시켜 수용하고자 하는 중국문화 특유의 민족주의적

---

9 박은식은 〈유교구신론〉에서 유교계의 폐단으로, 유교계의 정신이 오로지 帝王 측에 있고 인민사회에 있지 않으며, 천하를 바꾸려는 적극성이 없다는 등의 전근대성을 들고 있다.

10 李康洙, 「서세의 충격과 중국근대사상의 변천」, 『전통문화와 서양문화』, 성대출판부, 1985, 21쪽.

이해방식이 중체서용론에는 자리하고 있다. 따라서 이러한 왕성한 논쟁은 당시 중국 사회를 압박하던 제국주의에 대한 반제적 요소도 있는 것이었다. 그러나 5.4운동과 함께 등장한 진독수(陳獨秀), 이대교 등의 좌파 지식인들은 전통적인 중국사상이 민주와 과학이라는 신문화 운동의 이상과는 전혀 맞지 않음을 주장하고, 서구 문화의 전면적 수용을 주 내용으로 하는 〈전반서화론(全般西化論)〉이나 〈타도공자점〉라는 과격한 반전통 기치를 내걸고 중체서용론을 극복하면서 중국 사회주의 출현의 단서를 제공하였다.

일본의 화혼양재론은, 18세기 이후 나가사끼를 중심으로 한 난학(蘭學) 수용의 경험을 토대로 서구사상을 자체의 논리 속에서 성숙시키는 도구로 이용되었다.[11] 이러한 경험은 좌구간상산(佐久間象山)의 동도서예론으로 학문적 정립을 보아, "서양의 충격을 유교에 대한 하나의 사상적 도전으로 받아들이고 유교의 재해석으로써 도전에 대응하려는"[12] 주체적인 수용의 가능성을 열어 주었던 것이다. 요컨대 서구 문화의 수용을 통해 서구가 일본을 변화시키는 것이 아니라, 일본이 서구 문화를 수용 소화할 수 있다는 이론적 기초를 제공하였던 것이다. 그들의 이러한 자신감은 복택유길에 이르러 완전한 서구화를 주장하면서 탈아론(脫亞論)을 주장하는 상황에까지 이르게 하였다. 이러한 그들의 이념적 변모는, 그 목표 설정이 옳은 것이었던 혹은 오류였던 것인가의 판단은 일단 유보하더라도, 근대화에 대한 뚜렷한 지표를 화혼양재론의 논쟁 속에서 형성하였음을 의미한다.

이상의 논의를 통해 볼 때, 동도서기론, 중체서용론 혹은 화혼양재론 등의 역사적인 생명력은 그것이 과연 얼마나 근대적 요소를 간직

---

11 崔博光, 「서양의 충격과 일본 근대사상의 변천」, 『전통문화와 서양문화』, 성대출판부, 1985, 40-83쪽.

12 민두기, 상게서, 13쪽.

하고 있었는가의 문제에 귀착된다고 할 수 있다. 한국 사회에서 동
도서기론이 근대로의 진입에 순기능적인 역할을 담당하지 못하였던
것은 운동 주체의 형성에 실패한데에, 우리의 자본주의로의 진입이
이제 겨우 본원적인 자본축적 단계에 있던 일본과 청국에 또 다시
종속된 역사적 배경에 기인하는 것으로 보인다.

## 2) 진화론의 수용과 영웅사관 ; 성인에서 영웅으로

사회진화론이 개화사상에 가장 결정적인 영향을 끼쳤다는 것은
이제 공지의 사실이다. 그러나 과연 어떠한 영향을 끼쳤는가에 대해
서는 논자에 따라 약간씩의 편차를 보여 주고 있다. 이광린[13]과 이송
희[14]의 경우, 진화론의 수용은 한국 사회에 정치의식을 앙양한 계기
가 되고, 신민사상이 등장한 배경이 되었으며, 국민들의 역사의식이
고조되어 민족사관을 정립하는 단서를 제고하였다고 긍정적으로 평
가하고 있다. 특히 한국의 진화론 수용은 양계초(梁啓超)의『음빙실
문집』에 가장 커다란 영향을 끼쳤음을 지적하고 있다. 신일철[15]과 신
용하[16]는 단재(丹齋) 사학에 나타난 진화론적 사고를 추적한 것으로,
개화사상에 끼친 긍정적 요인을 드러냈다는 점에서 앞서의 논문들과
유사성을 갖는다.

이와는 달리 김도형,[17] 박찬승,[18] 주진오[19]의 사회진화론에 대한 평

**13** 이광린, 「구한말 진화론의 수용과 그 영향」, 『한국개화사상연구』, 일조각, 1980.

**14** 이송희, 「한말계몽사상과 진화론」, 『부산여대사학』 2, 부산여대사학회.

**15** 申一澈, 『申采浩의 歷史思想研究』, 고려대 출판부, 1980.

**16** 愼鏞廈, 『申采浩의 社會思想研究』, 한길사, 1984.

**17** 김도형, 『대한제국기의 정치사상 연구』, 지식산업사, 1994.

**18** 박찬승, 『한국근대정치사상사연구』, 역사비평사, 2006; 「사회진화론 수용의 비
교사적 검토」, 『역사비평』 32, 1996.

**19** 朱鎭五, 「독립협회의 사회사상과 사회진화론」, 『손보기 박사 정년기념 한국사

가는 부정적이다. 김도형은 사회진화론이 문명개화론자들의 영웅주의 혹은 국가주의를 부추기는 이론으로 작용하였으며, 제국주의를 승인하는 이데올로기로 작용하였음을 밝히고 있다. 즉 약육강식, 우승열패의 논리에 터한 사회진화론은 자연스럽게 서구 제국주의를 발전의 모델로 삼고, 비서구문명 전반을 열등한 것으로 이해하고 있었음을 드러내 주었다. 이들 개화론자 들은 심지어 일본의 문명개화론을 본받자는 논설도 게제하고 있었다. 박찬승의 경우, 1920년대의 문화운동론도 사회진화론에 기반을 두고 있으며, 이들이 근대화를 위해 교육과 식산의 진흥을 강조하고 민족개조, 정신개조 등을 주 내용으로 하는 신문화 운동을 추진하나, 이러한 '선실력양성론'은 기본적으로 강자, 즉 일본제국주의자들의 약자, 즉 조선에 대한 지배를 인정하는 논리였다고 본다.

이러한 비판적 시각은, 사회진화론의 모태인 서구사회에서의 전개 양상과 한국 개화기 교육에서의 적용과정을 살펴보면 나름의 설득력이 있다. 그러나 이들의 주장은 서구사회와 동양사회에서 공히, 사회진화론의 태동단계에서부터, 그 사상의 내부에서 제국주의적인 요소를 극복하고 역사발전의 한 진보적 이론으로 채택하고자 하는 또 다른 움직임이 있었음을 미처 확인하지 못한 미흡함이 있다. 그러한 노력은 멀리 엥겔스에서 부터 가까이는 양계초, 손문으로, 더욱 가까이로는 우리의 개화기와 20년대 사회주의 운동에서도 드러난다. 이제 이러한 상반된 견해가 나타나게 된 배경을 살펴보도록 하자.

## 사회진화론의 내용과 교육

1859년에는 역사상 기념비적인 두 권의 책이 간행되었다. 마르크

---

학논총』, 지식산업사, 1988.

스의 『정치경제학 비판서설』과 다윈의 『종의 기원』이 그것이다. 사
실상 단순히 두 권의 책이 출판되었다기보다는 두개의 커다란 역사
적 사건으로 기록되어야 할 성질의 것이었다.[20] 그만큼 이들 두 책은
향후의 세계사에 일대 변혁을 몰고 왔기 때문이다. 또한 두 책이 같
은 해에 간행되었다는 것은 그 후 마르크스와 다윈과의 연관성을 찾
고자 하는 사람들에게는 단순한 우연 이상의 의미가 있는 것이었
다.[21] 이들 사상은 당시의 유럽인들에게 몇 가지 점에서 상당한 관련
성이 있는 것으로 비추어졌다. 우선 지적되는 것은, 『종의 기원』이
목적론을 타파하였다는 점이다. 이전의 진화론이 신의 섭리에 의해
진화가 행해진다는 자연신학적인 것이었음에 반하여, 다윈은 자연도
태설을 가지고 진화과정을 기계론적으로 설명함으로써 신의 섭리와
목적론을 배제하였다. 이로써 진화론은 '유럽에서 가장 보편적인 이
단'이 되었으며, 인간 역사에서 신의 개입을 부정한 마르크스와 철학
적 맥락을 함께 하였다.[22] 또한 다윈의 진화론은, 이전의 Buffon,
Lamarck 등의 진화론에서 나타나는 조화롭고 균형 잡힌 자연관이 아
니라, 투쟁개념이 자리하고 있었다. 이러한 다윈의 생존투쟁은 인류
의 역사를 계급투쟁의 역사로 파악하는 마르크스의 역사관과 관념적
유사성을 가진 것으로 당대인들은 이해하였다. 그들은 다윈의 종의
진화와 마르크스의 사회의 진화는 상호 상당한 연관성을 가진 것으로
파악하였고, 두 사람을 연결시키려는 시도가 Engels, Lenin, Kautsky,
Aveling 등에 의하여 시도되었다.[23] 특히 엥겔스의 관심은 지극하여

---

20 Jacque Barzun, "Darwin, Marx, Wagner", New york, 1958, p.30.

21 다윈과 마르크스의 관계에 관한 서술은 林志弦, 「다윈과 마르크스」, 서강대,
1983에 주로 의지 하였다. 그 밖에 Rlchard Hofstadter과 Jacques Barzun의 책을 참고
했다.

22 임지현, 상계논문, 3쪽.

23 임지현, 상계논문, 4-11쪽.

다윈의 「종의 기원」은 목적론을 파괴하였을 뿐만 아니라 역사의 발전과정을 웅장한 규모로 증명한 책으로 이해하였다.[24] 그러나 마르크스 자신은 다윈의 책이 역사적 계급투쟁에 대한 자연과학적 기초를 제공하고 자연과학의 목적론을 타파한 점은 인정되나, 그의 자연관이 부르주아 사회의 특정 부면만을 반영한 것으로 인식하고 있었다.

그러나 정작 다윈의 이론이 유럽사회에 커다란 영향을 끼쳤던 것은 스펜서와 헉슬리를 통해서이다. 그들은 자연선택의 이론을 인간사회에 까지 확대하여 치열한 경쟁과 적자생존이야 말로 인간진보의 한 원동력이 된다고 보았다. 특히 다윈의 이론을 사회학과 결합하여 사회진화론(Social Darwinism)을 주장한 스펜서의 이론은 유럽 지성사에 굉장한 반향을 일으켰다. 스펜서의 이론은 기본적으로 빅토리아 시대의 중산계급이 당시 급격하게 발전하던 자본주의 체제를 이해하는데 적합한 설명체계였다. 이 시기는 자본가와 노동자의 갈등이 심각한 사회문제로 대두되고, 식민지 팽창이 급격한 시기였다. 사회진화론은 당시의 중산층에게 노동자와의 관계, 원주민과의 관계설정에 적합한 설명체계로 이해되었다. 스펜서에 의하면 사회구조는 능력의 차이에 따라 성층화(成層化) 되어야 하는 것이다. 그는

이 세상에서 자신의 의무를 다 하는 자가 의무를 다하지 못하는 자와 동등할 수는 없는 것이다. 계급의 구별은 개인의 사회에서의 성취도에서 결과한다. 그렇기 때문에 경쟁의 기회는 확대되어야 한다. 이러한 기회의 확대가 평등을 보장하는 것은 아니다. 이렇게 참다운 경쟁이 벌어지게 되면 누구는 이익을 얻을 것이요, 누구는 뺏길 것이다. 그러므로 이러한 경쟁의 기회가 많을수록 가장 우수한 성원들이 살아남아 문

---

**24** Enrique M. Urena, "Marx and Darwin", History df Political Economy, Vo.9, p.548.

명과 사회가 발전할 것이다.[25]

라고 하였다. 그의 이러한 논리는 사실상 사회의 계층적인 차별을 정당한 것으로 인정하고 부르주아적 지배질서를 강화시키고자 한 의도가 있었다. 그는 이 사회를 자유방임의 경쟁의 상태에 두어야 하지 국가가 어떤 형식으로든지 개입하는 것은 사회의 유기체적 질서를 파괴하는 것으로 이해하였다. 따라서 국가가 빈민법이라든지 사회복지의 형태로 개입하게 되면 사회의 자연스러운 적자생존을 위협하게 될 것이라고 하였다.[26] 물론 헉슬리의 경우에는 "도태에 의한 개량의 원리를 조직적인 동시에 냉혹하게 인간사회에 적용하려하고", 타인의 고통에 대한 인간의 '자연적인' 냉담함과 무관심함을 지지하기 위해 「진화의 윤리」를 사용한 스펜서에 대하여 '광신적 개인주의'라고 맹렬하게 비판하였다.[27] 그러나 헉슬리의 이러한 인도주의적 진화론관 보다는 스펜서의 진화론관이 이 시기의 제국주의적 성격과 결합하여 널리 확산되었다.

이러한 진화론은 유럽보다는 오히려 미국에서 크게 환영을 받았다. 19세기말과 20세기 초의 미국 사회는 단적으로 말해 '다윈이즘의 나라(Darwinian country)'라고 요약된다.[28] 다윈주의는 미국문화를 '낭만주의로부터 현실주의로' 전환한 것으로도 설명된다. 미국은 그때 농업 위주의 사회에서부터 북부를 중심으로 한 급속한 산업혁명을 경험하고 있었다. 이러한 산업화의 과정에서 학교는 산업 인력의

---

**25** D. Sills, ed, International Encyclopedia of the social Sciences(Mcmillian and the Press) Vol.14, "Social Darwinism"

**26** Hofstadter, Social Darwinism in American thought, The Beacon Press, 54-60쪽.

**27** B. I. Schwartz(平野健一郎 譯), 中國の近代化と知識人, 東京大出版部, 1978.

**28** Richard Hofstadter, *Social Darwinism in American Thought*(Boston, Mass, 1976), pp.4-5.

양성을 위한 가장 필요한 도구의 하나였다. 또한 교육을 통해 개인의 성장과 발전은 무한하게 확대될 수 있다는 희망을 심어 주도록 하고, 이를 통해 노동자층의 불만을 누르고자 하였다. 또한 교육은 산업자본주의 확립을 위해 반드시 필요한 노동력을 제공해 줄 수 있었다. 초기의 대표적 교육사가이며 진화론자인 커벌리(Cubberley)는 다음과 같이 말하고 있다.[29]

나는 교육 자체의 진보와 실천 및 조직의 역사를 준비하려고 노력했으며, 또한 그러한 역사에, 우리 서구문명의 발전과 확산의 역사의 한 단면으로서의 적절한 위치를 제공하려고 노력했다. 특히 인류의 생성, 생존경쟁, 성장 및 최근의 개선가능성, 아이디어의 광범위한 확산, 그리고 교육을 통한 개인의 고양과 해방에 대한 전망을 이 과목을 공부하는 사람들에게 매우 시사적이고도 유용하도록 제시하기 위해 힘썼다. …… 또한 인간 진보를 형성하고 주형하고, 근대의 국가 교육 제도의 발달과 서구 문명의 세계적 전파를 가능하게 하고도 필연적인 것으로 만든 위대한 역사적 원동력들에 그 적절한 위치를 부여하려 애썼다.[30]

교육사를 서구문명 발달의 한 역사로 이해하는 서구우월주의는 이 시기 미국 진화론자들의 한 전형이다. 그들은 자국의 문화와 역사를 비서구사회에 전달하는 것이야 말로 그들의 역사적 소명이라고 생각하였다. 그들 엥글로 색슨족이 신대륙을 장악하고 세계역사를 이끌어 가는 것이야 말로 신이 그들에게 부여한 '명백한 운명'(Manifest Destiny)인 것이었다.

---

**29** 커벌리에 관한 논문은 한일조의 ELLWooD P. CUBBERLEYAs Archetype, Univ of Washington, 1991, p.12.

**30** Ellwood P. Cubberley, The history of Education, Houghton Mifflin Company, 1920.

이러한 그들의 제국주의적 팽창욕을 가장 효과적으로 충족시킬 수 있는 것이 당시 미국에서의 선교열이었다. 당시 미국에서 타오르고 있었던 선교열은 사회진화론적 팽창주의와 결합하고 있었다. 당시의 대표적인 이론가인 스트롱 목사는 미국이 해외팽창을 이루지 못했을 경우에는 국가발전의 쇠퇴와 사회주의 혁명의 위험이 나타날 수밖에 없다고 경고하였다.[31] 또 그는

세계는 기독교화 되어야 하고 문명화되어야 한다. …… 무역은 선교사가 간 발자취를 따라가게 된다. …… 기독교의 전파는 예수가 사막에서 수천 명을 먹인 기적을 재현하게 될 것이다.[32]

라고 하여 기독교의 전파와 해외시장의 확대가 불가분의 관계에 있음을 말하고 있다. 이러한 사실들은 개화기 미션학교의 생성배경이 어디에 있었는가를 알 수 있는 한 단서를 제공한다. 19세기 말의 미국의 기독교는 제국주의로의 전화, 발전을 적극 지지하는 입장에 있었고, 사회진화론은 그 인식의 기저를 형성하고 있었던 것이다.

### 3) 중일 양국의 진화론 수용과 근대교육

손문은 그의 자서전에서, 그의 사상에 가장 큰 영향을 주었던 서구사상은 다윈이즘임을 말하고 있다.[33] 그의 문집 속에서는 다윈이즘에 관한 논의가 자주 등장하고 있는 것으로 보아 그 관심의 정도를 짐작할 수 있다. 손문과 양계초는 중국근대사에서 서로 대립되는

---

**31** J. Strong, Dur Country, 1885(주진오, 상계서, 762쪽 재인용).

**32** 상동.

**33** 『國父全集』 第2冊, 論著, 自傳. 또한 그가 1897년 영국의 중국학자 Herbert Giles에게 보낸 편지에서도 다윈이즘에 대한 그의 각별한 관심을 술회하고 있다.

두 노선을 걸었음에도 불구하고 다윈이즘에 대한 두 사람의 신뢰는 대단한 것이었다. 다윈이즘의 어떠한 요소가 이들 변법파와 혁명파에게 공히 중국 사회를 구할 새로운 가능성으로 이해되었을까. 이들 각자는 서로 다른 근대화의 모델을 사회진화론 속에서 발견한 것으로 판단된다. 이들에게 있어 진화론은 근대화론의 소재였고, 그 해석은 각자의 정치적 견해에 의해 달리 나타난 것이라 생각한다.

기존의 연구는 동양에서의 진화론 수용에 있어서 일본의 가등홍지(加藤弘之)와 복택유길(福澤諭吉), 중국의 엄복(嚴復)과 양계초의 역할을 주목하고 있다. 그러나 양국의 해석은 서로의 입장에 따른 차이점을 보여 주고 있다. 처음으로 진화론을 통하여 일본사회를 분석하고자 했던 가등홍지(加藤弘之)는 전형적인 전체주의자의 모습을 보여 주고 있다. 그는 애초에는 일본에서 최초로 입헌정체를 주장하고 천부인권을 주장하는 진보적인 모습을 보여 주기도 했으나, 진화론을 수용하고 난 이후에는 기존의 그의 모든 사상과 저작들을 '망설(妄說)'로 폐기하였다. 그는 "나은 지식을 갖고 있는 시민들이 못한 시민을 근절하며, 정복하고 근절하여 그들을 문명화 시킨다. 오늘날의 문명인들은 필요 없는 인본주의나 자비를 키우지 않는다. 다른 사람들을 해치는 것은 생물학적 세계의 필요한 조건이다. 이것이 자연법칙이다."라고 하여 진화론을 침략적 제국주의 이론으로 소화하고 있다.[34] 복택유길에 있어서도 그는 역사를 진화론적으로 설명하여 그 과정을 야만, 반개(半開), 문명의 단계로 설정한 다음, 문명의 과정으로 빨리 진행하기 위해서는 "독재나 폭정도 문명의 진보에 도움이 되고 그 효능이 뚜렷하게 세상에 나타나는 경우에는 지난날의 취약성을 잊고 이를 탓하지 않는다."는 일종의 근대지상주의를

---

34 자세한 논의는 김도형, 「가토히로유키 사회진화론의 수용과 번역 양상에 대한 일고찰」, 『대동문화연구』 57집, 성균관대 대동문화연구원, 2007.

표방하고 있다. 이러한 그의 생각은 교육에 있어서도 '제국주의 정신을 가지고 인민을 교육'하며, '사회를 위한 개인의 희생을 요구'하는 교육이론으로 표출되었다.[35] 이로 볼 때, 19세기말의 일본지식인들은 이미 근대화를 위한 모델로 전제적인 정치형태를 설정하고 있음을 알 수 있다.

중국에 있어 진화론의 수용은 그것을 언제나 중국의 역사 속에서 재해석 하는 독특한 과정을 경험한다. 요컨대 중국화 된 진화론을 구성한다. 일본의 진화론 수용이 서구의 것을 그대로 차용했다고 한다면 중국은 그것을 자신의 문화 경험 속에서 재해석 하는 과정을 보여 주고 있다. 이러한 점에서 Schwartz의 엄복(嚴福)에 대한 평가는 날카롭다. 중국에 최초로 헉슬리의 『진화와 윤리』를 소개한 엄복에 대해, 그는 번역과정에서 관심사에 따라 의도적인 왜곡을 하고 있음을 지적하였다. 그는 인간과 우주간의 관계에 대한 스펜서의 학설을 중국의 요구와 전통 속에서 새롭게 '격의(格義)'하는 자세를 보여 주고 있는 것이다. 이러한 예는 양계초의 경우에서도 예외는 아니다. 진화론을 변법의 한 논거로 삼고자 한 것이다. 그는 역사의 발전을, 공양학파(公洋學派)의 논리를 빌어 거난세(據亂世), 승평세(升平世), 태청세(太平世)로 잡고, 서양을 대동으로 잡고 중국을 승평(升平)으로 잡아, 중국의 변법은 역사적 필연임을 강조하였다. 이때 '승평'에서 '태평' 혹은 '대동(大同)'이 되기 위해서는 반드시 '지(智)'가 필요하고, 교육은 곧 그 요구에 부응하는 것이다. 그는 〈논교육당정종지(論敎育當定宗旨)〉에서 한 나라에 공교육이 있는 것은 특색 있는 국민을 양성하기 위한 것이며 우승열패의 장에서 살아남기 위한 것인데 그를 위해서는 자주적인 교육의 종지를 확보할 것을 요구하고 있다. 또한 그는

---

35 尹健次, 『韓國近代敎育의 思想과 運動』, 청사, 1987.

298

그러한 즉 우리나라의 교육의 宗旨(종지)는 어디에서 구할 것인가? 오늘의 세계는 민족주의의 세계다. 한 나라가 능히 천지에 설 수 있으려면 반드시 고유의 특성이 있어야 한다. 땅의 이치(地理)에서 느끼며(感), 역사에서 가져오며(受), 사상에서 배태(胎)하며, 풍속에서 전파(播)하는 것, 이것이 곧 특성이다. …(중략)… 사람들을 가르켜야 나라가 강해진다. 요약하자면 백성으로 하여금 인격을 갖게 하고 인권을 향유하게 하여, 능히 스스로 움직이게 하되 목우(木偶)가 되지 않도록 하며, 스스로 주인이 되도록 하되 괴뢰(傀儡)가 되지 않도록 하며, 능히 스스로 다스리되 토만(土蠻)이 되지 않도록 하고, 스스로 서되 부용(附庸)이 되지 않도록 하며 본국의 백성이 될 것이로되 타국의 민이 되지 말도록 하는 것…… 이러한 것이 모든 천하 문명국가가 함께 교육의 종지로 삼는 바라.[36]

라고 하여 약육강식의 세계에서 살아남기 위해서는 중국 고유의 민족교육이 있어야 할 것임을 주장하고 있다. 이러한 발상은 제국주의의 도전에 대한 중국의 문화적 응전을 기대하는 것으로서, 진화론의 민족주의적 해석이라고 할 수 있다. 진화론에 대한 중국적 해석은 손문에 와서 한 걸음 더 진전된다. 그는 우승열패가 비록 자연계의 공리라고는 하나, 이러한 공리가 인간의 천부의 양지(良知)까지도 소멸시킬 수 있다는 서구 학자들의 주장에는 찬성할 수 없음을 말하고 있다. 그에 따르면 천연도태(天演淘汰)는 야만 물질의 진화라고 한다면, 공리양지(公理良知)는 도덕 문명의 진화이기 때문이다.[37] 그는 사회주의에서 진화론이 지닌 제국주의적 모순을 극복할 가능성을 점치고 있었다.[38]

---

36 『飲氷室文集』上, 敎育, 〈敎育當定宗旨〉
37 『國父全集』第2册, 〈社會主義之派別及方法〉

## 4) 한말 진화론 수용과 성인담론의 해체

구한말의 교육관계 기록은 진화론에 관한 내용이 대종을 차지한
다. 당시의 제반 교육행위는 진화론에 근거하고 있다고 해도 과언은
아니다. 교육의 목적도, 교육의 내용도, 교육의 구체적인 정책도 진
화론적 관점 속에서 구성되거나 추진되었다. 박은식의 다음과 같은
교육론은 진화론적 교육관의 한 전형을 보여 준다.

噫라 現時代는 世界人類가 生存競爭으로 優勝劣敗之秋라 國民의
知識과 勢力을 比較ㅎ야 榮辱과 存亡을 判ㅎ느니 彼開明國의 民族은
敎育으로 知識을 開發하고 殖産으로 勢力을 增進ㅎ야 오작 他人보다
優過ㅎ기로만 是圖是勉者는 自國精神이 完全堅固ㅎ야 百難不挫ㅎ고
萬變不撓ㅎ는 效力이라 我韓은 敎育이 衰退하고 殖産이 陋拙ㅎ야 智
識이 闇昧ㅎ고 勢力이 墜落ㅎ니 他人의 凌壓蹂躪을 焉得免乎아[39]

교육이 사회발전의 근본동인이 된다는 이러한 진화론적 견해가
대한제국 이후 폭발적으로 전개되었던 교육구국운동의 모태가 된다.
교육구국운동은 당시의 민족적 에너지를 근대적 국민국가의 형성에
결집시킬 수 있었다는 사실과, 교육에서 최초로 '민족' 문제를 거국적
차원에서 논의하였다는 점에서 그 긍정적인 역할을 높이 평가하여야
할 것이다. 그러나 진화론의 수용이 과연 한국교육에 어떠한 득실을
가져왔는가를 평가하는 기준은 역시 이 시기 민족교육의 과제였던
반제, 반봉건이 아닌가 한다.
진화론적 교육관이 안고 있는 민족교육의 한계는 과연 무엇일까?

---

38 상동.
39 朴殷植, 〈大韓精神〉, 『大韓自强會月報』 제1호, 1906.

우선 진화론에 기초한 세계인식은 교육 근대화를 곧 서구화로 이해하게 하는 발판을 마련해 주었다는 점을 들 수 있다. 또한 이들 진화론자들이 도출해낸 민족주의라는 의식도 아직 시민사회의 형성에 걸맞는 내용과 형식을 지니지 못하고 봉건적 요소를 잔존시키고 있다는 점이 지적될 수 있고, 이들 진화론적 시각은 근대화를 지상의 가치로 인식하여 식민지하의 종속적인 발전도 용인할 수 있다는 타협적인 자세를 취하도록 하였다. 이들은 "한국이 일본의 보호국이라. 보호라는 것이 잘 되면 보호자와 피보호자가 피차 균리(均利)할 때가 았거니와"[40] 등의 주장을 개진하여 일제의 강점을 현실로 인정하는 타협적 자세를 보여 주고 있는 것이다.

개화기에서 진화론의 수용으로 야기된 이러한 역기능적 요소는 그 후 두 가지의 발전경로를 가면서 한국 근대교육의 성격을 결정지은 것으로 보인다. 그 한 갈래는 합방 후 식민통치가 강화되자 민족주의 우파가 주도한 '실력양성운동론' 속으로 스며들어 갔고, 또 하나의 갈래는 계급투쟁을 고취하는 민족주의 좌파의 흐름 속으로 흘러들어 갔다. 1920년대 후반에 작성된 『사회진화론』이라는 책에서는 진화론에 대한 전혀 색다른 주장을 담고 있다. 즉,

人類生活上根本에 論據를두지아니하고 觀念上思想에 論據를 둔고로 이러한 觀念的思想은 또 社會에 對한 見解, 進化에 對한 見解도 非科學的이오 또非民衆的인그만큼 觀念論에 止하고말엇다. 싸라서從來에 社會觀은 社會를 固定體로보는反對에 流動體乃至成長體임을알지못하엿고 또 無機體로 보는反對에 有機體임을 알지못하엿다. 싸라서 社會의進化내지 發展에대하여서도 엇던英雄이나,智者이나,賢者의指導及教化의 힘에잇는줄만알엇슬뿐이요 社會自體內에 胚胎하야잇는

---

40 「大韓毎日申報」, 1905년 8월 23일, '시국정형'

生産關係의變遷性及多數民衆의『피와쌈』에 잇는줄을 알지못하엿다.[41]

라고 하여 종래의 진화론에 대한 해석을 부정하고 유물사관에 근거한 새로운 의미부여를 시도하고 있다. 사회를 유동하는 성장체로 파악하고, 사회진화의 힘을 영웅이 아닌 민중 속에서 찾고자하는 민중사관을 제시하고 있다. 이것은 한국 사회에서의 공산주의의 등장이라는 전혀 새로운 변화를 예고하는 신호탄이었다.

## 근대교육의 도입과 전통적 성인담론의 해체과정

한 국가가 지닌 근대교육의 성격은 그들 사회의 전통문화에 대한 해석 방식에 따라 크게 모습을 달리한다. 특히 동양 삼국의 경우, 서구문화라는 거대한 물살 속에서 그들이 지금까지 몸담았던 유가적 제도와 가치를 과연 어떻게 평가하고 재해석하였는가의 문제는 각국의 신교육의 성격을 본원에서 부터 달리하게 하는 주요 변수가 되었다. 이 시기에 있어 '전통'을 여하히 해석하는가의 문제는 지금까지 그들이 의존해 왔던 제도와 사상에 대한 부분적 보완의 차원이 아니라, 전통 교육을 이끌어 왔던 담당 계층 및 주도세력에 대한 전면적인 비판과 변화를 요구할 수 있는 중대한 문제였다.

19세기 말에 있어서의 동양 삼국의 지성사는 보수와 혁신의 양 날개를 공히 갖고 있었다. 교육에 있어서도 보수와 혁신의 논쟁은 치열하였다. 각자는 그들이 처한 계층적 성격에 따라, 혹은 이념적 정향에 따라 논의의 한 축을 차지하고 견해를 개진하였다. 따라서 이 시기 각국의 상황을 보수 혹은 혁신의 한 측면만으로 부각시키는 것은 지나친 단순화의 위험성이 도사리고 있다. 그러나 비교사적 관점

---

41 朴衡秉, 『社會進化論』, 社會科學研究所, 1927, 3쪽.

에서 자리하여 보면, 각국이 처한 상대적 차별성을 확연하게 살펴 볼
수 있다. 특히 거의 유사한 시기와 조건 속에서 근대교육을 출범시
켰던 중국과 한국과의 비교를 통해 그 보편성과 개별성을 살펴보도
록 하자.

## 중국 근대교육에 있어서의 '전통'의 해체과정

전통적으로 중국은 '전통'의 해석에 있어서 유연하다. 그들이 가장
첨예하게 유물주의의 노선을 걷고 있을 때에도 전통의 해석에 있어
서는 중국고유의 유심주의의 장점을 부정하지 않고 있을 정도의 여
유가 있다.[42] 그들의 이러한 태도는 전통적인 '격의(格義)'의 정신과
불가분의 관련을 지니고 있음은 명백하다. 중국문화가 지닌 이러한
특질은 청대 말의 교육개혁 운동에서도 여실히 드러난다. 전통과의
완전한 단절보다는 전통과의 연속성을 더욱 강조하는 욕구가 이 시
기의 급박한 교육운동 속에서도 드러나고 있음을 본다. 이러한 현상
은 비교적 보수적 노선을 견지했던 양무파(洋務派)의 교육관에만 국
한된 것이 아니라 변법파(變法派)의 개혁론 속에서도 엄존하고 있다.
청말의 교육개혁운동에서 가장 주요한 관심사는 종래의 서원을
어떻게 개혁하여 근대적인 학당으로 변모시킬 것인가의 문제와, 종
래의 과거제를 신학제와 어떻게 연결시킬 것인가의 두 문제에 크게
집중되어 있다. 서원과 과거제는 전통적인 봉건 교육체제의 양대 지
주였던 사실을 감안해 볼 때, 이 문제는 곧 전통교육을 어떻게 근대
교육체제로 접목시킬 것인가의 문제에 대한 문화사적 성찰이었다고
할 수 있다.

---

**42** 拙稿,「退溪哲學의 唯物論的 解析에 대한 비판적 검토」,『退溪學硏究』제3집,
1990을 참조 바람.

청말에 서원을 근대적 교육체제로 변화시키고자 하는 노력은 일반적인 서학의 수용과정과 일정한 조응과정을 거치고 있다. 중국은 서구의 교육제도를 도입하는 과정으로 서문(西文) 교육-서예(西藝) 교육-서정(西政) 교육이라는 3단계의 과정을 경과하고 있다. 이때 문은 어학, 예는 기술, 정은 제도를 의미하는 것으로서[43] 서구 문물의 수용이 점진적인 심화과정을 거치게 됨을 보여주고 있다. 서원의 변화도 이러한 일련의 과정을 보여 준다. 즉 양무운동기에는 주로 서문 교육과 서예 교육을 서원교육에서 수용하고자 하나 그 운동은 지방적 차원에서, 비체계적으로 이루어진다. 변법운동기를 경과 하면서 서원의 제도적인 개혁을 통한 학당체제로의 변모를 드러내게 된다.

서원에 서구적인 요소가 보이기 시작한 것은 양무운동의 영향을 받아 여러 가지 개혁조치가 등장하게 되면서 부터였다. 서구 근대문화 도입의 필요성이 절실하게 되고, 그 결과 상해의 격치서원(格治書院)처럼 서사(西士)를 초빙하여 화학, 광학(鑛學)을 전문적으로 교습하는 등 교육내용에 있어 일대 변혁이 일게 되었다.[44] 이러한 운동은 광서 연간에 지속적으로 일어났고, 정관응(鄭觀應)의 『성세위언(盛世危言)』에서는 각 직역(直城)에 서학 서원을 세워 태서의 문자, 지리, 농정, 산화(算化), 격치(格治), 의학 및 지도, 언어 문자에 정통한 자를 선발하여 교습할 것을 제안 하는 움직임도 나타난다. 이렇게 서원교육에 경제특과의 설치나 서학의 증설을 요구하는 움직임은 섬서, 산서, 산동, 광동 등 전국적으로 활발히 일어났다. 그러나 그 수용의 논리는 언제나 중국의 전통적인 문화를 되찾기 위한 서학의 도입이라는 중체겸수(中體兼修)의 자세를 견지하였다.

---

**43** 丁淳睦, 「列强의 東北亞에 대한 敎育經略」, 『영남대 민족문화연구소 논총』 제12집, 1991.

**44** 김귀성, 「무술변법기의 교육혁신사상에 관한 연구」, 고려대 박사학위논문, 1991, 55쪽.

양무기의 이러한 서원 개혁운동은 변법론자들에 의해 좀 더 심화되었다. 서원을 근대적인 학당 교육으로 탈바꿈하고자 한 노력이 나타나고 있었다. 담사동(譚嗣同)이나 강유위의 구상 속에서는 서원의 신학제로의 개편이 신민 형성의 요체인 것으로 파악하고, 전국 직성의 서원을 중학당으로, 음사(淫祠)를 소학당으로 개편하여 의무교육을 실행하려는 적극적인 노력하였다. 이러한 일련의 운동 속에서 강유위의 만목초당(萬木草堂)과 양계초의 시무학당(時務學堂)과 같은 근대학교의 태동이 가능하였던 것이다. 시무학당에서의 민권론은 보수파들로 부터 '패역이 켜켜이 쌓여 그 뜻이 거의 모반에 있다.(悖逆連篇累牘 乃知其志在謀逆)'라는 힐난을 받을 정도의 진보성을 보여주고 있는 것이다. 물론 이러한 노력은 아직 광서제를 중심으로 한 위에서 아래로의 개혁이라는 의식상의 한계점과, 재정적인 빈곤과 지방관들의 소극적인 자세라는 현실적인 한계 속에서 제대로 발현되지 못했던 좌절을 경험하기는 하였으나 전통적인 제도 속에서 자생적인 근대교육을 발아시키고자 하는 노력은 커다란 의미를 갖는다.

한편 기존의 과거제도를 신학교제와 종합함으로써 교육개혁을 이루고자 하는 노력도 부단히 모색되었다. 과거제도의 급격한 붕괴는 전통적인 경학 중심의 교학체계를 붕괴시킴으로서 문화 전반의 급격한 해체현상을 수반할 위험성이 농후한 것이었다. 또한 전통적 교학체계의 붕괴는 교학이 정치에 부수되어 왔던 청대의 정교학(政敎學) 융합체제를 생각하면 전통적 정치체제까지도 변질시킬 수밖에 없는 문제였다.[45] 또한 구 과거층에 대한 출로 대책, 새로운 학당 졸업생의 진로 대책, 교사 양성대책 등의 사회 신분적 문제까지도 포괄하는 어려운 난제였다.

과거제는 무려 1,300여 년간을 유지해온 중국왕조의 기둥이었다.

---

45 장의식, 「청말의 교육제도연구」, 고려대 박사학위논문, 1990, 85쪽.

중국은 기실 과거제라는 관료선발 기제를 통하여 중앙집권화를 이룰 수 있었고, 중국의 국가통합을 실현시킬 수 있었던 것이다. 과거제를 건드린다는 것은 정치, 경제, 사회 등 모든 부면을 변혁시키는 것으로 비화될 수밖에 없었고 이로 인한 사회적 갈등은 엄청난 폭발력을 지닐 수밖에 없었던 것이다. 따라서 처음의 논의는 고질적인 팔고문의 개폐 등에서 부터 시작하여, 주로 서학(西學) 시험을 과거에 부과함으로써 과거의 시험내용을 개정하는 방향, 과거에 주로 서학과를 신설함으로써 과거의 과목을 증설하는 방향을 거쳐, 상기의 안을 개혁의 한 방법으로 설정하면서도 학당교육 후 그 졸업생을 시험하여 공명(功名)을 수여하는 등의 보완적 수준에서 전개되었다.[46]

그러나 이러한 보완적 수준의 논의는 기존의 학교제도가 지닌 양사기능의 한계점이 명확하게 노정됨에 따라 곧 벽에 부딪히고 말았다. 즉 신학제의 도입이 긴박한 과제로 등장하게 되자 이 학교제도와 연계된 과거제도의 새로운 자리매김이 절실하게 요청되었던 것이다. 이러한 요구에 가장 민감하게 반응한 것이 양계초였다. 그는 학교의 설립은 과거를 고치는데 있다고 보고, 학교제가 완비된 이상적인 형태를 서양에서 찾아 이를 삼대의 제도에 부회시키고 현실개혁의 모델로 삼았다. 양계초 개혁의 또 하나의 기반은 동문관 등의 기존 신식 학당에 대한 비판 속에서 나타났다. 그는 기존의 신식학당에 대해 "과거가 개혁되지 않아 재주 없는 자들이 입학하였다."고 하여, 학당의 성과와 과거 개혁을 불가분의 관계로 파악하였다. 바로 이러한 기본 입장은 과거제 자체의 개혁보다는 학교에 과거를 통합함으로써 과거체제 전반을 개혁하는 구상으로 연결되었다. 이러한 구상이 신학교와 과거제의 전면적 통합을 구상케 하였다.[47]

---

46 상계논문, 34쪽.
47 상계논문, 35쪽.

이로써 과거제도는 폐지된 것이 아니라, 형식상 학교제도에 용해되어 가는 과정을 자연적으로 도출하였다. 실제로 그들은 경사대학당(京師大學堂)을 설립하여 국립대학의 성격과 함께 국민교육을 관장하는 중앙학부적 기능을 부여함으로써 과거제의 대체적 기능을 담당하도록 하였다. 또한 과거의 공명(功名) 소지자를 사범학당에 진출시켜 절대 다수를 차지하게 함으로써 구 과거층을 새로운 사회체제내로 흡수하는 제도적 장치를 마련하였다. 또한 그들이 학교와 과거제 통합의 근거를 역사 속에서 찾는 것은 전통에 대한 자부심에 근거한 것이었다.

## 한국근대교육에서의 '전통'의 해체와 성인담론

서구 교육의 수용은 전통적인 교육구조를 해체하고 새로운 교육구조를 창출하는데 크게 영향을 주었다. 물론 조선 후기 이후 봉건사회의 해체와 더불어 조선조 교육도 질적인 변화를 나타내면서 근대 교육체제로의 이행기적 특질을 보여주고는 있었다. 그는 우리 사회 내부에서 발전의 도력을 찾는 변화이었기에 전통교육과의 일정한 연속성을 지니고 있었다. 그러나 서구교육의 유입은 전통교육의 내용과 형식 일체를 문제시하는 반전통주의 흐름을 신교육의 한 요소로 자리 잡게 하였다. 서구문화에 압도당한 개화론자 중에서는 조선사회의 후진성의 원인을 전통교육에서 찾음으로써 그것과의 급격한 단절을 꾀하고, 그 공백을 완전한 서구화로 메꾸고자 하는 시도를 하였다. 그러나 이러한 반전통주의는 봉건교육에서 근대교육으로의 진전이라기보다는, 서구교육에 대한 일방적인 예속화의 길로 접어들 위험성을 안고 있었다. 독립신문의 다음과 같은 논설은 그러한 반전통주의적 성격을 잘 드러내고 있다.

본국이나 외국에 잇는 죠션 학도들은 이왕 죠션에 씨든 학문은 다 내여 버리고 ㅁㅇ음을 정직 ㅎ고 굿세게 먹어 태셔 각국 사롬들과 ㄱㅊ치 되기를 힘 쓰되 다만 외양만 ㄱㅊ흘쑌이 아니라 학문과 지식과 힝신ㅎ는 법이 그사롬네들과 ㄱㅊ치 되거드면 죠션은 ㅈ연히 아세아 쇽영길리나 불란셔나 독일이 될터이니 이러케 되기를 죠이는 사롬들이야 엇지리 말을 듯지 안ㅎ리오[48]

신교육의 일각에서 나타나는 이러한 극단적인 반전통적 입장은 기존의 교육체제를 철저히 부정한다는 점에서 반봉건을 한 이념적 정향으로 하는 '근대'교육의 한 특질을 만족시켜 준다. 그러나 앞의 인용문에 나타나고 있는 바와 같이, 신교육을 통하여 한국민의 몸과 마음을 철저히 서구화 시켜야 한다는 몰주체적 인식태도는 당시의 노골화된 제국주의 세력의 팽창의도를 간과한 반역사성을 드러내 주는 것이고, 동시에 근대교육의 또 다른 한 축을 이루는 반제의 이념을 퇴색시키는 것이라 하겠다. 서구교육의 수용이 지닌 이러한 양면성을 고려할 때, 우리는 전통교육을 부정하는 모든 신교육운동을 곧 근대교육으로 파악하는 단선적 이해태도는 재고되어야 할 것이다.

그러면 이제 서구교육의 수용으로 인해 전통교육의 해체는 어떠한 형태로 촉진되었으며, 그 변화가 지닌 '근대성'은 무엇인지를 검토하여 보자. 또한 한국 사회 내부에서 근대의 동인을 찾고자 하는 진지한 민족내부의 노력들이 서구교육의 충격으로 인하여 어떻게 훼손되고 굴절되었는가 하는 점도 살펴보아야 할 것이다. 이를 위해서는 서원의 전통이 급격하게 단절되고, 전혀 새로운 형태의 신학교의 등장이 과연 교육의 성격변모에 어떠한 영향을 미쳤는지를 검토하여 보도록 하자.

---

**48** 『독립신문』 제1권 80호, 1896년 10월 8일.

주지하는 바와 같이 전통사회에 있어 학교의 역할은 강학 기능에 한정되지 않았다. 제향(祭享) 기능이 더욱 중시되었다. 관학인 성균관과 향교는 물론이고, 사학인 서원에서도 향사기능은 가장 중시되었다. 심지어 강학기능만을 전담하던 서당의 다수도 18세기말 이래는 향사기능을 담당하여 선조 혹은 종족의 비조를 향사하는 가묘(家廟)적 성격을 지니게 되었다.[49] 학교의 공간배치는 언제나 제향공간과 강학공간으로 나뉘어 졌고, 배향인물에 따라 학교의 사회적 위치는 결정되었다. 조선후기에 들어 제향기능은 파행적 운영으로 인하여 심각한 비판을 받았음에도 불구하고 조선조말 까지 강력하게 존속되었다. 성균관, 향교, 서원에의 배향은 성리학적 도통 연원에 충실한 인물들을 대상으로 하여 이들의 도덕적 정당성을 국가권력 혹은 사림집단이 공증하는 것이었고, 이를 통해 교육적 권위가 확보될 수 있었다.

그러나 서구 교육의 유입과 함께 학교에서의 제향기능은 자취를 감추었다. 제향공간은 조선조의 성인담론이 집약되는 지점이다. 신학제의 도입과 함께 설립된 각종 관공립 학교에서는 제향공간이 사라지고 강학공간만이 남게 되었다. 춘추 석전을 포함한 각종 의례활동도 모두 없어지게 되었다. 제의를 통한 교육은 소멸되고 교실이 교육의 중심이 되었다. 제의공간이 학교에서 사라진 대신 그 자리에는 빈 공간의 운동장이 자리 잡게 된 것이 개화기 학교의 한 모습을 이룬다. 이러한 변화는 단순한 물리적 공간의 소멸만을 의미하는 것이 아니다. 이것은 학교의 사회문화사적 의미변화를 뜻하는 것이며, 교육의 질적 변화를 뜻하는 것이기도 하다.

학교에서의 제향기능의 상실은 마치 서구사회에서 부르주아 혁명 이후 교회가 장악하고 있던 교육권을 시민사회 영역으로 이관하면서

---

49 졸저, 『서당의 사회사』, 태학사, 2014.

교육을 종교로 부터 분리시킨 이른바 교육의 세속화(Laicism)현상과 유사한 모습을 보여 주고 있다. 서구사회에서는 교회로 부터의 교육권을 박탈함으로써 중앙집권적 이데올로기 기구로서의 가톨릭 교회의 획일적 교육 통제로부터 다양한 집단, 계층, 지역적 특성들이 반영되는 분권화된 교육통제로의 이행을 경험하게 되고, 이것이 곧 근대교육의 한 특질을 이루고 있는 것이다.[50]

제향기능이 중심을 이루던 전통교육에서 그 기능이 완전히 탈락된 신교육으로의 이행은 어떠한 사회문화적 의미를 띠고 있는가? 제향공간은 조선조 도통의식을 보여 주는 상징적 공간이다. 서원의 제향공간은 조선조를 움직인 도학사상을 가장 잘 집약한 공간이다. 전통교육은 제향의식을 통해 이데올로기적 통일성을 확보할 수 있었고, 유가 공동체의 재생산을 이룩하기도 하였고, 교육의 이념적 지향점을 확보할 수도 있었다. 전통교육에서의 제향공간은 교육의 정당성과 가치를 승인 받는 봉건적 권위구조를 교육 자체에 형성하는 역할을 하였다. 서구 교육의 수용은 제향기능이 중심이 되던 전통교육에 대하여 다양한 평가작업이 이루어지는 계기를 부여하였다. 제향공간이 사라지자 이로 인해 야기된 교육 목표에 대한 이념적 무정향성이 자주 논의 되었다. 이에 교육에 대한 새로운 담론이 형성되면서 급기야 "學校는 工場이다.", "先生은 勞働者이다.", "經營者는 僞善者이다." "學生은 原料品이다.", "學校는 商品이다."라는 주장에 이르게 된다.[51] "機械가튼 敎科書를 사용하야 만드러내인 生産品 -學生은 달은 工場의 生産品가티 거의 相似라"[52] 등의 발언처럼 교육을 수단화 하고 상품화 하는 단계로 빠르게 진입하였다.

---

50 정재걸, 「조선전기 교화연구」, 서울대 박사학위논문, 1989, 185쪽.
51 『開闢』 제67호, 1926.3, 34-40쪽.
52 상게서, 35쪽.

당시의 논설에 등장하는 〈교육종지론(敎育宗旨論)〉〈입교본지(立
敎本旨)〉 등은 봉건적 교육기관이 지녔던 특유의 권위구조가 사라지
자 이를 대체할 새로운 이념을 모색하는 과도기적 모습을 담고 있다.
김성희(金成喜)의 〈교육종지속설(敎育宗旨續說)〉은 학교에서 제향
기능이 상실되고 동시에 종교기능이 소멸되자 이에 깊은 우려를 나
타내고, 유교의 재해석을 통한 국교화(國敎化) 방안을 모색하고 있
다. 그는 제향기능이 지닌 봉건적 요소는 서구의 자유와 평등의 원
리를 받아들임으로서 그 봉건성을 탈색시키고, 제의(祭儀)의 종교기
능이 지닌 교육적 효과는 살려 둘 것을 기대하고 있다.

> 夫國人이 宗之卽宗敎라 宗儒敎之國者豈不以儒敎爲宗敎可耶아 苟
> 宗旨卽斯祭祀之하며 民祖祀堯舜하며有祀孔孟而亦未聞中流以下之民
> 이 能護瞻拜於大聖亞聖之位하니 民級이於是焉分矣오 國敎가於是焉
> 離矣라 最多數之 民衆이 苟不得以自由宗旨卽儒敎之不能團體宗敎가
> 抑以是歟ᄂ져 …(中略)… 使全國民으로思想於是ᄒ며 親愛於是ᄒ며
> 結合惟一無二之大團體를 日國敎敎育이니 豈文字之所可組成이며 言
> 語之所可構造리오 惟自由權者-爲之主ᄒ고 平等權者-爲之佐然後에 可
> 以達其國之宗敎ᄒᄂ니爲儒敎敎育家者ᄂ盖圖是焉고[53]

이렇게 그는 유학에 자유권과 평등권을 확보하여 이를 교육의 종
지로 삼고, 유학을 다시금 교육의 장으로 다시 복원시키고자 하는 노
력을 보여주고 있다. 특히 그는 종교와 제의에 의한 교육이 언어나
문자에 의한 교육보다 그 영향력이 훨씬 크다는 사실을 잘 인식하고
있었다. 이와는 달리 기존의 교육체제는 "압제, 속박, 계급, 맹종으로
주의 삼던 교육"이므로 선천사(先天事)로 돌리고, 신교육은 "자유, 평

---

53 金成喜, 〈敎育宗旨續說〉, 『大韓自强會月報』 제12·13집, 1907년 6월, 7월.

등, 박애, 공리(公理)로 주의삼난 교육"[54]으로 전면적이고 급진적으로 변화될 것을 요구하는 요구도 강력하였다. 전통의 재해석을 통한 계승론과 철저한 반전통론의 이러한 이념적 갈등현상은 개화기 기간 중 쉽게 극복되지 못하였다. 1910년도의 다음과 같은 〈西北學會月報〉의 글에서도 그러한 모습을 여실히 볼 수 있다.

(甲) 요시 교육교육 ᄒ니 교육을 그러키 식혀서는 나라이 도리혀 망하ᄀᆞᆺ데

(乙) 그러면 웃더키 교육 식혀야 나라이 흥ᄒᆞᆼ깃나

(甲) 나는 이러키 말ᄒᆞ면 세상사름들이 완고니 무엇이니 ᄒᆞ데마ᄂᆞᆫ 긔화ᄒᆞᆫ 스룸덜 별수업데 공연히 청연을 교육식히ᄂᆞ니 엇지ᄂᆞ니 ᄒᆞ더니만 어린아히놈덜 죄발엣데

(乙) 엇지발엣던 말인가 학문을 비인즉 발엣다구ᄒᆞ나

(甲) 이사름 학문이라ᄂᆞᆫ것을 비이면 힝실도 겸손ᄒᆞ고 심술도 방정ᄒᆞᆫ 것 아닌가 요시 학교졸업 힛다ᄂᆞᆫ 아히 놈들은 자유니 무업 말나죽은 것이니 ᄒᆞ면서 얼운 보면 경듸홀줄 아나 동포듸ᄒᆞ야 사랑홀줄 아나 얼운보면 고기나 쓴덕걸이ᄂᆞᆫ 것이 상례인줄 알고 同胞 보면 완고니 야만이니 일언 소리나 짓걸엿지 무슴國家에 對ᄒᆞᆫ 利益은 업고 이전에 선량ᄒᆞᆫ 례속까지 죄업시 부릴 ᄲᅩᆫ이데[55]

한편 학교에서의 제향공간의 소멸은 그곳을 중심으로 교육에 영향력을 행사하던 문중, 사림집단 등의 유가 공동체가 더 이상 신교육의 주체로 자리하지 못함을 의미하는 것이기도 하였다. 조선조 후기에 들어 전통교육은 지나치게 가족과 문중중심의 혈연적 폐쇄성을

---

54 弘村羅生,〈教育者討伐隊〉,『大韓學會月報』제3호, 1908년 4월.
55 〈街談〉,『西北學會月報』제18호, 1910년 1월.

드러내었고, 이로 인해 제향의식의 사회적 통합력도 급격하게 약화되어 갔다.[56] 특히 조선 후기부터 심화되기 시작한 혈연 중심적 교육 형태는 신교육의 태동단계에서도 커다란 문제점으로 지적되고 있었다. 신채호의 경우에도 교육의 주체를 가족과 혈연 중심에서 국가중심으로 전환시키고자 하는 다음과 같은 노력을 볼 수 있다.

　　彼가 家族觀念에 基因하여 家族教育을 設行한즉 其下에서 家族思想만 發達하고 家族事業에 埋沒하여 一國山河를 堅舟에 輪送커던 其圍에 涉하여 吾家 一片田庄이나 獨完한가 하며, 一國生靈을 地獄에 埋커던其室에 입하여 吾家의 數口妻子나 獨安한가 하며, 國이란 一念은 腦에 不照하며 民族이란 二字는 眼에 不映하여彼의 癡心癡想이 國家의 安危는 不問하고 門戶의 保全만 圖코자 하리니 …(中略)… 故로 吾가 同胞의 思想發達을 祝하나 家族思想의 發達은 不祝하는 바며, 教育進步는 願하나家族教育의 進步는 不願하는 바로다.[57]

위에서 단재는 신교육이 근대교육으로서 요구되는 공공성을 상실하고 사적 차원으로만 머물고 있음을 비판하고 있다. 교육에서 지향하는 공동체의식이 국가 차원으로 확대되지 못하고 가족, 문중 등 지역적 혹은 혈연적 폐쇄성을 벗어나지 못하였던 것이 신교육 형성기의 교육 상황이었다. 이러한 폐쇄성은 전통교육기관의 향사의식이 지닌 지역적, 혈연적 한계와 일치하는 것이었고, 애국계몽기의 교육 구국활동은 이러한 한계를 극복하고 민족주의를 이념적 바탕으로 한 교육의 공공화(公共化)를 추진한 것이었다. 신민회(新民會)의 〈나만 쥬장ᄒ라는 교육(非我的教育)〉이라는 논설은 '공변된 고등교육'과

---

56 졸고, 上揭書 제3장 참조 바람.
57 『丹齋申采浩文集』 別集, 〈家族教育의 前途〉

'소소한 하등교육'을 구분시켜 사적 차원의 교육으로 부터 '세계만 쥬장'하는 공적 차원의 교육으로 이행할 것을 요구하고 있다.[58] 그러나 이러한 주장은 이 시기에는 아직 시민사회의 미성숙으로 인하여, 근대사회에 적합한 신교육의 이념이 창출되지 못하는 한계를 안고 있었다.

### 5) 국민교육제도의 형성과정과 전통교육

전근대교육으로 부터 근대교육으로의 이행여부를 검증하는 가장 주요한 준거의 하나는 무엇일까? 바로 국민교육제도의 실현을 위한 의지와 노력을 들 수 있다. 특히 동양 삼국의 전통교육은 양반, 진신(縉紳), 귀족 등 특권층이 배타적 독점권을 행사하고 있었기에 하층계급을 포함한 국민 다수의 교육권 행사는 교육의 근대성을 가늠하는 가장 중요한 척도가 된다. 이는 유교 문화권이 지녔던 교육의 계층적 봉건성을 누가 어떠한 과정을 거쳐 극복하는가 하는 것을 보여준다는 점에서 신교육 형성기의 한 주요한 특질을 드러내는 것이 된다. 우선 중국의 국민교육제도의 형성과정을 살펴 볼 필요가 있다.

중국의 전통적인 교육은 엘리트 중심주의이다. 교육은 치자를 대상으로 하고, 교화는 피치자를 대상으로 한다.이러한 의식은 양무운동 기간에도 향촌사회에서 별다른 변화를 보여 주지 않고 있었다. 이 시기의 한 잡지에서는 "향촌의 우민(愚民)은 한번 학당의 이름만 들어도 뱀과 전갈을 본 듯이 한다."고 기술하고 있을 정도이다. 물론 이 시기의 선진적인 학자들 중에서는 서구의 의무교육 제도를 포함한 근대교육제도에 대해 정확한 인식을 가지고 있는 경우도 상당수 있었다. 동문관(同文館) 교습 이선란(李善蘭)은 독일의 근대교육을

---

**58** 『가뎡잡지』 제1호, 1906.6.

'배움이 없는 곳이 없고, 배우지 않는 일이 없고, 배우지 않는 사람이 없다(無地無學 無事非學 無人不學)'라는 개념으로 독일의 가장 선진된 의무교육 제도에 대해 명확하게 규정한다. 또한 대표적 개혁론자인 풍계분(馮桂芬)의 경우에도 국가권력에 의한 의무교육은 현실상 어렵다고 생각하고 족정(族正)에 의한 반강제적 종족교육을 좋은 정책이라고 파악할 정도였다.[59]

따라서 양무기의 교육운동은 대부분 임기응변식의 인재양성을 목적으로 하는 엘리트 중심적 교육 형태를 크게 벗어나지 못하였다. 교육내용도 서문(西文) 교육과 서예(西藝) 교육에 치중하는 단계에 머물렀다. 교육의 내용에서도 아직 전통시대 지배층의 교양과목인 경사자집이나 육예(六禮)와 서문교육을 혼합하여 교습하는 선민적 경향을 띠고 있고, 이에 따라 교육의 대상도 전문지식인 중심으로 자연히 고착되었다.

그러나 양무파가 지닌 이러한 인재중심적 교육관은 변법파의 등장과 함께 국민교육주의로 급격한 변모과정을 보이고 있다. 이들은 서구와 일본의 힘의 원천은 교육을 통한 국민적 에너지를 결집 시킬수 있었던 것에 기인하였음을 직시하고 국민 개(個) 교육을 통한 국권, 국부의 증대를 기대하고 있었다. 이제 중국 사회도 서구의 선진적인 교육제도에 눈을 돌리기 시작하였다. '민지(民智)'의 개발을 통하여 국가주의를 실현하고자 하는 움직임이 나타나고 있었다.

변법파의 인물들이 국민교육제도를 선호한 가장 직접적인 이유는 교육을 통한 국권의 강화였다. 이것은 세계열강들의 대륙 침탈이라고 하는 절박한 상황 속에서 최선의 생존전략으로 인식되었다. 비록 변법파들이 민권의 신장에 부정적 자세를 취한 것은 아니었으나, 그것은 오히려 부차적인 것이었다. 그들이 개민지(開民智)를 통한 신

---

59 장의식, 상게논문, 16쪽.

민권(伸民權)을 중시하였다고 하더라도 그것은 어디까지나 신신권(伸神權)이 주였고, 신신권(伸神權)이 주가 되는 신민권(伸民權)의 목적도 민주국가의 주체로서의 민의 권리를 신장한다는 본래적 의미보다는 민권강화를 통해 국권강화를 이루고자 하였던 것이다. 여기서 변법파들이 지니는 계몽기의 계급적 성격이 드러나는 것이다.

이러한 인식상의 한계는 중국으로 하여금 의무교육에 대한 관심을 비교적 소홀히 하게한 원인으로 볼 수 있다. 신정기(新政期) 이후 교육을 주도한 장지동(張志洞)의 경우에도 거의 의무교육에 대한 의사가 반영되지 않고 있고, 신학제 개정의 한 이정표라고 할 수 있는 1904년에 제정된 『주정학당장정(奏定學堂章程)』에서도 의무교육(强迫教育)에 대한 별다른 언급을 보여주지 않다가 이후 신해혁명을 경과한 후 본격적으로 논의되고 있다. 이로 볼 때 청조의 국민교육은 국가주의적 성격이 짙은 일종의 변형된 형태의 봉건교육의 범주를 크게 벗어나지 못하고 있었던 것이다.

그럼 한국에서의 국민교육제도에서 전통적 요소는 어떻게 작용하고 있었는가? 조선 후기사회에서는 이미 양반층에 의한 교육의 배타적 독점권이 많은 부분 허물어지고 있었다. 18세기 말 이후, 특히 19세기를 경과하고 부터는 비양반계층에서도 교육의 주체로 등장하는 세력들이 증가하는 양상을 볼 수 있다.[60] 이것은 교육기회의 확대와 개방을 요구하는 기층집단의 이해가 반영된 것이고, 근대교육체제로의 점진적인 진전을 보여 주는 사실인 것이다. 피지배층에 의한 이러한 교육기회의 확대는 지봉, 반계, 성호, 담헌, 다산 등의 실학자들을 거치면서 좀 더 폭넓은 사회적 동의과정을 거치게 된다.

조선 후기사회에서의 이러한 변화과정은 개화파의 주장 속에서 국가가 주도하는 국민교육제도의 수용이라는 좀 더 진전된 제안으로

---

60 졸저, 『서당의 사회사』, 태학사, 2014.

나타난다. 이들 개화파는 근대국가 형성을 위한 수단으로서 국민교육제도에 관심을 갖고 서구제도를 모델로 하여 이를 우리나라에 이식하고자 하였다. 김옥균의 의식 속에서도 민중을 교육시켜야 한다는 적극적 의지가 나타나고 있고, 박영효의 〈건백서〉 속에서는 의무교육에 대한 입장개진도 나타나고 있다. 또한 유길준에게서는 국민교육제도와 의무교육제도에 관한 소개가 비교적 자세하게 나타난다. 개화파의 국민교육제도에 대한 이러한 관심은 그 후 갑오경장과 1895년에 반포된 고종의 교육입국조서 등에서 국가권력의 합법적인 동의를 획득하는 단계로 진전한다. 그러나 갑오경장이 비록 개화파에 의한 위로부터의 개혁과 동학농민군의 아래로 부터의 개혁의지가 합류하여 이루어진 것이라고는 하나,[61] 교육개혁의 경우에는 1, 2차에 걸친 일본의 내정개혁안이 상당한 영향력을 행사하고 있음을 감안할 때 그 근대성의 의미도 상당 부분 약화 될 수밖에 없다.

개화파 지식인들의 국민교육제도의 주장이 지닌 한계는 그 내용이 아래로 부터의 변혁의지를 수용, 관철하고자 한 것이라기보다는, 교육을 '위로부터의' 개혁을 위한 수단적 의미로 파악하고 있다는 점에 있다. 이것은 조선조 후기 이래, 하층계급의 사회경제적 신분상승에 따른 교육기회의 확대가 '아래로 부터의' 변화라는 내재적 발전과정을 보여주는 것과는 구별되는 것이다. 위로부터의 개혁을 위한 국민교육제도의 주장은 국가의 발전과 국권의 회복에 최우선의 가치를 두는 국가주의의 이념과 곧 바로 연결된다. 국가주의의 영향 아래에서는 교육은 국가발전 위한 도구적 수단으로 사용되며, 개인의 인권이나 민권의 확대를 위한 목표가치로서의 의미는 약화된다. 다음의 논설은 당시의 개화지식인들이 왜 국민교육제도를 수용하고자 하였는가를 잘 보여 주고 있다.

---

61 愼鏞廈, 『韓國近代社會史硏究』, 一志社, 1987, 97-190쪽.

今代의 敎育制度는 皆其國家의 重大事業으로 經營ᄒ야 不盡홈이
無홈은 一私人의 事를 干涉ᄒ야 甚히 不可ᄒ듯ᄒ나 此는不思홈이 甚
흔者라. 國家의 競爭은 今世의 大勢라. …(중략)… 고로 現在의計는 惟
一國의 民이 一團을 成하야써 他에 對ᄒ지 아니흔卽其生存도能保치
못ᄒᄂ니 …(中略)… 今時代의 形勢에 在ᄒ야는 國家는人類의安宅이
며 國民的의 團結은 人類의 必要흔 事業이라62

라고 하여 세계는 국가 간 상호경쟁하는 제국주의의 시대이므로 생
존을 위해서는 교육은 개인의 자유의사에 맡길 수 없고, 국가가 간섭
하고 통제하여야 할 것이라고 주장하였다. 교육을 철저히 국가의 통
제권 아래에 두는 이러한 국가 지상주의의 출현은 제국주의의 침략
에 저항하여야 하는 당시의 긴박한 시대적 요청에서 기인한 것이기
는 하나, 국민교육제도가 지닌 본래의 근대적 이념과는 차이를 드러
내는 것이다.

서구에서 시민 사회의 형성과 함께 나타난 국민교육제도의 본질
은 천부인권사상에서 도출된 아동의 권리확인과 그 교육적 표현으로
서 학습권 내지 교육을 받을 권리의 주장을 그 본질로 하며, 인간의
내면형성에 관계된 문제는 국가권력이 간섭해서는 안 되는 '사적 영
역'으로 간주하였다. 시민사회에서의 교육이란 "인간적 제 권리의 평
등을 현실적으로 하는 수단"이고 가장 기초적인 권리라는 평등주의
와 보편주의의 이념이 그 성립의 전제를 이룬다. 국가는 단지 이러
한 평등권을 보장해 주기 위한 보조적인 역할을 담당할 뿐인 것이다.

물론 개화기에도 국가와 교육의 관계에 대한 진지한 논의가 진행
되었다. 개화지식인들은 서양교육사의 수용을 통하여, 서구에는 영
국을 중심으로 한 자유주의(개인주의)의 전통과 후발 산업국가인 독

---

62 〈敎育의 必要〉, 『朝陽報』 제2호, 1906년 7월.

일을 중심으로 한 국가주의 교육형태가 존재한다는 사실을 익히 인식하고 있었고,[63] 국가주의는 "敎育의 方針을 一定ᄒ고 眞理의 自由討究를 沮戲ᄒ며 신흥의 학설을 차단ᄒ야" 교육의 발전을 방해하고 학문의 자유로운 활동을 위축시킬 것을 경계하고 있다.[64] 이러한 위험성에도 불구하고 그들은 당시의 한국 사회에는 국가주의 교육형태가 더욱 적합한 것으로 이해하였다. 이러한 이해태도는 당시의 진화론적 세계관이 크게 영향을 주었음을 볼 수 있다. 세계사를 약육강식이 지배하는 열국경쟁의 시대로 파악하고, 교육은 생존을 위하여 개인을 국가에 철저히 복속시키는 애국주의, 영웅주의의 이념을 최우선 하도록 강조되었던 것이다.[65]

이렇게 국민교육제도가 국가주의 이념 속에서 논의된 것은 그 논의의 주체를 이루었던 문명개화론자들의 우민관(愚民觀)이 큰 영향을 주었다. 그들은 피교육층의 다수를 이루던 농민층과 도시 상공인층을 계몽하여야 할 역사의 객체로 인식하였다. 개화론자의 의식 속에서는 이들 피교육자가 시민사회의 새로운 주체로 인식되기 보다는 교육을 통해 서구화의 길로 이끌어 가야 할 교화의 대상으로 인식되었다. 그들의 이러한 우민관은 당시 한국 사회가 안고 있던 내외의 모순구조와 특유의 발전과정에 대한 성찰 없이 구미와 일본의 학제를 수용함으로써 그 생명력을 상실하게 하였다. 예컨대 관립학교의 설립에 있어서 근대화를 위해서는 재래의 산업을 근대적으로 재편해야 했으나 대한 제국 정부의 실업교육 정책은 당시 산업구조의 근간을 이루고 있고 국민의 90%가 종사하는 농업근대화 교육은 구상되

---

**63** 당시의 국가주의 교육체제에 관한 논의는 『朝陽報』 제5호부터 12호까지 연재된 「泰西敎育史」 및 金鎭初, 「국가와 敎育의 關係」, 『太極學報』 제16호, 1907년 12월 등에서 찾아 볼 수 있다.

**64** 金鎭初, 上同.

**65** 金度亨, 上揭論文, 84-92쪽 참조 바람.

지 않는다든지,[66] 기존의 서당, 향교, 서원 등을 국민교육체제 속으로 발전, 편입시키고자 하는 토착화 노력 등이 거의 이루어 지지 않았음을 볼 수 있다.

한국 사회의 내부에서 근대교육의 동인을 발견하고 국민교육체제의 성립가능성을 찾는 노력은 오히려 재야의 민간인에 의해 모색되었다. 이들은 정부에 의해 좌절된 의무교육의 실시를 독자적인 노력으로 성취하였다. 예컨대 평양민회소(平陽民會所)가 중심이 되어 각 방리(坊里)를 중심으로 의무교육을 실시 하고자 한 것이나,[67] 서울의 동막흥영학교(東幕興英學校)를 포함한 수 개 처의 의무교육 운동,[68] 또한 이동휘가 주도한 강화도의 의무교육운동 등 전국적인 규모에서 다양하게 이루어졌다. 특히 보인학교(輔仁學校)의 경우와 같이 계 조직이 학교 설립의 모태 역할을 담당하는 경우나, 기존의 학계(學契)와 학전(學田)을 통한 사숙(私塾)의 운영방법을 적극 의무교육의 운영원리로 도입하자는 여병현(呂炳鉉)의 주장[69]은 한국 사회 내부에서 국민교육체제의 성립 가능성을 모색하는 주체적 노력을 보여 주고 있었다.

---

66 魯仁華, 「大韓帝國 時期 官立學校 敎育의 性格硏究」, 이화여대, 1989.

67 『西友學會月報』 第7號, 1907년 6월 1일.

68 안규, 「한국 의무교육 성립과정에 관한 연구」, 성균관대 박사학위논문, 1984, 41-45쪽.

69 呂炳鉉, 「我國學界의 風潮」, 『大韓協會會報』 제4호, 1908년 7월 5일.

# 조선의 학교, 성과 속의 경계

　조선시대의 학교는 제향공간과 강학공간의 두 축으로 구성되어
있다. 유자들에게는 특히 제향공간의 의미가 중시되었다. 조선시대
교육에서 강학기능이 극도로 위축되었던 이유는 제향기능이 기형적
으로 비대하였기 때문이다. 조선후기에 들어 이 제향공간은 많은 사
회적 폐단을 야기하였고, 급기야 신교육의 도입과 함께 폐기되었다.
이 제향공간을 지탱하던 유가적 원리는 무엇이었고, 조선사회에서
과연 어떠한 역할을 담당하였는지를 논의할 필요가 있다. 제향공간
에 대한 지금까지의 평가는 대체로 부정적이었다. 그 이유는 제향공
간이란 유가교육의 봉건적 특질을 압축해 놓은 것이고, 조선사회의
당파적 성격을 확대시킨 주범이라는 인식 때문이다. 이러한 견해는
문묘사전(文廟祀典)과 서원향사(書院享祀)에 관한 기존 역사학적 논
의의 대종을 차지한다. 다만 최근의 논의에서는 문묘향사제를 도통
론의 확립과정과 연결하여 적극적으로 평가하려는 경향들이 나타나
고 있다.

　제향의 본질을 좀 더 명료하게 이해하기 위해서는 그 해석의 시점
을 성급한 근대화론이나 발전론 같은 이념적 사슬로부터 과감하게
해방시켜 주어야 하리라 본다. 제향의 본질을 제대로 이해하기 위해

서는 오히려 그 정당한 해석의 방식을 유학적 패러다임 혹은 유학적 지식체계 그 자체 내에서 다시 찾아보는 노력이 있어야 할 것이다. 제향의 본질은 유학이 지향하는 모종의 조화로운 세계관과 깊은 연관을 맺고 있는 것으로 이해된다. 조선적 사유에 깊이 침잠하여 제향의 의미를 관찰할 때, 오히려 새로운 탈근대의 이념이 태어날 수 있을 것이다.

## 1. 조선시대 제향공간의 성격과 도통문제

조선조의 학교는 제향공간과 강학공간으로 이원화되어 있다. 서원과 향교는 대체로 전학후묘(前學後廟)의 형태로 공간이 양분되어 있다. 강학공간이 다수에게 개방된 열린 공간의 형식을 취하고 있다면, 제향공간은 일정한 '의례(儀禮)와 절차' 속에서만 참례의 자격이 획득되는 닫힌 공간으로 기능한다. 제향과 강학은 대대적(待對的) 관계를 유지하면서 학교의 두 요소를 이루고 있다. 제향공간은 성인의 길을 따르고자 하는 현인과 군자들의 위패를 모신 장소이다. 유자들에 따르면, "성인은 하늘처럼 되기를 바라고, 현인은 성인처럼 되기를 바라고, 선비는 현인처럼 되기를 바라며"[1] 삶을 산다.

우리의 학교가 제향기능과 강학기능을 동시에 갖춘 것은 중국의 문묘제를 받아들이는 것에서 비롯되었다. 삼국사기에는 성덕왕 시기에 이미 신라의 국학에서 당의 제도를 수용하여 문선왕묘를 두었다는 기록이 보이고 있다. 문묘가 중사(中祀)로서의 위치를 점하고 도통의식(道統意識)과 연계되어서 이해되기 시작한 것은 고려조에 이르러 비롯되었다.[2] 그러나 신라시대나 고려시대의 향사(享祀)는 일

---

1 『無名子集』, 책3, 詩, 〈建除體〉, "聖希天 賢希聖 士希賢"
2 학교에 향사의 기능이 부과된 것은 한대(漢代)의 공자묘로부터 비롯된 것으로

종의 상징적 수준에서 머물러 있었고, 중국 제도에 대한 모방의 단계를 크게 벗어나지 못하였다. 따라서 신라나 고려의 경우, 제향은 강학의 부차적인 기능을 하였던 것으로 이해된다.

그러나 조선에 이르러 이러한 현상은 역전된다. 제향의 사회적 의미가 크게 확대되기 시작한 것은 선초 이후 조정에서 사전(祀典) 체제를 본격적으로 정비하면서부터 비롯되었다. 관학의 경우 이미 선초부터 문묘 사전의 정비를 통하여 제향의 의미가 강학의 기능을 압도하고 있었다. 서원의 경우에도 16세기 중엽을 제외하고는 언제나 제향기능의 의미가 강조되었다. 특히 주자적 종법체계가 향촌사회에 깊이 뿌리 내린 조선후기에는 서원을 중심으로 제향공간이 기형적으로 확대되었다.

조선조 교육이 지닌 가장 큰 딜레마는 학교의 사당화(祠堂化)에 있었다. 제향 의식이 언제나 강학활동을 압도한다는 점은 조선조의 유자들에게도 매우 모순적인 상황으로 이해되었다. 따라서 제향과 강학의 관계를 과연 어떻게 설정할 것인가에 대해 많은 논란이 있었다. 당시의 유자들도 교육이 제자리를 잡기 위해서는 우선 이 제향과 강학 간의 불균형을 극복하는 것이 시급하다는 사실을 절감하고 있었다. 그들은 이러한 문제가 발생된 배경으로 조선사회가 무언가 학교의 본질을 잘못 규정하고 있다는 점에서 찾고 있다. 17세기의 남인 학자인 홍여하(洪汝河, 1621-1678)는 학당이 향사처로 고착되는 당시의 상황이 국가의 근본을 위태롭게 할 사태임을 강조하면서 당시의 교육상황을 다음과 같이 설명하고 있다.

---

설명되고 있다. 그리고 그것이 국가적인 규모로 확대된 것은 위진남북조 시대에 이르러서이고, 문묘제도로서 정착하기 시작한 것은 당대(唐代)에 이루어진 것으로 설명된다. 우리가 신라의 국학에 문묘를 받아들인 것은 이 당제를 모방한 것이었다.

오늘날의 서원은 옛날의 서원이 아니다. 서원의 이름만 있지 서원의 실상은 없다. 서원은 왜 설립하는가? 강학과 양사(養士)를 위해 설립하는 것이지 선현향사를 위해 설립하는 것이 아니다.[3]

그는 서원의 존재의의는 본래 양사에서 찾아져야 할 것이나, 당시의 서원은 선현향사에 급급한 장소로 전락하였다고 개탄한다. 그에 따르면 당시 서원은 선현향사를 통하여 각기 파당을 짓고 무리를 이루어 서로 배척하고 헐뜯으며(互相斥詆), 귀신을 부추기고 선동하여(鬼神助煽), 마침내 일국이 모두 싸움터로 화하는(擧國之內 咸一鬪場) 지경에 이르게 되었다는 것이다. 서원이 당쟁의 와중에 휩쓸리는 이유를 선현에 대한 향사에서 찾고 있다.

그는 학당의 기능은 강학기능이 주가 되고 향사기능은 이차적인 것이 되어야 한다고 중국의 사례를 들어 주장하고 있다. 중국의 서원은 강학기능이 우선이고 향사기능은 없거나 향사하더라도 일정한 한식(限式)이 있다고 하였다. 그런데 우리나라의 경우는 제향의 기능을 가장 중시하고 양사, 권학은 이차적인 것으로 보아 서원은 춘추로 석전만을 지낼 뿐 사생강규(師生講規)는 전국을 통틀어 적연한 지경이라는 것이다.[4] 홍여하의 이러한 생각은 조선조의 많은 유자들로부터 폭넓은 동의를 얻고 있었다. 이보(李簠, 號: 景玉, 1629-1710)의 경우에도 학교의 본질적인 기능은 "강독을 중심으로 하고 향사의 기능은 부수적인 것"의 형태를 취하여야 하나 조선의 상황은 역전되어 있음을 우려 하였다.[5] 다산 정약용의 경우에도 이 문제에 상당한 관심을 기울이고 있었다. 그는 "지금에는 서원은 사당(祠堂)이 되었

---

3 『木齋先生文集』 卷5, 〈咸寧書院 立約文〉
4 『木齋先生文集』 卷5, 〈咸寧書院 立約文〉
5 『景玉先生遺集』 卷2, 〈書院說〉

고 다시는 학교로서의 모습을 찾아 볼 수 없다."[6]라고 당시의 상황을 통박한다.

그러나 이들의 주장은 학교에서 제향기능을 배제하라는 뜻은 결코 아니었다. 오히려 제향기능의 본래적인 의미를 회복하라는 것이었다. 다산은 "문묘의 제사는 수령이 몸소 행하되 경건하고 지성스럽게(虔誠)" 행할 것을 요구하고, "문묘가 퇴락하거나 제복(祭服)이나 제기(祭器)가 헐어서 신에게 모독[神羞]되지 않도록" 할 것을 당부하고 있다. 홍여하의 경우에도 향사의 본래적인 의미를 회복하는 것이 학교의 기능을 정상화하는 것임을 주장하고 있다. 그에 따르면 원래 석전의 읍양배궤(揖讓拜跪)의 의미는 그것을 통하여 올바른 예를 배우고 경(敬)의 태도를 가지는 것에 있다. 그러나 당시의 상황이 비린 고기나 올리고 귀신이나 받들고 흠향하는 혈식(血食)에 급급하는 사태로 전개된 것은 제향의 본질을 왜곡한 것에서 기인한 것으로 주장한다.

즉 그들에 따르면, 제향의 본질은 존현의 자세를 통하여 경의 태도를 일상 속에서 회복하는 것에 있다. 이러한 그들의 주장에서 우리는 제향과 강학이라는 두 개의 공간 구성이 유학적 지식 체계와 밀접하게 연관되어 있음을 짐작할 수 있다. 즉 강학의 공간은 앎을 우선시 하는 도문학(道問學)의 세계를 표상한다. 도문학의 일차적인 관심은 객관세계의 사물의 이치에 대한 공부에 있다. 이에 비하여 제향공간은 마음을 중시하는 존덕성(尊德性)의 영역을 지시하고 있다. 존덕성과 도문학의 동시적인 실현이 내성외왕(內聖外王)의 정신을 실현하고자 하는 유가의 근본이념이다. 제향공간을 주된 것으로 강학공간을 부차적인 차원으로 취급하던 당시의 상황은 존덕성과 내성 쪽에 무게 중심을 두고, 도문학과 외왕의 측면은 다소 경하게 다

---

6 『牧民心書』〈禮典 六條〉, 祭祀.

루던 당시 사상사의 주된 흐름과 일치한다. 조선조가 치지(致知)를 강조하는 도문학의 세계를 경시한 것은 아니나, '극고명(極高明)'의 세계를 지향하던 당시의 유자들은 존덕성과 내성에 삶의 의미를 두었다.

유가의 공부론에 근거할 때, 제향과 강학의 공간은 이념적으로 학(學)의 세계와 도(道)의 세계를 표상하고 있다. 명륜당을 중심으로 하는 강학공간이 학의 세계에 관여하고 있다면 도통적 세계에 몸담고 있는 제향공간은 도의 세계를 표상한다. 학의 세계와 도의 세계를 논리적으로 어떻게 연결시킬까 하는 것이 유가 공부론의 핵심이다. 우리는 이 학과 도의 관계에 대한 치열한 논쟁을 퇴계와 율곡 사이에 오갔던 논변 속에서 찾아 볼 수 있다. 율곡의 입장은 학과 도는 불가분개(不可分開)의 입장임을 고수한다. 이러한 비판은 현실의 세계 그 속에서 도의 의미를 찾고자 하는 율곡적 사유에서 볼 때 지극히 당연하다. 현실의 세계, 즉 기(氣)의 세계를 앎의 대상으로 다루는 학의 영역과, 형이상학을 문제시 하는 도의 영역을 분리한다는 것은 이기(理氣)의 불상리(不相離)를 강조하는 그의 입장으로서는 결코 용납할 수 없는 문제이다. 율곡적인 사유를 확장할 때, 강학공간 없는 제향공간이나 제향 공간 없는 강학공간은 학문의 온전한 성립을 위해서는 불안정하다.

그러나 퇴계의 경우, 이러한 율곡의 입장과 견해를 달리한다. 그는 학은 능(能)이고 도는 소능(所能)임을 주장하여 두 세계가 위치상 구별되어야 함을 말한다. 학의 세계와 도의 세계는 마치 능기(能記)와 소기(所記)의 관계와 같다. 강학의 공간이 능기라고 한다면 제향의 공간은 소기와 같다. 퇴계의 이해방식에 따르면 학의 세계와 도의 세계가 본질적으로 구분되어야 하듯이, 제향공간과 강학공간은 이념적으로 구분되는 두 차원의 영역이다. 강학공간이 하학(下學)의 영역이라면 제향공간은 상달(上達)의 영역이다. 즉 하학의 세계에서

326

는 도저히 넘을 수 없는 형이상학의 가치가 제향의 공간에는 논리적으로 존재함을 의미한다.

제향공간과 강학공간에 대한 이러한 원리적 이해는 조선조 학교의 본질을 이해하는 데 매우 의미 있는 시사점을 제공한다. 퇴계와 율곡의 이러한 이념적 차이가 구체적 역사의 세계 속에서도 그대로 구현되지는 않았으리라 본다. 조선조의 일반적인 특징은 기호학파와 퇴계학파를 불문하고 모두 제향기능의 이상적인 비대현상으로 몸살을 앓고 있었다. 그러나 양 공간을 학과 도의 세계로 구분하는 이러한 원리적 이해는 학교의 성격을 재구성하고 해석할 필요성이 요구될 때에는 매우 중요한 준거기준이 되었다. 예로 조선조말 새로운 교육적 패러다임이 요구될 때, 제향과 강학에 대한 새로운 의미부여는 이러한 기본적인 원리가 작동된 것으로 이해된다.

대원군의 서원 훼철도 양 공간의 이러한 원리적 구분 속에서 나타난다. 대원군의 서원 훼철은 '훼묘철향(毁廟撤享)'을 의미한다. 즉 그가 부수고자 한 대상은 제향공간이지 강학공간은 아니다. 그는 서원을 훼철하면서 강학기능은 향교로 이관하였다. 서원을 철폐하는 고종 8년에 향교개수의 명령이 예년에 비하여 증가하였던 것은 이와 관련된 것이다. 그는 서원의 사회적 폐해에 대하여 거의 체질적인 혐오를 드러내고 있던 인물이다. 그가 유생들에게 "백성에게 해가 된다면 비록 공자가 다시 온다고 하더라도 나는 용서하지 않겠다. 항차 서원은 우리나라의 선현을 향사하는 곳인데 지금은 도적의 소굴과 같다."라고 극언하는 것에서 그의 향사에 대한 뿌리 깊은 불신을 볼 수 있다. 그러나 대원군의 훼묘철향은 제향공간의 의미를 근본적으로 부정한 것은 아니다. 오히려 그는 47개의 사액서원으로 사현(祀賢)의 기능을 집중시킨 것이다. 제향공간을 국가가 전적으로 관리하고 통제하겠다는 뜻을 드러낸 것이다. 그가 서원훼철의 기준을 '문묘종향인(文廟從享人)' 혹은 '충절대의지인(忠節大義之人)'에서

구하고 있는 것은 제향공간을 도학적 이념으로 복원하고, 그것을 통해 국가의 이데올로기 지배를 강화하겠다는 뜻으로 볼 수 있다. 따라서 그의 교육개혁에 대한 기본적인 모델도 제향과 강학이라는 유학적 구조에서 결코 벗어난 것이 아님을 알 수 있다.

한말 서구교육의 수용은 제향공간에 대한 부정에서부터 비롯되었다. 신학제의 도입과 함께 설립된 각종 관공립 학교에서는 제향공간이 사라지고 강학공간만이 남게 되었다. 춘추 석전을 포함한 각종 의례활동도 모두 없어지게 되었다. 제의를 통한 교육은 소멸되고 교실이 교육의 중심이 되었다. 이러한 변화는 단순한 물리적 공간의 소멸만을 의미하는 것이 아니라, 지식체계의 사회문화사적 의미 변화를 뜻하는 것이다. 학교에서의 제향기능의 상실은 마치 서구사회에서 부르주아 혁명 이후 교육을 종교와 분리시킨 이른바 교육의 세속화 현상과 유사한 모습을 보여 준다.

서구교육의 수용은 제향기능이 중심이 되던 전통교육에 대하여 다양한 평가 작업이 이루어지는 계기를 제공하였다. 당시의 지식인 집단에서는 제향공간의 기능을 대체할 새로운 교육적 모델을 요구하고 있었다. 이미 앞에서 언급하였듯이 김성희(金成喜)의 경우, 학교에서 제향기능이 상실되고 동시에 종교기능이 상실되자 이에 깊은 우려를 나타내고, 유교의 재해석을 통한 국교화(國敎化) 방안을 제시하기도 하였다. 그는 제향기능이 지닌 봉건적 요소는 서구의 자유와 평등의 원리를 받아들임으로써 그 봉건성을 탈색시키고, 제의의 종교기능이 지닌 교육적 효과는 살려 둘 것을 제안하였다. 특히 그는 종교와 제의에 의한 교육이 언어나 문자에 의한 교육보다 그 영향력이 훨씬 크다는 사실을 크게 중요시하였다. 그의 이러한 인식은 제향공간이 차지하고 있던 사회문화적 맥락을 정확하게 인식한 것이다. 제향공간의 소멸은 다원적인 시민사회의 등장과 함께 필연적인 것이었다. 그러나 이로 인해 우리의 근대교육을 인지적인 능력을 강조하는 지식위주의 교육으로 전환하는 촉매제가 되기도 하였다. 그 결과 근대교육은 앎의 영역을 중시하는 도문학적 요소를 팽창시키고, 인간에 대한 본체론적 이해를 중시하는 존덕성의 영역을 위축시키는 결과를 초래하였다.

## 제의를 통해서 본 제향공간의 의미

이제 학교에서 행해지던 각종 제의와 의례가 과연 어떤 규칙과 힘에 의해 변화되고 있는 지를 살펴보자. 조선조에서 행하여졌던 제사는 대사(大祀)·중사(中祀)·소사(小祀)로 차등적으로 구분되어 있다. 대사에는 사직, 종묘, 영령전이, 중사에는 풍운뢰우(風雲雷雨), 악해독(嶽海瀆), 선농(先農), 선잠(先蠶), 문선왕(文宣王), 역대시조(歷代始祖)가, 소사에는 명산대천(名山大川), 초제(醮祭), 여제(厲祭) 등이 있다. 또한 이러한 정사(正祀) 이외에 속제(俗祭)와 주현제(州縣祭) 등이 있고, 이들에 대한 행례(行禮) 절차는 까다로운 의절 속에서 구분되고 있다.7 우리가 다루고 있는 문묘제례는 중사로, 그리고 주현의 향교 석전은 소사로 취급되었다. 군현의 서원은 중사의 석전 보다는 한 단계 아래의 의례를 택하고 있었다.

우리는 제의의 이러한 차등적 시행 속에서 조선조 교육의 몇 가지 뚜렷한 특징을 찾아낼 수 있다. 제사가 피향(被享)의 대상에 따라 차등적으로 구분되고 있다는 사실로 볼 때 우선 조선조의 제사가 종교적 의미보다는, 일종의 사회적 기호 혹은 약속을 다루고 있는 것으로 이해된다. 그들의 제사행위는 생사(生死)나 존재(存在)와 같은 본질적 가치를 문제시하는 공간이라기보다는, 오히려 제의를 통하여 사회체계에 대한 진술을 한다거나 혹은 제의를 둘러싼 성원들의 사회

---

7 김해영, 「조선초기 祀典에 관한 연구」, 한국학대학원 박사학위논문, 1993.

적 관계를 규정하는데 더욱 비중을 두고 있다. 요컨대 유자들이 문제시 하는 것은 제사의 본질이 무엇인가 혹은 제사에서의 신주의 의미는 무엇인가 등에 관한 질문이 아니다. 그들이 관심을 가지는 것은 오히려 이 제사의 주관자는 누구이며, 상복은 무엇을 입고, 음식은 어떤 것을 진설할 것인가라는 절차의 문제에 관심의 초점을 둔다. 따라서 제사는 소기(所記)의 문제라기보다는 능기(能記)의 문제이다.

의례 속에서는 언제나 과정(process)을 중시하는 것은 이러한 맥락에서 이해될 수 있다. 조선조의 예(禮)는 '죽음'을 죽음 그 자체로 중요시 한다기보다는 죽음을 둘러싼 사회적 절차, 의식의 적합성 등에 더욱 논의의 초점을 두고 있다. 제의는 죽은 자의 문제를 다루기보다는 살아 있는 자들의 사회적 약속을 다루고 있다. 유교의 제의는 죽은 자를 중심으로 하는 향벽설위(向壁設位)의 이념이 중심이 되고 있으나, 유가의 제의 속에서도 산 자를 중시하는 향아설위(向我設位)의 이념적 요소가 분명히 내재해 있다. 장례의 다양한 의식은 죽은 자의 사후의 세계에 대해서는 별다른 배려를 하지 않고, 살아서 참례하는 자들의 역할과 위치에 더욱 관심을 기울인다. 따라서 석전과 향사의 대상이 되는 신위(神位)나 신주(神主)의 본질은 결코 서구적 의미의 신적 개념으로는 설명될 수 없다. 이때 신주나 신위는 일종의 사회적 약속으로서의 의미를 지닌다. 제향공간에서 벌어지는 각종 제의는 이러한 사회적 약속을 일정한 형식 속에 재구성하는 것이라 할 수 있다.

조선조 제의에서 중요한 것은 그 제의 자체의 본래적 의미보다는, 오히려 그 제의가 대사인가 중사인가 소사인가의 문제와, 혹은 그것을 집행하는 주체는 누구인가 등의 사회적 절차와 약속이 더욱 문제시된다. 이는 조선조 향사문제에서 가장 격렬한 논쟁처가 위차시비(位次是非)와 문묘배향의 정통성 문제였던 사실에서 짐작할 수 있다. 병호시비(屛虎是非), 한려시비(寒旅是非), 회니시비(懷尼是非) 등으로 대표되는 위차 논쟁은 흔히 도학적 정통론으로 설명하고 있지만, 논쟁의 핵심은 누가 위계적 질서 속에서 상위를 점하는가에 있었다. 이때 그들이 중시하던 신주는 명분상으로는 이(理)를 표상하지만 실제적으로는 사회적 약속 혹은 기호의 의미를 지니고 있는 것이다.

문묘의 의례에서는 오늘날의 안목으로 보면 일견 매우 비생산적이고 지엽적인 의절을 두고 지리한 논쟁을 하는 것을 자주 발견하게 된다. 석전의에 제물로 대뢰를 쓸 것인가 혹은 양(羊)이나 돼지[豚]을 쓸 것인가를 두고 번쇄한 논의가 자주 진행된다. 또한 성균관에 행차하는 왕의 복식이 강사포냐 면복이냐를 두고 조야가 격렬하게 대립된다. 신주의 재질을 무엇으로 할 것인가를 두고 오랜 기간 논란을 벌인다. 우리는 이러한 논쟁을 종교적 맥락으로 한정하여 해석하기는 어렵다. 오히려 이러한 논쟁은 그들의 사회적 혹은 정치적 약속을 기호화해 가는 과정으로 이해할 때 그 의미가 좀 더 선명하게 드러난다. 조선조의 제의와 의례를 지나치게 명분론적 차원이나 종교적인 차원으로 환원하는 것은 그것이 지니는 사회적 역동성을 간과하기 쉽다.

그러면 중사로서의 문묘향사는 어떤 사회적 의미를 갖고 있었을까? 문묘사전(文廟祀典)과 석전의(釋奠儀)는 종교적인 외피를 입고 있으나 그 본질은 오히려 정치적이다. 조선조는 건국과 함께 고려사회의 귀족주의적 성격을 청산함과 동시에 중앙집권적인 봉건사회를 구축하기 위하여 과거제도와 관학제도의 유기적 관련성을 도모하는 일대 쇄신책을 강구하였다. 조선 초의 문묘사전 작업은 교육에 대한 국가의 배타적 지배권을 행사하는 데 있었다. 선초 성균관의 시대적 기능은 중앙집권적인 왕권을 강화하기 위하여 고려 구귀족의 온상인 좌주문생제를 혁파하고 새로운 사전체제를 확립하는데 있었다. 여말선초의 문묘에 관한 논의는 이색(李穡, 1328-1396) 등의 성리학자 등에 의해 처음 주도 되었다. 이색의 〈추정여제문묘(秋丁與祭文廟)〉라는 시에는 "왕화(王化)와 성덕(聖德)이 억년 세월을 함께 흐르리라"라는 구절과 함께 문묘 제사의 설행에 관한 소개가 실려 있다. 왕권이라는 현실적 힘과 도학이라는 도덕적 힘이 역사 진행의 두 축이될 것임을 승인하고 있는 것이다.

그러나 문묘를 왕권강화의 적극적 수단으로 활용하였던 것은 정도전(鄭道傳), 권근(權近) 등의 개국공신들이었다. 정도전은 "천하(天下)의 통사(通祀)는 오직 문묘뿐이다."라고 하여 그 중요성을 강조하고 있으며, 권근도 몸소 새로 간행된 『석전의식(釋奠儀式)』에발문을 작성하는 등 관심을 표시하고 있다. 이렇게 선초 성균관은학사관리보다는 문묘제(文廟制), 반궁제(泮宮制) 정비에 치중되었던것8은 그 설립의 주요 이유가 국가 이데올로기의 절대화와 신성화에있었음을 보여주는 것이다. 이것은 국가 왕실 중심의 예인 〈국조오례의(國朝五禮儀)〉가 성종조 정착되는 것과 흐름을 같이 한다. 문묘의 배향은 성리학적 도통연원에 충실한 인물들을 대상으로 하여 이들의 도덕적 정당성을 국가권력이 공증해 주는 것이었다. 문묘제의가 선초부터 중사로서 국가의 사전체제 속에 편입되어 있었고, 이것이 조선조말 까지 끝까지 유지될 수 있었던 사실이 바로 조선조 교육이 안정적으로 동일한 패턴을 유지할 수 있었던 이유가 된다.

그러나 중사로서의 문묘석전은 왕권과 신권과의 갈등을 야기할소지가 다분히 있었다.9 이것은 문묘석전의 해석체계에 신권이 개입될 여지가 있었음을 의미한다. 예로 태종 연간에 문묘제사가 중사임으로 왕이 직접 참배하는 것이 부적절하다는 왕실의 주장에 대해 예조에서는 "공자는 비록 왕위에 있지 아니하나 실로 백왕의 스승이됨으로 이 때문에 절하는 것"이라고 왕의 배례를 주장한다.10 세종대

---

8 이성무, 「선초의 성균관 연구」, 『역사학보』 35·36합집, 1967.

9 지두환, 『조선전기 의례연구』, 서울대출판부, 1994.

와 성종대에도 동일한 문제가 발생한다. 그러나 비록 공자가 만왕의 스승으로 표방되고 왕이 재배를 행하는 사례가 있었지만 왕에게 있어 공자는 존경받는 학자인 동시에 신하라는 인식을 벗어나지 못했다. 이러한 점이 당시 공자가 지닌 위상의 한계였다. 따라서 문묘의 례도 중사의식으로 거행되었다. 이에 석전제, 삭망제의 경우 왕이 친히 거행하기 보다는 성균관이나 유명한 신하가 대행하는 것이 관례였고 왕은 단지 참배하는 정도를 넘어서지 못했다. 성종 임금의 문묘 참배의 복식 문제로 불거져 나온 대립은 결국 도학을 전수하여 '도통'을 확립하고자 하는 사림 세력과 '왕통'을 중심으로 정치를 하고자 하는 훈구세력의 갈등을 표출한 것으로 설명된다.[11] 이것은 어떤 의미에서는 국가가 주체가 되는 중사의 해석 행위에 다양한 세력들이 개입하기 시작한 것으로 설명될 수 있다.

한편 이러한 해석행위에 사림들이 본격적으로 개입하기 시작한 것이 문묘에 대한 오현종사(五賢從祀) 운동과 율곡 이이와 우계 성혼 양인에 대한 종사운동이라고 할 수 있다. 16세기 사림들의 본격적인 등장은 사전에 대한 해석행위에 있어서도 그들의 직접적인 개입을 요구하는 계기가 되었다. 중종대에 문묘종사 운동이 일어나 정몽주가 문묘종사되고 정몽주, 길재, 김숙자, 김종직, 김굉필로 이어지는 도통론이 확립되어 나아간 것은 사림 세력이 중사의 해석행위에 주도적으로 관여한 것을 볼 수 있다. 그러나 이 시기는 이미 양현종사를 둘러싼 치열한 논쟁에서 볼 수 있는 바와 같이, 예론과 예설의 분기 현상이 다양하게 나타나고, 문묘종사에 대한 통일적 견해도 확보하기 어려운 상태가 된다. 퇴계 이황과 회재 이언적의 문묘종사에 대한 북인과 서인세력의 공격, 율곡 이이와 우계 성혼에 대한 남

---

10 『太宗實錄』 卷28, 太宗 14年 7月 壬子.

11 지두환, 상게서, 154쪽.

인 세력의 견제 등이 그 대표적인 예가 될 것이다. 문묘전례에 대한 사림 내부의 이념적 분화와 해석상이 다양성이 나타나기 시작하는 것이다. 이제 제향에 대한 의미부여와 준거체계는 좀 더 다양한 기준이 제시된다. 예컨대 정개청(鄭介淸, 1529-1590)의 〈안로증석문묘위차설(顔路曾皙文廟位次說)〉은 천리(天理)와 인욕(人欲)의 성리학적 준거에 근거한 새로운 위차(位次) 논의를 전개하고 있으며, 이정귀(李廷龜, 1564-1635)의 〈문묘사전리정계본(文廟祀典釐正啓本)〉에는 중국의 『대전회통(大明會典)』에 따르되 우리의 오현종사의 취지에 맞추어 노장(老莊)과 불학(佛學)에 침염된 인물을 과감하게 정비할 것을 요구하고 있는 것을 볼 수 있다.[12]

한편 소사인 향교의 석전이나 서원의 향사는 그 의례의 해석과 운영에 더욱 다양한 세력들이 참여하였다. 이들 소사의 의례도 예조의 감독 하에 시행되었으나 구체적인 설행과정에서는 다양한 차이를 드러내었다. 물론 선초의 교육이 중앙집권적 전제권력하에 철저히 예속되고 있었음은 초기 향교의 운영실태 속에서도 일관되어 나타난다. 중앙정부는 외방향교(外方鄕校)의 설치를 강조하고 '수명학교(修明學校)'를 수령칠사(守令七事)의 하나로 넣고 수령이 직접 향교의 석전의식을 주관하게 하였다. 또한 중앙에서는 행정계층인 관찰사 이외에도 수시로 '행대감찰', '분대어사', '경차관' 등을 파견하여 수령을 감독하였다. 동시에 향촌사회에서의 수령권 강화를 위해서 부민고소금지법(部民告訴禁止法)과 구임법(久任法)을 시행하여 향촌 재지사민(在地士民)들에 대한 억압과 견제를 제도적으로 보장하였다. 또한 수령에게 교관과 생도에 대한 감독권을 부여하여 교육의 중앙집권화를 기도하였다.[13]

---

12 정순우·지두환 주편, 『조선시대의례자료집성』, 한국정신문화연구원, 1996, 5쪽.
13 『世宗實錄』 권12, 世宗 4年 11月 丁卯條.

그러나 이러한 노력에도 불구하고 향교조차도 조선중기까지는 향촌의 자율적인 의례 해석이 가능하였던 것으로 보인다. 예로 융경원년(1567)에 안동부사 윤복(尹復)이 작성한 〈안동향교 중수기(安東鄕校 重修記)〉에는 이 시기까지는 성균관과 향교의 전사 위수(奠祀位數)가 차등이 있어 일률적이지 않았다. 즉 향교의 배향인물이 지역적으로 차등이 있었음을 알 수 있다. 따라서 예조(禮曹)에서는 우선 계수교(界首校)부터 국학과 동일한 형태를 취하도록 명하였다. 이는 향교가 중앙으로부터 일률적인 지배나 간섭을 받는 것이 아니라, 각 군현 단위로 상당히 자율적인 관리체제를 가지고 있었음을 의미한다. 서원에서 행하여졌던 각종 의례는 뒤에서 상론할 것이나, 형식은 일정한 틀 속에 굳어져 있음에도 불구하고 그 의미는 시대와 공간에 따라 다양한 변환을 한다. 유자들은 의례의 설행을 통하여 음사(淫祀)나 타 종교와의 차별성을 드러내기도 하고, 예의 꾸준한 변용을 시도하고, 사회적 헤게모니를 조정하는 등의 변화를 실현하였다.

소사에 준하는 서원의 향사는 양반계층이 의례 해석을 독점함으로써 신분적 위계를 고착시키고 도덕적 리더십을 배타적으로 행사하고자 엄청난 노력을 기울였다. 서원 향사를 양반층이 독점한다는 것은 곧 유가의 도덕적 권위를 독점한다는 것을 의미한다. 따라서 비사족 계층으로도 제향의식에 적극적으로 개입함으로써 그 권위를 공유할 수 있기를 갈망하였다. 조선후기에 흔히 문제시되는 서원 남설은 새롭게 그 의례에 참여하고자 하는 신반층(新班層)이나 평민층들의 요구가 반영되어 있다. 이러한 관점에서 이해 할 때, 조선후기의 이른바 서원 '남설'은 기득권층의 입장에서 볼 때에는 명백한 남설이나, 새롭게 그 해석행위에 개입하여 그 권위를 함께 공유하고자 하는 세력들은 서원설립을 오히려 지배층으로 이행하는 통과제의의 한 형태로 이해하였다. 기존의 사족계층으로서는 새로운 세력이 의례의 운영과 해석과정에 깊이 개입함으로써 제의가 지닌 고유의 신성성이 급격하게 떨어지고 이로 인한 헤게모니의 약화가 초래되는 것을 우려하였다. 조선후기의 향전(鄕戰)은 이러한 다툼의 한 형태라고 할 수 있다. 다음의 인용문은 그러한 그들의 노력을 잘 보여 주고 있다.

석전의 제집사(諸執事)로 반드시 지벌(地閥)이 있는 자를 택하는 것은 그 의양(儀樣)과 모습이 정중하기 때문이나, 최근 이래 무상(無常)으로 모진지류(冒進之類)가 원향(原鄕)의 반열에 뒤 썩혀 들어오고자 하니 기강을 갉아 먹고 문드러지게 하며 예(禮)의 바탕을 손상하게 함이 이 지경에 이르러 막중한 장소가 이렇게 되었으니 어찌 심히 통탄스럽고 애석하지 않겠는가? 또한 하리배(下吏輩)의 일을 행함이 바탕을 부수고 향책(鄕責)을 그르쳐 마침내 재임(齋任)과 향례시 제관(祭官)까지 이 폐해가 반드시 이르도록 될 것이다.[14]

앞의 기록은 17세기 거창지역의 사례이나 향례를 둘러싼 이러한 다툼은 거의 전국적인 현상이었다. 이 기록은 조선후기의 경우 의례의 해석과 운영에 사림들만이 참가하는 것이 아니라 신반층·부농층 등 실로 다양한 계층이 참여하게 됨을 알려 주는 하나의 예가 될 것이다. 이러한 현상은 유학적 도통론이나 명분론만으로는 결코 의례의 정확한 의미를 해석할 수 없음을 뜻하는 것이다. 결국 조선 초기 이래 문묘의례의 정비를 통하여 주자성리학을 정착시키고 공자를 성인으로 대우하는 도통중심의 의례를 재구성하였으나, 그것을 역사 속에서 적용하는 세력들은 오히려 그 의례공간을 그들의 사회적 원

---

14 『거창향교고문서집성』, 〈完議〉, 丙辰二月 初九日: 본 〈완의〉에는 사림층에서 지목한 향리 60인의 명단과 함께 교측원(校側院)의 유사, 장의 명단이 같이 실려 있어 향후 호적이나 족보 등을 통한 유향세력의 상호 비교연구가 가능하다.

망(願望)을 실현하는 공간으로 이용하였다. 이제 구체적으로 그들은 의례를 과연 어떠한 사회적 행위와 절차 속에서 이전해가고 있는지를 검토해 보도록 하자.

## 제의를 통한 제향공간의 사회적 확산

조선조의 학교를 보면 제의를 적절히 활용하면서 교화를 실현하고 있었다. 오늘날의 학교가 마치 떠 있는 섬처럼 사회로부터 고립되어있는 반면에, 그들은 제의의 적절한 활용을 통해 공동체와 연결고리를 맺고 있었다. 조선후기 향교가 사실상 그 실제적인 기능이 마비되었을 때도 제의 기능은 살아서 향촌사회와의 연결을 도모하였다. 조선조의 유자들이 제의 기능이 지닌 교화적 영향력에 주목하기 시작한 것은 16세기 중엽부터 비롯된 것으로 보인다. 예컨대 김일손(金馹孫, 1464-1498)의 글에서 사대부들이 상례에 승속(僧俗)을 멀리하고 가묘제를 택하기 시작하였다.[15]라는 기록이 발견되는 것이나, 서당을 통해 촌락의 성황제를 혁파하고자 하는 노력 등을 시도하고 있는 것[16] 등은 모두 유가적 제의에 주목하기 시작하면서부터 비롯되었다. 향촌사회에서 가장 잘 정리된 제의가 곧 춘추 석전례이다. 석전제는 잘 짜여진 의절을 통하여 사림들의 문화를 관리하는 일방이 향사례를 하민들에 대한 교화의 기회로 적극 이용하였다. 그들은 춘추향사를 위한 취사(取士)·천망(薦望)·개좌(開座)·정알(正謁) 등의 행사를 정제된 의례 속에서 거행하여 그 교화적 영향력을 극대화하였다.

---

15 『濯纓先生文集』 續下, 〈請從祀文廟疏〉
16 졸저, 『서당의 사회사』, 태학사, 2014.

## 제의를 통한 절차와 과정의 정당화

18세기에 작성된 도산서원의 『영건일기(營建日記)』를 검토해 보면 그들이 행하는 작업과 과정에 대한 동의를 얻기 위하여 적절하게 제의를 필요한 의례를 행하고 있음을 볼 수 있다. 제 1단계는 우선 이환안일(移還安日)의 택정으로부터 시작되었다. 그들은 퇴계를 배향한 서원이라는 점에서 특히 격식에 맞는 예법과 의식을 강조하였다. 작업의 시작과 끝은 신주를 이안(移安)하고 봉안(奉安)하는 의식으로서 매듭지어졌다. 발의 과정에서부터 상당히 신중한 논의와 치밀한 준비가 있었음을 다음의 기록을 통해서 알 수 있다.[17]

"이에 일향(一鄕)의 사림들을 모아서 충분히 헤아리고 상의하여 그 뜻을 정하였다. 먼저 유생(儒生)을 일가(日家)에 보내어 (神位의) 移安日과 還安日을 推擇하도록 하였다. …(중략)… 수리도감(修理都監) 두 사람을 선출하여 이들을 성주(城主)에게 보내어 묘우(廟宇)의 수리와 이환안일을 고하도록 하고 이를 감영에 알릴 수 있도록 하였다. 동서재임(東西齋任)으로 하여금 운재(運材)와 연정(烟丁)을 조달하는 책임을 맡게 하고 이를 관가에 보고하여 허락을 얻게 하고 또한 관에서 비치한 기와 일 천장을 조급하도록 하였다."(『廟宇修理時日記』, 癸酉 7月)

위의 기록에서는 이안제와 환안제라는 의식을 통하여 일향의 사림과 성주, 그리고 문중이 서원을 중심으로 함께 결합되고 있음을 보여 준다. 그 과정을 좀 더 상세히 알기 위해서 일기에 나타난 주요한 작업일정과 의례절차를 살펴보면 다음과 같다.

---

**17** 졸고, 「조선후기 '영건일기'에 나타난 학교의 성격」, 『정신문화연구』 제65호. 1996.

1) 발문통고(發文通告)(7/4) ; 향중(鄕中)에 서원의 중수 사실을 통문(通文)을 통하여 널리알린다.

2) 조발연정(調發烟丁)(7/6) ; 수령(城主)이 이 일을 담당할 색리(色吏)를 정하여 상하리(上下里)의 인부들을 선발하고 재목을 나르게 조치하였다.

3) 성주순문 제향의절(城主詢問 祭享儀節)(7/7) ; 수령이 예리(禮吏)를 파견하여 위판의 이안(移安)과 환안(還安)에 관한 고유(告由) 및 제향의절(祭享儀節)에 관해 물어온 바, 동주(洞主)가 역동서원(易東書院) 묘우(廟宇)의 수개시(修改時) 절목에 의거해 환답(還答)하였다.

4) 관가 별정색리(官家 別定色吏)(7/8) ; 관가에서 색리를 별정(別定)하여 역사(役事)의 시종을 감독하게 하였다. 또한 수령이 사람을 보내어 수리시의 제 절차에 대하여 문의하였다.(7/10)

5) 상확 이안시의절(商確 移安時儀節)(7/11) ; 향유(鄕儒)들이 와서 동주와 함께 이안시의 의절과 향사시 홀기(笏記)에 대하여 상의하였다. 이안소를 전교당(典敎堂)으로 정하였다.

6) 입묘고유(入廟告由)(7/12) ; 도집례(都執禮)가 제집사들을 인솔하고 入廟(입묘)하여 고유(告由)하였다. 이날 기와를 거두는 일을 시작하였다. 시습재의 동정(東庭)에서 개좌(開座)하여 도내에 통고하였다. 수번유생(守番儒生)을 분배하였다.

7) 간역(看役)(7/13) ; 산장(山長)과 재임(齋任)이 일을 직접 감독하였다.

8) 관소급와(官所給瓦)(7/21) ; 관에서 기와를 지급하여 운반해 왔다. 산장이 관가에 품의할 일로 들어갔다가 환거하였다.

9) 입래간역 · 첨알(入來看役 · 瞻謁)(8/1) ; 공사가 본격화되자 원근의 많은 선비들이 서원을 방문하여 첨알(瞻謁)하고 공사를 감독하였다.

10) 재임 입견성주(齋任 入見城主)(8/9) ; 재임(齋任)이 수령을 찾아 뵙고 인부를 더 청하였다.

11) 개택 환안일자(改擇 還安日字)(8/25) ; 아침에 산장이 암서헌(巖栖

軒) 수리의 건으로 입묘고유(入廟告由)하였다. 별유사(別有司)가 일가(日家)에 가서 환안일(還安日)을 다시 택일하였다. 환안일자 (還安日字)에 관해 도내의 교원(校院)에 통문을 돌렸다.(8/30)

12) 사림래회(士林來會)(9/11) ; 향중의 사림과 이산서원의 재임들과 기타 사림, 봉화사림 등이 환안제(還安祭)에 참가하기 위하여 와서 모였다.

13) 고 환안지유(告 還安之由)(9/12) ; 아침에 분향하고 명일에 환안함 을 고하였다.

14) 봉안제(奉安祭)(9/13) ; 인시(寅時)에 헌관(獻官)과 제집사가 입정 하여 재배례를 행하고 위판을 묘내에 봉환하였다. 봉환 후에 고유 제를 지냈다. 상향(常享) 때와는 달리 단헌례(單獻禮)를 행하였다. 의절은 상향홀기를 사용하였다. 행사를 마친 후 전교당에 개좌하 여 음복례를 하였다.

앞의 일기에서 확인할 수 있는 사실은 모든 공역(工役)이 의례를 축으로 하여 진행되고 있다는 사실이다. 한 번의 절차가 진행될 때 마다 한 번의 의식이 집행된다. 의례는 절차의 정당성을 확보해 준 다. 또한 의례를 통하여 모든 공역이 예의 세계로 편입되고, 또한 사 림의 예학적 질서가 공역 속에 침윤되는 과정을 겪게 된다. 이러한 의례행사를 통하여 서원은 향중에서의 도덕적 권위를 확보하고, 사 림들의 공동체적 일체감을 확보할 수 있었다. 각종 의례는 단순한 번문욕례의 낡은 껍질이 아니라 현실을 장악하는 수단이 된다. 한편 향교의 중건 경우에도 의례의 기능은 서원의 경우와 본질상 차이를 보이지 않고 있다. 그러나 향교의 경우에는 조정으로부터 그 정당성 을 부여받는 의례절차가 더욱 강조된다. 향교의 의례에서 가장 중시 되는 것은 향축(香祝)의 봉향이다. 향축을 반강(頒降) 받는 의식은 절차와 과정에 대한 국가의 승인을 획득하는 것을 의미하는 것이었

다. 또한 이 과정에서 필요한 경우 향회(鄕會)를 열어 의례의 기능을
보완하기도 하였다.[18]

## 제의를 통한 사회적 헤게모니의 확보

19세기 초 안동 지역에 설립된 도연서원은 사족들이 그들의 사회
적 지배력을 확대하기 위하여 서원의 제의기능을 어떻게 활용하고
있었는가를 잘 드러내 준다. 도연서원의 건립과정에서 치뤄지는 봉
안례는 서원의례의 목적이 어디에 있었는가 하는 점을 잘 보여 준다.
도연서원은 숭정(崇禎) 처사인 표은(瓢隱) 김시온(金是榲, 1598-1696)
을 향사하기 위해 설립된 서원이다. 의성김씨가에서 그가 중요시되
는 이유는 퇴계 이후 학봉계열의 학통을 계승하고 있다는 점이다.
즉 학봉 5형제 이후 용(雲川) → 시온(瓢隱) → 방걸(芝村) → 성탁(霽
山) → 낙행(九思堂) → 홍락(西山) 등으로 이어지는 가학의 적전을
계승하고 있을 뿐만 아니라, 병자호란 이후의 맑은 처신으로 영남일
원의 종장으로 자리 잡고 있었던 것이다.

『도연일기(陶淵日記)』에 나타난 바에 의하면, 최초의 입사(立祠)
의 논의는 그가 역책한 후 숙종 계미년(1703)에 이미 상당히 진행되
었으나 조정에서의 금령으로 인하여 무산되었다. 그 후 옥산서원(玉
山書院), 낙봉서원(洛峰書院) 등에서 계속 호계서원(虎溪書院)으로
통문을 발하여 건립을 요청하다가, 정조년 간에 그의 치제(致祭)를
건의하였던 홍두곡(洪杜谷)의 사제일(賜祭日)을 맡아 유림들 사이에
서 본격적인 묘우(廟宇)에 대한 건립 논의가 일어나기 시작하였다.

우리가 여기에서 주목하는 사실은 이 봉안의식의 사회정치적 의
미이다. 건립을 주도하는 세력에는 그 시기 맹렬하게 재연되던 병호

---

**18** 졸저, 『서원의 사회사』, 태학사, 2014.

시비의 맹장들이 대거 참가해 있다. 즉 19세기 초엽에는 영남사현인 유성룡, 김성일, 정구, 장현광 등의 문묘종사를 건의하면서 또 다시 유성룡과 김성일의 위차 문제가 첨예한 갈등으로 비화되던 시기이다. 이 문제는 단순히 위차의 선후에 대한 문제가 아니라 퇴계학통의 적전을 누가 계승하는가를 가늠하는 매우 미묘한 사안이었다. 그런데 이 시기의 병호시비에서 학봉계열에서 가장 적극적으로 활동한 유회문(柳誨文), 유낙휴(柳洛休), 유세문(柳世文) 등의 전주유씨 일문과 본손인 김희수(金羲秀) 등이 사실상 건립을 주도하고 있음을 일기를 통해 명확히 볼 수 있다.

한편 우리가 주목하는 것은 엄청난 규모의 봉안제(奉安祭)이다. 비록 건립에 대한 국가의 승인은 획득하지 못하였으나 봉안제는 도내 유림들의 대규모 참례 하에 설행되었다. 당시의 〈시도기(時到記)〉에 실린 인원만 1,800여 명에 달하였고, 식채(食債)만 약 천량에 달하였다. 봉안제는 의성 김씨 일문이 유림 사회에서 차지하는 영향력뿐만 아니라, 김시온이 영남좌도 사림에서 차지하였던 비중으로 보아 실로 인근 유림 전체의 관심사였다. 그러나 당시 그들과 향내의 주도권을 놓고 갈등하던 하회유씨 문중과 병산서원 세력은 사실상 이 행사에 소외되어 있었다. 따라서 이 행사가 대규모로 진행된 것은 병산서원 측과의 심화된 갈등을 고려하지 않고는 이해하기 힘든 것이다. 봉안제에 참례할 많은 내객들을 수용하기 위해 20개소의 '임시집(假家)'이 건립되었고, 그 각각의 장소들은 모입 점주(募入 店主)에 의해 운영되는 성황을 보여 주고 있었다. 봉안제를 위해서 가히 전 문중이 그들의 재력과 인력을 총동원하였다. 이러한 대규모의 봉안제를 영남사현의 종사문제로 새롭게 병호시비가 맹렬하게 전개되는 시점에서, 김성일 측의 입장을 대변하는 인물들이 주도한다는 것은 그 정치적 의미가 명백한 것으로 보인다. 즉 서원 향사를 통하여 향촌 내 자파세력의 영향력을 증대시키고, 그 문중들 간의 결속력을 극대화 하면서 종국적으로는 향촌사회에 대한 그들의 지배력을 확대하기 위한 행위로 이해된다.

## 2. 공부론의 관점에서 본 조선조의 교육공간

학교 공간에 대한 통시적 접근을 성공적으로 수행한 인물로 우리는 아리에스(Ph. Aries)를 들 수 있을 것이다.[19] 그는 '근대화' 이전의 학교 내부를 생생하게 묘사하고, 이후 근대 교육을 통해 그 공간구성이 어떻게 달라지고 있었는지를 사실적으로 묘사함으로써 서구 근대 교육의 발생과정을 드러내는 것에 성공하고 있다. 또한 그의 연구는 우리가 근대적 교육공간의 한계를 넘어 새로운 대안을 찾고자 할 때 무엇을 중요하게 다루어야 할 것인가를 알려 준다.

지금까지 교육공간에 관해 진행된 선행연구는 대체로 근대적 시·공간관의 본질이 과연 무엇이고, 그것이 학교 건축에 어떻게 투영되고 있었는가를 확인하는 형태로 진행되었다. 그 이론적 배경은 크게 보아 두 가지 갈래로 나눌 수 있다. 우선 1970년대 이후 본격화된 서구의 공간담론을 출발점으로 삼는 일련의 해석행위를 들 수 있다. 교육학계에 가장 큰 영향력을 행사한 것은 푸코의 공간담론이었다. 그가 『감시와 처벌』에서 그려내는 판옵티콘(panopticon)이 학교의 권력적 위계성을 드러내는 중심개념으로 자리하였다. 학교는 군대나 감옥과 마찬가지로 조직적인 감시와 규제, 그리고 훈련이 지배하는 공간으로 이해된다.[20] 학생은 감옥의 수형자로 이해되고, 교사와 행정가는 간수의 자리를 차지한다. 그가 '권력-지식(le pouvoir-savoir)'

---

**19** Philippe Aries, *Centuries of Childhood: A Social History of Family Life*, Vintage Books, 1962.

**20** 오성철, 「세속종교로서의 학교: 학교교육의 이데올로기」, 『당대비평』 16, 삼인, 2001.

의 관계를 등가적으로 표현할 때, 그 양자를 매개하는 가장 규정적인 힘이 곧 교육이다.

공간에 대한 담론에서 이렇게 푸코의 영향력이 지속되고 있는 것은 매우 이색적이다. 공간학에 관한 최근의 연구서를 살펴보면, 주로 지리학과 사회학을 중심으로 짐멜(Simmel)의 도시공간론, 르페브르(Lefevre)의 헤겔적 마르크스주의 공간론, 하비(Harvey)의 공간정치경제학 등으로 관심의 초점이 이동하면서 탈근대적인 공간인식의 가능성을 탐구하고 있고, 한국에 적합한 이론 모델을 찾기 위해 고심하고 있는 것으로 보인다.21 이들 서구 학자들 중에서 특히 이푸 투안(Yi-fu Tuan)의 경우에는 서양과 동양의 공간 해석을 종합하면서 학교공간에 대한 새로운 해석 방식을 제시하고 있다. 그의 다음과 같은 글은 우리의 서원이나 서당 등을 바라보는 매우 유익한 시선을 제공해 주기도 한다.

건축 공간은 보여 주며 가르친다. 그것은 어떻게 가르치는가? 중세에는 대성당이 여러 차원에서 교육기능을 담당한다. 직접적으로 감각에, 정서에 잠재의식에 호소하는 것이다. …(중략)… 스테인드그라스 창문의 그림은 문자를 모르는 경배자들에게 성경의 교훈을 설명해 주는 텍스트이다. 기독교의 교리와 실천의 신비를 나타내는 무수히 많은 기호들이 있다. …(중략)… 근대적 건축 환경도 교육기능을 가지고 있다. 그것의 기호와 포스터는 정보를 제공하고 훈계를 한다. (그러나) 건축 활동에 초점을 두는, 그리고 한 세계를 창조하는 것으로 여겨지곤 했던 의식과 의례는 크게 쇠퇴하였다. 집은 이제 더 이상 행동 규칙을 담고 있는 텍스트가 아니며, 심지어는 다음 세대로 전수 할 수 있는 총

---

21 대표적인 업적으로는 최병두, 『근대적 공간의 한계』, 삼인, 2002; 이진경, 『근대적 시·공간의 한계』, 푸른숲, 1997.

체적 세계관도 아니다. 근대 사회는 우주 대신에 분열된 이데올로기와 모순적인 이데올로기를 가지고 있다. 근대 사회는 또한 점차 문자화되어 가고 있다. 이것은 문화의 가치와 의미를 구현함에 있어서 물질적 대상과 자연 환경에 덜 의존하게 됨을 의미한다. 즉 언어적 상징이 물질적 상징을 점점 대체해 왔으며, 건물 보다는 책이 교육 기능을 담당하고 있다.[22]

서원 공간 그 자체, 혹은 그 안에서 이루어지는 의례와 제의, 그 자체가 이미 보여주고 가르치는 명징한 교육행위가 될 수 있다는 것이다. 또한 이푸 투안(Yi-fu Tuan)에 따르면, 근대적 개인을 특징짓는 자의식은 분절된 공간을 통해서 형성된다. 그는 서양의 근대사회에서 공간의 분절화(Segementation)로부터 자의식 내지 자의식적인 개인이 발생하였다고 본다. 즉 근대학교란 학생들을 공간적으로 분할하여 연령에 따라 나누고, 그에 상응하는 커리큘럼을 만들어서 훈육, 통제 대상의 이질성을 줄임으로써, 학교라는 공간-기계에 대응하여야 할 양식화된 행위를 만드는 곳이라는 것이다.[23]

근대의 학교공간을 이렇게 푸코식의 '권력(pouvoir)'의 개념으로 이해하든, 혹은 분절화(Segementation), 등급화(gradation)의 공간으로 파악하던 모두 근대문명의 한 속성을 지시하고 있다는 점에서는 상당한 시사점을 준다. 그러나 문제는 서구에서 생산된 이러한 공간담론들이 한국 사회에서 아무런 이론적 비판 없이 날 것 그대로 수용되고 있다는 점에 그 심각성이 있다. 이들의 공간이해는 서구 지성사에서 공간담론을 지배하였던 아리스토텔레스, 데카르트, 칸트 등의 학문적 기초 위에서 성장한 것이고, 그 만큼 문제를 판단하고

---

22 이-푸 투안, 구동회 역, 『공간과 장소』, 대윤, 1995, 187-190쪽.
23 이진경, 상게서, 142-143쪽. 구수경의 논문도 이 입론에 크게 의지하고 있다.

진단하는 방식도 서구사회 고유의 흐름을 담지하고 있는 것이다. 그
들의 근대 공간에 대한 시점(視點)은 단지 과거에 대한 해석에 머무
는 것이 아니라 미래의 기획을 전제하고 있다는 점을 감안할 때, 서
구의 문제 인식과 해법을 우리 사회의 근대학교를 설명하는 기재로
준용한다는 것은 많은 문제점을 안고 있다. 르페브르(H. Lefebvre)가
주장한 것처럼, "공간은 사회적 생산물"[24]이고 그 문화가 내포한 다
양한 사회관계와 문화 형식을 담아 두는 장소인 것이다. 이에 우리
는 한국의 문화공간을 설명하고자 할 때에는 한국 사회 고유의 문법
을 읽어낼 필요성이 있다. 필자가 조선조의 교육공간과 조선조 공부
론의 연관성에 주목하는 이유도 바로 여기에 있다. 조선조 교육담론
의 체계적인 언술인 공부론을 다양한 맥락 속에서 탐구할 때, 교육공
간에 대한 이해의 지평도 확대될 것이다

### 교육공간을 통해서 본 '前近代'와 '近代'

아리에스는 중세는 고대 그리스인들의 파이데이아를 완전히 잃어
버렸고, 교육개념을 갖고 있지 않았다고 주장한다. 그들은 소수의 교
회 성직자, 법학자, 학자들 외에는 교육체제와 교육개념, 그리고 교
육의 중요성에 대해 강한 의식을 가지지 않았다고 주장한다.[25] 그는
근대적 교육과 중세 교육 사이에 놓인 커다란 차이로 세 가지 요소
를 거론하고 있다. 우선 중세 교육이 성직자를 위한 것이라는 사실
과, 읽기, 쓰기 등을 가르치는 초등교육이 없었으며, 문자와 과학에
관한 고등교육 또한 없었다는 점이다. 교육방식에서도 중세교육은
등급화(gradation)가 없어서 난이도나 순서를 무시하였고, 일반적 과

---

**24** Lefebrve, H., Production de l'espace, 1974.

**25** 아리에스, 문지영 역, 『아동의 탄생』, 새물결, 2003, 645-646쪽.

목과 추가적인 과목처럼 상이한 과목을 동시에 가르쳤으며, 연령 구분이 없이 가르쳤던 사실을 들고 있다. 반면 근대적 교육방식은 시간표를 통해 시간을 분할하기 시작하였고, 학급이라는 제도를 통해 공간 분할 방식을 채택하면서 정착되기 시작하였다는 것이다.[26]

그러면 한국은 어떤 변화를 나타내고 있었을까? 교육공간이 지시하는 바의 궁극적 목표는 어떻게 달라지고 있었는가? 우선 근대교육 시기와 맞닿아 있는 조선시대의 교육공간을 중심으로 전근대 시기의 특성을 살펴보자.

### '특권적 기표(記標)'로서의 학교

유교 국가였던 조선조 사회는 문치주의(文治主義) 국가였다. 문치주의의 성패는 교육에 달려 있다. 또한 유학은 정치와 교육의 숙명적인 결합을 전제로 한다. 유학이란 곧 가르침(敎)과 배움(學)의 결합체라는 교육적 의미와 함께, 치자가 백성에 대하여 교화권을 행사할 수 있다는 정치적 의미도 동시에 포함하고 있다. 교육은 가장 중요한 국가 운영의 수단이었다. 유학의 이러한 정교일치(政敎一致)적 성격이 교육공간의 의미와 위치를 결정하는데 중요한 역할을 담당하였다. 교육공간에 대한 해석은 국가권력과 사족집단, 평민층 사이에 일정한 긴장과 차이를 나타내고 있다. 그러나 우문(右文) 정치의 중심이 되는 교육공간은 군현과 촌락 사이 국가 내부의 결절점(nodal point) 구실을 하면서 유교문화의 한 상징체계를 형성하고 있다. 결절점(nodal point)이란 떠다니는 기표들을 한 군데로 묶는 공기표(empty signifier)를 의미한다. 유교의 교육공간이 확실한 결절점이 되기 위해서는 우선 타 이데올로기나 힘으로부터 초월하는 배타적인

---

26 아리에스, 상게서.

특권을 지니고 있어야 한다. 택당 이식(李植)은 사가 독서처인 독서당(讀書堂)의 기문 속에서 그 장소의 의미를 이렇게 기술하고 있다.

위치가 바뀐 독서당 자리를 말하더라도, 모두 범패(梵唄)소리가 울려 퍼지던 곳이었으니, 당시에 얼마나 사문을 숭상 하고 이단을 배격했는지를 지금도 상상해 볼 수가 있다. 그러니 가령 중흥을 이룬 수십 년 동안, 內地에 병란의 걱정이 실로 없어져서, 그야말로 軍府를 혁파하고 그곳을 등영(登瀛)의 장소로 활용할 수 있었더라면, 전쟁 걱정은 할 필요가 없이 문교를 떨칠 계기가 점진적으로 마련되어 나갔을 것이다.[27]

택당이 보는 유교의 교육공간은 불교를 딛고, 무(武)의 세계를 장악하는 문교의 세계를 상징해야 한다는 입장이다. 이때 교육공간은 유학적 의미체계와 상징체계, 또는 의미화(encode)의 연쇄적인 고리를 연결해 주는 특권적 기표(priviledged signifier)의 역할을 담당하게 된다. 조선시대에 학교는 흔히 국가의 '원기(元氣)'라고 표현된다. 유학의 교육공간은, 마치 대지의 배꼽 옴파로스처럼, 모든 유학적 질서률이 이곳을 축으로 운동하도록 구상되었다. 이러한 그들의 구상이 현실화 된 장소가 선현에 대한 제향공간이 있는 향교와 서원이었다. 조선시대에는 가정과 촌락과 문중 전체가 교육공간과 이념적으로 연결되어 있었다. 부락은 종법적 권위구조가 수직적 계열성을 형성하고 있었고, 학교는 이러한 권위구조를 내면화하는 중심 처였다. 아동들은 학교를 통하여 이러한 집단적 네트워크에 헌신하여야 함을 선험적으로 인식하게 되었다.[28]

옆의 그림은 순창읍(淳昌邑)의 고지도이다. 이 그림에는 중심부에

---

27 『澤堂先生集』 제9권, 記, 讀書堂南樓記.
28 졸저, 『공부의 발견』, 현암사, 2007, 128쪽 참조.

관아를 두고 그 옆에 비스듬하게 향교 건물이 위치하고 있다. 이 관아 지역의 외곽에는 촌락민들의 생활공간이 펼쳐진다. 다수의 여타 향교는 읍치(邑  治)의 한적한 외곽지대에 자리하면서 유학적 이념을 표상한다. 대성전을 포함한 제향공간을 갖춘 향교의 존재는 이 읍치지역을 단순한 생활공간이 아닌 매우 절제되고 통제된 의례공간으로 환원시킨다. 이 교육공간은 유학 이외의 이단적인 요소가 읍치(邑治) 지역에 틈입하는 것을 최대한 억제하면서, 속(俗)의 세계에 성(聖)의 요소를 불어 넣는다. 교육공간을 의미 있는 결절점으로 만들고자 하는 유자들의 노력은 건물의 영건(營建)과정이나 중건과정에서도 확연하게 나타난다. 영건과정은 개기고사(開基告祀)에서 부터 마지막 봉안례(奉安禮)에 이르기 까지 진행되는 모든 공역(工役)은 의례를 축으로 하여 진행된다. 모든 공역이 예의 세계로 편입되고, 또한 사림의 예학적 질서가 공역 속에 침윤되는 과정을 거친다. 이러한 의례행사를 통하여 교육공간은 향중에서의 도덕적 권위를 확보하고, 사림들의 공동체적 일체감을 묶어 내는 결절점의 역할을 한다.[29]

이미 앞에서 소개한 도산서원의 경우, 그 중건과정에서는 더욱 경건한 의절(儀節)이 있다. 이 의절은 물론 도산서원이 성스럽고 존엄한 공간이라는 사실을 확인하는 절차이다. 우선 취회를 통해 사림의

---

29 졸고, 「조선후기 營建日記에 나타난 학교의 성격」, 『정신문화연구』 제65호, 1996.

공론을 모으는 작업이 선행되고, 다음으로 일가(日家)의 조언에 따라 이안일(移安日)과 환안일(還安日)을 결정하여 위판의 이동을 천시에 맞추어 길일에 실시하고자 하였다. 작업이 진행되면 수령이 예리(禮吏)를 파견하여 위판의 이안과 환안에 관한 고유 및 제향의절에 관해 묻고, 이에 관해 동주(洞主)가 답하는 형식을 취해 그 특권적 지위를 확인한다. 그 다음 봉안제(奉安祭)를 올리게 될 때까지 매우 엄숙하고 까다로운 의절이 수반된다.30 이렇게 까다로운 절차를 통해 만들어진 학교공간은 유학의 복잡한 의미체계를 통합하는 '특권적 기표'의 역할을 하게 된다. 학교 건물은 단순한 물리적 공간이 아니라, 속(俗)의 세계로부터 성(聖)의 세계로 나아가는 통로의 역할을 한다.

반면, 근대의 학교공간은 학교로 하여금 이러한 특권적 기표(priviledged signifier)의 역할을 박탈해 나아간다. 그 공격의 중심점은 기표의 중심인 제향공간에 놓여진다. 신교육의 태동과 함께 학교에서의 제향기능은 사라졌다. 당연히 춘추 석전을 포함한 각종 의례 활동도 소멸되었다. 이러한 변화는 단순한 물리적 공간의 소멸만을 의미하는 것이 아니다. 교육공간에 대한 사회문화사적 의미변화를 뜻하는 것이며, 교육의 전체적인 패러다임이 변화되는 것을 의미한다. 이러한 급격한 변화에 대해 당시 지식인들의 반응은 첨예하게 대립되었다. 단재 신채호는 제향공간이 혈연중심적 가족주의를 온존시키는 폐해를 낳는다고 통박한다. 이미 앞에서 소개한 바 있는 김성희(金成喜)는 학교에서 제향기능이 상실되는 것에 대해 깊은 우려를 나타내고, 유교의 재해석을 통한 국교화 방안을 모색하고 있다. 그는 제향기능이 지닌 봉건적 요소는 서구의 자유와 평등의 원리를 받아들임으로써 그 봉건성을 탈색시키고, 제의의 종교기능이 지닌

---

30 졸고, 상계논문.

교육적 효과는 살려 둘 것을 기대하고 있다. 그는 유학에 자유권과 평등권을 확보하여 이를 교육의 종지로 삼자고 주장한다. 사실상 종래의 교육공간이 지닌 특권적 지위를 포기하고, 유학의 재해석을 통해 시민사회의 도래를 상정한 교육공간을 만들고자 하였다. 이렇게 제향기능이 소멸되고 교육의 세속화 현상이 진행됨과 동시에 교육공간에 대한 새로운 담론이 형성되고 급기야 "學校는 工場이다.", "學校는 商品이다."라는 주장이 나타난다.[31] 종래의 도학적인 성인담론이 사라진 자리에 새로운 근대적 교육모형이 출현하게 된 것이다.

### '심학(心學)적' 공간모형과 '소유론적' 공간모형

르페브르는 고대적이고 신화적인 세계의 사회적 공간을 '절대적 공간'이라고 개념화하고, 자본주의에 상응하는 것을 '추상적 공간'이라고 호칭하였다. 그가 말하는 '절대적 공간'이란 신탁을 받은 신관만이 접근할 수 있었던 신전 같은 공간이다. 추상적 공간은 마치 자본이 모든 것에서 질적인 차이를 제거하고 추상적인 가치로 동질화하듯이, 모든 것에서 질적인 차이를 제거하는 공간이고, 국가에 의해 제도화된 제도적 공간이며, 폭력과 전쟁 등을 통해 창출된 '주권'이라는 개념을 통해 경계를 짓는 정치적 공간이다.[32] 르페브르의 이러한 주장은 고, 중세사회와 근대사회를 극명하게 대비한다는 점에서는 인상적이다. 그러나 한국 사회의 성격을 드러내는 공간담론으로는 약간의 한계가 있다. 예로 '절대적 공간'이란 초월자인 신과 인간과의 이원적 분리를 전제로 하고 있으나, 유학에서의 성인은 단지 '완성된 인간'일 뿐이다.

---

31 『開闢』 제67호, 1926.3, 34-40쪽.
32 이진경, 『근대적 주거공간의 탄생』, 소명출판, 2000, 45쪽 재인용.

이런 점에서 우리의 전근대 교육공간과 근대공간과의 차별성을 보여 주는 새로운 논의가 요청된다. 우리는 우선 조선조의 학교가 제향공간과 강학공간으로 이원화되어 있었음을 주목할 필요가 있다. 서원과 향교는 일반적으로 전학후묘(前學後廟)의 형태로 공간이 양분되어 있다. 강학공간이 다수에게 개방된 열린 공간의 형식을 취하고 있다면, 제향공간은 일정한 '의례(儀禮)와 절차' 속에서만 참례의 자격이 획득되는 닫힌 공간으로 기능한다. 모든 도학자들의 이상은 인간의 마음에 있는 본성(本然之性)을 되찾아 참된 나를 회복하고, 마침내 성인(聖人)의 세계에 다다르게 되는 것이다. 이것이 공부론의 핵심이다. 이러한 교육의 근원적인 목적은 모든 교육공간에 공히 해당한다. 예로 여헌 장현광은 그가 지향한 공부의 목표를 입암정사의 기문에서 그 설립의 이유를 이렇게 설명하고 있다.

세속을 버려 인간의 일을 끊고 인류을 버리며 공허(空虛)한 것을 말하고 현묘(玄妙)한 이치를 찾으며 숨은 것을 찾고 괴이한 짓을 행하여, 연하(煙霞)를 고향으로 삼고 바위와 골짝에 거하며 사슴과 멧돼지와 짝하고 도깨비와 벗삼는 자들이 혹 이러한 곳에서 은둔하고 감추니, 이 또한 좌도(左道)라서 유자(儒者)의 사모하는 바가 아니다. 오직 한 가지 일이 있으니, 세상의 분화(紛華)함을 등지고 말로(末路)의 부귀영화에 치달림을 천하게 여겨, 책을 읽고 이치를 궁구하는 것이 우리의 급선무임을 알고 몸을 닦고 성(性)을 기르는 것이 우리의 본업(本業)임을 아는 자들이 여기에 머물며 학문을 닦는다면 바름을 길러 성인(聖人)이 되는 공부가 산 아래의 물에 형상할 수 있고, 옛 성인들의 훌륭한 말씀과 행실을 많이 쌓는 것이 산 가운데의 하늘에 법 받을 수 있을 것이다.[33]

---

**33** 『여헌선생문집』 제9권, 〈立巖精舍記〉

위의 글은 조선조의 유자들이 왜 교육공간을 세우고자 했는지를 알려 주는 가장 전형적인 문장의 하나이다. 깊은 산 속에 은거하고자 하는 것이 세속을 버리고자 하는 이단을 흉내 낸 것이 아니라 솔성(率性)하고 수덕(修德)하고자 하는 유학의 본령에 충실하고자 한 것임을 강조하고 있다. 자연의 순일성(純一性)을 배우는 것이 마음공부의 궁극적인 목표라는 것이다. 이러한 '심학적 구조'가 조선시대 교육공간을 관류하는 핵심적인 요소가 된다. 조선시대의 '경(敬)'의 철학은 이러한 심학적 구조의 가장 밑바탕을 형성한다. 유자들은 경(敬)을 통해 인욕의 발출을 억제하고, 일상 속에 스며있는 이(理)를 대면하고자 노력한다. '교육공간'은 이러한 경(敬)의 정신을 최대한 발현하기 위한 여러 부분적 요소들의 집합이다.

그러나 이렇게 심학화된 공간은 근대문명으로의 진전에 상당한 장애가 있다. 즉 변화의 개념이 현저하게 약하다. 〈숙흥야매잠〉이나 〈경재잠〉에서는 시간에 따른 변화나 운동의 개념이 없다. '경(敬)'의 공부론에서는 변화하는 외부의 조건에서도 흔들리지 않는 마음의 주제성을 강조한다. 항상 엄숙정재한 삶의 절제를 요청한다. 학교란 마음을 내려 놓고 본연의 자신을 대면하는 공간이고, 리의 실체를 탐색하는 자리다. 서원과 향교에서는 언제나 그 시간이 그 시간이고, 그 공간이 늘 상 그 공간인 정체된 모습을 지니고 있는 것도 이러한 심학화된 공간의 영향이다.

그러나 우리 사회가 근대화 과정을 통해 삶의 형식을 급격하게 재편되었다. 특히 전통적인 형태의 시·공간 개념은 빠르게 퇴조하였고, 그것이 교육공간에 대한 인식의 근본적인 변화를 가져왔다. 거칠게 말하자면, 전통사회에서의 시·공간 의식이 자연적 질서에 기초한 농경 문화적 성격을 보여 주고 있었다면, 근대화 이후의 시공간관은 좀 더 인위적이고 도시적인 형식을 보여 주고 있다. 그런 점에서 근대적 〈시간-기계〉는 '선분적 시간'이라는 주장은 일리가 있다. 근대적 시간-기계가 갖는 이러한 '일반성'으로 인하여 시간은 특수한 영역이나 장, 공간을 넘어 설 수 있다. 시간과 공간의 질량은 학교나 공장이나 거리에서나 집에서나 반복 확장된다. 바로 이런 의미에서 우리는 시간-기계가 근대인의 내적인 존재형식을 이룬다고 주장한다.[34]

그런데 더욱 심각한 문제는 한국근대의 교육공간은 사실상 국가의 권력이 지나치게 작동하고 있다는 점이다. 근대의 시·공간의식에는 국가주의의 이념이 부지불식간에 깊은 영향력을 행사하고 있다. 이것은 교육을 국가발전을 위한 가장 중요한 수단적 가치로 파악하고 다른 방식의 실험을 용납하지 않는 국가주의의 이념이 지배하고 있기 때문이다. 학교공간에서의 시간 계획은 거대한 국가체제의 관리 속에서 운용되고 작동된다. 학교의 시간은 이미 잘 조직된 자본주의 시스템의 한 축을 따라 움직이고 있을 뿐이다. 공간의 구성도 효율성과 경제성과 같은 국가 중심의 운영 논리가 지배한다. 물론 이러한 변화의 가장 밑바탕에는 교육공간을 '존재'의 성찰을 위한 최적의 공간으로 가꾸고자 하는 노력보다는, 교육을 단순히 인간의 무한정한 욕망과 게걸스러움을 충족해 줄 수단으로 파악하는 우리시대의 '소유론적' 삶의 양식이 깊은 똬리를 틀고 있는 것이다.

---

**34** 이진경, 『근대적 시공간의 탄생』, 푸른숲, 1997, 164쪽.

# 참고문헌

## I. 연대기 및 정간물

『朝鮮王朝實錄』, 『독립신문』, 『開闢』, 『西北學會月報』, 『大韓學會月報』, 『大韓自强會月報』, 『가뎡잡지』, 『朝陽報』, 『太極學報』, 『西友學會月報』, 『大韓協會會報』

## 2. 經書類 및 中國書

『通書』, 『近思錄』, 『宋子大全』, 『朱子書節要』, 『宋季元明理學通錄』, 『禮記』, 『道德經』, 『荀子』, 『韓非子』, 『日知錄』, 『飮氷室文集』, 『國父全集』

## 3. 문집류

『退溪先生全書』, 『退溪先生言行錄』, 『栗谷先生全書』, 「芝峰類說」, 「磻溪隨錄」, 『梅泉集』『朱文公文集』, 『呂東萊文集』, 『鶴峯文集』, 『月川先生文集』, 『葛庵文集』, 『大山先生文集』, 『西厓先生文集』, 『寒岡全書』, 『東儒學案』, 『花潭集』, 『范石湖集』, 『谿谷先生集』, 『西溪集』, 『渼湖集』, 『頤齋亂藁』, 『順庵先生文集』, 『星湖全集』, 『星湖僿說』, 『順庵先生文集』, 『湛軒書』, 『鹿門集』, 『燕巖集』, 『過庭錄』, 『熱河日記』, 『與猶堂全書』, 『簡易文集』, 『桐溪先生文集』, 『白湖全書』, 『迂書』, 『弘齋全書』, 『丹齋申采浩文集』, 『無名子集』, 『木齋先生文集』, 『景玉先生遺集』, 『濯纓先生文集』

## 4. 단행본

김영식, 『정약용 사상속의 과학기술』, 서울대출판부, 2006.

김형효, 『물학 심학 실학』 제2장, 청계, 2003.

김형효, 『맹자와 순자의 철학사상』, 삼지원, 1990.

박현모, 『정치가 정조』, 푸른역사, 2001.

朴衡秉,『社會進化論』, 社會科學研究所, 1927

박희병,『한국의 생태사상』, 돌베게, 1999.

愼鏞廈,『申采浩의 社會思想研究』, 한길사, 1984.

愼龍廈,『韓國近代社會史研究』, 一志社, 1987.

申一澈,『申采浩의 歷史思想研究』, 고려대출판부, 1980.

이종영,『마음과 세계』, 울력, 2016.

이진경,『근대적 시·공간의 한계』, 푸른 숲, 1997.

丁淳睦,『退溪評傳』, 지식산업사, 1987.

정만조 외,『농암 유수원 연구』, 실시학사, 2014.

정세근,「순자의 이단화와 권력론」,『범한철학』제72집, 2014.

정순우,『공부의 발견』, 현암사, 2007.

정순우,『서당의 사회사』, 태학사, 2013

정순우,『서원의 사회사』, 태학사, 2013.

정일균,『다산 사서경학 연구』, 일지사, 2000.

지두환,『조선전기 의례연구』, 서울대출판부, 1994.

최병두,『근대적 공간의 한계』, 삼인, 2002.

한우근,『성호이익연구』, 서울대 출판부, 1980.

한형조,『성학십도, 자기구원의 가이드맵』, 한국학중앙연구원, 2019.

H. C. Tillman, 김병환 역,『공리주의 유가』, 교육과학사, 2017.

James B. Palais,「朝鮮王朝의 官僚的 君主制」,『東洋 三國의 王權과 官僚制』,
        國學資料院, 1999.

이-푸 투안, 구동회 역,『공간과 장소』, 대윤, 1995.

아리에스, 문지영 역,『아동의 탄생』, 새물결, 2003.

劉笑敢, 김용섭 역,『노자철학』, 청계, 2000.

牟宗三,『중국철학특강』, 형설출판사, 1983.

小島毅, 신현승 역,『송학의 형성과 전개』, 논형, 2004.

蔡仁厚,『순자의 철학』, 예문서원, 2009.

## 5. 학위논문

김귀성, 「무술변법기의 교육혁신사상에 관한 연구」, 고려대 박사학위논문, 1991.

김해영, 「조선초기 祀典에 관한 연구」, 한국학대학원 박사학위논문, 1993.

장의식, 「청말의 교육제도연구」, 고려대 박사학위논문」, 1990.

정원재, 「지각설에 입각한 이이 철학의 해석」, 서울대 박사학위논문, 2001.

정재걸, 「조선전기 교화연구」, 서울대 박사학위논문, 1989.


## 6. 연구논문

권오영, 「退溪의 心性理氣論과 그 사상사적 위치」, 『퇴계학보』, 2001.

금장태, 「한강 정구의 예학사상」, 『유교사상연구』, 1992.

金敬泰, 「한국근대화의 전개와 담당주체」, 『이화사학연구』 17・18합집, 1988.

김기현, 「柳崇祖의 道學과 思想史的 位相」, 『退溪學報』 109집, 2001.4.

김낙진, 「갈암(葛庵) 이현일(李玄逸) 성리설과 경세론의 특색」, 『퇴계학』 20권, 2011.

김두현, 「청조 정권의 성립과 발전」, 『강좌 중국사 Ⅳ』, 지식산업사, 1989.

김무진, 「반계의 지방통치 개혁론」, 『반계 유형원 연구』, 2013.

김상래, 「맹자와 순자의 인간이해, 그 윤리적 변별성」, 『온지논총』 37권, 2013.

김성윤, 「정조철학사상의 정치적 조명」, 『부산사학』 25・26합집.

김종석, 「도산서원 자료를 통해서 본 퇴계와 월천」, 『도산서원과 지식의 탄생』, 글항아리, 2012.

金昊鍾, 「西厓 柳成龍과 安東・尙州 지역의 退溪學派」, 『韓國의 哲學』 제28호, 2000.

김형효, 「율곡적 사유의 이중성과 현상학적 비전」, 『율곡의 사상과 그 현대적 의미』, 1995.

閔斗基, 「中體西用論考」, 『中國近代改革運動의 研究』, 일조각, 1985.

박학래, 「미호 김원행의 성리설 연구」, 『민족문화연구』 제71호, 2016.

백민정, 「『孟子』 해석에 나타난 正祖의 사유 경향 분석」, 『철학사상』 34, 2009.

송항룡, 「과학주의적 세계관과 도가사상」, 『문명의 전환과 한국문화』, 철학
　　　과 현실사, 1997.

안용진, 「순자의 부국론과 조세관 연구」, 『유교사상연구』 제35집.

楊祖漢, 「이율곡의 心性情意에 대한 분석 및 誠意의 수양론」, 『율곡사상연
　　　구』 제1집.

엄연석, 「맹자와 순자 왕패론의 相對的 논리와 相補的 논리」, 『동아시아문화
　　　연구』 제56집.

오금성, 『顧炎武의 敎育改革論』, 『公州師範大學論文集』 제9집, 1971.

우경섭, 「英祖 前半期(1724-1744)의 서적정책」, 『奎章閣』 24, 2001.

柳美林, 「조선후기 王權에 대한 연구」, 『정신문화연구』 제25권 제1호, 2002.

유연석, 「栗谷 李珥의 勸學論, 凡人에서 聖人으로」, 『율곡사상연구』 제21권.
　　　2010.

柳存仁. 「退溪의 理學通錄에 나타난 朱熹의 弟子들」, 『퇴계학연구논총』 제9
　　　권, 1997.

윤무학, 「순자와 법가」, 『동양철학연구』 제15집.

尹武學, 「荀子와 法家-禮·法관계의 變化를 중심으로-」, 『동양철학연구』 제
　　　15집, 1996.

윤사순, 「월천 조목의 주자학적 심학」, 『韓國의 哲學』 제24권, 1996.

윤사순, 「서계 유학의 일반적 특성」, 『서계 박세당 연구』, 집문당, 2006.

윤　정, 「정조의 세자 책례 시행에 나타난 君師 이념」, 『인문논총』 제57호,
　　　2007.

李康洙, 「서세의 충격과 중국근대사상의 변천」, 『전통문화와 서양문화』, 성
　　　균관대출판부, 1985.

이광린, 「구한말 진화론의 수용과 그 영향」, 『한국개화사상연구』, 일조각,
　　　1980.

이경구, 「김원행의 실심 강조와 석실서원에서의 교육활동」, 『진단학보』 88, 1999.

이동환, 「도학과 실학, 그 이분법의 극복」, 『한국실학연구』 제8집, 2004.

李成茂, 「朝鮮時代의 王權」, 『東洋 三國의 王權과 官僚制』, 國學資料院, 1999.

이우성, 「李朝 儒敎政治와 '山林'의 存在」, 『韓國의 歷史像』, 創作과批評社, 1982.

이우성, 「서애선생의 학문방법과 「新意」론」, 『서애 유성룡의 경세사상과 구국정책』, 2005.

이수건, 「서애 류성룡의 사회경제관」, 『서애 류성용의 경세사상과 구국정책』, 2005.

이승률, 「荀子「天論」편의 天人分離論 연구」, 『東方學志』 제156집, 2011.

이승환, 「찰식에서 함양으로」, 『철학연구』 제37집, 2009.

이형성, 「이재 황윤석의 낙학 계승적 성리설 일고」, 『이재 황윤석 학문과 박학의 세계』, 신성출판사, 2013.

임부연, 「성호학파의 천주교 인식과 유교적 대응」, 『한국사상사학』 제46집, 2014.

임형택, 「박연암의 인식론과 미의식」, 『한국한문학연구』 제11집, 1988.

장승희, 「백호 윤휴 철학의 인간학적 이해」, 『동양철학연구』 제48집, 2006.

鄭萬祚, 「月川 趙穆과 禮安地域의 退溪學派」, 『韓國의 哲學』 제28호, 2000.

정순목, 「한강 정구의 교학사상」, 『退溪門下의 인물과 사상』, 예문서원, 1999.

정순목, 「韓國開化敎育의 理想과 展開」, 『韓國敎育硏究』 제1집, 精文硏, 1980.

정순우, 「퇴계 도통론의 역사적 의미」, 『퇴계학보』 제111호, 퇴계학연구원, 2002.

정순우 「서계 박세당 공부론의 양명학적 연구」, 『서계 박세당 연구』, 집문당, 2006.

정순우, 「순암 안정복의 공부론과 그 의미」, 『한국실학연구』 제6호, 2003.

정순우, 「다산에 있어서의 천과 상제」, 『다산학』 제9호, 2006.

정순우, 「유수원의 과거제 및 학교제도 개혁론」, 『농암 유수원 연구』, 실시학
　　사, 2014.

정일균, 「정조의 맹자론」, 『한국실학연구』 제23집, 한국실학학회, 2012.

정호훈, 「17세기 실학의 형성과 정치사상」, 『다시, 실학이란 무엇인가』, 푸른
　　역사, 2007.

정호훈, 「18세기 국가운영체제의 재정비」, 『정조와 정조시대』, 서울대출판문
　　화원, 2011.

조동일, 「18세기 인성론 혁신과 문학의 사명」, 『문학사와 철학사의 관련 양
　　상』, 한샘, 1992.

조원일, 「荀子의 예론사상연구」, 『퇴계학논총』 제22권, 2013.

조준호, 「조선후기 석실서원의 위상과 학풍」, 『조선시대사학보』 11, 1999.

崔博光, 「서양의 충격과 일본 근대사상의 변천」, 『전통문화와 서양문화』, 성
　　규관대출판부, 1985.

최영성, 「한강 정구의 학문방법과 유학사적 위치」, 『한국철학논집』 제5집,
　　1996

崔眞德, 「주자의 인심도심 해석」, 『철학논집』 제7집, 서강대학교출판부.

한영우, 「실학 연구의 어제와 오늘」, 『다시, 실학이란 무엇인가』, 푸른역사,
　　2007.

한영우, 「유수원의 신분개혁사상」, 『한국사연구』 8.

황금중, 「율곡의 경과 성의 공부론적 성격 및 관계」, 『동서철학연구』 제26호.

化濤, 「崇禮重法與王霸兼用, 荀子政治思想硏讀」, 『臨沂師範學院學報』 제29
　　권, 2007.


## 7. 외서류

徐復觀, 『中國人性論史先秦篇』, 臺灣, 商務印書館, 2014.

唐聖, 『聖人的自由』, 學生書局, 2013.

徐梓, 「天地君親師源流考」, 『北京師範大學學報』, 2006年, 第2期.

牟宗三, 『名家與荀子』, 臺北, 學生書局, 1990.

余英時, 『朱熹的歷史世界』 上, 允晨叢刊 96, 臺北, 民國 92년.

吳汝鈞, 『老莊哲學的現代析論』, 臺北, 文津, 1998.


W. T. de Bary, *Learning for One's Self: Essays on the Individual in Neo-Confucian Thought*(CUP, 1991).

Thomas A. Wilson, *Genelogy of the Way*, Stanford Univ Press, 1995.

Philip Ivanhoe, *Confucian Moral Self Cultivation*, Peter Lang, 1993.

Richard Hofstadter, *Social Darwinism in American Thought*(*Boston*), Mass, 1976.

Philippe Aries, *Centuries of Childhood: A Social History of Family Life*, Vintage Books, 1962.

# 찾아보기

## ㄱ

개민지(開民智) 315
격몽요결 109
격물설(格物說) 138, 139, 141, 152
경세문답 248
경위설(經緯說) 95, 96, 101
경재잠(敬齋箴) 206
경재잠집설 57
고금명환록 75
고염무(顧炎武) 236, 237
곤여지도 161
공자 48
곽종석(郭鍾錫) 9
교우론(交友論) 158
국조오례의(國朝五禮儀) 332
국조유선록 19
군권(君權) 18, 21, 256
군사론(君師論) 9
권상하(權尙夏) 120
권철신(權哲身) 164
근사록 67
기호학파 109, 120, 177, 327
김굉필(金宏弼) 19, 76, 333
김성일(金誠一) 43, 47, 54, 342
김성희(金成喜) 8, 311
김시온(金是榲) 341
김원행(金元行) 120, 142, 143, 145~148,
169
김일손(金馹孫) 337
김장생(金長生) 120
김정희(金正喜) 27
김종직 333
김집(金潗) 48
김집(金集) 120
김형효 8
김흥락 47

## ㄴ

남명학파 64
내성(內聖) 16, 17, 24, 43, 253, 268,
275, 325
내성외왕(內聖外王) 13, 15, 17, 18, 242,
248, 256, 280, 325
내재적 초월 13
노경린(盧慶麟) 76
노덕장(路德章) 33

## ㄷ

대대례기(大戴禮記) 246
대전회통(大明會典) 334
대학 45, 273
도기론(道器論) 285, 287
도문학(道問學) 61, 63, 69, 71, 77, 199,
325, 326
도연일기(陶淵日記) 341
도통론 9, 18, 19, 21, 29, 30, 33, 62,
117~119, 137, 257, 282, 321, 333,
336
도통론(道統論) 8
독서첩(讀書帖) 70, 72

## ㄹ

류성룡(柳成龍) 43, 47

## ㅁ

마건충(馬建忠) 288
마테오리치(Matteo Ricci) 157, 158, 160
맹자 45, 217, 257, 263, 264, 282
무사시(無事時) 35
문묘사전(文廟祀典) 331
문묘사전리정계본(文廟祀典釐正啓本)

334

미발설(未發說)  138, 154, 164

**ㅂ**

박세당(朴世堂)  120, 135, 152
박은식(朴殷植)  9, 287, 300
박제가  149, 169
박지원  10, 145, 149
반경헌(潘景憲)  33
백이(伯夷)  14, 138
병명(屛銘)  33
병자호란  120
병호시비(屛虎是非)  330
복성설(復性說)  258
부국론(富國論)  9, 215, 217, 282
분직론(分職論)  9
분합론(分合論)  101

**ㅅ**

사공론(事功論)  274, 282
사기(史記)  246
사서  67
상서  48
상제론  157
상현임능(尙賢任能)  267
서경  165
서경덕(徐敬德)  20, 90, 94, 174
서집전(書集傳)  246
서학  157, 158, 160, 163, 164, 166, 168,
    208, 288, 304
서학(西學)  7, 306
석전의(釋奠儀)  331
석전의식(釋奠儀式)  332
설복성(薛福成)  288
성(聖)  5, 34, 90, 98, 102, 121, 349, 350
성가학론(聖可學論)  14
성리연원촬요(性理淵源撮要)  19
성인(聖人)  5, 13, 20, 23, 26, 27, 33,
    53, 65, 98, 99, 103, 105, 109, 116,

161, 170, 177, 194, 195, 200~202,
    231, 352
성인담론  26, 29, 120, 149, 157, 239,
    282~284, 300, 302, 307, 309, 351
성천수신제명안  75
성학십도  23, 36
성학집요  23
성현도통(聖賢道統)  117
성현도학연원(聖賢道學淵源)  33
소학  45, 67
소학지언  150
속(俗)  5, 98, 349, 350
송명이학  5, 24, 137
송시열(宋時烈)  120
순자  9, 246, 247, 267
숭례중법(崇禮重法)  9, 267, 282
신권(臣權)  18, 21, 240, 241, 244, 281,
    332
신민권(伸民權)  315
신서파(信西派)  157
신신권(伸神權)  316
신흠  151
심경(心經)  33, 45, 67
심경밀험  150
심경발휘(心經發揮)  66, 69
심경부주(心經附註)  33, 45, 46, 66
심경품질(心經稟質)  46

**ㅇ**

안로증석문묘위차설(顔路曾晳文廟位次
    說)  334
안정복(安鼎福)  149, 155, 163
양명학(陽明學)  7, 60~63, 130, 154, 186,
    235
양무론(洋務論)  287
양웅론(揚雄論)  8
양호첩(養浩帖)  70, 72
어제경세문답(御製警世問答)  248
어제자성편(御製自省編)  248
엄행수(嚴行首)  6, 185

여병현(呂炳鉉) 320
여영시(余英時) 15
여조겸(呂祖謙) 17, 30~33, 57
역대기년 75
영가지 75
영건일기(營建日記) 338
영봉서원(迎鳳書院) 76
영언여작(靈言蠡勻) 158
영조 245, 248
오선생예설분류(五先生禮說分類) 80
왕양명 44
왕패론(王霸論) 9, 18, 256, 267, 274
외왕(外王) 16, 17, 253, 268
우서 222, 223, 235
유몽인 151
유병산(劉屏山) 30
유선속록 75
유성룡 43, 46, 342
유수원(柳壽垣) 9, 10, 169, 214, 215,
    217~219, 221~224, 226, 228~231, 234
    ~239
유승조(柳崇祖) 19
유치명 47
유하혜(柳下惠) 14, 68
유형원 149
육상산(陸象山) 33, 44, 45, 126, 182,
    278
육왕학(陸王學) 63
윤휴 151, 152
의소세손(懿昭世孫) 243
이(理) 18, 26, 30, 32, 37, 71, 95, 113~
    115, 138, 140~143, 153, 165, 166,
    174, 177~179, 188, 192, 194~199,
    206, 208, 212, 213
이간(李柬) 120
이고(李翺) 258
이규경(李圭景) 6
이기양(李基讓) 164
이덕홍(李德弘) 39
이보(李簠) 324
이상정(李象靖) 47, 48, 54, 57, 163

이수광(李睟光) 151, 158
이언적 19, 333
이윤(伊尹) 14, 74, 80
이익(李瀷) 149, 151, 158
이인복(李仁復) 76
이재(李栽) 54
이정귀(李廷龜) 334
이진상 47
이학통록(理學通錄) 33
이현일(李玄逸) 47, 48, 51, 52, 54
임사시(臨事時) 35
임성주(任聖周) 174, 176

**ㅈ**

자성편 248, 251, 252
장유 122~ 124, 127, 129, 130, 132, 133,
    219, 268
장유(張維) 120
장지연 287
장현광(張顯光) 6, 10, 84, 342, 352
장흥효(張興孝) 47, 54
정개청(鄭介淸) 334
정구 64, 72, 84, 342
정몽주 333
정묘호란 120
정민정(程敏政) 33, 66
정약용(丁若鏞) 10, 149, 151, 152, 194,
    324
정여창 19
정조 245, 248, 252, 274
제양록 54, 56, 57
조광조 19
조목(趙穆) 43, 60
조호익(曺好益) 63
주자(朱子) 15~18, 29~31, 33, 35, 38,
    45, 48, 57, 62, 69, 75, 126, 138~141,
    150, 152, 171, 180, 195, 199, 206,
    207, 215~217, 247, 253, 255, 258,
    263, 275, 278, 281
주자가례 44

주자대전 67
주자서절요 31
주자학(朱子學) 26, 29, 35, 46, 62, 63,
    68, 69, 127, 128, 137, 139, 140, 153,
    154, 178, 182, 198, 235, 253, 263,
    275, 282
주정학당장정(奏定學堂章程) 316
중민존군(重民尊君) 267, 282
직방외기 161
진강(陳剛) 33, 243, 244
진량(陳亮) 17, 30, 278
진서산(陳西山) 33

ㅊ

창산지 75
천주실의(天主實義) 158
천학정종(天學正宗) 158
체용론(體用論) 287
최립(崔岦) 207, 208
최한기(崔漢綺) 9, 10
춘추좌씨전 31
치란제요 75
칠극(七克) 158

ㅌ

퇴계학 68
퇴계학파 29, 54, 57, 64, 66, 76, 178,
    327

ㅎ

한려시비(寒旅是非) 330
한백겸 151
한원진(韓元震) 120
한유(韓愈) 14, 258, 265
향벽설위(向壁設位) 330
향아설위(向我設位) 330
허균 151
허목 64, 75, 151, 152
현채(玄采) 9
홍대용(洪大容) 145, 149, 169, 191
홍여하(洪汝河) 63, 323~325
황간 17
황도유학(皇道儒學) 10
황윤석(黃胤錫) 120, 145, 147
황종희(黃宗羲) 237
황현(黃玹) 8, 27
회니시비(懷尼是非) 330
흠휼전칙(欽恤典則) 272